天龙救援

TIANLONG JIUYUAN

武玉山 ◎ 著

山西出版传媒集团
山西经济出版社

如果这个世界需要，
我们将义无反顾！

太原架山冒雪救助受伤驴友

坞城村黄刚任现场总指挥

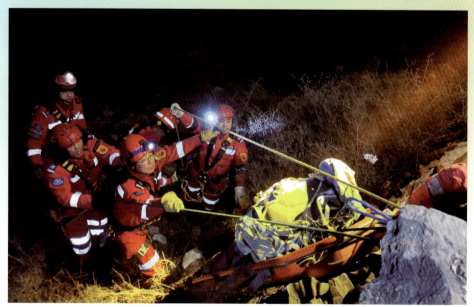

深夜施救

云南鲁甸地震救援

解救伤员

吊运逝者

山西稷山打捞落水车辆

发送救灾物资

河南新乡水灾现场

打捞落水者

扑救山火

运送伤员

合力营救

队长陆玫荣获全国抗击新冠肺炎疫情先进个人

防疫消杀

赴河北石家庄新乐市抗疫消杀的15名队员

太原国际马拉松赛事活动保障

"二青会"火炬传递

阳光服务U站志愿者

TIEXIN
GUANAI
贴心关爱

儿童平安小课堂

逃生演练

应急培训

NUANLIU
YONGDONG
暖流★涌动

幸福成长

温暖大使

壹家人温暖山西—2014壹基金温暖包忻州站

刻苦训练

荣获特别奖

兰州比武

　　本书照片由梁耀丰、吴祥瑞、崔平生、张毅梅、佟福利、李江、李伟、魏伟、李松伟、武玉山、靳巧云、王红慧、何炜、刘紫英等天龙队员、志愿者、爱心人士提供，在此向他们表示诚挚谢意。

天龙救援　天下己任

张石山

　　在山西，特别是在省城太原，好多人都听说过名声响亮的天龙救援队。然而好多人对这支队伍的了解，只是一鳞半爪。相较于天龙救援队历年来为社会公益所做出的巨大贡献，人们对于这支队伍的了解与评价，确实远远不够。

　　天龙救援队，是一支自发组织起来的救援队伍，纯粹由来自民间的不同行业、不同身份的众多志愿者所组成。这支救援队伍，不要任何报酬，所有的救援装备全部自己购买，他们参与公益活动所需的种种保障等费用全部由自己承担。当什么地方发生了地震、洪水、龙卷风等自然灾害，或者是发生了人员走失、坠崖、溺水等危急情况，这支救援队伍都会闻风而动，奋勇冲上第一线，救人于危急险难之中。

　　除了救援抢险，他们还经常在社区街道、工厂校园、车站机场等许多地方推广、宣传、实施众多公益项目。例如，帮助失学儿童、落实净水计划、走进平安课堂、宣讲垃圾分类等彰显人间大爱、有助于整体社会文明进步的许多活动。

　　天龙救援队，自愿组合起来的这样一群人，他们的种种行为，共同弘扬了一种无私奉献的精神，彰显了一种崇高的公民美德，更是继承发扬了我们华夏文明中最为宝贵的仁道传统。

"天下兴亡，匹夫有责"，是中国读书士子耳熟能详的一句话。人所共知，这儿所说的"天下"，当然不是指"打天下、坐江山"的天下，而是指我们中国宝贵的、数千年不曾断裂、绵延不绝的传统文化。

《论语·泰伯篇》第七章，曾子曰："士不可以不弘毅，任重而道远。仁以为己任，不亦重乎？死而后已，不亦远乎？"质言之，曾子所倡导的"仁以为己任"，正是以天下为己任。

中国传统文明，绝不仅仅是一个名词概念。它不仅载于典籍，也不仅是博物馆的馆藏，它是从上古流淌而来的一条文明之河，是我们祖祖辈辈华夏子民沐浴涵泳其中的此在之河。

怎样做才叫天下己任？如何才算是继承护卫我们的传统文明？这确实不仅仅是一个弄清名词概念的问题，而是一个有志者们如何践行的问题。若干年来，人们不断惊呼当今社会的道德滑坡现象。这样的惊呼，当然不是杞人忧天，道出的恰恰正是一个不容忽视的重大社会问题。那么，我们仅仅限于惊呼呐喊，甚或袖手旁观，还是力争有所作为，挽狂澜于既倒？完全可以这样说：天龙救援队的所作所为，给全社会做出了一个极好的榜样。

天龙救援队，这样的一群人，不妨说是一群甘于奉献、回报社会的人，是一群崇尚美德、富于爱心的人，是一群秉持践行传统道德的人。甚至可以说，他们正是一群我们当今时代具备传统道德人格的人，是一些天下己任的当代士君子。儒家的仁道、墨家的兼爱等，在这样一群人身上，得到了传承与发扬。

这样一群人的存在，他们的所作所为，给了我们一种信心：有众多的当代士君子以天下为己任，伟大的华夏文明定将能够生生不已久远传承。

天龙救援队的种种可观的业绩，救援活动中的种种惊心动魄感人至深的故事，由于宣传方面的欠缺，人们对其知之甚少。他们可以不计名利无私奉献，但得益于这种奉献的人们，则绝不应该将其视之为理所当然。对其给予介绍宣传、鼓吹歌赞，让全社会更多地了解他们，非常必要。

《天龙救援》这本书，可以说是应运而生。

我读到这部书的初稿，是在今年的年初。其时，我们的邻省河北，突然暴发了新冠疫情。天龙救援队，又是闻风而动，即刻迎难而上，在第一时间奔赴疫区，奋不顾身投入防疫消杀行动。这样的消息，确实让人心动！

转眼到了年底，在出版社编辑审定《天龙救援》一书的过程中，又有盛夏河南水灾、深秋山西水灾发生。我们的天龙救援队，又是即刻出动、迎难而上，冲杀在抗灾抢险的救援前线。

本书作者武玉山先生，及时跟进，将我们天龙救援队的这几桩典型事例，写成文字，充实到了这部书稿之中。

这本书，写出了山西天龙救援队成立十年来的诸多光辉业绩。同时，这也是我们全国首部反映民间救援队伍真实状况的报告文学长篇作品。

本书的作者武玉山先生，供职于国家电网太原供电公司。其人热爱公益事业，本身就是天龙救援队的队员。而且，他喜好文学创作有年，曾经出版过散文集《玉见山水》，还曾经担任过重点讲述援藏故事的报告文学集《我在高原》一书的主编。所谓"入乎其内，而有生趣；出乎其外，而有高致"，我希望同时也愿意相信，武玉山先生创作的这本书，将能取得预期的成功，产生广泛普遍深刻积极的社会影响。

勇哉天龙救援，仁哉天下己任！

公元 2021 年 12 月 20 日

夏历辛丑岁杪　是为序

目录 Contents

第一章 生命救援

大地剧烈摇晃起来，四周响起树枝折断和房屋倒塌的令人恐怖的声音，碧蓝明朗的天空，瞬间变得灰蒙蒙的。

下山途中，汽车方向失灵，眼看着就要滑入旁边的悬崖，车上的人惊出一身冷汗。

晚上回家，他担心把病菌传染给家人，就在灶房支起一顶帐篷，坚持把自己隔离起来。

有一天下雪了，队友们担心我父母出行不方便，把院子里、大门外的积雪扫得干干净净。真是太感谢这些可爱的队友了，你们是我的坚强后盾。

"如果这时候不走，水位上涨就来不及了。救援队的船就在楼下，爸，咱还是走吧。中不中？中不中？"

她悄悄写下一封遗书，夜晚拉着熟睡孩子的手默默流泪，怕孩子醒来后再也见不到妈妈。

我真舍不得丢下灾区的这个弟弟，他一口一个"姐姐"地叫着，我的心被萌化了。

大山深处，峡谷幽长，断崖绝壁，竟然隐藏着一处高约 50 米的三叠瀑布。

他们小心翼翼地挪开压在伤者身上的堆积物，发现该男子胯部以下断裂，双腿不知去向，已无生命特征。

一个 16 岁，在河边戏水；一个 21 岁，在岸边捞鱼。都是花季一般的年龄，却因不慎失足落水，生死未卜。

一场漫天大雪，将往日刚毅的峰峦覆上白雪，苍茫如刀脊的山梁银装素裹，晶莹剔透，一派北国风光。

这时候，一件意想不到的事情发生了，走在前面的那个人发出"啊呀"一声喊叫后，不见了踪影。

他冲着家的方向跪下，连磕三个响头，嘴里念叨着："爷爷，我执行任务回不去,对不起了,您老人家一路走好。"

万万没想到，这个看似最简单的第一个竞赛科目，却大意失荆州，在6支队伍中垫了底。

他一头扎进图书馆，查阅资料，埋头研究起来，几天之后，一大堆信息资料汇集到了他的案头。

渡轮上载运的轿车不慎滑入湍急的水中，2人自行逃生脱险，另外3人随轿车淹没在浪涛翻滚的黄河之中。

第二章　应急保障

在 T1 航站楼出口，一个小女孩坐在轮椅上，她的母亲在前面边走边打电话，既着急又非常生气的样子。

凌晨2时，夫妇俩把熟睡的8岁儿子一个人丢在家里就出发了。孩子早早醒来，哭着给妈妈打电话。

一名20多岁的女运动员，由于失温，脸色苍白，双脚失去知觉，几乎是被搀扶着进入保障点。

网红桥高耸于半山腰，原地盘旋而上，蜿蜒曲折，从空中俯瞰，仿佛巨龙雄踞在崇山峻岭之中。

第三章　贴心关爱

本来只是客串一把引导员，带领孩子们进行逃生演练，结果却被"逼"上讲台，当了一回老师。

小小减灾官

开心壹乐园

最快乐的是孩子们，他们有了和城里孩子一样的体育设施和漂亮的运动操场。

山洼、平地上，早春的桃花缀满枝头，柳树已抽芽，一片桃红柳绿的景色。

喜饮净化水

儿童服务站

小朋友天马行空的一波神操作，包出来的饺子千奇百怪，有的像元宝，有的像月亮，还有的像毛毛虫。

第四章　暖流涌动

这一活动计划深深触动了陆玫，她内心深处深藏已久的"公益"二字，忽然间变得明朗起来。

14岁的圆圆是一个爱美的大女孩，她最喜欢温暖包里的小袋鼠，每天都会抱着它睡觉。

在分装现场，一个高鼻梁老外引起了大家关注，他叫托马斯，做国际贸易，是一位加拿大爱心人士。

妈妈的眉眼很是耐看，是个漂亮女人，只是眼神迷离，一看就知道精神有些问题。

大同当天气温零下13℃，寒气逼人，但分装、义卖现场却人声鼎沸，热闹非凡。

叫一声"妈妈"

相遇王作家

公益不仅是行动，还应该在思想层面对农村孩子进行关注，除了物质方面的，还应该特别关注他们的精神世界。

当时她最大的想法是，"温暖包"结束后好好睡上三天三夜，然后去休个假，放松一下。

温暖众生相

释义温暖包

只要你有一颗爱心，只要你愿意为困境中的儿童做点事情，都可以找到参与机会，发挥力量。

第一章 生命救援

每一次逆行而上
是对生命的敬畏
沟壑间忘死相助
废墟下艰难探寻
山峦之巅的舍生守望
凝聚着
信仰和力量

长城内外、大江南北，全国人民心往一处想、劲往一处使，把个人冷暖、集体荣辱、国家安危融为一体，"天使白""橄榄绿""守护蓝""志愿红"迅速集结，"我是党员我先上""疫情不退我不退"，誓言铿锵，丹心闪耀。

　　——摘自习近平《在全国抗击新冠肺炎疫情表彰大会上的讲话》
　　2020 年 9 月 8 日

跨境尼泊尔

时间 2015 年 4 月 25 日

地点 尼泊尔首都加德满都

摘要 一场 8.1 级强烈地震，将众多名胜夷为平地，在跨境驰援的队伍中，有一抹红色格外鲜艳，尤其是队服上醒目的四个字"天龙救援"。

队员 武振宇　秦义军　荀丽华　成军杰

加德满都救援现场

2015 年 4 月 25 日，尼泊尔。

天湛蓝，雪山映照下的博克拉和往常一样迷人。

著名的安娜普尔纳大本营 ABC（Annapurna Base Camp）徒步线路上，像赶集一样行走着来自世界各地的徒步爱好者，用熙熙攘攘形容一点也不过分。

尼泊尔，一个亚洲小国，因为背靠世界第一高峰——珠穆朗玛峰，独特的地理位置和自然条件，成为世界各地的徒步爱好者、特别是登山者趋之若鹜的地方。

这里有湖泊，这里有雪山，这里有森林，这里还有淳朴的尼泊尔百姓。

26 岁的秦义军作为驴友，也像大多数户外爱好者一样，利用工作假期来尼泊尔放松心情。他还有另外一个身份——山西天龙救援队搜救队队员。

曾在中北大学读热能与动力工程专业的他，当时是以高校救援队的建制并入山西天龙救援队的。他平时积极参加训练，参加过太原市桃花山、朔州市山阴县蝴蝶谷等几次有影响和难度的救援，是救援队中一名年轻的骨干队员，身体素质好，集体意识强，敢打敢拼，一有救援任务，总能克服困难，冲在第一线。

大学毕业后，秦义军去广州打拼了两年。在广州的两年时间，他无法参加天龙救援队的训练和救援，有人劝他，你人都不在太原，还是考虑退队吧。他心中不舍，总觉得仿佛有一条丝线牵挂着自己。不舍的原因他心里很清楚：山西太原是自己上大学的地方，也是自己青春理想萌发的地方。中北大学，地处太原西北部，吕梁山脉中段东麓。金代诗人元好问曾经用"水上西山如挂屏，郁郁苍苍三十里"的诗句赞美西山。这里，滋养了他的青春年华，放飞了心中梦想，留下了太多太多美好的回忆。留着天龙救援队员的身份，还可以留个念想，留住一份回忆。

在广州，他依然每天坚持长跑，做体能训练，不让不开心和工作压力影响自己，不让自己的身体垮下来。他始终牢记在救援队集训时教官讲的：

经历了很多事情，希望更多的人热爱公益。

太原 鲍慧

没有一个好的体能，没有过硬的本领，你怎么去救援？

这次尼泊尔之行，既是出来散散心，释放一下自己的工作压力，也是通过挑战尼泊尔非常有名的安娜普尔纳大本营 ABC 线路，让自己在行走中无论是精神还是身体得到一次洗礼、升华。

不曾想，走着走着就遇到了一场将众多名胜夷为平地的强烈地震，震中就是他前一天徒步途径并住宿一晚的地方——博克拉。他起初还准备在那里休整一下，多住几天，如果当时不是接到父亲让他早点回家的电话，后果就不好说了。有一点可以肯定，地震造成博克拉通往加德满都的唯一一条公路中断，机场被毁，被困肯定是不争的事实。

他为自己提早一天出发感到庆幸，也为父亲那个催他早点回家的电话感到庆幸。尼泊尔是个信奉佛教的国度，看来冥冥之中真有神灵护佑。

"真是好吓人啊。"虽然已经过去几年了，秦义军说起这件事，依然心有余悸，看得出，当时确实很恐怖，"那天是下午两点多，我正走在安娜普尔纳大本营 ABC 线路的一条山路上，风景好极了，白雪皑皑的雪山就在面前，不是一座，而是一排。山腰是原始森林，郁郁葱葱，山底就是掩映在树丛中的小村庄，若隐若现，就像仙境一般。"

正当他和另一名在路上结识的驴友坐下来休息时，大地发出了轰隆轰隆的响声。他们起初以为是发生雪崩了，但马上发现自己的判断不对，因为大地也开始剧烈摇晃起来，更可怕的是周边有石块滚落，几块篮球大小的石头贴着脑袋就飞过去了，不远处有大树折断和房屋倒塌的响声。碧蓝晴朗的天空，瞬间就像拿一块巨大的幕布罩住似的，一片灰蒙蒙，远方的雪山仿佛也消失了。这时候他们才意识到是发生了地震。

"地震大概持续了有三四分钟，当时感觉时间好长好长，像是过了一个世纪。"

他们趴在地上一动不敢动，地震过去了，互相看了一眼，确认自己还活着，没有受伤，这才松了口气。

据官方消息：地震震中位于博克拉（北纬 28.2 度，东经 84.7 度），震级 8.1 级，震源深度 20 千米，最大烈度为 X 度。该城市是尼泊尔第二大城市，也是著名的旅游胜地。相邻的印度、中国、孟加拉国、巴基斯坦等国家和地区都有震感，与尼泊尔毗邻的我国西藏自治区日喀则市聂拉木县、定日县、吉隆县震感强烈。

最先做出反应的是中国地震局，立即启动三级地震应急响应，派出现场工作队赶赴灾区开展应急处置工作，监视震情趋势发展，及时了解尼泊尔灾情，并向有关方面提出抗震救灾建议。

几乎就在同时，中国国际救援队派出 40 名救援队员，携带部分装备、6 只搜救犬在第一时间启程。这些队员中，有近半数队员参加过国际救援，有着丰富的国际救援经验，而其他队员均参加过国内大型救援。无疑，这是中国政府派出的最优秀的特别能战斗的一支救援队伍。

做出快速反应的还有西藏日喀则军分区，他们先后组织 1500 名官兵及 20 台机械，前往聂拉木县和吉隆县两个受灾区。

秦义军躲过随后的几十次余震，跌跌撞撞地赶到了同样受损严重的尼泊尔首部加德满都。他好容易找了个住的地方，还没顾上喝一口水，手机铃声急促响了起来。幸好，到加德满都后手机有了信号，但不是很稳定，时断时通的。

秦义军看了一眼电话号码，是山西天龙救援队队长陆玫打来的。原来陆玫队长从秦义军的微信朋友圈里得知他在尼泊尔徒步，地震发生后，她第一时间拨打秦义军的电话，一来关注自己的队员安危，二来也在为决策救援获取现场第一手资料。整整一个下午，陆玫焦急地在办公室徘徊，不停地拨打秦义军的电话，自己累了，就让其他人帮忙拨打。

电话终于接通了，听筒里响起陆玫十分焦急的声音：

"是秦义军吧？是秦义军吧？"

"是的，我是，我是秦义军。"

"谢天谢地，电话终于打通了。我是陆玫，怎么样，你没事吧？"陆玫问。

参加救援无数次，没想过家人，更没想过回报。

侯马 郑建东

秦义军回答："陆队，我没事，很安全。"

"那就好，那就好，让我们担心死啦！"秦义军从听筒中听到陆玫长出了一口气。

在简短问候几句后，秦义军向陆玫汇报了灾区现场情况：房屋倒塌严重，首都加德满都街头挤满了受灾群众，一些灾民无家可归，只好露宿街头；现场急需救灾帐篷、食品、棉被等。

应该说，秦义军的现场情况反馈，是中国民间救援组织第一时间得到的最准确的前方消息，这一消息，对天龙救援队做出赴现场参与救援的决定起到关键作用。

陆玫安抚秦义军注意自身安全，同时下达指令：一、立即与中国扶贫基金会取得联系，接受救援调遣，服从救援工作安排，积极参与到抗震救灾工作中；二、山西天龙救援队将派遣一支救援队伍赶赴尼泊尔参与救援，请秦义军在当地做好接洽事宜，与官方组织机构进行对接。

夜幕降临，窗外一片漆黑，山西天龙救援队队部灯火通明。得知尼泊尔发生 8.1 级地震后，队员们纷纷赶到队部，接受指令。侯马、运城、阳泉等支分队把电话打到队部，电话铃声此起彼伏，一直响个不停。

"晋城支队 20 名队员已备勤，可以随时启程。"

"阳泉支队 20 名队员已备勤，接受总队指令。"

在忙乱的电话铃声中，队长陆玫异常冷静，但也格外纠结。队里几个领导聚集在了队部，商议决策。此次出队救援，非同一般国内救援，出队队员需要有护照，不能有高原反应，对身体素质要求非常严格。最关键的问题是救援队没有经费来源，出国涉及高额费用，这笔钱从何而来？如果让队员自己抵垫，作为决策领导，不能让队员出力、流汗，甚至冒着生命危险的同时还要出钱，实在于心不忍。

经过几位队领导紧急协商，决定马上行动，分头落实相关事宜。陆玫广开门路，挑起最难办的事情，想办法筹措资金。黄刚副队长负责筛选出队人员，重点选拔那些身体素质过硬、有高海拔户外徒步经验、参与过大型危险救援经历的队员参加。其他领导第一时间收集资料，利用各方关系，为队员加急办理出国护照。

就在陆玫为经费一筹莫展时，一个名叫成军杰的打来电话，把事情解决了。成军杰是一名房地产商人，拥有多家公司，一直热爱公益事业，对天龙救援队的发展壮大给予过支持。听说赴尼泊尔救援缺乏经费，他马上给陆玫打电话表示愿意资助往返路费，同时有个小小心愿，想穿上救援队红色队服，以一名天龙救援队员的身份，赴尼泊尔参与地震救援，献上一份爱心。

"没问题。"放下电话，陆玫悬在嗓子眼的一颗心总算落到了肚里。

即将出队尼泊尔和西藏的消息，在救援队上下引起轰动，新老队员纷纷报名要求参加。考虑到这是一次跨国行动，也是山西天龙救援队自组建以来第一次参与国际救援，既代表山西民间救援队伍的地方形象，也承载着伟大祖国的荣誉。队领导从身体素质、救援经历、集体观念、团队意识等多方面严格把关，层层选拔，不允许掺杂任何私心杂念。

经综合各种因素选拔后，出队名单出炉，赴尼泊尔加德满都和西藏日喀则的队员一共11人，除秦义军已在加德满都接应以外，其他队员立即投入紧张有序的准备工作中。

山西省公安厅开启绿色通道，太原市公安局、大同市公安局、霍州市公安局特事特办，简化一切手续，不到两天时间，队员们的护照全部办理完毕。

两支救援队伍也组建完成。

第一队：由武振宇带队，队员有太岳山支队副队长荀丽华、队员成军杰，以及已在尼泊尔地震现场的秦义军，共4人组成。

第二队：由梁耀丰带队，队员有太岳山支队长曹双福、车辆组队员王瑞林、搜救队队员王杰，以及大同支队搜救组成员谢青、白海峰、班廷儒共7人。

4月28日，梁耀丰带领6名救援队员先行出发，取道成都机场转飞西藏拉萨，先在拉萨集结，与中国扶贫基金会、壹基金等组织对接后，接受

公益之路让我们成长，互帮互助让我们友爱，让天龙这面旗帜在三晋大地高高飘扬。

大同 庞琳

救援调遣。队员们随身携带护照，随时做好增援尼泊尔的准备。

因地震造成多趟飞往尼泊尔加德满都的航班取消，国际机票异常紧缺。武振宇和其他 2 名队员滞留昆明机场，在被迫推迟两天后，于 4 月 30 日登上了由昆明飞加德满都的国际航班。

就在国内紧锣密鼓地落实资金、办理护照、着手准备物资器械的时候，身在地震现场的救援队员秦义军已按照陆玫指令，一刻也不停歇，四处寻找来自中国的救援组织。

异国他乡，语言不通。秦义军不知道该去哪里打听，就这样漫无目的地在街上走走停停，停停走走，感觉自己好无助。

余震不断，人心惶惶。走着走着，忽然就是一阵天旋地转，房屋发出可怕的怪叫声，让人心惊胆战。

倒塌的房屋、露宿街头的灾民、乱糟糟的秩序，到处弥漫着一种死亡的恐惧气氛，这一切都让秦义军感到不适，让他时不时冒出想赶快离开这里的念头。离开还是留下？留下还是离开？两种想法不停地在脑海里打架。

"还待在灾区干吗？等死啊！"有朋友直接骂他糊涂。

"你脑子是不是进水啦？"说什么话的人都有。

父亲也给他打电话，让他赶紧离开。

这时候，陆续有了飞往国内的航班，秦义军可以选择回国，离开这个让他险些丧命的地方。但是天龙救援队队员这个特殊身份，特别是陆玫队长的指令，让他决意留了下来。责任、担当、奉献、使命，他想起入队的时候，教官讲过的这 8 个字。那时候他只是记住了这几个字，在尼泊尔的加德满都，在片片废墟之中，他才深切体会到这几个字的真正含义。

喝不上水，吃不上饭，露宿街头，秦义军感觉自己成了一名难民。但他不放弃，一直努力寻找着。终于，在一所学校的上空，他看到了飘扬的五星红旗，那面五星红旗在蓝色天空的映衬下，格外耀眼，格外夺目。那红色的旗帜，从来没有像今天这样火红。中国扶贫基金会的临时办事机构，就设在这所学校里面。看到五星红旗的那一刻，秦义军激动得泪流满面。

中国扶贫基金会的工作人员接纳了这位来自山西天龙救援队的队员，马上把他编入工作小组，与其他人员一道开展灾情普查摸底和救援物资发放工作。

找到了组织，让秦义军有了一种归属感。尼泊尔当地的救援工作非常缓慢且效率低下。由于指挥协调无力，开始的救援工作几乎处于无序状态，要么是一窝蜂集中在某几个地方，其他地方没有救援人员；要么是救援物资到达后人员调配出现问题，不能及时转运，造成物资滞留。秦义军非常着急，每天顾不上休息，和扶贫基金会的同志一道，徒步四五个小时，到加德满都周边的村庄做灾情普查，统计受灾情况。由于语言不通，他就一户户现场走访，尽可能收集准确资料，并及时把受灾信息统计上报。中午常常吃不上饭，连水也限量，几天下来满嘴起得都是泡。同行的伙伴劝他休息，他不肯，坚持一个村庄一个村庄地跑。每天回到住的地方，衣服没来得及脱就睡着了。有好几次半夜余震来袭，同屋的伙伴呼啦啦全都跑出去了，他睡得死沉死沉，根本不知道有余震发生。

"你呀，地震砸死你都不知道。"一起参与灾情普查的志愿者心疼地说他。

30日上午，从昆明飞往尼泊尔加德满都的飞机抵达特里布万国际机场上空，救援队员武振宇、荀丽华、成军杰就坐在这架航班上。

地震后的特里布万机场异常繁忙，不停有搭载救援人员和大批国际救援物资的飞机频繁起降。2015年，美国有线电视新闻网曾经发放2.6万份有效问卷统计，评比全球十大最烂机场，加德满都特里布万机场榜上有名。

从昆明飞来的飞机一直无法降落，只好在加德满都上空盘旋，一圈、两圈、三圈、四圈……借飞机盘旋的机会，武振宇、成军杰、荀丽华3人得以从空中观察加德满都的受灾情况。

尼泊尔最有名的加德满都杜巴广场受损最为严重，老皇宫（哈努曼多卡宫）部分坍塌，成为危险建筑。

加萨满达庙（独木庙）、玛珠庙完全坍塌。

迪路迦摩罕纳拉扬神庙、纳拉扬毗湿奴庙完全坍塌。

救人于危难之中尽全力，助人于需要之时动真情。

汾阳 武小龙

位于加德满都城区的比姆森塔（达啦哈啦塔）完全坍塌。

飞机上的新闻也在不停滚动播出：加德满都杜巴广场、巴德岗杜巴广场、帕坦杜巴广场一共有 14 座古建筑或完全坍塌，或部分坍塌。

除去这些广场的神庙，即便不是震中的加德满都，仍然有大量的民房坍塌，成为一片废墟。

昔日旅游胜地，游人如织，如今满目疮痍，废墟一片。望着舷窗下的景象，救援队员们心情都很沉重。尤其是做房地产开发的成军杰心里更加不是滋味。建设一座城市需要几代人的付出，毁掉它可能只需要短短几分钟。人在自然面前显得多么渺小。

飞机在盘旋 2 个小时后，终于收到塔台允许降落的指令，平安降落在特里布万国际机场。

当武振宇、荀丽华、成军杰 3 人走出机舱、双脚踏上尼泊尔土地的那一刻，无论是山西天龙救援队，还是山西民间救援组织，都具有划时代的意义。这是山西天龙救援队，也是山西民间救援组织第一次跨出国界、参与国际救援。虽然第一梯队只有区区 4 名成员，第二梯队 7 人还在拉萨集结待命，随时准备起飞。即使这样，跨境尼泊尔救援，依然呈现出非同一般的积极意义。

已在加德满都等候几日的秦义军立即与他们会合，几个人的手紧紧握在一起。武振宇还扑上去把秦义军抱住高高举起。

看到皮肤黝黑、衣冠不整、一脸疲惫的秦义军，武振宇、成军杰他们心里不是滋味。成军杰握着秦义军的手使劲摇着："义军辛苦了，义军辛苦了，我们代表陆玫队长向你问候。"

"谢谢你们，谢谢陆玫队长。"秦义军一下子觉得心里踏实了。连日来的不适、疲倦、无助、恐惧，全因自己队友的到来，消失得无影无踪。

在加德满都市区，即便早有思想准备，即便在新闻媒体上看到过播放的地震画面，但是，当他们身处地震现场时，地震的惨烈以及地震给这个城市造成的伤害，还是让武振宇、成军杰、荀丽华他们几人感到震惊。

闻名世界的古老建筑坍塌了，民房倒塌更是不计其数，依然还有未安置的灾民睡在大街上，卫生状况、社会秩序令人担忧。

他们一行从太原出发，沿途一直没怎么休息，好容易到了加德满都，却没有住的地方，当晚，只好在杜巴广场搭帐篷就地休息。广场四周，全是坍塌的庙宇废墟，半夜 1 时多，加德满都又发生一次 5.2 级的余震，有房屋倒塌，大地发出可怕的怪叫声。连惊带吓，他们一晚上再也不敢合眼。倒是秦义军见怪不怪了，地震时睁了睁眼，翻个身又睡着了。对于已在震区多日的他，这样的经历已经数不过来了。

经秦义军牵线，天龙救援队的 4 名队员全部和中国扶贫基金会、壹基金的工作人员进行了对接，接受任务指派和具体工作安排。

由于已过地震 72 小时黄金救援时间，人员搜救主要由当地政府及国际救援组织具体实施，作为一支民间救援队伍，在灾区更多的任务是做一些灾民安置、帐篷搭建、物资转运、灾情普查等相关辅助工作。

一大早，武振宇徒步十多千米，赶到驻扎在城外一处工地的中国国际救援队临时指挥部，找到了救援队员何红卫。这既是一名国际救援队员，也是一名培训教官。在北京凤凰岭国家地震训练基地，武振宇参加过几次地震救援培训，何红卫是他的教官。培训结束后，俩人成了好朋友，加了微信，平常有什么疑惑或不解，武振宇会通过微信请教这位教官，何红卫无论多忙，都要抽时间回复，武振宇的救援理论水平也因此得到提升。

"何教官你好，我来看你了。"

"振宇兄弟好，没想到我们在这里见面了。"

说着说着，俩人就紧紧拥抱在一起，彼此间感受到了浓浓的温暖、信任、友情。

说起来，他们也有两三年没见面了，没想到这次见面是在尼泊尔的加德满都。

武振宇一方面看望自己的教官、好朋友，更主要地想多了解一些现场的实际情况，落实需要天龙救援队做配合的工作。何教官简单把地震造成的房屋坍塌和人员伤亡情况做了介绍，他对武振宇说："前期生命救援的黄金时间是 72 小时，主要由专业的国际救援队伍完成，目前已接近尾声。

与天龙同行，和天龙为伴，快乐志愿，点滴做起。

翼城 刘丽

地震之后的后续工作非常繁重，主要依靠民间救援组织和志愿者。"

他拍了拍武振宇的肩膀说："你们肩上的担子也很重啊，但是不管怎么样，一定要注意安全。"

"谢谢何教官。"武振宇挺直身体，给何教官行了一个标准的军礼。

在得知加德满都周边一些村庄短缺救灾帐篷，有灾民没有临时住所时，当天上午，成军杰就带领秦义军、荀丽华到商场购买彩条布。街上尘土飞扬，垃圾遍地，到处都是残垣断壁和倒塌的房屋。当地百姓驾驶两轮、三轮摩托车和各种看上去早该报废的小型货车在街上飞驶，车轮过后，扬起大片粉尘。

好容易找到一家开门的店铺，地震把房子的一面墙震塌了，还没来得及维修就开门营业了。店家硬是费力扒开倒在货架上的铝合金窗户和砖块，从废墟底下拖出来他们要购买的200块彩条布。片刻工夫，成军杰、荀丽华、秦义军被荡起的灰尘弄得灰头土脸。他们顾不上这些，自己掏钱雇了一辆小货车就出发了。

和他们一起出发的，还有来自西安雀巢咖啡公司的3名志愿者，她们是张小丹、黄姗、徐娜。尼泊尔地震发生后，她们所在的公司纷纷捐款，并派出这3名员工赴尼泊尔献爱心。在昆明机场，看到山西天龙救援队要赴尼泊尔，于是主动要求编入天龙救援队一起开展工作。

他们赶往距加德满都市区60千米的达丙村，地震将村子里的房子夷为平地。武振宇他们接到基金会指令，为这个村庄搭建帐篷，安置灾民。通往村子的路被地震扭曲得不成样子，大型车辆根本无法通行，小型货车凭借自己瘦小的车身，不停躲避着大坑小坑。车子走不了了，他们就下来推，实在不行，他们就把东西搬下来，把车推过去后再把东西搬上车，搬上搬下折腾了十几个来回。有好几次，在上山的弯道上险些翻车。为安全起见，也为减轻车辆载重，他们弃车徒步前行，让司机独自驾车驶往目的地。

小村子坐落在山坡上，背后就是森林和雪山，如果不是地震，这样田园风光的小村子，就是人们无限向往的世外桃源。村里共有16户人家，地震时房屋几乎全塌了，有人员受伤，但没有人员死亡，受伤人员已送往医院接受救治，其余的灾民组织自救，恢复家园。

天龙救援队的 4 名成员和 3 名志愿者到达后，灾民们非常高兴。得知是给村民搭建帐篷，纷纷前来帮忙。

　　由于缺乏支撑物，苟丽华、成军杰他们就到树林里砍伐一些竹子做支架，灾民们到已倒塌的房屋寻找一些房梁或木棍。武振宇和秦义军受过专业培训，看似不可思议的几根木棍，在他们手里削削砍砍，就做成了帐篷支架。3 名志愿者给他俩打下手，架彩条布，做捆绑。一不留神儿，苟丽华的手指被竹条划开一个口子，鲜血直流，他贴上创可贴，做了简单包扎。他们一直干到天黑，共计完成 16 顶帐篷的搭建，满足了住宿需求。灾民们有了临时住所，高兴地向救援队员竖起大拇指，并用刚刚学会的中国话连声说："谢谢，谢谢！"

　　他们离开时，备受感动的灾民们一直把他们送到很远很远的地方。那红色的队服，那忙碌的身影，给这些灾民们留下了太深的印象。他们记不住这些队员的名字，但他们知道，这些救援队员来自中国，他们的名字就叫中国。

　　大部分时候，武振宇、苟丽华、成军杰、秦义军他们会被基金会编入一个救援分队，与来自国内的其他民间救援组织一道，安排赴灾区发放大米、水、面粉、食用油等救灾物资。这种任务虽然没有技术含量，但需要有好的体能做保障。对于武振宇、秦义军这样的年轻人来讲，不在话下，可身为一家房地产公司负责人的成军杰，多少年没干过体力活了，刚开始根本吃不消，搬几袋大米就累得直不起腰，气喘吁吁。他硬是坚持着，坚守着一个信念，不能给山西丢脸，不能给身上的红队服丢脸。几天下来，再有这种搬运任务，他提起一袋面粉，跑得不比年轻人慢多少。可是，每天晚上回到住处，他躺在床上，全身就像散了架，一下也不想起来。

　　到达加德满都后的第三天，一家在当地开旅店的华人老板，把他们安置到了自己的酒店免费居住，他们 4 人这才从杜巴广场的帐篷里搬了出去。成军杰感受最深，在国内很羡慕那些玩户外住帐篷的人，觉得好玩、潇洒，

尽己之力，帮助别人，开心自己。

晋城 郑晋芳

可仅仅在帐篷里住了两天，就体会到没那么好玩，简直就是遭罪。住到酒店后，他们几个第一次吃到热乎饭，咖喱土豆拌白米。地震后物资缺乏，几乎天天都是咖喱土豆拌白米，几天下来，他们一口也吃不下了，闻着咖喱味儿就想吐。没有菜，索性就只吃白米饭。回国后，武振宇瘦了整整8斤，荀丽华瘦了6斤，成军杰瘦了5斤。

一天，他们接到一个任务，地震造成一所孤儿院坍塌，急需将孤儿院20多名孤儿转移安置，他们立即前往位于市郊的这所孤儿院。孤儿院已经坍塌，不能使用，20多名孤儿住进了前期搭建好的救助帐篷。他们需要将这些孤儿和他们的东西，护送到市区另一所没有受到地震影响的孤儿院。这件看似简单的工作，也让他们费了好大精力。

原来，这些孤儿大多有智力障碍。转运那天，没有当地志愿者跟随，无法语言沟通，用手笔画让他们上车，他们死活不肯。这个刚哄上去，一转身又从车上跳了下来。成军杰、荀丽华、秦义军急得满头大汗，来来回回1个多小时也走不了。

来自西安的3名志愿者想出一个办法，和这些儿童玩猫捉老鼠的游戏。几个回合下来，扮演"老鼠"的这些孤儿一个个被捉住，乖乖地上了车。

救援任务结束了，当回程的飞机从加德满都机场腾空飞起时，对于山西天龙救援队来说，首次进行跨境国际救援，对自己的胸怀和境界，尤其是品牌的社会影响力，又提升了一个新的高度。

金佛找到了

时　间　2015 年 4 月 28 日—5 月 8 日
地　点　西藏日喀则市吉隆县吉隆镇
摘　要　从坍塌的屋檐下找到一尊金佛，但面对与内
　　　　　地截然不同的风俗习惯，接下来又会发生什
　　　　　么事呢？
队　员　梁耀丰　曹双福　王瑞林　王　杰　谢　青
　　　　　白海峰　班廷儒

救助安置点受灾藏民

吉隆，有"西藏后花园"的美称，自然景色非常优美。

这里属亚热带气候，受从峡谷吹来的印度洋暖湿气流影响，温暖湿润，森林茂密，植被丰富，有国家重点保护植物喜马拉雅红豆杉、长叶云杉等。峡谷两侧山峰林立，沟谷幽深，景色宜人。山顶终年被皑皑白雪覆盖，山腰森林植被似绿色飘带，山麓流水不断，形成一个又一个细长的瀑布，层层叠叠，像银练般飘落。峡谷中，绿蓝相间的河水拍打着两岸及河心的巨石，激起簇簇白色水花。公路边，一条高达百米的瀑布从高高的岩壁上轰鸣而下，溅落在地，腾起十几米高的水雾。

传说公元8世纪后期，吐蕃王赤松德赞从印度迎请莲花生大师入藏，途经此地，大师见山清水秀，风景明媚，不胜感慨，欣然命名为"吉隆"，意为幸福、欢乐之地。

历史上这里是中原通向印度、尼泊尔等南亚国家的重要通道，尼泊尔的尺尊公主远嫁松赞干布即经此地抵达拉萨。唐朝使节也从这里出使尼泊尔、印度。清军从这里击退尼泊尔入侵者，民间至今流传着许多颂扬天朝威名的故事。

即使这样美如神仙居住的地方，也无法逃脱大自然的躁动。发生在北京时间2015年4月25日14时11分的尼泊尔8.1级大地震，处在同一地震板块、与尼泊尔毗邻的西藏自治区日喀则市吉隆县、定日县、樟木县震感强烈，同样造成人员伤亡和大量百姓房屋、佛教庙宇倒塌受损。具有上千年历史的帕巴寺，是一座尼泊尔风格四层楼阁式石木塔，与拉萨大昭寺建于同一时期，据传是藏王松赞干布迎娶尼泊尔尺尊公主时，在边境建立的镇边寺庙之一，属全国重点保护文物，在地震中不幸坍塌被毁。强真寺、玛尼拉康等知名庙宇也全部或部分倒塌。

据西藏官方统计，地震波及西藏多个县区，造成82座寺庙受损，其中受损严重13座，中度受损18座。吉隆、聂拉木、定日3县成为重灾区，数千间房屋顷刻间夷为平地，近30万人不同程度受灾。通往这3个地方的道路出现大面积塌方，山体滑坡严重，道路中断，与外界失去联系，成为"孤岛"。震后，地质结构发生较大变化，随时可能再次发生山体滑坡、泥石流等重大次生灾害。

这是一场西藏近80年来最大的地震灾害，也是西藏和平解放以来最大的地质灾害。

时间就是生命，西藏自治区党委、区政府一声令下，迅速启动地震应急预案响应，命令区、市、县有关领导和地震、民政、卫生、交通、通信、武警、消防、边防等有关部门迅速向灾区集结，赶赴震区一线，查看灾情，组织抗震救灾。

由国家民政部、发改委、财政部、国土资源部、住房和城乡建设部、交通运输部、中国地震局组成的国务院抗震救灾联合工作组也即刻赶赴日喀则市，连夜与自治区"4·25"地震抗震救灾前方指挥部共商抗震救灾工作。

主震发生25个小时后，也就是26日15时09分，尼泊尔再次发生7.1级余震，震源深度10千米。通往聂拉木县的唯一通道318国道距县城8千米处有两处发生较大塌方，山体松散，不断有滚石、泥石流、雪崩发生，近6000人被困，给抗震救灾带来严重影响。

尼泊尔大地震、西藏受损严重的灾情不仅牵动着党和政府的心，也同样牵动着山西天龙救援队队员们的心，大家纷纷集结在队部，向队长陆玫申请，要求赴灾区参加救援活动，献上一片爱心。

"报告陆队，大同支队目前有32人报名要求赶赴一线参加救援。"大同支队长吴雁忠向陆玫队长请愿。

"报告陆队，侯马支队目前有26人报名要求赶赴一线参加救援。"侯马支队长郑建勇向陆玫队长请愿。

这种场景对于队长陆玫来说已不是第一次。每次一旦有救援任务，队部总是挤得满满的人，要求出队。队员们都想在国家需要的时候去做点什么，不为名利，没有报酬，甘愿承担风险。

究竟该派谁去呢？这时候最难取舍。

陆玫召集搜救大队、后勤部、人事部等各部门负责人，召开队务会反复权衡、比较，迅速确定了出队名单：

加入天龙，我最大的收获是认识了好多爱心满满的队友。

大同 张保勇

梁耀丰，天龙救援队专职秘书，壹基金救援联盟联络员，参与过云南鲁甸地震救援和山西境内 18 次山地救援。

王杰，天龙救援队搜救队员，西藏军区退伍军人，有丰富的高原工作经验。

王瑞林，天龙救援队车辆大队队员，航空兵退伍，有丰富的山地越野驾驶经验。

曹双福，天龙救援队太岳山支队队长，10 多年的户外领队经历，多次穿越高原藏区。

谢青，天龙救援队大同支队搜救队员，户外运动爱好者，有穿越雪域高原经验。

班廷儒，天龙救援队大同支队搜救队员，资深户外运动爱好者，有穿越雪域高原经验。

白海峰，天龙救援队大同支队搜救队员，户外经验丰富，有高原穿越经历。

4 月 28 日下午 2 时，太原武宿机场。

"好帅啊。这是要去哪里？"当身着红色天龙救援队队服的 7 名队员排着整齐的队列出现在候机大厅时，立即引起关注。

听说救援队要赴西藏地震灾区参加救援，人群中发出赞叹："参加救援？太了不起了！"

"哇，还有一位漂亮姑娘。"英姿飒爽的梁耀丰是队伍中唯一的女队员，她一出现在机场候机大厅，马上聚焦了人们的眼球。可别小看这位 90 后，面孔有些稚嫩，身板好像也不怎么结实，但在山西参加过 18 次山地救援，有着丰富的现场救援经验。别看她是一名女队员，她身上的担子不比男队员轻。如果说到区别，那就是，她的装备除了男队员应有的之外，又多了笔记本电脑、卫星电话，还有单反相机，她要负责全程记录救援过程，向总队反馈现场救援信息。

在梁耀丰、曹双福、王瑞林、王杰等人步入候机大厅时，就如一道靓丽的风景，周围顿时响起热烈的掌声。

武宿机场开启绿色通道，特事特办，让携带着救援装备的队员们顺利通过安检。7 名队员于当晚 9 时 35 分降落在拉萨贡嘎机场后，与早一航班降落的内蒙古联合救援队会合。

"飞机落地后，透过舷窗，能看到夜色下的拉萨机场非常繁忙，不停有飞机起降。出机场后，看到有好多武警部队在集结，民间救援组织的人也有好多，还有穿着各色马甲的志愿者。时间已是凌晨，但公路上运输物资的车辆依然络绎不绝。因为地震后一直有余震，救援人员、武警官兵、志愿者也同样面临危险。从大家严肃的表情中，我们嗅到了一种紧张的气氛。"回忆起当时的情景，梁耀丰说道。

凌晨 1 时，当队员们赶到驻扎在拉萨一家青年旅社的壹基金救援联盟临时指挥部时，好多房间的灯依然亮着。

新疆山友救援队杨队长，双眼布满血丝，一脸疲惫，热情地伸出双手："小梁，欢迎你们到来，一路辛苦啦。"山友救援队在拉萨负责协调来自于救援联盟组织各救援队的相关事宜。

"不辛苦，谢谢杨队。山西天龙救援队 7 名队员向您报道，请给我们分配任务。"领队梁耀丰马上迎了上去，紧紧握住了杨队的手。

"不急，不急。"考虑到大家一路奔波，杨队说，"先休息，明天再说，明天再说。"

"杨队，您还是给我们分配任务吧，不然，我们这些人今晚肯定睡不着。"小梁和队员们坚持着。

"既然这样，我就说了。目前反馈的情况是，日喀则市下属的吉隆县吉隆镇、樟木镇等地受灾严重，急需帐篷、棉被等物资。你们明天上午立即前往贡嘎机场，接收一批救灾物资到日喀则，集结分组后转运吉隆镇。从前方探回来的消息，日喀则到吉隆的路况非常不好，有多个地方塌方，你们要千万小心。"杨队向天龙救援队的 7 名队员下达了任务。

"明白。我们保证完成任务！"夜幕下的拉萨上空，响起了山西天龙救援队队员洪亮的声音。

驰骋在救援灾难上，奔忙于公益事业中。

洪洞　宋亚峰

杨队点点头，他和山友救援队的队员们，向山西天龙救援队投来赞许的目光。

4月29日上午，几乎一夜没合眼的王瑞林、梁耀丰等一行7人随壹基金工作人员前往贡嘎机场进行物资接收。在拉萨市柳梧大桥，他们首先接收了橄榄公社捐赠的25顶军用帐篷，到达机场后，又随志愿者一起将重达10吨的帐篷分别装到4辆卡车上。天渐渐黑了下来，为了赶时间，19时06分，悬挂着"壹基金一家人驰援西藏地震灾区"条幅的4辆装满救灾物资的货车启程开往日喀则市。因货车座位有限，天龙救援队队员王杰与梁耀丰先随车前往，另外5名队员于30日早晨赶往日喀则。

拉萨到日喀则260多千米，梁耀丰他们押运的货车走走停停，停停走走，到日喀则已经是后半夜了。他们和衣在车上打了个盹，等待后续队员赶到。

壹基金救灾指挥部设在日喀则。早在第一时间赶到的救灾部负责人沙磊已连续在日喀则工作了好多天，本来年轻的他，胡子拉碴，皮肤晒得黝黑，连轴紧张忙碌，几乎无法休息，看上去十分疲倦。每次有救灾任务，沙磊总会在第一时间赶到现场。在日喀则指挥部，他负责总调度，指挥大批从全国各地发往灾区的救灾物资在日喀则集结，然后根据现场反馈的信息，分发到各个受灾点。这次受灾严重的樟木镇和吉隆镇，就是主要救灾点。按照常规，每当发生自然灾害后，部队和国家专业救援人员负责黄金时间72小时生命救援，作为壹基金救援联盟的各个民间组织，主要负责辅助的救灾物资转运、现场登记发放、受灾现场灾情普查反馈、受灾人员灾后安置及心理辅导等。前期专业生命救援，抢的是时间，而后续救灾工作更加繁琐细致。

30日下午3时，山西天龙救援队负责转运的4车物资，和新疆山友救援队负责转运的4车物资相继出发，驶往距日喀则近600千米的吉隆县吉隆镇。那里，地震后许多房屋倒塌，人员受伤不严重，但藏民没地方居住，急需帐篷。

吉隆镇和樟木镇，是与尼泊尔交界的两个镇，赴这一地区需办理边防通行证。当领队梁耀丰拿到自己的边防通行证时，无奈地摇了摇头。这位漂亮的年轻女性，父母给她起了"耀丰"这样一个男性化的名字，以至于在边防通行证上，性别一栏被误写成了"男"。这种事情对她来讲，已经不知道发生过多少次了。

当她把"被改性了"这一小插曲发到微信朋友圈时，天龙救援队的队友们回复道，把"丰"改成"凤"或"芬"，肯定错不了。还有人调侃她，实在不行改成"疯"。她发了个撇嘴的表情图标，回复说："三天没洗澡，确实快疯了。"更多的人是关心他们，留言提醒"注意安全"。

从出发以来，只要有网络，梁耀丰总要把现场的工作情况拍照片配文字反馈队部，让坚守在后方的队友们及时了解前方救灾情况。

在前方，即使是转运救灾物资这样看上去似乎轻松容易的事情，路上依然充满了不确定因素和未知风险。

"从日喀则出发时，晴空万里。我们7名队员会合后，很开心。听王杰讲，今天晚上要翻越5000多米的垭口，可以看到天上的银河，我们好兴奋。"队员谢青说。

"我在西藏当了3年兵，下雨下雪是常态，没想到我们在山上遭遇了冰雹，好大个啊。我答应队员们说可以在海拔5000多米的垭口看到银河，结果让他们失望了。一说起这事，丸子（梁耀丰）就说我是骗子。"在西藏当过兵的王杰，非常了解西藏，没想到突然来袭的一阵冰雹，让他在队友面前失信了。

说起那次遭遇冰雹，领队梁耀丰总也忘不掉："虽然我是个女的，可平时胆子够大，但那次遭遇冰雹真把我吓坏了。我们的车快要到达一个垭口时，海拔有5000多米了，天一片漆黑。这时候突然听到车窗外一阵呜呜的风声，还伴随着很怪很怪的声音。我刚问了司机一句怎么了，就听到有什么东西砸到机盖上，一开始还是噼里啪啦的，一会儿就成了很重很重的咚咚声。这时候司机反应过来了，说了句是冰雹。当时车前面一片白雾，什么也看不见，只能听到冰雹砸在车上的响声，那种声音是我长这么大听到的最恐怖的声音。"

十年付出，坎坷崎岖；十年历程，刻骨铭心；十年发展，由弱变强；十年奋斗，百折不挠；未来十年，再谱新篇。　　　　太原　魏福红

"时间应该是后半夜，风很大，怪叫着。顺着车灯方向一点微弱的光，妈呀，真吓人，砸在地上的冰雹，足有核桃那么大，在地上被风吹着骨碌碌跑。我瞅了一眼垭口的经幡，也被冰雹砸成了碎布条。"队员白海峰回忆道。

这时候，司机赶忙把车停在路边，不走了。风大，又有冰雹，前方路况不明，不能贸然前行。垭口上没有任何建筑，没地方可躲，他们一行只能待在车上，默默祈祷。

"我们负责转运的 11.5 吨帐篷，除了由橄榄公社捐赠的 1.5 吨外，其余 10 吨都是由社会各界人士 1 元、5 元捐赠给壹基金，由壹基金统一购买的。这是老百姓的钱，是老百姓的心意，无论我们遇到什么危险，都要确保这批物资安全，而且要亲手发放到灾民手里。

"我当时最担心的是车上物资的安全，虽然有雨布遮挡，但这么大的冰雹，别把救灾帐篷砸坏了。"梁耀丰平静地说。

庆幸的是，冰雹大概下了 20 多分钟就停了。王瑞林赶忙清点人头，检查车辆、物资，还好，全都平安无事。梁耀丰和大家伙悬着的心放下了。他们也因此错过了在垭口观赏浩瀚的星空。

在西藏，特别是海拔 5000 多米的垭口，离天很近，一伸手仿佛就能摘下一颗星星。没有看到浩瀚的星空，不能不说是一个遗憾。

如果说遭遇冰雹袭击让他们受到惊吓，接下来翻越海拔 5236 米的孔唐拉姆山垭口时，则让他们经历了一场生死考验。

在通往樟木口岸和吉隆县城的三岔路口，转运物资的车辆驶上一条通往吉隆方向的柏油路。前行不久，海拔 8012 米的希夏邦马峰以及并排的若干座巍峨的雪山，闯入队员们的视线。雪山傲然挺立，雄伟壮观。白云与雪山相伴，在山峰间环绕，亲密无间，依依不舍。

希夏邦马峰是唯一一座全部在我国境内的海拔 8000 米以上的山峰，正前方就是美丽的佩枯错湖。佩枯错蓝得耀眼，远远望去，有三三两两的仙鹤、灰鸭在湖中戏水。清澈的湖水倒映着连绵的雪山以及碧蓝天空中飘飞的洁白云朵，更像一个美丽的新娘，柔美婉约，楚楚动人。

西藏大美，大美西藏。队员们多想下车和巍峨雄壮的希夏邦马峰，和美丽动人的佩枯错合影留念，但为了赶时间，为了及早把救灾物资运送到吉隆镇，队员们硬是忍了。

即便这样不停车赶路，开始翻越孔唐拉姆山时，天还是毫不留情地拉上了帷幕。漆黑的夜色里，只有他们的几台车在行驶。

孔唐拉姆山的弯道多，全是西藏有名的"拐拐路"，视线不好，对司机的心理素质是极大考验。当汽车行驶到半山腰，开始下雨了，渐渐变成了雨夹雪，然后是雪。海拔升高，温度骤降，汽车只能慢慢行驶。途经希夏邦马峰时队员们感觉阳光灿烂，天气好热，开始盘山后，他们把能穿的衣服全穿上都觉得冷。抵达海拔5236米的孔唐拉姆山垭口时，司机和车上的人顿时傻眼了。领队梁耀丰更是头皮发麻，愣在那里。

他们看到了最让人担心的一幕：1尺（1尺约为0.33米）多厚的白雪将垭口覆盖得严严实实，刺骨的寒风几乎瞬间就将地上的白雪吹成了冰，一个冰雪世界呈现在车队面前。最要命的是，这里是赴吉隆海拔最高的一个垭口，从这里开始就是下山的"弯弯路"。别说是这种路况，就是晴天白日，司机走这段路都得格外小心。在西藏，一山有四季，真不是传说。

"怎么办？"令人头疼的问题摆在了大家面前。

如果将车停在垭口，第二天天晴后再走，安全有保障，但最少耽误半天甚至更长时间；如果强行通过，冰雪路面行车，又是下山，汽车一旦打滑，后果不堪设想。

运送救灾物资的车辆是壹基金从社会上招募的，几位司机全是志愿者，无任何回报，同样也是奉献爱心。司机的心情和队员们一样，想尽早将物资送到灾区，一路上马不停蹄，非常疲劳。

为慎重起见，几位司机下车对前方路况进行仔细探查发现，冰雪路段主要集中在温度较低的垭口附近，如能平安驶离积冰较厚的垭口，后面的路况相对好一些。但这短短几百米冰雪路段，对司机和所有队员来说，无疑是一场生死考验。

王杰主动担任现场指挥，身为救援队车辆大队一员的王瑞林负责车辆安全。曹双福几个人冒着风雪，把车辆上下仔细检查了几遍，首先确保车

和平时代，天龙守护你我他。

阳泉 张晓红

辆制动、转向、灯光没有问题，包括固定物资的雨布没有松动，捆绑结实。除司机和副驾驶位置留一人配合司机观察，其他人全部下车。

以下是梁耀丰在日记中记录的全过程：

"凌晨 2 时 23 分，汽车启动，经过大雾路段，能见度 20 米，路面结冰，道路崎岖。因地震造成山体滑坡，导致路面石块较多。司机捏了一把汗，注意力高度集中。

"凌晨 3 时 12 分，车辆停靠路边，气温较低，刹车喷淋冻住，开始人工给轮胎降温。

"凌晨 5 时 57 分，再次停车给轮胎降温。"

下山途中，一辆汽车的方向控制器坏了，眼看着汽车就要滑入旁边的悬崖，司机关键时刻没有慌张，连续点刹、点刹，在汽车即将坠入悬崖的危急时刻将车停住。坐在驾驶室的白海峰惊出一身冷汗。司机过了好半天才从车上下来，蹲在地上一声不吭，连着抽了半包烟。

"我被安排坐在副驾位置配合观察路况。方向失灵时，我听司机嘴里嘟囔了一句，车就往沟里偏，我赶紧大喊，偏了，偏了，可是没有用，汽车还是往悬崖滑。那时候我紧紧抓着车上的把手，跳车的心思都有，心想，完了完了！"队员白海峰讲述这一惊险经历时，依然感到十分后怕。

"毕竟是当地司机，经验丰富，处置得当。不然，那次恐怕就要挂了。当然，如果能以这种方式告别人世，其实也挺高尚的。可是，那就苦了孩子，媳妇也成别人的新娘啦。"白海峰这样说。

当时山上的气温在零下 15℃ 左右，队员们冻得瑟瑟发抖。他们协助司机传递工具，帮忙测试方向盘转向。在大家共同努力下，车修好了，他们缓慢地驶离危险路段，在夜色中继续向目的地吉隆进发。

又一次险情发生在快下山时。王瑞林和曹双福以及一名壹基金的工作人员乘坐的最后一辆卡车，下坡行驶中，轮胎携带防滑链时间过长，前轮胎爆胎，方向失控，再次险些坠入山崖。多亏司机经验丰富，避免了事故发生，队员们侥幸躲过一劫。

紧张忙碌中，他们当中谁也没有注意到，他们的手机已经好长时间没有信号了。地震以后，吉隆的通信网络一直没有恢复，自从他们进入吉隆境内，队员们全部处于失联状态。他们自己没有察觉，但是把后方大本营的队友和家属们着急坏了。

"我们大同支队这次选派了3名最优秀的队员参加救援,每天只要有时间,队员们都要发微信或者打电话向家里报平安。支队其他队员天天聚在队部,关注着前方消息。那天他们从日喀则出发后,晚上9时以后就失联了,电话打不通,微信、短信也不回。"说起他们翻越孔唐拉姆山,天龙救援队大同支队队长吴雁忠说,"西藏我去过几次,比较了解。我知道他们要去吉隆,必须要翻越海拔5236米的孔唐拉姆山垭口。我计算了一下他们的时间,失联的时候应该正好在那一带,这正是我最担心的一段路。

"这3名队员的家人,每隔几分钟给我打一次电话,询问联系上了没有,联系上了没有?其实我比她们还着急,已经做了最坏打算。那一晚,我们有好多人都没有合眼,担心啊!人是我派出去的,万一有个三长两短的,咋向人家家人交代!"

队员班廷儒的老婆说:"我不反对当志愿者,做爱心公益是好事,但也不能把命搭上吧。电话联系不上以后,我心想,这下坏了。那天晚上,是我有生以来最难熬的一晚,我在家里客厅的沙发上硬生生坐了一个晚上。"

5月1日早晨7时20分,历经16个小时的颠簸和一路风险,11.5吨救灾物资终于平安运送到吉隆镇。山西天龙救援队一行7人,从4月28日出发到5月1日抵达救助点吉隆镇,三天三夜几乎没有合眼。他们多想倒头美美地睡上一觉,多想好好看看吉隆镇宛如仙境的雪山瀑布。但是,灾民们的房屋倒塌了,没有地方居住;藏民们埋在废墟里的财产还没有抢出来;灾区还有许许多多的事情等着他们去做。他们没有时间休息,更没有时间看景。

坐镇吉隆镇指挥的县领导给救援队下达任务,赴吉隆镇所属郎久村、新江村、扎村3个自然村进行灾情调查,帮助灾民抢救财产,配合武警战士搭建帐篷,为灾民做心理辅导。

传播正能量,帮助别人,快乐自己。

祁县 陈宝花

王瑞林带领班廷儒、谢青等人到达郎久村。这个村庄位于大山深处，由国家援建的彩钢板房屋零零散散分布在山头或山脚处，地震虽然没有造成人员伤亡，但房屋几乎全部倒塌。这里主要居住着藏族同胞，他们没有存钱的习惯，金佛、唐卡、经文、重大节日穿的藏服等值钱东西全都埋在了废墟里。即使没有倒塌的，墙壁开裂，每时每刻都有倒塌的危险。

县里派了一辆卡车送他们到郎久村。道路狭窄且多处塌方，快进村时，弯道太急，车辆撞到了山崖上，万幸没有人员受伤。

见到有救援队进村，藏民们非常高兴。一位名叫曲松果杰的藏族兄弟拉着王瑞林的手，连说带比画，最后终于弄清这位藏民的意思：他家的房子塌了，有一大一小两尊金佛被埋，想让队员们去帮着找回来。

队员们徒步半个多小时到了他家。曲松果杰家在半山腰，背后就是雪山，房前屋后是森林，不远处就有从雪山上流下雪水形成的瀑布。遗憾的是，房子在地震中倒塌了，红色的彩钢板屋顶在蓝天下异常醒目。

余震随时可能发生，风险无处不在。望着藏民淳朴憨厚和满怀期待的眼神，队员们不顾自身安危，齐心协力，想办法挪开倾斜的彩钢板和房梁。身材瘦小的班廷儒从倒塌墙壁的裂缝中钻到废墟里面，在狭窄的空间寻找有价值的东西。在移动房梁、立柱、门窗过程中，不时有泥土、石块砸下来，队员们躲避不及，好几次被砸中身体、头部。他们一心想着藏民的财产不受损失，对于这些小插曲全然不去理会。

"金佛找到了，金佛找到了。"半个多小时后，终于从坍塌的房屋下传出找到金佛的消息。班廷儒匍匐在狭小的空间，按照藏族习俗，细心地将金佛身上的灰尘擦掉，为金佛披上斗篷和白色哈达，小心翼翼地将金佛抱在怀里，慢慢从钻进去的地方倒着退了出来。

当曲松果杰从班廷儒手中接过披着红色斗篷、做工精美、高度足足有40厘米、依然泛着金灿灿光泽的金佛时，脸上顿时乐开了花，反复用刚刚学会的一句普通话说："谢谢，谢谢！"站在身边的曲松果杰的妻子则不停地点头、作揖，嘴里说着"金珠玛米、金珠玛米"。

排查中，队员王瑞林在一处废墟底下，隐隐约约听到几声牛叫。他赶忙喊来其他人，一起用力将倒塌的八九块木板移开，清理了灰土、石块，救出一头还活着的小牛。主人以为这头牛早被砸死了，没想到被救援队给救出来了，不会说普通话的他咧着嘴嘿嘿笑个不停。

第二天，天龙救援队的 7 名队员再次来到郎久村。这时又有一位灾民找到他们，说自己家的现金被埋，希望帮忙寻找。队员谢青和王杰、梁耀丰来到这户人家。他家的房屋损毁严重，三面墙壁倒塌，另一面墙也摇摇欲坠，已看不出原来模样。他们让藏民回忆，指出放钱的大概位置。这位藏民一会儿指指这里，一会儿又指指那里，也说不出个准确地方。队员们只好先清理一大堆倒塌的石块，让这位藏民慢慢想。没有工具，他们就用手刨，梁耀丰的手指磨出了血，一声不吭。两个多小时以后，谢青几个人终于从被埋在废墟中的一个柜子里找到了放钱的挎包，打开数了数，一共有现金 4.5 万元，还有不少金银首饰，几乎是这户人家的全部家当。

在郎久村，他们连续搜寻两天时间，合计找回各类资产约 270 万元。受灾的藏民用藏文给救援队写了一封感谢信，翻译如下：

"我们吉隆镇朗久村全体村民，特别感谢山西天龙救援队在本村受灾期间为我们所做的杰出贡献。他们冒着生命危险，在倒塌的受灾房屋中，为我们挽回了重大经济损失：现金 7 万余元、大金佛 1 尊、小金佛 1 尊、金碗 4 只、银碗 12 只、银勺子 6 把、红豆杉木碗 40 多个、金耳环 1 对、大唐卡 1 幅、小唐卡 5 幅……"

在感谢信的末尾，由吉隆县司法局驻吉隆镇朗久村全体蹲点干部及受灾村民签字为证。

在新江村做灾情普查中，梁耀丰、王瑞林、曹双福他们遇到了吉隆县卫生服务中心的医生旺拉和同事顿珠，地震后旺拉和顿珠负责新江村的消毒防疫工作。交谈中，他们了解到，灾民每家每户都领到了居住帐篷，旺拉和顿珠没有自己的帐篷住，只能和村民共用，不太方便，也休息不好。

梁耀丰立即和壹基金的现场负责人取得联系，当天下午就为他们送去一顶帐篷，并帮助搭建好，使旺拉和顿珠有了自己的工作小基地，也能休息好，每天有充沛精力为新江村的老乡做灾后消毒工作。

公益事业无须追梦，只要付出，就有收获。

襄汾 曹春雷

扎村在朗久村的上方，山路崎岖但风景很好。扎村有一户6口人家，爸爸妈妈和4个孩子，爸爸叫罗布。他们一家住在民政救灾帐篷里，家里放着几个大箱子，孩子们在帐篷里嬉笑追打显得很拥挤。见到救援队员，罗布希望能改善一下。梁耀丰、班廷儒、王杰他们到村委会核实情况后，为罗布家又申请搭建了一顶壹基金的帐篷。孩子们在宽敞的帐篷里又蹦又跳，开心极了。在老大姐姐的带领下，几个孩子兴奋地唱起那段时间很红的西藏姑娘边巴德吉唱的藏语歌《喜欢你》：

细雨带风湿透黄昏的街道
抹去雨水双眼无故地仰望
望向孤单的晚灯
是那伤感的记忆
再次泛起心里无数的思念
以往片刻欢笑仍挂在脸上
愿你此刻可会知
是我衷心地说声
喜欢你 那双眼动人
笑声更迷人
愿再可 轻抚你
那可爱面容
挽手说梦话
像昨天 你共我
满带理想的我曾经多冲动
屡怨与她相爱难有自由
……

虽然队员们听不懂歌词，但从孩子们那纯真的眼神中，从那并不准确但依然动听的旋律中，感受到了孩子们的一份真诚。

从5月5日起，队员们将工作重心转入另一阶段，向灾民发放2000个睡袋和1000张床；发放温暖包316个，文化用品500套。

5月6日下午，从日喀则转运来的500套御寒衣物到达吉隆镇，刚派发完一批物资的队员们顾不上休息，立即配合壹基金救援联盟青海淳源志愿者服务中心，下发给吉隆镇爱民固边模范小学的学生们，这些御寒衣物有棉衣、靴子、围巾、帽子等。

孩子们在排队领取衣物时，看到拍照的梁耀丰，纷纷挤到镜头前说："阿姨，阿姨，给我们拍张照片吧。"

梁耀丰把十几个孩子集中在一起，假装生气地说："叫姐姐，不许叫阿姨。"

孩子们异口同声地改口大声喊："姐姐，姐姐。"

梁耀丰被逗得直乐呵："过来，摆个造型，姐姐给你们拍照。"于是，在梁耀丰的手机里，一直保留着这张合影：十几个孩子挤在一顶帐篷前，有的冲着镜头笑，有的瞪着一双好奇的大眼睛，有的则用手比画一个"V"字。在他们的眼中，地震带来的恐惧早已退去，已看不到一丝一毫的无助和孤寂。地震虽然让他们暂时失去了家园，但在他们幼小的心灵里，知道在危难之时，一定会有人伸出援助之手，会来帮助他们。

吉隆镇完小开学了，孩子们在民政救灾帐篷里上课，但是周围还扎着好几顶壹基金帐篷。壹基金帐篷的大小适合居住，但如果做帐篷学校，上课就有些小。那它有什么作用呢？梁耀丰带着疑惑，轻轻掀起帐篷门帘往里看，禁不住发出"哇，好温馨"的赞叹。里面铺着彩色泡沫垫，帐篷里被老师们布置成了学前班孩子们的活动室，几位藏族老师正带着孩子们在里面唱歌跳舞呢。

梁耀丰心里很欣慰，但有一件事情还是让她放心不下，她的心里牵挂着住在吉隆镇的次旦一家。次旦的爸爸常年患病不能劳作，家里全靠妈妈一人。见到次旦爸爸时，路都走不稳，整个手是青色的，脸色蜡黄，没有一点血色。梁耀丰、曹双福他们配合武警，给他们家搭起一顶帐篷。次丹穿着一双不合脚的大鞋，走起路来啪嗒啪嗒直响，6岁的妹妹央玛听不懂

抢险救援冲在先，爱心接力满人间。

尧都 毕红亮

普通话，低着头不说话，一副不开心的样子。

作为队里唯一一名女性，梁耀丰当天晚上无论如何也睡不着觉，央玛那不开心的眼神一直在她眼前晃来晃去。参加过多次地震救援的她心里明白，央玛还小，地震给她带来的阴影还没有散去。表面上看，有了帐篷住，有了棉衣穿，还给他们家送去了棉被，但她心里缺乏暖暖的关爱和浓浓的亲情。

第二天一早，梁耀丰早早来到次丹家，主动和央玛接近，拉着她的手到各个帐篷做普查。开始，央玛还是被动被拉着走，不一会儿，央玛就活泼地拽着梁耀丰的手四处跑。两人对着手机镜头吐舌头、做鬼脸，央玛把梁耀丰的头盔戴在自己头上，还把梁耀丰队服上的姓名条摘下来放在自己家一头小牛的头上，自己被逗得咯咯大笑。

已经上三年级的姐姐次丹，看着妹妹这么高兴，也不由得笑出声来。她告诉梁耀丰，妹妹好久没有这样开心大笑了。当梁耀丰他们要离开时，妹妹一直让梁耀丰抱着，久久不愿意松开。认为自己坚强、从不掉泪的梁耀丰，那天是一群人当中哭得最厉害的一个。

"截至5月6日15时，西藏党政军警民协调联动，共转移安置受灾群众63989人，其中聂拉木、吉隆、定日3个重灾县分别转移安置21265人、10513人、24097人。"

——摘自《新华每日电讯》

5月7日，救灾工作告一段落，山西天龙救援队的7名队员要返回拉萨了。得知消息的藏民从四面八方赶来，拉着他们的手久久不愿松开。

当汽车已经开出去很远很远了，依然还能看到藏民向他们不停地招手。

在采访赴西藏的几位队员时，他们还讲了这样两件事。

第一件，他们从吉隆镇返回日喀则时，原计划乘坐当地征用的一台卡车，背包行李都放车上了，结果司机要收费800元才肯拉，几经交涉未果。无奈之下，队员们求助日喀则公安系统一位驻村干部，安排他们乘坐一辆执行公务的囚车回到了日喀则。他们几位在车上互相调侃说："是不是谁偷拿了藏民的金佛，被人家举报押送回来了。"大家哈哈大笑。有生以来第一次乘坐囚车的经历，让他们过了多年也不曾忘却。

第二件事情让他们很感动。在拉萨市区乘坐出租车时，得知他们是救援队员，司机说什么也不肯收钱。在一家饭店吃饭，这里刚点完菜，那里就有人把账付了，问谁都不承认。到小卖部买水，老板说什么也不要钱，再推辞就发火了。

远征西藏救援，对天龙救援队来说，为国家民族团结和融合做出了自己应有的贡献。

最美逆行者

时间 2020 年 1 月 23 日—3 月 31 日

地点 全省各地

摘要 突如其来的新型冠状肺炎疫情，从湖北武汉向全国快速蔓延，队员们冒着被感染的风险，逆向前行，把守在高速路口，消杀在街道社区，测温在商场超市，自愿冲在了阻击疫情第一线。

队员 总队及 27 个支分队 1000 余人

在学校防疫消杀

2020 年元月，阴冷、晦涩、凋零，让人有些透不上气来的天气始终笼罩在中国 960 万平方千米的版图上。伴随着这种令人压抑的天气，是人们心中持续多日的焦虑、不安，甚至无以名状的恐慌。

一场新型冠状肺炎疫情席卷中华大地，从湖北武汉向全国快速蔓延，让国人猝不及防。

党中央、国务院迅速号召全国人民行动起来，举全国之力，坚决打赢这场关乎生死存亡的抗击新型冠状肺炎疫情战役。

元月 23 日，对作为重灾区的武汉果断封城，关闭包括航空、高铁、渡轮、公路等所有离汉通道。

医院不够，病人无法收治，以中国速度建雷神山、火神山医院；将体育中心改建成方舱医院，床位达到数十万个。

医护人员不足，全国支援，一批又一批外省援鄂医疗工作者从大年三十开始赶赴湖北各地，人数突破 4 万人。

全国及世界各地捐赠的医疗物资更是源源不断地运往湖北。

疫情波及全国。全国各省、自治区、直辖市，根据《国家突发公共卫生事件应急预案》，启动重大突发公共卫生事件一级响应。

作为内陆省，山西省也在分 13 批派出 1516 名医护人员支援湖北 16 所医院的同时，省内按下了暂停键，采取居家隔离、停工停学等强有力措施，阻击疫情在山西蔓延。

这是一场突如其来的灾难，意外降临，影响到每一个人，绝无旁观者。

这是一场必须要打赢的战役，生死存亡，没有选择，不能退却。

非常时期，关键时刻，作为民间救援队伍，山西天龙救援队选择逆行而上，全省总动员，全面投入抗击疫情的伟大战役中。

元月 25 日，向全省各支分队下发《关于开展防控新型冠状病毒公益行动的通知》，在壹基金救灾联盟指导下，由山西公益伙伴联盟、山西天龙救援队共同成立防控疫情公益特别行动大队，全省各支分队成立防控疫

心在一起，共同经历风雨，爱在一起，汇成无边海洋。

太原 韩雪梅

情公益行动小分队，主动承担疫情排查、医护辅助、便民服务、秩序维护、物资转运等工作，配合各有关部门和社区村落，做好疫情防控工作。

遍布在全省各地的天龙救援队员，以多种方式，冒着被感染的风险，逆向前进，把守在高速路口，消杀在街道社区，测温在商场超市，冲在了阻击疫情第一线，成为非常时期的最美逆行者。

山西天龙救援队城搜队员王宏雄，作为山西白求恩医院重症监护室护士，入选山西援鄂首批135人医疗队，1月26日下午，大年初二，启程驰援武汉。

1月23日

这一天，本是2020年一个普通的日子，却成为一个载入史册的日子。

为有效抗击疫情，有着1000多万人口的湖北武汉封城了。

武汉，素有"九省通衢"之称。封城，这是自1949年中华人民共和国成立以来的第一次，充分说明，党中央国务院为阻断疫情扩散，采取了最强有力的措施。

山西省各地市县也打响了积极抗击疫情的伟大战役。

山西天龙救援队配合当地政府开展抗击疫情的全省活动，也拉开帷幕，并迅速在全省展开。

在支援湖北的55天中，有写日记习惯的王宏雄用笔记录了在仙桃医院与同伴抗击新型冠状病毒的工作过程以及生活、学习的日日夜夜。这些文字里面，有面对并不了解的新型冠状病毒的畏惧，有与同伴携手奋勇作战的艰辛，有治愈人员出院时的由衷喜悦，有生活单调枯燥的无奈，也有思念妻儿父母的真情流露，更多抒发的是作为一名医护人员在关键时刻义不容辞和绝不退缩的责任。

1月25日

王宏雄日记：晴。大年初一。很荣幸，我驰援武汉的申请被批准了，我将作为山西首批援鄂医疗队135人之一出征湖北。感谢我工作的山西白求恩医院对我的认可，也感谢父母在国难当头鼓励我冲在前面。这是我的光荣，也是我当年参加天龙救援队的初衷。

明天就要出发，心情很激动，也很忐忑。不知道我们会遇到什么样的风险？妻子在一旁默默地帮我收拾东西。她知道已经感染了很多医护人员，死了不少人。大过年的，本来应该高兴才是，她背着我偷偷流了不少泪。4岁的女儿只知道我要出差，干什么不清楚。我最放心不下的就是这个活泼可爱的女儿。

1月26日

大年初二，下午1时30分，山西天龙救援队副队长黄刚带领10名救援队员，来到太原并州饭店，为城搜队员王宏雄前往武汉一线增援壮行。山西省白求恩医院从报名援鄂的317名医护人员当中首批选出45人，最终确定15人，重症监护室护士王宏雄位列其中，光荣当选。山西首批出征人员来自全省16所医院共计135人。

壮行现场，是殷殷嘱托，是依依不舍，是泪水涟涟。

当参与为王宏雄壮行的天龙救援队员，将视频和文字发往朋友圈时，大家纷纷点赞留言。

——天龙勇士援鄂行，灾难无情人有情。

——有梦才有方向，有爱才有担当；让我们一起，托起明天的太阳。

——宏雄，好样的，我们是你最坚强的后盾。

——因为有你，这个世界更精彩。

——用实际行动，兑现当初诺言。

——你一直都是我们的骄傲。

——我们不曾忘记入队时的誓言。

——作为城搜队员，我们刻苦训练，只为世界需要我们的那一刻。

——这一刻，我们义无反顾。

尽微薄之力，助人危难之间，多华丽的语言，都不如做点实际的事情。

大同 吴雁忠

——与你同在。

——兄弟，我们等你平安归来。

王宏雄日记：多云。我已踏上援鄂行程。请关心我的单位领导和天龙队员放心，我会照顾好自己，同时也会完成好党和国家交给我的重任。希望能够早日战胜病毒困扰，自己能够早日平安归来。武汉加油！中国加油！

1 月 28 日

山西天龙救援队连续几天在公众号上发布"公益行动 联合防控"的通知，全省 1000 多名队员积极备勤，并对外界公布了 27 个支分队的负责人名单及联络方式。各支分队长主动对接当地抗击新型冠状肺炎疫情指挥部，请求安排任务，做好参战准备。

王宏雄日记：阴。经过长途跋涉，我们于 27 日凌晨 1 时抵达湖北省武汉市。我和另外 54 名医护人员分在仙桃市第一人民医院和仙桃市中医院，住进了仙桃市沔街大道上的一家宜尚酒店。旁边有一个公园，不远处是弯弯曲曲的沔河，附近有一家名叫百尚的超市，还在营业。据了解，因为疫情原因，这家超市为保障附近居民基本生活需求，每天上午 10 时到 16 时营业，附近小区居民凭出入证，一家一周只能派一个人外出购物。整个城市很安静，街上行人寥寥无几，忙碌的只有医务人员、民警、社区工作人员、志愿者和酒店工作人员，还有接送我们的公交车师傅们。

因为前期有医护人员感染，27、28 日两天，当地医院感染科主任给我们详细讲述了防护服、护目镜等防护用品的正确使用方法及穿脱流程。这样的防护培训非常重要。

1 月 29 日

为做好疫情防控，尧都分队快速行动，开始为现场消杀做准备。队长董蓬勃带领队员何炜、乔佳、王志峰上街购买消毒设备（3 台电动喷雾器、2 台油动喷雾器）及防护服、护目镜、口罩、消防雨靴等防护装备；调试及学习消毒设备如何使用；购买 30 瓶 84 消毒液、10 升汽油。

　　从这一天打响抗击疫情的战役后，尧都分队的脚步就再也没有停下来，一直坚持奋战在抗击疫情第一线。

　　王宏雄日记：雨夹雪。根据专业不同，山西首批援鄂到达仙桃市的55名医护人员中，有22人分配至主要接收重症病人的仙桃市第一人民医院，其余人员分配至以接收轻症病人为主的仙桃市中医院。从明天开始，我也将正式踏入自己的重症护理岗位。

1月30日

　　文水分队由宋刚任指挥，出队30人、车10辆，配合县政府分组前往设立的6个点：火车站、汽车站及2个高速口，汾阳、交城邻县交界口，对公共场所来往车辆人群进行酒精消毒。全天消杀车辆1100辆次，人员520人次，酒精消耗量500千克。

　　汾阳分队在武小龙带领下，出队10人，配合县政府设立12个点，对汾阳市各大型超市的来往车辆、人群进行酒精消毒。共计约70辆次，人员160人次。

　　阳泉支队出队3人，帮助阳泉市红十字会给一线环卫工发放捐赠的一次性口罩4000个。

　　王宏雄日记：晴。我作为山西援鄂医疗队仙桃危重症护理组第四组组长兼院感专员，首次进入感染病房。作为组长，我的主要职责是负责监督小组成员防护用品的穿脱是否规范及合格。

　　第一天的工作重点是熟悉工作环境及流程，与当地老师协调与沟通。我们首先按照规范要求穿戴好防护用品，组员之间互相检查穿戴是否规范及安全。简单熟悉陌生的工作环境后，我们开始了组员之间首次配合，以及与当地医护工作者的初次协作。

　　服务全社会，传递正能量。

祁县　吕建芳

在感染病房，因为穿着厚重的防护服，我们只能用纸笔进行简单交流。今天我们护理的多是一些具有自理能力的患者，协助使用无创呼吸机辅助呼吸的阿姨饮水，协助正在静疗的大叔如厕，对隔离患者进行心理疏导，坚定其战胜疾病的信心。

1月31日

早上9时，尧都分队的10名队员携带2台油动喷雾器、3台电动喷雾器、消毒液若干，出动车辆4辆，穿着防护服，佩戴护目镜及个人防护装备，对尧都区范围内的7处场所进行防疫消毒工作，分别是：救助站4层楼、2个院落，1600平方米；光荣院4层楼960平方米；临汾市福利院1200平方米，尧都区殡仪馆2400平方米，润泽敬老院2400平方米，广泽院敬老院1200平方米，快乐家园敬老院1600平方米，消毒面积共计11360平方米。

文水分队继续出队，队员27人，配合县政府设立7个防控点。参与消毒场所有：火车站、汽车站、敬老院1所、教育局办公楼。对公共场所、来往车辆、来往人群进行酒精消毒，协助医务人员对来往人员做体温登记，协助公安交警车辆登记。吕梁市副市长、公安局局长、文水县县长等领导视察疫情工作，对天龙救援队义无反顾的精神高度肯定，向战斗在一线的天龙队员表示崇高的敬意。

当天，山西天龙救援队火红的队服成为一道靓丽的风景线。

王宏雄日记：阴。今天在宾馆休息。昨天上岗第一天的情景仿佛还在眼前晃动。4个小时的轮班时间，在忙碌中不知不觉就过去了。之前最担心的是被感染，实际上只要做好防护，应该没有问题。唯一感到难受的是病人没有家属陪伴，再加上冰冷的房间和病床，病人真的很可怜。我们应该用专业护理技术，用满腔热情，用亲人般的问候和关怀去温暖他们。

2月1日

早上5时多，天龙救援队队长陆玫就醒了，其实昨晚躺下的时候已经是半夜12时多了。只要心里有事，她不管多晚睡觉，5时肯定醒。

武汉疫情一直牵动着陆玫的心，几乎全天关注事态发展。作为一支民间救援组织的领头人，她肩上承担的社会责任更重一些。伴随着疫情猛烈暴发，她敏锐地意识到事态的严重性，立即启动天龙救援队应急预案，向全省各支分队下发开展防控新型冠状肺炎疫情公益行动的安排。几天来，她召集队员备勤，接洽当地政府，协调各方资源，主动承担责任，配合阻击疫情的消杀、测温、登记、排查等各项工作，有序推进。

9时，陆玫带着总队的15名队员出发了。从9时30分开始，在海边街社区8号院，为3栋楼4个单元560户居民进行消毒液消毒。这里有1名武汉返并人员。1个小时后，前往新建路46号院运管局宿舍，为2栋楼7个单元53户居民进行消毒液消毒。这里有2名武汉返并人员。随后对气象小区、农电小区、羊市街60号省教育局宿舍以及羊市街28号院等多个小区进行消杀作业，并且沿途对街道和门店进行消毒液消毒。接着全体队员步行前往庙前小区，沿途给街道和门店进行消杀作业。11时30分，到达庙前社区进行消杀，对傅家巷1号、5号、陈家巷7号、颐园小区、税务小区、庙前小区回迁楼2栋楼共1000多户进行消杀作业。

下午2时，队员赶往了老军营街道办事处新建南路第三社区，对化工宿舍、电影公司宿舍进行消杀作业。因为这里都是老旧小区，无物业，无管理，脏乱差严重。队员们不畏困难，迎难而上，顺利完成这些社区的消杀任务，并且对沿路的街道门店、排水沟等进行消杀。

当天，新绛分队也加入到抗击疫情中，出动13名队员，配合县政府，在新绛高速口、闻喜、侯马、稷山、乡宁、襄汾交界口设立6个防控点；对卡口来往车辆、人群进行消毒，协助医务人员做体温登记，协助公安交警车辆登记。

王宏雄日记：多云。感染病房有一台新型血气分析仪，因为之前没有接触过，使用起来不是很得心应手。我们几位组员互相学习，相互交流，

尽我所能，用我所学，帮助他人。

尧都 郭三旺

一点一点捋清操作流程及规范，很快都能熟练地上机操作，完成对病人的血气分析检测。到了换岗时间，仙桃医院的老师邀请一位病人用手机帮我们拍照合影留念。他们很感激我们前来援鄂。我们一定能打赢这场疫情防卫战！

2月6日

这一天，天龙救援队一共有13个支分队投入抗击疫情一线战役中。

总队已连续6天奋战在消杀一线。今天出队16人、志愿者3人、车辆6辆，在长风东高速口进行消杀作业。共青团山西省委、山西省青年志愿者指导中心、山西省青年志愿者协会负责人专程赴太原长风东高速口，慰问一线参加防控工作的天龙队员和志愿者，并送去了口罩等防疫物资。一组在长风高速口消杀车辆2700余辆，消耗消毒液800多千克。二组前往老军营小区二、三社区、辰憬天地小区，消杀面积约7万平方米，消杀居民户7279户，消耗消毒液约600千克。

侯马分队执勤第5天，分三班配合交警、卫生防疫部门，在侯马市西大门口、高村防疫检查站等重点区域，对进出侯马市人员进行登记、体温测试，消杀车辆1716辆次，消杀人员4800多人次，消杀面积约5000平方米。

当天，交城分队出队15人、8辆车，前往交城高速路口、蒲渠河村口、南环路南街路口、水立方西街路口、毛主席纪念馆阳光屋、却坡街南街路口、瀚林苑小区、林兴苑小区、成村口、石候村口、玄中寺、北门口共13个防控点，进行消杀作业，消杀面积约18万平方米。

孝义分队出队17人、车辆12辆，对定坤苑、百草苑、慎德苑、名人学苑、西沟小区、贾庄平房、启明苑、琴瑟苑、小清河、梁家沿小区、颐泰苑小区、新泰花园东西小区、春和苑、宝宏国际公馆进行消杀作业，消杀面积26.58万平方米，户数5228户。

阳泉支队、文水分队、武乡分队、翼城分队、尧都分队、祁县分队、洪洞分队、寿阳分队也参加了当天在当地的消杀工作。

翼城分队杨以安，每天穿着防护服，戴着护目镜，身背几十千克重的喷雾器，汗水湿透了衣衫，肩膀上勒出了血印，他不吭一声，始终坚持在消杀一线，脚步遍及县城各个角落。他用微薄力量彰显人间大爱，用辛劳付出不忘初心使命。

王宏雄日记：小雨。我所支援的是仙桃市第一人民医院感染病区北二区，病区有病人28人，医院共有确诊病人90人。我们山西援鄂人员4人一组，上班时间4小时，但加上穿脱防护服、交接班时间，往往超过6小时。病人增多以后，休息时间由48小时、24小时，最后缩减到18小时。

去医院第一件事情是洗手，然后在更衣室换好刷手衣，依次戴帽子、口罩、鞋套、手套，再依次穿防护服、隔离衣，然后戴靴套、手套、护目镜、面屏或面罩。其实最麻烦的还是上厕所，非常不方便。

2月10日

大同支队出动22人，在配合新华街社区街道、东关社区街道、北关社区街道、南关社区街道搭建救灾帐篷之后，又出动11名队员，为新华街道办事处南苑社区、锦久工业园区办公楼、园区13个生产车间进行消毒，消杀面积7000平方米，消耗稀释消毒液400千克。

翼城分队对龙都超市及附近门店、鼎尚超市及停车场、三琪新天地及周边、金翼超市、城南防疫检查点、杨家庄防疫检查点等地进行消杀作业。出队人数11人，工作时间8小时，消杀面积约7500平方米，消耗消毒液790千克。

祁县分队13名队员连续奋战10个小时，对新建南路社区范围内的三轴宿舍、工商局宿舍、百货公司宿舍、种子公司宿舍、虹桥东苑、虹桥西苑、东中小区、色织厂宿舍、红海小区、田源二区、碧景小区、石油公司宿舍等21个住宅小区，以及祁县火车站等区域进行消杀。消杀面积约2.2万平方米，消杀居民户82栋楼房、54排平房，居住户数3911户。消耗消毒液1200千克。

祁县分队队员石帅，每天背负着30多千克的设备与消毒药水穿梭在县城的各个小区，身上的防护服无法抵挡高强度的摩擦，多处破损。为节

一身正气，牢记使命，天龙精神，你我共勉。

洪洞 王婷

约防护物资，他舍不得扔，用胶带粘粘补补继续穿。一天，石帅背上的消毒液出现渗漏情况，大汗淋漓的他开始并没有察觉，以为是汗水，晚上回家把湿衣服脱下烘干后才发现，整个衣服后背都被消毒水腐蚀得不成样子。第二天消杀通过一个下水道井盖时，由于井盖有裂纹，石帅摔倒在地，消毒设备重重地压在身上，一条腿又掉进了下水道，小腿被磕破。他爬起来，一声不吭，继续出现在消杀现场。

岚县公益365爱心协会出队21人，对县城7个社区各小区进出人员、车辆进行登记、消毒、体温检测；对煤矿、铁矿等企业返工人员进行排查、摸底、上报；摸排中发现一湖北籍车辆，按规定向上级防控部门报告。

郑建东在侯马分队担任副队长，2月8日这天是他生日，家人本来希望他在家里一起团聚，但他没有顾上回家，依然坚守在抗疫第一线。负责一起执勤的交警和分队的郑建勇、翟旭红、赵军霞、王海娟等人得知他生日时，购买了蛋糕，在执勤的帐篷里一起为他庆祝生日。疫情期间不能聚集，在岗的队友用对讲机或发微信、打电话的方式祝他生日快乐。他说："我是党员，党员就应该冲在前面。"

王宏雄日记：小雨。有一个病人为家庭聚集性得病，症状是发烧，确诊后转入重症病房。住院的时候，他的妻子、儿子已先后去世，只留下他和儿媳妇以及两个孙子。这个病人开始比较绝望，不愿意进食，也不太配合治疗。我们及时给予心理护理，开导他，采取常规抗病毒、输液、吸氧、止咳化痰、抗凝、补充白蛋白及给予营养制剂治疗、激素治疗、中药治疗，终于将他从死神那里救了回来。医护人员积极鼓励他，病房的其他病人也鼓励他，终于使他坚定了活下去的信心。

每当我值班的时候，都要到他的病床前看看，和他聊几句。看着他一天天好起来，我格外开心。

2月15日

这是寿阳分队第9天出队，集结14名队员，对政府行政大楼里里外外以及恒大家园等小区进行全面消杀，消杀面积约3万平方米，消耗消毒液500千克、酒精200千克。

吕梁支队出队20人，车5辆，连续工作11个小时，对国道209、国道307、火车站、高速路东西口、信义高速口防控点，对区委大院、交警队以及宏泰御花园，对道堂村、交口村、盛底站来往车辆、人群等进行消毒液消杀。在这些防控点协助医务人员做体温登记，协助公安交警进行车辆登记。合计消杀面积12万平方米，消杀居民户1200余户，消耗汽油25升。

襄汾分队6名队员，深入侯家坡南小区、住建局房产小区、农行小区、县志办小区、计量局小区、经管家属院、电影公司家属院、党校家属院等17个家属院落，以及县政府办公楼进行消杀，消杀面积约4万平方米，消耗消毒液400千克，消耗汽油20升。

在兴县蔚汾广场、蔚分新天地小区，来自兴县分队的12名队员进行消杀。当天，他们还对晋绥东路、水泉街、环城东路、美景东路菜市街、紫石街、文化路、人民西路、晋绥西路、环城西路、美景西路等街道进行大面积消杀，消杀面积8.7万平方米，消耗消毒液850千克。

这一天，还有大同支队、阳泉支队、侯马分队、尧都分队、交城分队、孝义分队、保德分队、武乡分队、翼城分队、文水分队的队员奋战在消杀现场，为阻击疫情忙碌着。

山西省千山万水公益基金会的爱心人士高辉先生，为山西天龙救援队捐赠消毒液20件，洗衣液50件。山西黎城蓝天燃气有限公司的王岗先生，为在长风东高速口进行消杀作业的天龙队员，送来泡面、酸奶、肯德基等爱心午餐。

女队员张丽在寿阳分队担任秘书长，主要任务是在现场做安全防护监督，检查防护措施，确保队友不被感染。有时候，她和男队员一道，背起笨重的消毒装备，活跃在超市、菜市场、银行以及居民小区开展消毒杀菌。忙碌中，她忘记了自己也是一个家庭的妻子、母亲、女儿，忽略了对丈夫和孩子的关心，忽略了刚上一年级的孩子需要她的陪伴和网课指导。

不忘初心做公益，撸起袖子天龙人。

汾阳 高浩洁

王宏雄日记：中雨。今天和妻子女儿视频，4岁女儿一声"爸爸我想你了！"甜甜的叫声，我的眼泪禁不住在眼眶中打转。离别20天了，这是第一次离开她这么长时间。她撅着小嘴问我为啥还不回家？我不知道该怎么给她解释。妻子独自一人带孩子很辛苦，脸上露出憔悴的神色，我心疼她。妻子不会说什么太贴心的话，总是叮嘱我要做好防护，更多的还是担心和牵挂。

女儿给我展示了一幅她画的画。画面右上方是一个缀着五角星的红心，左下方画着两个人，是穿着防护服、戴着口罩的爸爸和她自己，旁边歪歪扭扭地写着"中国加油、武汉加油、爸爸加油"！妻子将这张图片发到了朋友圈，写道：这是女儿果果送给爸爸和抗疫一线战士们的作品，愿疫情早日散去，山河无恙，人间皆安。

2月18日

自疫情以来，太原长风东高速口，一直是天龙救援队坚持把守的一个作业点，已连续坚持18天。每天早上9时，总队多名队员从四面八方聚集到这里，穿上防护服，戴上护目镜，对进出太原市的车辆进行消杀。截至下午5时，消杀车辆5400余辆，消耗消毒液1200千克。当天，另外一组队员前往赵庄兴龙苑小区，为6栋32个单元1886户，以及1栋办公楼进行消杀作业，消杀面积约为5800平方米。还前往营盘街办、巨轮街办无物业管理楼院进行消杀作业，共计17个院落100个单元1880户，消杀面积约18万平方米，消耗消毒液350千克。

在阳泉市红十字会的协调安排下，阳泉支队将队员分成两组，一组白班，从早晨7时开始，到晚上8时；另外一组从夜间8时开始，到第二天早上7时。每组派6名队员，分别在阳泉东高速口和坡头高速口24小时交接倒班，对往来车辆进行登记排查、疫情检验和全车消杀，对乘驾人员进行体温测量。共测温1500余人，每天约消耗消毒液600千克，消杀汽车1100余辆次。

刚成立不久的四川绵阳分队，是山西天龙救援队第一家外省分队。这天，出队10人、车5辆，工作8小时，配合政府在汽车站、高新区高速口、墨家街口设立3个防控点；对永兴社区、东辰宜家小区及临时卡点等公共场所、来往车辆、人群进行酒精消毒；协助医务人员做体温登记；协助公安交警做车辆登记。消杀车辆 600 余辆，消杀人员 2000 余人次，消杀面积 65 万平方米，消杀居民户 250 余户，消耗酒精 200 千克。

阳泉支队队员梁富珍在社区工作，因疫情防控，需要在单位值班。当阳泉支队在两个高速口值守，人员紧缺时，梁富珍主动申请，利用工作轮换时间，去高速路口参加防疫管控。那几天，她顾不上回家，从单位值完班就到高速口执勤，轮到单位值班了，她又从执勤点急匆匆赶到单位。

长治支队与潞州分队出勤 28 人，在长治市机场候机楼广场、家属楼、屯留区环卫中心、市污水处理厂、保险公司、晋清科技、厂房等地进行消毒防疫工作，还对 15 辆垃圾运输车、4 个公共厕所、4 个地面垃圾站进行消杀。队员李飞想方设法充分调动身边同事、朋友的资源，为队里筹集到 84 消毒原液，稀释成用于消杀的消毒液。为解决运输问题，他主动将自己新购买的一辆高配置房车用来运送消毒液，弄得满车厢都是刺鼻难闻的消毒药水气味。本计划搞房车旅游，结果 50 多万元的车一天还没跑，就先贡献出来抗击疫情。对此，李飞和家人没有半点怨言。

连日来，保德分队把工作重点放在杨家湾高速口，每天坚持对过往车辆进行消杀排查，消毒车辆 300 余辆。

孙瑞轩是一名东北林业大学的在校学生，热爱公益。了解到山西天龙救援队在疫情期间坚持每天在高速路口、街道社区、学校超市、高铁站口等公共区域进行义务消杀，毫不犹豫地将自己一个月的生活费 2000 元捐赠给了奋战在一线的山西天龙救援队。

王宏雄日记：阴。由于最近频繁洗手，加上没有好好保养，导致手上的皮肤皲裂。

下班摘掉护目镜后，大家面颊及鼻梁处均有不同程度的压红及轻微的疼痛感。这就是我们工作最真实的写照，也是全国所有像我们一样奋战在

前路艰辛，自愿逆行，无畏前途，义无反顾。

太原 沈晋魁

抗疫一线医护人员工作最真实的写照。

2月20日

侯马分队出队21人，车6辆，重点把控侯马市高村防疫站点，登记来往车辆，对人员进行体温测试。队员严格执行4个"一律"，即：湖北的车辆及人员一律留在原地，立即上报指挥部处理；山西省以外的车辆一律要求提供健康证明，进行登记和体温检测后放行；山西省内临汾以外的车辆，一律进行登记和体温检测；临汾车辆一律只测体温，不进行登记。

总队出队11人，一队前往老军营街办新南一社区和三社区、滨河一社区、桃南二社区消杀，合计29个小区110个单元1681户，面积8.5万平方米，消耗消毒液280千克，手套20个，口罩15个。二队继续坚守在长风东高速口，消杀车辆1860辆，消耗消毒液620千克。

已连续工作23天的尧都分队出动9人，在尧丰农副产品市场、快乐家园养老公寓、广泽苑老年公寓、临汾市残联加油站进行消杀，合计4.38万平方米，使用口罩18个、手套18副。

稷山分队出队9人，车3辆，对商务局家属院、城建二小区家属院、信合小区、鸿鑫花园等进行消杀作业。消杀面积近1万平方米，消耗消毒液750千克。

这一天，太原万象城给在北营街办和电修社区进行消杀工作的天龙队员送来了精心准备的午餐。万象城了解到队员们坚守一线，午餐常常靠方便面将就，于是承诺：只要在社区进行消杀工作，午餐就免费供应。

北营街道南站东社区党支部为天龙救援队送来"系百姓情谊，保一方平安"锦旗，对天龙救援队进社区消杀表示感谢。

山西鼎隆宇鑫农业科技有限公司向天龙救援队捐赠次氯酸钠消毒液100千克。

高村是连接侯马与新绛的必经之路，根据防控需要，侯马市在高村设立防疫站点，对过往人员进行体温测量，对车辆进行消毒。女队员许媚和其他男队友一样，搬水、支帐篷、测体温，大活小活抢着干。由于疫情严重，身为一名班主任和语文教师的她，值完勤还要给孩子们安排课程，督促学生上好空中课堂。

2月16日那天，许媚看到微信朋友圈说中心医院血液库存不足，急需用血，她毫不犹豫地赶到医院，撸起袖子，进行了她自2013年以来的第11次献血，每次献血400毫升，累计4400毫升。从医院出来，她没有休息，立即返回了执勤点。

这天下午，在高村防疫站执勤站点上，几位队友在一起值班。队友韩建琴喜欢唱歌，她在哼歌曲的时候，队长郑建勇突发奇想，能否结合疫情改编一首我们自己的歌曲呢？大家一拍即合，马上由队员李翔改编歌词，由李援宏和韩建琴男女声合唱，共同改编完成了《为了谁》这首歌曲。

女：防控新冠肺炎疫情 全国万众一心
男：侯马防控齐上阵 各路神兵你为了谁
女：为了谁 为了咱们侯马 天龙救援上前线
男：医疗交警共筑防控火线 风雨无阻严寒白昼不知累
女：你是谁 为了谁 我的战友你何时回
男：你是谁 为了谁 我们天龙救援不流泪
女：谁最美
男：谁最美
合：一线军警 白衣天使 我的兄弟姐妹

王宏雄日记：阴。在病房，我重点是给病人进行生活方面的照顾，协助病人进食、饮水、如厕，给病人翻身、拍背，指导患者进行床上活动，预防血栓形成。这些常规护理相对比较容易，其实病人最需要的还是做心理护理，鼓励病人相信医护人员，同时相信自己一定能战胜疾病，早日康复出院。

因为这种病比较特殊，病人不能有家属陪伴，也不知道自己的结局会怎样，当看到同病房病友去世的场面，有的病人很恐惧，心情低落。也有

每参加一次活动，都会让浮躁的心，归于平淡宁静。

侯马 蒋花荣

亲人去世的，心里难受，每天闷闷不乐。这时候我们护理的重点主要是多开导、聊天，讲国家的英明决策，讲医护人员的不言放弃，鼓励病人树立战胜病魔的信心。刚开始病人还有些郁闷，看到医护人员冒着风险为自己治病，慢慢情绪上有了很大变化，眼神中流露出浓浓的感激之情。

2月26日

乡宁分队出队8人，工作8小时，对文笔小区、乡宁一中、职业中学等地进行消杀作业，消杀面积约10万平方米，消耗消毒液800千克。

汾阳分队出队10人，车4辆，工作时间8小时，对汾阳市东南新村、北关园村、税苑小区、汾阳市廉租房小区等地进行消杀，消杀面积约15万平方米。

文水分队出队20人，车7辆，工作时间8小时，对文水西街学校、文水二中、东南街二小一校区、东南街二小二校区消毒，消杀面积40万平方米。

当汾阳分队成立"抗疫突击队"的时候，梁帅帅主动递交请愿书，积极投入消杀工作中。因为防护衣宝贵，梁帅帅为了不经常脱防护衣，每天早上只吃个馒头，喝碗稀饭，不敢多吃，怕上厕所。他家住冀村镇东陈家庄村，距离县城15千米，每天天不亮就起来出发，途中要经过冀村镇卡口、城子卡口、九枝社卡口、杏花卡口，每经过一个卡口都必须测温登记，并要告知出去原因和回来时间，光路上就要花费将近1个小时。总是早出晚归，时间长了，有的卡点有意见，他就耐心和执勤人员解释，多沟通。消杀中，梁帅帅总是挑最苦、最累的活儿干，在汾阳市的100多个消杀点上都留下了他认真工作的身影。

持续20多天配合相关部门进行消杀，导致消杀物资严重紧缺。得知情况后，山西天龙救援队理事、跨境通宝股份有限公司董事长、山西百圆裤业有限公司董事长杨建新先生立即从国外调回300只MEDIC LIFE牌WLM2004型口罩，为队员们提供有力防护保障。

太原邮政中心局和榆社化工二厂，共同为天龙救援队捐赠次氯酸钠消毒液275千克。

王宏雄日记：小雨。时间过得好快，来湖北武汉1个月了，收获非常大。山西省中医院的王芳护士长和高旭艳，以及运城市中心医院的毋利强，之前我们并不认识，首次合作，一切都很顺利。他们每个人身上都有很多优点值得我学习。王芳护士长沉着稳重，待人接物得体大方；毋利强对病人亲人般无微不至的关怀让人感动；高旭艳虽然年龄小，但活泼可爱，一言一行给人的感觉很温暖，病人都很喜欢她。

我们一起感受护理的艰辛，我们一起体味病人治愈出院的快乐，我们一起商讨护理中如何减轻病人的痛苦，我们一起享受忙碌中那短暂休息时的开心时光。

3月1日

时间进入3月份，但疫情并没有结束，这一天，依然有5支队伍活跃在阻击疫情第一线。总队12名队员早上9时半就开始对鼓楼街办半坡东街社区27个无物业楼院进行消杀，包括8个平房院落，合计26栋楼67个单元1471户。还对半坡西街社区17个院落50个单元997户、面积290万平方米进行消杀作业，消耗消毒液360千克。

洪洞分队出队5人，对赵城镇圪塔村、大槐树镇西池小学、南营小学、涛涛汽修等进行消杀。

尧都分队对尧丰农副产品市场、双河公园养老中心、屯里镇张堡村3个地方进行消杀，消杀面积8.3万平方米，使用84消毒液、次氯酸钠1000千克，油耗8升。

太原市迎泽区交通运输管理局了解到大家消杀时午餐无法解决，安排人员免费为队员和志愿者送去热腾腾的饭菜。

无论是在长风高速口，还是在街道社区，在天龙救援队消杀的队伍当中，总能看到一位胖胖的女队员，背着消毒药箱，身着厚厚的防护服，要么穿梭在车流当中，要么出现在小区门口，熟练地手持喷雾枪喷洒药水。

帮助他人，愉悦自己，公益之路，无怨无悔。

大同 林德斌

她就是有着 10 年队龄、已过花甲之年的人事部长张春霞。队员们不管男女老少，习惯称她"萦怀姐"。

从消杀开始，她几乎天天出勤。一早先到队部集合，安排每个小组的消杀地址、人数，分发防护用品及工具。到现场后，调配每个队员的分工，确保每一个环节顺畅。在现场，她和大家一样，背起 20 多千克重的喷雾枪连续数小时不休息。队员私下悄悄议论：这萦怀姐好像是铁打的，就不知道累！

曾经有人私下聊天，问她为什么如此拼命？她说，救援队是一个很好的公益平台，既然选择了做公益，就不能后悔。不忘初心，持之以恒做一件事，这才是人这一辈子最难能可贵的。

消杀的日子，已经退休的队员佟福利，一有时间就背着 90 多岁的母亲到现场忙碌。和他一起生活的母亲担心他染上病毒，每天盯着停在楼下的车辆，"监视"着他不让外出。他好几次瞒着母亲，偷偷借朋友的车辆赶到现场，和队友们一道冒着风险去消杀。

王宏雄日记：多云。今天又有病人治愈出院，25 人。按照惯例，医院有个小型的庆祝出院仪式。对于病人，不幸染上疾病，生死未卜，有幸得到及时救治，获得新生，值得祝福；对于医院，非常时期，调动一切资源，履行救死扶伤宗旨，使病人脱离危险，可喜可贺；对于奋战在一线的医护人员，将自己的生死置之度外，奋力将病人从死亡线上抢了回来，回归正常生活，这是医护人员最大的成就，可圈可点。

已经不记得病人说了些什么，都是感谢的话。其实说什么都不重要，看着他们康复出院，是最开心的，感觉很自豪，很有成就感。

3月5日

吕梁支队和离石分队出队 16 人，车 6 辆，工作 6 小时，配合学校做开学前消毒工作，做好复学准备。他们来到泰化小学，对教学楼 41 间教室、12 个功能室、10 个男生和 10 个女生宿舍，以及小学楼 30 间教室、13 个卫生间、118 个初高中宿舍、70 个小学宿舍、2 个学生餐厅和 1 个教师餐厅进行大面积消杀，消杀建筑面积约 5.6 万平方米。

总队以及寿阳分队、武乡分队、交城分队、尧都分队、乡宁分队、侯马分队、高平分队，都在抗击疫情第一线。

安红飞是武乡县蟠龙镇老凹村一个地地道道的农民，也是武乡分队的一名队员。他主动请求参加疫情防控时，妻子刚刚做了肢体手术需要照顾。从家驱车前往县城参与疫情防控消杀任务，他每天要比队员们早出发1个多小时，路上还要通过登记排查的各个卡口。晚上回家后，他担心把病菌传染给家人，就一个人在灶房搭起一顶帐篷，住在帐篷里面，坚持自己把自己隔离。队内想办法给他解决住宿问题，他明确表明，非常时期，不能给任何人添麻烦。他每天起早贪黑、任劳任怨，白天身上背负起20多千克重的消毒水，穿梭在县城的大街小巷做消杀，防护服从早晨穿上直到晚上收队才能脱下，防毒面具一戴就是一整天，脸上的压痕清晰可见。

王宏雄日记：多云。根据工作安排，我们实行轮班制。当班的时候忙忙碌碌，累却很充实，最无聊是休息的时候，不知道该干什么。武汉封城，大家居家隔离，我们也不例外。酒店大厅就是我们的一个活动场所，最多能到楼门口走一走。当地医院给大家配备了跳绳、羽毛球拍、毽子、瑜伽垫，我们会在楼下打打羽毛球，踢踢毽子，跳跳绳，做做平板支撑。

其实最不习惯的还是饮食。每天餐厅有工作餐，但时间长了就不爱吃了。医院护理部主任何华老师安排，让酒店餐厅帮忙采购食材，山大一院的刘彩飞和吕国峰两位老师主动担任大厨，省人民医院的刘毅主任和我们医院的牛晋艳和吴丹一起上手，炒杂酱，炒西红柿，和面，擀面，一整套山西面食流程，大伙儿吃了一顿自己亲手做的正宗的香喷喷的炸酱面和西红柿鸡蛋面。

这是我长这么大吃得最香的一次面食。

坚持初衷，努力践行，热心公益，永不退缩。

太原 王兴飞

3月7日

在共青团高平市委、市教育局的牵头下，高平分队以"守护未来、走进校园"为活动主题，出队33人，车11辆，对高平市第六中学校、高平市米东小学、高平市城南实验中学，以及高平市康复医院、高平市电视台等单位进行消毒，消杀面积约28.6万平方米。

总队这天出队11人，车5辆，前往巨轮街办大北门东社区，对9个院落63个单元900户进行消杀，面积约4万平方米。下午赶往北大街东社区，对6个院落144个单元3125户进行消杀，面积约8万平方米，消耗消毒液500千克。

岚县公益365爱心协会出队10人，配合社区在4个小区蹲点排查及人员出入登记，对公园、超市、街道聚集人员进行疏散、劝导，对不戴口罩出行的人员进行说服教育，为确实缺少口罩的出行人员发放了20个口罩；还有4辆宣传车在各街道巡回宣传。

坚守一线的还有侯马分队、尧都分队、寿阳分队。

"我不怕，我先上。"这是新绛分队队员周冬民常说的一句话。他自己家的那辆五菱宏光车几乎成了"队车"。从1月26日新绛县开始设置6个卡口做防疫检查、搭建帐篷的时候，就是周冬民开着这辆爱车，从东头跑到北头，再到西头、南头，给各个卡口运送搭建帐篷的材料。疫情期间，他和他的车拉运物质、配送材料，忙得不亦乐乎。

"没问题，我行。"说这句话的是新绛队员胡永辉。每天开始消杀作业前，他总是先给队友配好消毒液，检查是否穿好防护服，再将消毒箱背在自己身上开始一天的工作，常常连续四五个小时不休息。

王宏雄日记：阴。出征武汉仙桃，于我而言，就是一次历练和学习。感染病区北二区的于文虎主任一直坚守在抗疫第一线，吃住在办公室，不知疲倦，对病人似亲人。我们科的王秀哲主任，兢兢业业，对病人的关怀和照料无微不至，经常守在重病人床旁，一守就是1个多小时。即使休息，也会发信息询问患者病情。

山西省中医院的王芳护士长是个多面手，临床经验丰富，就连剪头发这样的事情也会。和她在一个组工作，她对我的帮助和关照非常多。

他们对待工作的敬业精神和对病人胜似亲人的态度让我受益匪浅，对我自己的未来人生和职业生涯有非常大的影响。

3月14日

寿阳分队、侯马分队、总队、高平分队、大同支队今天继续出队。

大同支队出动人员11人，配合新华街社区街道，拆除数顶抗疫救灾帐篷，恢复原貌。

侯马分队出队14人，继续坚守在侯马市高铁站，对高铁站进行消杀，对进站人员进行登记、体温测量；对站口聚集人员进行疏散、劝导；对不戴口罩出行人员进行说服；对不良行为者进行纠正。

高平分队出队16人，车6辆，对高平市建宁中学、高平市陈区镇小学、高平市陈区镇少年宫进行消杀，消杀面积约4.2万平方米。

在太原金太阳小学幼儿园、太原金禾幼儿园、晋源区金色摇篮幼儿园，天龙救援队总队队员的身影又出现在这里，进行消杀，合计8000平方米，消耗消毒液360千克。

赵荣是总队后勤部一名女队员，家中有年近八旬、身体欠佳、需要照顾起居饮食的父母，爱人常年在外工作帮不上忙。大"疫"来临，需要天龙队员往前冲的时候，赵荣背着老人，说服丈夫孩子，连续数天奋战在消杀前沿。瘦小的身躯，没有被繁重的防疫任务压垮，家人的担忧被她轻松的言语缓解。爱人难得回来一趟，放假在家的儿子盼着吃一顿妈妈做的美餐，她却丢下他们，在战"疫"现场担任后勤保管及兼职炊事员，负责当天消杀物资的领取发放，负责工作结束后的物料消耗数据上报，以及中午如何不让队员饿肚子。由于连续数天忙碌，她瘦小的身体还是被寒风和劳累击倒了。即使在家休息，她的心依然牵挂着在长风东高速口消杀的队友，一直保持联系，每天工作结束后，在家整理信息，及时将数据上报。

择善人而交，择善书而读，择善言而听，择善行而从。

汾阳　张鹏

王宏雄日记：雨。下雨了，病房内光线有点暗，佩戴的护目镜里有雾气和水滴，给病人穿刺的时候多次失败。病人很理解，也很配合，一直鼓励我继续操作。当时我有些不好意思，想让同事帮忙。病人不同意，执意让我继续，给予我极大的信任。终于穿刺成功，我紧张的心情一下子放松了。

3月17日

寿阳分队出队10人，车5辆，对寿阳一中学校进行消杀，消杀面积15万平方米，消耗消毒液1400千克。

总队出队10人，车5辆，前往太原市知达常青藤中学进行消杀作业，消杀总面积约4万平方米，消耗消毒液500千克。

侯马分队出队16人，车4辆，连续工作16小时，坚守在侯马市高铁站，阻击疫情。

高平分队出队18人，车5辆，对高平市杜寨小学、高平市杜寨少年宫进行消杀，消杀面积约5.56万平方米。

从1月25日全省打响抗击疫情战役以来，由总队传播策划部牵头采写、制作、发布的山西天龙救援队微信公众号、抖音、快手等，每天都有大量队员们奋战在抗击疫情一线的图片和文字。副部长高祥负责策划、编辑、审核，队员杨秋萍、杨军霞、岳小胭、崔彩虹、王立艳等分工合作，有的负责收集、汇总、编辑每天的消杀信息，有的负责整理、筛选上报现场图片并且配上文字说明。队员王健整收集视频素材、编发抖音视频、发布微博内容，李伟负责制作宣传图。崔平生、佟福利、张毅梅等几位摄影师，不顾年龄已大，深入消杀现场，拍摄记录消杀过程。疫情期间，公众号共计发布49期，合计86篇文章、1200余张图片。

在公众号上，有一张题为《嘘……轻点》的纪实照片，催人泪下。拍摄照片的是队员魏福红，她连续多天坚守在消杀现场，不仅能拍照片，能写文字，也能背着喷雾器进行消杀。魏福红为这张图片配发了一段感人的文字：

不想打扰你，知道你不是偷懒，是因为太累。疲惫的你，短短几分钟的梦境，是否还在持枪横扫疯狂的病毒？你，真的是太累了……

当肆虐的疫情蔓延全国，你本该在温暖的家中陪伴父母，呵护妻儿，享受难得的春节长假。但是，你懂得自己肩负着天龙人的使命，入队时的铿锵誓言使你不愿也不能置若罔闻。你身背盛满消毒液的沉重药箱，你手持像重型武器一样的喷药枪，你负重奔走穿梭在大街小巷、高速路口、小区楼门，付出的是汗水，迎来的是道不尽的"谢谢"。

防护服下，看不清你的脸面，护目镜里，透着坚毅的眼神。你那颗蓬勃跃动的火热心，温暖了灰色寒冷的冬。

不知道你是谁，但知道你为了谁。为了一方平安，也为了自己曾经的誓言，一生无怨无悔。

你是山西天龙救援队默默无闻的一分子，你是疫情中的杀疫使者，你是公益路上的践行者，你在播种大爱。

你的名字是：史瑞鑫。

王宏雄日记：多云。我成为山西天龙救援队队员的时间并不长，参加了2019年12月1日在茂业新天地举办的温暖包发放，12月31日消防元旦演出；2020年1月1日新年长跑医疗保障，以及1月10日公安机关社会化联动启动仪式。

1月26日天龙队员欢送我出征之后，包括队长、秘书长和多位队友，经常给我发信息询问情况，向我致敬，鼓励我要做好防护，保护好自己。

疫情是公共卫生事件，既是国家的事，也是公民的事。只要众志成城团结一心，就一定会战胜疫情。

3月20日

吕梁支队、侯马分队、高平分队、寿阳分队、总队继续出队，配合做好本地区防疫布控，坚持站完最后一班岗。

做公益行大道者，应担责果敢坚毅，问心坦荡释然，对人谦卑自省，对世淡泊名利。

太原　黄刚

王宏雄日记：阴。今天接到通知，23 号撤离。时间过得真快，来湖北仙桃已经 55 天了。

对于这座城市，有很多不舍，有一种说不出的感情在里边。55 天，说长不长，说短不短，但留下的记忆却是满满的。

在仙桃的日日夜夜里，我们帮助当地老师完善了流程和制度，指导使用新的仪器，共同作战，结下了战友般的深情厚谊。忘不了，家乡给我们送来了不少物资，我们分给当地老师一起享用，他们也把本地的特产送给我们品尝。湖北与山西，没有边界，有的只是友情。知道我们要撤离了，他们有的拿防护服，有的拿笔记本，有的拿院旗，有的拿有我们一起合照的报纸，也有拿自己衣服的，互相签名，留作纪念。那一刻，大家落泪了，一种感情在倾诉和释放，彼此互相拥抱，久久不肯分开。

3 月 30 日

今天，侯马分队从坚守了 60 天的侯马市高铁站撤离。

在之前的日子里，坚守在抗击疫情一线的各支分队队员，根据各地防控级别，陆陆续续撤离。在撤离之前，队员们坚持站完最后一班岗，为抗击疫情画上圆满句号，做到了有始有终。

侯马队员许媚写下这样一段话：

今天，阳光普照。早晨 7 时，我一如既往地来到侯马市高铁站开始今天的值班工作。今天过后，我们侯马分队就要撤离了，心中五味杂陈。

从疫情开始到现在，我们在疫情一线执勤已整整两个月。60 天内，所有人看到的都是天龙人满脸洋溢灿烂的笑容，然而只有我们知道自己都经历了什么。不论是在高村防疫站点还是侯马高铁站点，我们没有一级防护措施，却做着一级防护工作；我们物资短缺，却用尽全力去抗击疫情。我们不顾个人安危，勇敢向前冲，这到底是为了什么？

因为我们是天龙人，这就是我们的使命，我们的责任，我们的担当！

截至 2020 年 3 月 31 日，山西天龙救援队总队及全省各支分队累计出勤近 6000 人次，出车 1800 辆次，累计工作时间 4000 个小时，消毒杀菌面积累计 3600 万平方米，消耗酒精 1.5 万千克，消耗消毒液 30 万千克。

"为了人民群众身体健康，我们要尽一切方法阻止病毒传播。只有山西安好，我们才能安好。"山西天龙救援队队长陆玫始终用这两句话激励和鼓舞所有的天龙队员。

2020 年 9 月 8 日，陆玫作为山西省民政厅推选的唯一一位代表，同时作为山西省公益团队的唯一一位代表，被评为"全国抗击新冠肺炎疫情先进个人"，与全省 25 名受表彰人员一道，在人民大会堂受到了习近平总书记的亲切接见。

这是一份来之不易的荣誉，这也是一份实至名归的荣誉。陆玫在接受采访时说："这份荣誉不是我个人的，是对山西天龙救援队这支有 1000 多名队员的铁军，在关键时刻拉得出来、顶得上去、能打硬仗的认可，这是全队的荣誉。"

十五位勇士

时间 2021 年 1 月 18 日—2 月 14 日

地点 河北石家庄新乐市　山西太原市

摘要 新冠肺炎疫情忽然疯狂反扑，来势凶猛，令人猝不及防。告急！告急！告急！出征！出征！出征！

队员 李明英　武振宇　鲍　慧　杨秋萍　赵国祥
　　　 宁慧雄　王昕云　杜　苗　赵洋洋　石　帅
　　　 高艳飞　付军军　孙新刚　李艳刚　张志光

列队出征

庚子岁末
寒潮来袭
邻省河北突发新冠疫情
关键时刻
逆行而上
河北挺住，天龙队员来了！
四年前，井陉洪涝灾害
你们义无反顾去驰援
时隔四年，再次出征
同舟共冀
晋心抗疫

十四个日日夜夜
越是危险的地方
队员们不停穿梭的身影
就会出现在那里
隔离过新冠确诊病例的房间内
密切接触者乘坐过的公交车上
医治过确诊病患的医院走廊里
转运防疫物资的大型半挂车旁
持续高强度作业
队员们早已身心疲惫
但你们的眼神依然坚定
步伐依然矫健
信心依然满满

天龙，你让我魂牵梦绕，为你付出时间、金钱和精力，想说爱你不容易。

大同 韩宾

是你们，明知病毒易传染
坚持逆向前行
是你们，勇于挑担负责任
牢记使命担当
是你们，离开小家为大家
只为百姓平安！

元月 25 日
本是结束任务返程的日子
消杀任务繁重
你们主动延期一周
留下来继续作业
这也意味着
14 天的隔离期后
你们将错过春节与家人团聚

这究竟是一群什么样的人？
是请了年休假的在职员工
是自谋职业的生意人
是年幼孩子的母亲
是延迟了婚期的准新郎
就是这样一群普普通通的人
为了共同的抗疫目标
不顾及自己生命安危
不计较个人利益得失
义无反顾
选择为爱停留！

风雨同舟

疫路同行

勇者无畏

大爱无疆

疫情之中有大义

危难之时见大爱

你们是逆行的勇士

你们是天龙的骄傲

你们是最可爱的人

去时无畏

归来无恙

向勇士致敬!

　　如果不是专业的医护人员，或者是一些特殊群体的职业使然，说到新冠疫情，人们谈"疫"色变，唯恐避之不及。但山西天龙救援队的15名勇士不惧风险逆向前行，牢记使命勇于担当，危难之时彰显大爱，元月18日，在国家最需要的关键时刻，冲向了被列为疫情高风险的河北石家庄新乐市进行防疫消杀，晋冀携手，同心抗疫。元月31日，队员们平安返回太原后，按照防疫规定，他们被送往酒店，进行为期14天的封闭隔离和2次核酸检测。农历大年初三，他们解除隔离，回家与亲人团聚。

　　让我们认识一下这15位天龙勇士。

李明英

　　因为要和队员一起出队消杀，还要开会接受任务分配、协调相关事宜，

　　救援队的经历指引了我未来的发展方向，小号、队服、高帮靴，见证了我的存在和努力。

太原 梁耀丰

李明英一直没有时间接受采访，逼得"急"了，她会说"还是采访采访我的兄弟们，多宣传他们"。

作为山西天龙救援队副队长、驰援河北消杀总指挥，她习惯把队员们称为兄弟，队员们也喜欢叫她"李哥"。她很受用"李哥"这个称谓，认为这是队员们对她最大的信任。

开始招募驰援河北队员时，明英心里不免有些忐忑。毕竟不是去灾区救灾，毕竟不是去给孩子们发放温暖包，毕竟不是进学校做科普宣教，而是去新冠疫情高风险地区做消杀。队员们只是充满爱心的志愿者，不是专业医护人员，新冠病毒传染性极强，万一在疫区个人安全防护出了纰漏怎么办？这些问题和担忧一直萦绕在心头，挥之不去，夜不能寐。

让她感到欣慰的是，招募通知发出短短几个小时，就有30多名队员报名参加，最后选定15人出队。为慎重起见，明英和每一位即将出征的队员电话沟通。"放心，保证完成任务"是她听到的一致心声。"谢谢你们，我的好兄弟！"这也是明英队长说得最多的一句话。

抵达新乐后，她操心兄弟们消杀时的防护是否做到位？操心兄弟们出任务时是否注意交通安全？操心兄弟们回酒店后是否能吃上热乎饭？操心兄弟们白天晚上连轴转是否能休息好？操心兄弟们因工作事情沟通不畅是否会出现隔阂？各种操心，让她没有睡过一个踏实觉。

十多天里，明英和她的兄弟们并肩协作、英勇奋战在抗疫一线。队员们在她的带领下，早出晚归，不惧风险，圆满完成一个又一个防疫消杀、核酸采样及突发任务。明英说："这些都离不开兄弟们的鼎力支持与全力配合，离不开队员们对我的莫大信任，我由衷感恩兄弟们的辛苦付出。"作为团队的一分子，她既是和兄弟们一起摸爬滚打、敢于担当、主动作为的"李哥"，也是待兄弟如家人、耐心细致、关心体贴的"明英姐"。她说得最多的一句话是："我们是不离不弃的一家人，往后余生也是生死兄弟。"

李明英的隔离日记

2月3日 腊月二十二

隔离期间，每人一个房间，队员们互相见不到面，心理上增加了不少负担。在河北朝夕相处 14 天，开会、出任务、吃饭，已习惯了那样的节奏，突然间的"分离"，还是有些伤感。不过还好，我们可以通过视频与手台进行联系，后来我们约定，吃饭的时候要视频聊聊天、吹吹牛、调侃、开玩笑，效果不错。我也能借此机会了解每一位队员的心理状态。关心他们，是我这个队长的职责所在。

2月5日 腊月二十四

往年这个时候，我应该已经在山东老家了。婆婆、妈妈和大哥、弟弟妹妹们都在山东，每年春节开车七八个小时往家赶，从来不知道累。今年我失约了，不能回去帮妈妈打扫卫生，不能陪婆婆上街买新衣服，不能和弟弟妹妹一起采购年货，这个年不能与家人团聚了。

妈妈，我让您失望了，请原谅您的女儿！

2月7日 腊月二十六

今天和妈妈视频，说着说着就忍不住哭了出来。作为家中长女，自爸爸去世后，妈妈是我最大的依靠，照顾好妈妈也是我最大的心愿。过年不能在妈妈身边尽孝，解除隔离后，一定要回家多陪陪妈妈。

2月9日 腊月二十八

这几天，只要有空，老公和儿子都要带东西来看望我，虽然不能见面，但心里还是非常开心。特别是老公说："老婆，家里你就不用管了，你要照顾好自己和你的兄弟们！"这句温馨贴心的话，让我湿了眼眶。老公，谢谢你的理解。儿子，妈妈爱你！

队友们也陆陆续续过来看望我们，给大家增添了许多温暖。有你们牵挂，我们不孤单，感恩你们。

2月11日 大年三十

婆婆和妈妈一大早就和我微信视频，婆婆告诉我说，给我买了棉拖鞋和棉坎肩，是红色的，喜庆。妈妈问我酒店给不给吃饺子。每年的大年三十，在婆婆家，吃过早饭后就开始包饺子，包不同馅的饺子。大嫂知道

微光吸引微光，微光照亮微光，让我们一起发光，点亮生命。

汾阳 于佳

我喜欢吃茴香馅的，总要多包一些。在他们面前，我像个孩子似的被照顾。自结婚以来，每年都会和大哥大嫂侄子一起围着婆婆过年，从来没有分开过。想到这里，忍不住又落泪了。妈妈，您做手术我没在您身边照顾，今年过年也不能陪您老人家，不要责怪媳妇，我保证，往后会更好好孝顺您的。

2月14日 大年初三

今天我们15名队员解除隔离，平安回家了。队友们在酒店门口列队，手持鲜花，高呼"欢迎回家，亲人团聚"的口号，让我特别感动。我紧紧抱着比我还高出一头的儿子，拥着老公，好开心啊。

此行河北抗疫14天，我们不畏惧、不退缩，交出满意答卷；被隔离14天，我们克服寂寞、忍受孤独，依然坚持挺了过来。因为在我们背后，有家人支持，有队友携手，有亲朋帮助，还有浓浓的亲情、暖暖的关爱和深深的祝福。

武振宇

27岁的他，年龄不大，但已在公益路上行走了8年，目前任山西天龙救援队山地搜救大队队长。8年来，他参加了数不清的救援，四川雅安地震、尼泊尔地震、云南鲁甸地震、河北洪涝灾害、内蒙古赤峰龙卷风救援等，都可以看到武振宇的身影。他已然成为救援先锋、公益标杆。国内疫情防控形势严峻，河北省出现本土新增确诊病例，在接到赴河北执行防疫消杀任务后，武振宇第一时间报名参加，带队出征，出现在新乐市的各个消杀点上。

他和队员每天的工作任务就是消杀防疫，近距离接触确诊患者的病房、生活活动过的村子，还要进行核酸采样、防护物资申领，根据任务不同，准备不同数量的防护装备……

当被问起现在最大的心愿是什么的时候，他只是简单地说："因为很多任务都是临时通知，感觉精神压力比较大，就想好好睡一觉。"这么多年做公益，参加救援，他学到了很多东西，自己的胸怀和境界开阔了许多。他很感谢家人无怨无悔的支持，希望用自己的微薄之力，帮助到更多需要帮助的人。

武振宇的隔离日记

2月13日 大年初二

新的一年开始了，一直没有给自己定一个很明确的目标方向。2021年，要彻底改变，完成本职工作，加强自身业务素质提升，完成部门人员技术提升，做自己的领路人。不忘初心，牢记使命，竭诚为民，继续践行"如果这个世界需要，我们将义无反顾"的入队誓言！

高艳飞

每次有救援任务，作为老队员，他总是奋勇当先，积极报名，准时出队。当队里发出赴河北消杀招募信息时，他没有丝毫犹豫，第一时间主动申请到防控第一线。那坚毅的眼神、坚定的语气、满腔的公益热情，就是他前往疫区的决心。消杀期间，他任劳任怨，用自己的实际行动践行着自己的入队誓言。

他每天背着重达十几千克的消毒设备，一次一次地往返于社区与新乐市中医院。当队友提醒他休息时，他说："我少休息一会儿，百姓就多一分安全，这样的危急时期，我咬碎牙也要坚持到底。"心知归期未定，高艳飞便提前安顿家小。只因家中父母年事已高，且行动不便；只因他是单亲爸爸，还有两个10岁左右的孩子，他在河北一直不敢与家中父母视频，只是偶尔打打电话。天寒地冻，家中水管冻坏停了水，母亲打电话让他回家去修，这才得知儿子去了河北抗击疫情。儿行千里母担忧，母亲在电话里再三叮嘱，要保护好自己，要吃饱穿暖。听到母子对话的队员们，一个个眼睛都湿了。

高艳飞的隔离日记

2月2日 腊月二十一

在河北抗疫期间，有一张照片引起大家反响。照片是在我们居住的酒

无私奉献，情满人间。

祁县 高峰

店走廊拍的，我、付军军、杜苗三人。付军军斜靠着墙在一侧站立，我和杜苗靠着墙瘫坐在另一侧。照片中，我们三人身着队服，戴着口罩，满脸疲惫，外人看，一定是"站没站相，坐没坐相"。

那天是1月21日晚上，我们刚刚结束了一整天防疫消杀，突然又接到紧急任务，有两辆满载防疫物资的长17.5米的半挂车需要卸车入库。我们二话没说，连续奋战4个多小时，将数吨物资全部卸下，整齐地存放到物资库房。由于库房旁边的煤场是必经之路，队员们身上、脸上黏满了煤面子，一个个变成了黑面小子，眼圈乌黑，防护口罩早就不成样子，就连和男队员一起装卸的女队员也不例外。

回到酒店进入房间前，按防疫规定，要给每一名队员做一次严格消杀。在走廊里等待的队员，就这样选择了要么瘫坐在地上，要么斜靠在墙上……

2月9日 腊月二十八

马上就要过年了，父母年事已高，我担心不在家，过年的彩灯没有人挂。今天队长刘俊生和我视频，告我说，年货已经帮着置办齐了，彩灯也挂上了，对联也贴上了，你就放心隔离吧，啥也不用管了。

前几天家中水管冻了，也是队领导带着队员到家里帮着处理好，干了两个多小时。有一天下雪了，队友们担心我父母出行不方便，把院子里、大门外的积雪扫得干干净净。真是太感谢这些可爱的队友了，你们是我的坚强后盾。

杜 苗

一名普通的煤矿工人。工作时间，在黑暗中采掘火种，业余时间，在公益路上播撒光明。2019年秋季入队，身着鲜红的队服刚开始在训练场上跳跃，无情的2020新冠疫情来袭，他毅然放下两个撒娇的孩子，投身到消杀防疫的队伍之中，坚守在防疫第一线。2021年疫情再次反扑，他瞒着父母，安抚妻儿，加入到援助疫情重灾区河北新乐市的防疫消杀中……

杜苗的隔离日记

2月3日 腊月二十二

体温正常，心情良好。闲暇时间多了，不免会想起与大家在新乐的点点滴滴：每次出任务争先恐后，每次吃饭时嬉戏打闹，每天晚上总结会各抒己见。15人虽来自不同地方，操不同口音，却在一个特殊时刻相聚，做着一件相同的事情——公益。

2月6日 腊月二十五

体温正常，心情稍差。坐在房间，心中不免有些焦躁。处在一个上有老下有小的年纪，却在年关时候，不能帮年迈的爸妈打扫房间、购置年货、张贴春联，心里不免多了一份亏欠；不能带媳妇孩子挑选她们喜欢的衣服、品尝心仪的美食，心中不免多了一份亏欠。请原谅我今年不能回家过年，欠下你们的，往后一定弥补。我既然选择了做公益，就一定好好去做，还希望你们继续支持我的选择。

李艳刚

2020年元月入队不久，正赶上全国新冠疫情大暴发，他所在的文水分队为当地小区、校园、街道、商店等不同场所进行义务防疫消杀，他毫不犹豫地冲在了第一线，每天身背数十千克的消杀设备、药水早出晚归，奔波在大街小巷。每天在公益路上前行，他上高中的儿子看在眼里，记在心上，对父亲深深敬佩。

2021年初，他响应号令，毅然报名参加河北新乐市疫区消杀。出发前，母亲去世刚过百天不久，他把年迈的处于悲情之中的父亲托付给爱人照顾，在儿子不舍的眼神中收拾行囊，踏上征程。他怀揣一颗热忱的公益之心，一直在公益路上前行。儿子眼中，父亲的形象高大伟岸。他说："我是一个平凡的人，但我要给孩子做出榜样，让孩子心存善良，丢掉自私，胸中有爱，热爱公益。"

李艳刚的儿子因为有一个做公益的父亲，让他在学校同学们面前多了一份自豪……

公益从来不是单方面的付出，而是在付出的同时感受爱，得到爱。

太原 郭文慧

李艳刚的隔离日记

2月5日 腊月二十四

今天心里好乱，一直也静不下来。1月18日赴河北抗疫时，恰逢忽然离世的妈妈的百天祭日，我一直处在痛楚之中。消杀时，每天很累，回去倒头便睡，现在被隔离，经常睡不着。昨晚好容易睡着了，又一次梦到了妈妈。小时候我们姊妹3人挤在一个炕上听妈妈讲故事的情景历历在目。那些年家里穷，过节买点肉，妈妈舍不得吃，把肉都要夹到我们碗里。当我们长大结婚有了孩子后，妈妈又和爸爸帮助我们操心带孩子。妈妈，你走的时候只有67岁，是无情的车祸夺去了你的生命，你走得太突然了。妈妈，我想你了！

2月11日 大年三十

之前告诉71岁的老父亲说过年就回去了，结果抗疫延期，对父亲失信了。妈妈刚去世不久，父亲还沉浸在悲伤之中，整天闷闷的，人一下子瘦了好多。大过年的，正需要我这个当儿子的陪伴，我却不能守在他的身边。从酒店窗户往外看，满大街都是过年的氛围。一直想给爸爸打个电话，听听爸爸的声音，问问年货准备好了没有。但每次拿起手机都没勇气打出去，每次都会想起因车祸去世的妈妈，不想让爸爸担心我，一直也没有打。今天是大年三十了，该给父亲打个电话了，于是硬着头皮打通了电话，喃喃地告诉父亲，春节不能回去陪伴他过年。电话那头，父亲沉默了好长时间，最后只说了一句"照顾好自己"就挂了电话，能感受到电话那头父亲的不解与无奈。我满怀愧疚，冲着家乡的方向默默祈祷：祝天堂的妈妈一切安好！感谢妈妈一辈子对我们的养育之恩和浓浓的爱，愿妈妈在另一个世界过得幸福平安！对不起爸爸，春节不能在家陪您过年了，孩儿祝爸爸身体健康，回去后再好好孝敬您。

宁慧雄

接到赴冀抗击疫情的任务后，他没有丝毫犹豫，只用了一天时间，紧急安排工人放假，与家属沟通，迅速做好了出发准备。

当人们问起："你去支援河北，家属同意吗？"他说："毕竟做了多年的志愿者，紧急出队也不是一两次了，沟通还是比较顺利，但对于我的搬家生意影响就大了。过年前后，正是搬家运输旺季，我选择放弃挣钱的机会，给工人放假，和合作单位解除合同，工人和我的合作伙伴都不乐意了，不理解，更不支持我去。因为车辆停运、人员休息，前后影响一个多月，经济损失非常大，直到现在还有人埋怨。"从宁慧雄的话语中，可以感受到志愿者们不但无时无刻付出时间和金钱，还需要面对很多不理解，但他们还是义无反顾地付出大爱，默默无闻守护着我们的健康。

有件事情让宁慧雄非常开心。他和岳母说自己要去河北消杀时，岳母非常支持她，不仅主动帮着照看外孙，还给他发了个1314元的红包，寓意一生平安，鼓励他前往疫区。

采访中，宁慧雄提到一句"其他没啥特别的，就是新冠疫情和我们近在咫尺"。话语中能感受到他们心里也有担心，也有恐惧，但他们依然鼓足勇气，勇往直前。

快过年了，他充满了对家人的担心。他说："谁不想过年和家人团聚呢，但今年是不可能了。一想到自己为抗击疫情做出了一份贡献，感到非常光荣，值！"

宁慧雄的隔离日记

2月3日 腊月二十二

今天有件事情挺感动，在天龙救援队好多队员的微信朋友圈，都发了这样一段文字：若您有搬家需求，可联系我的队友宁慧雄，电话0351-7438444。

这是多家媒体报道了我们赴河北消杀的新闻，以及亲贤社区家园、山西天龙救援队公众号重点介绍了我的情况后，队友们帮忙给我做广告，想扩大我的搬家业务，弥补赴河北消杀造成的损失。

心中有爱，大爱无私。谢谢我的队友们！

2月7日 腊月二十六

不忘初心，奉献爱心，感恩队友，一路陪伴。

大同 秦利英

隔离期间，有损失，有收获。由于不能正常履行合同，又无法见面沟通、解释，之前的好几家合作伙伴，新的一年没有与我续约，丢失了客户，让公司蒙受损失。但我不后悔，来年会激励我更加努力工作，扩大市场，寻找更多的客源。收获要多一些，我竟然完完整整看完一本300多页的书，这可是我从学校毕业以后再也没有过的事情；我还认认真真临摹完一本厚厚的钢笔字帖，让我自己重新认识了自己，也让老婆对我刮目相看。还有一个更大的收获，我在队友们的帮助下，学会了在电脑上制作简单报表、远程网上办公和业务合同签订，这可是我一直想学却总认为自己学不会的东西。没想到，原本以为寂寞难耐的隔离日子，于我而言，竟然被"逼"学习，提升了自我！

张志光

"我是军人，还是党员，我必须用军人的勇气和党员的觉悟在最艰险的地方有担当。"当问他为什么报名参加河北抗疫消杀时，张志光如是说。

不惑之年的他在军旅生涯中曾参加过1998年武汉地区抗洪和1999年张家口张北地震救援，退役后在公益道路上继续彰显军人本色。2020年初疫情暴发期间，火车站、高速口、社区、学校等人员密集场所，有他身背几十千克设备消杀的身影，村口的防疫站点有他连续30余天笔直的身躯。疫情严重时，他主动捐赠口罩、酒精等物资，为村民解燃眉之急……2021年初河北新乐市成为疫情重灾区，他再次挺身而出，请缨上阵。

很多时候，一个人骨子里的勇气、责任和担当是无法用金钱和物质衡量的。此次赴河北抗疫消杀，张志光放弃了有很大把握竞选副村主任的机会，放下了两节期间自己粮油店的兴隆生意，瞒着父母孩子，说服爱人，毅然奔赴疫情高发区，投身抗疫工作中，再次用行动证明了自己的入队初心。

张志光的隔离日记

2月7日 腊月二十六

一日三餐准时准点，荤素齐全挺健康；闲暇之余看电视、刷抖音、做俯卧撑打发时间……刚开始觉得这就是神仙过的日子，可是一周之后，我憋得不行了，不习惯这种太休闲的日子，情绪落到了低谷。我一天只吃一顿饭，不能出门，不能社交，没人和你说话，那种憋屈，那种漫长和煎熬，真的无法用语言表达，最后都快坚持不下去了……

好在家人和队友时刻关心我的情绪状态，队长宋刚每天定时和我联系，队友们轮班陪我解闷，每天轮流视频催我吃饭，想着法儿逗我开心……最重要的是和我一起隔离的其他队友，互相鼓励，互相安慰，坚持，再坚持，就这样一分一秒熬过来了。

2月10日 腊月二十九

虽然消杀很累，隔离又孤独煎熬，但我也因此收获了很多。我不仅提升了自制力和意志力，还真切感受到了家人的关爱和队友的真情以及社会的关注。为国家效力真是一件很幸福的事。感谢总队给了我这次奉献社会的机会！

杨秋萍

在出征河北的队伍里看到热情爽朗、活力四射的杨秋萍时，大家深感意外。她是两个孩子的母亲，又恰逢孩子放寒假，马上就要过年。正值春节家人团圆之际，爱美爱笑爱拍照的她，却毅然穿起包裹严实的防护服，奔赴河北疫区。

说意外，其实一点都不意外，她的选择也在情理之中。她是一个拥有大爱的人，在送温暖包的山区里、在保障"太马"比赛的赛道边、在交通安全公益行的校园内、在守护绿色家园的社区中……到处都有她忙碌的身影和温暖的笑容。对她来说，出征河北，不过是一件再平常不过的事情，以至于连线采访她时，她总是说"真的没什么可说的，这都是应该的"。

在新乐市，面对空无一人的街道、紧闭门窗的商铺，她深深感受到健康和自由的可贵。她说："人生总要有一次奋不顾身的经历。逆行者，不是没有恐惧，而是心怀恐惧却依然鼓足勇气前进。"

对于公益，她表示"因为喜欢，会一直坚持走下去"。她最多感谢的

在公益中改变和提升自己。

大同 雷芳

还是家人，孩子们也为有个做公益的母亲而感到自豪。"爱人虽然担心，但他依然选择支持我，全家人都是我坚持的动力。"

杨秋萍的隔离日记

2月2日 腊月二十一

今天听到一件鼓舞人心的事情，从昨天开始，石家庄新乐市全域从高风险地区调为中风险地区，这其中一定有山西天龙救援队的一份贡献。一切都值得，加油！

2月5日 腊月二十四

今天收到队友送来的各种新鲜水果，感恩美好。今天给自己的皮肤做了一次大保养。隔离也要美美哒，面膜面膜敷起来。爱自己，爱生活！

2月7日 腊月二十六

生活的点点滴滴支撑起我每天的快乐心情。家里已经收拾得干干净净，我的玫瑰花已经等候我的归期。我熟悉的家的味道越来越浓，回家的脚步越来越近。爱我所爱，期待美好；未来可期，值得拥有。

2月8日 腊月二十七

午后的阳光明媚，窗外，车流熙熙攘攘。下午老公和孩子们来酒店"探视"我，我们隔窗相望。丫头给我买了一件红色背心做新年礼物，心里暖暖的。原计划是我从河北完成任务回来后带孩子们去买新衣服，结果我失约了。这些天，感受最多的是来自于家人、亲朋和队友们的亲情和温暖。感恩这平凡的每一天，感恩遇见和关心我的每一个人。

2月11日 大年三十

每年的除夕夜，家里灯火通明，热闹非凡，一家人边吃饺子边看春晚，那就是幸福最好的模样。家里上有86岁的婆婆，下有未成年的儿女，因为隔离，不能与家人在一起，心里多少有些遗憾。爱人领着两个孩子来到酒店楼下，站在马路边上视频，陪我过除夕夜。女儿一声"妈，新年快乐，我想你了"的高声呼唤，深深牵动着我的心，让我的眼泪止也止不住。这是孩子对妈妈的依恋，也是妈妈对孩子的思念。结婚以后，我和婆婆一起生活了将近20年，从未缺席过每一个重要节日的陪伴。婆婆年纪大了，去河北没有告诉她真相，大年三十瞒不住了，只好说了真话。电话那头，老人不停地叮嘱我，家里挺好，不要操心，照顾好自己。爱人告诉我，放下电话，老人偷偷地抹眼泪，她心疼我，我知道！

爆竹声中一岁除，春风送暖入屠苏。相信吧，待到春暖花开，我们定能繁花与共！

好人一生平安！

付军军

父亲：爸去河北新乐市消杀去了，现在出发。

儿子：不叫我？我想去，我是真的想去，提前告我一下么。

父亲：离石就派了两人去，名额有限，是争取到的。

儿子：什么时候还去？我也争取一下。帮我问问还缺人不？

父亲：你没经验，去不了。

儿子：路上帮个忙啥的，搬东西干活都可以，我都大三了，有力气。

父亲：做公益做贡献在哪儿都能做。

儿子：好吧，如果需要人，一定要告我，我肯定去。

父亲：多回去帮姑姑照顾爷爷奶奶，先不要告诉他们，过年的时候再说。

儿子：爸，放心吧。

………

付军军说："我们是一个团队，出队就代表天龙形象。队员中我年龄偏大，有经验，必须关照年轻队员，检点他们的防护措施，不能有丝毫闪失。"说话间，对讲机传来半小时后集合的声音。灯火阑珊，寒风凄凄中，他们将再次进入确诊病例人员居住过的地方进行消杀……

付军军的隔离日记

1月31日 腊月十九

学习技能，做力所能及的事情，无怨无悔。

大同 王宏

今天终于回来了，虽然是在酒店隔离，但远离疫区，风险降低了。安顿好行李，收拾了房间，洗了衣服，熟悉了这个即将生活14天的地方。我要好好规划一下自己的隔离生活。

2月6日 腊月二十五

每天除了定时三餐、两次体温测量，就是和家人、朋友视频报平安。午饭和晚饭时和队友们视频互动，担心一些年轻队员在隔离期间不适，和他们聊天，保证身体及心理状态良好。每天坚持俯卧撑、深蹲、平板撑、臂力棒等体能锻炼，保证体能不下降。

2月8日 腊月二十七

我是做安装工程的，年关将近，要和公司结算工程款，给工人核对考勤，核发工资。这项工作本来在元月底就该完成，结果去河北抗疫耽搁了。因为我人不在，有些工程款结不回来，也无法按时给工人们发放，只能解释等年后结算了再补发。大多数人表示理解，实在不愿意的，我安排家人垫资给工人们发了。他们也不容易，等着钱过年了。

赵国祥

1月18日，对于队员赵国祥来说是个特别的日子。原本定于这天举行结婚庆典，因河北疫情，他毅然决定延迟婚期，报名请赴抗疫消杀一线。"疫情不散，婚礼延期"，这也是赵国祥和妻子达成的共识。这一天，他随队员们一道，舍小家、顾大家，奔赴祖国抗疫最前线——河北新乐市。

他在出发当天的朋友圈这样写道："今天原本是一个特殊的日子，我将迎娶我一生一世心爱的公主。但疫情又一次打破了喧嚣与平静，这一天我逆行河北，参加抗疫。愿世间万物安康如意，保佑我平安归来，再娶亲爱的你……"

在抗疫一线，他除了每日参加防疫消杀外，还兼负队里的摄影及通信报道任务，每天总是忙忙碌碌到很晚很晚……

赵国祥的隔离日记

2月6日 腊月二十五

可能是经常参与户外活动，常常身处无人环境，我的自我调控能力比较强，封闭、孤独、寂寞的隔离生活，对我的个人状态影响不大。在此期间，我心态非常好，也有助于我静心思考2021年公司业务计划和户外活动安排，为主营团建、党建和团体活动不断完善方案。实在觉得无聊了，在电脑上看上一部电影，和朋友、媳妇聊聊天，一天也就过去了。

2月11日 大年三十

今天是年三十，打了3个电话。先给父母拜年，问父母过年好。母亲心疼我过年回不了家，父亲责备我把新媳妇一个人留在家中无人照顾。和岳母岳父通话时，他们虽然没说什么，理解我做公益，但从话语中，我感受到了他们的不快。对于双方父母，我不知道该怎么解释，对于自己未办喜宴的妻子，她非常支持我，但我还是感到愧疚。我在网上给妻子定了饺子，送到了家里。除夕之夜，妻子吃上了热腾腾的饺子，我心里多少安慰一些。我给妻子打电话，大年初三是我解除隔离的日子，我要给你一个深深的拥抱，大声对你说：老婆，谢谢你，我爱你！

孙新刚

他的日常生活简单、单调，但是他的精神生活富足、充实。自2019年入队，他的心仿佛有了归属感，只要有时间就随队参加各种公益活动。

今年疫情反扑，看到援冀通知，他立即放下手头工作，第一时间报名。凭借年轻气盛、能吃苦耐劳，他争取到了出队名额，担当起救人于危难之中的重任。提及抗疫对他本人的影响，他说："平时出队做公益，可以调配时间，只要不耽误送货的工作就行。像这次远赴河北，连续多天出队消杀，回去后还要隔离多日，就没有工资收入了。钱可以少挣，以后还有机会，但这次情况特殊，如果不报名参加，我会后悔一辈子。家人也最了解我，虽然忧心忡忡，但还是全力支持，消除后顾之忧。"

孙新刚的隔离日记

使命伟大，事业崇高，热血践行。

大同 杨孝

2月9日 腊月二十八

这几天，看电视、玩手机、刷抖音、闲聊天成了每天消磨时间的主要内容。房间小，隔音不好，不敢多走，担心影响其他人休息。之前每天打工送货不觉什么，真要是闲下来，确实无聊。

今天想两个年幼的孩子了。自离异后，12岁的女儿和9岁的儿子由父母帮着照看。这次将近1个月不在家，妹妹除了给自己的3个孩子做饭外，每天都要跑到母亲这边，帮着做饭、干家务、检点我的孩子写作业、学习。马上要过年了，也是妹妹一家孝敬父母，真是太感谢他们啦！

石 帅

接到赴石家庄新乐市抗疫消杀任务，凌晨2时多悄悄随队员出发，他瞒着年迈的老父亲，不敢前去辞行。因为回来后还要隔离，春节肯定回不了家，瞒是瞒不住的。无奈之下，他让妻子替他转告父亲，不要担心，会保护好自己的。开明的老父亲最终还是原谅他不辞而别，电话里千叮咛万嘱咐，让他一定保护好自己。说到自己的父亲，石帅眼里含着泪水。疫情当前，舍小家顾大家，既然选择逆行而上，那就无怨无悔。

石帅的隔离日记

2月12日 大年初一

这一天，不仅是全国人民的节日，还是妈妈50岁的生日。每年的这一天，双喜临门，也是我们家最热闹最快乐的一天。但今年不一样了，妹妹远嫁福建，过年回福建了，我在酒店隔离回不去，家里一下就冷清了许多。今天早上和妈妈视频，还没等我说生日快乐，妈妈就哭出了眼泪，我的眼泪也止不住流了下来。妈妈之前得过脑梗，我不想让她哭，怕引发疾病。妈妈一再嘱咐说，她挺好的，让我照顾好自己，她和爸爸在家等我。虽然之前让老婆给妈妈买了蛋糕，但妹妹一家不在，我这个当儿子的也不在他们身边，想到这些，心里还是挺难过的。本来还想多和妈妈聊几句，担心她过于激动犯病，还是狠心地挂断了视频。看不到我，她心里也许好受一些。

鲍　慧

作为一名老队员，鲍慧已记不清自己参加过多少次救援。四川雅安地震、陕西泥石流滑坡、山西山阴蝴蝶谷救援、河北井陉水灾、江西九江抗洪……队里的每一次救援、搜救都少不了他的身影。在疫情反扑的2021年，队里组织前往河北抗疫消杀，他没有丝毫犹豫，直接报名，主动请缨。

在疫区，穿着一次性防护服，背上笨重的消杀设备，完成一整天的消杀任务并不是一件容易的事情。在小区楼宇、医院病房、停车场等地，到处都有他的身影。在没有电梯的楼道里，他一层层消杀上去，再一层层消杀下来时，汗水早已将衣服湿透。

鲍慧介绍说："参加救援已成为我人生的习惯。以前的各种搜救，有目标，有人员。这次不同，病毒虽然看不到，但它致病率高，传染性强，只希望通过我们的消杀，能为大家创造安全的环境。"每天外出消杀，为了节省防护服，他和队员每天早晨起床后就不再喝水，怕外出消杀时上厕所。几天下来，嘴唇干裂，牙床红肿，嗓子疼，但他依然坚持着，每天还想办法逗队员们开心，解除紧张气氛。

就在他出发河北的前一天晚上6时多，鲍慧还赶到太原五梯村坠崖驴友现场实施救援。当救援结束回到家准备好出行装备时，天已经快亮了。

鲍慧的隔离日记

2月4日　腊月二十三

今天是农历小年。马上就是春节了，不知家里的玻璃是否已擦拭干净，家里的卫生是否已打扫完成，油腻的煤气灶是否已经清洗……因为隔离，这些事情只能让家人去做了，愧疚只能待隔离解除之后回家——弥补了，同时也想对家人说，我在这里一切安好，家人勿念！

2月7日　腊月二十六

有人说，生活中不仅有快乐，还有一种"慢乐"。所谓"慢乐"，就

公益基于良知、信念和责任，从我做起，把公益这支火炬传递下去。

太原　史华美

是放慢脚步、静下心来，花一点时间来观察、思考及反省自己，以调整或提升自我修养及境界。当真正静下心来欣赏生活时，才发现生活是如此丰富多彩。由于往日过于匆忙，自己往往只沉浸在"快乐"之中，忘却了仰望星空的多彩；当放慢脚步、静下心来"慢乐"时，才发现每天的日落日出都能让人充满无限的遐想与温暖。

2月10日 腊月二十九

隔窗眺望，万家灯火，大街通明，霓虹闪耀，到处欢声笑语，喜气洋洋。回首2020年，我学会了包容别人，善待自己，掌握了救援知识，也收获了温暖和友情。在天龙这个大家庭里，我们这样一群可爱的志愿者，像一颗颗闪烁的星星，发出生命之光，把夜空照亮。

2月14日 大年初三

今天，我们结束了14天的隔离。14天，每天按时运动1小时；14天，每天坚持看新闻联播；14天，每天和家人视频一次，报平安；14天，每天和隔离队友视频聊天，缓解压力。隔离期间有运动，有期盼，有梦想，有回忆，还有太多的感动。

赵洋洋

夜间微信连线赵洋洋时，得知他们结束了一整天的重病区消杀任务后，又与队友卸载了几十吨重的抗疫物资，语气中透出疲惫。

一周前，队员微信群发出赴河北新乐抗疫消杀报名通知，他第一时间递交申请。开明达理的父母、妻子知道后欣然同意，让他没有了后顾之忧。出发时，家人的嘱咐装满行囊，鼓励他前行。提及家人，他略带哽咽，出门时妻子默默准备妥当背包，没有过多的话语，但他心里清楚，知道妻子的担忧。有信仰、善良的妈妈自言自语：儿子，你去做善事，一定会受到保佑的。幼小的孩子紧紧抱着他的腿，眼泪在眼眶中打转，不想让爸爸出门……

疫情面前，赵洋洋用乐观的人生态度面对艰险，毫不畏惧，逆向前行，书写着自己多彩的人生。

赵洋洋的隔离日记

2月7日 腊月二十六

今天是二姑娘9岁生日，前几天就一直给我发视频，问我什么时候能回家？我一直避开这个话题，只是说快了，再过几天就回去了。今天她问我怎么还没回来？无奈之下，我告诉了她实情，她哭着对我说：你骗人，说好陪我过生日的。之后就一直哭个不停，劝也劝不住。我让媳妇出去给她找了四五个跟她平时玩的小朋友一起陪她过生日，她这才把眼泪擦干。中午吃饭的时候，我在视频里和她一起过生日，她对着蛋糕，我对着手机，一起唱生日歌，祝福她生日快乐。最让我开心的是，姑娘喜欢听我给她讲河北抗疫的事情，还跟我说："爸爸好样的，长大我也要跟你一样。"让我感觉她成长了不少。

王昕云

25岁的王昕云是15名赴冀抗疫队员中年纪最小的，也是仅有的3名女队员之一。

大学毕业之后的2020年春天，看到救援队招募队员，她毫不犹豫地报名并通过各项考核，成为一名正式队员。在救援队这个大家庭，她热情满满，积极参加各种公益活动，是大家心目中的"小百灵"。这次去河北抗疫，她毫不犹豫，第一时间报名。她是家中的独生女，是父母的掌上明珠。在消杀现场，她和男队员一样，忙前忙后，什么活儿都抢着干。每次出队消杀，领队都要问一句，有什么困难？小姑娘总是干脆利落地说，没困难。

王昕云说："其实想法很简单，就想逆行一次，趁着年轻，做自己能做、想做的一些事情。父母也愿意让我有自己独特的经历，正好有这样一次机会，所以就来了。看见家乡太原的朋友发的一些休闲、安逸、聚餐、嗨歌内容的朋友圈时，身处河北疫区的我真正体会到了：哪有什么岁月静好，只是有人替你负重前行。"

公益路上，体现人生价值，不辜负期望，让人生无憾。

太原 张春霞

王昕云的隔离日记

2月8日 腊月二十七

因为要求每天定点测两次体温，怕忘定了闹钟，闹钟嘀嘀响的时候，就知道该测体温了。在这里最独特的乐趣莫过于有人来看望，不管谁来，不能见面，大家就开窗户吼上两嗓子，挥挥小手儿，总能兴奋好长一阵子。

其实从第二天开始，就基本已经适应这里的生活了，三餐定点配送、作息十分规律，还养成看晨间新闻和新闻联播的习惯。做简单运动是每天的规定科目，头一次在小房间里来回跑，就跑出个10千米，刷新了自己的跑步记录。累是不累，晕是真晕。

进来之前，为消磨时间，我带了乐高积木、数独游戏和魔方。没想到低估了自己拼乐高的速度，拼得太快，第一批只用了半天时间，拼完很有成就感。在电视剧《士兵突击》里有一句台词："光荣在于平淡，艰巨在于漫长。"自从被隔离，对这句话深有体会。

在新乐市的14个日日夜夜里，他们为市中医院全院，为市政府、市卫健委办公区域，为鑫雨宾馆、贝壳宾馆、宜鑫宾馆、蓝月宾馆、宜之家快捷酒店、丽都商务宾馆、苹果快捷酒店、尚客优快捷酒店、国政天成酒店、上家宾馆、文华宾馆、博德酒店、不见不散快捷酒店等重点隔离酒店，为御华名府、烨京城市花园、翡翠苑、金港上城、怡丽美业等小区，为岸城村、里辉村、东五楼村、东曹村、赤支、里辉、邯村等村庄进行防疫消杀，累计消杀面积668560平方米，受益户12551户，受益人数34665人，消耗消毒液8255千克。

晋豫一家亲

时　间　2021 年 7 月 20 日—8 月 4 日

地　点　河南郑州、新乡

摘　要　据气象部门监测，截至 20 日 14 时，郑州 24 小时平均降雨量 253 毫米，16 时至 17 时一小时降雨量达到 201.9 毫米。鹤壁、新乡、洛阳降雨量均突破历史极值。

队　员　李明英　董蓬勃　宋　刚　武小龙　石　帅　杜　苗　张凯博　李海滨　刘俊生　孙成伟　陈　涛　焦俊芳　余志刚　吴雁忠　王建珍　李　伟　刘春晓　原翠花等 103 人

新乡水灾现场

"郑州这么大水灾，为什么不派我们出队？"吴雁忠气呼呼地在电话里大声嚷着，太原与大同即使隔着几百千米，仍然能感觉到电话那头的人火气很大。

"为了赶时间，第一梯队采取有装备队伍优先兼顾就近出队原则，备勤通知里有说明啊。"电话这头，一晚上没有合眼、一早又赶到单位上班、还要协调出队诸多事情的山西天龙救援队队长黄刚耐心解释着。

"通知下发后，我们是第一个报名备勤的，不安排大同出队，明显就是歧视我们。"电话那头一句赶一句，咄咄逼人，不依不饶。

"你想多了，我们都是兄弟，不存在歧视，但灾区不是景区，一切都以科学救援为前提，听我解释。"

"我不想听，不派大同出队，我们有意见……"

这火药味十足的对话，发生在 2021 年 7 月 21 日上午。起初是在天龙救援队企业微信队长群里，大同队队长吴雁忠和队长黄刚你一句我一句地为出队的事情争论了好半天。嫌打字太慢，吴雁忠直接给黄刚打电话。电话里，两人你一句我一句，吵得不可开交。

整整一上午，黄刚的手机快要打爆了，微信留言更是不计其数，全都是各地市天龙救援队请求出队驰援河南的。黄刚虽然表面上焦急、上火，但也深感欣慰，他为山西天龙救援队在关键时刻，有一支不惧风险、能冲上去打硬仗的队伍而骄傲。

进入七月中旬，包括山西在内的许多地方，都收到了气象部门发布的起初是蓝色、黄色，继而是橙色、红色的暴雨、洪灾预警提示，要求市民减少不必要出行、做好应急防范措施。大多数人认为预警信息只是有关部门常规操作，如同民间传说"狼来了"的故事一样，经常预警却未出现险情，次数多了人们往往就不去理会。尤其是生活在大城市的人们认为，即便遭遇洪涝灾害，也多数发生在周边山区和农村，不会祸及城市。

7 月 20 日，当河南省会城市郑州地铁被淹、京昆高速隧道被淹、城市的大街小巷涌动着湍急的洪流、多处人员被困、满街漂浮着被洪水冲走的汽车时，人们恍然意识到：气象部门的强降雨预警提示不是儿戏，人们大意了。包括郑州在内的河南多个地方，遭遇了百年不遇的罕见的暴雨洪涝灾害。

气象部门公布了每小时 200 毫米的降雨量，人们依然感到困惑：一座配套设施齐全、可以应对各种自然灾害的现代化大都市，怎么一场暴雨就能轻易将其击垮？有一组数据令困惑不解的人们多少有些释然：短短一小时之内，倾泻在河南郑州地界的雨水总量，有 100 多个杭州西湖的蓄水量。

天啊，这是一个什么概念？

河南遭灾，多地被淹。

晋豫一家亲，是时候出手援助了。

当天晚上，山西天龙救援队队部灯火通明，几位队领导和救援骨干通宵未眠，紧急启动应急机制，遵照河南省防汛抗旱指挥部和壹基金救灾部的指令，于 21 日早晨 6 时下发《关于河南郑州洪涝灾害紧急备勤通知》，招募出队队员，筹集救灾物资，准备出发，实施生命救援。

21 日下午 3 时，第一梯队 21 名具有水域和绳索特长的天龙队员，在副队长李明英带领下，携带 5 艘舟艇、34 件激流救生衣、2 套潜水服、2 台水下无人机、2 套手动破拆工具、1 台蛇眼生命探测仪等救援装备，从太原出发赶赴郑州，进行抗洪抢险。

20 时 25 分，车队冒雨跨过省界大桥，之后，汽车一直行驶在雨幕中，即使雨刮器不停工作，能见度也非常低。

传播策划部队员李伟是一名新队员，当出队河南救援的消息发布时，他陪同母亲和新婚不久的妻子开车刚刚到达内蒙古草原，准备利用年休假在草原自驾游览，好好陪陪家人。灾情就是命令，没有犹豫，他第一时间做通妻子和母亲工作，一大早从内蒙古草原开车返回太原，中午饭也顾不上吃，拿上行李装备就出队了。

作为随队一线记者，他这样描述进入郑州灾区景象："22 日凌晨，我们的救援车辆进入郑州市区，路面积水严重，路两边停放着无数车辆，横七竖八，完全处于无序状态，可以想象当时人们为了车不被水淹，四处躲

实实在在为社会做奉献，我的选择没有错。

大同　张福成

避的混乱场面。

"当我们好不容易不停地躲避积水、绕啊绕，终于找到对接的郑州防汛抗旱指挥部时，时间已将近凌晨1点。指挥部根据灾情，安排我们前往同样遭灾严重的新乡市实施救援。"

稍早一些的21日20时，提前集结出发的尧都天龙救援队董蓬勃、何炜、于会洲、潘御东4名队员，与郑州市慈善总会取得联系。同他们一起集结出发的还有侯马、翼城、襄汾救援队的十几名队员，全都陆续赶到指定地点。得知位于金水区东风路经三路某项目部有十余人被困、失联9小时后，队员们立即设法于23时15分赶到救援地点，大声呼喊，反复搜寻，找到了躲在楼顶的失联人员，确认安全无恙。

7月22日上午10时许，通过尚能通行的高速公路，包括文水、祁县、汾阳、孝义在内的山西天龙救援队第一梯队21人全部抵达新乡。进入市区不久，道路两边的积水已经蔓延至路基，越往市区走水越深，渐渐没过了汽车轮胎。头车是一辆越野车开道，其余车辆小心翼翼跟在后面行驶。

救援队接到的第一个任务是解救被困在新乡高铁站的多名旅客。当时，新乡高铁站附近的水位已有1.5米左右，放眼看过去，汪洋一片。据当地救援指挥部介绍，有大约300名旅客或接站送站人员被困站前广场。队员们迅速将随车带来的舟艇组装起来，充气、装外挂发动机，一气呵成。不到10分钟，3艘舟艇组装完成，宁慧雄、石帅一组，宋刚、鲍慧一组，武振宇、杜苗一组，立即投入运送旅客到达指定救助地点的工作中。

水深的地方，队员们驾驶冲锋舟往返穿梭；水浅的地方，队员们索性跳入水中，用绳子拽着冲锋舟前进。有的受困人员腿脚不便，上下舟艇迟缓、困难，队员们就下水抬着、抱着、扶着，快速将受困人员护送到舟艇上。相同的水域，熟悉的路线，队员们来来回回，反反复复，一趟接着一趟。穿在身上的队服下水时湿了，贴在身上难受不舒服；冲锋舟一开，风一吹，透心凉。刚被太阳晒干了，一会儿又得下水……

这时，指挥部有令：小朱庄多人被困，立即前往展开营救。队员们重新分配救援力量，顾不上休息，持续奋战，终于在天黑之前，将这两处数百名被困人员全部转运到安全地带。

这一天，尧都天龙救援队的队员在象湖贾鲁河受灾区域，运送中国科学医学院援助华中阜外应急发电机组5套，生活物资（饮用水、方便面、火腿肠、面包等）若干，往返27次，共计转运病人125人，其中重症患者21名；转运当地受灾群众120余人。

同样是22日这一天，在山西省内没有出队的天龙救援队通过不同渠道，获取灾区需求信息。太谷郭艳飞队长在获悉一个郑州防汛抗旱指挥部工作人员张萍的联系电话后，立即在天龙队长微信群里进行发布。看到此条信息的新绛队队长张凯博第一时间主动发短信联系。

"张萍领导您好，我们是山西天龙救援队的，目前可以出一个中队，可以携带冲锋舟、水域装备、编织袋等前往现场实施救援。"

"谢谢，电话我留下来了，需要的时候马上通知您。"对方很快回复。

"服从命令，听从指挥。天龙救援队随时准备出动。"张凯博队长立即发布备勤令，短短半个小时，就有20名备勤队员名单汇总完毕。19时50分，接到郑州方面请求支援的需求信息后，先后分两梯队出发，携带4艘冲锋舟、50件救生衣、1套潜水装备、1套热成像仪、近2万元的应急药品、食品，以及拖挂车、物资车、救护车、保障车等救援装备，快速前往救援指定地点集结。

还是22日这一天22时30分，吕梁天龙救援队队长刘俊生接到吕梁市应急综合救援支队增援郑州紧急指令后，火速率领李永明、付奶珍、张秀平、高永忠、李玉珍、高艳飞等8名队员，在支队长褚占峰的带领下，于当晚23时集结出发。吕梁市应急综合救援支队出动依维柯救护车2辆、丰田霸道1辆、箱式货车1辆，携带水域救援服30套、救生衣34套、50米和100米规格绳索装备22条、排水排污设备3台套、对讲机10部、安全仪4套、急救包4套、担架1副以及各类赈灾食品物资291箱（件），于次日上午9时到达郑州市惠济区，并立即协助惠济区、管城区、二七区开展城区排水排污救援工作。天龙队员和吕梁应急支队队员团结一致，携手

初心不忘，激情不减，有助他人，完成使命。

侯马 李旭剑

作战，经过三天两夜的连续奋战，两个作业地点累计排水超过25000立方米，为当地受灾群众解了燃眉之急。

23日早晨6时30分，接到通知，一名高龄孕妇急需转移到安全地带。新绛队张凯博、刘建更、张金平、王建荣4名队员和3名郑州的志愿者前往营救。因路段积水严重，水深的地方有1米多，载运冲锋舟的车辆无法前行，他们就弃车划着冲锋舟前进。划着划着，有的地段水浅，满是淤泥，冲锋舟也无法前行，几名队员和志愿者就合力抬起100多千克重的冲锋舟艰难地向孕妇方向挺进。担心被营救者着急，队长张凯博还发微信安慰这名孕妇的家属："放心，我们是山西天龙救援队的，正在路上，一定能把你营救出来。"就这样，冲锋舟在水中行驶一段，几个人又陆陆续续抬着走一段，终于赶到救助点，将这名高龄孕妇平安营救出来。

有市民拍下了队员们头顶冲锋舟艰难地在淤泥中行进、前往营救孕妇的照片，在网上大量转发，感动了无数人，赢得一片赞扬声。

这天，队员们接到报警：一处是新乡南关营村，有200多名村民被雨水围住，水已到大腿根，村里断水断电，手机信号不稳，部分村民自行逃离，还有部分村民急需救助。另一处是新乡占城镇王官营村小学，位于村偏东南方向的小学二楼上，有100多人被困，急需紧急转运出去。

20多名天龙救援队员，组成4个救援小组，立即驾驶冲锋舟前往营救，转移受灾群众。队员们还赶赴小朱庄、南鲁堡村、凤泉区政府等地，转移被困群众145人次。

23日这天，奋战在郑州、新乡救援一线的山西天龙救援队已有10支队伍，救援人员合计49人。当晚23时，第二梯队11人由韦力忠带队，携带4艘冲锋舟、100件救生衣、50个救生圈，还有爱心人士捐赠的42箱碘聚醇醚消毒液，启程赶往河南新乡增援。

7月24日清晨，天刚蒙蒙亮，天龙救援队的队员们已分别到达新乡市凤泉区星湖花园和绿茵湖畔小区，救援任务是将被水围困的人员进行安全转运。

这两个小区道路高低不平，路面积水看似一样高，实则有深有浅，加之平日车辆停放密集，水灾后无法移动，现有道路所留空间极度狭小，给队员正常施救造成一定困难。综合各种因素，队员们毫不犹豫地跳到齐腰深的水中，十分艰难地涉水进入各幢住宅楼。

"楼里有人吗？赶紧转移啦。"

"水位还要上升，请抓紧时间离开。"

"我们是救援队的，带你们离开这里。"队员们深一脚浅一脚地围着楼栋巡查，不厌其烦一遍遍高声呼喊着。水深的地方无法前行，就带着救生圈游泳过去，不放过任何一栋楼宇。只要有人应答，立即赶过去营救。

这两个小区的住户大多是老人、妇女和儿童，认为目前情况不是很危急，不愿意撤离，给救援人员施救造成一定困难。队员们一家一家耐心劝说，既拖延了救援时间，也让队员们在水中浸泡的时间越来越长。

小区内有的老人行动不能自理，有的老人瘫痪卧床，队员们丝毫不嫌麻烦，在水中轮流背，一起扛，合力抬。在救援过程中，队员们遇到一位拄着拐杖、76岁的老人，正站在自己的家门口不知所措。简单询问后得知，老人的爱人曾患脑溢血，留下了较为严重的后遗症，身体不能沾水，沾水后会导致全身抽搐不止。队员们得知此情况后，立即到家中背起大娘，几名队员轮流把大娘安全转运到了冲锋舟上。

背腿脚不方便的老人下楼，将孩子们放在大桶中举过头顶，抬起孕妇所在的皮划艇在淤泥中艰难前行，无论多苦多累，队员们忍着，坚持着。饿了啃一口面包，渴了喝一瓶矿泉水，累了随便找个平缓干燥的地方躺一会儿，稍事休息，爬起来接着出发。当救人的冲锋舟超载时，队员们往往选择让群众上舟艇，自己在水中拉着前行。

这两个小区，一共转运人员近300人。

在凤泉区某小区，人员已基本撤离完毕，队员们不放心，继续仔细排查，发现一对夫妻和一位瘫痪在床的老人没有撤离。因为86岁的老人身体原因，夫妻二人储备了大量的日用物资，准备住在家里不转移。

认真学习，坚持实践，尽己所能，乐于奉献。

吉县 崔戌臣

面对依然严峻的险情，为确保安全，必须马上撤离。救援队员立即向集结点汇报了情况，专门派出 2 艘冲锋舟和 6 名救援人员，设法做通了夫妻二人的工作。老人瘫痪多年，身上又插着各种管子，4 名队员小心翼翼地抬着老人一点一点往楼下挪动。旁边的队员还给老人撑起了伞。有队员提前在冲锋舟里铺上垫子和衣服，让老人身体不触碰到水，尽可能舒服一点。很短的一段路，4 名队员大汗淋漓，浑身湿透，终于平安将老人转运至安全地带。

夫妻二人满眼泪水，感激地说："没有你们，我们只能守在家里；如果洪水继续上涨，我们的命就没了。谢谢你们，谢谢山西天龙救援队。"

当队员们离开时，夫妻二人还在那里招手示意。

在大灾面前，受到冲击和影响的，不仅有至高无上的人的生命，那些人类的朋友—动物也同样遭遇灾害，波及生命。

"能多救一条命，就一定得救。"对于救援这件事，队员鲍慧始终坚守着自己的底线和初心。他冒着危险，在洪水中奋力救出一只小狗的视频，得到了广大网友的点赞，天灾之下，人与动物之间的情感再次温暖了人心。

7 月 24 日傍晚，救援队员刚结束了在星湖花园和绿茵湖畔小区的救援任务，在返程经过牧野区共产主义大桥旁的河堤时，眼尖的队员发现有一只小狗被独自困在水中央，情况危急。

队员鲍慧主动要求蹚水施救。为确保安全，几名队员给鲍慧系上安全绳，看着他一步步涉水 20 多米往小狗身旁移动。他先是爬到旁边一辆汽车上，然后又慢慢往小狗身边靠近，动作轻缓，唯恐引起小狗不适。通人性的小狗站在一块漂浮物上，眼巴巴看着鲍慧，知道他是来救自己的，四肢一动不动，十分乖巧地摇着尾巴。鲍慧埋下身体，在水中摸索着解开拴狗的绳子，牵着小狗一步步脱离了险境。

那几天，有一条抖音视频冲上了热搜榜，各大新媒体平台点击量突破百万。视频画面中，小心翼翼怀抱婴儿的是祁县天龙救援队队员石帅。在疏散被困群众时，站在冲锋舟上的石帅接过一名刚满两个月的婴儿，小心翼翼地搂在怀里。他低头看看怀中的孩子，又抬头望了望船上的队友，站在那里有些不知所措。同船队友提醒他"抱好孩子"时，石帅冲着队友腼腆地一笑，说了句"不会抱，就像偷地雷似的"。这条视频连同他的"就像偷地雷似的"同期声发布到网上后，那腼腆、略带羞涩的笑容，那写在脸上和眼神里的柔情，那让人忍俊不禁的同期声，让人们牢牢记住了那身着红色队服的救援队员，来自于山西天龙救援队。

视频拍摄者是驾驶冲锋舟的队员鲍慧。接到赴大宁村救援、转运受困群众的任务后，鲍慧驾驶冲锋舟和石帅一起出发了。他们很快来到了需要转移的这栋居民楼外。这时，从一扇窗户里传来"这里有婴儿，救救我们"的呼喊。鲍慧他们赶紧循着呼声找到了这户人家。这户人家住在二楼，有老人、学龄前儿童，还有一个刚满两个月的婴儿。一楼的水位已经齐腰深，几名大人在救援队员的保护下上了冲锋舟。婴儿太小、水位又高，从楼道撤离不安全。鲍慧和石帅见二楼平台的窗户开着，赶紧指挥婴儿的家人，通过楼道窗户将婴儿抱到二楼平台，递给直立站在冲锋舟上的石帅。其他队员涉水将婴儿的母亲背到船上，一家人全部转移到了安全地带。

救援队员石帅因"偷地雷似的"抱孩子，成为网红。关注的人群进而开始关注被救助的这名婴儿。视频发布者、天龙队员张文滨想办法联系上了这名被救助婴儿的母亲。她们一家非常感激山西天龙救援队在危急时刻将他们解救出来，全家平安。后来，石帅再次见到了那个婴儿，再次用"偷地雷似的"抱法抱着这个孩子，拍下几张照片留作纪念。孩子的母亲执意让队员们给孩子起个名字，大家集思广益，取名"龙宝"——山西天龙救援队救出来的宝贝。

当队员石帅怀抱龙宝的视频再次发到网上后，点击量和转载率再一次过百万。

7月25日夜间，一条消息在救援队伍中传开：卫辉告急，受灾严重，有无数群众等待疏散。

卫辉是新乡市的一个县级市，距离新乡市区20多千米，因上游水库泄洪，市区街道被淹，居民急需转移安置。26日一大早，数支救援队伍，

做公益永无止境，努力吧，队友们。

大同　赵悦

急匆匆赶往卫辉，不宽的路面上都是来来往往的救援船只和无法前行的车辆。

卫辉别慌，山西天龙救援队来了！

卫辉是新乡市受灾最严重的地方，也是相对于其他受灾县市最危险的区域。上游水库多次泄洪，导致这里的平均水位都在 1.5 米左右，最深处可达 3 米。

即便知道执行这项任务有风险，但队员们没有一个退缩，纷纷主动要求前往最危险的地方。6 艘冲锋舟、20 多名精干队员到达现场后，迅速展开人员疏散、转移。

汾阳天龙救援队队长武小龙驾驶冲锋舟在满是积水的街道来回巡查时，一位男士拦住他们，说自己 89 岁的老父亲目前在家里留守，不愿意转移，请求队员们一起到家里做工作。

老人住 7 号楼二单元 2 层，见到儿子带着队员们蹚着 1 米多深的水从楼道往 2 楼走，站在门外的他高声问儿子："你来干什么？又要动员我走？我不走。"老人的儿子没说话，嘴里嘟囔了一句"老鳖精"。见老人脾气还挺厉害，武小龙灵机一动说："大爷，到你家喝口水行吗？"老人这才让他儿子和队员们进了家。

老人身体状况很好，但考虑年纪大了，担心一旦撤离就再也回不来了，那种不舍的眼神让队员们心里很难受。

"大爷，还是命要紧。您还有儿子呢，过几天洪水过后，安全了，让他再把您送回来。"队员们耐心劝说。

"如果这时候不走，水位上涨就来不及了。救援队的船就在楼下，爸，咱们还是走吧。中不中？中不中？"老人的儿子也急切地做着工作。

武小龙介绍说："好说歹说，老人最后同意随儿子一起转移。但临走时，执意要将一箱子几十本很沉的影集带走。那里面有他们全家的照片，是老人一辈子的回忆，他割舍不下。考虑到冲锋舟超载，经老人同意，我们重新帮老人打包好，放在卧室一面立柜的顶部。我们没办法帮老人带走，只能祈求如果水位再涨，请给这位老人留下那么一点点空间，那是老人一生的精神寄托。"说这些话时，武小龙有些哽咽，眼睛里噙着泪水。

队员们要背老人下楼，老人坚持说我能走。从 2 楼下来的十几个台阶，老人回头看了不下四五次，每一次回头，那复杂的表情让每一位在场的队员为之动容。队员们仿佛商量好了的，没有人说话，没有人催促，任由老人几乎是一步一回头地走了下来。老人最后回头看了看那熟悉的楼梯，熟悉的房门，摇了摇头，长叹一口气，没有说话，让一名队员背着安置到了冲锋舟上，无奈地离开了家。

阳泉天龙救援队队长余志刚他们遇到这样一件事。在驾驶冲锋舟巡查时，看到一栋居民楼里的3层有人打开了窗户，队员们赶紧呼喊："快下楼，洪水要来了，赶紧转移。"楼里的人听到后，哐当一声把窗户又关了，任由他们大声喊，既不见人下楼，也不见窗户打开。余志刚不放心，带着队员宁慧雄找到这个单元门，根据窗户位置，爬到3层敲这户人家的门，无论他们怎么喊，怎么敲，这扇关着的门始终没有打开。队员们只好将这一情况向指挥部做了专门汇报。

更多时候，余志刚他们遇到的问题是，被转移的群众大包小包，带着太多的东西上船。他们只好一遍遍耐心解释，命要紧，生活必需品安置点都有，不需要携带。有一位女士非要带一把铁锹上船，怎么说也不同意丢掉，让队员们哭笑不得。

当问起队员们，在卫辉一共转移了多少被困群众，没有一个能说清楚。

连续多日在水中作业，这些来自北方干燥地带的队员们，还是有些吃不消了。长时间的水中浸泡和烈日暴晒，脸上、胳膊上蜕皮是小事，很多队员身上起了疹子，有的队员脚部出现溃烂，水中行走时磕磕碰碰，腿上多处被磕伤流血。他们毫无怨言，始终把救人作为自己的神圣使命。

带领第二梯队赶到的韦力忠，每天晚上挨个给队员们身上抹药，帮着处理伤口。张晓红是阳泉天龙救援队的一名队员，也是一名医务人员，当她看到一线队员被蚊虫叮咬的后背、被洪水浸泡的双脚，还有在水下行走时磕破的伤口时，她的眼睛湿润了。她用自己的医学技能为队员们涂抹药水、消毒杀菌，进行伤口处置，并反复叮嘱注意事项。

拯救他人生命，帮助他人，是一件非常崇高和庄严的事。

晋城 李忠明

在救援现场，最忙碌的除了队员之外，就是冲锋舟，每天无数次行驶在水中，将一名又一名需要救助转移的群众送往安置点。连续几天下来，冲锋舟上的外置悬挂机（发动机），由于连续不间断高负荷工作，会出现各种各样的故障，影响救援效率。队员于浩洋凭借自己扎实的专业技术，一有问题，马上进行修理，将故障快速排除。每天晚上休息的时候，他还要对这些机器一一进行仔细检查和保养，确保第二天正常运转，为救援提供了保障。

很快，于浩洋会修发动机的名声在各支救援队伍中传开了，其他兄弟队伍的船只有了问题，都找他帮忙修理，他从不拒绝。兄弟队伍纷纷为天龙救援队竖起大拇指。

在一次出队救援过程中，人群中突然传来几声大喊："你们不要命跑来救我们，吃我的几个馒头怎么啦？你们如果不吃，我今天就不走了。"说话的是一位老人，一边说一边就要下船去。原来，解救出的这位年迈的老人，怀里抱着一袋馒头，心疼天龙救援队员，非要让救援队员吃几个馒头，不吃就生气了。看着老人用这种方式表达自己的感情，现场的队员赶紧说："我们吃，我们吃。谢谢老人家。"这样老人才安稳地在船上坐好，离开了危险区域。

一方有难，八方支援。多支救援队伍、上百名队员同时展开救援，现场指挥和资源合理调配非常重要。与当地指挥部对接，安排人员赶赴救援地点，协调队员轮休，救援消耗物资补充，损坏救援器械修复等等，这些复杂繁琐且工作强度大的事情，对于已数次参加国内外大型自然灾害救援的山地搜救大队队长武振宇来说，辛苦是辛苦，累是累，经验丰富的他，应对这些事情游刃有余。在他的调度协调下，具体到船只出发与返回、加油与例行检查等，并然有序、有条不紊、忙而不乱。高效缜密的管理，使山西天龙救援队成为救援现场一支讲纪律、有组织、能打硬仗的救援队伍，让人刮目相看。

定性为救援的任务告一段落后，根据灾区情况和指挥部指示，转入救灾阶段，工作重心由之前的营救、转移受灾群众，转入救灾物资的装卸、登记、分发、转运以及灾后防疫消杀。

25日22时30分，壹基金的一批救灾物资抵达新乡市。一幕感人的场面出现了，闻讯而来的附近小区居民，自发组织，形成流动的传送人链，主动卸运物资，还强行把救援人员顶替出来。

"你们太累了，休息一会儿，让我们来。"

"把救援队员换下来，让他们休息。"质朴的话语，让队员们觉得特别温暖。

说起那天晚上的事情，领队、总指挥李明英十分感慨，她说："我们接到命令，从外省发来的救灾物资要卸到我们救援队所在的物资仓库。队员们连日来营救被困人员已十分疲倦，但顾不得这些，立即前往卸货地点。

"物资车周围聚满了人，非常嘈杂。看到这情况，我的第一反应是坏了，难道有人哄抢救灾物资。到近处一看，眼前的场景让我怔住了，只见4排人墙，站成2条传递流水线，快速将车上的救灾物资通过人链集中摆放到指定位置。人群中，有成年人，有学生，还有跟随父母一起来的孩子。当队员们要加入进去一起搬运时，被'无情'阻拦，'故意'挤了出来，不让插手。听到的都是'你们白天辛苦一天了，好好休息，我们干就行'的声音。

"还有人拿来音响，现场放起欢快的乐曲，喊着加油的号子。作为一名指挥者，也作为一名普通的救援队员，看到这样的场面，我和队员们一样，心里十分欣慰，真希望眼前的这场灾难不要压垮河南人民。让我们一起努力，渡过难关。"

7月26日17时50分，王兴飞带领第三梯队25名队员赶赴新乡水灾一线增援。3天后的上午11时，窦跃明带领第四梯队17名队员和赈灾物资前往河南新乡。

奋战在灾区第一线的天龙救援队伍有山西队，以及尧都、文水、祁县、孝义、汾阳、运城、新绛、侯马、襄汾、翼城、吕梁、保德、泽州、陵川、阳泉、大同、交城天龙救援队共计18支救援队伍，救援队员103人。

甘于奉献，帮助他人，让我懂得了生命的真谛。

兴县 孙晓军

　　为争取出队，和黄刚队长吵过一架的大同天龙救援队队长吴雁忠如愿以偿，作为增援的第三梯队，他和队友赵悦、武海龙、张家齐4名队员出发前往新乡。

　　有人调侃说，他出队是因为和队长吵了一架。

　　这位救援"老江湖"哈哈一笑说："大灾面前，作为救援队的一员，我心急如焚，哪里还能坐得住？"

　　虽然对不能第一梯队出队有意见，但吴雁忠作为山西天龙救援队大家庭的一员，没有擅自行动，而是严格履行组织纪律，服从统一指挥，终于等来了出队通知。

　　还是这个大同队，还是这个吴雁忠，到达新乡后，他发了一条朋友圈，说自己来新乡救援了。结果这条朋友圈又让他"惹"上了事，摊上了"麻烦"。

　　大同救援队几名救援队员被安排在某小区居住。巧的是，大同队几年前在北岳恒山曾经救助过一位受伤的女游客，这名游客恰巧就住在这个小区里。当年这名游客在恒山游玩时，不慎摔伤腿下不了山，是吴雁忠带领10几名天龙救援队员，硬是轮换着将伤员从山上抬下山，送往医院及时救治。看到吴雁忠发的朋友圈后，这名女士直接找到他，说自己在这个小区还有一套设施齐全的房子空置，条件很好，说啥也要请队员们去住，她给帮忙做饭，让队员们吃好、休息好。吴雁忠他们婉言谢绝。结果在后来的几天时间里，这名女士几乎天天将早饭、饮料和水果送到他们住的地方，救援的几天时间里一直没有停过。

　　对于这样真情回报的"麻烦"，吴雁忠和他的队友们心存感激。

　　当洪水逐渐退去，危险基本消除时，由知名人士和爱心企业捐赠的救灾物资也从全国各地源源不断地运抵灾区。这时候，队员们的重点任务是搬运、清点并分发运抵的救灾物资。这项任务说起来简单，除登记、清点需要心细之外，其余全是十足的重体力活儿。

　　救灾物资包括面粉、食用油、棉被、矿泉水、84消毒液等，还有抽水泵、发电机、排水管等应急装备。运送这些物资的车辆几乎全是十几米长的大型挂车，一车物资就有几十吨。有时候，一来就是好几车。队员们要在最短时间内将上百吨面粉、食用油卸车，整齐摆放在指定地点，登记造册之后，再按照需求，二次装车、分发到各个救灾点上。

对于大多数来自城市的救援队员，没有几个干过这么繁重的体力活儿。仅27日这天，抵达的救灾物资就有200多吨，其中运面粉的车就有4辆，每辆车1400袋。队员们没有一个喊苦叫累的。搬运现场，劲儿大的队员一个人扛1袋25千克的面粉，劲儿小的队员两人一组；遇到搬运距离较远的情况，大家就自行排起长队，进行接龙搬运。

在第三梯队中，有4名女队员，分别是原翠花、刘春晓、武艳以及交城天龙救援队队长王建珍。她们是27号凌晨1时到达新乡的，当晚就在会合点的教室打地铺将就了一晚上。早上7时多，一辆装满面粉、消毒液、棉被、水和食用油的13米长的大拖挂车到达。她们脸都顾不上洗一把就投入卸车的队伍中。

当天温度超过了30℃，队员们的衣服被汗水浸湿，基本没干过，脸上、胳膊上、手上沾满了面粉，一个个都是"小白人"。白白的面粉沾在湿漉漉的红色T恤上，两个肩膀上全是稠糊糊的。有队员调侃说，顺着脖子只要随便抹一把，搓下来的面粉就足够做一锅山西人爱吃的拌汤。原翠花、刘春晓等4名女队员，干着和男队员一样的装卸任务。面粉重，1个人搬不动就2个人抬；食用油稍微轻点，1人2桶，拎起来就走。王建珍在路上晕车，身体没有恢复，队员们劝她休息，她简单吃点药就干开了。大同队队员赵悦，心脏有支架，但扛起一袋袋面粉跑得飞快，根本顾不上休息，急得队长吴雁忠冲他大喊："赵哥，不要命了！"

王兴飞出队前一天是夜班，下午快6时从太原出发后，几乎一夜没有睡觉，紧接着卸物资干了整整一个白天。连续两天两夜没有休息，他累得连话也不想说，就想美美地睡上一觉。

在救灾物资装卸现场，一位看上去娇小的女子，脖子里扎着一条醒目的魔术围巾，脸晒得通红，头发湿漉漉的。她一会儿站在装满面粉的高高的卡车上往下卸，一会儿又双手吃力地在车下搬起一袋袋面粉往库房里摆

人间绿了，因为有春天；心里芬芳，因为有大爱；信念坚定，因为我是天龙人。

太原 杨秋萍

放，那麻利的动作，干活儿的样子，一点也不比男队员逊色。她叫刘春晓，已经 51 岁。平时喜欢琴棋书画、看上去略显文弱的她，本来领队安排她和几位女士负责物资到货登记、分发，看到卸货的人手不够，她立马爬到卡车上，面对一袋袋 25 千克重的面粉，和男队员一样，连推带搬往车下卸。同样是女队员原翠花，第一天到达灾区就赶上卸运物资，5 千克一桶的纯净水，拎起来一路小跑，丝毫没有年龄的羁绊。

李明英、刘春晓、原翠花、王建珍、武艳、贾利红、张晓红、郭耀凤、李玉珍、付奶珍、王洁、王琴琴、马新红、王荣华，还有好多奋战在一线的天龙女队员，她们在家中是女儿，是妻子，是母亲……可是在这场抗洪救灾的阻击战中，她们是保一方平安的"女战士"，是受困者最美的守护者！谁说女子不如男？天龙女队员在河南灾区的完美表现，就是最好的诠释。

说到这些天干苦力活儿、当搬运工，刘春晓觉得没什么。她说："搬运救灾物资需要大量人力，当地志愿者、附近居民都自发主动来帮忙。有一名来自北京的女生，只身一人从北京来到新乡参加救灾志愿服务，有一名从广东湛江来的男生，还有一名从新疆喀什来的……类似这样的情况很多。看着他们稚嫩的面容，争着抢着去搬运救灾物资，用瘦弱的肩膀扛起的不仅是救灾物资，更是担当和希望。

"现场还有满头白发的老伯和阿姨，还有夫妻结伴而来，还有一家子全部出动的，爸爸妈妈帮忙装卸救灾物资，小孩子忙着给人们发矿泉水和手套。每每想起这些场景，我都忍不住落泪。相对于付出，我们的收获更多。"

原翠花说："一批批志愿者的加入，犹如一道靓丽的风景线融入我们中间。当我们对他们的帮助表示感谢时，反而会收到他们更多的感谢。乡亲们几度哽咽甚至泪流满面，感谢我们和他们一起渡过难关。我们相拥而泣，互相鼓励。"

在抗洪一线

有一群逆行的身影

不惧风险

只为守护群众生命与财产安全

没有从天而降的英雄

只有挺身而出的凡人
义无反顾
无怨无悔

8月4日，山西天龙救援队副队长、现场总指挥李明英最后一个离开奋战了整整15天的河南新乡灾区。

当汽车驶上高速公路时，李明英忍了很久的眼泪再也控制不住了。她双手紧紧捂住已晒得发红的脸，开始还是哽咽、抽泣着，然后是小声哭泣，继而忍不住放声大哭起来。

是该痛痛快快地大哭一场了。有谁能知道，这位42岁的女指挥官，在救灾现场承受了多么大的压力啊！

全省18支天龙队伍、103名救援队员，前后动用54部车辆，累计行程5900多千米；4个梯队在救灾一线，累计转运受困群众3970多人，转运数百吨价值525万元的救灾物资，合计防疫消杀30600平方米。这期间，大量事宜需要协调，包括对接指挥部接受任务、合理分配救援力量、冲锋舟救生衣等救援设施的合理调配、执行任务返回的队员能否吃上热饭，特别是队员涉水救援，其安全风险远比陆地大数倍，队员们的生命安全如何保障……

在救灾现场，事无巨细，没有一件事情不让李明英操心。晚上睡不着，不是不想睡，太多的事情在脑海里过电影。这一桩桩一件件全是责任和担当。

……

同行的队友没有人去打扰她。

大哭一场后，李明英斜靠在座椅上睡着了。

她太累了。

堤坝一抹红

时间 2020 年 7 月 13—20 日

地点 江西南昌、九江

摘要 扬子洲堤坝管涌、九江段江水暴涨、鄱阳湖水域突破历史警戒水位，数百万人民群众生命财产遭到威胁……

队员 黄 刚 武振宇 王健整 张文滨 白浩杰
邵松嵩 宁慧雄 鲍 慧 孙晋刚 赵江波
吴慧明 武小龙 罗 杰 宋 刚 钱文强
吕鸣磊 曹继东 韦力忠 张凯博 张三旦
兰大伟 王煜恒 郭 强

向守护大坝队员赠送锦旗

2020 年，农历庚子年，也是中国传统十二生肖之鼠年。

这一年 7 月，当全国人民还在与新冠肺炎疫情做拉锯对抗战的时候，我国江西、贵州、四川、重庆等地暴发严重洪涝灾害，江西尤甚。南昌扬子洲堤坝管涌、长江九江段江水暴涨、鄱阳湖等水域突破历史警戒水位，数百万人民群众生命财产遭到威胁……

江西告急！南昌告急！九江告急！鄱阳湖告急！

7 月 14 日凌晨 0 时 45 分，由 18 名突击队员组成的一支救援小分队，携带冲锋舟、水下机器人等装备以及药品、消毒液等物资，分乘 5 辆车，从山西太原星夜启程，奔赴远在千里之外的江西。

这是一支民间救援队伍，有一个响亮的名字——山西天龙救援队。作为国家救援组织的补充力量，山西天龙救援队受中国扶贫基金会指派，驰援江西水患现场，与武警战士、消防官兵、部队指战员及其他民间救援队伍一道，协同作战，英勇不屈，抗击水患，确保一方平安。

太原的夜，凉爽宜人。耀眼的车灯刺破夜幕，汽车在高速路上疾驶。

夜深了，担任此次驰援江西的领队、时任天龙救援队副队长黄刚一直无法合眼，从接到出队指令、下发召集令，到准备冲锋舟、水下机器人等救援设备、药品等，白天发生的一幕幕事情令他感慨万千。当总队下发驰援江西的召集令后，虽然条件苛刻，对年龄、身体素质、水上救援经验等均有明确要求，但报名要求出队的人数还是超出了队长陆玫和他的想象。

"我要求去江西救援，请考虑我的请求。""我是老队员，水上救援经验丰富，这次去江西，不要落下我。""我年轻，体力好，搬运物资没问题。"

陆玫和黄刚的手机快被打爆了，全都是要求出队的请求。这名队员年龄有点大，劝退 这名队员刚结婚不久，不要去了。经过一轮又一轮严格筛选，最终确定，陆玫担任救援总指挥，由黄刚担任现场指挥员，带领 23 名由总队及汾阳、文水、保德、兴县等 11 个支分队队员组成的救援队，赶赴江西

不忘初心，牢记使命；播撒爱心，弘扬传统。

阳城 张红太

水灾现场，驰援一线。

从下令出队到开车启程，短短 6 个小时的队员招募及装备准备时间，队员们以最快的时间从全省各地完成集结，以最高效的速度调集拉运物资的车辆并将冲锋舟等大型救援设备装车。有的队员甚至来不及和家人打招呼，在太原完成集结后才通告一声。对于许多救援队员的家属和亲人，似乎早已习以为常。知道阻拦是没有用的，唯一能做的就是叮嘱注意安全，保重身体，平安归来。

"我们日常训练有素，已经打造成一支可以快速反应的救援队伍。时间就是生命，我们是和生命赛跑，一点也耽误不得。"队长陆玫非常了解和自己出生入死、并肩作战、不计得失的队员，这些队员把爱和责任看得比什么都重要。

北方的夜清亮、通透。越往南走，夜空下的云雾越浓郁、厚重，一股股潮湿的味道袭满车厢。

从太原到南昌，1300 多千米的路程，第一梯队 18 名队员轮流开车，人歇车不歇，马不停蹄于 14 日晚上 8 时 20 分，到达设在南昌市西湖区罗家塘路的中国扶贫基金会大本营，接受任务派遣。

"你们辛苦啦，欢迎你们的到来！"当看到风尘仆仆、满身疲惫的队员依然精神抖擞地抓紧时间接受任务，已在大本营工作多日的中国扶贫基金会的同志握着领队黄刚的手使劲摇个不停。

夜深了，大本营灯火通明。中国扶贫基金会的现场负责人连夜召集开会，向中国扶贫基金会人道救援网络伙伴厦门曙光救援队、山西天龙救援队等队伍详细介绍了江西受灾情况。

7 月 6 日以来，江西省陆续暴发严重暴雨洪涝灾害，11 日，江西省启动防汛一级应急响应。截至 7 月 14 日 11 时，从江西省防汛指挥部获悉，受强降雨影响，长江中下游干流及洞庭湖、鄱阳湖和太湖水位持续超过警戒线、鄱阳湖水位突破 1998 年历史极值。洪涝灾害已造成南昌、景德镇、九江、上饶等 10 个区市和赣江新区共 99 个县（市、区）635 万人受灾，紧急转移安置 64 万人，需紧急生活救助 25 万人。农作物受灾面积 58 万公顷，绝收 10 万公顷。倒塌房屋 656 户 1477 间，严重损坏房屋 1258 户 2729 间，一般损坏房屋 4401 户 7896 间，直接经济损失 112.9 亿元······

指挥部向来自全国的 16 支民间志愿救援团队，部署了包括转移受灾群众、救助受困人员、灾民心理疏导、堤坝隐患巡查、救灾物资发放等一系列相关任务。

15 日早晨 7 时 30 分。

"立正，向右看齐，向前看，报数。"

"一、二、三、四……"

"保证完成任务。"伴随着响亮的口号，山西天龙救援队的 18 名队员，抬头挺胸，以标准的队列，接受指挥部的检阅。

早 8 时，按照指挥部安排，山西天龙救援队兵分两队，一队 8 人，由领队黄刚带领，前往受灾严重的九江市永修县，与县扶贫办、应急管理局、防汛指挥部对接，向当地指挥部进行报备，赶赴湖东学校、立新乡、吴城镇 3 个灾民安置点，了解受灾情况，调研现场急需物资；二队 10 人，由副领队武振宇带领，前往南昌东湖区扬子洲镇，与当地的雄鹰救援队进行对接，守护堤坝，进一步接受任务指令。

当天上午 10 时，由新绛分队张凯博、张三旦，稷山分队兰大伟、王煜恒，洪洞分队郭强组成的驰援江西第二梯队，携带藿香正气水、三九感冒灵、阿莫西林胶囊、诺氟沙星、氯雷他定片、云南白药等药品，以及皮垫、帐篷、强光手电、氙气大灯、雨衣、雨靴等装备和物资，从山西新绛县出发，前往江西南昌。

一队在黄刚的带领下刚刚出发不久，一场大雨在毫无征兆下不期而至。极目远望，水位线已高出房屋、大棚等建筑物，四处一片汪洋。道路大多被淹没，只有几棵零星小树孤零零地站在水中摇曳。救援队员一颗悬着的心久久不能放下。黄刚、鲍慧、张文滨、王健整、宁慧雄驾驶冲锋舟，避开障碍物，冒雨到达灾民安置点。看着浑身湿透，依然一户户认真调查了解村民家中受损情况、物资短缺情况的天龙队员，当地百姓和驻守在此的

凝聚力量，服务社会，共创价值，辉煌天龙。

祁县 刘建福

县镇一级干部十分感动。

在调研中，有的村庄地势高，他们就徒步进村走访；有的村庄地势浅，部分被淹，他们就蹚水前进，不落下一户人家。雨水、汗水、泥水混夹在一起，红色队服早已湿透贴在身上。在居民安置点，村民们看到有救援队到来，拉着他们的手不停询问："现在水位涨了还是降了，我们什么时候可以回家？"

"放心吧，老乡。党和政府非常重视灾情，已经派人在大坝上24小时守候，不会出问题的。"每当有重大外出救援，总是少不了鲍慧，他清楚，老乡们现在最需要的是要吃一颗定心丸。

担任救援信息记录的王健整，一边细心收集数据，一边不忘安稳老乡几句："你们在这里安心休息，洪水过后，你们就可以回家啦。"

"谢谢你们，谢谢你们。"看到身穿红色T恤背后"天龙救援"几个字样，得知队员们来自千里之外的山西，安置点上的老乡异常激动，有几位上了岁数的老乡不停地说："谢谢山西天龙救援队，谢谢山西天龙救援队。"

调研结束后，黄刚、张文滨等队员立即整理数据，第一时间向指挥部汇报，有些危险地段还详细用画图方式做了标注。之后，他们携带救援物资装备，前往南昌市东湖区扬子洲镇，与驻守在防洪堤坝上的二队队员会合。

扬子洲镇隶属江西省南昌市东湖区，是南昌市主要蔬菜、副食品基地之一，面积19.4平方千米，京九铁路穿境而过。全镇辖15个行政村，88个自然村，人口3万。江西省最大河流、长江主要支流之一的赣江，流经扬子洲镇。赣江通过鄱阳湖与长江相连，两岸筑有江堤，既是江西省水运大动脉，也是暴雨洪涝多发地。堤坝的安危，关系到一方百姓的生命财产安全。

二队武振宇带领的队员是14时到达东湖区扬子洲镇防洪堤坝的。身着红色队服的他们，首要任务是在堤坝上建立前线指挥部。那一抹亮丽的红色，活跃在长长的堤坝上。潮湿闷热的空气，憋气的环境，还没开始干活儿，这群北方汉子的脸上、身上已全是汗水，衣服瞬间就湿透了。队员们冒着酷暑，互相配合，很快将前线指挥部搭建完成。

按照任务安排，山西天龙救援队驻扎堤坝上，负责英雄大桥附近堤坝

2.44 千米的守护任务。要 24 小时不间断巡视，检查堤坝是否发生管涌，是否有溃坝发生；堤岸上是否有无关人员、车辆；周边被转移群众是否有遗漏或自行返回；是否有其他安全隐患。

为了合理安排力量，完成安置点调研任务的一队队员和二队队员在堤坝会合。队长黄刚对人员进行重新分组。

分组情况如下：

一组组长张文滨，组员白浩杰、邵松嵩、宁慧雄；

二组组长鲍慧，组员孙晋刚、赵江波、吴慧明；

三组组长武小龙，组员罗杰、宋刚、钱文强；

四组组长武振宇，组员吕鸣磊、曹继东、韦力忠。

16 日凌晨 1 时 38 分，张凯博带领的第二梯队 5 名队员，抵达扬子洲镇山西天龙救援队前线指挥部。至此，驰援江西的 23 名天龙队员全部抵达指定位置。

白天，气温接近 40℃，闷热、潮湿、憋闷，不管动不动，头上、脸上全是汗水，身上黏糊糊得格外难受。随着太阳落山，原以为气温会下降很多，其实最低气温还在 30℃ 以上，几乎与白天没什么温差，全身上下依然是黏糊糊的。这还不要紧，最让队员们受不了的是堤坝上的蚊子，不仅个头大，被叮以后，很快就红肿一片，没什么好办法。从太原带去的蚊香、风油精、花露水什么的，根本不起作用。但没有一名队员抱怨，甚至还自娱自乐地玩起了数包游戏。

驻扎在堤坝上的第一个晚上，对这些习惯了北方温差大、夜晚凉爽的队员来讲，注定是一个难熬而又难忘的夜晚。

16 日早晨，天蒙蒙亮，队员们早早醒来。

赣江江面上笼罩着一层薄薄的雾气，飘忽不定。队员们发现，赣江水位没有明显下降，反而较前一天有上升趋势。武振宇来到水边，简单洗了

天生励志难自弃，龙山有意在苍生，救难有德幸余门，援归故里掌声起。

阳泉　刘济光

把脸，清醒了一下，立即带领张三旦、王健整驾驶一号冲锋舟驶上了江面，鲍慧、罗杰、武小龙驾驶二号冲锋舟紧随其后，开始在江面上巡查。一轮巡查结束，需要耗时 45 分钟。

不仅要在水上巡查，黄刚还带上其他队员在堤坝上徒步巡查。他们负责的这一段堤坝长 2.44 千米、宽十几米，队员们每间隔 30 分钟就要沿堤坝巡查一遍，不放过任何一个可疑线索。在水草茂密地段，不易发现险情，队员们经常跳入水中，扒开草丛，用长木棍一点点探测，看坝体有无渗水情况。

湍急的河水猛烈冲刷着堤岸，时间一长，堤坝上的土就一片片地下陷垮塌。一旦发现这种情况，队员们会及时向当地防汛指挥部报告。

"在堤坝上巡查，我们亲眼看到了水患的危险。一边是赣江，汪洋一片，波涛滚滚，一边就是低于堤坝的百姓村庄和房屋。这些年抗洪，不断加高堤坝，水位已高出村庄好几米，一旦堤坝决口，洪水灌入，堤坝一侧的扬子洲镇多个村庄和百姓的庄稼就会成为一片汪洋。因此，赣江水表面上看似平静，其实暗藏杀机，险象环生。堤坝的安全至关重要，保住堤坝，就是保住了扬子洲镇 15 个行政村、88 个自然村、3 万人口的生命安全和财产安全。作为守护堤坝的一支救援队伍，我们深知肩上担子的重要。"担任现场总指挥的黄刚介绍守护堤坝的重要性。

"大堤一侧是万亩良田和老百姓的家园，堤毁了，家就悬了。大家一定要认真、再认真，仔细、再仔细！"黄刚时刻提醒队员们不能放松警惕，时刻保持高度警觉。

武振宇带领队员邵松嵩、吕鸣磊、赵江波等人，一次又一次驾驶冲锋舟进入水面，沿岸堤巡查。

下午 3 时 17 分，步话机中突然传出队友的求助呼叫："指挥部，指挥部，一号冲锋舟遭遇水下不明物体打桨，失去动力，失去动力，正在后退，正在后退！"

当时，上游有一股洪峰正在通过，江水湍急。冲锋舟失去动力后，像一片树叶一样，不仅无法前进，而且会被冲向下游，异常危险。虽然冲锋舟上配备了船桨，但在迅猛的激流中，船桨的作用微乎其微，一旦被洪峰冲走，后果不堪设想。

　　"平时我们训练驾驶冲锋舟，一般都是在平缓的水面进行。而我们巡查的赣江流域，江面非常开阔，加上江水上涨，一眼望去，几乎看不到尽头。水面不仅有漂浮物，水底情况也十分复杂。行驶中，我们尽力避让，但还是碰到了不明物体。冲锋舟失去动力后，在激流中四处漂泊。当时江水流速很快，单靠两支船桨用人力划动，对冲锋舟来讲，不起什么作用。我们紧急用对讲机向指挥部汇报。"武振宇讲述了冲锋舟被困水中的遭遇。

　　听到队友呼叫，正在指挥部的黄刚一把抄起手持电台，喊道："武小龙，跟我走。"两人立即冲向临时码头，驾驶另一艘冲锋舟，携带绳索、抛绳器等救援装备，开足马力，全速前进，直奔两千米外的事发地点。只见一号冲锋舟上的队员满头大汗，正在利用手动船桨努力保持舟艇平衡。两艇人员相互协助，最终有惊无险，冲锋舟双双回到临时码头，队员全部平安上岸。

　　队员张文滨介绍说："无论是沿堤坝徒步排查隐患，还是驾驶冲锋舟在水域巡查，我们要在40℃左右潮湿、闷热的环境中进行24小时不间断巡查，大约2个小时才能完成一圈，很多队员裸露在外的皮肤被晒脱了皮，还有的队员抢险期间手脚受伤。最让人难受的是南方蚊子有毒，上一次厕所，能咬几十个包。为了防止被叮咬，我们只能不停地活动身体。尽管有种种困难，但大堤守住了，这一切都值。"

　　凌晨，换岗后小休的晋城分队赵江波经历了惊魂一刻。躺在简易床上的赵江波迷迷糊糊听见身边有动静，睁眼一看吓呆了，一条两米多长的蛇正在简易床旁边游走，瞬间惊出一身冷汗。军人出身的他没有刺耳尖叫，而是迅速叫醒旁边一位队友。这位队友看到有蛇，非但不慌，反而一脚踩住蛇头，抓住了蛇，顺势捏开蛇嘴，把蛇牙挂在裤子上用劲一拉，拽掉了蛇牙，然后对大家说了句"危险解除"。原来，睡在自己身边的这位队友来自广西，从小就和蛇打交道，抓蛇是家常便饭、轻而易举。对于这个南方人来讲，这些都是小意思，可对于赵江波来说，对蛇与生俱来的害怕，

　　帮助了那么多人，天龙散发着正义的光芒。

大同　王小娟

让他每当轮岗休息时，总担心冷不丁窜出一条蛇来。

即便是汛期非常时刻，救援队伍和当地政府严防死守堤坝安全，依然还会有个别人不听劝阻。队员邵松嵩、吕鸣磊、赵江波与当地政府工作人员联合沿岸巡查时，发现有人在堤坝上钓鱼。他们上前耐心做工作，将其劝回。

期间，黄刚还接到中国扶贫基金会指示，派人前往南昌市洪城大市场进行调研，为后期救援设备及后勤物资补给采购进行价格预估。

当天异常炎热，南昌市又是我国四大火炉之一。接到任务的几名队员冒着酷暑，一家家商店走访，了解货源情况，做价格对比。

经过充分调研，队员们发现市场上物资充足，价格平稳，黄刚撰写了一份书面材料，上报至中国扶贫基金会。

在执行任务期间，有好几名队员中暑，喝了藿香正气口服液，症状并未得到缓解。队员们索性找到一家酒店大堂，躺在凉凉的地板上，吹着空调，采用快速降温措施。生病归生病，救援工作还不能耽误。队员们将对讲机放在身边，以便及时联络，随时赶往需要救助的地方。

在堤坝上巡查，防汛抗洪的"大敌"之一，是成群结队的蚊虫。队员们吃住在堤坝上，夜间，人身上的气味强烈刺激着蚊虫，它们从洪水深处的草丛、树林里飞出来，向人们发起集群式冲锋，任人如何拍打、驱赶，死也要狠狠叮上一口……

驻守堤坝的夜晚，队员们在帐篷里点燃蚊香，但效果一般。那些个头不大的蚊子，还是一直往身上叮，一叮一个大包，又红又肿，痒得钻心。喷驱蚊花露水，抹风油精、清凉油，什么办法都用上了，效果甚微。队员们的脸上、胳膊上、腿上、脚上，到处是包。

那天巡堤时，细心的韦力忠发现来自兴县分队的孙晋刚走路一瘸一瘸的，上前一问，孙晋刚说，这几天走路多了，左脚脚面被鞋磨破了，还有些中暑。韦力忠立刻将他劝回大本营，给他敷了药，让他就地休息。没想到，晚上接到指令，需要赴上饶市增援，孙晋刚马上报了名，顾不得脚伤未好，连夜赶到了上饶市鄱阳县。

17日上午，宋刚、钱文强、曹继东驾驶一号冲锋舟，鲍慧、武小龙、韦力忠驾驶二号冲锋舟，将巡查范围扩大到赣江中段。郭强，罗杰、王煜恒、吕鸣磊、白浩杰、兰大伟等队员，继续携带铁锹等工具，徒步沿岸堤巡检。

韦力忠是总队后勤部部长，赴江西抗洪，队里招募一名懂机械和保养的，他毅然和单位请了年休假报了名。爱人不同意他去，担心有危险，他耐心做工作，最后达成协议，可以去，但每天要抽空给家里报个平安。

在大坝上，他主要负责队员们的后勤保障，给队员们分组、排班，对冲锋舟进行检查、保养，确保正常使用。常常是队员们休息了，他却在那里忙着检查发动机，检查舟体是否被划伤漏水。不忙的时候，他也乘坐冲锋舟或者徒步，和队员们一道对大坝进行巡查。

高温、暴晒、休息不好、连续作战，队员们的身体十分疲惫，不少队员出现中暑症状，皮肤开始大量脱皮。这些困难并没有吓倒他们，他们巡视、守护着大坝，没有一人退缩。

中午时分，接到壹基金指令，调遣天龙队员前往九江市湖口县流芳村运送救灾物资。武振宇带队，宋刚、曹继东、王健整、兰大伟等一行7人，驾驶2台越野车，携带1艘冲锋舟，赶到了流芳村，共向流芳村安置点运送并发放救灾物资299件，温暖包69个。

当天深夜，接到中国扶贫基金会任务通知，黄刚带领宁慧雄、孙晋刚、吴慧明、白浩杰等10名队员，携带3艘冲锋舟等救援装备，星夜兼程，火速赶往170多千米外的江西省上饶市鄱阳县，与驻守在此的曙光救援队会合。10名队员到达目的地后，顾不上休息，立即领取任务。在短暂休息三四个小时后，天空刚刚见亮，他们就与曙光救援队的15名队员一道，出发前往受灾的鄱阳县桥头村，与驻守在桥头村的应急消防员、解放军官兵密切配合，劝导被围困在水淹区内那些不愿离开的居民。

在救援队伍中，有个个头不高的队员，灵活机敏，话不多，脸上总是挂着笑容，重活累活抢着干。他一会儿主动驾驶冲锋舟，一会儿帮忙搬运

有梦才有方向，有爱才有担当，用我们的双手，一起托起明天的太阳。

太原　宋慧茹

救灾物资，一会儿又加入劝说当地群众离开危险区域做工作的人员中。

小伙子名叫宁慧雄，家庭并不富裕，爱人专职在家照料孩子，家里的主要经济来源全靠他勉强维持的一家连自己在内仅 3 人的搬家公司。自己既是老板，又是司机，还是搬运工，每月工人工资、车辆贷款至少需要两万多元。一边是做公益需要奉献，一边是家庭生活需要足够的工作时间去保证，他经常处于矛盾之中。这次出征江西，他主动把自己搬家用的一台车开来拉运救援物资，推掉了事先签了合同的好几笔搬运合同，里里外外损失少说也在 5000 元以上。

起初家里人说啥也不同意他参加救援队，认为他脑子进水了。老婆也经常和他闹腾，连自己和家人的生活都无法保证，还贴钱、贴时间去做什么救援和公益？看到宁慧雄铁了心肠热爱救援，热爱公益，尤其是看到他出色地完成了崛围山滑翔伞遇难者救援、乡宁山体滑坡救援等几次大型救援后，家人渐渐改变了态度。这次临出发，爱人给他准备了风油精、降暑药、消毒纸巾等。特别是宁慧雄的长辈们，经常在街坊邻居中夸奖宁慧雄是"大家的女婿子"。在这些老人的认知中，做好事的人，都是"大家的女婿子"。

"去往桥头村时，我们驾驶的冲锋舟不停地躲避水中的漂浮物。水中有高压线、电杆、断头树枝、木头以及一些生活垃圾，时刻考验操舟手的驾驶水平，考验操舟手和观察手的配合程度。我们小心翼翼，在水面上慢慢行驶，不敢有半点马虎。"宁慧雄介绍进入桥头村的情况。

由于通往桥头村水域非常开阔，且水位上涨后，原来的道路都已淹没，缺乏参照物，由孙晋刚和鲍慧驾驶的二号冲锋舟与有一名向导的一号冲锋舟失去联络，迷路了，手台也超出有效距离。手机打通了，说不清楚所处位置。用手机定位，不准确。最后还是当地向导确定一处最高的建筑物做参照，两艘冲锋舟这才会合，走在了一起。

队员们进入被淹的桥头村时，村子里 2 层以下的房子大多被淹，村民已经转移到高处。但为了不滞留一名受灾群众，救援队员和政府工作人员驾驶冲锋舟在村里反复巡视，仔细排查。

赵江波、宁慧雄、鲍慧拿着喇叭一遍遍地高声呼喊："有人吗？有人吗？"搜索完一个胡同准备离去的时候，细心的赵江波发现不正常的一幕：

一幢 3 层小楼的阳台上晾晒着衣服。

按照常规，在洪水来临时，人们会把衣服收起来。为何这家人没收？难道有人？想到这里，队员们一下子警觉起来。赵江波乘冲锋舟靠近后用喇叭大喊："里面有人没？我们是救援队的，洪水还要涨，有人请立即跟我们转移。"喊了几遍无人应答。谨慎的赵江波、宁慧雄、鲍慧还是决定进去看看。房子 1 层被淹没，赵江波直接爬进 2 楼，进入后发现房间的床上居然躺着一个人，有一位老大爷正在睡觉。赵江波叫醒老大爷，发现老大爷耳朵聋，不凑近说话根本听不见，怪不得喇叭都叫不醒。

老人担心家中财物被盗，同时觉得水位正在下降，风险逐步降低，所以说啥也不愿离开。

"大爷，您不用担心，有民警与村镇干部在，财物不会有损失。"一同赶到现场的黄刚劝说着老人，但这位老人无动于衷。

黄刚耐着性子继续开导这位老人："命比钱重要。一旦水位上升，您老人家就会很危险。"劝说无效，双方僵持了一段时间。无奈之下，黄刚告诉老人："我和队员们千里迢迢从山西赶过来，目的就是保证大家的安全。"听到这话，老人问了一句："你们真是从山西来的吗？""大爷，我们是山西天龙救援队的，您看，这衣服上面有字。"老人看了看队员们队服上的字，说了句："山西？那么远你们还来？我相信你们，我走。"老人终于走出家门，登上冲锋舟，被送到了安置点。

"老人离开家的时候，眼里含着泪，望着自己的房子，一步一回头，满眼的不舍。我们看在眼里，心里好难受，真希望洪水快点退去，还他们一个幸福的家园。"一直在现场劝说老人离开的鲍慧，说起这件事情，眼里潮潮的，"看到老人眼里泪水的时候，作为一名志愿者，我瞬间就感受到了自己身上的责任。如果大坝失守，老人的房子就没了，家也就没了，难怪老人恋恋不舍，不想离开。也许，这一次的离开，就再也回不来了。"

一群渺小如沙尘般的人，聚在一起干得却是一件伟大的事，展现出人性最灿烂的光辉。

大同 班廷儒

在桥头村发生的一幕，让队员们格外感动。有一个 17 岁的小姑娘，她家一共有 4 口人。当鲍慧等人到达要带他们转移的时候，冲锋舟一次最多只能载 3 人。家里人提出让小姑娘先走，可是小姑娘不，危难时候，她尊敬老人，要把机会让给长者，非要奶奶先离开。僵持之下，鲍慧让副操舟手留下，一家 4 口全部上舟，将他们全家安全地送到转移安置点。

中午 1 时 23 分，队员鲍慧、孙晋刚、王健整在向导带领下，成功转运 1 名受困居民至安全地带。

18 时 5 分，队员白浩杰、赵江波成功转运 2 名受困居民至安全地点。

18 时 50 分，队员鲍慧、孙晋刚成功将 2 名向导带回临时码头。

截至 18 日 19 时 30 分，山西天龙救援队累计出动冲锋舟 6 次，转运出 8 名受困居民至安全地点，劝导 16 名受困居民离开危险区域。

这天，驻守在堤坝的二队队员还接到壹基金救援联盟任务，需要赶赴受灾严重的九江市都昌县土塘镇世英村珠光小学安置点发放物资。队员们只睡了 4 个小时，顾不上吃饭，驱车 160 千米，抵达土塘镇政府进行对接，随后前往珠光小学安置点，共发放包含锅碗瓢盆、毛毯、洗漱用品等物资的救灾箱 70 个，包含上衣、帽子、鞋等物品的温暖包 11 个。

来自保德分队的吴慧明，只有 24 岁。出队江西时，因为 1 岁的孩子得了肠梗阻正在住院治疗，知道妻子不会同意，他悄悄收拾装备，先斩后奏，到了太原集结地才通知妻子，妻子气得在电话里骂他。见他执意要走，贴心的妻子只能忍住埋怨，叮嘱他注意安全，多多保重。他是一名铁路员工，领导比较支持他参加救援活动，得知他要去江西救援，痛快地批了他的假。

27 岁的王煜恒是稷山分队的一名队员，也是一名退伍军人，在新冠肺炎疫情暴发期间，他参加过村里的疫情防控，疫情防控结束后，又参加了村里的春季防火工作。

还有好多队员，沿江巡逻大坝，转移被困群众，运送救灾物资，哪里需要就冲往哪里。吴慧明说："天气特别热，外出执行任务期间，衣服都是湿的，从来没有干过。包括晚上睡觉，感觉无时无刻就像在蒸笼里一样。苦吗，确实苦；累吗，确实累。但在鄱阳县，解救被困群众到达安全地区时，听到老百姓发自内心地说着谢谢，这时候我特别开心。如果以后还有这样的任务，我会毫不犹豫、义无反顾地报名参加。"

7月18日下午，南昌市东湖区扬子洲镇、东湖区红十字会领导来到大堤，对守护在这里的天龙队员进行慰问，并赠送锦旗一面，上书"抢险救危 真情奉献"。依然坚守在大堤的韦力忠、宋刚、曹继东等队员，代表山西天龙救援队接受了锦旗。

韦力忠十分感慨地说："在救援期间，有几件事情让我们非常感动。在扬子洲镇堤坝执行守护任务时，知道我们来自北方，不怎么能吃辣，当地政府人员特意安排厨师给我们按北方菜来做。附近老百姓还给我们送西瓜送水，教我们怎样避免中暑，怎么和当地人沟通。我们没有洗澡洗衣服的地方，当地政府和企业相互配合，也给我们解决了。有天晚上已经两点多了，附近的几位老乡知道我们安排有巡夜的，专门煲了一大锅祛湿汤送到了营地，让坚守岗位的队员每人喝上一大碗。出门在外，有这样一群人默默支持我们，很令队员们感动，觉得我们千里迢迢来到这里，所做的一切都非常值。"

在救助过程中，当地老百姓说得最多的一句话，就是非常简单的两个字"谢谢"。每当听到这两个字，队员们会很开心，心里觉得舒坦。

千里驰援江西，"谢谢"两个字，就是他们最大的收获。

7月19日下午1时，江西各地传来消息，最大的一次洪峰安全通过赣江，通过长江九江段，鄱阳湖水位下降至安全水位线。抗击水患取得圆满成功。

21时，中国扶贫基金会组织召开最后一次工作会议，对参加救援的各地民间救援队伍的工作给予高度评价，山西参加救援的唯一一支队伍——山西天龙救援队名列其中。

一个背包，一套装备，带上所学专业和技术，服务社会，传播正能量。

侯马 王永斌

三地闹水灾

时间 2016 年 7 月 19—30 日

地点 河北省邯郸武安市、石家庄市井陉县、山西省阳泉市

摘要 一场特大暴雨，来势凶猛，持续时间长，多地遭灾，这难道是老天爷要专门考验天龙队员的救援能力？

队员 石 明　王 颖　张 倩　晋霄峰　王小旦
郑建勇　赵军霞　柴志峰　史敬东　刘眛峰
刘永瑛　兰永光　陆 玫　孙 峰　李 宁
吴雁忠　林德彬　张宏斌　庞宏岗　余志刚
等 101 人

爱心企业捐赠物资

一场特大暴雨突袭古城河北邯郸市，不仅造成邯郸主城区内涝险情，持续的强降雨还造成邯郸西部山区暴发洪灾，涉县、磁县、武安、永年4个县市的部分地区受灾严重。

灾情还在继续。7月19日下午到20日上午，河北井陉县也遭遇百年一遇的特大暴雨。据官方消息称：截至7月20日，平均雨量达到545.4毫米，局部区域达到688.2毫米。全县大小河流全部洪水暴涨，17个乡镇全域受灾，受灾人口11.2万人，直接经济损失上亿元。电路中断、道路中断、通讯中断，基础设施瘫痪。

与井陉县相邻的山西省阳泉市盂县、平定县，也有仙人乡、娘子关镇共计33个行政村遭受洪水袭击，不同程度受损。房屋倒塌549间，6516亩（1亩约等于677平方米）耕地被冲毁，180多处山体发生滑坡，道路塌方669处，耕地受损严重。

不需要特意安排，不需要再三吩咐，更不需要临时动员，一旦有地方受灾，队员们第一时间要做的，就是备勤，随时准备出队，前往需要救援的地方。

这次也不例外。如果说有什么不同的话，以往遇到的大多是一地受灾，这次同时有3个地方，武安、井陉、阳泉。

位于太原市建设路上一座大厦内的山西天龙救援队总队，电话铃声此起彼伏，各支分队纷纷备勤，集结人员，等待出队指令。

天龙救援队的几位指挥官，聚集在指挥部，密切关注灾区动态，收集灾区受灾信息，主动与壹基金取得联系。在备勤队伍中，安排支分队检查车辆和物资，随时做好出发准备。

7月20日凌晨1时多，累了一天的长治支队队长石明早已休息，一阵急促的电话铃声响起，石明一骨碌爬了起来，一看是队长陆玫的电话。陆玫通知他，邯郸武安市遭遇水灾，情况非常严重，命令他立即在天亮后带

刻苦学习，勤奋训练，团结有爱，帮助他人。

晋城　张海波

队前往受灾现场，与当地政府对接，接受任务，实施救援。

接到命令后，石明队长马上电话召集出队人员，自己也顾不上睡觉，立即赶往办公室，准备救援装备。

凌晨5时，天刚刚露出一点曙光，石明就带着队员马凯方、张鹏波、李洁和女队员王颖一共5人，驾车前往武安市。

这时候的长治支队刚刚授旗2个多月，因为离武安市最近，他们成为山西天龙救援队派往河北受灾地区的第一支救援队伍。石明心里清楚，这是对长治支队的一次重大考验。车上的队员既兴奋又紧张，他们大多是玩户外的，喜欢爬山、探洞、崖降，在山里疯跑，当他们身着红色天龙救援队队服，即将以救援队员身份出现在邻省的受灾现场时，他们的内心多少有些忐忑不安。队员们也很清楚，其他支分队正在集结，随后就会赶到，一同并肩作战。

想到这些，队长石明和队友们的心情又平静了许多。

长治距离武安150多千米，大多是山路。高速公路已封闭，只好改走国道、县道，到处是坑洼和塌陷路段，走走停停。进入武安地界后，路况越来越差，暴雨将好多道路冲毁。连日汇聚的洪水还没有退去，道路两边的水位几乎与公路持平，放眼望去，一片汪洋，汽车仿佛船只一样，行驶在水里。

到达灾区后，他们立即与当地政府对接，设立临时指挥部，接受政府统一任务安排。他们接到的第一个任务是赶赴受灾严重的4个村庄进行调查摸底、汇总上报。石明将人员分成2个小组，由于车辆已无法前行，他们只好徒步20多千米深入村子里对灾情进行调查。在一个村子，受灾群众没有水喝，队员们把自己仅有的几瓶矿泉水给了村民，忍受着饥渴，前往下一个村子。等他们回到临时指挥部时，已是晚上10时多了。石明顾不上一天多的舟车劳顿，立即把收集到的受灾信息进行上报。

21日早晨6时，按照总队调遣，侯马支队、晋城支队的30多名队员，完成集结，迅速赶往武安市洪水灾区。

到达灾区后，他们与前期到达的长治支队会合。晋城支队张倩、王云华、晋霄峰、张峰等人先行前往受灾最严重的马家庄乡进行灾情调查。晋霄峰介绍当时的情况，他说："因道路中断，我们只好徒步前往受灾村庄。当时天气非常炎热，还有齐腰深的洪水没有退去，从我们眼前泛着波浪汹涌而下。我们艰难地一步步往村里挺进。看到我们进了村，受灾老乡那种有了依靠和感激的眼神，我一辈子也忘不了。我们调查的村子有许多房屋倒塌，停水停电，一片狼藉。我和队员们心情很难过，好几个队员的眼睛湿润了。"

在马家庄乡政府及各村村民的帮助下，队员们一个村一个村进行摸底，迅速掌握了受灾情况和当地群众急需各种物资的信息。

侯马支队与武安市民政局对接之后，根据需要，首先确定了物资中转仓库，然后组织12名队员对徘徊镇镇政府、徘徊街道商铺、眼科医院等约2000平方米的范围进行消毒喷雾工作，防止疫情发生。

第三天，队员们分组，开始赴灾情最严重的磁山镇、石洞乡、徘徊镇、冶陶镇和马家庄乡5个乡镇进行灾情调查统计，为壹基金下发救灾物资提供数据基础。

7月24日22时30分，一批救援物资到达武安市徘徊镇救援指挥部中转仓库。从摸排现场返回的队员们，顾不得一天的劳累，和当地群众一道，经过4个小时不间断搬运，终于将物资全部安全搬入中转仓库。

早晨8时30分，按照指挥部安排，由翼城分队柴志峰带领第一分队，前往徘徊镇受灾严重的茶口村和夏庄村开展物资发放。为村民发放大米186袋、方便面186箱、挂面186袋、洗漱用品186袋等。

第二分队由侯马支队赵军霞带队。9时30分，发往冶陶镇的救灾物资转运车辆到达仓库，所有队员按照配额进行物资配装，随后前往冶陶镇，对受灾严重的冶陶村、固义村和牛头村进户发放。共计发放大米300袋、方便面286箱、洗漱用品220袋、食用油64桶、农夫山泉矿泉水128箱、床上用品160件等。

冶陶村村民杨海牛经营了一个小卖部，就在公路边上。7月19日中午接到村委会紧急撤离的通知后，一家人扔下饭碗，匆忙撤到安全地带。洪水退去以后，眼前的一幕让一家人惊呆了：家对面的村委会已被冲得无影

帮助需要帮助的人，获得的快乐是其他任何事情所不能比拟的。

大同 韩力榕

116

无踪，自家小卖部价值 10 余万元的货品全部被冲走，家里一无所有了。洪水来临前，儿子刚刚接到"华北理工大学入学通知书"，面对如此巨大的天灾，杨海牛全家人失声痛哭。

队员们见到杨海牛的时候，他坐在山坡上，一直盯着已经一无所有的那个只留下几堵倒塌墙壁的家。他的妻子因伤心过度病倒了，已在邻居家躺了好几天。

救援队给海牛家送来了急需的大米、方便面、食用油、矿泉水以及床上用品等生活物资，杨海牛脸上的愁容减轻了许多。队员离开时，他执意把大家送到村口。队员们默默地祝福海牛，挺住！

由晋城支队张倩带领的第三分队一行 4 人，到达石洞乡受灾严重的三王村、南河底、北河底、什里店，将物资送到村民们手里，发放大米 260 袋、方便面 300 箱、洗漱用品 245 袋、食用油 50 桶、矿泉水 150 箱、床上用品 120 件、挂面 50 包等。

按照轮换安排，为了早一点将奋战在一线的队友接回休息，晋城支队队长王小旦独自一人在暴雨中开车赶往武安。那天上午，王小旦经历了他人生中最危险的一幕。路上，狂风肆虐，大雨如注。在行驶到一处有一尺多深水的路段时，后面跟上来一辆重型卡车，这辆卡车非但没有减速，反而加速从他的车旁边通过，涌起的水浪瞬间使王小旦的车失去控制，如同小船一样飘向路边的防护栏。车厢进水了，王小旦的大脑一片空白……

"或许是老天眷顾我们做公益的人，我只是受到一些惊吓，人和车并无大碍。坐在车里，我好半天才回过神来，想了好多。我想到了我的队友，想到了我的家人。这样冒着风险做公益，究竟为了什么？

"当时我有些犹豫不决，前方情况不明，如果继续贸然前行，不知道还会遇到什么危险。但如果不去，还有 5 名队友在河北武安眼巴巴等着接回来换岗。这时候最需要的是冷静和理智。"说起那天路上的遭遇，王小旦介绍说。

雨一直急促地下，没有停歇的意思，风雨之中格外寒冷。前方的道路依然难行，还有山路要走，还会遇到塌方、滑坡等自然灾害。这些困难王小旦都想到了，他不能退缩，更不能当逃兵。他稍稍稳定了一下情绪，摇下车窗，让冰凉的雨水往头上浇，自己清醒一些，然后振作精神，毅然开着车继续驶向满是积水的道路。到武安接上队友已是当天晚上19时多,天快黑了。他又连续开车5个多小时返回晋城,将队友一个个送回家。最后一名队友家在离晋城50千米之外的阳城县,等他送了队友从阳城开车返回晋城时,已是第二天凌晨1时多了。

在武安救灾的几天时间里,当地灾民永远不会忘记,在受灾现场,有一支身着红色队服的队员们,一直在现场忙碌,他们的名字叫"天龙"。

7月22日凌晨3时,总队接到壹基金"河北井陉突发洪水泥石流,需紧急救援"的电话通知,队领导立即下达出队指令。距离灾区最近的寿阳分队作为第一梯队,一车4人在队长刘昧峰和指导员刘永瑛的带领下,迅速前往石家庄井陉县灾区。

刘永瑛说:"我们寿阳分队是凌晨5点左右接到陆玫队长的电话,受命作为先遣队进入受灾严重的井陉县南峪镇台头村调查灾情。我和刘昧峰、兰永光、吴己立4人立即携带个人装备、药品和食品,开车向灾区进发,于下午2时左右到达南峪镇地都村附近一个加油站。因道路中断,加油站内停满了大小车辆,我们只好弃车徒步往灾区走。"

前方已看不出哪里是道路,遍野全是泥泞和上游冲下的废弃物。他们通过唯一一条未被冲毁、但已严重受损的铁索桥后,终于到达南峪镇镇政府。临时救灾指挥部建在北峪村,他们继续徒步前往道路依然中断的北峪村,一路全是没脚的泥泞和废墟,没水的地方都是大小不等的鹅卵石和房屋废墟残留物,随处可见被淹的轿车、掉在桥下的板车以及因道路中断而滞留的拉煤车。到达指挥部后得知,山西天龙救援队是当时第一支进入灾区的民间救援队伍。

北峪村的水、电、道路、通信全部瘫痪,几乎和外界处于隔绝状态。简单了解后,他们4人继续前进到受灾最严重的台头村,向灾民了解情况。台头村建在原来的河道上,上游水库大坝垮塌后,河道内的房屋被全部冲毁,

人人献出一点爱,让世界充满爱。

吉县 段明芳

灾民没有地方居住，短缺帐篷和粮食。

"当接到陆队的电话指令时，我们曾有些犹豫。寿阳分队筹备一年有余，7月9日才刚刚授旗，组建短短10天时间就被派往灾区，而且还是作为先遣队，独立行动。能不能把队伍安全地带出去，再平安地带回来，对我们是个极大考验。能不能完成好灾区救援任务，对队员也是极大考验。但我们全体队员有信心完成好任务，不辜负总队的重托和希望。"队长刘昧峰信心十足地说。

7月23日一大早，队员孙峰告了家人一声"我要去河北救灾啦"，就出了家门。7时30分，由天龙救援队总队4车13人组成的第二梯队集结完毕，出发前往井陉灾区。每辆车上都装有电台、GPS定位仪（全球定位系统）、卫星电话等装备。领队是鲍慧，队员有武振宇、沈晋魁、李宁、王瑞林、张刚等人。

下午2时30分，孙峰一行到达井陉县南峪镇政府大院，与先期抵达的寿阳队队员会合后，一同前往设在北峪村国家电网变电站内的救灾指挥部进行报备。根据指挥部指令，鲍慧立即安排队员去寻找一条能从高速下来的道路，这条路必须足够宽，方便大型车辆运送物资；根据镇政府提供的村落名单，进入重灾区进行摸排，看是否有人员受伤；其余队员留在镇政府，架设通信设备，搭建大本营，建立指挥部。

当天下午4时，第三梯队天龙救援队总队1车5人，王俊芳、马雯婷、杨希、王子川、王红慧从太原出发，前往井陉灾区。

台头村因百年来没有发过山洪，该村为发展将房屋建在古河道内。大水来袭时，村子被冲成两半，最高水位两米多高，冲刷的淤泥深1.5米左右，河道中间的房屋基本被冲毁，并冲刷出一条深沟。村内大批牲畜死亡，尸横遍野，急需掩埋，做消杀防疫。

24日8时许，3辆车载着十几名队员赶往台头村进行防疫消杀，妥善掩埋动物尸体。抵达台头村后，队员们分成3组，一组沈晋魁、李海滨开始穿戴防护服，进村里进行消杀，尤其是对淤泥堆积地进行反复喷洒消毒剂，防止疫情发生。二组由队员张涛、刘昧峰、吴己立负责，使用无人机，对村里整体情况勘察，收集灾后情况。三组孙峰、刘永瑛、兰永光，对全村主要街道、住户进行整体消杀。当天下午，李宁负责留守大本营，做后勤保障，他和队友对镇政府大院进行整体消杀。

鲍慧是此次井陉受灾之后赶到的第二梯队领队，他介绍说："村里发洪水时，从上游冲下来很多牲畜的尸体，如果不及时处置，很容易滋生细菌，产生疫情，所以要及时进行消杀防疫。那几天，当地气温每天都在35℃以上，给队员们的工作带来很多困难。做防疫消杀，要穿戴防护服，非常闷热，我们安排队员每1小时一换班，防止中暑。消杀的目标主要是垃圾堆、淤泥中埋藏的动物死尸等，如果发现有死的小猫小狗，我们会及时掩埋，防止发生疫情。"

在结束台头村的消杀工作之后，队员们又急匆匆赶往小作镇进行消杀、送药。路上，一辆救援车因涉水导致发动机进水，拖至县城修理厂，等回到指挥部时，已是晚上8时多。队员刚想休息一下，一车救灾物资到了，他们立刻又忙着卸物资。卸完物资，好几名队员没顾上吃饭，就累得睡着了。

队员们对井陉贵泉村、台头村、王家研村、岸底村进行摸查时了解到，这里严重缺少食物，特别是急缺消杀药品。信息反馈回去后，天龙救援队开始募集大量药品，并且由陆玫队长亲自带领第四梯队，成员由梁耀丰、王继军、张晋华、梁鹏飞、冯旭鹏等7名队员组成，从太原集结出发，带着募捐到的4车药品、衣物、食品和瓶装水，连夜向井陉县南峪镇进发。到达目的地时，已是深夜11时30分，队员们顾不上休息，立即对物资进行分发。

运城支队也紧急募集到了价值5.5万元的111件消杀泡腾片，副支队长白冰带领吴勇、冯志娟等人装车，队员何秋萍、李恒坡、张凯博、王烽朴等4名队员，在队长史敬东的带领下，夜间驱车近600千米，将泡腾片以及侯马分队募集到的3箱药品于凌晨4时送到井陉县南峪镇。

第二天一大早，后续队员立即携带物资进村，为王家岩村村民送去感冒药30盒、消炎药30盒、藿香正气水4盒。为岸底村村民送去感冒药30盒、

播希望火种，撒仁爱光源，一路经历，一路品味。

祁县 刘登英

消炎药 30 盒、藿香正气水 8 盒、矿泉水 4 件、豆瓣酱 2 件、辣椒酱 2 件、太古饼 4 箱、鸡蛋、火腿肠等。为张家峪村村民送去感冒药 30 盒、消炎药 30 盒、藿香正气水 4 盒、矿泉水 1 件。让村民们感动的是，除感冒药和消炎药是政府配发外，其他都是队员们自己携带的应急药品和食物。

有村民反映，小作镇有失联人员，队员们得知消息之后，立即派出 8 人前往小作镇进行搜救。

由于道路、通信及电力设施均被冲毁，东葛丹村与西葛丹村已经与外界失联两天，受灾情况不明，最远的一个村距离指挥部有 15 千米。受指挥部委派，孙峰带领刘玲艳、李海滨、刘昧峰、兰永光等 9 名队员，携带 GPS 北斗定位器、卫星电话、对讲机、照明装备、水、方便食品、消杀药品、急救药品等前往东葛丹村与西葛丹村调查摸底。

孙峰介绍说："从指挥部出来行驶七八千米后，道路被冲断，坍塌处宽 10 余米，深 6 米左右，救援车辆无法前行。当地指挥部组织的挖掘机正在抢修，我们所有队员弃车徒步前行。越往前走，道路损毁越严重。我们所走的路都是被洪水冲出来的泥土裹石头的'石滩'，随处可见从山上冲下来的堆积在淤泥里的面包车、轿车、家具、生活用品等，还有直径二三十厘米粗的断树、树权等杂物。在行走 2 个小时后，我们终于抵达东葛丹村，在村里一处废墟旁见到了村委会主任。

"全村共有人口 560 人，常住 300 多人。因大部分房屋靠山坡而建，河道旁的房屋倒塌了 15 间，断水、断电，目前村里正在组织劳力抢修道路，已经派人向镇政府汇报。我们将带来的 5 盒泡腾消毒片、20 盒诺氟沙星胶囊和 20 盒对乙酰氨基酚片交给了村主任，同时嘱咐他怎么使用消毒片进行消毒、消杀，防止疫情发生。

"当天 19 时 30 分，我们一行又向距离东葛丹村四五千米的西葛丹村进发。此时天色渐渐暗了下来，继续前行的路越来越难走，基本上就是踏着被雨水冲出的石头前行。在不远处的一块大石头旁，遇到一名背着 2 箱方便面的西葛丹村村民。我们上前询问，老人姓李，67 岁，操着很重的方言，交流起来非常困难。因家中已经没有吃的，凌晨 5 点多就往山外走买吃的，年纪大了，路难走，返回时已经天黑了。据了解，村里住着大多是老人和孩子，最年轻的也 50 多岁了。我们在老李的带领下于 21 点 40 分左右赶到西葛丹村，并找到该村的李书记。

"据了解，洪水从 19 日开始一直到 20 日才逐渐退去，村里断电、断水，缺少粮食。我们将背来的 40 包方便面以及 60 盒药品交给李书记，随后用卫星电话向陆玫队长汇报了情况。晚上 10 点 20 分左右，我们开始回撤，返回指挥部时已经是 24 日凌晨 2 点多了。"

张春霞是作为第五梯队的队员，和大同支队吴雁忠队长带队的一行人员一起进入灾区的，他们的任务依然是灾区调查和发放物资。走访张家峪村，村主任吊着输液瓶为村民们奔波，寻求物资帮助，让队员们很感动。村主任满眼泪水，指着已满是石块、树枝、泥沙、杂物的河道悲伤地说，村里好多房子，说没就没了。话没说完，哽咽着说不下去了。队员们看到，远离河道的一些房屋，虽然没有被冲毁，但一米多深的淤泥遍地都是，而河道内几十户人家的房屋踪迹全无。

走访中，他们了解到有这样一户人家，40 多岁的儿子没有成家，和老母亲住在一处院子里。这处院子建在一条多年没有水的沟内，实际上就是河道里。晚上老太太听到有很大的水声，赶紧呼喊儿子起床往外跑。儿子先跑了出去，老太太腿脚慢，儿子又返回来把母亲往外扶。房子顷刻间倒塌，母亲得救了，儿子抱着一根房梁被洪水冲了出去，最后挂在一棵树杈上捡回一条命。

张春霞见到母子俩时，他们已被安置在高坡上一处废弃的院子里。见到队员们，老太太双手合十，嘴里不停地唠叨着谁也听不懂的方言。心地善良的张春霞紧紧抱住老人，悄悄把几张百元钞票塞到老人手里。

在深入一个村庄发放物资返回时，张春霞这个小组突然遭遇大雨，和一同到村庄发放物资的大同支队的队员失去联系。雨越下越大，通往指挥部的道路已多处损毁，一名志愿者开着车，艰难地在暴雨中行进，经常需要行驶在已暴涨洪水的河道内，让车上的人捏着一把汗。大同支队的队员

众人拾柴火焰高，不求尽善尽美，但求无愧我心。

太原 田国斐

还在村子里没有出来，情况不明，危险无时不在。如果暴雨不停，河水就会急剧上涨。路遇一段塌方地段，汽车只好重新开进了河道。行驶一段后，司机听到河水上游有巨大响声，赶紧加速离开。汽车刚驶上岸边道路不久，巨大的洪水夹杂着门板、房梁、树枝等一涌而下。如果再晚一点离开河道，后果不堪设想。

"刚开始我们还能看到他们的汽车在我们前面不远，暴雨来了之后就什么也看不到了，电话也打不通，可把我们急坏了。"大同支队队长吴雁忠事后回忆道。他带领的队员在村里发放完物资，当暴雨来临时，他们正处在一处高坡上，眼看着洪水从山上滚滚而下，瞬间就冲入河道，把刚修通的道路再次冲毁。

7月25日，孙峰、刘永瑛、兰永光摸底灾情时，政府工作人员张俊燕领路，徒步5千米山路，绕过中断的道路，进入岸底村，顺利拿到村委会出具的灾情报告，了解到了岸底村全是老人、缺水断粮的信息。

7月26日上午，寿阳分队募捐的一车物资抵达南峪镇，随行的有4名队员，他们是贾永军、陈鹏程、高艳光、王改凤和司机铁银。卸货后，队员们对王家岩、岸底村、张家峪村发放了药品、衣服。当晚，又一车食物、药品、饮用水、衣服等物资抵达南峪镇。

《山西晚报》记者宋俊锋几天来一直深入现场采访，他用文字记录了这样一个场景：

7月27日，救援队员在地都村发放物资，大伙儿都来领东西，现场一片嘈杂，可就在如此嘈杂的环境中，一位救援队员坐在地上靠着墙竟然睡着了。

记者走过去，看到这是队员阿牧。脸上还有汗珠，身上的队服湿出一个背心模样的他睡得很香，匀匀的鼾声与旁边的嘈杂声交杂在一起。他太累了，这种场景让记者的鼻子一酸，眼泪差点落下来。

正在领救灾物资的村民也注意到了阿牧，有的蹲在台阶上看着他微笑，路过的人看到后抬高脚，轻轻地走过去，尽量不打扰到他。其他队员看到后，说不用叫醒他，他太累了，昨天凌晨4时多才睡的。

没过5分钟，阿牧醒了，他不好意思地摸着脑袋，又用双手使劲搓了搓脸，马上又加入发放物资的行列中。

......

看到天龙救援队队员们忙碌的身影，受灾村民们非常感动，一位姓张的大爷说："天龙救援队真好，刚发了洪水就来这里帮忙。看见这些穿红色队服的孩子们，我们的心就踏实了。"

在现场，一名来自寿阳分队名叫秀才的电话引起大家注意，他7月20日作为第一梯队首先赶到井陉受灾地区施救。队员们"偷听"了他和家人的电话才知道，他家的一间屋子也在这次强降雨中坍塌了，所幸家人无事。队员们劝他回去，他坚持不愿离开，说："反正人没事，房子已经塌了，等救灾结束回去慢慢收拾吧。"

秀才是他的网名，他的真名叫兰永光。出队走得急，没有拿剃须刀，几天救灾下来，胡子疯长，秀才变成了"胡子哥"。

就在河北井陉县、武安市遭暴雨、洪水袭击之时，与井陉县相邻的阳泉市也遭遇暴雨。从7月19日下午开始，阳泉市及所属的平定县和盂县，大雨一刻也没停歇。有应急经验的阳泉支队队长张宏斌意识到可能会有灾情。天黑了，他坐在办公室没有回家。办公室的一面墙上，挂满了这些年救援送来的锦旗。他给自己的队员打电话，下令做好备勤，整装待命，随时准备出队。

果然不出所料，凌晨0时多，当地警方转接过来一起求助，20千米之外的阳泉一矿一户人家由于连日降雨，位于山坡上的自建房快要塌了，急需救助。之前，这户人家的房子被定为危房，动员多次也不愿意搬走。

张宏斌二话没说，立即集结队友庞宏岗、王牛小、庞宏枝、刘济光等人，开车冲进了瓢泼大雨之中。由于自建房地处偏僻，救援车辆无法到达，队员们拿着手电筒，冒着大雨蹒跚前行。从山上涌下的湍急的洪水，有好几次险些将队员冲走。这户人家的房子背后是高大的红土墙，由于雨量过大，连续长时间冲刷，导致泥土迅速流失，泥土、石块、树枝、生活垃圾

队友们的大爱、勇敢，令我感动，我能成为大家庭的成员而自豪。

大同 范霞

等全部涌进了院子,排水系统早已无法正常工作。当务之急是疏通排水系统,减轻房屋压力,防止房子坍塌。

大雨中,队员庞宏岗、刘保军、余志刚爬上房顶,用铲子、簸箕,甚至双手把屋顶排水管附近厚厚的泥土一点一点清理掉,让排水管畅通,减轻屋顶压力。接下来,赵榕桦、刘振泉、杜玉明、张慧萍等队员一字排开,用各种能用的工具在房屋四周挖排水槽。经过近2个多小时的努力,聚集的雨水顺着新挖的水槽排走了,屋顶、院子里的积水也渐渐减少。险情排除,这户人家的房子和财产保住了。

就在队员们收拾东西准备返回时,来自上白泉村的求助电话又响了起来。时针已指向20日凌晨2时30分,他们立即赶往20多千米的这户人家。这是一排背靠土山的四间窑洞,严重漏雨,所有家电全部泡在水中,家里已不成样子。后墙出现裂缝,洪水从缝隙中汩汩往家里灌,随时都有倒塌的危险。

看到这种情况,张宏斌和庞宏岗的第一反应是保命要紧。主人是两位老人,窑洞刚装修不久,希望救援队能帮忙保住房子。眼看着窑洞已成为水帘洞,已不是排水问题,首要的是撤离保命。张宏斌立即下令,带领老人先撤到安全地带。队员杜玉明、赵榕桦和刘济光,赶紧连拉带拽将执意留在窑洞内的老人带出家门。这时后墙突然倒塌,泥水夹着土堆冲了出来,一块砖头从站在门口的张宏斌脑袋边飞了出去,后墙倒塌的地方,队员牛丽军刚刚离开也就十几秒钟,所幸没有队员受伤。

"几秒钟的功夫,如果当时不果断带老人离开窑洞,后果不堪设想。房子虽然没保住,但好在人没事。"每当说起这件事,张宏斌总有一种后怕的感觉,"队员跟着我去救援,我必须对他们负责,万一有个闪失,我怎么和队员的家人交代?"

一夜没有休息的阳泉支队十几名队员,天亮后,又接到总队赶赴井陉灾区救灾指令,立即启程前往井陉。

队员刘济光说:"我们阳泉支队7月20日早6点出发,奔赴河北井陉重灾区。当时了解的情况是,石家庄全市有9个暴雨中心,其中6个在井陉县,一天的降雨量超过2015年全年降雨量的总和。20多个小时的急降雨,河水暴涨,房屋倒塌,公路被毁,人员伤亡,情况十万火急。

"我们每天驱车或者徒步奔波在重灾区，靠一支又一支藿香正气水支撑着酷暑炎热下的躯体。身体上的不适可以克服，但看到泥石遍布的沟道、残缺不堪的房舍、撕裂的水泥路、报废的汽车，满目疮痍、触目惊心的现状，让我们的心情很沉痛。那些天，我们不是在灾区，就是在去往灾区的路上。"

一天，阳泉支队的队员接到任务，赴南峪镇台头村送救灾物资。那里地处太行山深处，道路本来就崎岖蜿蜒，十分险峻。遭遇洪水突袭后，前往灾区的多处路段，一侧是汹涌的洪水，一侧是断崖峭壁，泥水裹挟着山石不时从头顶滑落，每走一段就遇塌方险阻，危险状况不断。队员们没有一个胆怯，更没人退缩。道路中断，就弃车徒步前行；塌方阻路，就手脚并用前行。一同前来运送救灾物资的，还有阳泉摩托车协会的骑行者，他们用摩托车载着救灾物资艰难地往前推进。好多路段无法骑行，就下来推着走。在通过多处涉水路段时，队员们手拉手，互相搀扶着，蹚过齐腰深的洪水，终于给灾区群众带去了食物、蜡烛和一些干燥的衣服，第一时间把党和政府的温暖传递给了受灾群众。

接过救灾物资的乡亲们哭了，历经艰辛的队员们也哭了。

后来成为阳泉支队第二任队长的庞宏岗说："在王家岩发放物资时，从山坡的另一侧走下来几个村民，说自己是相邻的平定县娘子关镇井沟村、沙沟村的村民，他们的村子也遭了水灾，想让队员们过去看看，也向上面反映反映，给些救灾物资。

"因为道路不通，通信中断，这里受灾信息没有及时反馈出来。我们立即安排几名队员翻山越岭走到这个村子，摸底排查了受灾情况，好在仅是财产受到损失，人员没有伤亡。"

这时候，来自官方的消息也对外正式发布了。

阳泉市平定县娘子关镇因暴雨导致 9 千米山体滑坡，通往后山各村的道路全部中断，受灾人口 14878 人；娘子关火车站往东 500 米处发生超过 1 万方的泥石流，火车停运；全镇山体崩塌超过 1200 处，滑坡 465 处；全

做有意义的事情，传承下去。

侯马 梁海刚

镇耕地受损面积 70% 以上。受灾严重的回城寺、罗家庄、井沟、贤沟、背屿、吊沟 6 个村房屋倒塌 575 间，大约 200 人需要解决口粮问题。

阳泉市盂县仙人乡，受灾人口 9500 人，倒塌房屋 746 间，受损房屋 3360 间。沙井村有 129 户，人口 275 人，受灾 110 户。又道沟村有 64 户，人口 155 人，受灾 25 户。村民缺少面粉、食用油、个人卫生包等。

在征得总队同意之后，阳泉支队将救灾主战场从河北井陉县转移到了家门口——阳泉市平定县娘子关镇和盂县仙人乡。

第一组由庞宏岗带队，队员刘济光、庞宏枝、马妮娜，前往娘子关镇张庄；第二组由刘江、刘保军、樊雪岩等人组成，前往盂县仙人乡西南舁和北峪；第三组由队员闫志斌和寿阳分队的 2 名队员一起行动，负责到柏井镇赛马岭村落实受灾情况。

许多受灾村庄处于失联状态，他们请乡里熟悉情况的同志做向导，徒步进山。一路上，到处都是被泥石流冲垮和堵塞的山路，河沟里也是一片狼藉，通往村子的道路基本被毁，房屋倒塌多处，田地被冲毁十之八九。大家顾不得休息，立即开始统计人员受伤及房屋倒塌等情况。为尽早将受灾情况向指挥部汇报，3 个组的成员没有休息，深一脚浅一脚地返回驻地。

在总队的协调之下，壹基金的救灾物资也开始调往娘子关镇和仙人乡 2 个重灾区。

接下来的任务既简单也不简单。说简单，主要是配合指挥部给受灾村民发放救灾物资；说不简单，是因为通往受灾村庄的道路几乎全部被毁，客货车、三轮车等机动车辆也无法通行，如何送达成为一大问题。

当然，这一难题是难不住队员们的。张宏斌和庞宏岗想到了一直以来合作密切的阳泉市登山户外运动协会、阳泉市红十字救援队以及阳泉市摩托车协会、阳泉众成奔驰车友俱乐部等伙伴，这些联盟伙伴，爱心满满。在每年的温暖包发放和公益项目活动中，大家都有良好的合作基础。当张宏斌把遇到的困难和这些合作伙伴一说，立刻就有上百辆摩托车司机报名加入，既然汽车运不进去，就开着摩托车把救灾物资送到老百姓手中。

由于报名人数过多，庞宏岗、王映明、余志刚等人，每天的任务是劝退一些骑着摩托车要到现场的爱心司机回去等候任务指令。

"那几天，在通往受灾村庄的道路上，每天有四五十辆摩托车在崎岖、险恶、泥泞的道路上穿梭，把一件件受灾群众急需的生活物资及时送到百姓手中。让人难忘的是，有的路段摩托车也无法骑行，那些志愿者们就下来推着走，大夏天，满头满脸都是汗水，浑身湿透，非常感人。

"在一个村子，我们见到一个40多岁的聋哑人，领着两个孩子。她不会说话，但认识字，用手指着'天龙救援'几个字，一边竖起大拇指，一边高兴地哇哇叫喊。虽然我们不知道她在喊什么，但从她的眼睛里面可以读到，全是感激之情。" 队员韩金娥在参加救灾的同时，喜欢用文字记录下她看到的那些感人场面。

在山西天龙救援队总队，有一份出队名单。总队28人，寿阳分队6人，大同支队6人，晋城支队6人，侯马支队25人，长治支队5人，阳泉支队20人，运城支队5人。合计101人。

三地水灾救灾结束之后，有两封感谢信寄到了山西天龙救援队。

感谢信

尊敬的山西天龙救援队：

2016年7月19日的特大暴雨，给井陉县带来了巨大灾难，给广大人民群众带来了不可估量的损失。

大雨无情人有情，一方有难八方支援。你们与我们素不相识，却在大灾之后向我们伸出了援助之手，先后派出47人协助我县进行抗洪救灾中的各项工作。累计徒步上百千米深入被困村落，进行挨家挨户的生命搜救与灾情摸排，为老百姓捐赠价值60万元的粮油食品、饮用水、衣服等生活物资和消杀、感冒、中暑等应急药品，协助壹基金发放各类救灾物资100多吨，解决了老百姓的燃眉之急。

在井陉救灾的日子里，天龙救援队服从命令，不畏艰险，风餐露宿，

跟正能量的人，做正能量的事。

太原 赵荣

吃苦耐劳，始终冲在第一线，充分体现了贵队博大的爱心和人道主义精神，为我县救灾工作做出了巨大贡献。

特此向贵队表示衷心感谢和崇高敬意。

河北省井陉县民政局

2016 年 8 月 1 日

感 谢 信

山西天龙救援队：

兹有山西天龙救援队，在河北省武安市 7 月 19 日遭受洪灾后，第一时间赶到，配合我单位进行抗洪救灾各项工作，出色地完成灾情调查、生命搜救、物资运送及发放等工作。在短短 7 天时间里，出动 3 个分队 2 个支队先后 26 人，对我市马家庄、徘徊、冶陶、石洞、磁山 5 个乡镇进行生命搜救与摸排，并且逐家逐户进行一对一的了解以及物资发放。无私奔袭数百千米赶赴我市，参与转运发放京东公益、壹基金救灾物资的同时，还自筹衣物、面粉、药品等，帮助灾区群众度过紧急救灾的难关。

该救援队在本次河北武安抗洪救灾工作中，服从命令、不畏艰险、不辞辛苦、风餐露宿，始终冲锋在第一线，为我市抗洪救灾工作做出了杰出贡献。

特此证明，对天龙救援队在抗洪救灾过程中的无私付出，以表达我市由衷的感激之情。

河北省武安市民政局

2016 年 8 月 1 日

对于山西天龙救援队员而言，这感谢信，就是对他们的最高奖赏。同时河北省灾区人民也感受到了来自邻省山西人的奉献和仗义。

赤峰龙卷风

时间 2017年8月3—18日

地点 内蒙古赤峰市克什克腾旗

摘要 伴随着震天的雷电和大如鸡蛋的冰雹，一场突如其来的百年罕见的龙卷风极端天气，把受灾地区的村民们砸蒙了。

队员 吴雁忠　郑建勇　武振宇　余志刚
　　　武小龙　李文栋　林德彬　马凯芳
　　　岳亚萍　刘紫英等30人

列队出征

敕勒川，阴山下。

天似穹庐，笼盖四野。

天苍苍，野茫茫，风吹草低见牛羊。

这是南北朝时期敕勒族一首名为《敕勒歌》的民歌，歌咏了北国草原的富饶、壮丽，抒发了人们对养育他们的水土、对游牧生活的无限热爱之情。

一提起内蒙古大草原，人们总是情不自禁地想起这首民歌，特别是那句"天苍苍，野茫茫，风吹草低见牛羊"。

然而，美丽富饶的大草原，有时也会格外无情地露出咆哮狰狞的一面。2017年8月11日16时左右，内蒙古赤峰市克什克腾旗和翁牛特旗遭受龙卷风袭击，并伴随有暴雨、冰雹等极端天气。截至8月12日14时，灾害造成翁牛特旗亿合公镇、毛山东乡、五分地镇、梧桐花镇5个乡镇10个行政村4729人受灾，死亡2人，受伤30人，倒塌房屋87间，受损房屋51间，农作物受灾面积2751.3公顷。同时，造成克什克腾旗12810人受灾，死亡3人，受伤47人，农作物受灾面积4250公顷，倒塌房屋203间，严重受损房屋183间，一般受损房屋631间。两旗数个乡镇、村，直接经济损失逾3500万元。

据《新京报》记者报道，克什克腾旗土城子镇十里铺村一户受灾村民这样形容龙卷风的威力：人们辛苦了一年的庄稼被龙卷风铲平不说，连房子都快连根拔起了……房顶砖瓦已经碎无几片，屋子漏雨，甚至倒塌。

村民康文向《新京报》记者回忆：11日中午，和妻子刚吃完午饭，突然听见天上轰隆隆地打雷，雷声持续了两个小时，之后一阵狂风突然降临，风伴着雨点和冰雹，呼啸着从房子上空穿过。这阵急风一下子把房顶给掀开，存放草料的配房被刮倒，电也停了。地里两米多高的玉米秆被冰雹砸断，碗口粗细的树被龙卷风连根拔起。

在土城子镇五台山村，许多砖块垒成的院墙被砸成残垣断壁，很多房子的房梁塌了，电线杆倒了，一些私家车的车窗被砸破，车身凹陷。地里原本种着向日葵、玉米、西瓜和谷子，冰雹将向日葵和玉米拦腰砸折，西瓜被冰雹砸得稀烂，谷子更是颗粒无收。

一场突如其来的百年罕见的龙卷风极端天气，把受灾地区的村民们砸蒙了。

针对赤峰龙卷风灾害，山西天龙救援队立即成立应急指挥部，于 8 月 13 日早晨 8 时，派出离赤峰灾区最近的大同支队出队，负责第一时间收集灾区信息、受灾评估及所需物资统计。大同支队队长吴雁忠带领张福成、韩宾、徐爱先 3 名队员作为第一梯队，只带了帐篷等一些个人装备，争分夺秒，紧急出发赶往赤峰。

当天晚上 6 时，大同支队 6 名增援队员由林德彬带队，队员班廷儒、武红伟、韩力榕、胡啸海、耿川江连夜出发，千里奔袭，赶赴赤峰。

应急指挥部发布山西天龙救援队《811 赤峰龙卷风救灾 1 号令》，省内各支分队备勤，准备启程。同时向社会团体、爱心企业和人士募集衣物、洗护等日常用品，广泛筹集救灾物资。

14 日凌晨 1 时 40 分，经过长达 16 个小时不间断千里奔波，大同支队的 4 名队员首先到达赤峰受灾严重的土城子镇，就地扎下了露营帐篷。

上午 9 时，大同 6 名增援队员星夜兼程 15 个小时到达灾区，顾不上舟车劳顿，开始平整场地，为后续物资车到达扎营做准备。随后，他们立刻投入走访受灾村庄的灾情调查中。

在五台山村灾情调查中，所见所闻让队员们大吃一惊。女队员徐爱先负责现场记录，她在朋友圈这样写道：龙卷风好恐怖啊，树皮都被风剥光了。她给后方指挥部传回来的照片显示，龙卷风席卷后的五台山村，房屋全部倒塌，残垣断壁，扯断的电线凌乱地在废墟上缠绕，全村没有一间房屋是完整的。村边为数不多的几棵树已被刮倒，粗糙厚实的树皮竟然剥得精光，露出白晃晃的树干。队长吴雁忠也非常感慨地在朋友圈写道：进入受灾村庄走访，曾经的美丽家园，如今变成废墟一片。

队员们的心情是沉重的，在走访中了解到，赤峰市克什克腾旗五台山村半个村子基本被毁，受灾群众暂时安置在村子的学校里边。操场上，已经搭建了 3 顶民政救灾帐篷，红十字会的 5 顶救灾帐篷正在搭建中。这里

不是救援队需要我，是我需要这个正能量的平台，和这些散发着无私、大爱的伙伴一起付出，一起成长。

太原　张毅梅

有厕所和水源,避难灾民大多是自家房屋已经倒塌,还有一些已经成为危房。村民急需必要的生活用品、药品和孩子们的学习用品。

15 时,龙卷风过后的一场大雨不期而至。就在这个时候,紧急采购的家庭救灾箱到货了。张福成、韩宾、武红伟等队员开始冒雨卸车,和壹基金的伙伴们一起清点、分装,很快将 400 个家庭救灾箱、364 个儿童温暖包、300 袋速食面分装完毕。家庭救灾箱中包括:碗、筷子、洗漱包、雨伞、脸盆、收纳箱、水桶、手电、被子等生活必需品。

19 时 30 分,又一批救灾物资运到,队员们又返回库房,完成 52 袋面粉、52 桶食用油、74 个救灾箱的卸车任务。

作为先遣队伍,大同支队在装卸救灾物资的同时,及时将收集到的第一手资料报回天龙总队。

现场一条又一条准确翔实的信息迅速反馈到天龙救援队应急指挥部,指挥部有针对性地通过各个支分队,急速向各界进行募集。短短一天时间,募集到的救灾物资从四面八方送到了天龙救援队总部,除温暖包和家庭救灾箱外,百圆裤业捐赠了 2000 条裤子,还有长治、祁县、吕梁、临汾等地的爱心企业、协会、人士捐赠的衣服 2428 件,藿香正气水、诺氟沙星等药品 1700 余盒,消毒液百余瓶以及若干洗漱用品、儿童书籍、书包、绘画用品、御寒衣物等。天龙救援队队员佟福利因家中有事无法前往受灾现场,捐出 1000 元表达对灾区的爱心。

8 月 14 日上午,募集到的救灾物资全部统计并打包装车完毕。下午 3 时 06 分,天龙救援队第二梯队 4 车 20 人从太原队部整装出发。1 号车 6 人,总指挥郑建勇、指挥员武振宇、摄影师刘紫英、秘书张醴丹、司机于浩洋及队员余志刚;2 号车 6 人,史瑞鑫、申利军、郭三旺、上官明明、苏明晶、郭红果;3 号车为物资车,李文栋、武小龙、温俊刚;4 号车 5 人,马凯芳、杨勇锋、范军、巩艳龙、岳亚萍。除救灾物资,第二梯队还带了救援的精密仪器,有无人机、破拆工具、液压支撑、担架、蛇眼探测设备等。担任指挥员的武振宇原本在外地,得知要去赤峰救援后,连夜冒雨赶回太原。回到太原的第一时间,他没有回家,直奔队部,准备救援所需物品。

队员们承载着满满的爱心,星夜兼程,奔赴灾区。

担任 3 号救灾物资车驾驶任务的是汾阳分队队员武小龙。他第一时间报名参加救援，第一时间联系拉运捐赠物资的货车。报名的时候，他 56 岁的父亲刚刚骨折 3 天，正在住院治疗，急需儿子陪护。母亲高度贫血，随时有休克摔倒的危险。但他的母亲和爱人非常支持他，妈妈对他说："儿子，你放心去吧，家里有我们。"

由于路程较远，而且物资车上拉有救灾使用的救援设备和社会各界捐赠的救灾物资，不能出任何差错，责任重大。武小龙有十多年驾驶四米二高栏轻型货车的经验和道路货物运输资格证，他主动担任驾驶员，一路往前赶。随车的队友担心他打瞌睡，一直陪着聊天，给他喝红牛饮料提神。

1 号车司机于浩洋，他是一名自由职业者，开着一个专业的航模类产品小店，店里从老板到员工就他一人。每当有救援活动，他把店门一关就出发了，由于无人打理生意，每天损失至少 200 元。

4 号车是来自长治支队的 5 名队员，巩艳龙、马凯芳、杨勇锋几名队员轮流驾驶。到了后半夜，职业是公交车司机的杨勇锋主动接替开车，让队友们抓紧时间眯一会儿。出征赤峰救灾，他和单位请了事假，按照单位规定，如果不想奖金受损失，回去后就得把请假的时间补回来。他开公交车，工作时间从早晨 5 时 30 分头趟车，一直要到晚上 9 时 30 分收车，两人一车，分上下午班。他请假期间同事替他班，他回去就得连班补给同事。

他说："只要参加救援队活动，我就得请假，连班是经常的事情。好多人不理解，说你图啥，其实没什么可图的，但每次参加完救援或者公益保障活动之后的那种快乐，好多人体会不到。"

19 时，救援车辆到达出发后的第一个服务区——怀仁服务区。

20 时 05 分，到达河北阳原服务区。

8 月 15 日 0 时 13 分，到达张家口沽源县九连城收费站。

凌晨 2 时 13 分，到达内蒙古锡林浩特桑根达来收费站。

凌晨 3 时 05 分，到达内蒙古锡林郭勒那仁塔拉收费站。

团结友爱甘于奉献，大爱天龙星火燎原。

大同 白日增

凌晨5时10分，到达内蒙古罕达罕收费站。

上午10时54分，到达赤峰北。

当天下午4时50分，救援车辆终于平安到达赤峰市土城子镇一个粮库。风灾之后，这里成为红十字会救灾物资临时存放及分装发放点。

队员于浩洋介绍说："太原距离赤峰市有1100多千米，正常行驶十五六个小时就到了，我们的车辆走了将近26个小时。一是我们拉着救灾物资，担心物资路上有损坏，不敢开太快，每到一个服务区都要停下来检查；二是汽车进入内蒙古克什克腾旗之后，多次遇到团雾，能见度不足50米，汽车走走停停，着急也没办法；三是导航指错了路，多走了上百千米，沿途多次遇到修路，不得已还得从高速下来绕行，耽误了不少时间。"

说到路上遇到团雾，武小龙很后怕，他说："那天晚上11时半左右，汽车行驶在漆黑的夜色中。车上的队员都睡着了，我专心开车，不敢有半点马虎。正常行驶时，手台里忽然听到前车队友喊了一句'有雾'，还没听清楚后面讲什么，瞬间我面前一片白色，汽车前方什么都看不到了。朦胧中出现模糊的红色，我判断那是前方车辆刹车减速亮起的红色尾灯，我不敢迟疑，立刻减速并快速打开双闪和雾灯。车停住了，距离前方车辆不足半米，险些追尾，自己吓出一身冷汗。我们遇到了突如其来的团雾，好险啊。我们也想过停下车休息，等雾散去后再走，但一想到灾区人民急需救灾物资，还是决定慢速前行，结果20多千米的一段路程，我们行驶了差不多两个小时。这样的情形，我们一路上遇到了四五次。"

武小龙和于浩洋两位司机，连续开车26个小时不休息，将救灾物资平安运达灾区。到达目的地后，俩人沉沉地倒在一张雨布上美美地睡了几个小时，实在是太累了。

第二批队员到达土城子镇粮库后，又一批救灾物资也同时到达，队员们没有休息，马上开始搬运、装卸。天公不作美，空中下起了大雨，室外温度只有十几度，等队员们分装完216个家庭救灾箱、300个儿童温暖包、100袋大米、100袋白面等物资后，时间已是晚上10时多了。不知是被雨水淋湿的还是被汗水浸湿的，只穿一件衬衫队服的队员们身上湿乎乎的。那一晚，由于院里地势低洼，队员们的露营帐篷内大多进了水。寒冷、劳累、潮湿，他们度过了一个难忘的晚上。

长治支队的 5 名队员 14 日上午就从长治启程赶赴太原集结，这样算下来，他们到达赤峰土城子镇粮库，连续奔波了 32 个小时。

有的人累了，可以倒头就睡，有的人累了，反而睡不着。晚上 10 时多卸完物资后，长治队员范军躺在帐篷里说什么也睡不着。晚上的天气有点冷，还一直下着雨。范军睡不着，好容易辗转反侧迷糊着了，半夜的时候又被冻醒了。他起身把带来的衣服全部穿在身上，重新钻进睡袋，这才感觉身上暖和了一些。这么一折腾，他彻底没了睡意。后半夜的雨越下越大，凌晨 4 时左右，又是闪电又是打雷，心里还感觉有点怕。他索性拿出手机玩，打发时间。听着隔壁帐篷队友的呼噜声，好羡慕啊。在风声、雨声与队员们进入梦乡的呼噜声中，范军度过了一个不眠的草原之夜。

由于当地政府救灾力度非常大，作为民间辅助力量，主要任务是灾情调查和救灾物资卸车、分发运送，必要时对灾民做心理疏导。

现场总指挥郑建勇介绍说："土城子镇共有 4 个受灾村庄，分别是十里铺、八里庄、前井和五台山村。所有救灾物资统一集中在土城子镇粮库后，根据前方报来的统计数字，在这里进行分装，然后送往各个受灾村庄。"

受龙卷风袭击影响，通往各个村庄的路上大多被泥浆覆盖，多处有塌方、断路。为了将救灾物资早一点送到灾民手中，郑建勇将队员分成两组，分别由武振宇和李文栋带队。他们和队员史瑞鑫、申利军、上官明明、巩艳龙等，早出晚归，这条路走不通，就绕道找另一条，每次来回都得上百千米。那几天几乎天天下雨，盘旋的山路，时不时遇到的团雾，给运送工作带来许多意想不到的困难。队员们绝大部分时间都奔波在路上，常常吃不上饭，饿了就吃几块压缩饼干，一天的睡眠时间不到 5 个小时，睡的地方是被雨水打湿的帐篷。

"每当队员们不怕苦累，将村民们急需的生活用品送到老乡手中，看到乡亲们露出的笑脸，听着他们的夸奖，我们无论付出多少，都是值得的。"

不忘初心，坚持人道，尽己所能，帮助他人。

侯马 袁巧玲

郑建勇的一番话，也代表着队员的心声。

刘紫英是天龙救援队的一名志愿者，那年她62岁，在家照看一个10岁、一个1岁4个月的两个孙子。8月14日得知天龙救援队赴赤峰救灾需要一名随队摄影师时，她毫不犹豫地报了名。老伴非常支持她，儿媳请了假带孩子，家人的鼎力支持成为她前行的动力。

当队员们分装物资、赴村庄运送时，她随车前行，用手中相机记录下救灾过程的一幕又一幕。在受灾严重的五台山村，现场看到的景象让她非常痛心，倒塌房屋的废墟下面，是被砸坏的电视机、锅碗瓢盆和孩子们的玩具。

刘紫英介绍说："在一处倒塌的房屋下，一名年轻女子正在从废墟里使劲拉拽被压得已面目全非的一床被子。风灾那天，该女子刚生完孩子第44天，母亲来家中看她。龙卷风袭来时，女子正在给孩子喂奶，听到窗户玻璃被风吹得哗哗响，暴雨如同泼水一般倾泻而下，孩子吓得哇哇大哭。也就几分钟时间，伴随着一声巨响，房顶顷刻间就飞走了。她马上把大哭不止的孩子搂在怀中，而她的母亲也急忙扑了过来，紧紧地把她和孩子护在自己身下。等她清醒时，房顶被掀了，家里空空如洗，保护她的母亲被砸断一条腿。风停后，她跑去找住在隔壁的公婆，两人已不幸遇难。"

面对这些受灾的群众和龙卷风带给村民的危害，队员们内心久久难以平静。大雨中，他们一趟趟在粮库分装点到受灾村庄之间往返，将村民们急需的物资和党的温暖送到百姓手中。

队员余志刚来自阳泉支队。天龙救援队决定驰援赤峰灾区时，因名额有限，阳泉支队只争取到一个指标，余志刚再三请求队长让自己出征赤峰，前往灾区。队长庞宏岗不仅批准，还亲自开车将余志刚从阳泉送到太原队部集合。临别时，庞宏岗拉着余志刚的手再三叮嘱："到灾区注意安全，时刻把百姓放在心上，不能给天龙救援队丢脸，更不能给阳泉支队丢脸。"

到达赤峰土城子镇后，余志刚卸货、分装、搭帐篷、打扫库房，不忙的时候还择菜、帮厨，有什么活儿就干什么活儿。他和武小龙几个队员赴五台山村运送救灾物资时，这个村是最远的一个村庄，全是非常狭窄的盘山路。武小龙开着车，他在旁边负责观察。路上多次遇到大雨、大雾，能见度只有一两米，随车的几个队员下车在前面探路，一边走一边指挥车辆安全通过。见到队员们冒雨将救灾物资送到村里，村民们拉着队员们的手久久不放。

祁县分队队员温俊刚："灾区看到的景象令人震惊，用满目疮痍、一片废墟形容一点也不过分，让我们看着心痛。大家不顾劳累，卸下物资，一户户发到灾民手中。村民领到物品后很感动，一个个脸上露出了笑容，一起喊着感谢政府，感谢山西天龙救援队。听着村民发自内心的声音，我的心里暖暖的，眼里充满了泪水。是加入天龙救援队的誓言和精神一直鼓舞、激励着我，让我们奋战在救灾一线，这就是天龙队员的责任和使命。"

马凯芳是长治支队搜救组组长，是一名基层医院的医务工作者。不了解他的人单看名字还以为是一位女士，实际上是一个大老爷们。父母给他起名字时，凯，是寄予希望，无论做什么事都能凯旋；芳，是赠人玫瑰，手留余香（芳香）的意思。加入救援队之后，正契合了"凯""芳"二字的含义。

在分组去受灾村里送救灾物资时，他和李文栋、余志刚、巩艳龙、杨勇锋、岳亚萍等队员一组。通往村里的路坑坑洼洼，破损严重，坐在货车车厢的几个人，一路颠簸，个个头晕脑涨的。

受灾村庄的庄稼被龙卷风刮成了平地，大树连根拔起，横在地上，房屋屋顶被风掀掉，窗户玻璃没有一块是完整的。村民的农用三轮车被扭成"S"形，一台大型油罐车被龙卷风掀翻在光秃秃的庄稼地里。他们深入到户，挨家挨户登记，评估受损情况，并把募集到的衣服、生活用品及药品等分发到村民手中。

大同支队队员韩力榕在朋友圈中写道：15日，今天的任务是为受灾孩子们发放400个温暖包和为受灾家庭发放400个家庭生活套装，每个温暖包和家庭生活套装分别价值365元，这样体现了壹基金的本意：每天一块钱，尽我所能，人人公益。

16日上午，大雨停后，继续发放救灾物资，拆卸准备转运走的帐篷。由于雨后的场地太松软，队友们的双脚陷入深深的泥里，但没有一人抱怨。

每天晚上，在临时指挥部里，郑建勇都要召集队员开会，汇报当天运送物资及走访情况。在一张小黑板上，记录着这样的内容：

风雨无阻，坚持信仰，对天龙尽责，对自己负责。

吕梁 李永明

一、基本数据：五台山村 69 户，234 人受灾，3 人身亡，房屋倒塌 30 户；前进村 38 户，52 人受灾，20 人受伤，其中 3 人重伤，9 户房屋倒塌，25 亩庄稼绝收；十里铺村 216 户，560 人受灾，受灾儿童 72 名，房屋倒塌 5 间，受损 50 余户；万合永村，221 人受雹灾。

二、回应物资：五台山村，温暖包 30 个，家庭包 146 个，12 平方米帐篷 15 顶；前进村，温暖包 41 个，家庭包 38 个，面、油 52 份；十里铺村，温暖包 67 个，生活包 216 个，12 平方米帐篷 5 顶；万合永村，儿童温暖包 221 个。

三、任务：五台山村，走访评估，温暖包、帐篷出库，生活包当地采购；前进村，物资分装、帐篷安装；十里铺村，温暖包分装、发放；万合永村，回收资料。

每天晚上，也是女队员张醴丹最忙碌的时候。她担任赤峰救灾的秘书工作，是现场新闻官，负责对救灾全过程进行文字记录、信息上传及新闻报送，负责与壹基金及当地救灾指挥部进行工作对接，做到上情下达，下情上传。她戴着一副眼镜，身材矮小，在一帮男队员当中毫不起眼，红色队服穿在身上显得松松垮垮。白天，她随同队员们进村走访，了解受灾情况，摸底调查；晚上，她在电脑前整理当天收集到的文字，处理现场图片，与指挥官和一线队员核实数据信息，以最快速度上报。有些队员很晚才能从现场回到驻地，她就守在电脑前等候，常常误了开饭时间。队友们心疼这个年纪最小也最敬业的队员，把馒头和菜端到她工作的电脑前，她要么胡乱吃几口，要么根本顾不上吃。吃不好，休息不好，再加上超大工作量，几天下来她瘦了好几斤。队友们开玩笑说她，别说龙卷风，就是刮一阵小风，也能把她刮跑。

在从山西各地募集的各类救灾物资中，除了一些必需的生活用品外，还募集到 1500 多册儿童读物、学习及绘画用品，还有部分书包等。五台山村受灾严重，学校的屋顶被掀，孩子们无法上学。队员们决定在这里建一座临时读书室，供孩子们读书学习。

来自临汾、长治、大同、阳泉各支分队的队员一起合作，有的负责卸车，搭建大型帐篷，有的负责从车上往下搬运图书。帐篷很快搭建完毕，队员们将帐篷进行了简单布置，把1500多册图书放了进去。长治队员岳亚萍找来一块写字板，在上面写下几个字"天龙读书室，全天开放"。现场指挥武振宇和队员范军找来一块塑料布，将牌子仔细包裹起来，防止被雨淋湿。范军将牌子端端正正地挂在帐篷门口，让路过的孩子们远远就能看到。郭红果、岳亚萍两位女队员细心地将书籍分门别类摆放，方便孩子们寻找。一个特殊的读书室，在受灾严重的五台山村建好并投入使用。

最开心的还是孩子们，在队员搭建帐篷、摆放图书、整理分类的时候，他们早早等在帐篷外面。有胆子大的孩子撩起帐篷帘子，探进个小脑袋问："阿姨、叔叔，什么时候就能看书了？"不一会儿又一个小脑袋探进来再问一遍。该回家吃饭了，孩子们还围着不走。见到这种情景，队员们也顾不上吃饭，抓紧将书籍分类、登记好后，列队欢迎孩子们来看书。起初还有些拘谨的孩子们乐坏了，马上就一窝蜂地涌进读书室，拿起自己感兴趣的书籍，如饥似渴地阅读起来。当孩子的家长喊孩子回家吃饭时，这些爱读书的孩子还有些恋恋不舍。

村里有了读书室的消息很快传遍全村，来读书室读书的孩子越来越多，有的是母亲带着儿子，有的是父亲领着女儿，还有许多村民也抽空进去找喜欢的书看。虽然大多是孩子们的书，但村民们依然看得津津有味。非常时期，"天龙读书室"成了五台山村孩子和家长最开心快乐的地方。

赤峰救灾现场指挥武振宇介绍说："这批书是社会各界爱心人士捐赠的，本来计划交给学校，但学校受灾严重，我们临时起意，决定建立天龙读书室，没想到，非常受孩子和家长欢迎。"

这批图书是随救灾物资一起运到土城子镇的，刚到这里卸物资的时候，突然下起了大雨，队员们为保护这些书籍，顾不得管自己的行李装备，抓紧时间冒雨将书籍转移。等把书籍搬到干燥地方后，队员们的帐篷里全都进了水，衣服、鞋子都湿透了。

"我家的房子刮龙卷风的时候塌了，书也被埋了，多亏天龙救援队的

不忘初心，坚如磐石，牢记使命，砥砺前行。

太原　郝小强

叔叔阿姨办起了读书室，我有书看了，不然这个暑假就荒废了。"五台山村一名小学生是读书室的常客，她这样说道。

"真没想到，你们不仅给我们送来了急需的生活用品，还在村里建起了读书室，给孩子们送来了精神食粮。真是太感谢你们啦！"看着自己的孩子在读书室安静地读书，五台山村一位孩子家长，嘴里说着感谢的话，脸上流露出幸福的微笑。

读书室建好后，岳亚萍和郭红果两位女队员还担当起孩子们的辅导员，和孩子们一起讨论，如果遇到自然灾害怎么进行自救，对共同感兴趣的书籍，一起讨论书中的内容和各自体会。

来自临汾支队的郭三旺、上官明明、申利军等几名队员，在完成装卸、分发物资的同时，还有一项后勤保障任务，负责队员们返回营地后能吃上热乎饭。汽车一到营地，申利军、苏明晶他们顾不上搭建自己的帐篷，而是冒雨先将做饭用的大帐篷搭了起来。每天早上，当队员还在帐篷休息时，郭三旺他们早早起床准备早饭。白天，他们和队员一道进村走访摸底，分发救灾物资，晚上回到营地，大家一起动手准备晚餐。有队员整理资料顾不上吃饭，他们将放凉的饭菜热好后送到帐篷里。

在当地政府的重视下，受龙卷风影响的当地群众已经开始重建房屋了。大同、临汾、长治、阳泉等支分队的队员们，又兵分4路，分别赶赴十里铺、八里庄、前井和五台山村4个村子，帮助受灾群众返回自己受损的房屋，捡回一些能用的物品，又对这4个村庄进行了一次大面积消杀，防止出现疫情。

8月17日，救灾任务全部完成，队员们就要踏上归程了。在灾区5个昼夜转瞬即逝，体力消耗、执行力检验、团队合作、救援实践，这些都给队员们留下了难以磨灭的记忆。

山西天龙救援队作为在整个救灾活动中唯一一支民间救援队伍，为全国民间救援队伍的荣誉又增添了辉煌的一笔。

山西遭灾啦

时 间 2021 年 10 月 2—23 日

地 点 山西运城 临汾 晋中 吕梁 太原 长治 晋城

摘 要 受持续强降雨影响，省内 37 条河流发生洪水，汾河、乌马河、磁窑河等多处决口，高速公路、国省干线、铁路运行受到严重影响……

队 员 高尧栋 田亮亮 刘建福 王 琼 曹继东 李 凯 苏 博 武 艳 李小兵 冯 伟 王志强 阎志华 陈永祁 杨军霞 刘春晓 许春敏 岳小胭等 380 余人

稷山两红市场

背后一片汪洋，水面上有成片成片倒伏的玉米秆，不远处浸泡在水中的村落屋舍影影绰绰。

山西孝义天龙救援队队员杜苗两眼噙着泪水，说话哽咽："背后这个村子就是我出生的地方李家庄。自从洪水泛滥，家乡被淹，我就一直参与救援，这情景太令人悲伤了。"

这位铁骨硬汉抬手指了指自己的身后，强忍住悲痛，说："参加了数不清的救援，好几次还是跨省的，没想到这次救援救到了自己家。我要尽最大的力量，守护她、保护她。我们一起加油，加油！"

这是当地孝义融媒发布的一段现场视频，很快就上了抖音热搜。

拥有百万级粉丝的郑州报业集团、齐齐哈尔新闻传媒中心以及山西综合广播、太原交通新闻等几十家官方媒体予以转发，点击量总计突破千万。

在当今新媒体时代，看似在手机上不经意地轻轻一划，"山西遭灾了""山西的灾情比7月份河南水灾还严重"的消息立刻传遍了大江南北。

2021年10月12日，山西省政府新闻办通报了全省受灾情况：10月2日至7日，山西省出现了有气象记录以来最强秋汛，多地遭遇时间久、范围广、强度大的降雨天气，全省平均降水量119毫米，最大降水量为临汾大宁县的285.2毫米。受持续强降雨影响，省内37条河流发生洪水，高速公路、国省干线、铁路运行受到一定影响。汾河新绛段，乌马河清徐段，磁窑河汾阳段、孝义段等多处发生决口，南同蒲线祁县昌源河大桥桥台被冲垮，枕木悬空，导致列车停运。

全省11个市76个县（市、区）175.71万人受灾，因灾死亡15人，失踪3人，紧急转移安置12.01万人，农作物受灾面积357.69万亩，倒塌房屋1.95万间，严重损坏1.82万间，直接经济损失50.29亿元。

"没想到救援救到了自己家门口。"这是山西天龙救援队员在山西遭遇洪水、泥石流、山体滑坡等多种地质灾害，积极参与救援时说的最多的一句话。

2016年7月，河北武安、井陉特大暴雨，受灾严重，100余名天龙队员分5个梯队赶赴受灾现场支援抗洪。

2017年8月，内蒙古赤峰市克什克腾旗遭遇百年罕见龙卷风袭击，30

名天龙队员第一时间奔赴灾区。

2020年7月，江西南昌、九江洪涝灾害，山西天龙救援23名队员紧急出征，千里驰援。

2021年7月，河南郑州、新乡水灾，山西天龙救援队历时15天、100余名队员出手相助，唱响晋豫一家亲。

距河南水灾间隔不到三个月，山西也大面积遭遇水灾，受灾范围和严重程度超乎想象。对于这场家门口的灾害，山西天龙救援队更是义不容辞，救援与救灾同步推进。

让我们把时间退回到2021年的国庆节。

按说，北方的秋天应该是最美的，天高云淡，大地一片五彩斑斓。这既是一个收获的季节，也是一个适合旅行的季节。但这一年的国庆，山西各地与往年大不相同，迎来的不是秋高气爽、艳阳高照，而是黑云密布、阴雨连绵。

从10月2日开始，文水、祁县、清徐、太谷等多地大雨倾盆，一直下个不停。对于少雨干旱的山西，连续下雨几天几夜不停歇，这些年已经少有了。就在人们抱怨今年雨水大的同时，有着职业敏感的山西天龙救援队各市（县）的队长们，已经意识到山西有可能遭遇水灾，纷纷在队员微信群下令备勤。

果不其然，大雨不停，灾情开始显现，一条又一条求助信息反馈回来。

文水县下曲镇由于地势低洼积水严重，老旧房屋出现安全隐患，农作物受灾严重，村民无法正常出行。5日21时30分，文水天龙救援队接到镇党委救援需求，20分钟后，队长宋刚带领第一梯队高尧栋、李月明、司晓栋等12名有经验的队员迅速集合，携带抽水泵和冲锋舟前去受灾村。救援工作有序开展：一组前去每家每户排查，二组组织受困人员转移，三组一刻不停地进行排水。整整一晚，队员们滴水未进，冒雨持续工作。

大雨没有停下来的意思，忠义村村委会又发来求救信息，被困人员存

遇到突发事件，能够准确施救，帮助别人，提升自己。

大同　刘日新

在安全隐患，需要尽快转移。队领导立刻组织第二梯队田亮亮、钱增荣、张建旺等10名队员携带冲锋舟等全套装备赶赴忠义村。有几户人家的水已经到了炕头，队员们立即蹚着齐腰深的水进到家中，一个个将老人抱了出来。大家分工明确，一部分队员组成一条传递线，将被困村民转移到安全地带，一部分队员不遗余力地排水消除隐患。一天一夜连续20多个小时的奋战，文水天龙救援队共出队22人，救出被困群众8人。

同一天，交城县东坡底乡对久会村唯一的桥被洪水冲垮，村民被困。交城天龙救援队于22时8分接警后，队长王建珍带领曹继东、李志刚、徐天玉、张鹏鹏等队员，携带装备出发，一路上山体滑坡，道路冲垮，泥泞不堪，于6日凌晨3时到达现场，同东坡底乡政府工作人员会合，合力冒雨翻山，救出4名被困村民。

10月6日，洪洞县刘家塬村，两人因激流被困山中。21时10分接警后，尧都天龙救援队携带冲锋舟、绳索等救援设备前往救援，于凌晨1时将两人救出。

祁县丰固村被大水淹没，需解救被困村民。祁县天龙救援队立刻携带装备赶往受灾地区，第一次救出两位老人和一个3岁小孩，第二次救出一名妇女和一个17岁小男孩，第三次救出了一位瘫痪在床的老人。这位老人身边没有儿女照顾，家中有1米多深的积水，被子一角泡在水中，救援队员和当地消防员合力把老人抬到冲锋舟上，送至安全地带。

新绛天龙救援队连续出队几天几夜，配合武警垒坝及配合省水利局和应急部门堵漏管涌。

伴随着晋中、吕梁、临汾、运城、长治等地区灾情越来越重，先后有祁县、汾阳、文水、太谷、寿阳、尧都、交城、新绛、吉县、乡宁、武乡、吕梁、侯马、介休、襄汾、翼城、保德、长治、晋城、稷山20支天龙救援队响应号召，携带自有装备冲上抢险一线，第一时间协助政府相关部门转移群众、抢救财产、减少次生灾害，队员们泡在十几℃的水中长时间奋战，为保障人民群众的生命财产安全贡献着自己的力量。

10月7日21时50分，汾阳天龙救援队接到紧急求助信息，西雷堡村河堤决口，淹没田地和部分住宅。汾阳队立刻出动13人4车，携带救生衣、铁锹、雨鞋、照明灯等装备前往现场。队长武小龙担任现场指挥，队员们连续奋战，配合当地救援人员在堤岸上装沙袋，堵堤口，一个个累得身体快散了架。23 时 50 分堤口堵住后，队员们 3 人一组继续沿河边进行排查。8 日凌晨 1 时 30 分又接到指令，为防止河堤再次决口，需要对堤坝进行二次加固。队员们立刻回到堤岸，搬运木头桩，钉木头桩，再用沙袋加固堤口，于 4 时 50 分加固完毕。

自降雨开始起就处于备勤状态的吕梁天龙救援队，在接到吕梁市应急管理局支援孝义市抢险工作的命令后，15 名队员携带运兵车 1 辆，救援车 1 辆，指挥车 1 辆，运输装备卡车 1 辆，一直奋战在救援第一线。3 天共排积水 2000 余立方米，驾船帮助 100 多户村民安全转移财产。

10 月 7 日 17 时，祁县天龙救援队接到 119 指挥中心电话，晋中市祁县来远镇盘陀村一座桥梁被洪水冲断，在山上放羊的两位老人被困，已连续几天没有吃喝。

祁县天龙救援队迅速组织 8 名救援队员，携带 2 艘冲锋舟、3 套绳索和救生衣等救援装备，于当晚 18 时 20 分抵达救援现场。老人被困地所处河道环境复杂，特别是天色已晚，救援难度极大。在与被困老人沟通后得知，他们在对岸高处有可临时过夜的居所，暂无生命危险。救援队员巧妙利用附近水文站的一台绞轮，设法给被困老人运送了食品、饮用水及保暖衣物，并对老人进行了精神安抚。

8 日早 7 时，祁县天龙救援队与祁县消防大队武警战士会合，抵达救援现场，共同商讨救援方案。

距目测，挡在被困老人面前的河流有近百米宽，平时几乎没有水。连日暴雨，水位上涨，河道一下子宽出许多。湍急的洪水挟裹着泥沙和上游冲下来的树枝、木板等杂物，浩浩荡荡往下游水库汹涌而去。如何能够跨越激流，救出被困老人，对祁县天龙救援队而言，是个极大的考验。

第一方案，由队长刘建福带人驾驶车辆，设法绕道走山路，避开洪水，到达老人被困地点。但由于多日暴雨，山洪暴发，多处山体塌方，桥梁被毁，绕路救援方案遇阻，无功而返。

第二方案，拟用冲锋舟强行渡河救人，但实施中发现，河水湍急，河

同舟共济，并肩作战，尽我所能，一如既往。

大同　曹敏

道中暗礁密布，深浅不一，冲锋舟在激流中难以控制方向，前行困难，该救援方案无法有效实施。

队员石帅尝试着让队友用绳子捆住自己，蹚水过河，刚在河水里走了两三米，一脚踏空，人整个就飘浮起来，被岸上队友及时拽了回来。

这时候，队员们发现在上游不远处，有一条能够到达河流中间尚未被水淹没地段的钢缆，据老百姓讲，是水文站用于水流监测的。队员王瑜、王星宇借助这条钢缆，利用绳索技术，先行到达这片区域，做救援接应。他们所处的位置距离被困老人还有四五十米，阻隔他们的依然是湍急的河水。

时间不等人，此时已是 14 时，如果还不能实施营救，天色变暗后营救将更加困难。刘建福队长果断提出绳索横渡救援方案，但这意味着更大的风险，对救援队员的技术和心理素质提出更高要求。方案确定后，果断开始实施。石帅利用无人机，将一条牵引绳送到河对岸，指挥老人将其固定在一根电线杆上，搭建绳索横渡系统，由队员跨越激流到对岸，实施营救。被困老人好几天没有吃饭，浑身无力，在队员们的指挥下，费了九牛二虎之力，勉强将绳子固定在电线杆上。

孔繁荣是一名天龙预备队员，他主动向队长申请跨河救人。队友将其悬挂到绳索上，协助其横渡。当他横渡到河流中央时，整个人几乎没入水中，全身湿透，自重加大，绳索被拽压没有了高度。队友们只好把他拽了回来。第一次横渡失败。

队员王琼体重较轻，技术过关，要求第二次尝试。他携带救生衣及安全带，在队友王瑜、王星宇的帮助下，艰难地往对岸攀爬。由于条件有限，绳索高度不够，河道跨度大，他的全身都泡在水中，只露出脑袋，激流中，喝了好多浑浊的泥水，被呛得脸色苍白。在距岸边仅剩两三米远时，王琼体力不支，身体悬在绳索上，任凭他怎么使劲，也无法上升到对岸。他的身下是湍急的河水，一旦有闪失，后果不堪设想。岸边的队友和现场围观的百姓都替他捏着一把汗。他双手紧紧抓着绳索，平和了一下自己的情绪，用力将双脚勾在被洪水冲下来的一棵大树的树枝上，休息了几分钟，调整好体力，把身体摆顺，双臂发力，终于越过了这最艰难的一段距离，翻越到了岸上。王琼抓紧时间，先检查了电线杆上的绳结，确认安全后，迅速给老人穿上了安全带和救生衣，将老人固定在绳索滑轮上，用对讲机指挥对岸队员缓慢拉拽绳索。15 时 20 分，第一名被困老人获救，20 分钟后，第二名被困老人也顺利被救上岸。

当说到自己悬在绳索上无法前行时，王琼说："虽然平时自己训练过绳索横渡，但那是在队友建立完善且牢固的横渡系统情况下，确保自身安全没有问题。这次救人完全不同，老人在对岸帮忙把绳子固定在电线杆上，是否固定牢靠不能确定，没有高度导致绳索弧垂太大，我几次没入水中呛水。风险虽然大，但顾不了那么多，就是凭借一股勇气，凭借队友的全力协助，成功解救出被困老人。"

10 月 8 日下午，尧都天龙救援队接到来自稷山的求助电话，一辆汽车在途经 233 省道荆平路段涉水行驶时，被拥入道路的激流冲坠到路边的农田中，车辆淹没，驾驶员生死不明。队长董蓬勃带人到达现场的时候，天已经黑了。因为连日大雨，路边的农田已是一片汪洋，最深处有四五米。他们的任务是利用声呐设备，找到被淹车辆。驾驶员是否离开车辆，不得而知。当地消防人员、救援队伍反复搜寻，没有发现有人落水。

坐在冲锋舟上，董蓬勃拿着电脑，另一名队员把声呐探头放在水里一遍又一遍搜寻。由于水流较急，水里泥沙含量大，影响超声波成像，声呐设备只扫描到一次比较模糊的影像。夜深了，他们只好撤离现场。

第二天 7 时左右，队员们又带着声呐设备来到现场。白天视野清晰，水里的泥沙经过沉淀，不再干扰超声波反射成像，他们很快锁定了落水车辆位置。当地消防队的蛙人迅速下水作业，于 9 日 12 时 40 分，将车辆、人员打捞上岸。可惜的是，车上的驾驶员并未第一时间脱离车辆，已经遇难。

即便是国庆长假已过，山西这场雨还是没有停下来的兆头，受灾地区越来越多。稷山告急，河津告急，新绛告急，汾阳告急，清徐告急……

10 月 9 日下午，接到稷山县应急管理局洪灾危急的增援请求后，山西天龙救援队总队立即组建第一梯队 15 名队员，由黄刚队长带队，携带冲锋舟、水下专业搜救设备等，于当天 21 时 30 分，连夜奔赴稷山前线。

早在几天前，战勤保障部接到备勤命令后迅速行动，及早准备抗灾救

帮助别人，快乐自己。

祁县 程亚娟

援装备，将潜水救生衣、头盔、雨衣、绳索、冲锋舟、无人机和应急补给等物资全部准备齐全，保证了有出队需求时最短时间完成出库。10日凌晨2时30分，15名队员到达救援前线稷山县，与当地应急部门对接，接受任务。

当地的实际情况远比预估的更加严重，水位持续上涨，村庄进水，民宅进水，商铺进水，水下地形复杂，冲锋舟搜救行动受限，只能用无人机探明灾情后，再驾驶冲锋舟分组进入洪水淹没区。

队员们进入的第一个受灾点是两红副食品批发市场。这里有300多家商户，主要经营米、面、肉类、调味品、水果、蔬菜等。几十万平方米的营业、仓储区域全部被水淹没，两米多高的卷闸门只露着上面一小部分，水最深处达3米多。被水浸泡的成千上万种食品受损严重，几乎全部报废。被迫撤离出来的商铺主人站在远处，静静地看着眼前的一切，不知道该做些什么，他们的眼泪已经哭干了。

看到眼前的一幕，队员们的心情和这些商户一样，心里格外难受。

"我们总是去其他省份进行救灾，从未想过有一天自己的家乡也会遭遇这么严重的灾情。疫情时，我们喊'武汉加油''河北加油'；水灾时，我们喊'江西加油''河南加油'，没想到这次我们要喊的是'山西加油'。"队员李凯眼里噙着泪水讲出这样一番话。

到达两红市场后，队员们迅速组装起冲锋舟。9时28分，队员鲍慧、窦跃明驾驶第一艘冲锋舟下水，前去探路。水下情况不明，不能贸然使用舷外机，只能慢慢用双桨划水前行；紧接着，由李凯、苏博驾驶的第二艘冲锋舟也下水了。

他们分头对受灾区域进行摸排，对重点受灾地点做了标识。队长黄刚等人与市场负责人紧急协商救援方案，再次确认人员已全部安全撤离后，制定了立即采取多台抽水机快速排水的救援方案。一路队员立即准备发电机和抽水机，进行布点，一路队员根据商户求助，帮助抢救商户商品。

有一位经营烟酒、土特产的商户向队员求助，他家的商铺位于市场西边，地势较高，希望能帮助找回紧急转移时遗落在柜台内的现金。李凯带领戎明元驾驶冲锋舟，由这名商户引路到达商铺位置。他们跳入齐腰深的水中，帮助这位商户找回了2万多元现金，并抢救出价值18万元的香烟和部分土特产。还有一位附近的群众求助，他们撤离到安全地带后，家里养的5条狗没有带出来，不知死活。鲍慧和苏博两位队员驾驶冲锋舟来到这户被水淹没的人家,狗还活着,他们分两次将 2 条大狗和 3 条小狗救了出来,其中 1 条狗在船上不听话跳入水中,队员们又七手八脚地帮着捞了上来。

这时候,5 台发电机和 20 台抽水泵及数百米的排水管已全部布置完毕,开始不间断 24 小时抽水。队员们守候在旁边,轮流值守,不敢离开半步。连续抽水 4 天 4 夜后,水位有了明显下降,商户们陆陆续续返回去收拾残局。

在稷山,队员们接到的第二个任务是去稷峰镇荆平村救援。这个村子共有 735 户、2800 多人,多半个村子被淹,水最深处达 3 米,受灾户 515 户、1872 人。因组织有序,撤离及时,没有人员受伤,个人财产损失严重。

队员们赶到荆平村后,立即协助村里架设抽水泵及转运农用机械设备,开始排涝作业,同时配合电力部门进行电力抢修,利用沙袋保护电缆,预防碾压。当晚,又赶到同样受灾的吴壁村,帮助搭建过渡安置帐篷 10 顶,转运纯净水 500 余件,协助电力部门搭建 10 千伏供电线路,为邻近村庄恢复供电。

本来出队计划里写着 3 天,但队员们实际工作的天数大多在一周以上。他们临时做调整,安顿好家里和工作,当看到村民惆怅的神情露出一丝庆幸,当看到有人颤抖着紧握救援人员的手,嘴里不住地说着"感谢你们"的话时,队员们的心里好似有暖阳照进。

黄刚是稷山救援总指挥,他同时还是稷山救援平台总协调人。当来自本省和外省救援队伍到达稷山之后,他负责协调相关事宜,既要保证队伍安全,还要跑前跑后,落实诸如救援地点、乘坐车辆、对接人员等许多事情。到达灾区后,他的手机几乎没有停止过接听。别的队员晚上在救灾帐篷里休息,有行军床,可以把身体躺平。他怕接电话影响队员,独自一人窝在自己的汽车里睡,连续 7 天 7 夜没有洗过脸和脚,没有脱过衣服。附近一位好心的大姐知道队员们每天在水里作业,袜子常常是湿的,也没有换洗的,给队员们送来一包袜子。当黄刚脱下自己的袜子时,臭就不说了,两只袜子脱下来还是一个脚的形状,成了硬板直立在那里不倒。

作为第一个抵达稷山的女队员,武艳的感受非同一般。在各个村庄摸

时间不停,年岁渐长,总要做些什么来证明自己。

长治 侯江伟

150

排受灾情况时，目光所到之处，一片汪洋，她体会到了什么是"严重"。村里的房屋浸泡在积水中，田里的庄稼淹没在积水中，看着被淹的家园，村民们泪流满面，武艳的心也一起揪着疼。在灾区，她一刻也不闲着，收集信息、汇总上报、物资登记造册、发放记录，不小心崴了脚，怕队员们发现劝她回去，硬忍着不吭声，没人的时候坐到地上悄悄揉一揉。那几天又是她的生理期，室外下着雨，在又冷又湿的帐篷里常常被冻醒。有一天凌晨2时睡下，感觉脚冷得不行，从床上坐起来才看到，被子因帐篷漏雨被雨水打湿了，用手一拧，被子上的水哗啦啦地往下流。

"在灾区，受苦受累是肯定的，但我也收获了感动。"武艳说，"有位大姐发现我总是偷偷地揉脚，从家里拿来红花油和膏药给我，每天还给我送一碗热腾腾的姜茶，让我暖身子。救援任务结束分别时，那位大姐紧紧抱着我哭个不停，她的那个拥抱我一辈子也忘不了。"

10月12日中午，新华社山西分社社长赵东辉，到救援现场看望并慰问了天龙救援队队员。赵东辉社长此行是专程采访当地抗洪救灾情况的，对天龙救援队千里驰援、助力稷山县抗洪救灾表示感谢，勉励全体队员继续发扬不怕困苦、敢打硬仗的精神，争取做出更大的贡献。

10月14日晚，稷山天龙救援队建队仪式在稷山县抗洪救灾前线——河畔明珠广场举行，在现场的部分队员见证了一支新的天龙救援队伍的成立。黄刚队长在授旗仪式讲话中表示，这支队伍筹建2年来，在组织建设完善、队员甄选培训、参加救援公益活动等方面做了大量卓有成效的工作，取得突出成绩。特别是这次稷山县遭遇洪涝灾害，稷山天龙救援队积极参与抗洪救灾活动，经受住了严峻考验，是一支拉得出、扛重任、肯吃苦、打硬仗的合格队伍。希望稷山天龙救援队在地方应急管理部门的指导下，在实践中不断弘扬天龙救援队"如果这个世界需要，我们将义无反顾"的精神，严格要求，刻苦训练，不怕困难，不惧危险，勇打胜仗，为天龙救援队争光，为地方建设发展做出更大贡献。

山西遭灾了，这已是不争的事实。

山西遭灾很严重。但有困难自己扛的山西人民，不愿意给国家添麻烦，不愿意将遭灾情况告示天下，积极采取自救、互助等多种方式，抗击灾情，共渡难关。

随着媒体不断介入，山西遭灾引起社会各界广泛关注。一方有难八方支援，社会各界、爱心人士、志愿者团队等没有忘记朴实、善良、隐忍的山西人民，纷纷向灾区伸出援助之手。

于是，就在山西天龙救援队 20 支队伍 380 多名天龙队员奋战在救援第一线，转移被困群众、抢救人民财产、防涝排水作业的同时，以摸排受灾情况、募集救灾物资、集中定点发放等救灾行动同时展开。对于受灾严重的百姓，如何能在短时间内脱离困境、减少损失、恢复正常生活秩序，是遭灾后急需面对的问题。

为支持山西抗洪救灾，提升救灾效率，加强外部资源、专业力量与本土社会组织的有效合作，"社会力量支持山西抗洪协调平台"于 10 月 10 日正式启动。此平台联合了中国慈善联合救灾委员会、基金会救灾协调会、山西禾伴公益、山西士杰公益基金会、山西天龙救援队、山西尚善社会工作服务中心等一起协作开展。平台主要负责省内外协作和资源对接、受灾需求收集和信息发布、项目落地机构推荐和省内资源协调等。

山西天龙救援队与禾伴公益团队一道，承担了行动协作中受灾信息摸排和救灾物资统筹发放的重任。

10 月 10 日早 9 时，天龙救援队副队长李明英，带领 16 名天龙队员和 24 名志愿者，从太原赶到晋中市祁县。这里，已根据需要，在祁县盛源特种设备检测有限公司设立赈灾指挥部。李明英立即召开线下线上同步会议，对救灾物资发放进行明确分工，落实到人。当天，就有救灾物资抵达，大家马上进行分装，分装物资包括卫生包 1000 个，雨鞋 185 双，帐篷 30 顶，污水泵 50 台，发电机 50 台等。

在分装救灾物资的同时，另一路队员和志愿者又分成若干小组，赶赴各个受灾村落进行灾情摸排，确保受灾信息翔实、准确。

队员阎志华和陈永祁、陈泳龙、张毅梅、曹杰一道，前往太原市清徐县王答乡、孟封镇进行灾情摸排，收集受灾资料。他们深入东罗村、西罗村、尧城村、董家营村、阎家营村、南录树村 6 个村庄，所到之处，一眼望去

尽己所能，帮助他人，服务社会，传播力量。

祁县 段祥英

全都是水，庄稼全部被淹没，灾情非常严重。通往这些村里的路已不能通行，还是当地几位熟悉地形的志愿者，领着他们一路蹚着水，踏着泥泞，七拐八绕地来到村里。在西罗村，村干部正带领村民在堤坝上堵口子，得知有天龙救援队进到村里，一脸愁容的村民们眼里露出了欢喜，一起给队员们鼓起了掌。

阎志华说："西罗村位于两河交汇处，分别是村东面的乌马河和村北面的象峪河。站在地势较高的堤坝上，我们看到了令人心痛的场景：几百亩蔬菜、水果大棚泡在水里，只露着蓝色屋顶，哪里是河道哪里是庄稼地哪里是道路，早已无法分辨清楚。村里的种苗基地、育苗基地完全淹没。好在村干部带领村民们在堤坝上坚守了几天几夜，及时堵住了堤坝决口，将洪水挡在了村子外面。村子躲过一劫，但村里老百姓的庄稼地和蔬菜水果大棚全都保不住了。"

在去往南录树村时，道路积水严重且全是泥浆，他们几个找了一辆干活的铲车，站在铲车的车斗里面进到村里。连续强降雨使村边上的萧河河水倒灌，村内严重内涝，造成 80 户、328 人受灾，受灾面积 3150 亩。部分养殖户受损严重，其中 6 户养殖户已无饲料喂养，圈内的奶牛无精打采地伏在地上无力站起来。

在祁县灾区摸排的队员们来到位于昌源河北边的苗家堡，村外庄稼地里的一大片墓地被水淹没，只露出尖尖的坟头。附近不远处一家养鸡场被淹，一万多只鸡死掉了。

随着各路灾情摸排信息快速反馈，救灾物资的接收、统计、分装、发放也紧张而有序展开。

10 月 11 日，在寿阳县发放污水泵 1 台，盘水管 1 根，帐篷 1 顶，发电机 1 台，温暖卫生包 110 个。在孝义市发放污水泵 9 台，盘水管 9 根，帐篷 7 顶，发电机 11 台，温暖卫生包 120 个，雨鞋 20 双。在汾阳市发放污水泵 7 台，盘水管 7 根，帐篷 2 顶，发电机 7 台，温暖卫生包 110 个，雨鞋 20 双。在祁县苗家堡发放污水泵 3 台，盘水管 3 根，帐篷 1 顶，发电机 7 台，温暖卫生包 110 个，雨靴 15 双。在清徐县孟封镇西罗村、东罗村发放发电机 6 台，污水泵 4 台，卫生包 80 个，雨鞋 14 双。在文水县胡兰镇、凤城镇、南安镇发放污水泵 8 台，发电机 10 台，卫生包 110 个，帐篷 8 顶。

10 月 12 日，壹基金的 850 箱救灾温暖箱、23 套帐篷、1000 箱 84 消毒液到达灾区；常州宝林慈善基金的 5384 瓶皮肤消毒液、423 瓶朗索消毒片、330 瓶专用消毒液、2700 瓶乙醇消毒液等到达灾区。包括被子、床垫、毛巾、雨衣、雨靴、包装箱、防水袋、暖宝宝、内衣、冲锋衣、秋衣秋裤、污水泵、抽水泵、头灯、面包、饼干、矿泉水等救灾物资源源不断地运抵灾区。

在这场与大自然的博弈中，庆幸有强大的社会力量支持，让灾区人民在黑暗中看到了温暖的曙光。

洪水过后，灾民的家里已经没有一件可以穿戴的衣物，孩子身上单薄的校服，与室外的气温格格不入。10 月 13 日，壹基金的 2300 件儿童棉服到达灾区，崭新的棉服穿在了孩子们的身上。3000 袋面粉，3000 桶菜籽油，1500 床棉被，600 袋活性干酵母陆续到达，缓解了灾区群众的燃眉之急。领到救灾物资和温暖箱的村民脸上露出了灿烂的笑容。

10 月 15 日，在孝义市大孝堡镇五楼庄村发放面粉 413 袋，在李家庄村发放面粉 587 袋。在祁县贾令镇南左村发放救灾箱 100 箱，儿童棉衣 115 件，粮油 50 套。

10 月 16 日，在孝义市东张庄村救援点，发放面粉、粮油合计 248 套。在祁县城赵镇丰固村，发放救灾温暖箱 300 件，儿童棉衣 115 件。在汾阳市肖家庄发放救灾箱 30 个，儿童棉衣 230 件，棉被 150 件，卫生包 110 个，消毒液 100 箱。在稷山县下费村发放粮油 100 套，在杨村发放粮油 250 套，卫生包 250 套。在介休市宋古乡发放粮油 800 套。在孝义市小疙瘩村发放粮油 248 套，在东张庄村发放粮油 580 套。在孝义市救灾点发放救灾棉被 1869 条。

10 月 17 日，从稷山县库房发往杨村粮油 1050 套，卫生包 1050 套，发往下费村棉被 200 床，发往荆平村食用油 720 桶，发往孝义市口罩 15 箱。

10 月 18 日，交城天龙救援队携手壹基金，捐赠给交城县东坡乡棉被 150 床，棉衣 230 件，蓝月亮 84 消毒液 100 件。寿阳天龙救援队携手壹基金，捐赠西洛镇九年制学校棉被 280 床，蓝月亮 84 消毒液 100 件。在稷山县稷

运用技能，服务大众，帮助别人，奉献爱心。

吉县 文元军

峰镇下庄村发放救灾温暖箱410箱，棉被420床，卫生包420套。

在得知长治市平顺县奥治村严重受灾的信息后，晋城天龙救援队联合晋城市高远信息产业有限公司筹集数万元物资奔赴灾区。队员们带着对平顺县灾区人民的深情厚谊，将数千斤各类蔬菜和300件饮用水等慰问物资，紧急送往奥治村。

平顺县石城镇东庄村在洪灾中河岸坍塌、滩地被淹，架设在漳河两岸的饮水管道被冲断，403户、1143名村民断水，日常生活受到极大影响。长治天龙救援队受中国慈善联合会邀请，历时两天时间，驾驶冲锋舟，搭建绳索横渡系统，在150米宽的河道上架起2根直径3寸的输水管道，并全部接通水源。

在稷山，参与救援的第一梯队完成任务撤离后，山搜大队副队长李小兵带领冯伟、王志强等7名队员作为第二梯队赶赴稷山。两天以后，队员刘春晓、杨军霞、许春敏等7名队员到达稷山。副队长李明英也带领岳小胭、杨朝娟等4名队员，将救灾指挥部由祁县转移到了稷山。队员原翠花、王昕云、贾心如随后也赶到稷山与队友们会合，共同完成救灾物资的登记造册、统计发放等。

据李明英介绍说："救灾工作主要分为两部分，一是信息摸排，要求准确及时上报受灾情况，需要大量的人力进入灾区。当时洪水还没有完全退去，队员们每天要蹚着积水到每家每户走访，工作量很大。另一项任务是捐赠的救灾物资对接，包括装卸及办理出入库手续。要将救灾物资按照需求进行分装、运送到各个受灾点，分发时要登记造册、签字存档。救灾物资全是大型车辆运输，经常是晚上才能到达，什么时候来就什么时候装卸，不能拖延。队员们和志愿者年龄有大有小，什么职业都有。这是一项苦力活儿，没什么技术难度，但非常辛苦、劳累。但无论是队员还是志愿者，无论是男队员还是女队员，没有一个喊苦叫累的，次次都能圆满完成任务，让人感动。"

一天晚上快24时了，一批救灾物资到库，尽管一整天的搬运、发放工作已让大家筋疲力尽，但队员们仍坚持将物资及时入库。这样的事情，在救灾的日日夜夜里，几乎成为常态。大家不敢停歇，从早到晚忙碌着。

在稷山救灾现场，有一对夫妻，他们分别是天龙队员宁慧雄和志愿者张丹。他们双双来到稷山，为抗洪救灾默默奉献着。宁慧雄是一名老队员，

2020年7月赴江西九江水患现场驰援，2021年元月赴河北石家庄新乐抗击疫情、7月去河南新乡抗洪救灾，这几年的大型救援、救灾行动都有他活跃的身影。爱人张丹作为志愿者，把8岁和5岁的两个孩子托付给自己的母亲照看。在稷山救灾现场，夫妻二人各自忙碌着，一个在现场排除积水，一个进村发放救灾物资。晚上回到救灾指挥部后，他俩才能在装卸救灾物资的现场见上一面。有记者采访他们，张丹想孩子了，说了没几句，躲到一边偷偷抹起了眼泪。这时候，宁慧雄走过去，紧紧抱住张丹，低声安慰着："别哭，过几天就回去了。"这一幕，让现场许多人落泪。当夫妻二人坚守救灾一线的小视频通过抖音、快手等自媒体发布后，引来数以万计的点赞。

在第三梯队出队名单中，有3名女队员，她们分别是刘春晓、杨军霞和许春敏。平时她们工作都非常忙碌，10月15日是周五，在完成正常工作的前提下，晚上6时下班之后，她们没有顾上回家，而是直接换上队服，和两名男队员一起，驱车连夜奔赴稷山救灾现场，到达时已是凌晨。

"看到队友们在稷山一线抗灾抢险，自己心里非常着急，特别牵挂，无奈单位上班走不开。正好刘春晓和许春敏也是这种情况，我们3人一合计，利用双休日去灾区，也不用和单位请假，既不影响工作，还能为灾区做一点事情。"队员杨军霞说。

本是周末的清晨，她们没有休息，顾不上洗漱就匆匆加入救灾队伍中。看到眼睛红红的志愿者们和一大车一大车的救灾物资，她们深感震撼。救灾物资都是大包装，不仅体积大，还非常沉，一个大棉被包内有35条棉被，就是男队员也最少需要4个人才能抬起一包。她们几个毫不示弱，和男队员一道，又是搬又是扛又是抬，不一会儿队服就从里到外湿透了，但没有一个退缩的。

"虽然很热、很累，但一想到救灾物资能快一点发到受灾群众手中，心里满满的都是干劲。"队员刘春晓如是说。

在等待物资到来的一点空余时间里，她们3人还去帮做饭的阿姨洗菜、剁馅、包包子，没有给自己留一丝休息时间。两天时间，搬运棉被、面粉、

公益不是因为一时的心热才去做，是要用一辈子的时间去做。

大同 王显芳

食用油、生活必需品等救灾物资，到受灾村民家中走访，她们一刻不停歇。队员许春敏还将自己提前买好的衣服为受灾家庭的孩子们穿在身上，在冬日里为灾区的孩子送上温暖。

周日21时30分，她们忙完手里的工作，又急匆匆开车返回太原，回到家里已是18日凌晨3时多了。睡了不到两个小时，又匆匆赶着去上班。早8时，她们3人已全部回归自己的工作岗位。单位的同事没有人知道这个双休日她们都做了什么，只有她们自己心里清楚，奔波灾区的两天时间里，她们总共睡觉不足10个小时。

"稷山因暴雨而受灾，作为山西人民理当伸出援手，奉献微薄之力，帮助灾区群众渡过难关，重建美好家园。"当问到她们为什么这样做时，这就是几位女队员最质朴的语言。

在山西遭灾的半个多月时间，天龙队员和志愿者勇敢地挺身而出，各方力量及时星夜支援，全国上下迅速行动，汇聚起防汛抢险救灾的强大力量，大家都在用不同的方式贡献着自己的一分力量。

"社会力量支持山西抗洪协调平台"高速运转，短短10多天时间，共收集来自山西太原、晋中、吕梁、临汾、运城、晋城、长治等7个市、37个区县、156个乡镇的需求信息403条，完成对接、转接213次，对接了83项捐赠资源，合计1660余万元，同时协调了37家基金会、企业等，转运66批次救援物资、生活物资和过冬物资等，援助到了运城、吕梁、晋中、临汾4市27个区县。平台还动员121支社会应急力量共计1833人，携618辆车辆、198艘救生艇，在7个市26个区县，协助当地共同开展救援行动。据不完全统计，转移受灾群众15885人，搜索救援人数4434人，执行消杀面积459.5411万平方米。

在山西水灾中，山西天龙救援队向家乡人民交出了一份满意答卷。

"虽然山西遭灾严重，但我们欣喜地看到，由于有全国人民的大力支持，已经将受灾影响降低到最低。受灾群众能够积极面对灾情，从容乐观，在地方政府的带领下，迅速进入到了灾后重建阶段。我们相信，受灾地区的群众很快就能走出困境。作为山西本土的一支民间救援队伍，我们也将竭尽全力为灾区人民重建家园做出不懈努力。"山西天龙救援队队长黄刚说。

滴血的雅安

时间 2013 年 4 月 21—29 日

地点 四川省雅安市芦山县、宝兴县

摘要 7.0 级地震之后，山西天龙救援队以最快速度集结队员向雅安挺进。队伍中，唯一的一名女队员名叫佳佳。

队员 郭 轩 黄 刚 鲍 慧 张乐天 关永红
吴红亮 李 言 武振宇 巩丽佳 徐 斐

志愿者队伍集结

四川雅安地震了。

地震发生在早上 8 时 02 分，震中位于雅安市芦山县龙门乡，震级 7.0 级，震源深度 13 千米。

一方有难八方支援，官方和民间救援力量立即行动起来，赶赴灾区实施救援。

山西天龙救援队以最快时间集结队员，向雅安挺进。

这是天龙救援队建队以来第一次跨省参加全国性救援，第一次参加大型灾难救援，第一次以山西民间救援力量身份深入灾区，第一次多队伍协同作战，第一次与壹基金联盟合作并得到认可。

无论怎么讲，于山西天龙救援队而言，出队雅安地震救援，有着这么多的"第一次"，意义非凡，可圈可点。在若干救援典型案例中，雅安地震灾难救援位列第一。

当年奔赴雅安救援的一共有 10 位队员，他们分别是：郭轩、黄刚、鲍慧、张乐天、关永红、吴红亮、李言、武振宇、巩丽佳、徐斐。郭轩时任山西天龙救援队副队长、雅安救援领队，巩丽佳是唯一一位女队员。

2013 年 4 月 21 日晚上 7 时 40 分，分别由郭轩、吴红亮、关永红驾驶 3 辆汽车，载着李言、武振宇、巩丽佳、徐斐和黄刚、鲍慧、张乐天，从太原小店高速口出发，前往壹基金成都指挥部报到，接受任务派遣，随车还带有为灾区准备的部分物资和药品等。

汽车很快驶入了深深的夜色中。刺眼的车灯划破夜空，在寂静的高速路上划出一道道耀眼的亮光。

此次出队雅安，领队是郭轩，队员们习惯上称呼他的网名——梦想。郭轩是山西天龙救援队的创始人之一，当年在部队服役时，从事的是消防工作，曾经参加过汶川"5·12"地震救援。复转回到地方后，他又被安排到消防大队，练就了一身本领，绳索技术过硬，体能好，喜欢户外，担任天龙救援队副队长后，在多次山地救援中担任指挥，带领队友们完成救援任务。

他介绍了当年出队雅安的情况，他说："雅安地震后，我们几个队领导立即在队部开会，商量是否出队。当时也很纠结，我们成立时间不长，没有跨省参加全国性地震灾害救援经验，队员们掌握的技能也参差不齐，大多数人只参加过一些山地找人的，无论是技术力量还是救援装备，差距都很大。但是如果不走出山西，不参加大型全国性的灾难救援，队伍就得不到锻炼，也得不到社会认可。我们达成了共识，积极参与大型灾难救援，让队员们在救援中获得锻炼和提升，让山西天龙救援队在全国性灾难救援中扩大影响，提升知名度。

"正是基于这样的考虑，我们选拔出个人绳索技术过硬、身体素质好、组织性纪律性强的 10 名队员，出队参与雅安地震救援。在地震发生后的第二天，我们派出了 3 台车 10 个人，由我带队，赶赴灾区。之前，队里已经给我们办好了救援通行证，确保我们能够在封路、戒严等特殊情况下，顺利到达灾区，实施救援。

"从太原开往成都途中，我们人歇车不歇，马不停蹄地往前赶。在穿越秦岭隧道时，实在瞌睡得不行，就在隧道里找了个稍微宽敞的地方停车休息了十几分钟。现在回想起来还后怕，这样做太危险了。由于疲劳，我们其中一台车还开上了高速隔离带，幸亏当时车速不是太快，没有酿成更坏的后果。22 日凌晨 4 时 28 分，我们的车辆进入秦岭服务区短暂休息。上午 10 时 32 分，我们顺利进入四川，在洋县与内蒙古救援队会合，一同前往成都。当天晚上 9 时 16 分，我们赶到壹基金救援联盟大本营报到，将带来的物资、药品等移交救援联盟，等待任务安排。路上，我们一共开车 26 个小时没有休息，队员们没有一个叫苦的。"

23 日上午，队员们帮忙整理即将发往灾区的救灾物资，合计奶粉 20 件、儿童衣物 200 套、各种食品 30 件，以及抗生素、感冒腹泻药品、消毒水、绷带等药品耗材 12 件。这是山西天龙救援队入川后的第一项任务，虽然看起来简单，但队员们依然干得十分认真，从登记明细、捆绑包装、张贴标签，到分装搬运、数字统计等一丝不苟，既快又好。

下午 3 时，在壹基金指挥部的统一协调下，从多家民间救援组织中抽

生命的意义在于奉献。

太原 滑美娟

调 23 名队员作为第一梯队，出发前往雅安市宝兴县。在第一梯队中，山西天龙救援队的鲍慧、李言和巩丽佳 3 名队员入选其中。

鲍慧他们 3 人就要出发了，队员们前来送行。大家心里清楚，宝兴县是重灾区，路途情况不明，灾区余震不断，此去危险重重。

郭轩紧紧握着鲍慧的手，反复叮嘱："千万注意安全，把人带好，多保重！"

张乐天一把把李言揽入怀中，拍着李言的肩膀说："小兄弟，机灵点，觉着不对劲就赶紧跑。"

"放心吧，我们能照顾好自己，没事的。你们也要注意安全啊。"女队员巩丽佳赶紧说了几句，让队友们别担心。

鲍慧、李言、巩丽佳 3 人一字排开，面向送行的队友立正，庄重地举起右手，给队友们行礼致敬。郭轩、吴红亮、关永红等人也立正，给奔赴前线的队友敬礼。

大家挥手告别，第一梯队的汽车很快消失在道路的尽头。

鲍慧是 3 人小组的负责人，在山西天龙救援队，不认识鲍慧的人不多。鲍慧担任过搜救大队山地搜救中队的副中队长，还是一名教官，新队员入队的队列培训、5 千米负重考核、体能测试等，大多由他负责。他是一名老队员，当年能入选雅安救援，就是因为各方面比较优秀。说起雅安救援，虽然过去好多年，他依然记忆犹新，仿佛昨日一般。不是他记性有多好，作为第一次跨省出队，第一次参加全国性的地震灾害救援，让他心中留下了不可磨灭的印象，经久难忘。

他说："接到出队任务后，因为时间紧迫，我们来不及做什么准备，必须以最快的时间向雅安进发。由于队里已经给我们办理了政府颁发的通行证，我们一路顺畅。进入四川地界以后，加油、过路费都是免费的，让我们感受到了灾难来临之后，全社会都伸出友爱之手，给予积极援助。

"到达成都以后，我们先和壹基金的工作人员取得联系，到指挥部报到，接受任务安排。因为地震灾区到处塌方，只有越野车可以通行，司机必须具有丰富的山路驾驶经验。我和李言、巩丽佳 3 人被选作第一梯队后，乘坐当地志愿者提供的车辆进入灾区。

"我们先到达芦山县城，天已经完全黑了，县城一片废墟，没有灯光，多处房屋倒塌，我们只好在一个学校的操场上搭帐篷过夜。还没等我们把帐篷搭起来，天上就下起了雨，很大，很急。结果，帐篷虽然搭起来了，里外全是水，没一点干的地方。我们几个只好将就着把水往外摆了摆，裹上雨衣躺在水淋淋的帐篷里凑合了一夜。"

第二天一大早，包括鲍慧、李言、巩丽佳在内的23名第一梯队队员，收拾起帐篷，继续前往灾区宝兴县。上午9时45分，他们到达宝兴县后，立即投入安置灾民的工作中。

与此同时，由郭轩、黄刚、吴红亮、关永红等7人组成的第二梯队，也赶到了雅安市芦山县城，在一块平地上扎下了露营帐篷。

当天凌晨0时多，一场余震袭来，人们喊叫着四处躲避。睡在帐篷里的武振宇形容这场余震："平时我们遇到地震时，大多躺在床上。这次不一样，应该是睡在地上的缘故，自己就像睡在学生宿舍的上铺，有人用脚使劲踹床板，能明显感觉到地下有一股巨大的力量往上涌，这是我对地震最真实的感受。因为是在开阔地露营，虽然不担心被坠落物砸中，但当时想，如果这时候地面忽然裂开条缝，我们就会掉进去丧命，说不害怕那是假的，只能祈求余震快点过去，队员们都能平安无事。"

队员们安然无恙，虚惊一场，但附近一名当地的女孩被石块砸中头部，鲜血瞬间流了下来。这名女孩捂着头部找到营地，请求帮忙。队员徐斐用携带的急救包简单处理后，带着这名女孩找到附近一家部队营地，那里有卫生站，给女孩进行消毒处理，打了破伤风针，做了包扎。等徐斐将女孩送回住地后，天也亮了。

就在余震刚刚过去不久，凌晨2时，壹基金的4大卡车救灾物资到达现场，像火车皮一样长的大型货车上，装载着200多吨食品、水、奶粉、帐篷、衣物等救灾物资，需要在天亮前卸完。这时候队员们大多已休息，一声吆喝，呼啦啦，张乐天、黄刚、武振宇、吴红亮等队员全都从帐篷里爬起来，车

奉献一份爱心，会让我的人生多一抹色彩。

阳泉 刘芬琴

前立刻聚集了来自各个志愿者团队的上百人。大家排成人链，互相传递着，齐心协力，用了2个多小时，将200多吨物资卸载完毕。参与卸载物资的人员，有救援队员，有志愿者，有市民，有路过的群众，其中还有老人和妇女儿童。

50多岁的张乐天是救援队员中年龄最大的一个，他和年轻队员一样，一次次扛起25千克重的白面、大米放到指定地点。毕竟年龄不饶人，不一会儿汗水就浸湿了队服，腰酸背痛的。队员们劝他休息，别硬抗。他不听，坚持着搬完最后一件物资。

那天晚上，街上没有路灯。月亮高悬，深邃的夜空下，星星眨着眼睛目睹了感人的一幕。

4车救灾物资分装完毕后，天已经大亮。7时30分，他们来不及吃一口早饭，立即启程前往芦山县双石镇进行救灾物资发放。考虑到忙活了大半夜，指挥部想让他们休息半天再出发，被队员们拒绝。队员们只有一个想法，早一点将救灾物资送到灾民手中，灾民就可以早一点从困境中解脱出来，早一点感受到党和政府的温暖。

早8时，第一梯队的鲍慧、李言、巩丽佳和来自河南救援队的红豆4人组成临时小组，徒步前往宝兴县穆坪镇五星村摸排，收集信息，运送物资。在队伍中，女队员巩丽佳格外引人注目，大伙儿都叫她佳佳。

佳佳是一位公认的美女，有174厘米的身高、姣好的身材和俊美的脸庞。她是警校毕业的，当过武警，在消防部队服役，有救援常识，体能及应对突发事件有过人之处。当天龙救援队决定选派一名女队员出队时，她是最佳人选。

她说："我受过专业训练，在国家遇到灾难的时候，有责任和义务冲到需要我们的地方。当得知自己入选第一梯队进入灾区宝兴县时，内心很释然。组队后，我发现在23名第一梯队队员当中，我是唯一一位女队员，也感到特别骄傲和自豪。

"在乘坐越野车前往宝兴县城的时候，道路已基本被毁，这里一条沟，那里一道坎，坑洼、裂缝不计其数，汽车行驶在上面比坐船还颠簸。虽然我戴着头盔，紧抓扶手，这里碰一下，那里磕一下，头被撞得生疼，整个人晕晕乎乎的。"

在芦山县露营时，佳佳和男队员一样在大雨中搭帐篷，和男队员一样裹着雨衣在里外都是水的帐篷内睡了一个晚上。到五星村运送物资，她和男队员一样，背着30多千克的方便面、矿泉水徒步往大山里走。

五星村地处大山深处，要想到达这个村子，必须先要翻过一座大山，沿着一条沟前行几千米之后，然后再爬到另一座大山的半山腰，这个村子就在半山腰上。鲍慧、李言他们小组的任务是摸排受灾情况，同时把方便面、矿泉水、火腿肠、榨菜、食用油以及常用药品等救灾物资送到村里边。4名队员每人背负差不多30千克的东西，从早上8时多出发，历尽艰辛，徒步6个小时才到了村里。这个村子是镇里几个自然村海拔最高的一个村庄。

村子的房屋大多是土坯房，屋顶是木结构，在地震中几乎全部倒塌，老百姓没有地方住，缺少粮食、食油等生活物资。队员们赶紧询问地震中有无受伤人员，发现有一例头部及上臂被砸伤的村民。一同前来的一位北京的医护人员，立即进行简单的伤口清理、包扎，用夹板对上臂进行固定，呼叫直升机将这位重伤员转移。其余多是些小伤口，并不严重，队员们用随身携带的急救包进行消毒、包扎处理。

将这些受伤人员处置完毕后，队员们开始搭建壹基金的6顶救灾帐篷。这些帐篷体积比较大，每顶帐篷内可以住10个人，村民们积极帮忙，一起动手，很快就搭建完成，受灾村民有了住的地方。

作为女性，佳佳和男队员一样背负沉重的救灾物资进村，送食品，搭帐篷。她还有另外一项特殊任务，给孩子们做心理辅导，将灾难对孩子们的心理影响降到最低，让他们认识自然灾害，正确面对自然灾害，并且能够积极有效地预防灾难发生。

她说："村里的孩子特别可爱，在我们给受伤人员包扎救助、搭建帐篷、挨家挨户走访受灾情况时，一些可爱的孩子紧紧跟在屁股后面，瞪着大眼睛看着你做事。你走到哪里，他们就跟到哪里。好多孩子家的房子塌了，

刻苦训练，提高技能，帮助别人。

吉县 文花爱

围墙倒了，财产损失严重，甚至家也没了，可是他们大多非常坦然，非常平静，依然很乐观。我领着这些孩子做游戏、猜谜语、比赛谁大喊的声音传得远，孩子们非常开心。我自己也有很深的感触，在灾难面前，生命非常脆弱，我们应该好好珍惜。

"在给一对老夫妻家搭建帐篷时，老人看到队员们扛着又重又大的帐篷材料去他们家时，感动得一直落泪。他们夫妻二人拉着队员们的手久久不愿松开，嘴里不停地说着谢谢、谢谢，这种感谢发自肺腑，发自内心。尽自己所能，去帮助一些需要帮助的人，确实是一件非常快乐的事情。"

在五星村，有位老人身体不适，需要送到县城医治。老人体重至少有120斤，腿部有残疾，无法正常走路。鲍慧、李言，还有河南的队员王东（红豆）3人又是抬又是背，路上不知摔了多少跤，好容易将老人转移到了山脚下，联系救援车辆，及时将老人接到了医院。

在灾区，因为设有前线指挥部，统一协调指挥救援力量，分配救援任务，整个救援工作井然有序。有队伍负责排查受灾情况，有队伍负责运送救灾物资，还有队伍负责孩子们的心理辅导。每天晚上召开见面会，将收集来的灾区现场情况进行汇总，根据最新情况进行任务分配，各支队伍按照任务分配，轮流前往受灾严重的村庄执行任务，实施救助。

第二梯队的7名队员被安排前往双石镇西川村送救灾物资。西川村也在大山深处，道路有多处塌方，路上见到一辆车，被石块砸成了一堆废铁。天空下着小雨，汽车小心翼翼行驶。队员吴红亮担任司机，他说："有一段山路非常难走，两面是大山，有多处滑坡，汽车只能单向通行。路上有警戒人员把守，随时能见到有石块从山上滚落。如果是红色旗帜就必须停车等待，如果是绿色旗帜就示意通过。示意通行时必须加大油门快速通过，不敢有丝毫怠慢，万一遇到山体滑坡，车和人就都没了。"

即便是小心谨慎，在行驶过程中，他们还是遇到了危险，突然有一大股泥石流冲到路上，险些将他们的车辆推入沟内。他们冒着危险到达村里后，汽车两侧已被石块砸得不成样子。

西川村多处房屋倒塌，队员们有的去坍塌的房屋搜救，查看有无被困人员，有的去搬运食品等救灾物资，有的帮忙搭建带来的帐篷。村民们很感动。

在走访中得知，距离这个村七八千米的一个山上，还有一个自然村，住着一位孤寡老人，因为不愿意搬迁，目前只有他一个人居住。地震之后，老人处于失联状态，情况不明。郭轩、徐斐和关永红3人，立即背上一些大米、食油、矿泉水等物质进了山，前去寻找老人。山里没有路，他们沿着依稀可辨的印迹在山里走了3个多小时，终于找到这户人家。地震将本已破旧不堪的房子震塌了，正当老人不知所措时，见到队员大老远送来了粮食和水，老人感动得只能不停地点头，一句话也说不出来。队员们劝老人离开，老人不肯，他们只好把自己身上带的面包、火腿肠、水全都留给老人，返回去向指挥部汇报情况。

返回途中，郭轩、徐斐、关永红3人又累又饿，身上一点吃的也没有了。走到一条小河边时，他们用刀削竹子做了一个简易的鱼叉，幸运地在小河里扎上来几条小鱼。担心返回去的时间不够，一旦天黑，夜路非常难走，不安全。他们没时间生火，每人切了一小块鱼肉，就那么生吃着充饥。

如今已是职业演员的徐斐，在部队服役时是一名特种兵，雅安救援那年，他刚满21岁。说起这段经历，他非常感慨："在大自然面前，人类非常渺小。自从参加了雅安救援，对我的人生产生了积极影响，无论遇到多大困难，都要团结、坚持和永不放弃。"

第二梯队赴双石镇一个自然村送救灾物资、搭建帐篷时，上山的路非常难走，一侧是尖利无比的岩石，一侧是深不见底的悬崖，远远望去，就像是用锯子在大山里锯了一条细细的弯弯的缝。前行中，山上不时有石块落下，一辆同行的车辆被石块击中前挡风玻璃，一名志愿者头部受伤，好在没有生命危险。

队员们冒着危险到达这个自然村，后来得知，山西天龙救援队队员是地震之后第一个到达受灾村庄的救援人员。这个村共有4户人家20多口人，都是七八十岁的老人，有房屋倒塌，没有人员受伤。黄刚、武振宇、关永红等队员详细做了现场受灾登记，为受灾户搭起了救灾帐篷，将带来的大米、

慕名来到天龙，发挥我的特长，继续我的梦想。

大同 郭宏伟

食油给他们留下。老人们很感激，满眼泪水，几乎要给队员们跪下，被队员们拉住了。临走时，老人们从树上摘下好多樱桃，非要塞给队员们吃。

一天晚上，队员们遇到这样一件事。一个外省的志愿者团队到一个村子运送物资，本来当天晚上6时应该回到驻地，结果10时多了也没有回来，电话打不通，失联了。组织者非常着急，向天龙救援队求助，请求帮忙找人。黄刚、张乐天等人立即向指挥部汇报，并四处收集灾区信息，得知通往受灾村庄的道路发生滑坡，造成道路中断。虽然没有直接联系到失联人员，但判断志愿者在返回途中受阻，人员被困山中，应该没有生命危险，让他们放心。事实确实如此，志愿者在返回途中，山体发生两次滑坡，将志愿者队伍的车辆困在了中间，既无法返回驻地，也回不到救助的村子，手机没有信号，只好在车上将就了一夜。

在宝兴县穆坪镇雪山村，有一个被埋的老乡一直没有找到，而他可能被埋的地方有足球场那么大。之前，已有两支救援队伍挖了两天。第三天，鲍慧、李言和河南安阳救援队的队友也加入到了挖掘、寻找队伍中。在足球场那么大的范围寻找一个人，不是一件容易的事情，何况还是在倒塌房屋的废墟底下，他们的搜寻依然没有结果。鲍慧介绍说："第四天，这名被埋人员找到了，还活着，是一位78岁的男性。房屋倒塌后他被埋，受了轻伤，虽然出不来，但旁边有水，能喝到，幸运地活了下来。当时媒体有报道，他是72小时黄金救援时间过后唯一一个活下来的伤员。"

4月27日13时和14时27分，第二梯队的7名队员和第一梯队的3名队员，分别从芦山县和宝兴县撤离，在当晚6时和9时，返回成都大本营休整。前后历时9天，于4月29日返回太原。

在成都休整时，因为七八天没有洗澡，每天也不能脱衣服睡觉，每个队员身上都被跳蚤咬了几十个红包。黄刚脱下黑色队服，泡在脸盆里准备洗的时候，死去的跳蚤漂在水面上，白花花一片，恶心得黄刚差点吐了。

吴红亮作为一名专职司机，出队雅安地震救援，他经历的一切，让他终生难忘："接到出队的任务后，心情比较起伏。整理个人装备时，悄悄和妻子说了一声，没敢告诉母亲，怕她担心。我是专职司机，有20多年驾龄，驾驶技术、驾驶经验没有问题，这也是队里选我出队的原因。

"在成都，3名队友被编组跟随第一救援梯队进驻灾区时，大家互相叮咛，注意安全，挥手道别的一刻，内心百感交集。其实大家心里清楚，队员们要去震中，那是最危险的地方，在余震不断的时候，去那里意味着什么。

"当我们7名队员作为第二梯队，跟随来自全国各地的救援队伍进入重灾区芦山县时，沿途的一幕让我和队友们心里非常感动。救援车辆路过每个村庄时，村民就会面向汽车高声呼喊：'感谢你们，向亲人致敬！'学生向车队行礼，大人们一边高喊，一边鼓掌、鞠躬。我们的车队也鸣笛致意。"

从四川雅安地震灾区返回太原后，有人说队员关永红吃胖了，关永红哈哈一笑，不做解释。在灾区的一周时间里，卸物资的时候没白天没黑夜，饿是饿不着，但几乎顿顿吃泡面，休息不好加上体力透支，看上去吃胖的脸实际上是浮肿，回来半个多月以后才慢慢恢复正常。

返回太原后，有一件事情让巩丽佳十分感动，她说："从雅安回来一个多月后，壹基金的一位秘书长给我打来电话，说灾区有个小朋友有礼物要送给我，托他们带回来。开始我还有些纳闷，是谁啊？后来得知，是我们当时运送物资、做心理辅导、玩游戏的那个村子的孩子们，为了感谢我的帮助，特意用彩色毛线编织了幸运绳送给我。这些孩子非常有心，不知道我叫什么，但牢牢记住了我穿的上衣背后'天龙救援'四个大字，还记住了蓝色马甲上'壹基金'三个字。

"这些聪明的孩子凭着这一点线索，让后续参与救援的人员，几经周折找到了我这个姐姐，将一份饱含灾区孩子们的心意送给了我。这几根用细毛线编制的彩色幸运绳，代表吉祥如意、平安健康，代表灾区人民的美好祝福。我一直将幸运绳珍藏在我的钱夹里面，时刻把孩子们的这份心意牢牢记在心里，激励自己。我也一直祝福他们好好学习，振作起来，能够乐观地面对生活，健康成长。"

　　天龙，不怕高调，也不能作秀；敢于宣传自己，更需拿出真功夫。

太原　李江

黄刚回忆雅安地震救援时，谈了自己的感受："四川雅安地震，是继汶川地震之后的又一次大地震。对于外来的社会救援力量，当地政府都比较重视和认可。在成都和雅安，交警将公交车道全部改成救援通道，只要是悬挂救援字样的车辆都可以通行，如果是运送救灾物资的车辆，还有交警做引导。我们进入芦山县重灾区后，看到政府各个部门都在路边搭着帐篷办公，各项工作有序合理。对于社会救援力量，专门有部门负责接待和安排工作。饿了，有地方吃饭，全部免费，而且对于穿救援服装的，优先安排，让我们很感动。越是这样，队员们的热情越高涨，越想多为灾区做些什么。

"作为一支民间救援队伍，是国家救援力量的补充。在灾区，虽然我们是以搬运物资、调研灾情、疏导心理为主，但队员们非常认真，冒着余震的危险，圆满完成了任务。大灾大难面前，我们的队伍得到了锻炼和提升，在全国民间救援体系中树立了山西天龙救援队的铁军形象，得到了壹基金救援联盟和兄弟队伍的交口称赞。"

2013年5月的一天，参加四川雅安地震救援的10名队员，登上山西电视台综艺节目舞台，用一首李宗盛的歌《真心英雄》，向全省人民做了汇报：

在我心中曾经有一个梦
要用歌声让你忘了所有的痛
灿烂星空谁是真的英雄
平凡的人们给我最多感动

再没有恨也没有了痛
但愿人间处处都有爱的影踪
用我们的歌换你真心笑容
祝福你的人生从此与众不同

把握生命里的每一分钟
全力以赴我们心中的梦

不经历风雨怎么见彩虹
没有人能随随便便成功

把握生命里每一次感动
和心爱的朋友热情相拥
让真心的话和开心的泪
在你我的心里流动

遗书藏衣柜

向地震灾区挺进

时间 2014年8月4—7日

地点 云南省昭通市鲁甸县

摘要 龙头山镇

他一边把酒倒在小碗里，嘴里一边念叨着说：孩子，喝了叔叔这碗酒，就放心走吧，到了那边也要快快乐乐的。

队员 陆 玫　沈晋魁
　　　李 言　武振宇
　　　刘亚兵　梁耀丰
　　　赵春梅

"妈，我要去云南鲁甸了，救援队有任务。我现在已到机场，半小时后起飞。不要担心哦！"

8月4日一大早，26岁的刘亚兵在太原武宿机场给妈妈发了一条微信。他知道，妈妈一般不怎么关注微信，等她看到时，自己乘坐的飞机早就起飞了。

让他没想到的是，微信发出去还没半分钟，妈妈的电话打过来了："兵儿，你要去云南，救援队有任务？"听筒中传出妈妈焦急的声音。

"妈，鲁甸地震了，我们要去救援。"刘亚兵回答说。

"地震了有国家管着，非得你们去吗？"妈妈的语气有些埋怨。

"妈，国家肯定管，但我们也得去。"

"去，去，一个公益组织，搞那么危险干什么。不去不行吗？"妈妈的口气既有不解、担心，又似乎有些松口，语气中有了商量的味道。

"没时间说了，要登机啦。妈妈再见！"刘亚兵放下听筒，看看手表，赶忙起身向登机口跑去。妈妈担心是必然的，每次出队都是这么几句话，他也实在懒得解释。妈妈说归说，怨归怨，但没有一次不支持的，只是说起来就唠叨个没完，和天底下的父母一样。救援次数多了，刘亚兵每次都是出发了才抽空告一下父母。

这一次，他们的救援地点在云南省昭通市鲁甸县，与他一起登机的有：山西天龙救援队队长陆玫，队员沈晋魁、李言、武振宇、梁耀丰、赵春梅，共7人。

他们作为山西天龙救援队第一梯队，在队长陆玫带领下，从太原出发，飞抵云南昆明，然后赶往鲁甸灾区，实施救援。他们携带个人技术装备7套，急救装备8套，还有大功率搜救灯、急救药品、野外露营装备等。

就在前一天下午，新闻中传来一条令人震惊的地震消息。

8月3日16时30分，云南省昭通市鲁甸县发生6.5级地震，震源深

看到因我们而解除险情和转危为安的群众，再苦再累也瞬间化作一份欣慰。

侯马　翟旭红

度 12 千米，余震 1335 次。据统计，共有 108.84 万人受灾，8.09 万间房屋倒塌，22.97 万人需紧急转移安置。

鲁甸县位于云南省东北部，总面积 1519 平方千米，其中山区占总面积的 87.9%，坝区占 12.1%，总人口 38.57 万人。地震发生时，云南昆明、四川成都、重庆等多地均有震感。

据专家分析，这次地震有几个特点：第一，震级高，震源浅，造成严重的人员伤亡和财产损失；第二，鲁甸县是云南省人口稠密地区，受灾人口数量多；第三，鲁甸县是国家级贫困县，建筑物抗震性能普遍较差，导致灾害损失严重；第四，震区处在高山峡谷地貌，雨季引发严重的滑坡、泥石流、滚石以及形成堰塞湖；第五，地震造成通信、交通中断，救援行动格外困难。

当天下午 5 时，云南省减灾委、民政厅启动救灾应急响应，向鲁甸县调拨 2000 顶帐篷、500 件彩条布、3000 套折叠床、3000 床棉被、3000 件棉衣等救灾物资。两小时后，昭通军分区 200 名官兵和民兵赶赴震中，陆军某集团军 600 名官兵出发。19 时 30 分和 22 时 50 分，武警某部队分别出动第一梯队 300 名官兵和第二梯队 1200 名官兵，携带顶撑、破拆等专业救援器材和救灾物资，火速奔赴地震灾区。稍后，陆军某集团军派出地震应急救援队 115 人，专业救援车辆 10 台，携带生命探测仪、照明、挖掘等全套应急救援装备，赶往地震灾区。

......

一方有难，八方支援。

与刘亚兵一同登上飞机的还有一位年轻姑娘梁耀丰，网名丸子。她和刘亚兵一样，在机场集合后才给妈妈发了一条微信："妈，我去云南了，不用打电话，有事微信说。"

梁妈妈早已习惯她的套路，发来微信说："注意安全。"梁耀丰回复："一定！"

梁耀丰是在 8 月 3 日下午和朋友聚会时，看到天龙救援队微信群里发出云南鲁甸地震的消息，她的心情一下就沉重起来。她赶紧边翻看手机新闻，边往队部赶。新闻里说，鲁甸 6.5 级地震，已造成云南省 175 人遇难，181 人失踪，1402 人受伤……

当晚9时，队长陆玫接到壹基金救援联盟指令，要求他们立即组队，用最快时间赶赴鲁甸参加救援活动。半小时后，第一梯队7名队员确定，连夜进行出队准备，4日一早乘头班飞机出发；22时，第二梯队15名队员也组队完毕，将根据前方指令，随时出发赶往灾区。

陆玫一夜没有合眼，不停地与前方指挥人员进行沟通，安排出队事宜，落实救援车辆、救灾地点以及后勤保障等。每当有救援任务，让陆玫感到欣慰的是，报名要求参加的人都很多，队员们都想献出自己的爱心。但令她纠结的是，队员们个个都很优秀，谁去谁不去，难以取舍。有的队员因为领不上任务，对陆玫还有意见，说她偏心眼。

4日一早，7名队员早早来到机场集合。家在临汾的刘亚兵，晚上坐火车到了榆次，早晨又打车从榆次赶到机场。因为装备多，时间又紧，太原武宿机场特别给天龙救援队开通了头等舱客服，加快安检速度。但是，搜救灯上用的两块超大容量电池，一直无法通过安检。飞机9时55分起飞，9时20分还没有通过安检。经过协商，机场特事特办，开启绿色通道，协助登机。

当天中午12时55分，飞机降落在昆明长水国际机场，空姐在送队员们下飞机时，特意给队员们每人一瓶水，关切地说："你们辛苦了，注意安全。"

云贵高原以湛蓝的天空和刺眼的阳光，迎接这些远道而来的队员。天空中大朵的云彩仿佛一伸手就能摘下来，强烈的紫外线也让队伍中3名女性有些措手不及。走得太急，别说防晒霜，就是普通的护肤品也没有带。

队员赵春梅开了句玩笑："这太阳真厉害，估计回去就晒成黑蛋子了，怕是连老公也不认识我啦！"

"姐，我没事，就是晒得再黑，我妈也认得我，谁让我是她亲闺女呢！"梁耀丰接了赵春梅一句。

天龙救援队，真情暖人心，爱心无止境，有你更精彩。

太原 刘春晓

　　赵春梅笑了笑，心里却想着另外一件事。备勤后，赵春梅被通知次日一早加入第一梯队赶赴鲁甸实施救援。由于事发突然，孩子尚小，怕家人担心，又来不及解释，只好谎称带队夏令营出去训练。做过户外领队的赵春梅心里很清楚，此次出行不是一般的救援，会有危险，生死未卜。她思前想后，悄悄写了一份遗书藏在衣柜里，夜晚拉着熟睡孩子的手默默流泪，怕孩子醒来后再也见不到妈妈。直到救援撤离前一天，她才打电话告知家人此行的目的。

　　梁耀丰再次打开新闻讯息：遇难人数增至 391 人，余震达 423 次，堰塞湖致牛栏江水位上升约 40 米；灾区交通、电力、通信已全部中断。

　　当陆玫队长给大家通报这些信息时，虽然不是专业救援队，但沈晋魁、武振宇、李言、刘亚兵他们几个，还是感受到了肩上的责任。山西天龙救援队有一句口号是"如果这个世界需要，我们将义无反顾"。每次有新队员入队或召开年会等重大活动场合，队员们都要振臂高呼这个激发斗志、鼓舞士气的口号。但是，当队员们长途跋涉、即将身临救援一线时，才真正明白，这不仅仅是一句口号，它背后包含着太多的含义。

　　下午 2 时半，天龙救援队一行 7 名队员，赶到由云南火烽救援队队部改设的壹基金救援联盟临时指挥中心。每次参与大型救援，来自于各省、自治区、直辖市的民间救援组织，建立了良好的合作关系，加深了彼此间深厚的友谊。危难时刻，大家互帮互助，团结协作。

　　指挥中心已经集结了壹基金救援联盟所属的各家民间救援队伍，还有前期已经运达的部分救援物资。身着各种制服的队员们忙碌而有序地工作着。大家分工不同，目标只有一个，帮助受灾的同胞！

　　在大型灾难面前，壹基金救援联盟必须合理调配人力、物力，既要保证救援一线有足够的救援队员，又要确保后勤保障系统正常运转，保证物资转运顺利进行，还要协调各民间救援力量，发挥最大作用。如果协调指挥不当，要么前方一线人手不够，造成救援延误；要么人员堆积过剩，造成资源浪费。现场指挥人员承担着很大的责任。

　　"震中位于昭通市鲁甸县龙头山镇。你们即刻启程，立即前往鲁甸，向壹基金前方指挥部报到，拿到通行证后迅速进入龙头山镇，配合武警部队展开搜索，实施救援。南充救援队和四川山地救援队已经在那里等着你们。"联盟负责人向天龙救援队下达了指令。一同接受任务指令的还有海南三亚应急救援队、宁波四明救援队、河南户外救援队和北京绿野救援队。

"大家要特别小心，时刻注意安全！"最后他不忘吩咐几句。

陆玫从指挥部出来，和队员们坐上开往鲁甸的汽车。这时，时针指向下午3时半，天空突然下起倾盆大雨，雨不是下，感觉像是从天上往下倒似的。陆玫心里不由得紧张起来，经验告诉她，下雨不仅会给救援加大难度，而且还会让已受灾的百姓雪上加霜。

途中，成都军区驻滇某装甲旅运送物资的车队，一辆接一辆从天龙救援队乘坐的汽车旁开过，还有一些社会车辆，车身上悬挂着标语，也急速往鲁甸方向驶去。有些路段有小范围塌方和路面裂缝，经常需要停下等待疏通，原本4个小时的车程，硬是走了7个多小时。当晚10时30分，他们终于到达鲁甸县一所学校内的集合点——原点大本营。

这是一所当地收留残障儿童的特殊学校。地震造成电力中断还没有完全恢复，柴油发电机嗡嗡大声叫着，每工作1小时，要休息半小时。陆玫、梁耀丰、赵春梅到来时，正赶上发电机休息时间，他们一行摸黑找到学生宿舍。这是他们当晚住的地方，虽说简陋，但好歹有张床，比起露营打地铺要好多了。

地震以后，大多孩子被父母接走了。在走廊尽头，他们见到一个叫小文的孩子，问他为什么不回家，他说："我没有爸爸妈妈。"整个男生宿舍就他一个人。小文很活泼，帮着队员们拿东西，用手电给大家照明、带路。

等队员们全部安置好，已经是晚上11时多了。沈晋魁、武振宇、李言、刘亚兵的肚子早就咕噜噜叫个不停，他们这才想起，从早上出发，只在飞机上吃了几块小面包，早就顶不住了。他们带着小文出去找吃的，街上黑灯瞎火的，人能跑得都跑了，哪有什么饭店。无奈，他们敲开一家门头上有饭店两字的铺面，被敲醒的老板看他们是来鲁甸救援的，找出两包挂面

帮助别人，快乐自己，公益救援，无怨无悔。

陵川 蔺东陵

给他们煮着吃。在山西吃惯面食的这几位，终于知道南方人煮的挂面是什么味道了。

8月5日一大早，壹基金救援联盟召集所有救援队员集合，分配各队搜索区域。山西天龙救援队与海南三亚应急救援队分配的搜索区域是龙井村和光明村。两个村庄的人员伤亡、房屋倒塌等受灾情况不明。有车搭车，没车徒步行进，指挥部要求他们火速行动，第一时间进入现场施救。

时间就是生命。这时候距3日16时30分发生地震，已经过去40个小时，还在72小时生命救援黄金时间之内。作为一个异地民间救援组织，能在这个时间赶到救灾一线，已经十分难得了。陆玫队长带领山西天龙救援队的7名队员，携带救援装备，立即启程，先赶往震中龙头山镇。他们所处的位置，距离即将到达的救援目的地，还有20多千米。

刚出县城不久，眼前的情形令队员们大吃一惊。通往震中龙头山镇的唯一一条公路，早已堵得水泄不通。部队车辆、社会救援车辆、急着赶回家中查看灾情的当地车辆，还有当地百姓的两轮、三轮车挤成一团，走走停停，停停走走，有时候干脆半个小时一动不动。地震造成多处塌方，倾泻下来的土石方占满大半个路面，以往郁郁葱葱的山上，到处都是滑坡塌方后裸露的赤色土石痕迹，触目惊心。虽然有施工人员紧急进行抢修，也有公安交警人员现场指挥，但常常是这里刚抢通，那里又塌方堵了，道路交通秩序格外混乱。队员们心急如焚，照这样的前进速度，不知道什么时候才能到达救援现场。陆玫队长急得团团转，不停派人去前方打探，每次反馈回来的消息，都令人失望。

越往前行，路况越糟糕，行驶速度越慢。好容易走到小寨村，前方报告说，道路完全中断，已无法通行。情急之下，陆玫队长下令，兵分两路，一路由沈晋魁带领武振宇、刘亚兵、梁耀丰组成突击组，携带绳索和照明设备，徒步前往龙头山镇，其余人员负责护送破拆装备和后勤保障物资。

突击组每人只带了一件雨衣、两瓶矿泉水、两个苹果和几个小面包，戴着头盔、绳索一路小跑出发了。

"路上，我们徒步前行，一心想着快点到达救援现场，恨不得身上长出两只翅膀。有顺路老百姓骑摩托车的，我们就搭上一段；没有，我们就小跑步往前冲。"武振宇事后回忆说。

地震已让大地扭曲，所谓的道路已不复存在，山体滑坡随处可见。民房倒塌情况严重，部分灾民已进入临时安置点，还有部分灾民仍在加油站、道路边等待安置。余震随时可能来临，越往前走，他们面临的危险越大。在一些山体滑坡、塌方和道路裂缝路段，有武警官兵、公安人员指引着安全方向，吹哨让他们快速通过。

"知道我们是救援队的，当地骑摩托车的老百姓主动搭载我们。我和刘亚兵坐一辆，梁耀丰和沈晋魁坐一辆。梁耀丰和沈晋魁的摩托车在前面，我们紧随其后。"武振宇讲述乘坐摩托车险些被山石砸中的事情。

他说："我们两辆摩托车前后就差两三米的距离。沈晋魁他们的车刚刚过去，一块从山上滚落的西瓜大小的石头就砸了下来，直接从我们的车前面飞了过去，把我们吓得够呛。当时如果前面的车稍微慢一点，被砸中的是他们；如果我们后面的车稍微快一点，被砸中的是我们。万幸没有出事！"

当他们乘坐的摩托车行进到一条河流边时，他们再次傻眼了。唯一的一座桥梁因地震被毁，道路再次中断，临时桥梁正在抢建中。他们几位急得不知如何是好。

"你们是救援队的？"一名现场施工人员问他们。

"是啊，我们赶着去龙头山镇。师傅，有什么过河的办法吗？"

"你们在这等着，我去开挖掘机，送你们过河。"说着，这位师傅跑向不远处，开过来一辆施工用的挖掘机，"上车吧，保证安全。"于是，他们站在挖掘机的挖斗里，挖掘机司机操作将挖斗升高，慢慢开到河里，从一处较窄的河道将他们载了过去。

过了河，山西天龙救援队第一梯队突击小组4名队员，终于在8月5日12时到达震中龙头山镇。

如果不是地震，龙头山镇应该是个不错的地方。四周大山环绕，满目

累苦不怕，艰难不惧，得到真心理解，我就心满意足。

翼城 李海滨

葱绿，房屋错落有致，屋前房后绿树成荫，牛栏江蜿蜒而过。人们日出而作，日落而息，生活平稳安逸。然而，地震造成多处房屋倒塌、山体滑坡，和谐、幽静的景致被无情的自然灾害击打得支离破碎。

沈晋魁是4人突击小组组长，一放下背包，就赶紧出去寻找救援组织。他找到了已前期突入的共青团成都应急救援队，了解到现状非常不好，由于道路崩塌，大型破拆设备无法进入现场，现场救援异常艰难且进展缓慢。救援人员没有救援装备，就如同战士在战场上没有枪一样，无用武之地，使救援陷入两难。

中国救援队的几条搜救犬恰巧路过，梁耀丰好奇地走过去摸摸其中一条。这条训练过的搜救犬估计辨别出了同样穿制服的她，就把爪子放到梁耀丰手里，不停地舔她手中的矿泉水瓶子。梁耀丰知道这条犬肯定是渴了，就把瓶子剪开喂它，结果几口就喝光了。它确实太累了。

这时候，一位村民急匆匆过来，嘴里着急地说着什么，见他们听不懂，还用手不停地比画。队员们费了好大劲才明白，这位村民家的房子塌了，80岁的老母亲被埋在废墟里，请队员们过去帮忙救人。武振宇、刘亚兵、沈晋魁、梁耀丰4人火速向现场跑去。

这户人家住的三层楼房，地震后已倒塌，现场砖头、瓦片、碗柜、衣服、腌菜的罐子等东西散落四处，一片狼藉。家中80岁的母亲被埋在废墟中，位置不明。因为不确定老人生死，武振宇、刘亚兵等人根据家属提供的卧室、厨房、过道、客厅的大概位置，把能移动的窗户、门板、横梁等东西一一进行清理。家属推测，老人可能在客厅，但倒塌的一大块水泥预制板恰巧就压在那个位置。他们不敢用工具，怕伤着生死未卜的老人，几个人只好用双手轮流抠掉水泥板下方的石块，硬生生用双手挖出一个观察孔。队员刘亚兵探进去胳膊，摸到了老人的脚，已经干涸没有了水分。进一步观察判断，水泥预制板砸在老人头部，确认已没有生命迹象。虽然这是意料之中的结局，但队员们心里依然为没有挽救回老人的生命而感到惋惜。

经后来赶到的多支救援队通力协作，帮忙破拆、清理、挖掘，下午5时22分，终于将老人的遗体挖了出来。望着老人的遗体裹上被子被抬走，以这种方式告别自己的家，队员们心情很沉重，默默无语，现场唯一的女队员梁耀丰终于还是忍不住哭出了声。队友沈晋魁上前拍了拍她的肩膀，想安慰几句，但不知道说什么好。

此时此刻是下午 5 时 30 分，他们 4 人从早晨出发到这会儿，还一口饭没吃呢。

等沈晋魁他们找到设在龙头山镇的壹基金救灾联盟指挥部时，一个令人沮丧的消息传来，小寨村通往龙头山镇的道路再次因塌方而中断，队长陆玫等人被拦在外面，所有行李、物资补给等都无法到达。他们 4 人也无法返回到小寨村，当晚必须在震中龙头山镇就地扎营。

镇上的村民非常热情，提供免费粥喝。喝粥的时候大地又晃动了，这次余震震感很强，人们吓得呼啦啦都跑到马路中间。

晚上，他们在镇中心小学找到一块空地，但除了自己的一个小背包外，其他什么装备都没有。本来打算直接躺在地上睡了，结果武振宇出去找回来一大块彩条布，铺到地上。武振宇提醒队友，把头盔放在背包旁边，万一有余震发生还能用到。结果被武振宇说中，晚上又发生一次余震，把刚迷糊着的几位全都晃醒了。

余震过后，沈晋魁、刘亚兵、武振宇再次打起了呼噜声。梁耀丰翻来覆去怎么也睡不着，索性睁开眼望着星空，星星不多，有些模模糊糊。旁边是坍塌了一半的教学楼，另一侧是倾斜未塌的居民楼，身后是一顶灾民帐篷。四周黑乎乎、静悄悄的，寂静得有些吓人。

下午去搜寻老人时，路过一所坍塌的龙泉中学教学楼，梁耀丰捡到一张落满灰尘的毕业照。照片上的学生都是花季般的年龄，清晰的笑容，稚嫩的面孔，个个充满朝气。身处震中，梁耀丰难免胡思乱想：照片中的孩子们，你们还好吗？你们一定要好好的，听话啊！这时候她又想到了鲁甸那所特殊学校的孤儿小文：这几天你在干吗呢，想姐姐没有？有地方吃饭吗？小文那双清澈的眼睛，她总也忘不了。她又想到了队长陆玫：陆队长，你和春梅姐还好吗？你们今晚找到住的地方没有？我好想你们啊，你们现在哪里呢？快来吧！

坚持始终，做好自己。

祁县　刘俊彪

此时此刻，队长陆玫，队员李言、赵春梅也和梁耀丰他们4人一样，露天睡在小寨村一片空地上。睡在龙头山镇的梁耀丰4人还有一块彩条布铺在地上，陆玫他们3人连彩条布也没有，问老乡要了几个纸盒子拆开，垫在身下，相互挤在一起，和衣而卧。壹基金原计划在小寨村设立中转站，物资运不上来，没办法搭建。

下午，他们搭乘老乡的摩托车往龙头山镇推进，但道路多处中断，还有一处塌方地段，一侧是悬崖，下面是几十米深的河道，剩余路面不足半米宽，驾驶摩托车的老乡说什么也不冒险带他们通过。天渐渐黑了，大桥垮塌处也因施工人员休息过不去。前不着村，后不着店，无奈之下，他们只好又退回小寨村。在小寨村，他们也没闲着，挨家挨户地走访，向村民了解房屋倒塌、人员伤亡、财产损失等受灾情况，掌握准确资料，并在第一时间及时向鲁甸指挥部做了信息反馈。整整一个下午，他们不停地和武振宇4人联系，手机早已没有信号，手台超出有效范围，一直无法联系上。

对于山西天龙救援队的7名队员来讲，在同一片夜空下露营，露营地点就在震中，天当被，地当床，这个夜晚注定终生难忘。

8月6日，地震后的第三天。

天蒙蒙亮，陆玫就把队友们叫醒。既然道路中断，队员们携带的保障物资无法抵达救援一线，索性也轻装突进去，把失去的时间抢回来。陆玫把队员们的装备包委托河南一家救援队的人员代为保管，带领李言、赵春梅离开小寨村徒步往前走。路上，遇到摩托车就请求老乡搭上一程。车辆过不去的地方，他们就想办法爬山绕过去，然后再设法搭车。

当他们走到一个名为正义加油站的地方，看到这样一幕：加油站已废弃，站着好多灾民。就在加油站的对面，有个临时搭建的遮阳棚，下面摆放了好多遗体。遗体用棉被裹着，大概有40多具，时不时还有救援人员抬着遗体过去摆放，四周散发着浓烈的尸臭味。

越往前走，倒塌的房屋越多，断断续续有难闻的味道在空气中弥漫。巡逻直升机轰鸣着飞来飞去，声音特别大，像是咆哮又像是哭泣。

在快到龙头山镇的路上，又发生了余震。前一天摩托车司机不愿冒险通过的那个路段，余下的半米左右的路面彻底坠入江中。余震中，石块从山上飞滚而下，树木发出折断的巨响，已爬到半山腰的陆玫、李言、赵春梅无处可躲，3人只能抱成一团，就地蹲下，几块石头几乎擦着李言的脑袋飞了过去，无以计数的小石子拍打在他们身上。

"大地晃动特别厉害，天旋地转，感觉整个山就要塌下去了，多亏了身边的陆玫队长。"每当李言回忆起这段经历，总是这样说。

"当时队长沉着冷静，大声喊：'抱紧，蹲下，蹲下！'见地震稍稍弱了一点，她说了声：'快跑！'拉起赵春梅，我们一起跑到一块开阔地带。只是片刻工夫，我们刚刚离开的那面山坡，就发生了严重的塌方，整面山坡滑入江中。"说这些话时，看得出，李言的内心并不平静。

在翠屏村，他们正遇上解放军战士从两架军用直升机上卸载帐篷、矿泉水、方便面等物资，于是主动上前搭把手，帮助战士们一起卸下救灾物资。

到达龙头山镇后，还是无法和武振宇4人联系上。这时候，壹基金前线指挥部来了新任务，他们与来自云南边防救援的几名战士组成队伍，乘坐他们的车辆赶往八宝村实施救援。山路蜿蜒曲折，虽然地震引发多处塌方，好在还能通车，但路上坑坑洼洼，几乎没有一处是平整的。汽车就像喝醉了酒，缓慢前行。距离村子还有5千米时，路彻底中断，汽车不能走了。他们只好弃车徒步往山里走，在连着翻越3座山梁后，到达八宝村。

这个村在地震中有一名老人受伤，正在等待救援。河南一家民营航空公司的3名救援人员已先期到达，正在联系他们公司的直升机前来。老人头部受伤，折断的肋骨刺伤了内脏，失血严重，生命垂危。赵春梅、李言立即给伤者进行紧急包扎，做止血、固定处理。陆玫给老人喂水，拿出自己仅有的一个小面包给老人吃。老人痛苦地摇摇头，表示自己很难受，吃不下东西。

这个村地处山区，没有平地，救援直升机到达后无法停落，必须把伤者抬到山顶一块开阔地才行。李言和河南的救援人员借了老乡一把斧头，砍伐树枝做成一个简易担架，将老人放了上去，几个人抬着担架往山顶爬。

作为志愿者，要为社会贡献一分力量。

大同 康彦平

为了不使担架倾斜，在前面的李言几乎是跪着向山上挪动，不一会儿就把膝盖磨出了血。他一声不吭，直到直升机平安降落，安全把伤者抢救出去。

有村民反映，距离八宝村四五千米的一个自然村有伤员需要救助，陆玫、李言、赵春梅和云南边防的人员立即往这个村子赶。当他们又是翻山又是越岭，气喘吁吁好容易才找到这个掩映在大山深处的小村庄时，看到地震虽然造成房屋倒塌，但没有人员伤亡。他们对受灾情况做了普查统计，又返回到八宝村。原来是村民反映的情况有误。

这天早晨不到 6 时，睡在彩条布上的梁耀丰几位被冻醒了，一晚上枕着背包睡觉，醒来后脖子都是酸酸的，当被子盖的雨衣上全是露水。

一大早，有一位母亲哭着找到营地说，她和邻居家的孩子，一个 7 岁，一个 12 岁，地震时被埋在山上还没有找到，寻求帮助。壹基金救援联盟的蒋峻立即安排天龙救援队 4 人、南充救援队 4 人、武胜救援队 4 人以及 3 名志愿者共计 15 人前去救助。

家属在前面带路，说是 1 个小时就到了，结果走了 3 个小时，途中还爬了好几座坡度很大的山。当时气温 30 多℃，一个个汗流浃背，浑身都湿透了。

一晚上没有休息好的梁耀丰，走着走着，体力不支，头晕得厉害，有些中暑。南充救援队的苏兴会给了她几颗人丹吃，感觉好了一些。沈晋魁劝她留在原地等救援结束后一起返回，她不答应，坚持和大家一起往山上爬。路过一片山林，有成熟的梨，她摘了两个吃，这才感觉好了一些。

为加快寻找进度，天龙救援队和南充救援队一组，武胜救援队和志愿者一组，队员们分成两组在两个不同的山沟进行搜寻。队员们分析，2 个孩子可能已经遇难，但即使无法挽救孩子的生命，如果能帮家长找到遗体，让他们再见最后一面，心里也好受些。

据 7 岁孩子的母亲讲，当时她正在地里摘花椒，男孩儿在另一边玩耍。地震的时候，孩子玩的那个地方山体滑坡，一转眼孩子就不见了。武振宇、刘亚兵、沈晋魁冒着再次塌方的危险，下到滑坡底部，沿着山体一侧，慢慢向另一侧搜寻，不见孩子踪影。

梁耀丰则陪着孩子的母亲坐在一边等候消息。梁耀丰对她的云南方言一知半解，但还是明白了大概意思。她丈夫是一名精神病患者，她一直和孩子相依为命，也许她意识到孩子可能没了，说着说着捂住脸放声大哭。

这时候，对讲机里传来刘亚兵的声音，找到一个孩子。

"孩子的头部被石块砸中，一多半身体压在一棵花椒树下，遗体裸露在外，已高度腐烂，有尸斑和蛆虫。

"开始他母亲指示的位置不对，我们搜寻到花椒地的另一侧时，一股恶臭从下面飘来，我们走过去查找，发现了孩子尸体。唉，我们还是来晚了。"刘亚兵介绍发现孩子的经过时，流露出深深的遗憾。

这位母亲听到找到孩子了，大叫一声就要往下冲。梁耀丰赶紧用力拉住她，问孩子穿什么衣服？确认是她家儿子。见梁耀丰制止上前，孩子母亲一屁股坐在地上，放声痛哭起来。梁耀丰心里既难过又紧张，难过的是孩子还是遇难了，不知道这个失去儿子的母亲今后该怎么生活下去；紧张的是，担心她控制不住情绪，万一扑到已病变的尸体上被感染怎么办。梁耀丰为她擦去眼泪，抱着她一直不停地安抚着。小孩母亲慢慢安静下来，仍在不停地哭泣。梁耀丰扶她走到一处平台坐下，远远地看着自己已逝去的孩子。

她告诉梁耀丰说，在地震后的 3 天时间里，她自己也做好了心理准备，但看到孩子真切地躺在那里，还是无法接受。在村干部和队员们的劝说下，她接受了就地掩埋的处置方案。

沈晋魁、武振宇和刘亚兵，他们找来一床棉被、一根长木头，还有一块红布和一瓶酒、一个小碗。他们把红布放在孩子胸前，用棉被将孩子的身体严严实实包裹起来。沈晋魁一边把酒倒在小碗里，嘴里一边念叨着对孩子说："孩子，喝完叔叔这碗酒，就放心好好地走吧，到了那边也要快快乐乐的。"

所有在场的队员默默站成一排，摘掉安全头盔，集体默哀。

孩子的母亲已经没有了眼泪，只是有些发呆地看着眼前的一切。

此刻，风好安静。

抢险救危，真情为民，义无反顾。

阳泉 高俊平

另一边，武胜救援队的队员和志愿者，也在山沟的另一块花椒地里找到 12 岁孩子的尸体，同样高度腐烂，散发着浓烈的味道。在如何处置孩子尸体的问题上，发生了分歧。孩子家长情绪激动，不同意就地掩埋，想让队员帮助抬到公路上，火化后把骨灰带回来。

在地震的特殊时期，这实际上是行不通的。村子离公路很远，人爬上来已经很吃力，把尸体抬下山非常困难，尸体很难在短时间内运出去火化。况且，尸体腐烂严重，不就地掩埋，必将给发生疫情带来隐患。孩子的母亲不停哭泣，一直说："我只是想留下孩子的骨灰，求求你们，求求你们。"

经反复协商无果，南充救援队陈丹队长决定，将孩子遗体交给村委会处理，情况上报壹基金指挥部。

"说实在的，这是最好的处置办法。如果满足家长要求，不符合救援规定，一旦发生疫情，后果十分严重；如果强行掩埋，必将激化矛盾，使失去孩子的家长更加悲伤。依靠村里自己解决是最好的选择。"沈晋魁这样说。

其实，孩子的家长难过，梁耀丰作为天龙救援队在现场唯一的女队员，目睹了孩子身亡的惨状，特别是听到失去自己心爱儿子的母亲那种撕心裂肺的哭声，看到他们几乎傻掉了的那种无助、忧伤、空寂、木讷表情，她的心里更难过。她一度都有了能不能通融、帮帮他们的念想。

"孩子的母亲一直抱着我，嘴里只会说，求求你们，求求你们。孩子的父亲蹲在地上，满眼泪水，一声不吭。

"我当时心里非常难受，很理解孩子父母的心情，还动了想帮他们的小心思。可作为一名合格的救援队员，这些年的救援经历告诉我，这样做不可以。让孩子一路走好，安静地去吧，孩子的父母慢慢会理解的。"梁耀丰说这些话时，眼里隐藏着泪水。她忍着，没有让眼泪流下来。

这天晚上 6 时，从八宝村返回的陆玫、李言、赵春梅，和从光明村返回的武振宇、刘亚兵、沈晋魁、梁耀丰终于在龙头山镇会合了。从小寨村分开到龙头山镇会合，时间已经过去了整整 36 个小时。这期间，每位队员都经历了生与死的考验。

"队长，想死你们啦。"一见面，梁耀丰就扑过去，紧紧地抱住了陆玫。

赵春梅也上前说："我们也想你们啊。"说着眼泪哗地就下来了。3个女人抱成一团。

"耀丰，你们怎么样，还好吗？"陆玫关切地问。

"我们都挺好，就是太累了。"梁耀丰说。

李言和武振宇互相在对方胸口捶了一拳，李言开玩笑说："你还活着？命挺大啊。"

"活着，活着。这不，哥几个都活着。"武振宇笑着说。

"我们是来做好事的，阎王爷不能收。"沈晋魁说。

"是的，收了我们谁干活呀？"刘亚兵也附和着说。

大家哈哈笑作一团。

这时候心里感到最欣慰的，是陆玫队长，她的眼里潮潮的。天龙救援队是一支公益性质的民间救援队伍，队员们没有报酬，也没有任何回报，完全是凭着一腔热血和对这个世界的大爱，前来参加救援的。他们身在灾区第一线，生命和安全同样受到威胁，一旦有闪失，怎么向队员的家人交代？别看陆玫总是笑眯眯的，给人以温和、亲切的感觉，笑容的背后，她肩上的担子最重，需要承受的东西最多，心理压力最大。

当天晚上，赵春梅、李言从很远的补给站找来热水和方便面，大家围坐在一起，终于在进入灾区后第一次吃了一顿热乎饭。平时闻着方便面就恶心的赵春梅，那一刻，却感觉那是天底下最美的食物。他们还冒着危险，在附近坍塌的学生宿舍找回几床被子，暖暖和和地睡了一个晚上。

8月7日上午10时，搜救黄金72小时已过，生命救援任务已经结束，壹基金前线指挥部安排联盟所属多支救援队，开始从龙头山镇下撤至鲁甸县城。下撤过程中，队员梁耀丰看着毁坏的公路、倒塌的房屋、裸露着的山坡、未火化完的遗体，想了很多很多。结合几天来的救援经历，她在自己的微信朋友圈里这样写道：

和平年代，忠诚卫士，天龙救援，义无反顾。

（洪洞　李亚锁）

每次地震，受灾最严重的是边远的农村，房屋建筑简陋，不堪一击；伤亡最严重的是留守儿童和老人。

每次地震，我们关注的重点是震级、伤亡人数；我们更应该关注受灾严重区域伤亡人员的年龄。

面对自然灾害，我们不可阻止，但可以预防；救援队的终极目标不是单纯救援，同时要传播、普及正确的减防灾知识，特别是要给孩子们灌输自我保护意识，减少伤亡，加大逃生率。

队长陆玫在返程的路上，已经开始安排第二梯队准备出发了。而队员赵春梅，回到家的第一件事情，就是找到出发前写的遗书悄悄撕掉。

姐姐好漂亮

时间 2014 年 8 月 11—17 日

地点 云南省昭通市鲁甸县龙头山镇、火德红乡

摘要 雇来的司机回头一看，十几块落石飞快滚落下来，就砸在他们汽车刚刚通过的地方，他吓得脸色煞白，双腿发抖，丢下车钥匙，说什么也不开了。

队员 郑建勇　曹双福　荀丽华
王红慧　马雯婷　杨　希
王瑞林　孙理平　武振海
杨　晶　原惠民　吴向华
李震宇　郝羽静　王志龙

给孩子做心理疏导

熙熙攘攘的西安火车站，在匆匆人流中，一队身穿制服的队员引起人们关注，上衣背后四个大字"天龙救援"格外醒目。这是来自山西天龙救援队总队及侯马、太岳山支队合计15人的鲁甸救援第二梯队，将赴鲁甸地震灾区。他们分别从太原、侯马、灵石等地出发，在西安火车站集合完毕后，于当天晚上11时50分，登上了西安开往成都、再转车往云南邵通的火车。

就在前一天，由陆玫队长带队的第一批实施生命救援的7名队员，已平安返回太原，他们15人是山西天龙救援队派出的第二批赴鲁甸参与后续工作的救援队伍。

火车上，当列车长得知他们要开会部署任务时，马上把餐厅腾出一个区域供他们使用。在飞驰的列车上，好多队员第一次相互认识，共同的志愿者使命，从这里开始，让他们结下深情厚谊。他们将并肩作战，迎接并接受灾区人民对他们的考验。

15名队员，能否像第一梯队一样，交上一份满意的答卷？

火车行驶在广袤的大地上，队员们心里有一种莫名的冲动。作为救援队员，平时主要以日常训练为主，打绳结、负重5千米山地徒步、高空速降、生命复苏培训等等，千篇一律，枯燥乏味，总希望能在关键时刻显露身手，奉献爱心。这次能入选参加鲁甸救援，个个都是选出来的精兵强将。他们分别是郑建勇、曹双福、荀丽华、王红慧、马雯婷、杨希、王瑞林、孙理平、武振海、杨晶、原惠民、吴向华、李震宇、郝羽静、王志龙，共计15人。

深夜，来自天龙救援队总队的马雯婷和大多数队员一样，在车厢一直无法合眼。当鲁甸发生地震后，她第一时间请求出队。

"这次救援是我自愿申请参加的，正好和队长当时的安排不谋而合。在队里，我的各项技能考核全部达标，而且我个人是学心理学专业的，有资格证书。队长在第一批救援回来后，有一个受灾的孩子她放心不下，特意安排我过去能给孩子做一些心理疏导。我是女生，可能会比较细致一些吧。"2013年加入救援队、做过多项公益活动志愿者的马雯婷说道。

在火车上，同样无法入睡的还有领队郑建勇。此次带队出征鲁甸，队长陆玫再三交代，一定要确保队员安全，尽力完成壹基金交给的任务，让队员在实战中得到锻炼。这位45岁的领队感到自己肩上的担子好重。他在新闻报道中得知，灾区还有余震，山体随时有塌方的可能，中断的道路仍在抢修当中，未知的风险依然存在……

车窗外，成都平原景色宜人，繁花似锦，鱼米之乡的气息扑面而来。他无心多看一眼，想赶紧眯上一觉，可是怎么也睡不着。

在成都火车站转车安检时，他们携带的液化气罐无法通过安检，带不上车。车站负责人得知他们要赴地震灾区救援，破例让他们通过。

13日凌晨2时21分，长途乘车20多个小时的15名队员到达云南邵通火车站，来自上海厚天救援队的救援人员受壹基金委托，前来迎接他们。虽然他们并不认识，但一见面，队员们还是紧紧地拥抱在一起，互致问候。自地震以后，这里的雨水不断，给震后救灾及灾民安置带来极大影响。3时10分，他们一行15人终于到达壹基金鲁甸大本营，顾不上休息，连夜与上海厚天救援队队长骆驼商讨救灾物资交接事宜，并确定详细日程安排。

大本营设在一所学校内，由于是后半夜，天龙救援队的队员被临时安置在学校食堂，就睡在食堂的长条凳上。队员们刚迷糊着，就听到扑通一声，什么东西掉在地上；被惊醒后好容易睡着了，又是一声很重的掉在地上的声音。女队员杨希、吴向华索性爬起来，迷迷糊糊中发现，原来是固定在地上的长条凳太窄，睡在上面的男队员翻身时不小心掉下去了。好在凳子不高，队员们并无大碍。直到第二天早晨被叫醒，荀丽华才知道原来自己掉地上后，翻了一下身子，在地板上睡到了天亮。同样掉在地上睡着的还有另外两名男队员。

早晨7时30分，仅仅睡了不到4个小时的队员列队集合，整齐站立，接受工作指令。

为统一协调，方便指挥，山西天龙救援队在壹基金指挥部旁边扎起了帐篷，建立起自己的前线指挥所。根据人员现状和现场需求情况，队长郑建勇将队员们临时分成3个工作小组，一组由曹双福、王瑞林、武振海等人进入龙头山镇和火德红乡，负责运送救灾物资，了解灾区情况；二组由王红慧、马雯婷、杨希等人进县城采购爱心物资，给孩子们分发；三组由

帮助需要帮助的人，让世界充满爱。

侯马 周丽霞

郑建勇、孙理平、吴向华等人与陕西曙光救援队对接，确认安置点53名救助孩子的信息，有针对性地开展心理疏导。

同时给队员制定现场纪律：只要是2人以上执行任务，行走时必须列队；当灾民有救助需求时，在确保自身安全和不违背相关规定的前提下，尽力帮助；救援队员有别于志愿者，一言一行，一举一动，要树立山西天龙救援队良好的社会形象；所有队员，必须服从命令听指挥，不得违反纪律，擅自行动。

在壹基金的安排下，队员们当天上午就投入工作状态，开始与上海厚天救援队清点、整理前一天运送来的社会捐赠物资。他们对照物资清单，一个品种一个品种核对，确保捐赠物品种类齐全；核对完品种再核对数量，确保实物与数量相符。如在运输过程中有损坏，也一一登记，注明原因，上报壹基金或慈善协会。整整一个上午，15名队员谁也不休息，荀丽华、原惠民、王志龙、李震宇等几名男队员负责搬运、归类、重新有序摆放，杨晶、马雯婷、郝羽静等几名女队员负责分类、清点、按要求登记造册。堆放在学校台阶上的近50吨救灾物资全部清点、整理完毕。

当壹基金现场救援总指挥沙磊看着前几天还随意摆放、非常凌乱的各类捐赠物资，用了半天时间就被山西天龙救援队整理好以后，竖起了大拇指："你们真是好样的，我替灾区人民谢谢你们！"

地震之后，作为民间救援组织，更多的工作是进行救灾物资的转运、发放，对灾民进行过渡安置，还有更细致的工作是对受到惊吓和失去亲人的孤儿、老人进行心理疏导，让他们尽快走出阴影，重新树立生活的信心。

在鲁甸职业中学实训基地安置点，有53个地震中失去父母的孤儿。天龙救援队到来之前，由陕西曙光救援队负责安置及心理疏导，他们前期完成安置任务后，将安抚及疏导工作交给了山西天龙救援队。事实上，每一次自然灾害过后，最复杂、最麻烦、难度最大的就是心理疏导，效果好坏，关乎孩子们今后能否健康成长，其责任要远大于相对简单的物资转运、分发等。

"第一眼看到这些孩子，觉得他们十分可爱，眼神中流露出天真无邪，瞪着大眼睛看着我们。但他们都不爱说话，不仅是害羞，关键是还没有走出地震之后的恐惧。"作为女性，队员杨晶这样讲述她看到的孩子们。

"我学过心理学，孩子们的眼神感觉很空洞，虽然眼睛看上去很大，但眼睛的背后是茫然。他们承受的心理压力特别大，与他们的年龄不符。"马雯婷说这些话时，心里面依然是酸酸涩涩的。

来鲁甸之前，有爱心人士捐款，委托天龙救援队带到灾区。根据孩子们还缺少棉衣、学习用品的实际情况，王红慧、马雯婷、杨希等人冒着酷暑，徒步从大本营到县城去购买。他们对比价格，货比三家，连续跑了好多家刚刚开门的商店，为53个孩子购买了衣服、鞋子、羽绒服以及一些学习用品等。当这些孩子们得知要给他们发放衣服、书包时，早早来到学校门口排队等候。队员们一一将这些物品发到孩子们手中，孩子们嘴里不停地说着"谢谢叔叔""谢谢姐姐""谢谢"。领到漂亮衣服和心仪的学习用品，孩子们开心极了，脸上露出天真、灿烂的微笑。

发放那天，雨停了，灾区出现难得的一个大晴天。因地震而歪斜的国旗旗杆也被队员们竖立好，火红的国旗在蓝天下异常耀眼。孩子们开心地和队员们在学校操场上奔跑、嬉戏、拍照留念。

"对于这些天真的孩子，他们除了需要一些必需的生活用品和学习用品外，其实他们的孤独是最让人担心的。这些孩子当中，有的刚失去父母，一时还无法从悲痛和无助中走出来，地震的阴影还笼罩着他们，我们就是要想办法转移他们的注意力，让他们尽快回归到正常生活。"面对一群这样的孩子，队长郑建勇说。

"我们和他们做游戏吧。"马雯婷提议。

"行，孩子们一定喜欢。"吴向华马上响应。

队员们把小时候玩过的"小猴子捞月亮"游戏照搬过来，大家拉手成水井状，选一个小朋友到圈内当月亮，另外选两位小朋友在外圈做猴子。活动开始后，小猴子要伸手抓里面的小月亮，充当水井的小朋友要转着圈保护小月亮，小月亮要躲躲闪闪不被抓到。一旦被抓到，小月亮要出来表

公益可以美化心灵，塑造修养，让世界更加美好。

翼城 刘明军

演节目。

挑西瓜：选择一个小朋友做挑瓜人，其他人蹲下做西瓜。游戏开始，挑瓜人可以走到任何一人跟前，轻轻拍着这个人的脑袋，问，西瓜熟了没有？被拍到人如果不愿意被选，就说，西瓜没熟。选瓜人继续选，如果被选人说，西瓜熟了，则要马上起身去追提问的挑瓜人。被抓住的挑瓜人要表演一个节目，然后坐下成为西瓜。熟了的西瓜换了角色，成为挑瓜人。

在学校的操场上，一群孩子和身着队服的救援队员们，一会儿是西瓜，一会儿是月亮，一会儿又是猴子，开心地大声喊着、笑着、愉快地奔跑着，引来好多围观的百姓。地震以来，孩子们的情绪非常低落，今天，是他们最快乐的一天，他们的心结被天龙救援队的一场游戏彻底打开了。

天黑了，孩子们拉着队员的衣服不让离开。有个稍大一点的孩子会下棋，男队员孙理平就找来棋盘，在灯下厮杀几盘。输了棋的孩子不服气，说："再来一盘，这盘我总能赢。"

"可以，但不许悔棋啊！"在接下来的几盘棋，孙理平故意让这个孩子赢了两盘。

"怎么样？还是我厉害吧。"孩子赢了棋，高兴地说。

"小小年纪，还是你厉害。佩服，佩服！"孙理平抱拳向孩子示意。这名孩子脸上乐开了花。

站在一旁的老师悄悄告诉队员，地震之后，孩子成了孤儿，多少天了，一直闷头不说话，今天终于露出了笑脸。

在女生宿舍，一群女孩子围着马雯婷，几个大一点的调皮地问她："姐姐，姐姐，你有男朋友吗？""姐姐，姐姐，你有几个男朋友？"

"哈哈，姐姐有男朋友啊。有几个？让姐姐想想。嗯，一个、两个、三个、四个，五个。"

马雯婷一本正经地板着手指头数，"一五得五，二五一十，三五十五，四五二十，五五二十五。啊呀，姐姐数不过来了。"马雯婷扮着鬼脸回答，话没说完，自己就先哈哈大笑起来。

"姐姐好漂亮！"一屋子的小朋友被逗得前仰后翻，乱作一团。

那几天，天龙救援队的几名队员，轮流在学校和孩子们玩游戏。把从网上找来的、小时候玩过的各种游戏，一一玩了个遍，实在没有新的，就向朋友圈求助。每天晚上，队员们还要陪孩子们聊天、下棋、讲故事、捉迷藏。大一点孩子，吴向华、郝羽静等人辅导他们学习、画画儿，一直忙到很晚。

在这所学校，马雯婷找到了陆玫特意安排做心理辅导的那位叫小文的男孩子。这几天，她走到哪里就把小文带到哪里，队员们开玩笑地说："走了个丸子，来了个狮子。一个能吃，一个很凶。"最早结识小文的是第一梯队的梁耀丰，网名丸子，是她将情况向陆玫反馈的，陆玫这才安排网名小狮子的马雯婷特意关照这个孩子。

小文是孤儿，非常聪明。前些日子就和沈晋魁、武振宇、刘亚兵他们混得很熟，一见到穿着一样制服的马雯婷他们就感到特别亲切，每天黏在他们身边。下棋、游戏、打球、讲故事，他样样都参加，每天跟在马雯婷屁股后面问：

"姐姐，我们去哪儿？"

"姐姐，那地方我知道，我带你去。"

"姐姐，给我讲个故事吧。"自从见到他们，小文开心的笑容就一直挂在脸上，眼神背后的东西渐渐少了，开始变得清澈起来。

"我真舍不得丢下灾区的这个弟弟，他一口一个姐姐，一口一个姐姐地叫，把我的心都快萌化了。"说这些话时，觉得自己平时很坚强的马雯婷，还是忍不住掉下了眼泪。

由曹双福、王瑞林、李震宇、王志龙等人组成的小组，被安排随同运送帐篷、大米、食用油、彩条布的车辆前往龙头山镇。通往震中的道路虽然已经抢通，但坑洼难走，车辆只能缓慢前行，遇到塌方就停下车等候。有些地方车轮打滑过不去，队员们就找来石块、树枝垫到车轮下，推着汽车通过。有时候见修路人手不够，队员们就上去，挥动铁锹帮忙。最多1个小时的车程，他们走了四五个小时才到。物资送达龙头山镇转运地后，他们几个又帮着开始往下卸货。大小6车物资，他们和几个志愿者足足卸

壮志凌云，任重道远。

大同　王慧芳

了有 3 个半钟头，一个个累得浑身快散了架。当天返回鲁甸大本营已是晚上 10 时半，营地没有饭了，只好泡了包方便面就赶紧睡觉了。

在大本营，来自全国各地的救灾物资都要在这里集结，然后分发到各个乡镇。这些物资，有壹基金的，有慈善总会的，还有扶贫基金会等多家社会团体的。地震之后，每天有大量物资到达，到达时间也不确定，白天晚上都有。这时候的队员是不分组别的，几乎 24 小时轮流转，只要一有物资到达，他们马上开始卸货，然后进行登记造册。有时候队员们晚上刚刚躺下，来物资了，一声口令，立马起来去卸货。一开始队员还脱衣服睡觉，后来觉得又穿又脱太麻烦，索性睡觉连衣服也不脱，只要一声口令，马上就位。卸物资太累的时候，即使是大白天，队员们常常躺在路边就睡着了。

火德红乡是鲁甸遭灾严重的地方之一，去往乡里的道路至少有 10 处遭遇塌方和滑坡。队员们亲眼所见，刚刚抢修通的一处道路，铲车还在路上作业，一大片山坡滑下来，险些将铲车推到沟里。路断了，他们乘坐的运送物资的车辆只好原地等候。有好几个地方，人们需要下来徒步行走，运送物资的车辆勉强从仅能通过一辆车的地方通过。

一次送完物资返回时，遭遇道路塌方，运送物资的车辆和救援队员被困在一个山沟里，进退两难。天渐渐黑了下来，又下起了大雨，道路抢修被迫中断，他们无法返回营地。荀丽华、杨晶、原惠民、郝羽静、孙理平等人，只好在老乡家的菜地边找了块儿平地，支起帐篷。没有睡袋，他们就 2 人甚至 3 人挤在一顶帐篷内取暖。一整天了，基本没吃什么东西的他们准备饿着肚子睡觉时，忽然听到帐篷外有窸窸窣窣的声音，打开帐篷一看，外面站着几个老乡。原来邻村的老乡得知他们一天没吃饭，半夜三更给他们送来了烤好的土豆，还拿出自家酿的酒让他们喝。队员们饿坏了，抓起土豆就往嘴里放，连皮也顾不上剥。老乡赶忙说："慢点，小心烫嘴。"那晚上吃的几个烤土豆，队员们觉得那是天底下最好吃的土豆，其中包含了老乡浓浓的情谊。 当队员们要付钱给老乡时，几位老乡说什么也不要。

在龙头山镇和火德红乡，山西天龙救援队共转运发放 300 吨大米、500 件军大衣、80 条彩条布和 1500 箱食用油，还协助长治义工协会代购、发放价值 13700 元的应急物资，惠及 58 个家庭、227 个村民。

每次地震过后，由于信息不畅，导致灾民安置、物资发往等严重滞后，特别是震后重建，更需要大量准确信息。因此，灾后有一项十分重要的任务就是灾情摸查。

当队员王红慧、马雯婷、王瑞林、杨希4人接到赴灾区摸查的任务时，他们为如何深入一线犯了难。需要摸排的村子都是边远地区，交通本来就不方便，地震又造成道路被毁。他们到镇上一家摩托车店租赁摩托车，老板得知他们要到村子去做震后摸查，说什么也不收他们的钱，还把摩托车加满油。

王红慧和王瑞林骑着摩托车，载着马雯婷和杨希向大山深处进发。途中，一条湍急的河流挡住去路，涉水通过时，王红慧驾驶的摩托车翻倒在河水中，两人的衣服被浸湿。翻过一道山梁，山路愈加陡峭，他们的摩托车沿盘山路行驶了好长时间，颠簸路段几乎把他们刚刚吃下的几块面包颠出来。

他们来到沙坝村祭龙山社，这里住户十分分散，艰难地翻过一道山梁，往往只有三五户人家。全村76户305人，遍布在大山深处的山梁、河谷当中。为统计准确，他们4人挨家挨户地摸排，不放过一户偏僻人家。村民反映，过去村里有井水吃，山里也有泉水可以喝，地震之后，地质变化，村里的水源枯竭，已无干净的饮用水，村民们只好吃储存的雨水和被污染的沟里的脏水。地震有房屋倒塌，还有灾民露宿在外，分发的帐篷、床、棉被数量不足，急需增加救灾物资。

在翠屏村摸查时，队员杨希、马雯婷见到一个小女孩儿，大热天穿着厚厚的棉衣。杨希问她"要不要脱掉衣服"时，小女孩很戒备，大大的眼睛里全是对陌生人的抗拒，没有回答就跑开了。杨希和马雯婷放心不下，摸查完毕后又来到这个女孩儿家，见她正拿着笤帚扫地，小小的个子还没有笤帚高。她妈妈说小女孩今年3岁了。问她孩子什么时候学会做家务的？妈妈说，会走路就会了，在山里，这不算什么。

母亲的话语很轻松，但两位女队员听着心里面酸酸的。

在火德红乡，队员们总能看到一个8岁的小姑娘，她的背后背着一个

事情是干出来的，技术是练出来的，能力是学出来的，本事是实践出来的。

长治 白树林

大竹篓，里面是她 6 个月大的亲妹妹。地震夺走了父母和爷爷的生命，只剩下一个年迈的奶奶。家里的房子塌了，她们和奶奶临时住在救灾帐篷里。队员王瑞林心疼地问她将来怎么办？小姑娘回答说，她要和妹妹过一辈子。

王瑞林在讲述这个故事时，这位经历过风风雨雨快 50 岁的男人，眼里噙满了泪花。

"面对这种状况，作为一名救援队员，我们能做的，实在太少太少。"他感慨地说。

一天黄昏，王红慧几人刚刚从村里摸排回到指挥部，准备汇报当天情况，忽然发觉指挥部气氛不对，一个个表情严肃，神情紧张。一打听，原来有当地老乡反映，火德红乡翠屏村有人得病了，好像是麻风病。这一消息立刻在指挥部炸开了锅，"震区发生麻风病疫情"也在网上传得沸沸扬扬。

"几天前，老婆打电话告我，网上说这里发生疫情，传染非常厉害，让我赶紧回去。我不以为然，没想到果然有传闻。"王瑞林回忆说。

地震过后的灾区，最大隐患是疫情，何况麻风病是一种传染性极强的疾病，一旦疫情蔓延、控制不当，必将造成恐慌，难怪人们紧张。最紧迫的任务是立即深入现场进行调查，确认消息是否准确。当时天色已晚，没有司机愿意冒险行车。何人能担此重任，愁坏了指挥部的几位负责人。

"当时，还有鲁甸青年商业协会（以下简称'青商会'）的志愿者在翠屏村开展工作，因为没有手机信号，信息无法反馈，协会领导急得团团转，不知如何是好。"王红慧介绍说。

见此情形，王红慧、王瑞林主动请缨，带领马雯婷、杨希和"青商会"的 2 名工作人员一道，前往翠屏村获取第一手资料。

王瑞林乘坐鲁甸"青商会"租用的一辆车，在前面带路，王红慧亲自驾驶另一辆车在后面跟着，两辆车一前一后，伴着星星驶进浓浓的夜幕中。路上，先是一条小河拦住去路，河水不深，但车辆通过时有一辆车熄火，他们几个只好站在水里推车。河水冰凉，鞋里灌满了水，杨希、马雯婷两位女队员的双脚一直木着没有知觉。

山路漆黑，狭窄难行，有多处塌方。遇到好几处急弯，王瑞林下车指挥，两位司机小心翼翼驾驶，车轮几乎贴着悬崖通过。车上其他人闭着眼睛，一句话也不敢说。

有山地车辆救援经验的王红慧，命令前车王瑞林打开对讲机，听从后车指挥。他安排马雯婷和杨希分别坐在后排座的左右侧，打开车窗，用手中的应急灯照射山体观察，如果发现有大块落石，就喊"西瓜"，如果只是一些小碎石，就喊"核桃"。两辆车前车负责开路，后车负责观察。

忽然，杨希观察到一块大石头从山上滚落下来，大喊"西瓜、西瓜"，王红慧立即指挥前车加速通过躲避。前车司机缺乏应急经验，犹犹豫豫中踩下制动，石块砸中了汽车保险杠。"西瓜、西瓜！"杨希还在喊。王红慧见状，命令前车司机不要停车，越过石块冲过去。司机赶紧打方向，加油冲出几十米后把车停下。结果，紧随其后的十几块落石飞快滚落下来，砸在距离王红慧他们车不足5米处。如果头车不是加油快速离开的话，必将被石块砸中，后果不堪设想。

几乎吓傻的雇来的司机双腿发抖，丢下车钥匙说啥也不敢开了。王瑞林坐在驾驶员位置，和王红慧一前一后，继续驶往大山深处。

晚上10时多，他们终于来到翠屏村，敲开村支书家的大门。村支书一脸惊讶，疑惑地问他们这么晚来干什么？当这位村支书得知他们的来意后，告诉他们，这个村子过去确实有人得过麻风病，但已是几年前的事了。村里有病人，是普通疾病，已得到救治，没有发生疫情。"青商会"的志愿者也一切安好，只是因为没有信号，无法与外界联络。传说中的麻风病疫情纯属无稽之谈。

当晚，他们连夜返回，在手机有信号的地方，第一时间将调查结果上报指挥部。由于信息反馈准确、及时，避免了因消息不实带来大范围恐慌。

在之后落实壹基金净水计划工作中，他们遇到一位来自山西大同的志愿者，他开着一辆皮卡车，一直免费载着他们走乡串户，圆满完成灾区净水设备的选址、安装任务。

15名来自山西天龙救援队第二梯队的队员，向灾区人民交出了一份满意答卷。

为期一周的救援任务结束后，马雯婷总也忘不掉灾区的一个小女孩，

做事会让人看出你的软肋，做事也会让自己拥有铠甲。

太原 张飞燕

她写下这样一段文字：

你朝我伸开双臂，每一次，我能做的，就是让你抬起的手不落空。

从前天下午我空闲下来去帮孩子们一起挑拣灾后寄来的衣服，你跑来拿着一件旗袍对我说"姐姐你穿这个漂亮"开始，我就对你有特别的关注。你的两个姐姐挑拣到的衣服全部装到你手提的大袋子里，你拎不动，一步一步走得艰难，但满脸的幸福我能看到。

今天统计完票据，我一个人坐着，一群孩子跑来玩，他们争先恐后问我，这个姐姐哪儿去了，那个哥哥哪儿去了，只有你跑来坐在我腿上。你是个懂事的丫头，我从没有看到你像别的孩子一样，仗着志愿者姐姐、兵哥哥们的心疼爱护，任性要赖、索要东西。尽管你的年龄做这些本也是最正常不过的。

今天你在纸上写下"姐姐好漂亮"五个字送给我，虽然"漂"字写错了，虽然我们几乎没有语言交流，但我依然很感动。你就是这样，面对这场突如其来的地震，像是拥有了一个成年人的乐观、满足与温暖。

我来灾区可以做很多事情，唯独不想感受情感、听故事，因为会太难过。

灾害无情，当你向我伸出双臂，我就将你揽在怀里，让你安心体会人间美好的瞬间。

蝴蝶谷惊魂

时 间　2013 年 4 月 7 日

地 点　朔州市山阴县蝴蝶谷

摘 要　队员鲍慧悬吊在 20 多米高的冰瀑上，准备
　　　　将遇难者遗体从冰瀑中部的水槽内转运出
　　　　来，意外发生了，一块巨大的冰块突然断裂，
　　　　重重砸在他的腿上……

队 员　郭　轩　张乐天　黄　刚　鲍　慧　龚义凤
　　　　姬隋荣　李俊博　李　言　秦义军　王红慧
　　　　宋　彬　赵　健

救援队员

虽然那次救援已过去好多年，但说起山阴蝴蝶谷，说起救援过程中被坠落的冰块砸中腿部，鲍慧一直认为，这是他参加几十次救援以来，最危险的一次经历。

被冰块砸中的时候，他悬吊在一面20多米高的冰瀑上，正准备将遇难者遗体提吊至瀑布一侧平台。如果那块忽然坠落的冰块砸中头部，鲍慧可能会因此丧命，因为那块坠落的冰块看上去少说也重几百千克，能不害怕吗？

"当一名救援队员，本身就有很大风险。"鲍慧说，"有时候是靠过硬的技术，有时候是靠运气。"

蝴蝶谷，一个好听的名字。可能是不想让这个美丽又迷人的地方笼罩太多阴气，或者是鲍慧的运气确实好，总之，坠落的冰块只是侥幸砸在了腿部，他幸运地与死神擦肩而过。受伤后的他，忍痛坚持和同伴完成了那次救援。

事情还得从2013年春季的4月5日说起。

在网上约伴的9名户外驴友，相约到忻州代县与朔州山阴县交界的草垛山一带游玩。便捷的网络，让这些有共同兴趣爱好却又素不相识的驴友走在了一起。初春，山上渐渐有了少许绿色，山桃花开了，柳树吐出了嫩芽，一个万物复苏的踏青季节。

山里，有一个被老乡称作蝴蝶谷的地方，隐藏着一处大瀑布，高50多米，是大山里少有的一处景点。峡谷幽长，瀑布高悬，山石嶙峋，断崖绝壁，这群喜欢探险的驴友相约爬山，一多半就是冲着这个瀑布来的。特别是在初春季节，温度回升，冰冻了一冬天的冰瀑开始融化，整面冰瀑上，既有坚固冰柱的不同造型，又有轻盈流水的晶莹剔透，当太阳光照射在冰瀑时，冰面犹如一面竖立在峡谷中的镜子，反射出耀眼的白光。众多户外爱好者不惜翻山越岭，穿越荆棘，进山寻找这一美景。

9名驴友经过四五个小时在山里行走、攀爬，终于来到瀑布上方，原计划在此拍照留念后，沿荆棘丛生的山路，再想办法下到冰瀑底部，进入峡谷。然而，就在驴友们兴奋地摆出各种造型拍照时，意外发生了，一名38岁的男性驴友在移动时，脚下打滑，站立不住，摔倒在冰面上滑行数米后，从冰瀑上方坠落下去。峡谷中传来一声坠落者的惨叫后，一下子变得静悄悄的。

"他滑倒后我去抓他，没有抓住，自己也摔倒了。幸亏我当时有一只脚不在冰面上。"一位驴友试图帮助他，但没有成功，实在太滑了。

"他滑倒的地方布满青苔，离坠落点还有十几米远，青苔下面就是冰面，根本站不起来，也停不住。我们在一边干着急，帮不上忙。"一位驴友这样说。

同行的驴友，几乎是眼睁睁地看着这位同伴消失在冰瀑下方，一个个立刻吓傻了，不知所措。愣了好一会儿，不知谁喊了一声"赶紧报警"，这才有人掏出手机打电话。但此处根本没有信号，无法与外界联络，也无法确定具体出事位置。他们朝崖底大声呼喊坠落者的网名，没有回应。他们想下去寻找，四周没有路。施救未果，无奈之下，这几位驴友向山下撤离，找到有信号的地方后，拨打了110报警电话。

忻州、朔州两市公安、消防都接到了报警求助电话。18时42分，山阴县消防大队首先出动一辆抢险救援车，5名消防官兵第一时间赶往现场。代县公安和消防也一起出动赶往现场。在山阴县马营庄乡沙家寺村，他们联系到一个村民带路，上山营救。上山途中，救援人员找到报警的几位驴友后，天已完全黑了下来。由于地形复杂，夜间能见度低，进山后仅仅走了1个小时，搜寻队员就找不到继续前进的路了。几位驴友早已迷失方向，无法对出事地点进行准确描述。

天越来越黑，气温骤降。坠落者生死不明，凶多吉少。为尽快找到这名驴友，参加搜寻任务的一行消防官兵和公安干警，在没有路的情况下，艰难地开辟通行道路，克服能见度差、气温低等困难，一点一点向大山深处行进。大家心里清楚，早一刻到达失事地点，早一刻找到坠落者，早一刻开始施救，这名不幸从瀑布顶端坠落的驴友就有生还的希望。大约5个小时之后，他们一次次迷路，一次次折返后，终于攀爬到蝴蝶谷瀑布上方

天下太平，龙腾盛世，救危济困，援弱助小。

洪洞　吕福荣

驴友坠落区域。

黑漆漆的峡谷向远处更加黑暗的地方延伸,一条冰带在夜色下泛着阴冷的白光。这条白光渐渐被黑暗吞噬,白光断裂、消失的地方,就是那名驴友的坠落处。大家不惧寒冷,忘记疲劳,大声呼喊着驴友的名字,希望在寂静的夜空下,能传来坠落者一声生还的回应。深夜的大山里,只有他们头上闪烁的头灯和天上亮晶晶的星星,四周一片黑暗,静得令人毛骨悚然。

4月6日凌晨5时多,奉命前来增援的朔州消防支队特勤中队的9名消防官兵赶到事发山上,与连夜进行搜救的前期到达的消防官兵、公安干警会合,携带救援装备,手脚并用,继续向峡谷行进。下午4时45分,在崎岖的大山中艰难搜寻近11个小时后,消防官兵和公安干警,在同行驴友的指引下,终于通过望远镜,从镜头里看到了那名失踪驴友。这名驴友从50米高的瀑布顶部摔下后,跌落至瀑布中部距地面20多米的一块陡峭岩石上。无论救援人员怎么呼喊,坠落者均无任何反应。因坠落时间过长,又经过大山里极其寒冷的一个夜晚,失血加失温,初步判断,已经遇难。

虽然找到了遇难者,但崖陡沟深,距离救援人员所处的位置还有将近20米高的落差,如何将遇难者运到地面成为摆在救援人员面前一道难题。由于缺乏专业的冰爪、冰镐、绳索等野外救援器械,现场又刮起了大风,无法展开有效施救工作。现场总指挥立即向上级做了汇报,请求有户外绳索及攀冰经验的民间救援队增援。

山西天龙救援队6日下午5时接到来自山西省公安厅110指挥中心的电话,当队员们得知遇难者坠落冰瀑之后,连夜准备救援所需的专业器械。7日凌晨6时,天龙救援队副队长郭轩、姬隋荣带领10名队员,分乘4辆车赶往朔州山阴县,一同前往的还有大同户外探险联盟救援队6名队员、大同蓝天救援队8名队员,他们将与消防人员和公安干警一道,组队联手实施救援。

上午11时50分,增援的3家民间救援队员,背着沉重的绳索、冰镐、安全器械等救援装备到达蝴蝶谷,徒步攀岩到事发地展开救援。

"虽然前期与当地消防、公安沟通中,他们大致介绍了情况,我们或多或少有了一些心理准备,当我们艰难地攀爬到失事地点时,现场的环境比我们想象的要复杂得多,也危险得多。"天龙救援队领队郭轩介绍说。

张乐天是救援队老队员，提起蝴蝶谷救援，他说："瀑布位于峡谷尽头，有规模的一共有3级，高度达到50多米，很壮观，也很漂亮。坠落者跌落至二层一块岩石上，距离地面至少还有两个平台20多米高。如何将遇难者解救下来，与一般的山地救援相比，难度远远超出我们想象。"

由于事发现场地理位置特殊，周边环境复杂，峭壁上既有飞流直下的瀑布，又有未融化的冰块，如有不慎，会对救援队员造成生命威胁。如何能在确保救援人员安全的情况下完成救援任务，成为公安、消防及民间救援人员面前最大的一道难题。

依据现场实际情况，大家紧急商谈施救方案，决定分别成立5个救援小组。第一小组由天龙救援队员组成，在当地向导带领下攀爬到事发瀑布顶部，从上方位置固定救援绳索，以垂吊方式下降到遇难者身边；第二小组由1名消防队员和2名大同户外探险联盟救援队员组成，借助消防人员前一天已经铺设好的"绳索通道"，从瀑布下方的水潭附近，攀爬到遇难者被困岩石下，配合第一小组吊运遇难者；第三小组由2名大同蓝天救援队员和1名消防人员负责在第三平台接应；第四小组由天龙救援队副队长姬隋荣负责协调消防、公安人员和现场救援人员，在瀑布外侧负责完成对遇难者的转运；第五小组为现场观察组，密切观测悬崖及瀑布上方在施救中有无零星落石或融化的冰块掉落。

郭轩、黄刚、龚义凤、李言等人跟随向导，沿峡谷反向行走一段距离后，找到一面倾斜的岩壁，堆砌的两块岩石中有一条弯曲的裂缝。他们几人手足并用，从这条狭窄的石缝中攀爬到了瀑布顶端，开始设置、固定救援绳索。郭轩、龚义凤、黄刚反复检查绳索锁扣，确认连接无误。队员鲍慧穿上消防队提供的一套防水衣裤，和队员李俊博一道，一前一后，从瀑布顶端缓慢往下部悬吊。

队员李言在瀑布上端负责观察，张乐天、王红慧等人在峡谷底部密切注意落石或坠冰，用对讲机指挥鲍慧、李俊博从瀑布顶端缓慢下降。

只要天龙召唤，随时奔赴需要去的地方。

祁县 王星宇

鲍慧第一个到达坠落者位置，确认这名驴友已无生命迹象，身体僵硬，冻在了冰面上。从冰瀑上融化的冰水将鲍慧淋成了落汤鸡，即便他穿着防水衣裤，依然冻得浑身发抖。

站在冰瀑上方的几名配合队员也不好受，他们的位置处在风口，峡谷中倒灌的凉风夹杂着融化的冰水，拍打在他们的脸上、手上，有如刀割一般。

最难受的还是吊在半空的鲍慧和李俊博。鲍慧一只脚踏在冰面上，一只脚踏在岩石上，用绳索固定住遇难者手脚。这时，前来接应的李俊博也慢慢下降至鲍慧右侧，将遗体往主绳上固定。

就在他们按照原定救援方案将遇难者往下一平台转运时，意外发生了，鲍慧上方一面十几米高的冰块突然整体坍塌砸下来。鲍慧正忙着固定遗体，忽然听到头顶上方有断裂的声音，也听到了同伴在对讲机里"有碎冰"的呼喊声，他本能地脚蹬冰面，快速将身体跃起，头躲了过去，坍塌的一大块碎冰砸在了腿上。

"有人受伤了，有人受伤了！"现场一片惊呼，所有参与救援的消防官兵和救援队员们的心，一下子都提到了嗓子眼。

"鲍慧，鲍慧，怎么样？严重吗？"领队郭轩马上在对讲机里急切地询问鲍慧。

鲍慧艰难地转动了一下被吊着的身体，活动了一下被砸中的右腿，虽然很疼，但并无大碍。

"还行，问题不大。"鲍慧回答道。

"鲍慧，能不能坚持？如果严重，马上撤下来，另外换人。"在瀑布上方为鲍慧和李俊博做保护的龚义凤担心自己的队员隐瞒伤情。

"放心，我没问题。"鲍慧坚持着。

"好，注意安全。"龚义凤和鲍慧的这一段对话，不仅天龙救援队的队员听到了，包括现场所有参与救援的人员都听到了。

鲍慧忍着疼痛，将遇难者再次固定在主绳索上，李俊博在空中拽扯下降。已在下层平台做好接应的一名消防人员和大同户外探险联盟救援队队长大雄、副队长轴人，冒着飞泻而下的冰水，用绳索将遗体继续往下层移动。轴人抬着沉重的遗体在湿滑的岩石上挪动脚步时，脚底打滑摔倒，险些跌落崖底，幸亏手快抓住身旁的小树枝。早已等候在第三层平台的大同蓝天救援队员大公鸡与一名消防员，稳稳地将遇难者的遗体接住，传递至冰瀑底部。

为尊重逝者，大同的几位救援队员，在现场对遇难者遗体进行清洁整理、捆绑固定。朔州消防支队特勤中队参谋长孙勇和天龙救援队副队长姬隋荣，指挥现场联合进行营救的朔州、忻州几十名消防官兵、公安干警，以及太原、大同的救援人员，沿前面战友开辟的下山通道，轮流抬着遇难者遗体，以传递接龙的方式，向山下撤离。

下午 4 时 45 分，遇难者遗体被成功运出蝴蝶谷。

此次蝴蝶谷成功救援，山西天龙救援队得到山西省公安厅高度认可，被授予"救援先锋"荣誉称号，专业救援技术也因此得到了官方第一次认可。

救 援 总 指 挥

时 间 2014 年 9 月 21—27 日

地 点 山西省太原市小店区坞城村

摘 要 正在加建五层的一栋临街居民楼发生坍塌，
街上有行人通过，楼下有摊贩经营，楼内还
有工人施工，事故造成多人被埋。

队 员 黄　刚　鲍　慧　姬隋荣　沈晋魁　武振宇
李文耀　马雯婷　张宏斌　王映明　庞宏岗
王牛小等

总指挥黄刚

一起突发的楼房坍塌事件，惊动了时任太原市市长耿彦波。耿市长第一时间赶赴事故现场，临街一间门面房被辟为临时指挥部。

现场位于城乡接合部的小店区坞城村，正在加建五层的一栋居民楼在施工中发生坍塌。当时，楼内有数名工人干活儿，狭窄的街面上有行人通过。事故造成多人被埋，道路中断，现场一片混乱。

当山西天龙救援队与公安、消防、武警等各救援队伍到达现场后，耿市长果断授权黄刚为救援现场总指挥，所有参与救援的队伍由他指挥、调遣。

"只要救人需要，你可以给太原市任何一家单位领导打电话，有权调用一切所需资源。"耿市长说着，让秘书将一份地方水电气暖、市政工程、武警消防等相关单位领导的通讯名单交给了黄刚，还安排一名政府副秘书长协助黄刚指挥。

黄刚是谁？为何受到市长如此青睐，委以重任？

他是山西天龙救援队副队长兼搜救大队队长，经验丰富的实战救援专家。事故现场，有一大群和他一样身着红色队服的队友，上衣背后的"天龙救援"四个大字格外醒目。

一个堂堂大市长，怎么能把如此紧迫、责任重大的现场救援指挥权，交给一个大多由志愿者组成的民间救援组织？

9月21日下午，太原市小店区坞城村，这个位于城乡接合部的村庄，像往日一样拥挤、喧嚣、嘈杂，人来人往。坞城村，因附近有几所大学和多家知名中学，这里的房子被市民称为"学区房"；又因交通便利、生活方便、房租便宜，成为打工一族的理想居住地。

伴随着城市快速扩张，早已无地可种的农民，一家效仿一家，将自家的宅基地盖房出租。由于村子土地有限，村民只能在原有住房基础上违规往高加层，低则二三层，高则五六层。由于并非一次设计施工完成，而是逐层加盖，多为钢架与混凝土混合结构，连接部位薄弱，整体稳固性差，

只争朝夕，不忘初心，尽我所能，振兴天龙。

太原 李凯

安全隐患多，楼间距非常小。

村民王某某的房子刚开始只有一层，是门面房，一直以来都是蔬菜店，后来加盖了二层彩钢板房，之后又盖了第三四层，采用钢架，再用空心砖填满。本来加盖完成到四层的房子结构就不牢固，但看到有巨大的市场，王某某依然决定继续加盖第五层，为坍塌埋下致命隐患。

"都是为了多赚钱啊，一些村民见不得别人家的房子比自家的高，生怕被抢了生意。"一位在坞城村居住多年的租户说。

"私自加盖使楼与楼之间距离越来越小，不仅影响采光，而且保证不了房屋的安全性。"坞城村的一位村民说。

村里的人都是这么做的，好像也有人管，但没效果，结果就出事了。

21日下午6时07分，王某某家正在加盖五层的房屋整体发生坍塌，现场裸露着断裂的钢筋、水泥横梁和倒塌的彩钢板，地面上到处都是散落的砖头、石块和灰土、木板，一堵坍塌的墙体倾斜后砸向了前排另一户居民楼。房屋倒塌时，楼内还有施工人员干活儿，造成多人被埋。由于坍塌处路面很窄，只有一米多宽，有行人通过，也被殃及。

当时，一名女租户正好从巷子通过，万幸离倒塌的楼房有三四米远。"我看到施工的脚手架上正在起吊一摞木板，忽然听到有断裂的声音，有东西从上面哗啦掉了下来，然后房子就塌了。"她心有余悸地说，"跌落的砖块没有砸中我，灰沙灌了我一脖子，满身都是土。"虽然她侥幸没有受伤，但受到了惊吓。

旁边一位目击者说："楼下有一名干活的工人，正在往小推车上装混凝土，楼房倒塌时，他听见声音不对劲，扔下小推车就跑，人跑出去了，小推车被水泥横梁砸扁了。"

大学生小夏也是幸运的。当他骑着自行车通过那个巷子时，忽然觉得有东西落到身上，他停下车子回头一看，发觉身后的那栋楼房正在倒塌。

"我吓坏了，赶紧使劲蹬脚蹬子，逃离了那个地方。随后就听到'轰'的一声，我知道一定是房子塌了。"小夏骑远一点才敢回头看，刚经过的那栋加层的楼房已经完全倒塌，小巷也被堆积的石块堵住。

"太吓人了，要是晚过来几秒钟，我就被砸在里面了。"小夏肯定地说，"我回头看时，楼房里有干活的人，巷子太窄了，有不少路人，一定有人没跑出来。"

坞城村发生楼房坍塌、多人被埋的事故消息，顷刻间传遍了大街小巷。事故发生不到半小时，太原市、小店区两级政府迅速组织公安、武警、消防、医疗等相关部门赶赴现场，进行全力抢险救助，并采取得力措施防止引发二次灾害。

发生在家门口的坍塌事故，几乎不需要召集，山西天龙救援队的鲍慧、黄刚、姬隋荣等多名骨干成员就自发前往事发现场，阳泉、侯马、太岳山等支分队也积极备勤、集结，做好增援准备；蓝天救援队、矿山救援队等多家或官方或民间救援组织也急速赶到现场施救。

现场已成立临时指挥部，公安、消防、武警、医疗等部门全部到位，涉及的水电气暖、市政工程等部门的人员也已赶到现场，全力配合，一场时间与生命赛跑的救援工作急速展开。

由于倒塌房屋位于该城中村小巷南侧转弯路口，坍塌的水泥块、空心砖、断钢筋、彩钢板、施工建材等房屋废墟，把一个不到两米宽的小巷塞得满满的，堵了个严严实实。

事故现场通道狭窄，被埋人员情况不明，大型救援设备一来无法进入，即便进入也因可能对伤者造成二次伤害而无法作业，救援工作暂时只能依靠人力进行。

临时指挥部要求各级救援部门首先摸排现场，不惜一切代价抢救伤员，同时要有效防止二次坍塌和其他次生灾害发生。事故现场周围的居民被紧急疏散、安置，武警在现场周边拉起了警戒线，供电部门紧急出动，快速架起了探照灯。到达现场的救援人员按照"由浅入深、由外向内、先易后难、先重伤后轻伤"的顺序，结合现场实际情况，分别从东西两侧同时展开救援。

最早赶到的太原消防支队长风中队的消防人员，从坞城西街徒步突进事发现场东侧，最先进入核心区域开始搜救。随后赶到的太原高新区消防

感恩，感动，感谢，正能量激励我不断前行。

祁县 傅天智

中队队员一路排除路障，进入事发坍塌现场西侧。山西天龙救援队的队员们则兵分两路，分别由黄刚和鲍慧带队，一东一西与消防人员携手搜索，并肩施救。队员们还有一个重要任务，走访周边目击者，利用手中的生命探测仪器，对现场进行专业搜救评估，为后期部署力量、合理施救提供第一手资料。消防员牵来几条搜救犬进入坍塌现场，搜救犬个头不大，穿着橘色背心，一点一点嗅着气味仔细向前推进，一旦发现有异常，立刻汪汪叫个不停。

在坍塌楼房东侧，队员们首先发现3名被困者，1人伤情较重，整个左臂被倒下的预制板砸中，鲜血直流，身体无法活动，所幸头部没有受伤。队员们赶紧设法移开沉重的水泥预制板，将此人救出。1人脚部被门板砸中，1人头部被落下的水泥块擦伤，均无生命危险。鲍慧等人协助撑起支架，一名消防战士钻进去将伤者拽了出来。

从西侧进入的救援队员，发现对面二层平台有人呼救，他们立刻搭建拉梯攀上二层。这里共有4人，其中一名男子倒在一位大爷怀里，眼睛睁得大大的，怎么喊话都不答应，估计是吓坏了。队员们立即将这4人救下，由120送往医院救治。

为便于救援，附近片区已经断水、断电、断气，很多商店、饭店都已关门。两辆120急救车停在路边，等待有新的伤者被救出，以便及时送医。

消防人员在天龙、矿山、蓝天救援人员的紧密配合下，逐渐搜索完外围后，慢慢深入进行。在西侧，救援人员发现有一人脸朝下趴在地上，整个下半身被坍塌的水泥横梁压着，人已没有知觉。队员们无法挪动横梁，就用手刨身体一侧的墙体，硬是掏出一个空洞，将伤员救出送往医院。

搜救中，队员鲍慧、沈晋魁发现一名伤者，身体被预制板压住，下半身鲜血直流。由于空间狭小，切割机等救援工具无法施展，只能冒着危险从下方钻进去，清理伤者身边的石块。为防止其昏迷，他俩不断与被困者对话，鼓励他坚持、坚持、再坚持，10多分钟后该被困者被救出。

一名队员在用手电筒照射时，发现漆黑的砖墙下面，有一名身着红色衣服的受伤人员，队员们大声呼喊，没有应答。他们小心翼翼地挪开压在伤者身上的砖块等堆积物，发现该男子胯部以下断裂，双腿不知去向，已无生命特征。

　　期间，也有受牵连居民进行自救。楼房坍塌后，正好砸在对面一户人家墙上。当时，这户人家的女主人不在家，她的小女儿正在屋里写作业。楼房坍塌后，女主人急忙往家跑，见路已堵死，她就踩着砖头石块，爬到自家窗户前，让爱人找来一把钢钳，剪断后窗钢筋，等救援人员赶到时，夫妻俩已经把女儿救了出来。

　　还有一名在街上玩耍的五六岁的小女孩儿，被坠落的砖块和木制窗户砸中，旁人见状，和孩子的父亲一块合力将小女孩拽了出来，送往医院。

　　截至当晚9时，先后有14人被救出，送往医院救治。22日凌晨，又救出1人，被救总人数达到15人。有3人不幸遇难，2人重伤，其余10人轻伤。

　　时间来到22日凌晨，救援工作进入更加艰难的阶段。

　　根据公安天眼监控系统提供的视频信息，发现在事发时间内，有3人进入坍塌区域没有出来。楼房坍塌时，有工人正在干活，但具体几人说不清楚。初步预判，坍塌的楼房内，应该至少还有3人被埋，或许更多。由于作为楼房主体的十字钢梁断裂倾斜后，用于支撑墙体的水泥石块等填充物几乎全部从四层以上砸下来，虽然无法确定具体位置，但是被砸工人凶多吉少。在确保救援人员安全的前提下，如何开展进一步搜救工作，找到这些伤者甚至是遇难者，成为摆在消防、公安、武警特勤以及各救援队伍面前一大难题。

　　在耿彦波市长凌晨2时召集的汇报会上，由山西天龙救援队提出的施救方案得到建筑专家及现场领导一致认可。

　　于是，山西天龙救援队搜救大队队长黄刚被授权担任现场救援总指挥。前所未有的责任和压力，顷刻间压在了黄刚身上，压在了天龙救援队每一位队员的身上。

　　"在这种情况下是不能推辞的，只有担当。但这么大的压力赋予天龙

　　帮助别人，让我变成更好的自己，体会到更多的快乐。

吉县　王爱琴

救援队,说实话,我肩上的担子很重很重。"黄刚回忆时,话语中充满了自信,"相比公安武警、消防特勤,在人员搜救这一块儿,我们有自己的优势。优势来自于救援队这么多年的经验积累,来自于搜救队员多年的摸爬滚打。"

"既然领导信任天龙救援队,我们必须把这个担子挑起来,压力再大,我们也要圆满完成任务。"黄刚语气坚定地说。

耿市长将现场搜救指挥权交给天龙救援队,不是没有道理的。因为在给市长的汇报中,黄刚阐述了五点:一、根据走访包工头和附近居民,基本确定了工人干活位置,考虑到事发突然,这几名工人应该跑不远,就在他们的作业点附近被埋;二、根据楼房坍塌的倾斜角度,考虑到被埋者的可能位置,现场只能开辟一处救人作业面,一个一个施救,不能交叉作业,防止因处置不当对被埋人员造成二次伤害;三、根据建筑专家给出的由外及里、由上至下的建议,吊车只能作为辅助机械,设法固定坍塌上方的钢架、水泥预制件,以搜救人员为主,利用小型破拆工具,清除废墟上的门板、砖石等,打通东西两条救援通道,寻找被埋者;四、为加快进度,抢时间,各搜救小组每8—10人一组,每次1小时,轮流作业不停歇;五、外围做好警戒工作,无关人员不得进入搜救现场,防止坠落物体砸伤,确保救援工作有效推进。无疑,这有理有据的五点现场分析和施救方案,得到采纳。

"作为一个民间救援组织,能够在大型救援任务面前被委以重任,特别是将公安、武警、安监、特勤以及供暖、供电等一些参加救援单位的指挥权交给我,我感到无上光荣。这是对天龙救援队的极大信任,是对我们救援方案的高度认可。"即使过去了好多年,说起这次担任现场救援总指挥,黄刚依然很激动。

确定救援方案以后,现场气氛变得紧张起来。已连续在救援现场工作8个小时的各级领导和救援人员,脸上出现了更加担忧的表情。大家心里清楚,不能使用大型机械,只能人员轮流上阵,生死攸关的时间与生命的赛跑竞赛开始了。

在黄刚现场指挥下,2台大型吊车一东一西就位,停在距坍塌楼房最近的地方,随时辅助固定笨重的十字钢架;紧急调来的2台铲车配合搜救人员,将现场清理出的水泥砖块、木板杂物等运走。坍塌现场的电力线路影响救援,来自供电部门的抢修人员,提前将碍事的导线剪掉,保证空中走廊畅通。楼房倒塌后，供热管道被毁，影响东西两侧通道打通，供热公司接到配合电话后，二话不说，立即派人带着焊枪、切割机进入现场作业。

各路官方和民间救援队伍，向指挥部报上搜救人员数量、编组名单及携带的救援工具，攒足干劲，随时听候派遣，准备再次有序进入搜救现场。

"受命现场指挥，我开始还担心会不会出现配合不力现象，但事实证明我的担心是多余的。"说到这次指挥，黄刚感慨地说，"在灾难面前，无论是政府部门的领导，还是各级官兵、救援组织，都保持了高度的大局意识和集体观念，只要救人需要，调用人力、使用机械设备、现场协调，绝无二话，都是全力以赴。"

但是，现场遇到的实际困难，却容不得有半点乐观。一来，倒塌的十字钢筋倾斜到了对侧房屋的墙上，导致废墟的支撑点不固定，一旦用大型挖掘机挖断钢筋，必然造成废墟重心移动，让被掩埋的伤者再次受到伤害。二来，这栋民房是倾斜倒塌，地板都是立起来的，救援队员在里面攀爬非常困难，还容易引起水泥石块松动，导致自身危险。

"在救援现场，只要施救稍有不慎，不仅救援人员会有生命威胁，被埋者也会受到二次伤害。这样加大了现场搜救难度，成为我们必须要克服的难题。"参与救援的天龙救援队队员李文耀介绍说。

即便困难重重，所有参加搜救的队员都没有放弃，在指挥人员的指挥下，抓紧时间，稳步推进。

"倒塌的钢架倾斜后形成了支架，许多砖块、石头和门框等东西落在了支架上，摇摇欲坠，不断往下跌落，必须将这些东西清理掉，消除隐患。"队员武振宇说，"此次救援属于破拆式救援，要想进入楼体内，必须先把这些坍塌物清理掉。不能依靠器械，基本是人工完成，需要手持工具一点一点把石块敲碎再运走。"

22日早晨7时多，正当30多名救援队员一夜未眠、持续清理碎石时，忽然间，从废墟深处传来清脆的手机铃声："你是我的小呀小苹果，就像

用爱心感染、影响周围的人，让这个世界变得更加美好。

大同 李家涛

天边最美的云朵……"现场所有的人瞬间从疲倦中清醒。这铃声或许是对生命的呼唤，寄托了现场所有人的希望，期盼能有奇迹发生，希望废墟下面还有幸存者。搜救人员循着手机铃声的方向，加快进度，终于在一堵土墙后面发现了手机。手机旁边并没有新的遇难者，而是找到了凌晨挖出的那位遇难者的一条断腿。

一大早，从现场急匆匆跑出一名女搜救队员，她是天龙救援队的马雯婷。事故发生后，她赶到现场参加搜救，跑前跑后忙了整整一个通宵。上班时间到了，单位不能请假，她拖着疲惫的身体，红肿着眼睛，抓紧时间赶回单位上班。像她这种情况的救援队员是大多数，利用业余时间参加救援活动。当天晚上，马雯婷下班后，又来到救援现场，做一些辅助工作，劝也劝不回去。

22日上午，忙碌了整整一个夜晚的救援队员，丝毫不敢停歇，奋力与时间赛跑。按照换班方案，来自消防、武警、公安特勤、军分区、武装部、安监局以及天龙、矿山、蓝天救援队的搜救人员，每8到10人一组，从东西两侧分别进入坍塌现场，轮流清理废墟，搜救被埋人员。为确保搜救进度，保持人员体力，每1小时轮换一次。

救援人员轮流在废墟中用小型破拆工具，先把钢结构上的水泥砖块敲碎，接着再进行清除，遇到堆积的大块石头、水泥板、横梁，铲车进不来，他们就用人力把大石块砸成小块，一趟一趟搬出来。不一会儿，就装了满满两辆车。

救援队员争分夺秒，与时间赛跑，搜寻可能埋在废墟下的人。

"队员进入坍塌现场核心区域后，七八米高的钢架上依然悬挂着未清理干净的水泥石块，越往深入推进，头上掉落的石块就越多，经常砸中搜救人员。"黄刚说，"我特别担心队员的安全，万一有闪失，我们没法向这些人的家属交代。虽然是当志愿者，做公益，但也不能出安全事故。"

为确保搜救人员安全，各组进入现场后，必须设2人为观察员，密切监视周边特别是上方情况，确认安全后方可进行作业。一旦有疑似坠落石块，立即停止清理。

鲍慧和沈晋魁两人，不停地用蛇眼探测仪探测废墟中有无生命迹象。

好多次，他们正在轮班休息，一听说有迹象，立即进入现场进行探测，但每一次都很失望。

作为现场搜救总指挥，黄刚既是指挥长，又是搜救队员。赶到坍塌现场当天，他患感冒还没有好，连续奋战在救援一线，感冒越来越重。队员们劝他下来休息，他不肯，只是吩咐给他买点不瞌睡的感冒药。

22日19时左右，天空突然下起小雨。被雨水浇湿的土块、石头时不时在没有防备的情况下跌落，严重危及救援人员安全。大家没有停下来，将观察员由2人增至4人，一旦发现险情，立即撤离。

一位市政开铲车的小伙子，一趟又一趟将清理出来的砖头瓦块运到集中存放点，在不到50米的路上来来回回跑了几十趟。所有参与救援的人，都在和老天爷抢时间，连现场负责警戒站岗的武警也抽出一半人员参与救援。

"过去好几年了，差不多都忘啦。"那年，圪节哥李文耀61岁，说起坞城村救援，他努力回想着，"听到有救援任务，我早早赶到现场。队员们知道我年纪大，说什么也不让我进到里边去，让我在外围干点力所能及的后勤保障。那次队员们确实辛苦，几天几夜不能合眼。"他停顿了一下接着说，"我们天龙救援队被授权现场总指挥，不冲在前面哪行，压力大啊。"

当坞城村房屋坍塌需支队增援时，阳泉支队长张宏斌带着王牛小、庞宏岗、王映明等5名队员按照时间要求，及时赶到救援现场，与总队救援人员会合，加入到搜救失踪人员的队伍当中。

队员王映明当年68岁，是所有支分队中年龄最大的一个。张宏斌考虑到他年龄已大，开始并不同意他出队，在老王一再坚持下，答应了他的请求，但给他下令，只负责现场安全评估和监护。到达现场后，在做好本职工作的同时，哪里缺人老王就补充到哪里。当他看到有队员将监测落石的照明挪作拍摄照明，他大声制止，确保搜救人员上方易落石地带一直处于监控

学习自救互救知识，训练提升专业技能。

祁县 高文君

之下，有效防止搜救人员被落石砸伤。看到现场运送石块、杂物的人手不够，他上前用双手刨，大块石头搬起来就走，一点也不输年轻人。

其实，老王家境一般，爱人因工伤截去一条腿，行动不方便，需要照顾。但老王一有时间就出来做公益，队员们亲切地称呼他王哥。

在接下来的几天时间里，所有搜救人员通力配合，齐心协力，终于挖出最后一具遇难者遗体，而之前一直找不到的逝者的一条腿也在一处钢架上找到了。整个救援工作持续了七天七夜。

这是山西天龙救援队作为总指挥单位，在省城救援工作中向全市人民交出的满意答卷。

打捞落水者

时间 2014 年 7 月 27 日
　　　 2014 年 7 月 30 日
地点 太原市汾河柴村大桥北侧东西两岸
摘要 一个 16 岁，在河边戏水；一个 21 岁，在岸边捞鱼。都是花季一般的年龄，不慎失足落水，生死未卜。
队员 板 砖　如 梦　阳 光　天 堂　玩 命　金 鹏　老圪节　蜗 牛　月 光　小 熊等 28 人

出事水域

2012 年 8 月，山西天龙救援队水上救援中队正式成立，骨干成员由一些队员中的游泳高手组成。

在太原市汾河河段，从柴村桥到中北大学数百米的河道两旁，竖起了十几块安全警示牌，上面印制了天龙救援队的救援电话，如有不测，可在第一时间拨打求救。

在天龙救援队，队员们习惯将水上救援中队，简称为"水队"，将山地搜救中队简称为"山搜"。虽然分工有所不同，但平时日常训练、培训、学习，大家都在一起，不分彼此。当有救援任务时，更是"山水"联动，优势互补。

按照救援队习惯，每个队员都有一个网名和对内呼号，日常训练和救援出队时，队员们习惯上使用网名和呼号。时间长了，说队员的真名，反而不知道是谁。

事件一

接警来源：400-106-0095

报警时间：2014 年 7 月 27 日 17 时 57 分

报　警　人：遇难者姐姐

接　警　人：小熊 207

确认信息：玩命 200

报警事件：当日下午 1 时，一行 4 人在河边戏水游泳，其中两人落水，一人逃生。出事人李某，男，16 岁，山西太原古交市人。

7 月 27 日救援进展：

17 时 57 分　小熊 207 接警，有一名男子不慎在柴村桥往北一千米处落水。

18 时 05 分　玩命 200 确认信息。

18 时 17 分　板砖 701、如梦 702、天堂、月光到达林校集结，赶往出事地点。

18 时 30 分　幻影鱼 277、小武 219 两人一车，随心 673 一人一车及家属到达林校集结。

18 时 40 分　不想长大 866 到达林校。

19 时 10 分　板砖 701、如梦 702、天堂、蜗牛到达现场开始下水搜索。幻影鱼 277、小武 219 两人一车，随心 673、不想 866 两人一车到达现场。

19 时 15 分　玩命 200、小熊 207、小赵到达现场。

19 时 30 分　副队长金鹏 901 从高速赶往现场。

19 时 44 分　如梦 702、板砖 701、天堂三人第二次下水搜救。

20 时 10 分　当天搜救结束。

后方平台：随缘 557、李言 136、萦怀 597。

"天龙救援队设立报警电话 400-106-0095。接到报警电话以后，我们首先确认电话的准确性，然后在几分钟内决定是否出队。"副队长黄刚（玩命）介绍说，"一旦决定出队，我们会第一时间在天龙微信群里发布救援信息，召集队员赶往集结地点集合。"

李志强（板砖）对那次救援记忆犹新，他说："接到救援指令，我、如梦、天堂、蜗牛、月光马上往林校集结点集结，然后迅速赶往现场。我们是水队的，知道早一分钟到达现场施救，落水者就多一分生还的希望。"

当队员们赶到现场时，发现落水者位于柴村桥北西岸。长期开挖河道形成的洼地，使汾河水聚集成宽约百米，长四五百米的河段，吸引了许多喜欢游泳纳凉的人们在此"野泳"、戏水，这里也因此成为溺水身亡的高发地段。

张懿华（小熊）说："我们到达现场的时候，板砖、如梦、蜗牛几名队员已经下水寻找落水者，河岸上站满了围观群众。板砖他们沿着河水的一侧慢慢往另一侧排查。为安全起见，每人身后拴着一个游泳人员常用的跟屁虫。"

如梦是水队副队长，对于喜欢游泳的他们而言，这里并不陌生。说起在这里搜救落水者，她遗憾地说："汾河沿岸，由于过去私挖乱采严重，水底情况特别复杂，浅的地方可能不足一米，一脚踏空，下面可能就是

我是天龙一块砖，哪里需要哪里搬。

祁县　张志强

四五米深。我和板砖、蜗牛下水后，开始沿着岸边形成一个包围拉网式寻找。天渐渐暗了下来，能见度越来越差，第一次下水没有结果。"

天龙救援队副队长姬隋荣（金鹏）也赶到现场，和其他队员一道，沿着岸边一点一点进行排查，试图从浑浊的河水和杂草丛生中找到落水者。时间一点点流逝，队员们脸上露出焦急的神色。

"队里来了好多人，我们二次下水找人。我们在水里游，他们在水边看，不放过任何一个可疑点。板砖和蜗牛几次潜入水底进行搜寻，几乎将落水者同伴指引的地方找了个遍，来来回回，反反复复，不见任何踪影。说明水下情况非常复杂，估计是水草缠住了落水者。"如梦继续介绍说。

当天搜救未果，队员们全部撤回。

7月28日救援进展：

6时30分 板砖701、幻影鱼277、丸子131、小武219、咖啡239、月半弯718六人两车在林校集合。

6时45分 六人两车到达出事现场，与如梦702、月光汇合。

7时05分 小武219、幻影鱼277、如梦702组成第一组，丸子131、咖啡239、月半弯718组成第二组，六人两艘皮划艇，开始沿河搜寻。

7时45分 搜索无果，返回。

"早晨水面平静，容易发现落水者，所以我和鲍慧、武振宇、梁耀丰、沈晋魁几个人早早来到现场，看看能不能有所发现。昨天我们主要是从河两岸搜寻，今天我们运来两艘皮划艇，重点对整个水域展开搜索，特别是搜寻水草茂密的地方。"板砖是水队队长，他比别人更希望能替家属做些什么。

"我和鲍慧、如梦三人一组，梁耀丰、沈晋魁和月半弯三人一组，我们6人分乘两辆皮划艇，从落水点附近开始，一南一北往两个方向搜寻。李志强和随后赶到的其他队员，用长长的绳子在岸边牵引着皮划艇，往水草茂密的地方拉拽。"队员武振宇介绍说。

女队员梁耀丰（丸子）每次出队，总是跑在前面，这次也不例外。在皮划艇上，她手持记录仪，拍摄每一片可疑水域，为搜救提供证据。她说："距离落水者落水已经过去10多个小时，凶多吉少。16岁的一个男孩，花季一般的少年，听见都想落泪。我们唯一能做的就是尽快帮助家属将人找到，打捞上岸。所以今天一大早就赶来了。"

"围观的人群又慢慢聚集起来，我们的两艘皮划艇在河面上反复几个来回，依然没有任何结果。找不到落水者，我们也十分着急。"队员鲍慧说。

8 时 05 分　金鹏 901 到达现场。

8 时 10 分　蓝天救援队到达现场，展开河面搜索。

8 时 30 分　阿牧 610 与家属一人到达现场，队员们短暂休息。

10 时 05 分　消防 119 救援人员到达现场。

10 时 10 分　老圪节 637 到达现场。

10 时 20 分　阿牧 610 驱车与月半弯 718 前往太钢找随心 673 取救援挂钩。

11 时 11 分　现场队员召开小型会议，商讨下一步搜寻计划。

"今天上午的搜救非常艰难，天龙救援队的两艘皮划艇不停地在附近水域搜寻，消防 119 的搜救人员也来到现场，蓝天救援队的人员也赶来增援。大家想了很多办法，也是怪了，就是找不到落水者。"姬隋荣回忆说。

李文耀介绍说："开始我们希望通过在水面上搜寻找到落水者，但没有效果。我们商议后决定，将抓钩绑在绳子上，通过拖拽的办法寻找落水者。因为担心对落水者造成伤害，事先征得家属同意后，派阿牧、月半弯开车到太钢随心处取来了抓钩。"

12 时 05 分　亲 227、浩浩荡荡两人到达现场。

12 时 15 分　幻影鱼 277、小武 217、丸子 131 组成一组，在船上负责抛铁抓钩。板砖 701、咖啡 239 在河岸负责牵引船，在河面上形成横面搜索。

14 时 30 分　搜索未果，由于天气炎热，搜索人员上岸休息。室外温度 30℃。

16 时 16 分　玩命 200 电联小武 219，告知已取到水下搜索设备。救援进行中。

学习技能，服务大众。

吉县　于桂萍

后方平台：随缘557、李言136、萦怀597。

"我和小武、丸子在船上负责将抓钩抛入水中，板砖和咖啡在岸上一人一头拽着绳索往起拉。我们从南往北搜寻，争取不遗漏一片水面。好几次因为用力过大，皮划艇来回晃动，险些翻船。"鲍慧在介绍搜寻时这样说。

沈晋魁说："我们在岸上拽着绳子走，水底情况复杂，石块杂物非常多，拖起来非常吃力。有时候感觉钩子上有东西挂住了，费了好大劲拖出水面一看，原来是互相缠绕着的一堆垃圾。"

"那天气温足有30多℃，河两岸一棵树也没有，队员们就暴晒在太阳底下，谁也没有怨言。连落水者家属都有些过意不去，几次过来劝队员们休息。其实我们心里和家属一样着急，找不到落水者，心里不踏实。"李志强回忆说。

"救援队员直接下水搜寻没有结果，皮划艇在水面巡查没有结果，利用抓钩探查也没有结果。这时候我们又想到了利用水下超声波探测仪进行水下探测，想办法找到落水者。"黄刚介绍说。

"有了水下探测仪以后，我和板砖等人坐着皮划艇，在几个有怀疑的地点进行水下探测，对一些有杂草的水域进行重点排查。在一处距岸边十几米的地方，从测试仪传回的信息看，似乎有人体模样。当我们用抓钩打捞时，确定只是一团废弃物。"沈晋魁这样说。

李志强说："这片水域实在太大了，东西宽有300米，南北长在1000米左右，在这样一片水域搜寻一个落水者，难度可想而知。遗憾的是，当天的搜救还是没有结果。"

7月29日救援进展：

9时35分 如梦702到达现场巡查，湖面平静，只有几位钓鱼人，于是他向大家转达信息："如看到有尸体浮出，请立即拨打天龙救援队救援电话，以便及时打捞。"

12时20分 太原北部开始阵雨。

14时15分 雨停，如梦702再一次到达现场巡查。

"我是一名救援队员，还担任水队副队长。今天已经是第三天了，孩子还没有找到，我实在放心不下。昨天看到孩子父亲那悲伤却又无奈的表情，我心里非常难过。中午下起了雨，水面更加浑浊。孩子，你在哪里啊！"作为一名女性，如梦和队员们承担着一样的责任，但比别人又多了一份担忧。

17时05分 幻影鱼277、李言136两人一车到达现场。

17时57分 不想长大866及家属两人一车到达现场。

18时05分 玩命200、小狼219、咖啡239携带设备到达现场。

18时10分 玩命200、李言136、咖啡239三人一船，调试水下搜索设备，开始搜索。

18时30分 丸子131到达现场。

19时25分 尸体浮出水面，救援人员将尸体拖至岸边。

19时50分 出事人家属到达现场。

20时15分 110民警到达现场。

20时31分 全部队员7人三车撤离现场。

本次救援结束。

后方平台：萦怀597。

"只要没有找到落水者，我们就不言放弃，继续搜索。"连续三天现场搜救，鲍慧一次也没落下。

李丽芳（不想）是和家属一起到现场的，作为一名女性，她陪着家属在水边默默地等待，不时还和家属聊几句，分散一下他们的注意力。她说："其实我心里清楚，孩子的父母此时此刻非常难过，孩子才16岁还是个男孩。队员们在水上水下忙碌着，我有一搭没一搭地和孩子的父母说上几句话，让他们不要过于悲伤。看上去孩子的父亲要好一些，但十分疲惫的样子，估计这几天就没怎么睡觉。"

"连续三天时间寻找，今天终于有了结果。孩子虽然已经遇难，但找到了遗体，对家长来说，也是一个安慰。孩子父亲握着救援队员的手一直不愿松开，嘴上说不出什么，但我们能感到他内心的感激之情。"参与搜救的李言说。

这里有不舍，也有无奈，它在成长，会逐渐成熟。

大同 马镇

看着渐渐浮上来的落水者，玩命黄刚和队员们一样激动，他感慨地说："找到遇难者的遗体，我们都很欣慰。鲍慧、沈晋魁、小狼等人用绳索和抓钩将遇难者遗体拖到岸边，队员们一起将遇难者抬上岸，交给早已等候多时的家属。按照流程，我们等110公安民警处置完毕后，离开了现场，结束了长达三天的救援活动。虽然有些遗憾，但我们能做的只有这些了。我也为我们的队员不离不弃的付出而骄傲。"

在这三天水上搜救过程中，还有一个人，虽然没有到现场，但现场的情况，她掌握得最清楚，她就是张春霞（萦怀）。她说："我负责在后台记录整个搜救过程。每当有现场救援信息报回来时，我的心和前方队员一样，一直都提在嗓子眼。无情的河水夺去了孩子的生命，我既为落水者家长担忧、痛心，又为他们感到庆幸。因为有天龙救援队员们的出手相助，让他们在悲痛之中又获得少许安慰。这也是我们天龙救援队能做的，虽然微不足道，但深入人心。"

事件二

接警来源：400-106-0095

报警时间：2014 年 7 月 30 日 20 时 21 分

报 警 人：如梦 702

接 警 人：李言 136

确认信息：李言 136

报警事件：当日下午 2 时，一行六人在岸边捞鱼，21 岁的临县人刘某落水。18 时，同伴张某报警 110 与 119，119 蛙人下水搜索一小时，无果。

7 月 30 日救援进展：

20 时 21 分 李言 136 接警，报警人途经汾河东岸柴村桥北侧水域时，发现河边正在打捞一名落水者。

20 时 24 分 救援队集结出队。

20 时 50 分 玩命 200、咖啡 239 两人一车到达队部整理装备上车。

21 时 23 分 丸子 131、板砖 701、天堂三人一车到达出事现场。

21 时 40 分 金鹏 901 一人一车到达出事现场。

21 时 50 分 李言 136、玩命 200、咖啡 239、小狼 219 四人一车到达现场。

22 时 05 分 金鹏 901 给随心打电话，通知车辆组带大功率光源前往现场。

22 时 10 分 金鹏 901 通联随缘 557，打开中继，保障救援通信畅通。

22 时 15 分 李言 136、小狼 219、玩命 200、咖啡 239、板砖 701 与家属五人，抬船救人。

22 时 20 分 玩命 200、咖啡 239、板砖 701 下水展开搜救。

22 时 22 分 金鹏 901、丸子 131、天堂留在岸上，完善救援设施。

22 时 25 分 李言 136、小狼 219 留在岸边备勤。

22 时 35 分 老圪节 637 一人一车、鹏鹏一人一车、丁丁一人一车、随心 673 及随嫂两人，共计五人三车，到达现场并开启搜索灯与车灯，协助河面搜索。

22 时 50 分 如梦 702、阳光两人一车到达现场。

22 时 53 分 白鹤 240、修心两人一车到达现场。

0 时 01 分 暂时锁定重点搜索目标进行局部搜索。

0 时 50 分 玩命 200、咖啡 239、板砖 701 返回河边，与金鹏 901 发现异常可疑点。

1 时 20 分 玩命 200、板砖 701、咖啡 239 搜索无果，三人一船返回岸上。

1 时 26 分 搜索结束。

"27 号刚刚完成一次水上搜救，30 号紧接着又发生一起落水事件。每年夏天，汾河两岸总要出几起溺水事故。虽然天龙救援队在汾河两岸竖起了数十块安全警示牌，但还是要发生令人痛心的溺水身亡事故。"队员李言介绍了当天的救援过程。

参加救援的几乎就是前几天的原班人马，大家接警后迅速在林校集合，然后赶往事发地点。在他们到达之前，溺水者同伴报警后，消防 119 水下

坚持把简单平凡的事情做好，你就是不简单不平凡的人。

祁县 马建军

蛙人在水底搜救一个小时，没有找到溺水者。

由于天黑，河面上漆黑一片，别说救人，队员们往河边走，都是深一脚浅一脚的，还不时有人摔倒。赶到现场的副队长金鹏，根据现场情况，立即打电话通知车辆组随心携带大功率光源前往现场，他又安排随缘557打开中继，保障救援通信畅通。

玩命、咖啡、小狼、板砖等人抬着从队部运来的搜救皮划艇下水展开搜索。夜色中，队员们戴着头灯照亮，划着皮划艇，一片水域一片水域地进行搜寻。岸上的队员也没闲着，用绳索牵引着皮划艇的方向，并指引可疑地点。随心携带大功率照明灯到达后，河面上亮如白昼。作为补充，车辆组的几部救援车辆，也将车辆开到岸边，统一将车头对准水面，将车灯全部开启。

当天晚上12时多，下水搜救已过去两个多小时，按照事先划定的重点区域反复搜索，没有任何收获。黑漆漆的河面上，闪烁着刺眼的灯光和搜救队员不放弃的身影。水面、岸上的蚊子特别多，全都聚集在灯光周围，队员们的脸上、胳膊上、腿上被叮得都是包。

大约凌晨1时，有队员借助望远镜和车灯，发现一片草丛中有异常情况，疑似落水者。划船的队员赶忙将船划到草丛附近，利用竹竿、绳索、抓钩等工具进行打捞，还是没有结果。

凌晨1时30分，队员们搜救无果，回到岸上，结束了当天的搜救。

7月31日救援进展：

6时02分 阳光一人一车到达现场。

6时05分 丁丁一人一车运送救援装备到达现场。

6时08分 鹏鹏615一人一车到达林校等待接应备勤人员。

6时30分 咖啡239、板砖701、小狼219、亲227四人一车到达现场，开始整理救援装备。

6时45分 丁丁离开现场，回去上班。

6时50分 金鹏901、丸子131两人一车携带救援装备到达现场。

7时05分 如梦702一人一车到达现场，鹏鹏615与备勤人员从林校到达现场。

7时08分　家属向金鹏901提供救援线索：出事人落水前手持渔网，现在网子和人一起不见了。

"昨天队员们凌晨1时半左右才离开，今天一大早，队员阳光、丁丁、鹏鹏就赶到现场，趁着河面平静无风，在河边来回巡查。咖啡、板砖、小狼，还有女队员亲，一到现场马上开始做下水准备。"金鹏说。

"出事人家属一晚上没有离开现场，看到队员们6时就赶来了，非常感动。家属给我们提供了一条非常重要的线索，刘某落水时手持一个捞鱼用的渔网，当初落水的地方没见到渔网，怀疑一直被刘某抓在手里，如果找到这个渔网，说明落水者就在附近。"

7时10分　月半弯718出队并买早餐送往现场。

7时15分　如梦702、小狼219、板砖701三人一船，运送如梦702和小狼219到达对岸，板砖701返回河边，咖啡239、阳光继续搜索。

7时20分　孤狼带早餐到达现场。

7时30分　亲227电联直钩299，要求携带救援绳到现场支援。

8时03分　亲227电联中华，中华携带30米救援绳子赶往现场。

8时15分　月半弯718、平常心两人一车到达现场。

8时50分　平常心被送到对岸整理挂钩。

9时00分　小狼219、平常心在对岸下挂钩进行搜救。

9时29分　性情中人、老圪节637到达现场。

9时40分　鹏鹏615撤离救援现场，赶回单位上班。

9时53分　直钩299、中华到达现场，并且带着30米绳子。

10时05分　所有队员休息，补充食物和水，并且开会商量下一步搜索范围。

金鹏介绍说："队员们分成两部分，一部分在岸上，2人或3人一组，继续沿着河的两岸仔细排查，密切观察水草中、河岸边有无家属提到的渔网；一部分划着皮划艇在河面上扩大搜索范围，从南往北，以50米一个区

将有限的生命，发挥最大价值，跟有爱有正义感的人做事，是我最棒的选择。

大同　刘丽

域，来回折返搜寻。

"现场绳索不够，我们立即下达指令，要求直钩、中华两名队员携带救援绳索赶赴现场，下令随心制作 2 个金属挂钩，准备从湖面上横拉绳索，利用挂钩找人。"

10 时 10 分 浩浩荡荡到达现场。

10 时 15 分 现场商议后，咖啡 239、板砖 701 继续划皮划艇到可疑地段搜索，金鹏 901 与老圪节 673 开车带中华、直钩 299、小狼 219、阳光、性情中人、浩浩荡荡、平常心到对岸，制作排钩，扩大范围搜索。

10 时 20 分 不想长大 866 到达现场。

10 时 35 分 丸子 131 电联随心，随心已做好挂钩两个，月半弯 718 开车去取。

10 时 50 分 中华下水协助搜索。

11 时 05 分 尝试初次下钩。

11 时 10 分 月半弯 718 拿到挂钩跨河运送到对岸。

11 时 18 分 云星到达现场协助救援。

12 时 08 分 海洋 111、随缘 557 到达现场。

说起这次救援，老队员李文耀深有感触，他说："队员们连续搜救，体力消耗很大。好多队员是利用上班间歇来到现场参加搜救，有的早早来到现场，忙乎一阵子后又赶到单位上班，真得很不容易。

"搜救过程很艰难，想了各种办法，没有效果。队员们很疲惫，但一直坚持着。咖啡和板砖在船上，我和金鹏、直钩、阳光、中华等人到河对岸，采用排钩拖挂的方式，沿着湖面搜寻。挂钩好几次被水底的杂物缠绕，费了好大力气才将挂钩拖起。一批队员累了，马上换人继续搜寻。"

13 时 05 分 所有队员休息吃饭，商量下午搜索方案。

13 时 30 分 DC 到达现场，下水协助搜索。

14 时 05 分 三名游泳队员帮忙下河搜索。

15 时 22 分 孤狼到达现场，为队员买了冰棒和药品。

15 时 25 分 二小到达现场协助搜索。

15 时 40 分 队员与家属分头协作，河两岸各分配几人，拉开大渔网全面搜索。

17 时 15 分　全面搜索没有结果。

17 时 18 分　板砖 701、咖啡 239、丸子 131 三人一船，再次下水用仪器搜索。

18 时 05 分　李言 136 到达现场。

18 时 10 分　咖啡 239、丸子 131 下船，性情中人上船，板砖 701、性情中人两个人一船带大网到可疑之处集中撒网。

20 时 10 分　救援队员上岸。

20 时 20 分　队员全部撤离，鹏鹏 615 将装备送回队部。

"今天下午，有三名游泳爱好者加入我们的救援行列。"李志强说，"他们下水后，沿着一些可疑的水域进行潜水搜寻，还探入一些长满水草的复杂区域。每当我们的皮划艇发现有疑似情况时，他们就过去配合做进一步确认。"

这几天河水很平静，从湖面上查看，没有多大进展。队员们看见上游有四五个人玩摩托艇，于是找到他们帮忙，让这四五艘摩托艇开足马力，在疑似区域快速行驶、转弯、急停，利用发动机强大的动力，搅动水流翻转，形成漩涡，尝试将落水者悬浮起来。这几人非常配合，在湖面上来回行驶、旋转。救援队员划着皮划艇在水中，岸上的人有的用望远镜，有的用双眼紧紧盯着水面，还是不见任何踪迹。

后来队员们用排钩拖挂的方式在水底寻找，没有效果。改用撒大网的形式，从河的两岸分头拖拽，板砖、性情中人、咖啡、丸子在船上指挥，确保不留空白，依然没有效果

队员们又调来水下探测仪进行探测，希望利用水下声呐系统，找到落水者。能想的办法都想过了，但无论怎么忙活，没有任何结果。队员们分析，落水者已经遇难，无生还可能，但有责任将他打捞上来，让家属放心，让逝者安息。

一个人的力量是渺小的，但一群人的力量是巨大的。

大同　智巧荣

8月1日救援进展：

6时05分 如梦702到达现场，查看现场情况。

10时10分 板砖701到达现场，查看现场情况。

14时20分 低调、天堂在现场看到溺亡人员浮出水面，和家人驾船进行打捞。

14时40分 丸子131电联浩浩荡荡，请求确认情况。

15时10分 浩浩荡荡电联丸子131，现场已打捞完毕，家属带着出事人尸体离开。

梁耀丰（丸子）是一名年轻的女队员，只要有救援任务，总能见到她的身影。说起汾河水域救人，梁耀丰介绍说："第三天一大早，队员如梦和板砖又来到现场巡查。连续搜索了两天，他们依然没有放弃，非常执着地沿着湖边转悠，询问在此游泳的人，有没有新的发现。低调、天堂、浩浩荡荡等队员也陆陆续续到达现场，加入搜寻队伍中。"

下午2时，他们发现落水者浮出了水面，队员们和家属一道，将溺水者打捞上来。溺水者身体浮肿，确认已经身亡。

"每次参加这样的搜救，看到这样的结果，心里总是很难过。前几天溺水的男孩16岁，今天的逝者21岁，这么年轻就失去生命，实在让人痛心和惋惜。"说这些话时，梁耀丰流露出深深的遗憾。

虽然没有挽回逝者的生命，但天龙队员昼夜奋战在事发现场，让家属感动，让现场围观的人为天龙队员竖起了大拇指。

愿逝者安息！

风雪架山情

时间 2015 年 2 月 27 日

地点 太原市阳曲县架山

摘要 驴友遭遇暴雪，意外摔伤，左膝盖粉碎性骨折，在又冷又饿的绝望中，看到有一串灯光慢慢向自己移动。

队员 陆 玫　黄 刚　刘思父　李志强　王红慧
张乐天　宋 彬　李文耀　韩雪梅　李丽芳
等 32 人

受困车辆

驴，本是一种家畜，主要为主人拉磨碾粮、驾车载货，一直以来，勤恳善良、吃苦耐劳、无怨无悔，成为人们的好帮手。

不知何时，人们把喜欢户外徒步、山野撒欢、亲近自然的一群人称为驴，还细分为新驴、老驴、强驴、弱驴等。于是乎，又产生了一个新的名词——驴友。

一位网名叫皮皮鲁的驴友，在"驴行"太原市阳曲县知名的架山线路时，犯了一个低级错误，导致自己意外受伤，命悬一线。要不是山西天龙救援队员及时雪夜出手相救，皮皮鲁很可能就会因失温导致昏迷而永远留在那里。

每年，全国各地因恶劣条件致驴友或迷路或受伤而失温丧命的事件屡见不鲜。

架山，位于太原市西北方向，因山顶有一处早年地质勘探废弃的高约10米的木架而得名，属阳曲县地界，最高处海拔1445米。这一带，山峰陡峭险峻，怪石嶙峋，处处悬崖峭壁，地势险要。峡谷曲折回转，汾河水蜿蜒流过，山之阳刚锐气与水之阴柔秀美在这里完美结合。特别是长达数百米的刀背脊，由高低起伏、风化严重的不规则石块组成，最窄处不足1米，两侧是百余米的深沟，使人不寒而栗。在爬升过程中，需穿越荆棘丛生的陡坡，需攀登十几米高的耸立着的岩石，需克服恐惧通过望而生畏的刀背脊。一旦登上架山之巅，一览众山小的快感，令每一位登临此地的户外爱好者欢呼雀跃。

架山徒步线路，因爬升高、线路长、惊险刺激和景色绝美，成为太原市周边一条难度系数较大的热门徒步线路，许多驴友以徒步架山为荣。由于地势险要，架山徒步也仅限于夏、秋两个季节。春天护林防火，禁止攀登，冬天大雪覆盖，山高路滑，危险重重，无人敢往。但是，总有人不顾劝阻，前去冒险。

2015年的春节比往年来得晚了些。2月27日，农历正月初九，一场漫天大雪，将太原市周边的山峦覆上了白色，银装素裹的架山晶莹剔透。往日刚毅的峰峦，白雪披挂，彰显含蓄秀美。裸露赤红的岩石，陡峭魆黑的悬崖，苍茫如刀脊的山梁，反差强烈，立体突兀。山坡上留存着为数不多的梯田，层层叠叠中，好一派北国风光。

有着户外经历的皮皮鲁觉得，架山的雪景一定更加漂亮、唯美。这天中午12时多，他动了去架山欣赏雪景的心思，约了两个同伴，开车来到中北大学。他们3人从中北大学后山一路向西北方向，深一脚浅一脚地走进了架山深处。白雪中的架山没有让他们失望，以秀美朦胧、起伏跌宕的姿色迎接他们。为了找到更好的地方观赏架山，他们一行继续往高处攀登。积雪越来越厚了，没过了脚踝，没过了膝盖，路也越来越滑，他们只好四肢并用，拽着一些勉强露出头的杂草和树枝往上爬。下午大约3时半，皮皮鲁脚下打滑，手中抓着的树枝脱落，不慎坠入3米多深的雪窝内，左膝盖撞到一块大石头上，钻心地疼，无法动弹。他们试图自救，准备慢慢挪下山走出来，但皮皮鲁左膝盖疑似粉碎性骨折，无法行动，别说从山上走下去，连站立都十分困难，何况被困地点是在半山腰，根本动不了。他们只好利用断断续续的手机信号，通过户外驴友，报警求救，等待救援。

17时40分，山西天龙救援队400-106-0095的救援电话急促响了起来。接到救援警情，队长陆攻立即宣布启动救援程序。搜救大队组织出队人员，车辆大队召集救援车辆，后勤保障、通信联络、传播等各环节全部开始联动。不到1小时，在天龙救援队副队长兼搜救大队队长黄刚的带领下，19名救援队员分乘8辆车赶往架山施救，第二梯队5辆车12名队员也迅速集结备勤完毕。

山西电视台都市110记者跟随天龙救援队员，全程拍摄并报道了救援情况。下面是来自记者的现场报道。

电视画面：雪花飞舞，天龙救援队一行队员集结完毕，车辆大队负责人正在给大家讲注意事项："全部车辆打开双闪，开车的时候要注意安全，保持车速，跟车不要太近。前车一有状况，立即在对讲机里报告，后车马上采取措施。"

电视画面：路上积雪严重，5辆救援车辆依次行驶，即使雨刮器不停

各路精英齐聚首，救援公益处处优，无线医疗皆能手，情暖三晋美名留。

太原 原翠花

旋转，纷飞的雪花依然影响驾驶视线。

记者同期声：现在是晚上 7 点多，让我们跟随这些天龙救援队的队员，一块上山去解救这名被困的驴友。

电视画面：5 辆救援车驶向漆黑的夜幕，只有红色的汽车尾灯和橘黄色的双闪灯不停地眨着眼睛。对讲机里，不时传出队员们报路况的声音。

记者同期声：山上积雪深厚，车辆到达架山半山腰处，由于坡陡路滑，其中有一辆车已经无法前行。就在我们上山的路上，出现了一个意外情况，车辆出现了打滑现象，很难再往上行驶了。所有的车辆都停了下来，看看有什么解决的办法。

电视画面：雪越下越大，大家驾驶几辆车试着用绳子帮助这辆车解困，在狭窄的路面上，车轮打滑，高速旋转，汽车在原地打转，无法前行。

记者同期声：让我们看看这个雪现在有多厚，一脚踩下去，大概有 20 厘米的厚度。车队一直就是碾压着这么厚的积雪往山上走，可以说是非常困难的。

电视画面：几名队员在后面推车，前面有一辆车拽，终于使这辆车脱离了困境。5 辆车继续向深山驶去。

记者同期声：行驶了大约 1 个小时之后，现在是晚上 8 点，我们还在半山腰。我的心一直提在嗓子眼，因为车子一直在雪地上打滑，走着"S"形，遇到的情况简直难以想象。雪不仅没有减小的趋势，反而越下越大。我们现在再丈量一下雪的厚度，比刚才又增加了不少。山路两旁没有任何拦挡，深不见底，非常危险。

电视画面：车窗外依然是漫天飞舞的雪花，途经一个小的缓坡，对讲机里又传出了头车的声音："下坡了，把方向往里面打一打，小心左侧深沟，慢点。"

记者同期声：现在是晚上 9 点，经过两个小时的行驶，我们终于上山了。但由于被困的驴友还在山的上面，车已经上不去了，我们只好从这里开始徒步往上走。我现在就跟随天龙救援队的几个队员，沿着一条小路，一起往山上爬。

电视画面：女记者跟在救援队员身后，艰难地往上攀爬。积雪早已淹没了野草，到达了膝盖位置。脚下打滑，女记者险些滚下山去，身边的树

235

枝挡住了她。

天龙救援队搜救大队队长黄刚："现在到处都是雪，很可能你看到这个地方能走，但是一脚下去就掉沟里了，所以能走的路很窄。"

电视画面：队员们相互拉拽、帮扶着，一点一点往山上挺进。画面中，女记者白净的脸被冻得僵硬，一脸的紧张。漆黑的大山上，只有救援队员的头灯在闪烁，星星点点向高处延伸。

记者同期声：我现在已经明显感觉到体力不支了，但是离山顶还有一段距离。看到那束光了吗？他们就在那儿。山上的雪很厚，特别滑，我们现在还得继续往上走。

电视画面：21时50分，被困者找到了，3人蜷缩在一处背风地，一脸沮丧。看到救援队员费尽千辛万苦来到身边，感动得不知说什么好。队员刘思父、李志强等人对伤者情况进行检查评估后，发现伤员体温偏低，幸好除左腿膝盖受伤以外无其他伤情。由于环境温度低，不宜久留，于是将其固定在一张用床单捆绑而成的简易担架上。山道狭窄，一旁就是山崖，大家只能紧靠里侧，慢慢拖行着简易担架走，行进十分艰难。

记者同期声：你们还好吗？看到这3名被困的驴友之后，我明显能感觉到他们的情绪很低落。我们现在第一时间需要把他们抬下去，先转移到一个安全地方。现在下山的路会更滑，所以我们每一个人都是绷紧了神经，先平安下到山下去再说。

电视画面：下山要比上山更难，何况还抬着一名伤员。有4名队员负责抬伤员，其他队员有的在前边开路，有的在后面保护。风雪中，能听到队员们喊着："慢点，慢点；前边拐弯，有沟，注意，注意。"中途，用床单制作的简易担架撕破不能承重，他们重新进行了捆绑，又在伤员屁股下面垫了木板加固。

记者同期声：我看到天龙救援队的队员，4个人抬着担架。刚才走上来的时候就非常吃力，现在抬着一个人往下走，确实不是一件容易的事情。

救别人就等于救自己。

洪洞 郭玉婷

电视画面：简易担架加固之后，队员们又合力抬起了担架，深一脚浅一脚往山下走。有队员滑倒了，爬起来继续走。就连女记者也多次摔倒。

记者画外音：抬伤员的这个床单已经烂了，大家正在想办法，看怎么把他抬下去。现在距离停车的地方，还有一半的路程。

电视画面：伤者膝盖骨折，腿无法活动，其体能、精神状态尚好。队员们用绳索将他的双脚捆住，屁股底下垫了一块木板，在几名队员前后左右保护下，慢慢将他往山下拖拉。旁边就是深不见底的沟。

记者画外音：在下山的过程中，大家互相搀扶，摔跤是常事，谁摔倒了，大家搭把手，站起来继续往下走。经过一个多小时，我们终于下山了，看到这个受伤的驴友，现在也是比较安全了。

记者采访被困驴友："这么多人救你，你有什么感受？"

被困驴友："因为个人的原因连累大家了，不好意思，确实是对不起。我现在踏实了，谢谢大家。"

电视画面：救援队员将伤者身上的积雪除掉，小心翼翼地将其扶上已等在现场的汽车上。"疼，疼。"伤者大喊着。"抬起来，抬起来；坚持一下，坚持一下！"

记者同期声：晚上 11 点 44 分，全部救援队员和 3 名被困人员开始准备下山。而新的意外又发生了，由于当时救人心切，不顾一切地把车开到了山坡上，这个时候积雪更加深厚，积雪底下又结有暗冰，救援车辆被困在雪中，无法起步前行。

电视画面：耀眼的车灯下，雪依然没有停止的意思，纷纷扬扬下个不停。所有队员浑身上下全是雪，成了雪人。队员们要么用力推车，要么用绳索拖车，要么将树枝、车上的旧衣服垫在车轮下，全都无济于事。车轮急速打滑空转，车辆属于失控状态。

天龙救援队车辆大队副队长王红慧："所有人弃车，全部徒步下去，能走多远走多远，安全第一。下面的车往上开，进行接应。"

记者："现在距山下还有多少距离？"

队员："按照咱们刚才开车上来的时间计算，开车最少需要 45 分钟。如果步行的话，需要一个半小时到两个小时。"

记者画外音：经过大家商量，山上的 8 辆车全部留在原地，继续用担架转移伤员，现场所有人员徒步下山。

电视画面：队员们给伤员喝热水，用护脸将脸部套住保暖。0时24分，队员们抬着担架，踏着积雪走着，飞舞的雪花还在飘舞。队员们互相搀扶、拉扯着，地上发出踏着积雪咔嚓咔嚓的声音。

记者同期声：经过一个多小时的行走，所有救援人员以及被困人员全部到了山脚下。这里等着一些参与救援的车辆，受伤的被困人员已经上了车。但是，距离回到太原，还有半个小时的车程。

天龙救援队搜救大队队长黄刚："现在最起码大家都安全地到达公路上了，能平平安安地回家就很开心。"

电视画面：救援车辆闪着双闪，一辆接一辆向远处驶去。

记者同期声：现在救援车辆来到了中北大学门口，120急救车早已等候多时，受伤的驴友马上被抬到急救车上，送往医院救治。看着这名受伤的驴友被拉走，我们的心也放了下来。这场长达7个小时的救援，也圆满结束了。

在此记者想说，驴友朋友们，一定要注意，千万不要在这样恶劣的天气情况下贸然出行。因为，这样的一场救援，太多的人付出了太多的辛苦才将他们救了下来。

这次救援行动历时7个小时，天龙救援队共出动队员32人，出动车辆17辆。第二天上午，当天气好转之后，队员们又徒步上山，走到弃车的地方，给汽车装上防滑链，小心地将救援车辆开了回来。前一天走得急，车辆都没有装防滑链，开车下山时，司机们被一览无余危险的山路惊出一身冷汗！

队员刘思父是第一个接到救援指令的。因工作关系，他常年活跃在中北大学、毫仁寺、架山一带，对这里的山梁、沟壑、废弃的房屋、采石工

不忘初心，牢记使命，服务社会。

襄汾　卫俊峰

地等可谓一清二楚。只要这一区域有救援任务,队部都会在第一时间通知他,安排出队。当天晚上,他与黄刚等人组成第一梯队直奔现场。受伤驴友报警时说不清楚自己的具体位置,刘思父和他通话时,根据被困者描述的环境和看到的景物,基本判断出摔伤的地方。他领着队员们,凭着自己对架山的了解,准确无误地找到了伤者。

他说:"以往救援,确定被困人员位置是一大难事,大多数人在山里迷失方向后,东西南北全乱了,尤其是晚上。位置基本确定以后,如何尽快赶到现场又是关键。架山下了大雪,上山的路全是积雪,非常滑,站不住脚,稍不留神,就有可能坠崖。即使是白天,这样的天气也没有人敢上山。好在我们判断准确,及时找到了伤者。如果当天晚上找不到,伤者很有可能因为失温而丧命。

"找到伤者以后,怎么抬下来又是个问题。这名伤员不算太胖,但至少也有 150 斤。这时候,第二梯队送担架的队员还在路上,我们不能等,决定轮流背着伤员下山。这名驴友的左腿膝关节受伤,背在身上腿来回晃动,疼得直喊叫。我们用对讲机呼叫队友,担架最快也得一个小时以后才能送到。于是我用搜救刀砍了儿根木棍做架子,用受伤驴友朋友的一条床单和地布,绑扎成简易担架。几名队员轮流抬伤员,走几步就得换人,跌跌撞撞的。半路上,床单撕破了,我们进行了二次捆绑,走了没几步,还是不行。几名队员,有在前面拖的,有在后面拽的,还找了根长点的棍子让伤员抓住保持平衡。在大家的努力下,慢慢将伤员运到半山腰的五梯村,交给了随后赶来的第二梯队。"

"这次救援,我负责车辆调配和指挥,参与救援的车辆多达 17 辆,全部是私家车。"说到架山雪天救人,王红慧打开了话匣子,"架山一带本来就非常危险,大雪天气,又是黑夜,车辆怎样才能安全到达离伤员最近的地方,这是我们面临的最大考验。好在第一梯队的救援车辆,驾驶员技术非常过硬,技高人胆大,克服天黑路滑、道路狭窄等困难,第一时间到达架山下面的五梯村。返回时,出于安全考虑,我们决定弃车徒步,下令将 8 辆车的电瓶线全部摘掉,用石块固定前后轮胎,然后抬着伤员徒步下山。"

女队员李丽芳是传播策划部成员,对于那次架山救援,她介绍说:"正月初九那天，我正在家包饺子，看到天龙微信群里说架山有人受伤需要出队，立即扔下包了一半的饺子出了门。我坐的是队友王瑞林的四驱车，上山的任务是拍照，为救援留下影像资料。雪太大了，车开到半山就上不去了，只能徒步往山上走。走了好长时间以后，第一梯队传来消息，人找到了，赶紧把担架送上去，再派几个身体强壮的小伙子上山接应，其余人员原地等待后续转运。大约两个小时以后，伤员抬下来了。那天的雪真大，下山的路更加难走。我在雪地里跑前跑后，借着车灯，拍下了一组队员们在雪地里跋涉、汽车在风雪中前行的镜头。"

这一张张现场救援照片，再现了恶劣条件下艰难的救援场景，是一组十分珍贵的资料。

在这些现场照片中，有一个穿红色队服的队员，在多个场景中都有他。衣服上"天龙救援"几个白色大字，在红色队服的映衬下格外醒目。他叫李志强，一名老队员。他说："作为第一梯队，由于有救援车辆中途打滑横在路上，后面的车辆全都无法通过。队长黄刚下令，兵分两路，前面两辆车继续往前开，从五梯村上山救人，后面车上的人员下车徒步，从架山东侧上山。我们几名队员沿着一道山梁往架山上爬，积雪最深的地方没过了大腿，我们手脚并用，越过一个又一个雪窝，躲避着长满野刺的荆棘，终于与黄刚等人会合。我们一起齐心协力，又是抬，又是托，又是拽，将人往山下运送。

"到了公路上以后，当年56岁的钩哥张乐天也加入抬担架的队伍里，和队员们一起往山下抬伤员。大冷的天气，负责抬担架的队员一个个浑身冒汗。我的一双作战靴里，灌满了雪水，原本柔软的靴子，被水浸泡后，变得十分僵硬。"

宋彬是车辆大队队员，就是他驾驶的车辆，把伤员从五梯村拉到了最后弃车的位置。他说："我们玩越野车的人胆子大，可大半夜的，又是大雪天，行驶在架山半山腰，稍不留神就会有生命危险。救援车辆全是私家

帮别人不求回报，我愿意一直追随天龙这个公益组织。

大同 罗新芳

车，大家本来是献爱心的，如果出点问题没法交代。我是老司机，经验丰富，所以我坚持开头车，一是控制车速，二是探路，还不停用对讲机播报路况，让后面的车辆压着我的车辙印开。即使这样，上山时，还是有一辆车横在路上动弹不得。当我们决定弃车徒步抬着伤员下山时，我和李文耀帮助其他车辆摘掉电瓶线，和司机们一道，给所有车辆轮胎做了支撑保护。"

"那次救援对我触动挺大。我刚下班，正在回家路上，微信群里招募队员赴架山救援，我立刻报名并赶到了集结地点。"女队员韩雪梅回忆说，"上山的路让人触目惊心，一边是高耸的岩石，一边是不见底的深沟。漫天飞舞的雪花遮天蔽日，四驱车耀眼的车灯无法穿透漆黑的夜空。道路上积雪很厚，汽车就像喝醉了酒，车轮不停地空转、打滑，有时候距悬崖边只有十几厘米。我在车上紧紧抓住扶手，憋着不敢吭声，唯恐影响司机开车。车实在没办法往上开以后，队员们扛着担架，背着绳索，深一脚浅一脚，徒步往山上走去。我是女队员，主要负责现场记录，配合做一些力所能及的事情。当伤员抬下来时，我就上前搭把手，让男队员休息一下。虽然我本人做不了什么，但看到队员们冒着生命危险对伤员施救，心里特别感动。这是一种奉献，是一种真情，是一种大爱。我也为自己是一名天龙救援队员而感到骄傲。"

担任现场指挥的黄刚介绍说："这次救援有两个特点，一是面对如此恶劣的风雪天气，救援地点又在难度系数极大的架山，天龙救援队员经受住了考验，圆满完成了救援任务。二是这次救援，分别组建了三个搜救梯队和两个救援平台，第一梯队车辆和队员先行到达在半山腰的五梯村，队员开始登山搜救；当伤者被救下山后，第二梯队在第二平台接应第一梯队，对伤者进行二次转移；到达中北大学后，第三梯队早已在此与120急救车进行对接，快速完成转运。这样既确保了搜救人员的体能，又缩短了伤员的转运时间，使伤者得以及时送往医院救治。"

"还有一点特别令人感动。在下山转运伤员途中，队员们要踏着积雪，从杂草中穿越而过，坡度太大，容易将伤员从担架上摔下来。我们由6名队员一组负责抬担架，如果有人摔倒，就地爬下，等担架过去再站起来，其他队员立即补位。这样做的目的是为了保证担架平稳，防止对伤员造成二次伤害。队员们一组接着一组，接力完成了转运。有的队员背上、身上全是脚印，是他们用自己的身躯做支架，铺平了下山的道路。"说这段话时，黄刚眼里有隐隐的泪水。

架山风光无限好，天气无情人有情。驴友被困求援助，危难时刻见真情。阳曲县架山救援，不仅成为山西天龙救援队一起经典救援案例，也由此自然承担了政府救援职能，被广大市民及户外爱好者寄予厚望。

枯井救援记

下井救人

时间 2016 年 8 月 16 日

地点 山西省晋城高平市焦河山上

摘要 在漆黑的井底，遇难者的腿忽然蹬了一下，沈晋魁头皮发麻，惊出一身冷汗，不由自主地倒吸一口凉气。

队员 沈晋魁　崔印祥　韩宝贤
王雅斌　张　倩　黄　刚
张懿华　武晋生等 18 人

一口枯井，91 米深，相当于城市 30 层楼房高。

别说是枯井，即使是站在楼下抬头向高层仰望，大多数人会有一种目眩的感觉。如果腰系一条绳子，从 30 层的楼顶空降到楼下，做到的人可能不多。仅仅能下来还不够，还需要再负重 140 多斤上升到 30 层的楼顶。完成这样的一上一下，难度可想而知。

即便是受过专业训练的人，在 91 米的高度做悬空下降和负重上升，也不是一件容易的事情。何况，还是在一个直径不足 3 米、黑暗狭窄、氧气稀薄、落石不断的枯井内。

有一个人做到了，他叫沈晋魁，山西天龙救援队队员。当然，仅靠他一人是不行的，他的背后还有十几名来自山西天龙救援队的队友。

2016 年 8 月 16 日下午，山西省晋城高平市，一个平常的日子。

艳阳高照，天空中无一丝云朵，燥热的空气中传来阵阵蝉鸣声。下午 2 时多，位于焦河后山的一座山上，一前一后走来两个人，不紧不慢地往一道山梁上攀爬。山梁上，稀稀拉拉长着几棵小树，无精打采的样子，地上的野草长得倒是疯狂，足有一两米高。

这是两位地质勘探人员，行走中，经常会拿起手中的小锤子，对感兴趣的石块敲敲打打，还不时往背包里装上几块。山里本来就没有路，他们寻访的地方，遍布荆棘、杂草、藤蔓，让他们步履维艰。

这时候，一件意想不到的事情忽然发生了，走在前面的那个人发出"啊呀"一声喊叫后，不见了踪影。听到喊声的另外一人立刻慌了神，赶紧叫同伴的名字，没有应答，同伴仿佛从人间消失了。他小心翼翼四处查看后，发现同伴坠入一口黑漆漆的深井中，井口杂草丛生，被藤蔓掩盖，不仔细观察根本看不出来。他不知道井有多深，趴在井口大声呼喊同伴的名字，没有任何反应，同伴生死不明。

慌乱中，他立即向 110 报了警，同时给自己的几个好朋友打电话，请

服从命令，听从指挥，发扬顽强作风，练就过硬本领。

大同　师德胜

求援助。

当地警方接到男子坠入枯井的报警后，立即启动联动预警机制，与当地消防人员一同赶往事发现场。几乎就在同时，山西天龙救援队高平分队队员韩宝贤也接到了朋友的求助电话。

"打电话的这位朋友非常着急，说有人坠落在一个很深的枯井内，情况不明。电话中他告诉了我事发现场的大概位置。"韩宝贤说。

高平分队成立于2015年。日常的技能训练和公益活动保障，使他们拥有很好的口碑，在当地一旦有什么险情和救援任务，市民总会在第一时间把电话打给救援队。

韩宝贤立即向队长崔印祥反馈了信息。按照天龙救援队抢险救援流程，一旦有求助信息，立刻进入应急备勤状态。确认信息准确无误后，崔印祥、韩宝贤2人出发赶往事故现场。得知消息的晋城支队副队长王雅斌，也带领晋城3名队员和陵川分队4名队员赶往事故现场。晋城支队队长王小旦将人员安排出发后，向山西天龙救援队搜救大队进行了情况汇报。

天龙救援队搜救大队队长黄刚马上命令总队搜救人员备勤，做好增援准备。接到备勤的几位队员匆匆赶往队部，集结待命。

"我和韩宝贤到达现场时，已有公安、消防、120急救人员到达，拉起了警戒线。如没有人指点，现场根本看不出杂草下面是一个井口。支队要求我们先对现场情况进行分析判断，做好前期工作，然后再进一步商定救援方案。"崔印祥介绍他们到达现场后的情况。

由于事发现场特殊，情况不明，缺乏专业工具，难以展开有效施救，只能进行前期准备工作，靠人力将井口周围的杂草拔除，将掩盖在井口杂乱无章的藤蔓砍掉。渐渐的，一个直径不到3米的井口露了出来，探头往下一看，黑漆漆阴森森的，深不见底。从井口往外，还散发出一股腐朽、刺鼻的味道。

崔印祥、韩宝贤等人趴在井口使劲向井里喊话，大声呼叫那位坠落者的名字，没有任何回应。

现场四周聚集了很多村民。据附近一位80多岁的老人讲，他年轻时就知道有这口井，早已废弃几十年，现在没人知道井下具体情况。当地公安、消防及相关单位调来大功率吹风机，向井内输送新鲜空气，将里面有害气体排出，让井里氧气含量增高，以利于下井救人。

晋城支队王雅斌、宋历伟、张倩、樊立军和陵川分队郎晋辉、刘保付、武晋生、魏栋共计8名队员也先后赶到救援现场。他们用测量绳捆绑手电筒进行测深，当手电筒慢慢探到井底时，测得深度为91米。这样的深度，相当于30层楼高，让所有在场的人大吃一惊，为坠井者的生死捏着一把汗，还有生的希望吗？

现场，大家心急如焚。虽然井深达91米，但依然不排除坠井者在坠落过程中有阻挡物减速，仍然还有生还可能。既然还有生还可能，就要想尽一切办法，抓紧时间救人。对于如何施救，多方救援力量各抒己见，积极商议方案，山西天龙救援队提出的"吊人下井施救"的方案获得通过。

时间就是生命，一场与死神赛跑的竞赛拉开序幕。远在300多千米之外的总队8名救援人员，已接到现场反馈，携带专业绳索、呼吸器、探照灯、三脚支架等器材，正在从省城太原赶往高平。

现场拉起了作业保护绳，开始大范围井口封固工作。利用前期运到现场的道轨和枕木，救援人员以枕木为主，木板为辅，将井口外侧平铺，搭建出一个方形作业平台，留出中间做垂直起降口。作业时，大家在井口小心翼翼，轻拿轻放，防止有物体坠落井内。还扩大井口四周区域，为发电机、鼓风机等救援设备开辟场地。

队员们再次用测量绳捆绑手电筒进行测深，两次探测结果一致，均为91米。紧接着，他们开始以垂吊方式下放视频采集设备，获取最真实的井下影像视频。晚上7时45分，录像资料采集完毕，显示井筒为沙漏状，井口由红砖砌入砂岩，筒壁为砂岩。

随着镜头渐渐到达井底，坠落者也出现在屏幕上，成俯卧状于井底一侧，一摊鲜血异常醒目。队员们无论是大声喊话，还是用手电筒触碰坠落者身体，均无任何反应。是否遇难，无法判断。

由于前期往井底输入大量空气，随探测绳下放的空气检测器没有报警，

翻山越岭救危困展英雄本色，天寒地冻送温暖显菩萨心肠。

太原 韦力忠

说明井底氧气含量在安全值范围，具备下井救人条件。

此时此刻，从太原出发的天龙救援队搜救大队 8 名队员，在黄刚的带领下，也已赶到了高平坠井现场。黄刚与王雅斌简单交换意见后，立即指挥现场队员，展开下井救援。队员沈晋魁、武振宇、张懿华、胡波、许浒、石焱等人抢时间，迅速在作业平台上搭建多功能三脚支架和双向倍力绳索系统。这套系统是黄刚根据实战需要，前不久才研发的一套救援设施，具有体积小、携带方便、承载力大等特点。

按照救援方案，下井队员要携带生命探测仪，佩戴呼吸器和氧气含量测试仪，全身配备成套绳索、照明设备、对讲机等，从井口空降到 91 米的井底，中途不能发生任何问题。无论坠井者生死与否，必须利用同一根绳索，将人固定后带出枯井。

这不是一次简单的几十米崖降训练，这是一次 91 米深度的实战下井救人，由谁来完成这个危险而又艰巨的任务呢？

"黄队，让我下吧，我身体轻。"队员张懿华抢先要求。

"我体力好，劲儿大，带一个人上来没问题，让我来吧。"武振宇也不示弱。

"我经验丰富，身体素质一流，数我最合适。"沈晋魁信心十足。

现场晋城支队和高平、陵川分队的几个队员也纷纷要求下井救人。考虑到各种因素，队长黄刚决定派沈晋魁完成这个任务。

"兄弟，靠你了，千万小心！"黄刚握了握沈晋魁的手，然后在他胸口捣了一拳。这一拳是他们多次参加救援活动形成的习惯动作，既是一种相互间信任的表示，又包含了注意安全的嘱托。

"放心，保证完成任务！"沈晋魁说着，回敬了黄刚一拳。

"加油！"队员们围着沈晋魁，扬起右手给他鼓劲。

"加油！"他充满自信地向队友挥了挥手，说了句，"等我上来！"

山里漆黑一片，唯有坠井现场在探照灯照射下亮如白昼。聚光灯下，救援队员们的一举一动聚焦了现场每一个人的视线，白色灯光下的红色救援队服，在大山里显得异常耀眼。

众目睽睽之下，沈晋魁再一次确认头盔已戴好，氧气含量报警器、对讲机喉麦、头灯工作正常，身上的绳索配件悬挂正确，没有短缺。在四周围观的老乡和救援队员们焦急的眼神中，他长长吸口气，然后慢慢吐出，努力让自己平静下来。他把正压呼吸器扣在自己嘴上，把自己的安全绳扣与主绳索搭扣连接完毕后，在队友武振宇、张懿华的帮助下，将身体悬空，慢慢开始向井底下降。

"说实话，91米的高度相当于30层楼房高，整个人悬空往下降落，说不害怕那是假的。"说起那晚的枯井救援，沈晋魁就像回忆昨天的事情一样。

"平时我们进行崖降训练，都是白天，空间大，视线好，不会有恐惧，但在深井里面就不一样了。在漆黑一团的狭小空间里，特别是下面还有一个生死未卜的坠井者，心里面难免会有一些异样的感觉。所谓异样感觉，说白了就是心理恐惧吧。"沈晋魁毫不避讳自己的感受。

沈晋魁下井施救，队员们在井口利用多功能三角支架，用绳索拉着他。考虑到井内空间狭窄，井壁还有许多突出的石块，黄刚命令队员们以每秒20厘米的速度慢慢往下放绳子。

"怎么样，有没有异常？"黄刚在沈晋魁下降过程中，一直密切注视着红外线成像仪传出的图像，并用对讲机与他沟通，"注意落石，监测有无不明气体。"

"明白，目前一切正常！"沈晋魁回答道。

井口地方有限，队员们4人一组，轮流操作。沈晋魁在井里用喉麦与上面队员交流着，地面上的队员也密切观测井里情况，确保下井队员沈晋魁的安全。

当沈晋魁下降到一半的时候，因为枯井较深，温度开始降低，不知从哪里吹出一股风，冷飕飕的。越往下，潮气越大，一些蜘蛛网上挂满了灰尘。沈晋魁的头上、脸上，既有流淌的汗水，又有横七竖八的蜘蛛网。在接近井底时，井壁愈加狭窄，不时有小石块坠落，沈晋魁的头盔被敲打得噼啪直响。有几块大一些的砸在胳膊上，沈晋魁疼得说不出话来，但他硬忍着，

承受委屈，坚守初心，砥砺前行，坚信美好。

大同 张晓丽

坚持到达井底。

坠井者正如事先探测到的情况一致，面朝下趴在井底，身下有一大团鲜血。沈晋魁仔细检查了他的脉搏和呼吸，发现该男子身体多处骨折、变形，确认已没有生命迹象。

"井下什么情况？男子什么情况？"黄刚在沈晋魁到达井底后，在井口焦急地询问。井口四周静悄悄的，守候在此的公安、消防、120等急救人员全都屏住呼吸，等候来自井底沈晋魁的应答。

"报告，"沈晋魁对着喉麦喊了一声，然后停顿了一下，有些哽咽地说，"人不在了。"对于一个活生生的人，一脚踏空就丢掉鲜活的生命，沈晋魁心里不是滋味。

"人不在了"，守在井口的相关人员几乎都听到了井下传来的这句话。

黄刚沉默片刻，向井下的沈晋魁下令："把人带上来吧，注意安全。"

"明白。"沈晋魁做了回答。

他将散落在地的逝者的物品收集在一起，在翻动遇难者遗体时，由于遇难者脊柱折断，神经反射，腿忽然蹬了一下，惊出沈晋魁一身冷汗。他深深吸了一口气，让自己慢慢冷静下来。这时候，遇难者的裤子一鼓一鼓的，一只青蛙猛地跳了出来，瞪着圆圆鼓鼓的眼睛与沈晋魁对视着。

"在天龙救援队，队员之间有分工，我和鲍慧是收尸官，大凡有死人需要收尸的，都是由我俩来完成。经历得多了，什么稀奇古怪的事情都有，也就习惯了，不害怕了。"沈晋魁说得很轻松，但听他讲的人总会起鸡皮疙瘩。

"看着这只青蛙，我忽然觉得好笑。原来这就是人们常说的井底之蛙啊！"

为尊重逝者，沈晋魁对遗体进行了简单整理，然后用携带下井的救生毯将逝者包裹住，再用安全带进行捆绑。

他把自己的安全绳扣与主绳索连接后，将逝者也一并与主绳索连接。等这一切操作完毕并确认没有问题后，沈晋魁对着喉麦向井上发出了提升请求："绳索连接完毕，请求提升，请求提升。"

"请求收到，请再次检查绳扣无误。"黄刚继续下令。

沈晋魁按照指令，对绳索、绳扣等进行二次检查，确认没有问题后，再次提出上升请求。

"开始提升。"伴随黄刚一声令下，放到井底的绳索开始慢慢向上提升。40 分钟后，沈晋魁带着遇难者成功升井。

山西天龙救援队又一次以其职业精神和专业技能成为公安、消防、武警等合作团队中的领衔主演。

乡宁大联动

时　间　2019 年 3 月 15—21 日
地　点　山西省临汾市乡宁县枣岭乡
摘　要　两栋家属楼和一座洗浴中心发生垮塌，数人
　　　　　被埋，天龙救援队倾全队之力施救 6 天 6 夜，
　　　　　被埋人员还有生还希望吗？
队　员　总队及 27 个支分队共计 180 名队员

坍塌现场

6天6夜，144个小时。

27个支分队，180名救援队员。

一起发生在山西省临汾市乡宁县的自然滑坡灾害，山西天龙救援队作为社会补充力量，紧急出动，以"大联动"团队组合方式，调动所属各支分队队员参与抢险，轮番上阵，在救灾第一线完美诠释了"如果这个世界需要，我们将义无反顾"的天龙救援宗旨。

3月15日下午6时10分，山西省临汾市乡宁县枣岭乡卫生院北侧发生山体滑坡，致卫生院一栋家属楼（6户）和一座简易用房、信用社一栋家属楼（8户）、一座小型洗浴中心垮塌。事发时，滑坡区域有人自行逃生，有人获救，有人受伤，有人遇难，现场一片混乱。

19时35分，山西天龙救援队在省城太原获得信息，立即启动预警。

20时20分，正在筹建的乡宁分队贺晓龙、师凯、王龙、师科强4名队员赶往出事地点。值得一提的是，贺晓龙、师科强同时还是乡宁县消防大队的消防员，他们俩既是消防战士，也是山西天龙救援队的一名救援队员。虽然乡宁分队正在筹备期间，还未正式授旗，但当灾难来临的时候，他们选择在第一时间冲了上去。

在随后6天6夜的抢险救援中，总队调遣各支分队员，一批批赶赴乡宁受灾现场，参与搜救。

前方队员不畏艰难，冒着危险，联手协同作战，后方总队领导坐镇指挥，户外联盟部、传播策划部、人事部、后勤部等部门积极收集现场救援信息，为一线服务。特别是传播策划部，部长张峰挂帅，队员杨倩、贺君燕、何婉青、岳小胭等人在后台编发现场文字、图片，前后方紧密互动，利用山西天龙救援队微信公众平台，第一时间及时传播来自现场牵动人心的救援消息，让更多的人领略到天龙救援队新闻报道的即时性，体现出真正的新闻价值。

加入天龙大家庭，让我的人生充满色彩。

大同 李捷

3 月 15 日

19 时 35 分　天龙救援队得到讯息，启动预警。

20 时 20 分　乡宁分队（筹备）4 名队员赶赴出事地点。

21 时 30 分　运城支队、文水分队、武乡分队、阳城分队、泽州分队备勤完毕。

21 时 36 分　兴县分队（筹备）5 人报备，准备有 3 套绳索、单兵作战包、担架等装备，随时可以出发。

21 时 50 分　侯马分队 2 车 8 人到达事发地点；潞州分队准备 3 套安全带、20 瓶冷凝剂、10 个单兵医疗包装备，8 人备勤，随时可以出发；襄汾分队 5 人，携带绳索、安全带 2 套、医疗箱 1 个出发前往事发地点；吉县分队（筹备）开始集结。

23 时 21 分　尧都分队队长毕洪亮带队，队员董蓬勃、吴茂磊、杨桃、乔佳、郭静、刘岩、刘学云带着对讲机、50 米绳索两条到达事发现场；曲沃分队到达事发现场。

23 时 22 分　新绛分队 5 车 14 人带担架 3 副、指挥帐篷 1 顶、发电机 1 台、医药箱 1 个、个人紧急医疗包 14 个、照明灯 10 个、无人机 1 台、无齿锯 1 台、绳索装备 3 套到达出事现场。

23 时 23 分　洪洞分队及翼城分队到达出事现场。

23 时 24 分　因安全作业面比较小，现场指挥批准 4 名队员带 1 副担架进入现场施救。

0 时 35 分　李援宏、秦小勇等 4 人进入一线配合现场消防以及应急局进行搜索。

　　因事发乡宁，所以乡宁分队（筹备）是第一个得知发生自然灾害并有人员被埋的。当时乡宁分队正处在筹备期间，工作还没有正常开展。魏俊锋了解当时的情况，他说："枣岭乡卫生院发生滑坡自然灾害，很快就在当地传开了。但现场情况不明，流传着各种传言。当时我的手机快打爆了，队员们都在问，出不出队？到底该怎么办？我们心里很纠结。乡宁分队刚刚筹建，还未授旗，一切都还是零，遇到这么大的自然灾害，我们有点不知所措。

"这时候，通往枣岭乡的道路上车辆突然多了起来。消防车、警车、救护车等一辆接着一辆往那个方向驶去。因为已有支分队队员启程赶往乡宁，我们及时把现场的地理位置图发给大家，指引队员们从哪里下高速，走哪条道路更快，电话一直打到烫手。"

当天晚上7时多，当刘岩看到尧都分队的备勤通知时，内心非常犹豫。一边是出生不到10天嗷嗷待哺的儿子和刚生产完身体虚弱需要照顾的妻子，一边是在废墟下等待救援、有可能生还的生命。妻子看出他的心思，毅然对他说："赶快收拾装备吧，他们更需要你，早去一分钟就多一分生还的希望。"家人的支持，让刘岩义无反顾地收拾好装备，于当晚11时半左右赶到事发现场，和队友一起夜以继日、废寝忘食，一直坚守在救援第一线。

董蓬勃当时任临汾尧都分队搜救组组长。当晚11时多，陆续到达的各支分队几十名队员集结后往现场进发。道路已封锁，车辆无法通行，他们背着装备徒步40多分钟到达灾害现场。董蓬勃带领李援宏、秦小勇等4名队员作为山西天龙救援队第一批搜救队员，开始进入现场参与搜救。

董蓬勃介绍了现场情况，他说："我们进入灾难现场时，距离事发仅仅6个小时，现场一片狼藉。消防官兵正在全力进行搜救，我们作为补充力量立刻加入搜救队伍中。

"我们刚下去不久，消防官兵就搜救出一名女性儿童。我们当时是带着担架和绳索下去的，用绳索将这名女孩儿固定在担架上，帮助送到了救护车上。"

按照现场总指挥安排，天龙救援队员主要集中在一座倾斜但没有倒塌的楼房周围进行搜寻。队员们排成扇形慢慢寻找，他们先用石块敲击3下，再大声发问："有人吗？"几名队员趴在地上，一点点往前推进。

由于现场参与搜救人员较多，后半夜的时候，现场总指挥命令现场搜

感恩的初心，奉献的梦想，担当的精神，这是天龙人拥有的品质，更是一个梦开始的地方。

太原 阎志华

救人员先行下撤，然后按照划分区域，统一安排搜救作业，效率明显提升。毕洪亮也带着绳索下到沟底，配合消防人员展开搜救。

大约凌晨 6 时，现场搜救到一名遇难者。队员秦小勇协助消防人员将遇难者固定在担架上，和消防人员一道，小心翼翼地将遇难者从沟底抬到救护车上，由法医进行鉴定、拍照。

当天晚上，队员们救人心切，要求被轮换的队员都不愿意撤下来。

3 月 16 日

0 时 30 分	总队 4 车 12 人，黄刚、鲍慧、武振宇、孙峰、王兴飞、韦力忠、沈晋魁、史瑞鑫、宁慧雄、李宁、佟福利、武小龙携带生命探测仪、破拆和吊运装备，从太原启程，前往事发地点。
6 时 05 分	山西天龙救援队各支分队合计 68 人向当地政府和相关部门报到，听候救援安排。
6 时 50 分	史瑞鑫、李宁、王兴飞 3 名队员进入救援现场。
8 时 29 分	现场再次发生坍塌，全部人员撤离现场，待命。
8 时 40 分	救援装备卸车、清点，人员携带装备在附近区域待命。
10 时 44 分	接总指挥命令，山西天龙救援队派出 17 名队员，进入现场进行破拆搜救，其他队员作为后续梯队继续待命。
11 时 28 分	9 名队员携带装备 15 件进入现场进行搜救。装备括包发电机 2 台、电锤 1 个、充电电锤 1 个、电镐 1 大 1 小、电线 2 盘、插板 1 个、并联器 1 个、气垫 2 大 2 小、气瓶 1 个。
12 时 50 分	鲍慧带队，沈晋魁担任安全员，共 6 名队员到达作业面。
12 时 55 分	现场指挥要求增设 1 处便携电源照明装备，派出侯马分队队员秦小勇 1 人，携带移动电源装备 1 套到达现场。
14 时 05 分	由孙峰、白冰两人带领张凯博、苏永祥、刘福斌携带装备 5 件、撬杠 4 个、双轮异向 1 套进入现场；另一组由支晓明、李赤、石勇、苏彦龙组成，到达救援作业现场。
14 时 55 分	前线指挥要求准备如下装备：200 米绳索 1 条、止坠器

1 套、编带 4 条、钢索 6 把、胸升 1 个、手升 1 个、SIR（手持红外测温仪）1 个，派出武小龙、秦小勇、王永斌 3 人，携带装备 15 件到达救援现场。

16 时 05 分　现场作业人员有李赤、卢拾民、王晓刚、鞠将帅、吴茂磊、石勇、郭静、王晓刚、胡雨泽、李援宏、刘岩、张海涛、刘学云、鹿涛、乔佳、云红超、刘永福等人。

17 时 10 分　现场共救出被掩埋人员 16 人，第一时间送入医院治疗，其中 3 人医治无效死亡；搜救现场挖出 4 具遗体，13 人失联。

18 时 05 分　现场救援人员有黄刚、鲍慧、孙峰、史瑞鑫、沈晋魁、王兴飞、李宁、武小龙、郑建勇、李海滨、王晓峰、支晓明、周小强、王新飞、胡雨泽、王旭东、田盼盼、宁慧雄、刘明学、张建林、崔戍臣、王永斌、秦小勇。

19 时 30 分　袁巧玲、许媚、赵军霞、冯志娟、张娟、关斌、吴斌、张留兵等人从现场撤出。

21 时 30 分　黄刚副队长与消防结构专家对现场建筑物进行评估。

23 时 55 分　沈晋魁与孙峰互换岗位，其余 9 人在现场作业；期间，按照 2 个小时一轮换制度，多名队员得到轮换、休息。

黄刚从队员董蓬勃手中接任现场总指挥时，现场集结的队员有 68 名。

黄刚说："自然灾害发生后，我们第一时间与当地政府沟通，得知情况非常严重，需要我们作为社会补充力量参与现场救援。从废墟现场到公路上，有一个坡度很大的落差，要用到大量的绳索技术。为了抢时间，我们首先派出最近的支分队赶赴现场，配合消防官兵进行搜救。

"我们到达现场后，对已在前期赶到的队员进行整合、优化，同时到现场指挥部报备。由于作业通道狭窄，现场地质结构不稳定，有二次塌方

传播正能量，从我做起。

吉县　张巧丽

危险，指挥部控制进入现场施救人员，要求以不间断换班方式展开搜救。我们严格执行指挥部指令，合理安排搜救人员作业和休息。

"队员们带着担架、生命探测仪、医疗包等救援设备，和公安、消防、武警、卫生防疫等参战单位救援人员紧密协作，全力以赴，昼夜奋战，全力搜救失联者。虽然现场条件非常恶劣、危险，但参战人员不畏艰险，不言放弃。当天，搜救现场发生一次坍塌，救援被迫停止。现场指挥、消防专家、省测绘部门的同志，我们一起对灾害现场进行仔细评估，得出不大可能会发生大面积塌方的结论，可以在多设置监控点、密切监视的前提下，继续展开搜救。

"因为这一天还处在生命搜救黄金 72 小时时间段内，队员们积极配合消防官兵，不敢有丝毫懈怠，每隔两个小时一换班，竭尽全力对坍塌的房屋进行破拆，渴望发生生命奇迹。"

这一天，参与搜救的山西省遥感中心一架价值 30 多万元的无人机在飞行中意外坠崖丢失，初步判断坠落在一处 100 多米深的断崖中部，他们请求在现场的山西天龙救援队绳索技术过硬的队员帮助寻找。

刚从搜救现场返回休息的汾阳分队队长武小龙不顾身体疲惫，也不顾自己前些日子参加国家应急救援技能竞赛时双臂严重拉伤，主动要求前去寻找无人机。他和队友沈晋魁带上个人装备，背着一条 200 米长的绳索，来到初步判定的大致位置，沈晋魁在山顶帮忙打锚点，做技术保障，武小龙做好个人安全措施，开始往 100 多米深的崖底下降。

提起这件事，武小龙说："开始并不知道这架无人机价值 30 多万元。沈晋魁给我打好锚点后，我开始缓慢往崖底下降。100 多米深的悬崖，多少还是有些害怕。好在平时一直进行这方面训练，有一定基础。悬崖上全是荆棘、杂草和树枝，还有突出来的很尖的石块，让我的下降变得非常艰难。我要一边避开荆棘，防止划伤手和脸，一边还得四处寻找散落的无人机，非常消耗体力。"

在距地四五十米的地方，树枝上、荆棘丛中，武小龙看到了坠毁的无人机，四片机翼除一片外都已折断，几块电池分别挂在不同的地方，其他零部件散落在各处。无人机虽然找到了，但如何能带回去成了问题，因为武小龙本人在半空中吊着，活动空间非常有限，他只好自己给自己打了一个他锚点，重新做好个人安全措施，然后将散落四周的机翼、电池等零部件收集在一起，捆在身上，慢慢往崖底下降。

这时候武小龙遇到一个问题，下降绳索由于长度不够，在距离崖底10多米处，无法自行完成下降，武小龙被吊在了半空。情急之中，他用锁扣将自己固定在绳索上，用对讲机和崖顶的沈晋魁联系，在崖顶慢慢释放绳索，将武小龙下降到满是泥水、沼泽的悬崖底部。虽然武小龙平安下降到了崖底，但这种方式处于一种单绳无保护状态，一旦负重绳索出现问题，后果不堪设想。

"无人机每片翼有半米多长，四块电池也有十几千克。我所在的位置距离大本营10多千米，带着绳索、安全带等个人装备，还要背着四分五裂的无人机，走回去非常吃力。我的双臂本来就是严重拉伤，刚才在悬崖上忘了疼痛，这时候疼得我实在无法拿起这一堆东西。对讲机在沟里没有信号，我艰难地爬到一座山包上，又走了好远，好容易联系上了遥感中心的工作人员，是他们找到了疲惫不堪的我，用车把我拉回营地。"武小龙说。

这一天，对于运城支队的白冰来说，应该是最难忘的一天。他本该在温暖的家中接受妻子爱女送上的生日祝福，共享与家人在一起的温馨快乐。但突如其来的救援出队消息打破了这份宁静，是留在家中过个温馨的生日，还是奔赴乡宁灾害现场参与救援？白冰毫不犹豫地选择了后者。

夜幕中、寒风里，白冰奔忙的身影始终穿梭在第一线。他心里装的不是自己的生日，而是那些被尘土掩埋者的安危。在这个特殊的生日，他用行动践行着自己的誓言，铁肩担道义，热血写春秋。他用大爱、信念诠释和谱写着无悔而壮丽的人生。

3月17日

0时11分　　高锦宏、秦记升饭店、乡宁饭店给队员们送来了暖暖的姜汤、鸡蛋、小米粥和白面饼子等慰问餐，队员们在现

用所学专业，为大家服务，赢得认可与支持。

侯马　许媚

场感受到了来自社会各界的爱心，让他们更有力量投入救援行动中。

1 时 50 分　20 名救援队员从现场撤离，等待进一步救援指令。

8 时 30 分　14 名救援队员前往作业面，待命进入救援现场。

9 时 19 分　时任省长楼阳生来到救援现场，听取汇报，对救援初期取得的成果给予肯定，对天龙救援队员表示亲切慰问。

10 时 40 分　山西省军区副司令员邱月潮对天龙救援队员表示亲切慰问。

11 时 05 分　现场共救出被掩埋人员 16 人，其中 3 人医治无效死亡；在现场搜救出 7 具遇难者遗体，还有 10 人失联。

11 时 30 分　爱心人士为救援队员送来热牛奶，以示慰问。

12 时 10 分　队员佟福利从现场返回，撤回的设备有营地灯 4 组、液压剪扩器 1 套、起重气垫 1 套 4 个、照明灯 2 套、发电机 3 台、充电电锤 1 个、电锤 1 个、无齿锯 1 个、栏式担架 1 个、手动破拆 1 套、双轮异向 1 套、汽油壶 1 个、线轴 2 个、生命探测仪大小各 1 套、撬棍 3 根、铁皮剪 1 个、一次性灭菌橡胶手套半盒、电镐 1 个。

12 时 25 分　队员们清点擦拭装备、器械。

13 时 20 分　黄刚代表天龙救援队参加防疫会议，组织做好参与搜救的救援人员、车辆以及帐篷等器材的卫生防疫工作。

17 时 30 分　长治支队、潞州分队、武乡分队白树林、庞波、崔磊、马晖、范军、孙亚东、石明、王公、巩艳龙、安红飞 3 车 10 人携带担架 1 副、绳索 5 套、急救箱 1 个、个人帐篷 10 套等装备，前往事发现场。

这一天，对于山西天龙救援队员来说，是个难忘的日子。

时任山西省省长楼阳生来到天龙队员身边，听取救援工作汇报，对这支民间救援队伍关键时刻冲锋陷阵、一往无前的大无畏精神和积极承担社会责任的高尚情怀给予充分肯定，鼓励天龙队员继续为社会多做贡献。

山西省军区副司令员邱月潮亲切慰问了救援队员，对救援工作表示赞许，同时希望救援队员继续发扬无私奉献、大爱无疆的崇高精神，为进一步取得救援胜利继续努力。

对于新绛分队搜救组组长苏彦龙来说，17日这一天，更是刻骨铭心的一天。晚上8时多，刚刚轮班替换到救灾一线的苏彦龙接到电话，爷爷不幸突发心脏病去世了，这下子让他左右为难。苏彦龙从小就立志报效祖国，服务社会，虽然错过了做一名军人的机会，但他不忘初心，总想着要为社会做一些有意义的事情。加入天龙救援队后，让他有机会实现儿时的梦想。身为搜救组组长的他，是回家当孝子，还是继续搜救那些还有可能生还的被埋者？

"爷爷已病逝，无可挽回。现场被埋者如果抢救及时，还有生的希望。"想到这些，他悄悄抹掉眼泪，毅然放弃回家，继续参与一线救援。深夜被换回营地休息时，他找了块平地，冲着家的方向跪下，给已逝去的爷爷磕了三个响头，嘴里念叨着："爷爷，对不起，我执行任务回不去。您老人家一路走好。"

3月18日

3时55分	临汾支队、长治支队、运城支队共12名队员，董蓬勃、乔佳、张凯博、白树林、庞波、崔磊、马晖、范军、孙亚东、王公、巩艳龙、安红飞携救担架、急救箱、安全绳、单兵作战装备等救援装备进入事发现场。
4时15分	现场下起小雨，队员们开始分组作业，第一组白树林负责，队员有董蓬勃、庞波、崔磊、马晖；第二组范军负责，队员有孙亚东、王公、巩艳龙。
5时47分	由于雨越下越大，指挥部命令，所有队员全部下撤。
6时20分	乡宁分队（筹备）师凯、张恒、杨平从17日晚9时一直在现场为一线队员做后勤保障服务。

从仰慕到加入，我蜕变升华，愿这颗爱心，与天龙相伴，风雨兼程。

大同　吕艳春

6 时 30 分	侯马分队郑建东一人开着依维柯汽车，不间断往返一线和指挥部之间，接送队员 20 余次。
7 时 36 分	现场下雨，停工待命。
8 时 45 分	郑建勇通知后续新增队员带宿营睡袋等装备。
11 时 16 分	白树林、崔磊、马晖、庞波、孙亚东、巩艳龙、安红飞 7 人准备完毕，等待进场作业。
11 时 45 分	高悬在救援现场最上方一座垮塌的住宅楼底座（体积约 220 立方米、重约 150—180 吨）出现位移，滑坡面出现裂缝。
11 时 50 分	抢险救援指挥部组织专家论证，确定排险方案。通过长臂吊车吊人高空作业，对住宅楼底座进行钢丝绳牵引加固，对事发区域内高悬的垮塌住宅楼底座、下沉的住宅楼、垮塌建筑残留物和 4 个作业面等 7 个重点目标进行监测。
12 时 05 分	新营地帐篷搭建完毕，搭建队员有郑建勇、石勇、张凯博、范军、王公、苏永祥、卢拾民、常永生、王新飞、苏彦龙。
21 时 10 分	现场共有 13 人获救，12 人不幸遇难，还有 8 人失联。
22 时 40 分	武乡分队巩艳龙队长同队员安红飞走访附近目击者及失联人员家属，确定失联者的衣着特征和被掩埋大致区域，为精准搜救提供重要依据。

3 月 18 日这天，正在给发高烧儿子看病的祁县分队史霄雷，接到队里赴乡宁塌方现场驰援的指令后异常纠结。如果和队长说一声儿子发高烧，队长肯定会换人，但他开不了口。他和儿子商量，高烧的儿子哭喊着"爸爸别走，我不让你走，你要陪着我"。儿子撕心裂肺哭喊着，紧紧地抱着他，一晚上稍有动静，儿子就睁开眼睛看看，生怕他偷偷走了。

第二天凌晨，他含着眼泪把儿子交给自己的母亲，5 时准时带领队员前往事故现场搜救失联者。

在搜救过程中，队员们冒着落石的危险，清理覆盖在表面的彩钢瓦、房顶、水泥板、玻璃等，然后做好相关保护措施，一层一层进行挖掘。好多时候，根本无法使用破拆工具，队员们需要钻进被多种杂物积压的混凝土楼板下，用手一点一点拽、挖、刨出生命通道。

　　为了了解现场信息，武乡分队的队员还走访失联人员家属，队长巩艳龙说："18 日晚上我们开完会返回途中，碰到一位老大妈在路边哭嚎。我和队员安红飞走过去，在交谈中得知，老人的媳妇和孙子在这次山体滑坡中失联，还没有找到。老人思念亲人，来到事发地附近。我们耐心相劝，对老人进行安抚，并把老人送回家。

　　"这几天我们在现场搜救，滑坡区域非常大，很耽误时间，如果能够尽可能多掌握一些失踪人员信息，可以有效提高搜救效率。于是我们询问老人事发前的一些相关信息，老人给我们讲了媳妇和孙子的一些生活习惯和衣着特征等。我们又走访了现场附近一家卖馒头的大哥，他告诉我们那天事发时的经过，也介绍了坍塌房屋建筑结构的一些信息。回到营地后，我们对收集到的信息详细分析，并立即将这些信息向现场指挥进行汇报。这些信息对缩小搜索区域起到了帮助作用。"

3 月 19 日

　　2 时 05 分　　长治支队 1 名队员发烧，白树林、马晖、范军、崔磊 4人下撤返回。

　　4 时 10 分　　队员庞波、石明、孙亚东、王公、巩艳龙、安红飞 6 人进入事发地展开搜救。

　　4 时 15 分　　在一块楼板下发现男性遇难者 1 名。

　　4 时 30 分　　队员安红飞、孙亚东在一块坍塌的楼板和沙发夹缝中，发现第二名男性遇难者。

　　4 时 58 分　　经法医取证，遇难者是两名小男孩。

　　5 时 07 分　　挖机继续工作，寻找失踪人员。

　　6 时 03 分　　发现第三名遇难者遗体。

　　8 时 24 分　　陆续发现保险柜 1 个、部分票据及车辆登记证 1 本、煤

凝聚人道力量，共建和谐社会；我是天龙之子，我为之骄傲。

太原　武艳

262

	气罐 1 个、1000 余元现金残币和遇难者生前照片 1 张。
9 时 05 分	祁县分队 5 名队员王琼、王星宇、刘俊彪、温俊刚、史霄雷到达事发地点。
10 时 10 分	祁县分队王星宇、刘俊彪、史霄雷 3 名队员进入现场搜救。
10 时 30 分	国家地质勘查小组对营地进行勘察，发现上方出现沙土下滑，存在安全隐患，命令尽快转移营地。
10 时 33 分	开始转移营地。
11 时 20 分	石明、王琼、王公、庞波、巩艳龙、温俊刚、史霄雷、王星宇、刘俊彪、安红飞转移营地结束。
12 时 35 分	阳城分队晋霄峰、张红太、高龙虎 3 名队员到达事发地点，与长治支队做现场交接。
15 时 05 分	文水分队 2 车 8 人，宋刚、陈树强、李玉彪、钱增荣、成云龙、宋晓光、孟庆轩、张永顺出发前往事发地；装备包括动力绳 1 条、静力绳 1 条、安全带 5 套、头盔 10 个、护具 6 套、护目镜 5 套。
15 时 45 分	高龙虎、张红太、王琼、温俊刚 4 名队员进入作业面。
16 时 02 分	乡宁分队（筹备）2 名队员在西面悬崖地区与消防员一同排险；4 名队员和 3 名消防队员配合挖掘机开展作业。
16 时 46 分	4 名队员搬运煤气罐和卫生所的药材。
17 时 06 分	找到 1 名男性遇难者。
17 时 39 分	大同支队吴雁忠队长带队，队员林德彬、张家齐、王宏宇、范桂珍、刘丽、师得胜、马振、王玮、孙振祥携带个人露营帐篷、照明装备、发电机 1 台，到达救灾现场。
17 时 48 分	保德分队由孙成伟带队，队员赵吉星、白浩杰、陈俊兵、刘海伦携带个人露营帐篷、照明装备等到达事故现场。
18 时 30 分	泽州分队张宁、罗拥军到达现场。
18 时 40 分	高平分队崔印祥、明慧刚、邵松嵩、郜慧征 4 人下到救援现场替换祁县分队王琼、温俊刚。
18 时 58 分	找到 1 名遇难者。
19 时 33 分	文水分队 8 人 2 辆车到达现场。

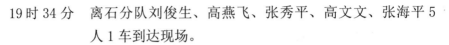
19 时 34 分　离石分队刘俊生、高燕飞、张秀平、高文文、张海平 5
人 1 车到达现场。

19 时 45 分　交城分队王建珍队长带队，队员曹继东、徐天玉、李志刚、
褚丕飞、曹思慧携带个人露营装备、担架等到达救灾现场。

21 时 30 分　陵川分队武晋生、王文生、蔺东陵、刘方涛到达现场。

长治支队石明队长介绍了出队情况，他说："长治支队是 17 日上午
接到总队出发命令的，由于现场情况有变，中途又接到总队命令撤回。下
午重新接到出发通知后，我们再次集合队伍，于当天下午 5 时出队赶往乡宁，
当晚 10 时到达灾难现场。按照轮换计划，我们的队员 18 日凌晨 4 时到达
指定地点，没有获准入场搜救，只好原地待命。从凌晨 5 时开始，现场下
起了雨，为安全起见，现场总指挥要求全体搜救人员全部下撤，我们也撤
回了临时营地。

"下午 6 时，我队接到现场总指挥指令，安排我队于 19 日上午 10 时
进入现场。但计划有变，18 日晚上 11 时，总指挥要求我队提前出任务，
于 19 日凌晨 4 时至 8 时进场作业。我们进入现场后，分别在 4 时 15 分、4
时 30 分和 6 时找到 3 名失踪者。

"早上 8 时，按规定我们可以撤离，由于后续梯队队员还未到达现场，
我们当即决定，坚持在现场搜救，待其他队伍到达接替后再撤离。从凌晨
3 时起床到 14 时 30 分撤离，长治支队的队员们连续作战 10 多个小时没有
休息。"

安红飞是一个地道的农民，农闲时在外打工谋生。由于他本人处在贫
困山区，2017 年底加入天龙救援队后，经常参与一些救孤助残之类的活动。
当乡宁滑坡需要救援出队时，他踊跃报名参加。

他介绍了 19 日凌晨发现 1 名遇难者的经历："当时我们武乡分队和
长治支队的队友们在凌晨 3 时 50 分一起进入搜救现场，主要任务还是配合

公益之路，你我同行，加入天龙，终身无悔。

翼城　史祥志

消防官兵一起搜寻遇难者。头天晚上，巩艳龙队长和我一起对事发附近的人群做了走访，对坍塌房屋结构做了进一步了解，同时走访了部分遇难者家属，掌握了一些遇难者生前活动规律。进入现场后，我们重点对坍塌区域进行观察分析，推断遇难者可能被掩埋的方位。队长巩艳龙利用大功率射灯给我们照明，现场亮如白昼。

"大约 4 时多，有一名遇难者遗体被消防官兵找到，这时候我就更加肯定之前了解的信息和分析结果。我判断一处楼板附近可能会有遇难者。由于现场地势复杂，无法动用大型设备，只能靠人工刨挖废墟。我跪在废墟中，用双手把坍塌楼板下方的石块一点点往外刨。队友孙亚东找来一根木棍支撑住楼板，我探着身子往里挖，突然手部传来柔软的感觉，把周边废墟扒拉开后，发现是一只小手。

"我们立即报告给现场总指挥，保护好现场。确定了遇难者肢体体位后，由于上方楼板所压，一时无法把遇难者刨挖出来。队员和消防官兵一起努力，徒手抬住楼板，我和队友孙亚东爬入楼板底下，把压在遇难者身体上的石块、墙皮、砖头等杂物挪开，一起使劲慢慢把遇难者拽了出来。

"遇难者是一个十几岁的小男孩儿，手里还握着铅笔，可能事发时正在写作业吧。这么一个幼小的生命就这样离开了，在场的队员都落泪了。"

从 19 日开始，在乡宁救援现场，人们发现身着红队服的天龙救援队伍中，多了一位英姿飒爽的女队员。她是交城分队队长王建珍，也是山西天龙救援队 20 多位支分队长中唯一一位女性队长。乡宁发生山体滑坡，交城分队第一时间备勤。总队通知 19 日出队，王建珍队长二话不说，安顿好即将临盆的儿媳，带领 6 名队员迅速赶赴灾区一线。

到达现场的当天晚上，队员们顾不得舟车劳累，连夜执行搜救任务。作为女性，不需要进入救援一线，她承担起后勤保障任务。简易帐篷防雨效果差，漏雨，队员们无法休息。她守在帐篷里面，用脸盆接上雨水一盆盆往外倒，让返回休息的队员睡个好觉。她还负责给队员们做饭，她说："能让救援回来的队员吃上一口热乎饭，让他们有力气去救人，休息好，对我来说就觉得特别有意义。"

3 月 20 日

7 时 34 分	现场共有救援队员 64 人。
10 时 22 分	乡宁县枣岭乡领导带领村民慰问救援队员，并把苹果、面包、姜糖水送到每一名队员手中。
10 时 30 分	吴雁忠、师德胜、高艳飞、武晋生、曹继东、宋刚、王琼、赵吉星、张宏斌、余志刚 10 名队员在救援现场待命。
11 时 29 分	指挥部领导前往救援现场进行考察。
12 时 13 分	各队替换队员高文文、李志刚、徐天玉、曹思慧、褚陪飞、宋晓光、李玉彪、成云龙、张永顺等全部到位。
13 时 05 分	救援现场出现裂痕，所有作业面救援人员全部撤离。
13 时 25 分	现场专家勘察裂痕情况。
14 时 10 分	现场风非常大，救援队员现场待命。
14 时 50 分	找到 1 名失踪者。
15 时 17 分	防疫人员对在场人员进行消毒。
15 时 28 分	遇难者被运上救护车离开现场。
15 时 33 分	救援队员帮助指挥部搬运救灾物资。
17 时 26 分	现场参与救援行动的队员 69 人、13 个支分队。
18 时 57 分	现场大风，气温急剧下降，队员们仍然坚守在救援现场。
19 时 05 分	明慧刚、张红太、张家齐等 9 名队员搬运救灾物资。
19 时 30 分	气温越来越低，队员们帮忙搬运棉被等物资。
20 时 05 分	各支分队队长开会总结当日工作并安排第二天任务。
20 时 10 分	现场待命人员林德彬、王玮、孙振祥、师德胜、陈建民、闫志斌、高艳飞、白浩杰、刘海龙、褚丕飞。

得知乡宁发生山体滑坡时，阳城分队队员张红太第一时间打电话咨询情况，心急如焚地关注着被埋群众的安危。队里通知备勤时，张红太的妻

留意身边需要帮助的人，为他们服务，从中获得满足。

大同　胡少军

子已经发高烧很长时间了，多方检查找不到原因。想到坍塌房屋下一个个等待救援的生命，想到入队誓言，张红太毅然决然地选择了出队救人。

19日早上，妻子即将住院治疗，张红太也于一早接到出发指令。他安顿了一下发高烧的妻子，同3名队友一起紧急出发，于中午12时左右到达现场。在搜救现场，他配合消防战士找到2名遇难人员。晚上撤下来以后，他才和妻子通了电话，询问妻子身体状况。听到电话那头妻子委屈的抽泣，听到儿子一面埋怨一面又"在救援现场注意安全"的叮嘱，这些来自亲人既责备又关心的话语，让这个已年近50岁的铁骨男人眼眶湿润了。

新绛分队是在15日晚上9时多接到总队出发命令的，队长张凯博立刻带人前往灾区。在去往事故现场途中，道路拥堵，车辆无法进入，他主动背起一件十几千克重的救援装备，跑步一个多小时到达灾难现场。当时一心想着能尽快进入现场救人，根本顾不上脚底起泡。在现场连续救援的几天时间里，饿了啃个馒头，困了就地躺在路边临时休息。从灾区回来后，他才发现脚底起泡、手背有瘀青、小腿上的一个伤口已化脓。

3月21日

9时05分　事发地点参与搜救的队员有马镇、陈俊兵、赵吉星、高艳飞、史霄雷、王文生、褚丕飞、张永顺、张红太。

9时13分　文水分队队员张永顺发现1名遇难者，第一时间反馈信息。

9时20分　最后1名遇难者被发现；共有13人获救，20人遇难。

9时40分　队员张永顺接受山西电视台及乡宁电视台采访。

9时41分　队员们搬运救援物资，人员有王玮、张家齐、马镇、王宏宇、武晋生、王文生、张方涛、张永顺、罗拥军、张秀平、高龙虎、张红太、史霄雷。

10时06分　余志刚带领全体队员撤出待命区。

11时05分　队员们清理现场垃圾，准备撤离。

11时19分　协同现场救援力量，转运遇难者。

12时01分　现场指挥张宏斌队长下令，现场搜救结束，撤离返程。

当天上午9时多，正在救灾现场做观察员的文水分队队员张永顺发现最后一名失联人员。说起这件事，他依然很激动："我和队员进入现场后，以观察为主。这时候有一台挖掘机正在作业，我重点盯住挖掘机的工作区域。大概9时多的时候，可能是我站的位置有利于观察，我远远看到挖掘机抓起的一个床垫上疑似滚落一个物体，像是人。我赶紧大喊一声，有情况，并立即向现场指挥人员汇报。有队友问我'确定吗'？我回答说'不敢确定，很像'。指挥人员立即用对讲机将挖掘机叫停，我和队赶忙围了过去，果然是一名遇难者。

"按照滑坡后现场排查结果，这是最后一名失联人员。虽然这名失联人员非常遗憾地去世了，但最后一人找到，意味着整个救援工作就要结束。我和坚守在现场的各个支分队的队友心情很复杂，既为自然灾害造成人员伤亡感到痛心，也为天龙队员连续数天的辛苦付出感到自豪。在灾害来临的时候，作为一支民间救援力量，我们做了该做的事情，为此感到骄傲。"

王琼是一名退伍军人，也是祁县分队的一名教官。乡宁发生山体滑坡事故时，王琼的大舅刚去世十多天，父母又在外地打工，只有70多岁的姥爷在家。18日晚上接到出发命令，他向单位请了假，回家安抚了一下姥爷。到达现场后，他立即进入一线搜救，帮助抢救库房医疗药品和财产。期间发生一次坍塌，王琼与队友们不畏艰险，配合消防队员仔细寻找，不放弃任何希望，期待多挽救一条生命，多成全一个家庭。他连续坚守3天，直到找到最后一位遇难者才松了一口气。

从3月15日到3月21日，连续6天6夜的不间断搜救，山西天龙救援队参战的27个支分队的180名队员，用他们永不言弃的无畏精神，交出了一份满意答卷。

目睹了全部救援过程的当地百姓，甚至省里的领导人，都没有想到这支整齐划一、具有专业素养、庞大的救援队伍竟是一个民间公益团体。

2019年5月31日，山西省减灾委员会、山西省人力资源和社会保障厅、山西省应急管理厅三家联合发文，授予山西天龙救援队"山西省'3·15'乡宁山体滑坡抢险救援先进集体"荣誉称号。

2020年1月12日，国家应急管理部梳理了2019年各类突发灾害事故案例，公布了2019应急救援十大典型案例，总结应急救援和现场处置成功经验，"山西乡宁'3·15'山体滑坡抢险救援"榜上有名。

比武夺第一

时 间 2017 年 11 月 2—5 日

地 点 甘肃省兰州市

摘 要 决定组队参加第一届社会救援组织技能竞赛时，
队领导和队员们心里都捏着一把汗，行吗？

队 员 景红侃　苏彦龙　冯旭鹏　刘思父　刘永瑛
　　　　李海滨　王　伟　张向龙等 28 人

破拆现场

"垄哥，这是你选的餐馆？'牛不牛'，名字好特别啊。"

"这家餐馆有意思，难道和我们这次去兰州比武还有联系？"

说话间，一行20多人抬头望着匾额上"牛不牛"几个字，抬脚迈进了宁夏中宁县一家主营牛肉面的小餐馆。餐馆不大，也并不十分起眼，但"牛不牛"三个字却引发人们极大兴趣。

"垄哥，说说为什么选这样一家餐馆吃饭？是自己问自己牛不牛呢，还是自己肯定自己牛呢？"有人不依不饶，想要问出个结果。

被称作垄哥的男子笑了笑说："这就要看大家伙儿接下来的表现如何了。"

旁边的鲍忠锋来了兴致，接上话茬高声说："我们这次去兰州参加比武，如果大家表现优秀，别人问我们牛不？我们回答，牛！说明我们取得了好成绩。如果问我们，牛？我们回答，不牛，说明我们成绩不好。我们到底牛不牛，关键还要看兄弟们的。"

"知道我为什么带大家到他家吃牛肉面了吧，我们要讨个好兆头，拿下这次比赛。"垄哥语气坚定地说。

这时候不知道谁带头喊了一句："天龙救援队牛不？"

"牛！牛！牛！"连续统一整齐的呐喊声，立刻冲出窗棂，在门前的街上经久不息。

这20多人的队伍是山西天龙救援队派往甘肃兰州参加中国灾害防御协会、中国地震应急搜救中心组织的2017年社会救援技能竞赛的。

一碗"牛不牛"餐馆的牛肉面，是壮行面，是动员令，希望给队员们带来福气和好运，也鼓舞了队员们的斗志和士气。

2017年11月2日，天龙救援队的28名队员早晨6时从太原出发，携带包括破拆、顶撑、移除、绳索、后勤保障、通讯中继等170余件套救援物资和设备，分乘4辆车，历经15小时长途跋涉，抵达甘肃省兰州市榆中

爱心传递，帮助需要帮助的人。

祁县 陈风霞

县国家陆地搜寻与救护基地，开展为期 2 天的救援技能比赛。

这是国内第一次举办社会救援组织技能竞赛，来自山西天龙救援队、青岛红十字蓝天救援中心、蓝豹救援队、北京绿舟应急救援中心、陕西曙光救援队、大同市地震应急救援队的 6 支民间专业救援队参加救援竞赛，另有各省共 12 支救援队进行现场观摩学习，这是全国救援界的首次公开亮相。比赛模拟地震发生时的情形展开紧急救援，项目包括：障碍物移除、震后支撑、顶撑、破拆、高空绳索及综合 6 大项。

位于兰州市榆中县的国家陆地搜寻与救护基地，它集教学、室内外训练场馆及地下建筑物、隧道、燃烧训练室为一体的模拟训练设施，配备了建筑物坍塌、地震、山体滑坡、泥石流、坠崖、迷山等灾害事故应急救援设备。该基地既是地震灾害紧急救援队驻训出发基地，也是面向全国培训地震救援技术的实训基地。

当山西天龙救援队的队员们风尘仆仆地抵达该基地后，没有休息，在总指挥黄刚的指挥下，全体队员立即投入营地建设中。

"来，旭鹏，把支架递过来。"

"洋洋，把篷布的引绳给我。"韦力忠指挥着几名年轻队员，在大家的协同努力下，迅速搭建起 32 平方米的指挥帐、32 平方米的装备帐、18 平方米的餐饮操作帐和 12 平方米的餐饮帐，将营区明确划分为指挥区、装备存放区、后勤补给区及住宿停车区四个区域。在指挥帐内，摆放有桌椅，可以开会布置任务。装备帐内，整齐划一的货架上摆放着竞赛用的气泵、大小电镐、发电机、气垫、千斤顶、扩张钳、卫星电话、急救箱等物品。细心的韩雪梅、韦力忠、田国斐、冯旭鹏将物品分为支撑类、侦检类、破拆类、照明类、顶升类以及通讯类、医疗类，共计 7 大类 170 余件套，分别摆放标签，建有出入库和领用台账，有标准规范的登记记录。

李明林负责通讯保障，在队友的帮助下，架设了一个 10 米高中继台天线和 V 三段短波天线，保障在整个营地建设及竞赛期间通信畅通，能清晰传达工作指令。当其他队员忙着搭建帐篷的时候，他一个人细心调试设备，保证每个队员对讲机能够正常登录中继台频率，通信畅通。做完这些工作后，他一直值守在电台旁边，不离开一步，即使是吃饭，也是队员将饭送到帐篷内，确保通信基站工作正常，任务上传下达不延误。

271

李明林介绍说："实战中，因为住的地方距离救援地方可能会很远，如果只使用手台，无法保证有效通联，所以需要架设一个中继台。中继台在无线对讲系统中，用于增大通信距离，扩展覆盖范围，又称中转台、转发台、差转台，是专用移动通信领域不可缺少的重要设备。如果是在山顶上架设中继台，能通联的距离可以达到几百千米。尽管新型无线电通信系统不断涌现，短波这一古老和传统的通信方式仍然受到全世界普遍重视，不仅没有淘汰，还在不断快速发展。"

由于竞赛重点是地震之后的搜救，对营地建设并没有特殊要求，但天龙救援队高标准要求自己，全部按照实战标准进行操作。他们模拟了实战中营地无水无电的恶劣环境，队员田国斐、鲍忠锋、于浩洋步行到附近村庄寻找水源，建立供水通道。还到当地派出所、培训基地、加油站办理购买散装汽油许可手续，保证发电机可以正常工作，解决照明和一些液压泵、扩张钳、油镐等工具用油问题。

整个营地建设帐篷搭建井然有序，救援器材分门别类，餐具摆放整齐划一，车辆停放集中有序，各项工作井井有条。不远处搭建了一个简易厕所，队员沈晋魁还给这个简易厕所制作了男厕、女厕标识，队员们笑称这是营地五星级厕所。在营地忙碌的队员们着装整齐，个个精神抖擞，脸上写满自信，一副志在必得的气势。

在营地建设中，一直有几个神秘人物在周围转悠，一会儿到帐篷里看看，一会儿又到帐篷外转转，还不停地在营地四周活动。见队员们忙忙碌碌的，也不说话，只是友好地点点头。队员们以为是兄弟队的观摩人员，并没有十分在意。

当晚7时，在能容纳20多人的大帐内，山西天龙救援队进入竞赛营地的第一餐正式开餐。帐内灯光明亮，干净整洁，餐具摆放整齐，队员们走进帐内准备就餐时，用热烈掌声对负责后勤保障的韩雪梅、韦力忠、田国斐、鲍忠锋以及参与帮厨的队员表示感谢。虽然饭菜很简单，每人一碗

立志公益，为社会贡献一分力量。

大同 孟安英

烩菜、两个馒头、一碗小米稀饭，但在西北已渐渐寒冷的冬日里，队员们心里暖融融的。

当晚8时，在指挥大帐内，召开了由全体队员参加的战前动员会。总指挥黄刚再次重申了竞赛中的注意事项和各项纪律，要求队员们加强协作配合，发扬特别能战斗精神，赛出水平，赛出成绩。

当黄刚高声问大家："山西天龙救援队牛不？"队员们集体起身振臂高呼："牛！牛！牛！"

11月4日早晨7时，天刚刚亮，天龙救援队的参赛队员集体出早操。他们围着营地周边跑步，迈着整齐的队列行走，还唱着嘹亮的歌声鼓舞士气，是参赛队中唯一出早操的队伍，令其他参赛和观摩队伍刮目相看。

上午9时，比赛的6支队伍集合到达指定场地，所用比赛器材装备和后勤保障物资已提前摆放到位。

队员景红侃说："当我们身着红色统一队服，喊着嘹亮的口号，迈着整齐的步伐进入比赛现场时，有一种当年在部队上战场执行任务的果敢与豪迈，每个人都感觉非常自豪。当时是我在领回的队名牌子上郑重其事地写上了'山西天龙救援队'七个大字。"

山西天龙救援队第一个出场，比赛科目顺序抽签决定，依次是移除、高空救援、支撑、顶撑、破拆。伴随着考官一声令下，天龙救援队的"移除"科目正式开始。

所谓"移除"，是模拟地震之后，救援人员将一块混凝土楼板从废墟一处平移至另一处，平移过程中，要通过平地、小沙丘和废墟，大概150米。科目规定，每队包括指挥员和安全员不能超过8人，时间为90分钟。

面对这一没有多少技术含量、只需队员有好的体力和一些简单技巧的科目，队员们没有放在眼里，认为是小菜一碟，何况在来兰州参赛之前，也提前训练过这一科目。

鲍慧担任指挥员，孙峰为安全员，王伟、景红侃、苏彦龙、刘永瑛等6名队员带着撬杠和绳子首先上场，开始用绳子拉，撬杠撬。本以为简单的移动，但队员们发现，无论他们使多大劲儿，行进却十分缓慢，有时候水泥板竟然纹丝不动。原来，松软的废墟现场和平时训练时硬地面完全不是一回事。还没动几下就累得气喘吁吁，是因为当地 2200 米的海拔高度在作怪。而且按照规定，比赛一旦开始，中途不可以增加队员，不可以更换工具，指挥员和安全员必须各司其职，不可以参与移除。这种种苛刻的硬性规定给了天龙队员一个下马威，他们立刻傻眼了。眼看着宝贵的时间一分一秒地过去，指挥员鲍慧让大家先冷静下来，休息片刻。利用这短暂的时间，他们集思广益，紧急协商，决定将 3 条撬杠垫在水泥板底部当滑竿使用，由王伟带领 2 人用绳子在前面拉拽，武小龙和另一名队员在后面用撬杠撬，刘永瑛负责往水泥板下摆放撬杠并连续进行移动，果然行进比之前快了许多。在场外观摩的队友们也一起高喊"天龙，加油；加油，天龙"，给场内队友加油。由于用力过猛，在推拉中，景红侃的裤裆被撬杠划出一个大大的口子，险些受伤。队员们齐心协力，互相鼓励，发扬团队精神，最终在超时 15 分钟的情况下完成比赛科目。万万没想到，这个看似简单的科目，因为重视不够，却让天龙队大意失荆州，不仅没有实现开门红，反而在 6 支队伍中垫了底。

队员苏彦龙说："移除科目的 8 人当中，数我年龄最小。当时上这个科目也是觉得自己身强体壮，出力气应该没什么问题。但没想到一上去就发现不对劲，汗水一直往下淌，气喘吁吁，口渴得要命，关键是脑子发胀，浑身的劲儿不知道去了哪里。后来队员交流时才知道，是海拔的原因。运城海拔只有不到 400 米，这里的海拔 2000 多米，难怪头疼呢。通过移除这个科目，让我深刻认识到团队合作的重要性。这个移除项目，就是要看队员之间相互配合的默契程度。"

鲍慧是移除项目的指挥，说到首战失利，他不无感触地说："作为现场指挥员，我首先要承担责任。之前知道有这个科目后，总觉得大家使劲一起将一块水泥板移动，没有什么难度，因此在听考官讲述注意事项时，有些走神儿，没听清楚，也没仔细询问。而且提前在考察场地时，有一半是遮挡的，看不到实际情况，这是考核组故意做的埋伏，结果我们不幸中招。

天地乾坤万事有，龙腾华夏显身手，救死扶伤冲在前，援弱助残全天候。

文水 李晓宇

当比赛开始后才知道有那么多规则，特别是现场情况和我们了解的有较大出入时，我们傻眼了。"

讲述自己走麦城的经历，鲍慧一直有些不好意思，直言"没脸说"。其实队员们没有一个埋怨自己的指挥官，团队精神也不允许这时候去指责谁、埋怨谁，而是必须排除各种干扰，一条心完成接下来的各项比赛科目。

第二个科目是高空绳索，在地震倾斜的楼房中，利用绳索技术和队员们相互之间的配合，将被困人员安全转运至地面开阔处。比赛现场共有两座楼房，一座是只有预制框架的四层烂尾楼，一座是倾斜35度左右的三层高的危楼，两座楼之间相距50米，伤员被困在烂尾楼三层。

知道自己要参加绳索科目，队员冯旭鹏前一天晚上就没有休息好，他说："我很喜欢绳索，前段时间队里绳索考核时，因为主锁锁门丝扣未拧紧没有通过考核。就要参加比赛了，每天晚上都睡不踏实，总想着每个绳结怎么打，锚点怎么做，三比一系统怎么做，三脚架如何使用等，还特意从网上买了绳索救援技术书籍学习，担心参加比赛给队里丢脸。"

沈晋魁是现场指挥员，对任务进行了分配，分成两组进行操作。一组由他带领王伟、史瑞鑫、张向龙、刘永瑛到达烂尾楼，寻找伤员，并在合适位置做锚点保护和提拉准备，搭建高空绳索横渡系统。另一组由鲍慧负责，和队员李海滨、李文栋、刘思父、景红侃、冯旭鹏、苏彦龙等队员在倾斜的楼顶，利用队里自己发明的多功能三脚架，建立与烂尾楼对应的双横渡系统和绳索下降系统。队员史瑞鑫操控无人机，将牵引绳头由烂尾楼送至斜楼一侧，两组队员很快就做好了双绳横渡系统，武振宇、武小龙等队员在地面做好了运送伤员下降接应。

队员刘永瑛对伤员进行处置后，王伟、史瑞鑫等队员将伤员固定在担架上，一起用力悬挂在绳索横渡系统上。对面倾斜楼顶配合的队员在鲍慧的指挥下，慢慢用力，稳稳地将伤员提拉至面前，先行完成50米平行横渡。

"在绳索横渡开始前，考官组要求绘制救援流程图，我自告奋勇说'我来'。为什么会有这样的自信？因为在北京参加教官集训的时候，我受过绘制现场操作示意图的训练，所以主动请缨承担这个对考核至关重要的任务。我和史瑞鑫提前进入搜救现场，仔细观察现场情况，进行安全评估，并在示意图中详细标出隐患位置、进出安全通道、绳索作业地点等，受到考官组一致好评，成为绳索科目的加分项。"来自运城支队的队员景红侃介绍比赛情况时说。

接下来从大约 12 米高的斜楼上转运伤员，对于天龙队的几个参赛队员就容易很多，这是他们平时训练最多的科目。冯旭鹏、李海滨、苏彦龙几个队员，非常熟练地将转运至斜楼的伤员以最快速度下降至由武振宇和武小龙负责接应的地面开阔地带，以优异成绩完成这一科目的比赛。不足之处在于：主绳凌乱，不够顺畅，影响救援时间；主绳端未做锚点二次保护，队员落脚时误踩绳子，未做到爱护绳索；现场锁具摆放欠合理，取用耽误时间。即使存在不足，整个绳索项目，也是天龙队参与人员最多，技术最娴熟，队员之间配合最默契的。

支撑科目是天龙队完成最好的，满分 100 分，最终获得全场最高成绩 99.5 分。从筛选木料、切割、测量，到钉钉子组合等，分工有序，配合密切，用时最少，堪称完美。"这一科目能获得最高分，其中最主要一点是，我们在所有需要使用的木杆材料上进行了统一数字编号，编号既有数字功能，还有朝向功能。这是我们的队员刘思父做的，他非常细心，不仅保证了使用时不会出现差错，关键是提升了速度。"总指挥黄刚介绍说。

刘思父说："支撑在救援中非常重要，可以确保搜救人员安全，防止二次伤害。完成这一科目，不能窝工，尤其不能返工。做好支撑木料的尺寸丈量、快速切割，特别是切割好的木料编号成为抢时间的重要一环。这是个细致活儿，不能心急，一旦发生差错，后续搭建就会耗费大量时间。当然，快速完成的关键主要还是队员们之间的协作配合，任何人的差错都会造成不可挽回的后果。"

在顶撑科目现场，由安全员景红侃填写绘制的"营救方案"图示，既是科目考核内容，也是现场重要提示，在实战中具有特殊作用。

组别：天龙救援队——顶撑

工作场地名称：滑坡泥石流废墟场地

将技能变成本能，危急时刻帮助他人。

长治 李红升

营救方法：用顶撑破拆技术打开生命通道

编组及分工：沈晋魁（组长）、景红侃（安全员）、天龙队员（组员）

营救装备：发电机、液压扩张钳、铲式担架、气垫、手动破拆工具、有害气体检测仪、油动破拆工具

医疗救援措施：急救箱一个

意外事件应对措施：避免明火，做好有害气体监测

信记号规定：紧急撤离（连续短促）、警报音（长鸣声）

在营救行动示意图上，详细绘制有救援队员进入和撤离通道、营救区域和顶撑完成后的生命通道，还绘有队员轮换休息区、救援工具存放区以及警戒隔离线等。

现场一字排开并相互叠加的6块厚厚的混凝土预制板已放置完毕，救援队员需要利用顶撑技术，将相互叠加的混凝土预制板顶起，形成一个高、宽各70厘米的生命通道，用于运送伤员和幸存者。

为确保安全，现场采用相对稳妥的旁边井字枕木保护顶撑的方法进行操作，由沈晋魁指挥，冯旭鹏和史瑞鑫两个人做配合，一个负责摆放方木，一个负责操作液压扩张钳，一点点将厚重的预制板顶起。其他队员在旁边做保护和替换，如体能略有下降，立即更换队员。

李海滨是现场安全员，主要职责是负责检测有害气体，他手里拿着空气检测仪，嘴里含着哨子，聚精会神，不敢有半点失误。科目进行到一半时，有位领导不知是故意还是无意进入比赛区域，李海滨当即将这名领导请了出去。事后得知，这又是考官的一道考题，不仅没有中招，还成为加分项。

很快，预制板被成功顶起，安全措施全部一次到位，生命通道打开。这时候，队员刘永瑛和史瑞鑫2人从顶撑打开的生命通道钻了进去，把一名伤员妥善放到担架上转运出来。

当参赛队员列队向考官报告顶撑科目完成时，现场观摩的人群顿时响起祝贺的掌声。

当武振宇作为现场指挥员准备开始当天最后一个科目—破拆时，天就要黑了，有的参赛队伍已完成比赛，这无疑给天龙救援队几个上场队员增添了心理压力。

"破拆是城市救援中非常重要的一项技术，可以清除障碍，打开生命

通道，将伤员和幸存者及时救出。绳索和破拆这两个科目是我们平时训练最多的，所以我们心里有把握。当然，看着别的队伍已完成比赛，我们心里肯定有些着急。我一方面告诫自己不能急，一方面稳定队友的情绪，让大家保持一个好的心态。"说到最后一个破拆科目，指挥员武振宇这样说。

由于天已黑，队员们用充电LED射灯将现场照亮，有的负责看护发电机，有的负责高高举起射灯，有的负责传递切割工具，有的负责现场安全评估，有的等在轮换区准备替换，现场笼罩着团队密切配合协作的氛围。

在全部做好前期安全评估及各项安全措施后，武振宇首当其冲，提着无齿锯开始对面前一块直立着的厚厚水泥预制板进行切割，王伟、苏彦龙在一边配合。

虽然无齿锯在破拆中很好使用，但操作难度大，危险系数高，如果操作不当造成失误，很容易酿成事故。他们小心翼翼，采用三角破拆法，硬是将25厘米厚的水泥预制板破出一个底边80厘米、高40厘米的三角形沟槽。其他队员立马上前，轮流利用电镐等工具进行破拆，以最快的速度，最佳配合，完成破拆科目，打开了生命通道，为救援赢得时间。

破拆中，队员们配合格外默契，全程不需要说话，只需一个眼神儿，一个手势，就能完全明白彼此间的需求。队员李海滨说："破拆科目虽然开始得有些晚，却是我们最成功的一个科目。我们的技术和装备都是最好的，破拆过程中，速度快，方法正确，配合有序，指挥得当，特别是有充足的后续轮换队员，随时待命。这又是一个团队协作的典型案例。"

在全天的比赛当中，负责后勤保障的几位队员功不可没，既要考虑队友伙食的营养搭配，重点还要做好比赛期间所有救援器械按需求提前放置在赛场指定位置，在做好营地安全保障的同时，还要做好救援器械的维护与保养，确保所有设备都能完好并正常使用。

11月5日早晨，即便头一天队员们比赛忙碌了将近15个小时，队员

做公益，爱无私；救人命，不图报；路径险，无畏惧；天龙人，美名扬。

太原 郭凤慧

们很辛苦很累，即便5日上午就要拆除营地撤离，但早晨7时的早操，天龙救援队全体人员全部按时参加。他们围着营地周边跑步，迈着整齐的队列行走，唱着嘹亮的歌声鼓舞士气，始终保持最佳竞技状态和良好精神风貌。

5日下午，宣布比赛结果，山西天龙救援队喜获一等奖。在科目点评中，对天龙救援队的营地建设给予很高评价。这时候队员们恍然大悟，原来在营地转悠的那几个人是暗访的评委，之前未明确营地建设是否进入考评内容，是要见识真正的营地建设和后勤保障水平，而非作秀。

"一支优秀队伍，它体现的是包含救援技能在内的方方面面的综合实力，山西天龙救援队做得最好。"这是评委对天龙救援队的最终评价。

在从兰州返回太原途中，队员们再次来到给他们带来好运的中宁县那家"牛不牛"餐馆，吃了一碗牛肉面。

山西天龙救援队在全国救援比赛中以最高分夺魁，使参赛队和现场10多支观摩队受到震撼和激励，它打响了天龙救援队在全国业内的知名度，也给全国业内高层和专家心中留下了深刻印象。

"玩命"爱发明

时　间	2021 年 9 月 10 日
地　点	山西太原
摘　要	20 项国家专利中，发明专利 6 项，实用新型专利 14 项，和救援相关的多达 16 项。他是全国民间救援队伍中为数不多致力于研发并获得荣誉的志愿者。
人　物	黄　刚

商讨救援方案

黄刚，

四川雅安地震救援骨干；

河北小五台驴友迷路救援骨干；

江西九江水灾救援现场总指挥；

太原坞城村楼房坍塌救援现场总指挥；

山西高平 91 米枯井吊运逝者现场总指挥……

在山西天龙救援队，"玩命"黄刚，无论是多次担任救援现场总指挥，还是在救人过程中进行难度和技术要求颇高的绳索操作，这些都算不了什么，他最"牛"的是在埋头勤奋工作、热心公益救援之余，还迷上了发明创造，先后获得 20 项国家专利，其中发明 6 项、实用新型 14 项。20 项专利发明中，和救援相关的多达 16 项。

这 6 项发明分别是：履带行走机构、兼具无级变速和倒挡的可拆卸式履带车、分体式履带车、救援帐篷杆连接装置、可折叠式复合弓（抛绳装置）、履带车及其控制方法。

实用新型 14 项分别是：泵式液压动力传输装置、伸缩轴体、组合式地锚、多功能救生笔、燃油式手电（微型发电机）、组装式多功能救援支架……

凭借这些专利，在参加中国创新创业大赛中，黄刚获得晋、蒙、冀、青赛区第一名、全国第四名，共青团中央第二届创新创业大赛山西第一名、全国铜奖；2015 年被山西省总工会计个人一等功一次；太原市精神文明办四星志愿者；太原市委宣传时代新人；太原市高新区道德模范；山西省"三晋英才"支持计划支持对象。

黄刚也由此成为全国民间救援队伍中为数不多致力于研发并获得荣誉的志愿者。

"在实施救援过程中，如果能有一些实用性强、兼具多种用途功能的救援装备，对提高救援效率乃至挽救生命，有着非常重要的意义。多年来，我根据现场实际需求，潜心研究，反复试验，不断完善，让这些发明专利在实际救援中发挥积极作用。"黄刚说。

黄刚是 2012 年加入山西天龙救援队的。

2013 年四川雅安地震，黄刚和队友们以及社会救援力量从四面八方赶往灾区。在通往救援一线的道路上，塌方致使很多地方不能行车，他们面临艰难选择：负重徒步前行，走不快，时间会白白耗在路上，丧失"黄金72 小时"救援时机；精简救援设备轻装进入，可以快速到达现场，但面对废墟下还存活的生命，无救援器械，就会束手无策，无从下手。

汶川地震，同样的问题再次凸显。当救援队进入灾区后，道路被毁，车辆无法前行，救援队员抬着笨重的发电机前往震中救人，在通过一处峭壁路段时，发电机坠入悬崖损毁，两名队员险些一同坠崖。由于进入救援现场的设备有限，救援效率大打折扣。

还有一次，一名体重逾 180 斤的男子爬天龙山时不慎摔伤，腿部骨折。由于山势险峻、地形复杂，许多路段仅能容一两个人通过。黄刚等 10 多名救援队员轮流用担架抬着伤者，沿山路缓缓移动。短短几百米路，他们走了足足一个半小时。

一次次刻骨铭心的现场救援经历，让当年只有三十几岁工科硕士研究生毕业的黄刚深刻感受到"刻不容缓"这四个字的重要，而提高时间效率的方式，就是要有能在特殊场合发挥作用的救援设备。救援现场的实际需求，激起喜欢琢磨的黄刚要研发一款可以在塌方山路上载重行走的履带车、可以在崎岖山路上运送伤员的组装式多功能救援支架的想法。

说干就干。

黄刚是一个不喜欢拖泥带水的人，他一头扎到图书馆，查阅资料，开始埋头研究起来。几天之后，一大堆信息资料汇集到了他的案头。国外有人研制履带车，已经出了试验车型，但重量高达 120 多千克，不能满足复杂地形条件下的山地携带和救援。原本打算走捷径，学习借鉴国外的先进技术，结果让黄刚失望了。

国外的不适用，只能自己去研发。黄刚和几个志同道合的朋友一起探索，不懂原理就从头学习，草图画了无数张，没有合适加工零部件的工厂，

看着帮助过的人，一个小小的微笑，一个简单的握手，都让我体会到从未有过的满足。

大同 康爱芳

就动员亲朋好友全市、全省去找。"重要的是解决设计理念,灵感就是在摸索中一点一点来的。"黄刚说,"为了设计好某一个程序,几个人通宵达旦地讨论,有时甚至是不停地争吵,谁也说服不了谁。而往往在这些看似无休止的讨论中,灵感迸发,一个个技术难关被攻克。"

研发可以在塌方山路上载重行走的履带车,光有图纸还不行,还需要一个生产车间。黄刚他们在郊区找到一家工厂,把工厂车间一个闲置的配房,改造成了用于研发履带车的工作场所。说是工作场所,就是在车间一个角落、一大堆杂物的旁边,搭起一顶行军帐篷,摆了几张简易的长条桌,桌上散乱地堆放着有关机械方面的书籍、图纸和一些简单工具、零部件。

每到周六日,黄刚的同事、朋友带着家人去郊外休闲、放松,黄刚也开车往郊外走,但他不是去休闲放松,而是来到工厂,钻进他的工作帐篷内,鼓捣起他的履带车。夏天,帐篷里热得待不住,光着膀子还热,脸上的汗水不停地流。冬天,寒风肆虐,车间里没有暖气,双脚常常冻得没有知觉。忙起来常常忘了吃饭,空方便面箱子地上堆了一大摞。

在他的坚持和努力下,多功能救援履带车渐渐有了雏形。这款履带车长 1.2 米、宽 0.7 米、高 0.5 米,通行效率高,物资携带量大。"车辆模块化设计,能自主拆装,30 秒可组装完毕;分解后打包重量仅为 20 千克,救援队员能背负前进;使用时行进速度相当于人徒步的 10 倍。此外,不同的车辆可以互相块接,能够与发电机、救援水泵等实现多用途动力分配。"黄刚介绍说,"这款车设计有倒挡,不仅前进自如,还可以灵活倒车;通过遥控器,能够实现远程遥控操作。"

他的这项发明获得太原市首届青年创业创新大赛创业类二等奖、第三届中国创新创业大赛第四名。

在黄刚的救援经历中,遇到最多的是驴友在大山里徒步失足摔伤、无法自行下山的事例。将一名受伤的成年人从荆棘丛生、山路崎岖的大山里解救出来,对任何一名救援队员来说,都面临严峻考验。救援装备的落后和不适用,一直困惑着队员们,不仅加大了救援难度,在转用伤员过程中还极易造成伤员二次伤害。

这些刻骨铭心的经历,让黄刚陷入深思,如果能有一辆能在山地行走的小型手推车该多好，可以方便安全地转运伤员。想法虽好，但黄刚查阅资料、走访市场、多方了解，并未找到合适的手推车。"主要是体积大，分量重，无法拆卸，不易携带，难以通过狭窄路段。"黄刚这样描述市场上手推车的状况。

在对国外市场了解中，一套用于山地悬崖等复杂地形的多用途支架，美国 CMC（美国工商五金公司）品牌要价 10 多万人民币；美军有一套战地转运担架，一套售价 6 万多人民币。面对高昂的市场价格，黄刚只能无奈地摇摇头。

既然市场上没有适合救援使用的手推车，黄刚决定自行研发。考虑到救援经常使用到三脚架，黄刚决定把研发重点，集中在兼具手推车及三脚架功能上，合二为一，既可以满足运送伤员需要，又可以满足三脚架功能，而且要达到可以拆卸、组装、携带方便的功效。

在团队鼎力支持下，黄刚确定了多功能救援支架的基本功能，设计出了草图。在选材上，让黄刚颇费一番心思。起初选用普通航空铝，成本较低，但强度不够。经过不断探索，反复对比测试，最终选用 7 系航空铝。这种材质成本适中，耐用、轻便、载荷大。黄刚说："全部支架净重不到 20 千克，可以承受 1500 千克的重量。支架上预留可插接孔洞，可以实现救援支架的多功能性。"为此，黄刚先后开展了数十次模拟测试，最终确定了孔洞的位置、大小和间距。在研制过程中，他一下班就到车间去工作，几乎每晚 12 时才回家，第二天一早还要赶到单位去上班。为此投入了多少资金，连他自己也说不清楚了。一次需要矫正型材，找了好多厂家，都嫌活少不愿意承接，最后谈定一家，光是矫正型材、高精度定位打孔机加费用就花了 2000 多元。

这款多功能救援支架不仅可拆卸，易于携带，而且可以变成担架、转运小车等。2017 年，多功能救援支架成功量产，投入救援使用，取得国家专利及欧盟 CE 认证（欧洲统一安全合格标志）。已在凤凰岭国家紧急地震

结交朋友，取长补短，做更多有意义的事。

侯马 支小明

救援训练基地、陕西省西安市消防特勤大队、三亚救援队等队伍中采用，获得一致好评。

2017年4月的一天，一名大学生在汾河二库景区郊游时不慎坠落悬崖，掉在树上动弹不得。这天傍晚，黄刚携带多功能救援支架，带领队员们赶到事发地，从后山绕到施救位置。黄刚一马当先，腰系绳索，一边沿峭壁攀爬，一边打绳索固定锚点，为后续队员提供安全保障。4个锚点打好后，黄刚先把绳索拴在较粗壮的树干上，再将多功能救援支架斜支出峭壁，将救援人员和装备吊至80多米深的崖底，对伤者进行施救。伤员被吊运上来后，队员们又将多功能救援支架"变"成小推车，成功在崎岖的山路上将伤员转运下山，不仅减轻了队员们的体力消耗，也避免了对伤者造成二次伤害。

在山西天龙救援队的装备库里，有很多黄刚研发的装备：能下水、能在废墟中探测的"蛇眼"，能飞到空中的无人机，都是他和队友们自己动手做的。

在一次救援中，黄刚见到了一种名为"蛇眼生命探测仪"的救援工具。这种工具的主体非常柔韧，可在瓦砾堆中扭动穿行，救援人员可凭借"蛇眼生命探测仪"前端的探头，清楚地了解瓦砾深处的情况。但这样一套装备，低端的几千元，稍好一点的好几万元。对于天龙救援队这支没有经费来源的民间志愿者队伍来说，是没有这笔经费的。困难没有难倒黄刚，他发挥自己的特长，利用一些可替代的便宜材料，成功研制了一款功能类似的救援工具，同样可以在废墟中灵活探测生命迹象。在此基础上，黄刚和队友们又在探测仪前面的微型摄像头上加装一个小的透明塑料瓶，密封后改装成了水下探测仪，同样在训练、救援中发挥出明显效果，具有较强的实用性。

"他不仅喜欢琢磨，凡事爱研究，还因为个人救援技术过硬，本领高强，成为我们最值得信赖的、可以托付性命的队友。有他在救援现场做指挥，和我们并肩作战，无论现场环境多么复杂，条件多么险峻，我们心里面踏实、放心。"队友这样评价黄刚，他已然成为队员们的主心骨。

虽然有那么多的发明创造，但黄刚从未停止对救援装备的研发脚步。

2020 年 7 月，他带队远赴江西九江抗洪抢险，归来后又萌生了研制一款水陆两栖自行拖车的想法。按照设想，这款自行拖车具有四驱系统，既有成本低的优势，又能通过发动机牵引实现水上和陆地两栖长短途救灾物资运输。目前已完成图纸设计，进入样车试制阶段。

对于公益救援，对于围绕救援装备进行研究、发明，黄刚的想法其实很简单。他说："救援是我的兴趣，救人是我的理想。如果能轻松救人、高效救人，我觉得付出再多都值得。哪怕我的发明只救了一个人，我也觉得没有白干。"

天 龙 在 行 动

时 间 2016—2021 年

地 点 太原耄仁寺、大同桑干河、临汾南山、吕梁北峪
口、运城引黄渠、晋中温家庄、忻州汾河段、长
治上党区、晋城马圪当乡、阳泉王陇村

摘 要 哪里有人员失踪、迷路、摔伤、坠崖、溺水、被
困、轻生、失联、意外等需要救助，哪里就有天
龙队员的身影闪现。

队 员 总队及 27 个支分队 1000 余人

运送伤员

287

我志愿加入天龙救援队

遵守救援队章程

恪守志愿服务精神

认真学习救援技能

服从命令，听从指挥

安全第一，生命至上

如果这个世界需要

我们将义无反顾

这是山西天龙救援队新队员入队时站在台上宣誓的誓词。

"如果这个世界需要，我们将义无反顾。"多年来，从大同到运城，从忻州到晋城，从吕梁到长治，遍布山西境内的天龙救援队的队员们，用实际行动，冒着生命危险，不计个人得失，遵循"人道、博爱、互助、奉献"的志愿精神，履行着庄严誓言。

太原

2021年1月17日下午，山西天龙救援队接到求助报警，太原市五梯村附近有驴友滑坠深沟，无论同伴如何呼喊均无回应，预判滑坠者已昏迷，需紧急救助。

这一天是农历节气中四九的第一天，朔风凛冽，大地凋零，寒气逼人。即使这样的天气也阻挡不了驴友们爬山的热情。下午4时35分，一行驴友6人在架山爬山时，其中一人在五梯村附近山梁不慎滑坠70米深沟。

队长黄刚发布命令，紧急启动救援预案，搜救队员火速集结，分三个梯队依次出发。18时15分，孙峰带领的4名队员到达出事地点与家属会合；18时40分，索旭东带领的3名队员由出事驴友同伴指引到达出事沟底，找到坠崖驴友，已无生命体征。这时候，携带救援装备的第二梯队

艰辛成长，稳步前进，执着付出，收获幸福。

陵川 秦力斌

9 名队员到达出事现场，开始制定救援方案。由于出事地点在两个山崖之间约 70 米深的沟底，没有现成的路，人员带担架无法行进。山体岩壁松散不牢固，无法搭建专业的斜向绳索运送系统，经过对现场实际情况评估、预判，决定采用向上提升倍力系统作业，将遇难驴友运送至公路上。第三梯队的 6 名队员也赶到现场增援，参与现场救援的天龙队员共计 26 人。

出事现场山势险峻，峭石凸起，现场环境非常恶劣。当天晚上的气温在零下十几度。队员们克服困难，团结协作，有的协助照明，有的清理现场，有的检查支架。队员们用绳索将遇难者固定在担架上，一点一点缓慢向公路上移动。茫茫夜色中，一抹抹移动的红色在灯光的照射下，在山脊上流动，那是队员们身上火红的队服。山里夜间很冷，山上的队员奋力拉绳，热得满头大汗。当晚 9 时 46 分，运送担架到达第一平台。再次提升时，遇到一点小麻烦，队员冯旭鹏冒着危险，迅速进行处理，确保提升系统顺畅。22 时，顺利到达第二平台。接下来队员们一鼓作气，连续作战，22 时 51 分，成功将遇难者遗体从 70 多米的深沟运送到公路边。等全部救援工作结束已经是 18 日凌晨 1 时 20 分。

出队人员名单：

第一梯队：孙峰、冯旭鹏、任怀恩、陈泳龙、柴景旗、李宁、索旭东、李小兵、李凯、阎志华、甄强。

第二梯队： 黄刚、鲍慧、李江 、曹杰、 张文滨、 宋慧茹 、王永峰、苏博、 余洪涛。

第三梯队：窦跃明、 陈永祁 、郭风慧、韦力忠 、王伟、于浩洋。

大同

2018 年 7 月 26 日下午，太阳高悬，天气闷热，没有一丝风。

往日平缓如镜的大同桑干河，由于汛期河水上涨，一改温柔的面貌，变得有些桀骜不驯。

岸边有防汛警示，提醒人们远离，注意安全防范。但总有人不以为然，忽视告诫，鲁莽行事。几名年轻人在桑干河峰峪河段高架桥下撒网捕鱼，有 2 人不慎落入水中，瞬间被水流冲走，不见了踪影。

"救人啊，有人落水啦！"

"快来人啊，快来人啊！"

有目击者当即报了警。当地公安、消防等救援力量努力搜寻 3 个小时后没有结果，将求助电话打给天龙救援队大同支队，时间是下午 5 时 50 分。队长吴雁忠接到消息后，立刻组织首批 15 名队员，携带救援装备，火速到达事故现场。

据现场消防队员反映，峰峪河段不仅水流湍急，流向多变，而且河道深浅不一，还有很多漩涡，再加上两岸地形复杂，多为沼泽地貌，落水者生还的希望渺茫。即便如此，也要尽全力施救，期盼奇迹发生。

夜幕降临，月亮露了头，桑干河河面上披上了一层银白色的月光。虽然天黑已无法组织大面积作业，但队员们争分夺秒，沿着河岸两侧地毯式搜寻。时针指向 27 日凌晨 1 时，吴雁忠、林德彬、班廷儒、张福成、武红伟、王强、胡洁、姜萍等队员从事发地行驶 40 多千米回到市区，忙着准备打捞工具。凌晨 3 时 30 分，大同支队第二批 23 名队员集结出动，4 时 50 分到达出事地点。

当天空刚刚有了些亮光，伴随着吴雁忠队长一声令下，水上、陆地大范围搜寻开始了。一路队员乘坐武警的皮划艇开始在水上循环往返，重点是有水草、回水湾、地势复杂地段；另一路又分成两拨人马，沿着河岸两侧徒步一点点排查。由于没有高帮雨靴，队员们穿着作战靴踏进了沼泽，双脚在泥水里一泡就是几个小时。有队员自己在脚上套 1 个塑料袋，没走几步，泥水还是灌满了作战靴。

根据现场需要，吴雁忠和班廷儒在附近一个施工工地工人的帮助下，对搜救工具重新加工。队员们不放弃一点希望，在上游两岸拉绳索挂钩对河道进行全面搜索，来回往返，几乎将河道巡查一遍，没有结果。

下午 1 时，经过仔细分析，12 名男队员再次冒着酷暑出发，又进行了长达 3 个小时的沿河巡查，不放过一点蛛丝马迹。15 时 30 分，另一支参与救援的队伍与桑干河地质公园景区的志愿者在下游河道拐弯芦苇处

我骄傲，因为可以帮助到需要帮助的人。

大同　贺梅芝

首先发现一名落水者，打捞上岸，已无生命特征。

下午 4 时，大同支队的队员们在结束一轮排查后稍事休息。此时的队员们浑身泥水，身心疲惫，双手被杂草划伤，双脚被河水浸泡得发白，他们全然不顾。部分队员出现晒伤现象，幸亏队员影子带的自制药水，帮大家减轻了晒伤。从凌晨 5 时开始的两轮 3 次大排查，连续将近 12 个小时的作业，消耗了大家的大部分体力。虽然没有搜救到落水人员，但上游河道被完全排查清楚，大家心里有了底。

经过分析，队员们判断另一名落水者应该也被冲到了下游，决定转场到下游梁庄村水域。当天出勤队员累计达到 43 名，都希望尽快找到落水者，给苦守等待的家属一个交代。

第三天早上 5 时 30 分，队员们早早来到下游河道巡查，6 时半接到村民反映，水中有疑似落水者线索。队员们当即乘坐两艘皮划艇进入河道，最终在离河岸 100 多米处发现落水者。队员们涉水将遗体完整打捞并运送至岸边。

临上岸时，队员们不忘说一句："孩子，咱回家吧。"让人动容。上岸后，全体队员依照惯例，整队为逝者默哀。

从接到求助电话，到最后一名落水者运送上岸，历时 38 个小时。队员们虽然筋疲力尽，但心里还是感到了一丝丝欣慰。

临汾

2016 年 2 月 27 日晚上，"南山着火"的消息在临汾侯马市民的微信朋友圈刷屏了。着火的消息让人揪心，更让人揪心的是，山上有人居住，需要转移。

救援刻不容缓。

南山，地处侯马市南部，海拔 1055 米，与曲沃县、绛县、闻喜县接壤，山上有侯马市众多企事业单位、志愿者等各界人士多年绿化的数十万亩林木，一旦燃烧，多年付出的辛劳和汗水都将化为灰烬。接到总队指令，侯马分队在 15 分钟内，迅速在新田广场集结了 10 余名队员，携带急救药品、灭火设备等前去南山扑救。

队员们到达复兴村后，在村民指引下，来到了最近的着火区域。当地一名农林委负责人介绍说，着火区域有数个山头，火线长达 10 余千米，树木较小，枯草居多，所有居民均已撤到安全位置。了解大致情况后，队长郑建勇立即安排 5 名队员，在复兴村村主任带领下，对火灾现场进行勘察评估，将现场着火点、火情走势、着火树木品种等详细信息，向相关部门汇报。随后，队员们携带铁锹及扫把，和消防人员一起投入灭火中。

"大火无情，天龙有爱。"面对不断蔓延的火势，队员们上山携带的军用铁锹，因手柄较短，灭火能力明显不足。有队员赶紧在朋友圈发布急需长把铁锹的消息，立即有爱心人士第一时间将 30 把长把铁锹送到了复兴村。距离侯马最近的曲沃分队队员，在时任曲沃分队队长鹿文波的带领下，携带铁锹与侯马队员会合，共同参与灭火。

凶猛的大火，无情吞噬着一棵棵正在长出嫩芽的小松树。队员们心急如焚，大家互相鼓励，不顾个人安危，配合协作，一锹一锹用沙土掩埋、扫把扑打等方式，连续扑灭了 6 个山头的山火，成功阻断了向附近村庄蔓延的火势。

28 日凌晨 1 时，在当地武警、消防、公安及社会各界人士 5 个多小时的共同努力下，终于将所有明火全部扑灭。

下山途中，一直在山下焦急等候的志愿者和复兴村的村民们，对天龙救援队员报以经久不息的掌声，正在视察火情的市委书记和市长给予天龙救援队高度评价和充分肯定。

晋城

在晋城市陵川县马圪当乡境内，有数条在驴友中颇负盛名的惊险线路，比如十八缸、二十八潭等。

十八缸徒步线路长约 12 千米，断崖 5 处，最高达 20 余米，其中 90 度斜坡 2 处。所谓"缸"，其实就是常年由于水的落差冲击后形成的光滑圆润如缸状的石洞，大自然鬼斧神工雕琢而成。

天龙精神广传颂，艰难险阻心相连。

太原 宋劲峰

"一个缸，就是一个断头处，就是一个绝壁崖。走一段，就会如约遇到一个更深、更圆、更奇的穴，就会遇见一个更高、更陡、更险的崖。峡谷中有许许多多这样大大小小、高高低低的'缸'。以水为轴，以'缸'为道，直通云天。为方便形容，人们称之为'十八缸'。"担任晋城支队秘书工作的队员杨学东这样介绍"十八缸"。她是一位女队员，不能亲历现场施救，但用她的笔和文字，让更多的人了解了救援队员们的生死付出。

天嵌地造漩涡状／少见溪水冲成缸／引绳攀爬尽惊险／别有苦乐与君享；铁链悬梯壁间挂／木椽竹竿穴上翔；缸缸有水显波痕／缸缸相连缸套缸。这是众多驴友体验"十八缸"的艰险后留下的诗句。

陵川不仅有"十八缸"，"二十八潭"也在驴友中被踩得火热。"二十八潭"汇集了北方山的雄伟和南方水的灵秀，有奇峰、怪石、幽径、悬崖、天梯、溪潭、瀑布，可谓山中有水，水中有瀑，瀑下有潭。这条在马圪当乡境内的自然峡谷，山顶海拔约 1263 米，溪流出口处海拔约 713 米，溪流纵深 11 千米左右。由于落差大，峡谷两岸山势高峻，地形复杂，在不同地段形成多个高差大于百米的坎，在瀑布长年累月的冲击下，形成大小不一、深浅不同的潭。

无论是"十八缸"还是"二十八潭"，因其既有难度、强度，又充满惊险刺激，沿途还伴随着一路美景的享受，成为户外驴友喜欢的徒步线路，并以挑战成功而倍感自豪。

然而，美景的背后往往充满风险，挑战成功必然与遭遇失败相生相伴，有时候的失败可能会搭上性命。

2016 年 12 月 17 日早晨，来自河南省焦作市的 20 名驴友来到陵川县马圪当乡榆树湾，结伴体验太行山的奇险峻美。他们走进榆树湾西边的猴沟，试图探寻一条更为荒芜、原始又刺激的线路。几个小时的攀爬过程中，他们爬上 120 米、60 米两处绝壁后，一些队员体力出现透支，在最后一个 30 米的直崖上升中，一位女队员脚下打滑，滑坠到中间平台上，造成头皮撕裂、腰部损伤，不能动弹。由于山势陡峭，同行驴友报警求救，等待救援。

上午 11 时 15 分，陵川分队接到求助电话，队长杨斌义立即召集队员李运生、武晋生、郎晋辉，1 个小时后到达榆树湾，在老乡的指引下赶往事发现场。13 时 15 分，队员刘保付、靳保国、李文、冯建军、杨文丽 5 人组成第二梯队出发，晋城支队刘小军、孔玲会、张宁、晋霄峰 4 人作为第三梯队迅速赶往榆树湾。

杨斌义队长带领的第一梯队到达事发现场后，勘察地形，和民警及当地村民商讨救援方案。队员们分别背起滑轮、安全扣、主锁、保护器、担架等救援装备，穿过河滩，前往事发现场周边，寻找组装地点。村民积极提供绳索，配合展开救援。为确保伤者安全转移，队员们依靠地形，利用直滑救援技术将担架固定。考虑到其他被困人员长时间受困，多数人又冷又饿，随后赶到的第二、第三梯队队员背着保暖衣物、食品和水上山接应。

晚上 6 时 50 分，队员们经过两个百米直崖、一个 120 米绝壁滑降后，成功将伤者救援下山。

2017 年 2 月 19 日，艳阳高照，壮美的南太行迎来了开春以来最温暖的周末，市民纷纷外出踏青。

箭眼山位于陵川县夺火乡东部，山中河谷与河南焦作云台山接壤，相传玉皇大帝的 3 个女儿曾在东山牛皮寨射箭比武，并在山中留有箭眼，故此得名。站在河沟源头大断崖上，身体前后分别是山西、河南两省。箭眼山的峡谷、溪流、断崖、奇石，以及春天的山花、夏天的清凉、秋天的红叶、冬天的冰挂，吸引着一波又一波的驴友踏足。

18 时 06 分，陵川分队接到求助电话，称有人在箭眼山坠崖。接到求助后，杨斌义迅速组织陵川分队备勤并上报晋城支队。18 时 47 分，陵川分队第一梯队队员刘保付、武晋生、杨斌义、郎晋辉、贾卫东带着救援装备，火速赶往事发地。19 时 05 分，晋城支队张倩、孔玲会、李忠明、宋历伟 5 名队员向陵川赶去。高平分队韩宝贤、崔印祥 2 名队员于 20 时从高平出队奔赴陵川。

和一群正能量的爱心人士做公益，我骄傲。

晋城 李文

20时35分，陵川分队第一梯队到达事发现场。求救者是河南焦作游客，共9人，6男3女，其中还有一个小孩儿。他们并非驴友，没有户外经验，是慕名前来箭眼山欣赏冰挂的。一行人沿着驴友探险踏出的羊肠小道行走，回程中遇到陡坡，同行的1人脚下一滑，不幸坠入崖底。队员们在夜色中合力找到这名坠崖人员时，该男子已经遇难。

山高路远，道路难行，想要把遇难者搬运出来，需要人力和技术力量支持。当晚22时，晋城支队的5名队员到达事发地，开始为吊运遇难者遗体做各项准备工作。由于山大沟深，光线幽暗，给保护绳和担架的处置、安全点设置等带来极大不便。高平分队的2名队员和陵川分队增援的姚红斌、和鹏、李文、苏茜特等队员陆续到达，大家齐心协力，通过横渡系统和滑轮提升，于24时28分，将遇难者遗体提升到安全平台。

虽然艰难完成了吊运上升，但向外转运同样是一件非常困难的事情。山道陡峭弯曲，一个人行走尚且自顾不暇，更何况要搬运遗体。队员们8人一组，手脚并用，不断克服担架位置下移时的重心偏移，轮番接力，艰难行进。武晋生一路踉踉跄跄，几乎没有放下过担架。遇难者的血迹沾污了他崭新的冲锋衣，他不吭一声，一直坚持着。

20日凌晨2时10分，遇难者遗体运达山下。队员们一字排开，行礼默哀。2时15分，遇难者遗体被救护车拉走。

2017年10月28日，北京5名驴友结伴穿越二十八潭，出行前低估了南太行的奇险陡峭，没有做好充足的探险准备，第一天进山就迷失了方向，在山里被困一夜。他们5人熬到天亮后开始下山，刚出发没多久，在一处悬崖边踏着天梯往沟底下降时，一名53岁的男性驴友一脚踩空，坠落崖下，生死不明。其他4名驴友束手无策，只好打电话求救。

8时10分，陵川分队队员王文生、蔺东陵、宋文亮立即集结组成第一梯队，携带救援装备赶往事发地。同时，晋城支队、高平分队的队员也开始集结出发。

第一梯队3名队员于上午10时到达榆树湾，和报警人对接后，确定了具体出事位置，迅速组织十几名当地村民一起向出事地点行进。这段路程乱石堆积，道路湿滑，崎岖难行。队员们艰难地穿行其中，在徒步行进大约10千米后，找到了4名被困人员和坠落受伤人员。滑坠者意识清醒，头部出血，腿部多处骨折，疼痛难忍，其他 4 名受困者身处高崖之上，受到惊吓，恐慌不已。救援人员对伤员进行简单包扎处理，并对受困人员做了心理疏导和安抚。

上午 11 时 10 分，由张倩、李忠明、张广娥、郭志勇 4 名队员组成的第二梯队到达现场。担任现场指挥的 32 岁的张倩有着丰富的山地救援经验，他爬到高处崖壁察看地形，和队友一起搭建绳索横渡系统，制定最佳救援方案。他们小心翼翼把伤者抬起，放在担架内固定好，通过绳降横渡下降 70 多米，穿过瀑布、枝藤，准确地将伤者下降至安全平台。

早已等候在安全平台做接应的第三梯队队员崔印祥、焦栋、崔树青、巩义亮、田澎，和村民一起把受伤人员转移到了山下的救护车上。与此同时，现场救援人员又利用双绳保护措施，把 4 名受困驴友下降到安全地带，护送离开峡谷。整个救援过程持续到下午 5 时结束，历时 9 个小时。

"由于多条户外经典线路集中在晋城市陵川县，这里成了户外事故的重灾区，每年发生各种原因的救助事件都在 10 起以上，而且以外省河南籍人士居多。每次接警后，我们晋城支队以及陵川、阳城、高平、泽州分队的队员们，都能快速反应，通力协作，以大无畏的精神赶赴救援一线，实施救助。自成立以来，共计出队 40 余次，救助人员 100 多人。"晋城支队队长王小旦介绍说。

忻州

2019 年 8 月 14 日 16 时，在陕西省府谷县尧渠渡口发生一起水上意外事故，由山西河曲县发往陕西府谷县的一辆渡轮上载运的轿车不慎滑入湍急的黄河，车上 2 人自行逃生脱险，3 人失踪，轿车淹没在浪涛翻滚的黄河之中。

15 日一大早，保德分队接到救援任务。队长孙成伟立即带领白浩杰、刘瑜、崔建伟 3 名队员携带水域搜救设备，从保德县城出发，于 11 时 40

人生无悔，世事无常，用热血铸就救援道路上不朽的辉煌。

吉县　李传兴

分赶到事故现场，第一时间与相关部门取得联系，详细了解具体情况，确定施救方案。由于现场情况复杂，水流湍急，坠落车辆及失踪人员随着水流向下游移动，每时每刻都在发生变化。18 时，第二梯队赶到，一路队员沿着河岸往下游搜寻，一路人员通过定位，确定了车辆位置。19 时 40 分，坠河车辆被打捞起来，在车中找到一名失踪者。

通过在河面上一天一夜的连续搜索，16 日上午，在黄河柳林段发现一名遇难者，另一名失踪者依然没有下落。依照经验判断，失踪者生还的可能性已非常渺茫，但队员们从不言弃。总队及时增派大同支队 5 名队员赶赴现场增援，一同参与搜救。队员王强、姜萍、赵悦、班廷儒在队长吴雁忠带领下，于 17 日凌晨 1 时 30 分到达河曲县与保德分队会合。两队 20 多名队员分工合作，密切配合，合理调配人力，乘快艇沿黄河河道搜寻失踪人员，不放过任何一点线索。

8 月的天气炎热难耐，太阳晒得队员们头昏脑涨。连续几天搜索，经常到点吃不上饭。队员们本着一个信念，找不到失踪者决不收队，即便失踪者已经遇难，也一定要把遗体找到。大同支队的 5 名队员与保德分队的 4 名队员持续不间断进行河面及两岸搜索。19 日中午，从天桥水电站传来消息，在库区水域发现一具遗体。家属赶到辨认，确认是轿车坠河事故中最后一名落水人员。

在仔细观察了解库区水域情况后，队员们制定了打捞方案。大同支队队员班廷儒与一名消防队员下水进行打捞，其他队员做好配合和安全保障。经过两个多小时的通力协作，终于在 19 日下午 3 时左右将遇难者遗体打捞上岸。

从 15 日早晨出队到 19 日下午完成打捞，救援活动历时 5 天 5 夜。

吕梁

除夕，一个亲人团聚、阖家欢乐的日子。作为天龙救援队员，除夕之日，和平时的普通一天并没有多大区别，需要出队施救的时候，他们会立即行动，不管是不是节假日。

2017 年 1 月 27 日、农历大年三十，一年中最重要的一天。晚上 9 时 30 分，交城分队队长王建珍接到报警，文水北峪口 71 岁的张某离家出走，请求帮助寻找。这时候，相邻的时任文水分队队长韩卫国也接到了需要帮助寻找的求助。

两支分队立即联合启动搜救。21时50分，交城分队出动车辆14台，队员有段志宇、曹旺、曹继东、李志刚等41人。文水分队出动车辆8台，队员有宋刚、武振邦、张小龙、石晓俊等13人。队员在报警人家中了解情况后得知，老人和子女闹意见，于年三十上午9时左右负气离家出走。老人儿子报警时，老人已失联快10个小时了。

这时候的春节联欢晚会正是热闹红火的时刻，队员们放弃与家人团聚，戴着头灯，开始连夜在村庄四周地毯式摸排。在搜寻队伍中，交城分队队长王建珍心里不是滋味。作为一名女队长，她比男队员肩上多了一份对家庭和子女的呵护。女儿刚生完孩子10天，需要有人照顾。大过初一，伺候月子的亲家要为家中添子设宴庆祝，委托她帮忙照看，她却在年三十带着队员外出找人，让她怎么去面对自己的女儿和亲家。她清楚记得，当她告诉女儿要出队找人时，女儿说了一句话："妈，是我重要，还是找人重要？"王建珍一想到把生产10天的女儿独自留在家中，无人照顾，眼里的泪水止不住往下流。

从除夕夜到大年初一，他们在田野、在草丛、在水沟、在河滩，寻找离家老人的踪迹，没有结果。段志宇和曹旺互相配合，将无人机升空，反复起降，扩大搜寻范围，依然没有结果。队员们再次与老人儿子沟通，了解到一个重要信息，老人在与子女争吵过程中，有过轻生的语言。队员们进一步分析，老人70多岁，应该走不了多远，走访附近村民，也了解到没有搭乘任何交通工具离开，初步判断就在村里。队员们将搜寻重点放在村子的下水道、排水渠等区域。大年初一下午4时45分，经过长达20个小时一天一夜不间断寻找，终于在一处半封闭的排水沟内找到了轻生的老人。经过寒冷的一夜，老人已经没有生命体征。交城分队队员张秦岭和文水分队队员张永顺不顾排水沟气味难闻，换上雨裤，下到排水沟，

用爱心温暖社会，温暖他人，温暖自己。

大同　陈静

在其他几名队员的配合下，将老人搬运上来。

事后，家属给交城、文水两个分队各送锦旗一面，上书：天龙救援本领高超，大爱无疆温暖民心。

面对这样的锦旗，队员们心里不是滋味。大年三十出队，不是什么稀罕的事情，但一个家庭因为争吵发生这样的悲剧，不知这家的子女将来如何面对大年三十这个既是全家团聚欢乐的传统节日，又是自己父亲悲愤离世的忌日。

在文水分队的队部墙上，挂满了锦旗，其中一面写有"热心公益谱新风　爱心救助惠万家"的锦旗上，落款是江苏省宜兴市太华镇蒋某父子。

2017年12月5日，在文水一家电厂打工的江苏人蒋某父子，准备回老家时，票也买好了，行李也整理好了，有轻度智障的儿子小蒋却意外走失。老蒋着急坏了，情急之下，向文水分队求助。宋刚队长接到报警后，不到10分钟，由10名队员组成的第一梯队就出发了。

队员们一边核实情况，发微信朋友圈，让更多的人提供线索，还在当地媒体发布寻人启事，调看相关监控录像。没过多久，有了小蒋的消息，说早一天差点冻死，被人发现后送到了文水县人民医院。队员们赶到医院后得知，护士采取急救措施后，问他是哪里人，他说自己是"地球人"，趁人不备，再次出走。

这时候，文水分队第二梯队的20多名队员也出发了。两路队员在县城周边，在附近村庄，在河沟水渠，在废弃建筑物里面，在一切有可能出现的地方，展开地毯式不间断搜寻，不放过任何一处可疑地方。下午4时，在桑村营附近终于发现正在行走的小蒋。担心身着队服的队员们惊吓到小蒋，导致其再次狂逃，发生意外。队员们听从指挥，只安排一辆车悄悄接近小蒋，在公安协警岗位上工作多年的队长宋刚，迅速跳下车，紧跑几步，不顾小蒋浑身泥泞，紧紧抱住了他。

"想不到我一个外地人，在山西无依无靠，遇到了不幸，竟然有这么多好心人帮我，真不知道该怎么感谢你们。说实话，如果找不到儿子，我连家都回不了。儿子丢了，怎么和儿子他妈、儿子媳妇交代？真是太感谢你们了！"老蒋拉着队员们的手，热泪涟涟，泣不成声。一面锦旗尚不足以表达情意，第二天，父子二人临踏上回江苏老家的火车前，又买来鞭炮，在部队门前点燃，再次表达感激之情。

阳泉

2017年11月28日，阳泉支队接到报警称，有一名年近70岁的老人走失。这名老人患有轻度老年痴呆症，经常忘记回家的路。老人上午10时从水泵厂宿舍离家后，一直到晚上8时多还没回来，家属着急报了警。队长张宏斌立即带领庞宏岗、刘济光、余志刚、闫志斌等人，在公安110指挥中心划定的疑似区域，对下水道、暖气沟、施工工地等可能容纳老人的地方寻找整整一夜，没有结果。天亮以后，公安部门动用警犬，也不见老人踪影。

队员们忍着疲倦和劳累，把家属找来，仔细询问老人的生活习惯及住宅房屋周边的地理特点。有着户外搜寻经验的队长张宏斌和队员们研判，老人每天回家要爬一个小土坡，因此不会沿着平坦的公路往前走，一定会沿着山沟往上，寻找记忆中回家的路。在明确了寻找方向以后，队员们把重点放在地貌和老人家周边环境相似的区域。

果然，在沿着王陇村一面山坡向上搜寻过程中，一名建筑工地的施工人员说，对面山坡上好像有团衣服，你们过去看看。体重200多斤的队员闫志斌气喘吁吁地爬上一座小山包后，看到老人蜷曲着身体，因天气寒冷失温，已不幸离世。队员们从车上拿下担架、绳索等，固定合适后，将老人抬下山。

老人的子女为救援队送来一面锦旗，"为人寻母不分昼夜　爱心救助恩重如山"。

运城

2019年4月28日下午，一位年近60岁的老人骑电动车在汾河引黄

不计报酬，尽己所能，帮助他人，服务社会。

侯马　王海娟

渠行驶时，由于下雨路滑，电动车失控，不慎连人带车滑入渠水中。片刻工夫，落水者就被急速的黄河水流冲入三泉水库，生死不明。情急之中，有人拨打了天龙救援队报警电话。

当天，新绛分队的10多名队员正在汾河水域做冲锋舟搜寻和水上绳索横渡训练，接到报警求助的时候，他们刚刚结束训练，正在返回队部途中。按照队长张凯博指令，他们调转车头，即刻赶往事发现场。

此时此刻，汾河水平如明镜，波澜不惊，表面上温顺柔弱，实际上刚刚吞噬掉一条鲜活的生命。

新绛分队副队长常永生带领苏彦龙、苏永祥、史晶晶、朱康达、史鸿圭等17名队员到达现场，根据现场情况，迅速制定搜救方案。常永生担任现场指挥。

因为已经明确知道老人被冲入水库，队员们划定搜寻区域，开始驾驶冲锋舟沿水面一片片搜索。在搜索未果的情况下，苏彦龙、苏永祥、雷建行三人一组，雷建行负责掌控船只，苏彦龙开始使用老仔钩进行拖挂，苏永祥则负责拽着苏彦龙的后背裤带做保护。水下有大量杂草滋生，还有铁丝、钢筋、麻袋、建筑垃圾等，老仔钩常常被挂住。开始以为是钩住了目标，实际不然。将老仔钩脱掉没有什么好办法，不能使用蛮力，苏彦龙只好趴在船边，探着身子把双手伸进冰冷的水中，顺着绳子抓住老仔钩架子慢慢晃动、拽扯，有时候不得不把头伸进水中作业。而身后的苏永祥既要使劲拽着他，还要设法保证船只平衡。有好几次，由于苏彦龙用力过猛，重心偏移，冲锋舟大幅度晃动，险些侧翻。围观在岸边的当地村民被惊得目瞪口呆。

夜幕很快降临。在与死神赛跑过程中，搜索工作一刻也不能停歇。队员史鸿圭将他改装后的私家车车顶上方的射灯全部打开，照向水面。顿时，水面上亮如白昼。船只在水域上移动搜索，史鸿圭就开着车沿着河堤跟着配合照明。

从晚上7时开始，当天的搜救工作一直持续到凌晨2时。

第二天，天刚蒙蒙亮，队员们就赶到现场，开始组织搜救。运城支队副支队长景红侃带着队员刘福斌等人赶到现场增援，景红侃从常永生手中接过指挥权，担任现场指挥官。

先是冲锋舟下水，重点排查水库入水口方圆 500 米水域，然后再用老仔钩排查；间隔两小时后，冲锋舟又沿着宽阔的水面搜寻排查一遍，循环反复。队员南良珍、曹怀玉、陈乐喜等轮流上船寻找，马新红、周冬民、张立军等其他队员沿着水库周边做地毯式搜寻。早晨的水边依然很冷，无论是在冲锋舟上排查水域的队员，还是在岸边搜寻的队员，一个个冻得瑟瑟发抖。大家忍受着寒冷，一点点仔细排查，试图发现一些蛛丝马迹。由于岸边有围观群众，史晶晶、袁淑琴、程慧琴、梁冬玲 4 名女队员拉起了警戒线，维持现场秩序，记录重要信息，做好后勤保障。中午 12 时，5 个多小时过去了，依然没有结果。有队员实在太累了，倒在地上就睡着了。

在现场，配合搜救的还有当地群众的 1 艘小船。冲锋舟和小船同时进行作业。每条船上配备 3 名队员，1 名队员负责划船掌舵，1 名队员负责用钩子捞，还有 1 人用竹竿进行探查，队员体力消耗很大。

在一条船上，有一名叫王荣花的女队员引起大家格外的注意。女队员出队执行任务，做做后勤保障就可以，但跆拳道教练出身的她身体素质特别好，见男队员一个个累得够呛，主动请示指挥官要求上船搜救。她和张三旦、苏彦龙一条船，无论是使用拖钩还是掌舵，一点不逊色于男队员。

在救援过程中，家属看见救援队员不接受任何物质和金钱报酬，顾不上吃饭喝水，连续工作，过意不去，买来近 300 元的食物"强行"给队员们。考虑到家属的诚意，现场指挥合理安排人员，分批次进食。事后，救援队员 AA 集资了 300 元钱，通过微信返还给家属，家属感动得泪流不止。

下午 4 时，景红侃和刘福斌乘坐老乡的小船搜索到水库最东边区域时，发现这片区域有生活垃圾、水草、动物尸体，还有旧衣服等。根据以往经验，这种区域最易聚集杂物，也最有可能挂扯住遇难者。景红侃和刘福斌在一名水库管理员的配合下，终于发现了遇难者。遗憾的是，已经没有生命迹象。

居安思危，常备不懈，兄弟姐妹，同舟共济。

太原 鲍忠锋

队员朱康达驾驶冲锋舟赶了过来，他和刘福斌两人，用绳子将遇难者遗体固定在船边，缓慢地拖移到岸边。岸边的队员帮忙将遗体整理好，交给了当地派出所和家属。

长治

2019 年 9 月 12 日早晨 7 时 10 分，武乡分队接到一名儿童丢失的求助电话。队长巩艳龙立即安排队员联系家属进行信息核实，确认真实准确后，即刻通过微信平台对外发布寻人启事，搜救组全体队员同步启动，于 8 时 20 分在东村小学门口集结完毕。

通过和孩子家长及学校老师、同学沟通后得知，孩子失踪前在离校园不远处的一个巷子口出现过。队员们立即以此为起点，扩大范围进行摸排走访，但没有任何线索，搜寻一度陷入僵局。队员们再次多方走访附近村民、小卖部人员，然后调整搜寻方案，将队员分成 4 组排查，一组安红飞、李韶武和附近商铺联系，调取校园周边监控视频；二组董青亮、李青军走访附近酒店宾馆；三组杜秀萍、段丽萍到县公安局调取治安监控，寻找孩子的出走方向和逗留点；四组郑英英、李晶晶负责汇总、分析上报线索，随时调整搜寻方向。

11 时 20 分许，有爱心人士在县"家家利"购物中心发现疑似走失孩子。队员火速赶往购物中心，通过和超市工作人员沟通并调取视频监控，并未发现走失孩子。队员们分析，孩子走失时间过长，可能会购买吃的，重点在县城各个超市留守排查。

12 时左右，家属接到一名好心人电话，说在五一小学附近看见了孩子。队员立即与这位好心的大姐电话沟通，让她尽最大努力把孩子留住，看护好。放下电话，4 个组的队员从不同方向跑步赶到现场，找到了已被好心大姐拦下的失踪孩子。队员们对孩子的身体进行简单检查，确认无恙后，几位女队员耐心对孩子进行心理辅导，同时对孩子的父亲进行安抚沟通。因为赌气出走的孩子，在队员们的开导下，哭着扑向父亲的怀抱，父亲也紧紧地将儿子拥在怀中。

看着父子俩深情拥抱，忙活了多半天的救援队员们也感到格外开心。

晋中

2020年3月20日，太谷县范村镇温家庄村发生森林火灾。晚上9时30分，太谷分队队长郭艳飞接到政府命令，由于森林消防员大量增员，急需分队协助红十字会搭建帐篷，为消防战士换防提供休息场所。

接到命令后，郭艳飞立即召集了12名队员，于凌晨0时30分赶到60千米之外的火灾指挥部。看到奋勇扑救山火的消防战士没地方休息，只能在憋屈的汽车空间里蜷缩着眯一会儿，队员们看在眼里急在心上。简单和指挥部交涉后，12名队员立即展开行动。队员马志远、李汝拴负责组织大家卸车，队员胡杰、贾利明等负责组织搬运到指定位置并分类，其他队员负责拆除包装，研究图纸，动手搭建。由于此次"红会"提供的帐篷有3种款式，图纸和实际搭建方法各不相同，影响了队员们的搭建速度。他们一边学习一边组装，错了拆开重来，直到熟悉每一款帐篷的搭建方法。

通过队员们连续数小时的努力，终于按时完成40顶帐篷的搭建任务，并且按照要求，为每顶帐篷配置了4张床铺。看到从火场下来的疲惫不堪的战士们终于有了休息的地方，连续长时间不休息的队员们感到无比欣慰。比起那些冒着生命危险、奋战在灭火现场的消防战士，这点付出算得了什么？

从2010年6月组建以来，全省救援总计出队152次，出队人数8309人次，出动车辆2617辆次，救援时长12371小时，救援里程64868千米，解救被困人员540人，搬运遗体25具。

多年来，在三晋大地上无数的山山水水、沟沟坎坎，无论是冰雪覆盖的连绵太行、太岳，还是碧水荡漾的河流、湖泊，在灾难面前，始终活跃着那鲜艳的一抹红色。当社会和百姓发出危难时刻的呼救和对生命的渴望时，山西天龙救援队总像"超人"一样出现，给人们带来生的希望和心灵安慰！

第二章　应急保障

不单单是
灾难来临时的逆向前行
还有
大型赛事现场的伟岸身姿
那一抹耀眼的红色
能让人从心底感受到
安适与温暖

突发公共事件主要分为四类：自然灾害、事故灾难、公共卫生事件、社会安全事件。

加强以属地管理为主的应急处置队伍建设，建立联动协调制度，充分动员和发挥乡镇、社区、企事业单位、社会团体和志愿者队伍的作用，依靠公众力量，形成统一指挥、反应灵敏、功能齐全、协调有序、运转高效的应急管理机制。

——摘自《国家突发公共事件总体应急预案》

我是"青圪蛋"

时 间 2019 年 3—8 月

地 点 山西省太原市

摘 要 黄刚一手高举重达 1.2 千克的火炬，一手熟练地操控着下降绳索，双脚在岩石、陡坡上跳跃变幻，飞檐走壁，宛如一只跃动的精灵。

队 员 任怀恩　索旭东　赵　荣　李　凯　佟福利　任迎春
　　　　 滑美娟　范成健　李晓琴　张春霞　王慧芳等 101 人

服务站值勤

8月13日，在山西省太原市红灯笼体育场，当中共中央政治局委员、国务院副总理孙春兰宣布中华人民共和国第二届青年运动会开幕时，全场沸腾了。

开幕式上，红灯笼体育场热情涌动，激情澎湃，炫彩夺目。一块直径达80米、面积5024平方米的巨型天幕悬挂在场地正上方，可升降的巨型网幕与8000平方米的场地舞台，实现了720度视觉效果和沉浸式演出，带来了超级震撼的视觉体验。

本届青运会共设置49个大项1868个小项，涵盖了夏季奥运会全部项目和北京冬奥会绝大部分项目，来自全国各地的34个代表团、3.3万余名运动员参赛。

二青会是新中国成立以来，山西承办的规模最大、规格最高的全国综合性体育赛事。当二青圣火在会场上空点燃的那一刻，亿万人将目光投向了山西，太原成为全国的焦点。

太原，这座有着2500余年建城史的历史文化名城，这座以"新时代奋斗者之城"重塑内涵的青春之城，用最美的笑容，最美的姿态，张开双臂迎接四面八方的宾客。

为服务好这一盛会，本届青运会招募了4.5万名志愿者，其中包括8000名赛会志愿者、5000名城市志愿者以及3.2万名社会志愿者。志愿者的统一服装是绿白相间的颜色，而二青会的吉祥物是"青青"，因此，志愿者的昵称确定为"青圪蛋"，充分展示了二青会志愿者可亲、可爱的群体形象，融合了山西地方特色，充满了浓厚的山西地域风情。

山西天龙救援队作为一支民间救援力量，秉承"如果这个世界需要，我们将义无反顾"的宗旨，在盛会期间，组织队员报名担任志愿者，服务在最需要的地方。

在二青会筹备及比赛期间，天龙救援队的100多名队员变身"青圪蛋"。

齐心协力抢险救灾，扶贫济困只为人民。

洪洞 李华丽

2019 年 3 月 28 日，山西芮城西侯度遗址。

二青会圣火采集仪式在这里举行。位于黄河中段的运城市芮城县西侯度村，在高出黄河河面约 170 米的古老阶梯状地貌上，西侯度遗址中带切痕的鹿角和动物烧骨的发现表明，这是目前中国最早的人类用火证据，将人类用火历史推至距今 180 万年前。圣火在这里点燃，意义重大，影响深远。

在圣火采集现场，圣火少女、中国艺术体操运动员张豆豆随着古朴悠扬的音乐旋律，缓步走上通往洞穴的阶梯，来到采火点前，拿着手中的采火棒对着凹面镜进行采火。采火器中火苗渐起，圣火少女手中的采火棒顺利点燃，随后，圣火少女用手中的采火棒引燃火种盆。第一棒火炬手、国家蹦床队运动员董栋，从火种盆内慢慢点燃手中的火炬，开始现场传递，仪式现场共有 6 棒火炬传递，全长约 2500 米。

其中，第二棒的火炬传递采取高空速降方式，火炬手从 60 米高的观景台，沿着层层梯田，一手高擎燃烧的火炬，一手拽扯速降绳索，呈跳跃式快速而下。非同一般的火炬传递创意，既显现出西侯度遗迹风貌，又突出人类探索前行的艰难进程，以及寻找光明的无畏勇气。

这是一场举世瞩目的启动盛典，这是一次传承文明的感动瞬间，这是一个属于山西的璀璨时刻。伴随着电视直播和媒体报道，第二棒火炬传递手黄刚进入人们视野。

黄刚，39 岁，时任山西天龙救援队副队长。2015 年被山西省总工会荣记个人一等功，被共青团中央多次提名"向上向善好青年"。他热心公益活动，曾参加四川雅安地震、云南鲁甸地震、省公安厅委派山阴蝴蝶谷救援等 40 多次救援活动，并在救援装备方面获得发明专利 6 件、实用新型 14 件，在中国创新创业大赛等比赛中先后获得奖项 6 个。

外界这样评论黄刚："真牛！""高空速降，厉害！"

"我自己没有觉得有什么了不起，觉得这是一种荣耀，更是一份责任。我不代表个人，我代表山西天龙救援队，这更是一种认可。"每当谈起这件事，黄刚很平静，"能成为二青会火炬传递手，我倍感荣幸。既然组织上给了我这次机会，我必须要确保万无一失。"

对于一个多次参加过山地高空救援的队员来说，利用绳索技术在悬崖、陡坡上速降百八十米，不是一件十分困难的事情。但是，当黄刚提前来到西侯度遗址圣火公园现场踩点时发现，速降现场需要跨越 13 级梯田，中间有 7 级落差较大，距离长达 66 米。速降通道内要穿越陡坡、花椒林、荆棘丛等复杂地形，并不像想象的那样轻松。

于是，黄刚和他的助手每天利用绳索练习 10 多次，测量传递通道的宽窄度和传递时间，排除沿途存在的安全隐患，清理通道内的石块、荆棘，修整松动地段等。

黄刚说："由于火炬传递的过程是现场直播，容不得半点差错，我必须在规定时间内，让火炬安全地传递下去。我负责的这段传递通道是一个阶梯式的下降路线，最高垂直度大概 8 米，最短的只有 1 米。为了在视觉上体现人类坚定不移的探索效果，我在整个第二棒的火炬传递过程中，采用了跳跃式速降，动感与速度相结合，体力消耗较大，但视觉上就简洁干练许多。"

在现场直播的电视画面上，黄刚一手高举重达 1.2 千克的火炬，一手熟练地操控着下降绳索，双脚在岩石、陡坡上跳跃变幻，宛如一只跃动的精灵。当堪称完美的 5 分钟速降传递完成后，黄刚的衣服湿透了。

黄刚在梯田间上演的这一幕"飞檐走壁"，为整个二青会火炬传递增色不少，他的内心感到无比自豪："这次高空速降，足以让我一生荣光……"

在接下来火炬全省传递过程中，阳泉支队队长张宏斌、总队户外联盟部王利军被选为火炬手，分别完成了阳泉和太原传递段 50 米的火炬接力。

当二青会圣火在芮城西侯度遗址成功采集之后，山西天龙救援队受太原市杏花岭区民政局、小店区民政局委托，通过天龙救援队微信公众平台，面向社会公开招募城市志愿者 200 名，与天龙救援队一起在固定岗位进行志愿者服务。

志愿者分为定岗志愿者和应急志愿者。定岗志愿者主要在公共文化活动等场所提供运行支持、应急救援等志愿服务；应急志愿者是对城市运行

无论何时何地，我都用实际行动践行入队誓言。

晋城 张倩

中出现的突发事件及时报告相应职能部门并协助处理，开展简单的医疗救助服务。

招募公告发出短短几天时间，包括天龙救援队队员和社会各界人士，就有数百人报名参加。

6月15日，在杏花岭区民政局，天龙队员和城市志愿者共计150多人参加了志愿者面试。

6月16日是个星期天，受小店区民政局委托，由天龙救援队后勤部主办，项目部、人事部等各部门协办，在队部15层会议室，对小店区域报名的志愿者进行面试。

一大早，魏福红、杨建、任怀恩、李晓琴等队员来到队部，做起了准备工作。宽敞的大厅分成几个工作小组，有的负责签到，有的负责叫人，有的负责面试提问，井然有序，高效快捷。

天龙救援队副队长李明英、人事部部长张春霞、项目部副部长滑美娟担任主面试官，对报名的志愿者进行提问、审核、面试。后勤部部长韩雪梅说："城市志愿者的服务场所，主要是在赛会场馆周边及全市重要交通枢纽、主要干道、商业网点、旅游景点、医疗机构、文化活动场所等城市重点区域。服务内容包括：文明宣传、信息咨询、应急救援、语言翻译、道路引导、便民服务、景点介绍等志愿服务。我们的志愿服务宗旨是：遵循奉献、友爱、互助、进步的志愿精神，自愿参加志愿服务活动。"

滑美娟是面试官，对照面试手册的30条内容，她和队友王慧芳、赵荣一一询问，严格把关，既要鼓励报名人员的积极性，弘扬正能量，又要从严要求，选拔真正愿意做出奉献的人，而非投机取巧、哗众取宠。她说："在面试过程中，我们非常高兴地看到，报名当志愿者的人群，有大学生利用暑假为二青会服务，有在职员工请年休假充当志愿者，还有一些热心市民积极参与，年龄最大的有刚退休的阿姨。大家对当志愿者有比较高的认识，认为这是一种美德，是一种责任，是一种精神。尤其是二青会这样的重要赛事，能够在自己家门口举办，一定要力所能及地做些什么。"

"当我看到有那么多人踊跃报名，迫切想为二青会做些什么，令我非常感动。是这些报名当志愿者的学生、市民、自由职业者给我上了一课，让我受到了教育，更加坚定了做一名合格的天龙救援队员的信心。"参与面试工作的队员李凯这样说。

任怀恩是天龙救援队山地搜救大队的一名成员，已经快60岁了，他坚持搜救大队的日常训练，一有救援任务，总是冲在第一线，一点也不逊色于年轻队员。队里面试志愿者，他放弃休息，赶到现场，和队友们一起为志愿者服务，一会儿帮着志愿者加二维码入群，一会儿解答志愿者疑惑，忙得不亦乐乎。

他说："按理，我这个年龄是一个进入休闲时段的年龄。但我身体素质很好，愿意出来做一些事情，特别是二青会这样的重大活动保障，作为一名天龙队员，更是义不容辞。我能够和一群年轻志愿者一起为二青会服务，大家的热情奉献精神感染了我，使自己又年轻了一把。"

面试之后不久，天龙救援队又牵头组织，对200名志愿者进行了为期两天的集中培训。

7月14日，二青会太原赛区阳光志愿服务U站正式在街头亮相。

为了更好地为二青会服务，提高志愿者服务质量，太原市政府在全市主要交通枢纽、旅游景点、饭店宾馆、大型购物广场等场所建立了60个阳光志愿服务U站。

"U"代表了无处不在（ubiquitous）、团结（unite）和互相理解（understanding），象征着太原赛区志愿者遍布城市的每个角落，来自各行各业、不同年龄段的志愿者们团结一致为服务对象提供优质服务，同时也象征着服务对象和志愿者之间互相理解、互相进步的志愿服务精神。

服务站内配有医疗、办公、生活、消防应急、志愿服务等用品，在二青会期间提供文明督导、交通协管、治安联防、指引向导、翻译接待、导游导购和医疗救助等多方面志愿服务。

服务站整体以红色、米色及不锈钢本色为主色调，其中红色象征年轻、活力，米色代表太原地处黄土高原，不锈钢本色代表太原市着力打造不锈

坚定信念，做一个有责任、有担当、有爱心、有益于社会的人。

大同　郑喜勇

钢之都。

U 站的服务口号是"志愿传文明，服务唤生机"。

在 60 个阳光志愿服务 U 站中，山西天龙救援队承担了武宿国际机场、胜利桥东、国民师范旧址、万达广场、万达售楼部、白杨树街 6 个执勤地点的志愿者服务，包括志愿者在内参与轮岗人员合计 101 人。

太原武宿国际机场共有航站楼 2 座，开通客运航线 130 条，通航城市 72 个，年旅客吞吐量 1500 万人次，是太原市连通国内国际的重要交通枢纽，也是太原市的形象窗口。二青会期间，有大量运动员、教练员、裁判员以及来自世界各地的观众、游客，通过武宿机场到达山西太原。因此，设置在武宿国际机场的阳光志愿服务 U 站，承担的任务非常艰巨。山西天龙救援队精心选拔出 25 名队员，由后勤部副部长韦力忠带队，队员们换上绿白相间的志愿者服装，佩戴胸牌，从 7 月 24 日开始直至大赛结束，进入 T1 航站楼，开始了为期 25 天的志愿者服务。

在开始执勤的前两天，为了更好地服务大家，武宿机场专门对队员进行了两天培训，让志愿者熟悉机场的内外部环境、主要业务工作流程、突发事件应对，以及接待礼仪标准等。

从每天早晨 7 时到岗，到晚上 8 时 30 分结束，队员们按照排班，从市区不同居住地赶往机场，在机场问讯处、值机柜台、进出港等 5 个不同工作地点，帮助来往旅客办理登机手续、协助行李托运、进出站引导等。无论是早晨上岗、晚上撤离，还是中途交接班，天龙队员全部是列队行进，抬头挺胸，迈着整齐的步伐到达各自执勤地点，表现出严格的队风队纪和良好的精神风貌，受到来往旅客高度称赞。

任迎春是 2019 年入队的队员，住的地方离机场较远，每天到岗执勤提前 3 个多小时就出发了，倒 3 趟公交车才能到。在执勤的 20 多天里，没有迟到过一次，晚上 8 时半撤岗后再倒公交车回去，没有一点怨言。

62 岁的佟福利每天骑着电动车到机场执勤，他和年轻人一样列队行进、站岗，笔直的腰杆丝毫不逊色于年轻人。他在现场还有一个拍照任务，每天背着沉重的相机，楼上楼下，大厅内外，把一个个精彩瞬间记录下来，汗水常常湿透衣服。

阳泉支队余志刚，家在距太原 120 千米之外的阳泉市，考虑到他的特殊情况，队里给他安排每个周六日到机场执勤。他的女儿也是一名志愿者，每个周六日，父女俩有时候坐大巴车，有时候自己开车，从阳泉赶到太原武宿机场，撤岗后，太晚回不去了，就自己花钱在酒店住一晚。余志刚说："可能有人不理解我的做法，其实很简单，就是想为二青会做点什么。作为一名救援队员，平时没有那么多的救援任务，做志愿者，做公益，也是我们救援队的一项职责。带着女儿一起做志愿者，让她受到锻炼，增长见识，这样对孩子健康成长很有意义。"

一天下午 5 时左右，在 T1 出港口，正在执勤的队员鲍慧遇到这样一件事情，来自江苏省乒乓球队的一名教练和一名运动员，下飞机后发现没人接机，很着急。鲍慧马上向执勤负责人韦力忠进行了汇报。经详细了解得知，这两人当天因故改签了航班，但没有通知赛事组委会，接机的人白跑一趟，没有接上。韦力忠问明情况后，立即安排队员宁慧雄，开着私家车，将这两人送到了青运村。

在执勤的时候，队员范成健听到二楼问讯处传来一阵嘈杂声，他迅速赶了过去，一个腿部有残疾的中年男人，手里拿着一个残疾证，正在大声说着什么。无论柜台服务员如何解释，他情绪激动，就是不听，嘴里一直说"我要投诉你们"。范成健听了一会儿才弄明白，这名残疾人是从网站上购买的低折扣航空机票，不免费托运行李，但他没有注意到。办理登机手续时，被告知行李托运不免费，因此情绪很激动，认为受到歧视。范成健把这名中年人劝到旁边，和他聊天，问他去哪里，有没有同伴，需要什么帮助，慢慢平息了这人的情绪。然后他耐心做解释，因为是低折扣航空机票，托运行李有规定，对谁都一样，不存在歧视问题。穿着一身志愿者服装的范成健赢得了这名残疾人的信任，最终他不吵不闹，平静地离开了。范成健说："我很高兴能帮助到这名残疾人，也多亏参加了机场组织的志愿者培训，学到了关于行李托运的一些相关规定。"

在 T1 出站口，一个小女孩坐着轮椅，她的母亲在前面边走边打电话。

天龙是爱心大舞台，因为真情播撒希望而越来越精彩。

太原 李晓琴

鲍慧和范成健赶忙上前询问是否需要帮忙。那位母亲客气地说不需要，但看上去非常着急，打电话的声音也特别大，很生气。鲍慧和范成健一商量，肯定有什么事。鲍慧留下来继续在出站口执勤，范成健则跟随母女俩乘电梯上了二楼。看到是热心的志愿者，这位母亲说了，约好的网约车没有来，放了娘俩鸽子。征得母女俩同意，范成健帮忙叫出租车。看到是残疾人，还有轮椅，好几辆出租车找借口不拉。范成健索性站在路中间拦车，终于叫停一辆，把小女孩安顿进出租车，又帮忙将小女孩的轮椅折叠后装到汽车后备厢。母女俩十分感激，一直说着"谢谢、谢谢"。

随着二青会比赛项目的结束，有些运动员要离开太原了。一天下午，有一支20多人的队伍来到值机大厅，是四川省射击队的，要返程了。正在执勤的田国斐见此情况，立即上前帮忙办理托运手续。因为他们有4个装比赛用枪支的箱子，属于管制物品，田国斐马上和机场派出所、民航工作人员联系，按照机场管制物品报备程序，协助办理相关手续，走大件物品特殊通道，以最快速度办妥了托运手续。

在万达广场阳光志愿服务U站，郭凯、索旭东、曲萍3人分别负责早、中、晚三班。索旭东在单位是大忙人，领导和同事非常支持他做二青会志愿者，但他不想过多麻烦同事，每天提前1个多小时到单位上班，先把手头的工作干上一部分，等下午4时下岗后，再返回单位加班到很晚，保证了志愿者服务和工作两不误。

8月13日这天，正在服务站值班的郭凯接到群众求助，一位老人在游玩途中不慎将膝盖扭伤，伤势严重。郭凯立即携带急救箱赶赴现场，首先对伤员进行前期处理，避免二次伤害，极大程度地缓解了伤员的疼痛。120救护车到达后，因为现场狭窄，车进不来，郭凯又帮助急救人员，将伤员抬到了车上。

一天中午，一位50多岁的外地中年人，一瘸一拐来到位于新建路与旱西门十字路口东北角的万达售楼部阳光志愿服务U站。他的一只脚流着血，走路跟跟跄跄的。承担该站应急志愿者的任怀恩见状，赶紧把人扶到休息区，立即用碘伏给这位中年人清洗创面，并且进行了简单包扎处置，然后建议伤者去医院做进一步治疗。任怀恩的这些应急措施，都是在天龙救援队日常培训时学到的，在这里派上了用处。

　　每天早晨 5 时 50 分，住在西山煤电职工宿舍的张春霞准时推着一辆电动车出门。她今年 60 岁了，要骑 50 分钟电动车，在 6 时 45 分之前赶到胜利桥东阳光志愿服务 U 站，这里是她的执勤点，要提前 15 分钟到岗。因为太早没有公交车，她专门买了一辆电动车，在定点执勤的 12 天时间里，风雨无阻，没有耽误过一天。有人不理解，说她年龄大了，家又住得远，干吗还要这么辛苦当志愿者。张春霞总是笑哈哈地说："志愿者的微笑是城市最好的名片，我们希望以此彰显太原人的热情好客，让更多来自五湖四海的宾客，感受到太原的文明和谐。当志愿者很辛苦，很累，但是能服务到他人，自己也很快乐。"

　　在武宿国际机场阳光志愿服务 U 站，韦力忠在接受媒体采访时说："当二青会的各项运动比赛项目激烈进行时，我们的队员以志愿者身份为大赛服务，活跃在各个执勤点上。这些身穿绿色 T 恤的二青会志愿者，生机勃勃，热情似火，为助力二青会默默奉献。我们每个人都有自己的工作、家庭，既要兼顾单位的工作，照顾家人，还要抽出时间到 U 站服务，非常不容易，非常辛苦。但队员们保持一颗炽热的爱心，默默奉献，无怨无悔，出色地完成了任务。"

　　"真情服务，助力二青"，这是太原武宿国际机场赠送给山西天龙救援队的一面锦旗。其他各个阳光志愿服务 U 站，也都出色地完成任务，受到好评。

　　8 月 18 日，第二届全国青年运动会圣火在龙城的天空中缓缓熄灭，二青会在山西太原圆满闭幕，但作为二青会志愿者的"青圪蛋"们的工作还没有结束。受组委会及团省委委托，山西天龙救援队的"青圪蛋"们，还要帮助整理二青会志愿者档案，他们把服务地点由街头的 U 站，转移到了二青会组委会的工作间。

　　赵荣是 2019 年春季入队的新队员，很想尽自己的能力为社会做点事儿。

　　少说多做，默默奉献，完善自我，善待他人。

长治　章银兰

通过7项考核成为天龙救援队一员后，正值二青会志愿者招募，她和儿子一起报名，通过面试和培训，母子俩双双成为二青会志愿者，被安排在武宿机场U站执勤。二青会结束后，她和队友张春霞、任迎春、李晓琴以及52岁的刘慧卿大姐、18岁的穆赞旭等人，又来到志愿者档案整理现场，投入紧张忙碌的档案整理工作中。

二青会志愿者共有4.5万人，需要按照高等院校、社会团体等分类，一一进行核对筛查，确认无误后录入电子档案，然后打印纸质版，复印5份后统一装订，分别交组委会和团省委存档。由于时间紧，任务重，他们中午不休息，简单吃个午饭，晚上一直干到很晚才回家。

姜霄龙、芦嘉敏、穆赞旭是3名"00后"志愿者，别看他们年龄小，工作热情却非常高。电脑有故障影响信息录入，他们上来几下就解决了，复印机卡纸了，也很快得到处理。几个年龄大的志愿者，更是任劳任怨，装订、复印、分类、归档，一丝不苟。大家分工协作，互相配合，圆满完成任务，获得组委会工作人员一致好评。

山西天龙救援队员用实际行动践行二青会志愿者"奉献二青，精彩三晋"的承诺，在三晋大地上谱写了最美的精神乐章。

2020年7月，队员佟福利、鲍慧、郭凯、田国斐、韩雪梅5人被中华人民共和国第二届青年运动会（太原赛区）评选为优秀志愿者。

太原马拉松

时间 2019 年 9 月 8 日

地点 太原市滨河西路

摘要 省、市领导共同为比赛鸣枪发令，3 万余名长跑
爱好者激情开跑，滨河西路人如潮涌，活力四射。

队员 陆 玫　李文耀　韩雪梅　宋慧茹　贾利红
崔平生　高文君　王 飞　张俊青　孟维松
李娅娟　刘丰瑞　岳亚萍等 150 人

为运动员紧急处置

凌晨 4 时 30 分，山西太原。这座古老而又现代的城市渐渐从沉睡中苏醒，璀璨的路灯与天上的晨星交相辉映。深邃的夜空中，一轮明月高悬。

"立正，稍息。"

"向右看齐，向前看。"

滨河体育中心广场上，身着红色统一队服的山西天龙救援队队员整齐列队，后勤部副部长韦力忠正在给大家布置任务："今天上午 7 时 30 分，太原国际马拉松比赛正式开赛，我们承担沿线 20 个点位的医疗应急保障任务，必须在鸣枪开跑前 1 小时到达自己的执勤点位，提前做好准备工作。听明白没有？"

"听明白了。"队员们精神抖擞，声音洪亮。

"好。各小组组长立即带领自己小组成员，出发。"韦力忠一声令下，队员们快速跑向各自的保障点位。晨曦中，队员们像一道道暖流，沿着滨河西路"太马"线路流淌。

上午 7 时 30 分，中国（太原）煤炭交易中心。以"唐风晋韵·激情太马"为主题的 2019 太原国际马拉松赛，由时任山西省委常委、太原市委书记罗清宇，时任山西省政协副主席、太原市委副书记、市长李晓波等领导共同为比赛鸣枪发令，3 万余名长跑爱好者激情开跑。顿时，滨河西路人如潮涌，活力四射。

2019 年，太原国际马拉松迎来 10 周年生日。从 2010 年第一届"太马"开赛以来，每年的 9 月，并州大地都会迎来一场来自全世界跑友的狂欢。10 年间，"太马"从首届不足万人参赛，到 2019 年 6 万人报名、3.3 万余人参赛，"太马"一直默默蓄力，不断提档升级。2017 年，"太马"成为国际田联铜标赛事，2018 年升级为国际田联银标赛事，2019 年再升级为国际田联金标赛事。三年迈出三大步。

如今的"太马"已正式成为象征中国马拉松赛事最高等级的"双金"赛事，跻身中国马拉松路跑领域第一军团，已然成为一张城市的靓丽名片，让更多国内外跑者、媒体记者了解太原市的城市面貌、城市精神、旅游与文化、美食与美景，吸引着来自五湖四海的朋友，将目光聚焦太原。

2019 年的"太马"盛况空前，精彩纷呈。在全长 42.195 千米的全程马拉松赛道上，共设置 21 处补给服务站，为参赛选手提供各种补给和应急医疗保障。多家电视台和20余家网络平台对"太马"进行全程直播，全球50个国家和地区的观众都可以收看"太马"盛况。

首届太原国际马拉松比赛于2010年开跑，伴随着组织经验积累和知名度提升，参加人员每年都有大幅增长。主办方要确保比赛顺利有序进行、运动员安全完赛，对于医疗应急保障的要求越来越高。从2014年开始，有着丰富保障经验的山西天龙救援队，因良好的口碑，特别是拥有一支受过专门心肺复苏、突发事件应急培训，具有山西省红十字会颁发的现场救护资格证、国家工业和信息化部颁发的无线电台执照的救援队员，"太马"组委会将运动员医疗应急保障任务交给了山西天龙救援队。

"其实，为了能够争取到这个保障项目，当时费了好大的劲。"老队员李文耀回忆了当初的经历，"按照天龙救援队的定位，是一支公益队伍，不单单只是救援一项。但当时大多数人对于救援队的认识，还是停留在山地救援上，哪里有驴友走丢了，去山里找一找，在社会上缺乏应有的影响力。当时队里明确主张，凡是政府活动都要争取参加，民间活动有选择参加，有报酬的经营性活动不组织参加。"

之前，"太马"保障一直由大学生团队在做。2013年，山西天龙救援队就开始向组委会申请，但没有成功。那一年的保障发生了一个小插曲，原定参加保障的大学生未能在规定时间地点集结，造成缺岗，这给天龙救援队创造了一个机会。

在2014年"太马"开跑半年前，陆玫队长带着李文耀开始奔波于体育局、组委会及相关单位，再次提出要为"太马"做医疗应急保障。有关部门一直态度不明，没有明确答复。他们又直接去找当时体育局的一位领导，当面向他介绍了天龙救援队的人员组成、灾害施救以及开展公益项目活动等情况，同时做出3项承诺，保障人数达到组委会规定要求、人员全部持有红十字会颁发的急救证书、个人能力和素质一流。承诺实际上就是军令状，

天龙平台来相聚，相互协作献爱心。

晋城 孔玲会

一言既出，驷马难追。这样的态度和诚意让这位领导非常感动，在他的积极协调下，最终将保障任务交给了天龙救援队。"

任务虽然拿到了，但天龙救援队上上下下却感到了从未有过的压力。一是第一次承担如此大规模的保障任务，毫无经验；二是要培训队员，抓紧训练，但队员们都有工作，时间有限；三是主办方本来就有人持不同意见，保障过程不能出一点纰漏；四是第一次参加政府组织的活动，万事开头难，只能成功不能失败，一旦有闪失，必将名誉扫地，关闭今后与政府合作的大门。

山西天龙救援队从队领导到每一个队员，不敢有半点马虎和丝毫松懈。队里做了认真充分的准备工作，精心组织，提前安排部署，提前周密筹划，提前调配人员，同时将保障工作当作一项课题去研究，提前研究比赛当天的天气状况，根据天气预报，对运动员可能会因天气炎热发生中暑，及时做出补水及物理降温等预防处置。针对服务于大赛的工作人员、志愿者众多，遇有突发情况时，会造成手台联络不畅，让重点路段的保障人员携带两部手台，确保突发状况时，保证通信畅通。全体出队队员，表现出了高度的责任感、使命感和满腔热情，尽心尽责，虽然是第一次参与保障，但在保障过程中遇到各种突发状况，都能及时处理，圆满完成任务，最终令组委会刮目相看。

在之后的历届"太马"比赛中，山西天龙救援队成为唯一一支由官方授权的、由民间公益组织承担的应急保障队伍。

2019 年"太马"比赛，按照组委会安排，天龙救援队医疗应急保障点位共有 20 个，每组 7 名队员，分别安排在半程马拉松 13 千米到半程马拉松终点 21.0975 千米处、全程马拉松 29 千米到全程马拉松终点 42.195 千米处。因为保障路段处在半程和全程马拉松后段，是运动员发生腿脚受伤、甚至晕厥猝死的高发地段。作为医疗应急保障点位，如果处置不当或应对不及时，后果非常严重。

为圆满完成"太马"保障任务，天龙救援队在总队 45 名队员报名参加的基础上，又从长治、阳泉 2 个支队，以及太谷、寿阳、文水、交城、离石等 7 个分队抽调 105 名队员，加入保障队伍中。这 150 名队员，有着强烈的责任心和奉献精神，业务素质高，应急保障经验丰富，全部拥有山西省红十字会颁发的现场救护资格证，个个都是顶呱呱的。

"天龙救援队承担这么重要的赛事活动医疗应急保障，我们感到很光荣，也有信心完成好任务。在开赛前一天，队员们就提前到比赛赛道进行踩线，熟悉周边环境，确定应急物资摆放地点，并根据距离长短，预判运动员到达各个点位可能发生的情况，提前做好应急准备。考虑到支分队队员对省城赛道不熟悉，我们20个保障组里面，每一个保障组安排一名总队队员负责小组成员之间的协调，对各支分队队员进行合理分工，确保每一个保障点位配置合理，有序高效。"后勤部部长韩雪梅介绍说。

队员宋慧茹本是一名户外爱好者，经常出去徒步爬山。在遇到驴友迷路、失踪等情况时，都能看到天龙救援队神一般的身影，那一身火红的衣服，在山野里格外耀眼。那时候她就想，要是也能成为他们中的一员该多好。2018年秋季天龙救援队招募队员时，宋慧茹报了名，并顺利通过7项考核，成为总队传播部一名队员。

"太马"保障，她早早就报了名，并被安排在全程马拉松32千米处。上学时，宋慧茹的英语过了六级，但工作后多年不用，忘记不少，自己戏称为"半瓶子醋"。让她没想到的是，这"半瓶子醋"，居然在做保障时发挥了作用。

9时15分，当比赛进行到1个多小时的时候，在全程马拉松32千米处，正在此地执行保障任务的祁县分队队员贾利红，看到一个黑人运动员脚步踉跄，神色痛苦，慢慢走到路边，开始呕吐。小贾急忙上前询问："你好，需要帮助么？"这名黑人运动员非常吃力地从嘴里吐出几个英语单词："I'm sick……"小贾不懂英语，无法与黑人运动员进行交流。看他那么难受，小贾急忙用医疗手台呼叫："32千米处有外籍运动员呕吐，需要救护车，请速派救护车！"

几分钟后，救护车到达，小贾扶外籍运动员上车。这时不远处巡查的韩雪梅和王琼也赶了过来。外籍运动员情况已经有些好转，他一边说一边

携手献爱心，热血洒天龙。

洪洞 郭长青

不停地用双手比画，现场队员谁也不明白他是什么意思。韩雪梅急忙在手台中呼叫："32千米处有外籍运动员呕吐，谁会英语，请快速赶过来。"

宋慧茹当时正在31千米处执勤，听到呼叫后立即回答："我是队员安宁（网名），我马上过去。""请跑步过来。"韩雪梅听到回复后，紧跟着又催了一句。宋慧茹马上以百米速度飞奔过去："Hi，Can I help you?"询问这名运动员是否继续参赛？是否需要去医院治疗？看到一位懂英语的人士与自己交流，这名黑人运动员脸上露出了笑容，表示只是有点不舒服，不需要去医院，休息一会儿就好了。问他休息过后还继续参赛吗？这名黑人运动员表示，继续参赛。休息片刻，这名黑人运动员又起身重返赛道。如果没有宋慧茹这"半瓶子醋"，遇到这样的外籍运动员，可能就要闹出不少笑话。

2019年的"太马"，遭遇了办赛10年来的最高温，一度飙升到30多℃。在滨河西路的赛道上，每隔150米，就有一名天龙队员的身影。

他们身着红色队服，头戴红色头盔，在炎炎烈日下，笔直站立，成为赛道上一道风景。正午时分，赛道上因暴晒、炎热中暑而需要救助的运动员非常多，他们的身影也就异常活跃。

祁县分队有16人参加"太马"保障，因为队员们家住得比较分散，为了按时到达保障现场，凌晨1时多起床，2时半集合出发，提前半个小时到达指定地点。保障队员中，有的孩子还小，有的家中有老人需要照顾，有的孩子还在住院，但大家为了心中的"太马"，克服困难，积极报名参加。虽然车辆是自己的私家车，过路费、油费都是自理，但没有一个人有怨言。他们认真坚守岗位，热忱地为每一位需要帮助的运动员提供服务。

队员刘丰瑞，10岁的孩子突发高烧，在"太马"开赛前一天住进了山西省儿童医院。队员们劝他安心照顾孩子，就不要参加保障活动了，他不听。晚上哄睡孩子后，他后半夜从医院跑出来，一个人打车，在凌晨4时赶到集合地点，参加保障。后来孩子病情严重，转入了北京儿童医院。

他说："参加救援队，初始目的就是帮助他人，赠人玫瑰，手有余香。帮助了他人，让身边的人感受到人间温暖，会对这个社会更加信任与感激。如果人人都这样，社会就更加温暖。"

高文君和史霄雷是夫妻，两人双双报名参加"太马"保障。凌晨2时，他们把熟睡的8岁儿子一个人丢在家里就出发了,打算等天亮后再让孩子的奶奶过去照顾。孩子早早醒来后,不见自己的父母,哭着给高文君打电话。这时候的高文君和史霄雷已经站在了赛道上,高文君只能一边安慰孩子一边悄悄地抹眼泪。

9月7日晚上快12时了,来自长治支队的女队员王飞说什么也睡不着觉。睡不着觉的原因有几个,一个是兴奋,一个是紧张,还有一个是睡觉的地方有点奇特,居然是在太原电视台大门口、滨河西路的马路边上,睡在一顶帐篷里面。

睡不着的经历谁都会有,但王飞怎么会睡在省城滨河西路的马路边上呢?

原来,长治支队10名队员参加"太马"保障,长治距离省城太原300多千米,集结时间是凌晨4时。为防止路上出现状况,保障队员头天晚上就带着帐篷赶到集结点附近,在马路边搭起5顶帐篷。

王飞的工作是三倒班。报名参加"太马"保障获得批准后,她提前20天就和同事换了班,安排好休息,确保既不影响工作,也不临时掉链子。这是她第二次参加重大比赛保障,2018年"太马"保障时,她就亲手为一位腿部抽筋的运动员做按摩,帮他解除疼痛。她既兴奋又紧张,担心实战经验不足,万一遇到突发事情,自己的应急技能不过关,耽误救治怎么办?本来帐篷里面睡觉就不舒服,薄薄的地垫硌得腰疼,翻来覆去折腾,刚感觉迷糊着了,起床时间已到。

如果说王飞睡不着觉,好歹还是躺着,队员李红升上了一天班,开车几个小时到太原后,又累又困,连扎帐篷的那点力气都没有了。当队友们在这边忙着扎帐篷,他在车里倒头睡着了,身体就窝在座位上,带来的帐篷也没用。队友们见他累得够呛,都不忍心叫醒他。集结时间一到,他马上跳下车,利用站队之前的那点空闲时间,赶紧伸伸腿,展展腰,活动活动。

做有意义的事,帮助更多需要帮助的人。

大同 逯利荣

"太马"举办了5年，长治支队连续参加了3年保障。每一次，支队领导都非常重视，都要提前进行心肺复苏巩固学习和一些固定搬运、止血等相关医疗应急演练，确保每一位队员在关键时刻能上手、敢上手，实施救助。

在全程马拉松40千米到41千米处，是支队长石明和王飞值守的位置，有一名运动员腿部抽筋厉害，需要紧急救助。石明立即让他斜躺在地上，赶紧用手对他的脚部和腿部做肌肉放松处置，很快缓解了疼痛。这名运动员一边说着谢谢，一边又坚持跑回赛道。

武乡分队队员安红飞，工作性质不固定，"太马"保障前，和单位申请调配，给保障留出足够时间，还多次自费参加户外应急处置和心肺复苏培训，夯实自己的医疗救援基础。他和队友张俊青在39—40千米路段进行保障。上午10时过后，求助的运动员逐渐多了起来，有足踝扭挫伤的，有小腿肌肉痉挛的，有膝关节疼痛的，有出汗太多体力不支要求补充能量的。张俊青、安红飞和队友们一道，为多名运动员做肌肉抽筋放松按摩、喷涂药物，还护送3名运动员到专业医疗救护站进行医疗救助。最触目惊心的是一位男运动员突然晕倒在地，张俊青和队友立即上前救助，在旁边几位志愿者的帮助下，联系120急救车送往附近医院救治。

队长石明说："能够参加太原国际马拉松这样重大国际赛事活动保障，对于我们支分队来说，机会难得。比赛活动参加人数多，遇到的突发情况也多，既可以开阔我们队员的眼界，积累经验，又可以让队员在大的保障活动中得到锻炼和提升。每当有这样的活动，队员报名非常踊跃，我们每次精心筛选，选拔那些组织纪律性好、业务素质高、救援经验丰富的队员参加。"

保障中，交城分队分在第7组，共出动15名队员，在19千米和20.5千米两处执行保障任务。他们在赛前进行系统专业培训，对运动员在长距离奔跑过程中突发的抽筋、肌肉拉伤等状况下如何处置，进行反复模拟演练和实际操作，提前进行心肺复苏练习，确保每一位队员都能单独应对突发事件，保障水平得到提升。

文水分队在"太马"保障中共出动7名男队员和3名女队员，凌晨2时自驾车辆出发，按要求时间准时到达集合地点。队员们共给8名腿抽筋的运动员按摩，给 50 多名运动员喷雾降温。尤其是李娅娟、马晓华、李肖娟 3 位女队员，做好家人工作，安顿好幼小的孩子，克服身体的疲惫，圆满完成任务。

作为一名保障队员，不仅要在运动员发生突发状况时能够第一时间实施救治，而且还要密切观察运动员奔跑时的姿态，通过这些细微环节，及时提醒运动员，要么休息休息再跑，要么安全第一，退出比赛。在 38 千米处巡查的天龙救援队副队长李明英，发现正在奔跑的一名运动员跟跟跄跄，马上就要摔倒的样子。李明英判断他过度劳累，快坚持不下来了，立即迎上前去说："你好，这位运动员，需要帮助吗？"这名运动员没有回答，歪歪斜斜地从她身边跑了过去，几次都要摔倒了。

"索哥，索哥，我这里跑过去一名男队员，情况不妙，注意观察。"李明英见拦不住，立即用手台呼叫 40 千米处的队员索旭东。她放心不下，慢慢跟着这名队员往前跑。

"收到，收到。"索旭东一边用手台回应，一边往 39 千米处赶。这时候，这名来自江苏徐州 40 多岁的男子，从 39 千米处跑出不到 100 米，实在坚持不住了，就在距离索旭东不到 20 米处，一头栽倒在坚硬的水泥地面上。及时赶到的索旭东和长治支队岳亚萍，还有从 39 千米处不放心赶过来的李明英，几个人赶紧将这名男子搀扶起来，硬拖着他慢走了 20 多米，让剧烈运动的身体器官慢慢停下来。这名男子的情况很严重，意识模糊，几乎没有鼻息。索旭东使劲摇晃这名男子，不停地呼喊着"醒醒，醒醒"。就在索旭东他们准备给这名男子做心肺复苏时，该男子轻轻哼了一声，让在场队员松了一口气。这时候，120 急救车也及时赶到，队员们一起帮忙，将男子抬上担架，送上了救护车。

"当时挺吓人的，这名运动员就在我眼前摔倒。好在我们参加保障之前，队里邀请山大一院的专家进行过应急培训，老师讲，遇到这种情况，

热爱公益事业，践行志愿服务，忠于爱心誓言，天龙永放光芒。

太原 窦跃明

运动员的身体猛然间停下来，身体内各个器官还在剧烈运动，躺倒的运动员心脏很容易骤停，非常危险。处置措施是帮助运动员摆动手臂，慢慢停下来。正因为事先进行了培训，我们马上搀扶着还有一些意识的运动员在地上行走。如果当时这名运动员躺在地上不动，就会危及他的生命。"说到及时救助江苏这名参赛运动员，索旭东还有些心有余悸，他说，"值得庆幸的是，关键时刻，我们用到了应急救助知识。作为一名保障队员，光有乐于奉献的满腔热情是不够的，应该珍惜每一次培训机会，学习扎实过硬的本领，关键时候不是摆花架子，而是要真正派上用场。"

根据往年经验，在临近半程马拉松终点的 17—21 千米处，以及临近全程马拉松终点的 36—40 千米处，往往是运动员突发晕厥、肌肉拉伤、崴脚等高发地段。因此，在几个重要点位，往往要增派保障人员，同时加大巡查力度，密切关注每一个跑到这些点位的运动员。

半程马拉松 19 千米处位于长风桥南引桥处，队员张文滨在此执勤。远远地，他发现一个 20 多岁的参赛女选手跑不动了，几名同跑的队友架着她来到 20 千米处。张文滨赶忙上前扶着女孩儿慢慢坐下来。这名女孩脸色煞白，面无血色，已近似昏厥。周围的人连声呼喊几声后，她才慢慢恢复意识，开口要喝水。张文滨简单问了几句，得知这名女选手早晨没有吃饭就来参加马拉松比赛，判断是低血糖。

这时候，正在附近巡查的队员武振宇、崔平生和在 20 千米处做保障的队员曹峻也赶了过来，一起帮忙处置。由于现场多人围观，曹峻赶忙上前维持秩序，让无关人员退后。他们拿来蛋糕和香蕉给这名选手吃。迷迷糊糊中，这名女选手还将喂她蛋糕的张文滨的手指头咬了一口。为防止她失温，张文滨让身旁一位志愿者到自己车上拿来一块毯子，一半铺在运动员身下，一半披在她身上保暖。武振宇、曹骏叫来救护车，这名运动员拒绝上车，要坚持完赛。崔平生从 120 急救车上要来一支葡萄糖水给女孩儿喝。她稍稍清醒一些后，沮丧地给自己的朋友打电话说："今天我可是丢人了。"身旁的崔平生大声安慰说："姑娘，你已经很优秀了，马上就接近终点了。不遗憾，你是我们学习的榜样。"女孩儿还没来得及再说什么，身体又发生不适，发生剧烈呕吐，昏迷过去，披在身上的毯子被吐满了呕吐物。在众人帮助下，这名运动员被 120 急救车送往医院治疗，退出了比赛。

这时，离女孩不远处的20千米往北100多米处，又有一名男性队员出现状况。

"快，快，这边又倒了一个。"附近执勤的公安干警，高声呼喊保障点位的队员张春霞和李晓琴，两人赶紧快速跑了过去。只见这名选手满头大汗，脸色铁青，浑身像水洗了一样，斜靠在路边马路牙子上大口喘着气。李晓琴上前安慰说："别担心，我们帮你叫救护车。"看到这名运动员闭着眼睛，状态非常差，张春霞上前给他把脉，已经很弱，赶紧用手台呼叫救护车，呼叫附近的队友增援。有人找来矿泉水，往他头上、身上浇，没有什么效果，这名运动员晕厥过去。

这时候，从跑步人群中出来一位女运动员，她是一位"医疗跑者"，专业的医护工作者。上前查看情况后，她立即给这位运动员做心肺复苏处置。张春霞和李晓琴在旁边配合测脉搏，密切观察。在大家共同努力下，这名运动员渐渐恢复了意识，被及时赶到的120救护车送往医院。望着远去的救护车，在场的保障队员长长松了一口气。

当年68岁的保障队员崔平生，是山西天龙救援队总队年龄最大的队员，参加过无数次救援、保障及公益项目活动。2019年"太马"保障，他拍摄了大量救助图片，感受最深。他说："今年的'太马'是最惊心动魄的一次。由于天气炎热，运动员出现中暑、缺氧、抽筋、拉伤的特别多，尤其是半程马拉松，许多参赛运动员对于马拉松的高风险认识不足，没有引起足够重视，结果在半程马拉松接近终点处，接二连三受伤。在这种情况下，对于担负医疗应急保障任务的山西天龙救援队，是一个非常严峻的考验。平时我们学习急救常识，做模拟的心肺复苏，但有一个活生生的人一头栽倒在你面前的时候，你敢不敢上手施救？

"我们的队员表现很优秀，只要有救助需求，队员立刻冲在前面，有的亲自实施心肺复苏，有的协助医疗人员施救。而给予运动员按摩、帮助拉伸、处理抽筋的就更多了。"

我是一名普普通通的人，就想干些普普通通的事。

晋城　原维亮

2020 年 10 月 18 日，以"体育山西 健康山西 幸福山西"为主题的第十一届太原国际马拉松赛开赛，山西天龙救援队 120 名队员全程执行医疗应急保障。

太原国际马拉松赛事活动举办了 11 年，山西天龙救援队连续参与应急医疗保障 7 年，年年获得主办方高度评价。

大五朝台季

时间 2015—2019 年

地点 佛教圣地五台山

摘要 凌晨4时开赛后，让选手们始料不及的是，风、雨、雪、冰雹一并袭来，队员们在五台山遭遇了极端恶劣气候，体验了人生最难忘的一次越野之旅。

队员 张乐天　李明林　池素珍　张宏斌　张晓红
张保勇　王　江　王政平　刘建福　张永富
任志秀　李文栋　岳小慎　高　宏　张　波
王红慧等 150 人

救助受伤人员

山西五台山，国家自然与文化双重遗产，中国佛教四大名山之一，佛教圣地。

五台山位于太行山系北端，由一系列大山和群峰组成，其中五座高峰耸立环抱，峰顶平坦如台，故名五台。

五峰（台）分别为东台望海峰、西台挂月峰、南台锦绣峰、北台叶斗峰、中台翠岩峰。其中北台海拔3061米，有华北屋脊之称。

五台山自然风光俊美，植被由高山草甸和灌木组成，是优良的夏季牧场。山中气候寒冷，台顶终年有冰，盛夏天气凉爽，又称清凉山，为避暑胜地。

五台山是中国唯一一个青庙（汉传佛教）、黄庙（藏传佛教）共处的佛教道场，位居中国四大佛教名山之首，是主要掌管智慧的文殊菩萨的道场。

在五台山，虔诚的信徒会以徒步行走或磕长头方式，用脚步和身体的长度，丈量东、南、西、北、中5个台的距离，朝拜供奉在台顶寺庙里的文殊菩萨塑像，俗称大朝台。如果按照东、南、西、中、北台顺时针顺序朝拜，俗称"顺朝"，距离在90千米左右；如果按照东、北、中、西、南台逆时针顺序朝拜，俗称"逆朝"，距离在60千米上下。近20年来，伴随着户外运动快速发展，佛教圣地五台山引起越来越多的户外群体关注，五台山徒步朝台线路，渐渐成为国内一条具有较高知名度的户外徒步经典线路。

于是，在五台山台环镇通往各个台顶的高山草甸上，有身着僧袍的僧人，口中念念有词，虔诚地行走着；有成群的户外爱好者，身着冲锋衣，手持登山杖，艰难跋涉着。僧侣与行者并行、交会，色彩在山巅起伏、流动，白云在头顶汇聚、飘荡，悠闲的牛儿在吃草、打盹，别致的景观构成五台山一道特有的流动风景。

不仅如此，从2015年开始，五台山优美的自然风光，变化莫测的气候条件，佛教圣地的文化历史，引起国内越野跑主办方极大兴趣，开始在五台山举办大五朝台之旅越野公开赛。此项赛事经ITRA（国际越野跑协会）和UTMB（环勃朗峰越野跑）赛事积分认证，一举成为国内一项顶尖越野赛事，深受国内外跑者青睐。

2015 年 7 月 25 日凌晨 4 时 30 分，大五朝台之旅第零界越野赛开跑。在佛教圣地五台山举办，以零界命名，遵循佛家文化，寓意万物从零开始，具有特殊意义。共有 24 队 48 名选手参加比赛，获得圆满成功。

2016 年 6 月 25 日凌晨 4 时，大五朝台之旅第壹界越野赛在五台山开赛，50 支参赛队伍中，有 45 队顺利完赛，5 队退出比赛。

2017 年 6 月 17 日凌晨 4 时，大五朝台之旅第贰界越野赛在五台山开赛，最终，大五朝台组总完赛率为 92.8%。

2018 年 6 月 9 日凌晨 4 时，大五朝台之旅第叁界越野赛在五台山开跑，由于设置了 40 公里及 70 公里单人赛制，来自全国各地的近 600 名越野跑爱好者齐聚五台山，选手们经历了糟糕的气候环境，风、雨、雪、冰雹，体验了人生最难忘的一次越野之旅。

2019 年 6 月 29 日，大五朝台之旅第肆界越野赛在五台山风景区鸣枪起跑，来自世界各地 241 名越野高手于凌晨 5 时 2 分日出时出发，在五台山上演了一场强强对决，最终有 21 名选手成绩超过 9 小时 31 分的赛会纪录。

从 2015 年大五朝台以零界命名开始，到 2019 年举办大五朝台之旅第肆界越野赛，在连续 5 年的越野赛事中，在五台山鸿门岩、西门牌楼等出发地点，在崎岖的通往每个台顶的路口，在每一处赛事保障点，都能看到身着红色队服的山西天龙救援队队员，坚守在自己的保障岗位上，为越野跑赛事活动做后勤及医疗应急保障。

如果说，在山脊、沟壑中奋力奔跑的运动员是五台山一道流动的风景，那身着红色队服的一个个救援队员，就是大山之巅的一颗颗红星。

在大五朝台保障中，必须提到一个人，钩哥。钩哥名叫张乐天，担任山西天龙救援队户外联盟部部长。这位已经 60 岁的老队员，在山西天龙救援队的发展进程中功不可没。前几年，他四处奔波，考察摸底，审核培训，

危难时刻的挺身而出，逆行而上，像一粒火种把我点燃。

阳城 毕晨光

奔波在全省各地，将那些愿意做公益事业的户外团队，吸收到天龙救援队这杆大旗之下。山西天龙救援队从开始的只有太原总队几十个人，一步步发展壮大到如今拥有10个支队、17个分队、1300余名队员，遍布各地，全省开花。

每次大五朝台保障，都是由他负责与大赛组委会接洽沟通，协调各个保障点的人员分配和医疗应急物资调遣。他介绍说："大五朝台之旅越野赛由北京汇跑体育公司主办，由于比赛在中国四大佛教名山之首的五台山举办，集自然风光与佛教文化为一体，比赛线路非常经典。

"山西天龙救援队作为一家民间公益救援组织，接受如此高规格的国际赛事保障任务，是一件非常光荣和自豪的事情。

"五台山地域广阔，海拔高，落差大，比赛线路既有山脊，又有深沟。比赛共分两个组别，最长赛道70千米，最短40千米。由于是国际赛事，对于我们的组织能力、保障水平、人员素质等，都是极大考验。队员们通力合作，克服各种困难，圆满完成了大五朝台之旅从零界到肆界一共五届越野赛事保障任务，受到主办方及参赛运动员一致好评。"

对于大五朝台之旅越野赛保障，山西天龙救援队格外珍惜和重视。考虑到越野赛事保障的复杂性和难度，张乐天协调阳泉、大同、忻州支队，以及祁县、孝义、汾阳、寿阳等分队队员参加保障，年年都能圆满完成保障任务。

由于五台山五个台峰之间距离较远，山高沟深，通信联络一直是主办方最头疼的事情。天龙救援队保障队员来自各个支分队，执勤地点遍布五个台顶及主要路段，保障过程中一旦遇到紧急情况，需立即和主办方及保障总指挥联系，通信畅通成为大五朝台保障中十分重要的一个环节。这个艰巨任务落在了天龙救援队通讯管理部部长李明林身上。李明林和张乐天搭档，一同负责天龙救援队大五朝台保障现场指挥、协调管理、应急处置等工作，被组委会誉为黄金搭档。

每年保障开始，张乐天和李明林总是最早到达驻地。张乐天忙着安排支分队保障布点，检查人员到位情况。李明林则带人开车直奔台顶，搭建中继设备。中继天线有时候搭在最高峰北台，有时候搭建在东台。山顶上风大，要想把将近三层楼高的八九米的天线架起来，颇费力气，既要有力量，还要讲究一个巧劲。队员们在李明林指挥下，以最快速度竖起天线并打拉线固定好。李明林忙着进行调试、呼叫，通过发射台，与组委会沟通，与参与保障的队员联络。当比赛开始以后，李明林也不敢闲着，密切关注手台中队员们的联络信息，如果发现哪里有信号中断或较弱问题，及时调整天线角度，加大功率，确保联络畅通。有些保障点在沟里，有山梁阻隔，没有信号。他们就安排一名队员流动执勤，找到有手机信号的地方，如有情况，手机加手台联动，确保通信畅通。

池素珍是山西天龙救援队一名队员，也是一名中长跑爱好者，2015年全国马拉松55岁至60岁年龄段纪录保持者，当年全国铁人三项赛成绩突出队员。

当山西天龙救援队接到大五朝台之旅第零界越野跑的保障任务时，池素珍犯了难。作为一名天龙救援队员，她的体能、个人素质、长跑成绩这几项硬性条件，参加保障比任何一名队员都合适。作为一名中长跑爱好者，就在家门口举办的重大赛事活动，如果能参加，与国内顶级选手同场竞技，实现在五台山风景区长跑的心中梦想，机会难得。是报名当运动员参加越野跑，还是报名当保障队员服务于赛事？正当池素珍百般纠结之时，队里领导与赛事组委会沟通，争取到一个两全其美的办法，在山西天龙救援队重点做定点应急保障的同时，增设一名全程跟跑保障队员，跟随参赛运动员一块儿进行70千米全程长跑，随时在长跑路段，发现参赛运动员异常情况，及时进行现场处置。当年池素珍59岁，大赛组委会并不看好她，碍于面子，勉强答应。第零界的起点设在五台山鸿门岩，共有48名参赛选手。池素珍等选手们鸣枪出发后，开始全程跟跑保障。结果，在70千米的赛段上，不断有运动员因各种原因退赛，而池素珍始终健步奔跑在五台山美丽的赛道上，以跟跑的方式做保障，沿途及时反馈信息，使多名退赛队员得到有效救助。

当池素珍一路奔跑，一路保障，最后在关门之前到达终点时，所有在

学习技能，提高素养，不以英雄主义去做事，要以团队精神为苍生。

太原 甄强

场的人都向她竖起大拇指。开始有人以为她是参赛队员，当人们知道她是以天龙救援队员的身份全程跟跑做保障时，更是对她刮目相看。

"我们以为保障就是做做样子，没想到还有这样的跟跑保障，太牛啦！"

"天龙救援队能够派出这样实力的人员给大赛做保障，厉害！"

那一年，池素珍70千米全程跟跑保障，让山西天龙救援队名声大噪，由此奠定了之后大五朝台每届赛事活动合作的基础。

2016年的大五朝台越野之旅，选择了传统的"逆朝"，天龙救援队除定点保障外，派出5名队员，采用全程徒步跟随和车辆跟随相结合方式予以机动保障。

在徒步跟随保障的人员中，队员高宏、钟华、张乐天、张波、王红慧几个都是资深户外玩家，有非常丰富的户外救助经验。高宏在北台收尾后，一路往澡浴池走，突然听到对讲机里说"有人摔倒，有人摔倒"，他马上用对讲机要求对方详细说明情况。摔倒人员系一位年近50岁的男性运动员，从陡坡向山下奔跑时停不住脚，绊摔后腾空飞扑到一块大石头上，胸腔受到挤压。正在附近做保障的张乐天、王红慧、钟华和高宏携带急救包和折叠急救毯，迅速赶到现场。伤者感觉气短胸闷，膝盖及大小腿侧有瘀伤，无其他明显外伤及流血。但高宏、张乐天判断伤者胸腔和腹腔受到伤害，应立即退出比赛，联系救护车拉走。

张乐天、钟华带来担架和绳索。但伤者胸部不能有效舒展，无法躺下。高宏、王红慧他们决定搭建绳索通道，将伤员搀扶上坡。高宏个头小，主动钻在伤员受伤一侧身体下方，在轻微又稳妥地护住伤员胸腔的同时，给予他胳膊弯向上的支撑。个子高大的张乐天搀扶着伤者往山上挪动。王红慧和钟华利用搭建好的绳索，互相配合，慢慢将伤者拽上陡坡，送上专门赶来的保障车，转送医院救治。

事后组委会反馈，这名来自河北石家庄某上市公司的参赛运动员，肋骨多处骨折、骨裂，如果当时处置不当，会造成二次伤害，危及生命安全。

2018年，伴随着历届大五朝台之旅越野跑在国内外知名度的火速飙升，越野爱好者要求参与的呼声日益高涨。大赛组委会顺应时势，在原有70千米必须2人组队参赛的基础上，特意增加了难度较低的40千米赛段和70千米赛段单人赛。在过去的几届，必须是2人组队报名参赛，2人中只要有1名队员因各种原因无法继续比赛，另1名队员也必须退赛。2018年难度降低以后，报名人数剧增，一举达到600余人，是前几届的近10倍，担任应急医疗保障工作的天龙救援队，压力倍增。

山西天龙救援队顶着巨大压力，增派保障力量，派出精兵强将，反复开会研究，将医疗应急保障作为一项课题去研究，分析参赛队员状况，研判可能发生的应急需求，模拟演练突发事件发生后的应急处置方案，争取在保障中做到处置得当，处置及时，不发生因处置失误和时间拖延导致事态扩大等问题。

或许是要给参加大五朝台的越野运动员一个下马威，或许是要考验山西天龙救援队保障队员是否能完成这个特殊重要的保障任务，前一天天气原本极好，白云蓝天，阳光明媚，半夜时分，五台山开始像川剧变脸一样，变天了。6月9日凌晨2时多，当队员们早早起床，推开门准备前往保障地点时，发现天上的星星消失了，深邃的夜空被乌云笼罩，淅淅沥沥的小雨融进五台山的夜色。

比赛将于凌晨4时开始，保障地点在沿线70千米的山路上，救援队员必须在开赛前到达保障地点，做好相关准备工作。

祁县分队在2018年首次接到大五朝台保障任务后，因为是第一次参加这种高规格的大赛保障任务，队员们反应强烈，纷纷要求参加。祁县分队几位领导非常重视，及时召开队委会，对保障人员进行严格把关，精挑细选，最终，张永富、胡吉祥、王琼及女队员高文君入选，由副队长任志秀带队。这5名队员都是户外爱好者，平时经常参加爬山等户外运动，又是医疗保障骨干，包括副队长在内的4名男队员全都是复员军人，野外生存及救援能力都比较强。

为确保完成好保障任务，他们提前一天到达集结地，领取任务后又提

带着孩子做公益，让孩子从小有一颗爱心。

大同 胡洁

前进入要保障的赛道进行实地考察，当天很晚才回到驻地。他们连夜商量，根据赛道现场实际情况，重新对保障人员进行了分配。

祁县分队的保障区域是从海拔 2790 米的东台望海峰开始，一直下降到海拔 1700 米的南梁沟，保障路段不仅全是下坡，落差大，而且几乎没有路，沿途砂石、野草遍地。在这样的路段比赛，运动员极易因打滑、站立不稳而受伤，保障难度非常大。

6月9日早上7时，祁县分队的5名队员全部进入自己的保障岗位。按照头天晚上的调整计划，他们将大赛组委会安排的1个医疗保障点，扩展成3个，彼此之间用对讲机联络，需要增援时方便及时赶到。

比赛当天，风、雪、雨、雾，交替变换，能见度低。在运动员容易迷路的地段，队员张永富、胡吉祥因地制宜，用石头和树枝做出各种路标，指示方向，尽量使运动员少走弯路。从东台下来的运动员抽筋和扭伤的较多，队员王琼看到后赶忙上前帮助，给运动员按摩、喷雾冷敷，减少痛苦，使运动员能够继续比赛。在南梁沟做保障的队员中，有一名叫高文君的女队员，她和老公都是天龙救援队的队员。队里接到大五朝台保障任务时，他俩都积极报名，最终高文君获准参加。在南梁沟，高文君和男队员一样，提前进入保障地点做准备，从车上搬东西、卸物资，一点也不输男队员。有运动员抽筋了，她马上跑上前去帮忙拉伸，还冒雨为运动员按摩处置轻伤。

说到南梁沟保障，高文君有许多话说："五台山海拔高，地势险，气候多变，一天有四季。山上温度最高的时候20多℃，最低接近0℃，一会儿出太阳，一会儿风雪交加，变化无常。为适应多变的气候条件，我们几名队员准备了四季衣服，随着温度变化，一会儿穿短袖，一会儿穿羽绒服。风大的时候，差点把帐篷刮跑。

"那天我身体有些不舒服，但我坚持和男队员到达保障点，熟悉保障环境。在这种恶劣气候条件下，不仅对所有参赛运动员是一种考验，对我们这些保障队员，也是一种考验。"

同样是6月9日凌晨，时针指向2时，当五台山还笼罩在一片黑暗之中，孝义分队55岁的王政平就醒来了。准确说，从晚上10时躺在床上，他几乎就没有睡着。这名孝义分队年龄最大的队员，和4名队友一起来到五台山参加大五朝台保障，深知肩上的担子有多重。他年龄大，有威信，责任心强，临出发时队长王江一再嘱咐，注意安全，完成好任务。一晚上，他翻来覆去醒来好几次，一直担心睡过头误了事。看看表，已是凌晨2时多了，他叫醒队友，赶紧起床做出发准备。按照组委会安排，他们必须在凌晨4时之前，赶到比赛出发地点，待鸣枪开赛后，再乘车前往负责保障的地点——北台台顶和通往东台的鸿门岩两个执勤点。

2时半，5名队员张福喜、梁海建、王政平、郝德信、任志飞开车向西门牌楼起跑点进发。夜色中，整个台怀镇像是扣了一口大铁锅，黑压压、静悄悄的。越走风越大，起初是雨，渐渐又成了雪，气温急剧下降。平时亮到刺眼的两道车灯，在漆黑的夜空中仿佛两只飘荡的萤火虫在慢慢蠕动。一股股刺骨的冷风从车门缝隙侵入，队员们瞬间就感到了寒冷。而昨天上山探路时，他们一个个都是短袖。

五台山变化无常的天气，尤以海拔3061米的北台为最，刚刚还是艳阳高照，风和日丽，转瞬间就是乌云密布，雷雨交加。梁海建和任志飞留在了最艰苦的北台台顶，王政平、郝德信负责条件稍好的鸿门岩位置，张福喜负责开车在北台和东台鸿门岩这两个保障点之间穿梭，做机动保障，处置突发事件。

梁海建那几天身体有病，队员劝他休息，他不，坚持守在最艰苦的北台保障点。他说："北台台顶一年四季有不化的冰雪，大夏天在北台过夜必须穿棉衣。白天也是一阵晴天一阵雪天，还经常下冰雹，风、雪、雨、雾在北台是常态。气候恶劣和条件艰苦，北台保障点应该能排在最前面。首先是冷，凌晨的气温低至零下十几℃；其次是风大，刮得人几乎站立不住。开始是下雨，之后又变成了雪，雨雾、风雪交替出现，变幻莫测。保障点几百米之外有寺庙，但是按规定我们必须坚守岗位，一步也不能离开。"

把爱洒满人间，我奉献我快乐。

晋城 姚苏青

在这种特殊天气和能见度只有几米的情况下，保障点的作用非常重要。从西门牌楼出发到北台，运动员奔跑了 20 多千米，身体已经开始疲惫，关键是天气寒冷，好多运动员身体严重失温，到达北台时，需要做应急保暖措施。由于大雾，还要防止运动员迷失方向，必须让奔跑的运动员能够看到这个医疗应急保障点。

梁建海和任志飞站在寒风中，给需要帮助的运动员提供帮助，送上一杯热牛奶，补充一些水分和热量。有好几名运动员迷失方向，赶紧追回来，指明正确道路。

退伍于云南某部特种部队的张福喜，担任孝义分队副队长，42 岁，具有出色的专业技能和较强的个人综合素质，还兼任分队搜救组组长。他负责开车在北台和东台之间巡查联络。在路上，看到有运动员需要救助，他立即上前帮忙，如果发现有运动员实在无法继续参赛，有退出意愿，马上用对讲机通知主办方，安排救援车接走。有一名年轻的男性运动员，浑身湿透，路上摔跤，满腿满脚全是泥，腿上还磕破流着血。张福喜赶紧将他扶到路边的车里，拿了一件衣服披在身上保暖，又脱下他的鞋袜，给他清理伤口，做包扎处理。张福喜以为这名运动员会退出比赛，一转身，他又消失在风雨之中。望着这名运动员离去的背影，张福喜感到由衷的敬佩。他不知道这名运动员最终是否能够跑到终点，但对自己能够在这种恶劣天气下给予这名运动员帮助而感到欣慰。

相比较北台，在鸿门岩值守的王政平和郝德信，遭遇到的风雪要小一些，但一样寒冷刺骨。鸿门岩是交通要道，也是个大岔口，一条路通往台怀镇，一条路通往比赛的东台，在此设立保障点，就是担心参赛运动员跑错方向。鸿门岩还是个大风口，即使台怀镇平静无风，这里刮个五六级大风也是平常之事。在这里做医疗保障，同样异常艰辛。

从北台往鸿门岩一路下坡，海拔落差大，运动员奔跑速度比较快，到达鸿门岩保障点后，发生小腿抽筋的很多。有一名 20 多岁的女运动员到达鸿门岩后，由于失温，脸色苍白，浑身无力，双脚失去知觉，几乎是被搀扶着进入保障点的。王政平和郝德信立即给这名队员披上用来快速升温的隔热毯，王政平跪在地上，脱掉运动员的鞋袜，用双手使劲揉搓，帮她渐渐恢复了脚部知觉。之后她又小腿抽筋，疼得厉害，郝德信又是帮着拉抻，又是做腿部按摩，快速缓减了疼痛。几乎每一个路过这里的运动员，都要进去一下，让王政平和郝德信帮着按摩、拉伸，做保温、放松等处置。看着运动员们一个个从这里出发跑向自己心中的目的地，他俩总会送上一个深深的祝福，祝福他们实现心中的梦想。

2018 年的大五朝台，是让每个参赛运动员和所有保障人员终生难忘的一届赛事。

阳泉支队的保障队员在队长张宏斌带领下，完成了位于狮子窝保障点的任务后，迅速赶往人员配置相对薄弱的中台。中台雨夹雪，队员们指挥运动员顺利通过，几个小时执勤下来，一个个冻得直跺脚。

这时候，有两名运动员互相搀扶着走过来求助。两人面色紫青，嘴唇发白，身上衣服全部湿透，冻得浑身发抖，说话也不连贯。他们赶紧把这两人带进救援车里，张宏斌把车里空调暖风调至最大，女队员张晓红立刻给他们两个倒来热水，吴立珍和另一名女队员跑着去寺院找红糖和生姜。这时也不管男女有别了，张晓红把失温严重的运动员身上的湿衣服脱下来，看到他没有备用衣服，索性把自己救援服里套的贴身羽绒衣给这名运动员穿上。这名男队员穿上粉花色的羽绒衣后，自己也觉得挺搞笑。张宏斌把自己身上的抓绒衣脱给另一名运动员穿。70 多岁的老队员王映明，也主动把自己的衣服披在运动员身上。

即使这样采取保暖措施，那个失温严重的运动员还在不停地抖。他们一边把面包、巧克力给两人补充热量，一边寻找两人身上有无自带的药物。赛道救援，原则上是不能随便给运动员使用药品的，除非他们随身自带，但服用时须经本人同意。看到有感冒胶囊，张晓红给严重的那位喝了两颗。这时候，队员吴立珍也找来了红糖生姜水，赶紧给两人喝。几名队员轮番不停地给运动员搓手心，恢复血液循环。差不多半个小时后，失温严重的那名运动员脸色慢慢有了红润，也开始和队员有说有笑了。他怪自己对天

帮助别人，我骄傲，我自豪。

侯马 申利军

气评估不到位，装备准备不足，但是还想完成比赛。

面对这种情况，从安全角度，一般要劝说运动员退赛，毕竟生命第一。但是运动员参加一次这种大型赛事，机会难得，不到万不得已不愿退赛。为慎重起见，张宏斌征求大家意见。张晓红在医院工作，本身也是一名越野跑爱好者，实战经验丰富。她仔细评估了运动员身体健康状况后，认为可以继续比赛，但需要解决装备问题。

大五朝台越野赛，正因为它的极端天气，在越野界很有影响力。每个运动员取得参赛资格不容易，能在这样复杂多变的气候条件下完成比赛，对于运动员来讲是非常荣耀的一件事。

阳泉支队的几名队员决定把自己身上的衣服给运动员穿，帮助这两名运动员实现自己的梦想。于是，张晓红的单充裤，张宏斌的抓绒衣，老王的手套、帽子……只要是运动员用得上的，全部支援。这两名运动员心里暖洋洋的，说了声"终点见"，消失在风雨之中。

在赛后总结会上，这两名队员四处寻找阳泉支队的队员。张晓红说："归还衣物的时候，两位运动员激动地告诉我们，他们完赛了，一再感谢我们的及时救助。听到他们完赛的消息，我们内心也很激动，就像自己也完成了一场比赛。"

每年大五朝台保障，大同支队都是绝对主力，80多名队员，大多通过了红十字救援培训，具备救援资格，一旦有救援或保障任务，都抢着报名。副队长张保勇说："我本人也是一名朝台爱好者，对五台山有着特殊的感情。正常徒步朝台，我们需要3天时间完成，而这些越野爱好者，当天就要完赛，太厉害了。我能给最牛的跑者做医疗后勤保障，很高兴，也深感荣幸。"

2018年6月8日，大同支队10名保障队员提前一天进驻营地，利用4个小时时间，熟悉长达38千米的应急保障路线，整理装备，反复演练应急预案，为救援保障打下坚实基础。9日凌晨4时集结时，虽然事先接到五台山变天的消息，但恶劣的天气还是给了他们一个下马威。从起跑点到东台保障点，温度急剧下降到零下七八℃，风力加强到10级左右，先是小雨，然后是雨夹雪，寒风刺骨，地面湿滑，让所有运动员和参与保障的队员面临严峻考验。

到达指定救援保障岗位时，他们的衣服已经被雨雪打湿，一个个像雪人似的。队员们顾不上这些，迅速整理携带的装备、药品和其他保障用品，为即将到来的参赛人员提供帮助。

女队员张霞是一名小学教师，热爱公益活动。在北台顶，风力达到10级，温度降到零下十多℃，一名年轻的女运动员浑身湿透，从风雪中跑了过来，看到张霞后，伸出冻僵的双手哭着说："阿姨，实在是太冷了。"张霞赶紧将她领到一个庙里，毫不犹豫地解开自己的上衣，把这个女孩子包裹在怀里，用自己的体温给她取暖，直到她渐渐恢复知觉。这名来自北京的女孩子身体暖和过来后，流下感激的泪水，抱着张霞久久不愿松开。

一位来自北京的小伙子，跑到保障点时，失温严重，整个身体哆嗦不止，无法控制。队员郑喜勇、任启立刻给他裹上隔热毯，帮助他快速回升体温。有一名参赛女选手，跑着跑着突然摔倒了，张霞和孟安英赶紧将她搀扶到保障点，检查后发现，女孩子的脚崴了，皮肤有擦伤。张霞给她脱了鞋，喷了药，通过简单治疗处置，帮助她重返赛道。

张保勇和队友赵悦在开车巡视中发现，一位来自英国和一位来自香港的运动员体力不支，步履蹒跚。他们立刻迎上去对二人进行血氧含量测试，将自己的热水拿出来给他俩喝，还劝说两位休息，缓冲一下体力再决定是否继续参赛。

在五台山的山脊上，不仅有参加越野跑的参赛者，也有徒步朝台的户外爱好者。在执行保障任务时，队员们发现一位北京来徒步朝台的女驴友，浑身发抖，站立不稳。他们立即上前询问情况，判断这位驴友有失温迹象，立即煮了姜红茶给她调整体温，还给了她一件干衣服换上。副队长韩宾不放心，又把她带到了西门牌楼，安顿吃了组委会提供的饮食，使她的体力得到恢复。在来来回回赶往各个保障点的途中，韩宾自己汽车的备胎丢了都不知道。

感恩在天龙相遇、相知，愿天龙越来越好。

太原　崔艳兵

汾阳分队先后 3 次参加大五朝台保障，由于报名人员多，每次都要组织队员进行选拔，派出精兵强将。

2018 年的保障地点在西台挂月峰。凌晨 3 时出发的时候，正是风雨最急的时候。山路泥泞，车辆打滑，怒风呼号，他们异常艰难地按时到达保障点。由于经验欠缺，对五台山的冷预估不足，队员岳小慎、潘明杰把所有准备的服装都穿上，仍然冻得瑟瑟发抖。在刺骨的寒风中，他们坚守在岗位上，一步也不离开。期间，一位吕梁支队的队员因高原反应严重，出现重度不适状况，队员潘明杰迅速开车将这名队员送到山下医疗救护点，然后返回保障点继续执勤。在补给点，一名志愿者感冒严重导致身体失温，队员岳小慎对他进行紧急救助，用隔热毯包裹身体，并利用自带的烧水装备，烧了热稀饭给他提供热量。虽然这名志愿者状况得到缓解，但根据所学急救知识，判断该名志愿者并没有完全脱离危险，且有加重现象，果断联系 120 急救车和指挥部。考虑到最近的急救车在北台，到达最少需要 40 分钟车程，决定由驾驶技术过硬、熟悉路况的队员潘明杰紧急将这名志愿者送到北台急救点进行救治。

一位参赛选手腿部肌肉拉伤，队员李文栋、岳小慎、司超威 3 人紧急帮助处理，受伤部位得到缓解。这名来自香港的运动员不想放弃比赛，想继续坚持跑下去。经过请示，队里安排两名队员，陪伴该运动员翻越 4 千米山路，到达下一个打卡点，然后返回继续执行保障任务。这名运动员非常感动，一路上不知道说了多少个"谢谢"。

2019 年 6 月 29 日，大五朝台之旅第肆界越野赛开赛，担任医疗应急保障的山西天龙救援队员，同往届一样，交出了一份满意答卷。

大五朝台之旅越野公开赛，由于主办发周密部署，组织有方，所有后勤保障人员倾情付出，全力以赴，在国内外赢得很高赞许。有运动员形容赛事为"用双脚丈量红尘与仙境的距离——身在凡尘，眼在仙境，心在天堂"，是"古与今的交融，动与静的互动"，是"行者与智者的邂逅，红尘与佛门的相逢"。

于山西天龙救援队员而言，每一次在佛门圣地圆满完成保障任务，如是发愿、为是炼心，体会到佛法的加持，同时完成了一次自我修行。

　　在每年的庆功宴上，组委会都有一项专门议程，也是最后一项，全体参赛运动员起立鼓掌，向天龙救援队致以崇高敬意。这长久雷动的掌声，无疑是对每一名参加保障队员的高度认可，是表达与山西天龙救援队在佛门圣土共同朝拜、完成精神升华的一次感动之旅。

"龙百"有话说

时　间 2016—2019 年

地　点 晋祠　天龙山　店头古堡　窦大夫祠　崛围山　汾河
二库

摘　要 CP9 保障点处在深山沟里的一个寺庙旁，夜深人
静，能听到附近有野猪偷吃庄稼的声音，还有
不知什么动物打架的恐怖声，令人毛骨悚然。

队　员 鲍忠锋　郝小强　周亚美　宋劲峰　魏福红
佟福利　田国斐　李　江　赵国祥

"龙百"保障队员

在国内喜欢山地越野跑的圈子里，由山西雄哥体育主办的"龙百"，不仅具有较高知名度，而且赛事经过国际越野跑协会和UTMB（The Ultra Trail du Mont Blanc）环勃朗峰越野跑赛事积分认证，成为山西越野跑赛事的品牌和代表，跑友以能报名参加并完赛而自豪。

"龙百"是龙城100太原国际越野跑挑战赛的简称，是山西首个百千米超长距离越野跑活动。

太原，山西省省会，别称并州，古称晋阳，也称龙城，是中国优秀旅游城市、国家历史文化名城。

龙的传人，相聚龙城，跑龙城一百。

这里的传说，从尧、舜、禹开始，绵延中国文化五千年。

这里的故事，从一群激情的跑友和服务于赛事活动的志愿者、保障队员开始。

"龙城100"于2016年首次开启，来自全国各地近千名参赛运动员，以跨越五千年的相聚为主题，从晋源区店头古堡鸣枪开赛，奔跑在美丽的晋祠、太山、天龙山石窟等风景区。选手们领略金戈铁马，品读唐风晋韵，奔跑在山野与古迹中，感受五千年龙城风采，跨越千年历史，与晋祠红墙、难老泉的节拍跃动。赛道山势险峻、沟壑深邃、松柏相拥、葱郁苍翠、风景宜人。沿途补给服务站点，分别以"姜尚钓鱼""剪桐封弟"等山西历史文化典故命名，整个赛道充满厚重的历史感，展示了山西各地特色美食，像老鼠窟元宵、太谷饼、武乡枣糕等，颇受跑友们的喜欢。"龙百"当年一举获得年度最具人气赛事。

2017年，"龙城100"再度开启，以圆满结束。

2018年的"龙百"赛事活动，从地处汾河大峡谷出水口的窦大夫祠出发，选取崛围山、汾河二库景区、国信城郊森林公园和玉泉山景区等西山景点为赛道。特别是起终点的窦大夫祠，是祀奉春秋时期晋国大夫窦犨

进入天龙，就是被"如果这个世界需要，我们将义无反顾"的宗旨所吸引。

大同 姜萍

的寺庙。窦犨封地在今太原，曾于狼孟（今阳曲黄寨）开渠兴利，造福百姓，得到后人纪念。大殿内塑有窦犨坐像，神态自若。祠周围古柏参天，有清泉自烈石山苍崖下流出，因温度较低，人称寒泉。"烈石寒泉"成为古晋阳著名八景之一。选手们在奔跑的同时，也被山西浓郁的历史文化熏陶、渲染。

2019年，在连续获得全国最具人气活力赛事的基础上，主办方不断优化升级，共设100千米、60千米和20千米3个组别，关门时间分别为28小时、16小时和6小时。

10月19日凌晨6时，各组别选手从晋祠公园"晋祠胜境"牌楼下出发，穿过汉白玉的金水桥和千年古祠的红墙碧瓦，直接爬升到刚刚建成通车的、非常火爆的天龙山"网红桥"。这座"网红桥"是一座3层环形高架桥，高耸于半山腰，原地盘旋而上，造型独特，直达山顶最高处，属于天龙山风景区旅游公路。由于地形复杂，高度落差较大，这条旅游公路采用很多大拐弯设计，这些拐来拐去的大弯，和这座3层环形高架桥组合在一起，远远望去，就像过山车一样，蜿蜒曲折。如果从空中俯瞰，仿佛一条巨龙盘旋在崇山峻岭之中。

选手们穿行在天龙山景区、龙山景区，一路行进，一路欣赏，将秋日太原西山的红叶美景尽收眼底。以山西特色美食石头饼、包子、花卷、拌汤和手擀面、饸饹面的特色补给，加上 300 多名志愿者团队热情服务，这场"色香味"俱佳的越野跑之旅，得到选手们高度赞誉。

从 2016 年开始到 2019 年，连续 4 年的龙城 100 太原国际越野跑挑战赛，在参赛选手奋力奔跑的背后，有一支队伍在默默地为赛事活动服务，他们就是来自山西天龙救援队的队员们。连续 4 年，他们为"龙百"做医疗应急保障，可以这样说，每一届的成功举办，都有这些参与保障的天龙救援队员的身影，都有他们坚守岗位、辛勤付出的汗水。

四年，四届。山西天龙救援队参与保障人员多达数百人，救助参赛选手不计其数，获得的赞许更是无法统计。让这些参加过"龙百"保障的山西天龙救援队的队员们，和大家说说"龙百"保障的故事。

鲍忠锋

2017 年在天龙山举办的龙城 100 赛事，我的保障点位是最后一个 CP9（Check point，打卡点），是我主动要去的。作为一名保障队员，要去就去最艰苦的地方。

CP9 保障点处在深山沟里的一个寺庙旁。夜深人静，附近不时传来野猪偷吃庄稼的声音，还有不知什么动物在打架，很恐怖。我们开亮头灯，大声吆喝，给自己壮胆。那天凌晨 3 时左右，有一名来自运城的男运动员，撑着一根木棍挪到了我们的保障点。当时他的脚已严重扭伤，头灯也没电了，还迷了路，摔了好多跤，整个人又累又饿，几乎崩溃了。我赶紧扶他坐下，给他喝热水，暖身体。他的脚扭伤严重，我给他喷药消肿处置后，为安全起见，劝他退赛。他听后大声哭着对我说："兄弟，和我一起来的几个人都已经不能跑了，我就是爬也要爬到终点，替他们完成心愿。"当时我很感动，在劝说无果的情况下，从一名志愿者那里借了一个头灯给他

如果世界需要，而我力所能及，必将义无反顾。

大同 曹金宝

换上，又往他背包里装了点吃的和水，担心他一个人跑危险，等了几个刚刚跑到保障点的运动员，让他们结伴一起跑向终点。望着他一瘸一拐地离开保障点，那种执着的精神一直感动着我。后来打听到他未在关门之前完成比赛，成为遗憾。

在保障过程中，给运动员撑筋、揉腿是很平常的事，当听到运动员回馈自己一声"谢谢"时，感到非常开心。当运动员顺利通过我的保障点，安全到达终点，我就特别满足。

郝小强

我连续 4 年参加"龙百"保障，每次都有不同体会和感受。

2016 年，我在天龙山 CP6 保障点执行保障任务。保障至晚上 12 时左右准备撤离时，接到指挥部命令，有一名河北选手偏离跑道，并且失联。我和垒哥等其他几名队友马上前往山里进行搜寻，一边走一边不停地呼喊。深夜时分，冷风飕飕，走到沟里一个铁栅栏门前，想进去打问一下，险些被扑出来的大狼狗咬伤。我们戴着头灯，拿着手电，翻过一道道山梁，越过一条条深沟，深一脚浅一脚地在山里搜寻了两个多小时，到凌晨 3 时多，仍然没有结果。又冷又饿的我们重新分组，兵分两路继续寻找，终于在丛林小路上看到一点亮光在闪动，赶紧顺着微弱的亮点寻找，找到了这名失联的运动员。

这名来自河北的运动员饥饿、惊吓、失温，面色憔悴，脸色煞白，一句话也说不出来。我赶紧将自己带的一小杯热水给他喝，还给了他一些吃的。过了好一会儿，这名运动员才从惊恐中缓过来，说自己在附近转了好几个小时，转来转去，就是绕不回正确的赛道上。他连声说："谢谢，多亏你们找到我，不然我今天就要冻死在大山里了。"

2018 年的"龙百"，我在中北金角村做保障，任务是给运动员指引正确赛道。从凌晨 4 时半进入指定位置，一直执勤保障到上午 10 时左右结束。接着，我们又下撤到国信城郊森林公园做保障。这时候，一位女运动员跑到保障点气喘吁吁地说："我不行了，要退赛。"我上前对她说："先别急着退赛，我帮你按摩一下再做决定。"我让她躺下，轻柔地拉伸、踩背、敲腿，大概十几分钟后，她站起来高兴地说："我怎么突然变得这么轻松，好像充了电一样，我又能跑了，一定能完赛。谢谢你啊，帅哥！"看到她的笑脸，我特别开心。

周亚美

2018年10月20日凌晨2时多，我第一次参加"龙百"保障，迷迷糊糊中，我都不清楚自己是怎么到达保障点位的，只记得汽车在山里转了好久以后，队友说："你的保障点位到了，下车吧。"当车门打开的瞬间，一股冷风扑面而来，我打了个寒战，一下子清醒过来。四周乌漆麻黑，一片寂静，偶尔传来一两声野狗的叫声。我内心一阵恐慌，当时拒绝下车的心思都有。过了一会儿，队友到达，我们2人一组，分别坚守2个保障点位，大家互相鼓励，一起度过了黎明前那段最难熬的黑暗，迎来了曙光。

我的保障任务其实很简单，就是在运动员容易迷路的路口做指引，进入正确赛道。中午12时，完成国信点位的保障任务后，我接到指令，去CP7增援。后来我才知道，真正意义上的"龙百"保障重头戏，就是百千米越野跑赛程进行到70千米之后的30千米路段，也就是CP6、CP7、CP8这几个位点。运动员在连续奔跑10多个小时之后，最容易产生伤痛，容易疲劳，越往后越容易失温。

处理第一例运动员脚底血泡时，有些笨手笨脚。我找来一根缝衣针，反复消毒，挑开血泡，用棉棒挤出血水，消毒后晾干，然后贴上创可贴。

一位本地夜跑团的运动员，双侧大腿靠下肌肉僵硬，疼痛明显，几乎是被人搀扶着到达保障点位的。我给他做局部放松和被动拉伸股四头肌后，症状明显缓解。考虑到当时已是深夜，运动员会越跑越冷，我帮他套上备用裤子，将热贴贴在里层裤子外面，让热贴持续发挥作用。这名运动员再三感谢之后，继续参加比赛，很快消失在夜幕中。

来自云南昆明的一名运动员，穿着短袖短裤，进入保障点位时已严重失温，意识恍惚。队友萦怀姐和李凯赶紧给这名运动员全身裹上救生毯，

天道酬勤为平安，龙腾九天安苍生，救危扶难送温暖，援手齐心显真情。

阳泉 樊雪岩

不停地敲打身体各个部位，还端来热水给他喝。过了好长时间，这名队员才渐渐恢复过来，选择了退赛。

那天保障完已是凌晨 2 时多，回到家没多久天就亮了。好多运动员公开表扬我，感谢经过我的处理，帮助他们顺利完赛。还有一名运动员发"红包"奖励我，"感谢天龙救援队周亚美女神"。我接受了表扬和"女神"的赞美，拒绝了"红包"。我为自己能为参赛运动员服务而骄傲，更以自己是一名山西天龙救援队员而自豪。

宋劲峰

2018 年的"龙百"，我和队友值守点是在 CP9。这个点位位于柴村石窟寺，地处半山腰，道路是盘山碎石路，周围除了山体就是悬崖。这个点位的保障任务主要是做指引，说起来简单，但条件非常艰苦。在头一天的踩线中我就发现，运动员跑到这里后非常容易迷路，一路下坡的碎石路，又极易受伤。这个点位汽车不容易到达，临近的石窟寺也拆除了，没电没水。这里距终点还有 15 千米左右，保障时间在 24 小时以上，对保障队员也是一个极大考验。

20 日凌晨 2 时多，我和队友开着车，小心翼翼地沿着全是碎石的盘山路往石窟寺走。漆黑的夜色中，一边是悬崖，一边是嶙峋的岩石。好在白天踩线时我到过这里，知道哪里危险，该注意些什么。我强打着精神，将车开到点位。

百千米越野跑，最危险的时段是在晚上。特别是石窟寺这一路段，不仅连续下坡，而且路段上全是碎石，参赛者极易滑倒和崴脚，如果注意力不够集中，还容易迷路。保障进入 21 日夜晚之后，我们启动自备发电机，用耀眼的灯光做照明指引，还在危险地段和重要赛道上布置警戒带和警示灯，为参赛者重点提示。晚上，我们一刻也不敢懈怠，只要看到赛道上远远有灯光闪烁，就大声提醒参赛者，碎石路段，注意脚下，小心路滑！这些运动员听到我们的提醒，放慢脚步，安全通过时，会竖起两个大拇指，暖心地说一句："谢谢，你们辛苦了。"

因为这个点位距离补给点很远，保障队员的吃喝只能靠自己。我从家里带了两大桶水，还有鸡蛋、挂面等食材，利用运动员通过后的间隙，给我们自己的保障队员烧水做饭，让队员们能吃上一口热乎饭，喝上热水。在漆黑的寒夜里，最难熬的是寒冷。运动员通过保障点的时间没有一点规律可循，你以为有人要通过了，野地里等上半天也没个人，你说上车暖和一会儿，山路上忽然有头灯闪亮，赶紧下车做指引。后来索性穿着棉大衣，站在指示灯下，一边来回跺着脚取暖，一边等待运动员的到来。

21日早晨7时半，最后一名运动员通过CP9后，我在这个点位上坚守了整整28个小时。

魏福红

2018年入队当年，我就赶上了"龙百"保障。我和后勤部一位叫"陪练"的队友一组，分在CP1保障点。凌晨2时，在去往保障点的路上，山路崎岖，漆黑一片，汽车在碎石路上盘旋、颠簸，无数个山路转弯让平日就有晕车毛病的我吐得翻江倒海，肠胃痉挛，难受得要命。见我晕车厉害，陪练哥让我下车在前面走，他开车慢慢用车灯给我照明。我生性胆小，即使有车灯照着，在漆黑的大山里行走，也让人胆战心惊。本来后半夜很冷，我却紧张害怕，里面的衣服都湿透了。

当天上午10时，CP1点位保障任务结束后，爱人开车来接我，看到面如土色、蓬头无神的我时，哭笑不得。

当2019"龙百"保障招募时，因为有了经验，没有任何犹豫和担心，快快乐乐报了名。10月19日凌晨4时，爱人开车送我到了晋祠公园集合地，笑着说："老婆辛苦了。"简短的话语暖到心窝里。

5时，集合安排完毕，队员们奔赴各自保障点。我也很快和搜救大队的鱼哥、小宁搭档到达CP3点位，和志愿者们一道，迅速支起帐篷，摆好各种食品、饮料，等待运动员经过这里。

不多时，接到工作人员通知，距离CP3点位1.5千米处的赛道上，有两只大型牧羊犬挡路，妨碍选手比赛。队友鱼哥和小宁立即前往查看，很

风霜雨雪不畏惧，荣辱与共同承担，肝胆相照且珍惜，照亮别人暖自己。

太原 李彦云

快将犬牵至远离赛道的安全地段。

我保障的CP3点位，是百千米选手的途经点，常有选手发生腿抽筋甚至脚崴伤等现象。一名在天津工作的山西籍女选手小王，跑到保障点时，满脸愁容，坐在小凳子上闷闷不乐。我马上询问怎么了。她回答说："可能是跑得急，大腿肌肉疼痛，小腿肚子也不舒服。"我立即让她坐在凳子上伸直双腿，给她按摩、敲打、揉搓，很快缓解了不适。小王刚刚还绷着的脸马上绽放出笑容，不仅连声说着"谢谢姐姐，谢谢姐姐"，还让同伴给我们俩合影，然后高兴地向前面跑去。看着她远去的背影，我也十分开心。

结束本点位保障任务后，我又随传播部的泥虾哥前往CP6、CP7、CP8 3个保障点收集"龙百"保障素材。在CP7保障点，遇到这样一件事，一名参赛选手在途经CP6时，不慎将手机遗落，跑至CP7时才将情况与保障点组长说明。组长赵国祥及时与CP6队员联系寻找，因山中信号弱，无法顺利沟通。我将这名选手的参赛号牌、电话号码等相关联系信息记录下来，安顿他继续前行，一旦找到，会及时送到下一个保障点或者是组委会。在前往CP6途中，我们终于用其他方式找到了手机，是他的同伴捡到手机后，一直在他后面奔跑，没有追上他。我们立即在手机有信号的地方，电话通知了这名运动员即将通过的CP8保障点，将这一情况转告这名运动员。次日不放心，我电话回访了这名运动员，得知手机已重新回到了主人身边。

田国斐

记得2016年太原市第一次举办100千米长距离越野赛事，保障工作由天龙救援队负责时，我和大家一样，格外兴奋。从比赛活动发布、组织进山踩线，到制定行进路线、安排布点人员，忙得不亦乐乎。

因为自己开车的原因，所以大概知道100千米是个什么概念。无论是赛道设置，还是后勤医疗保障布点，必须科学、合理，有助于运动员完赛，其间不能出任何差错。

第一次陪同主办方人员进山探路，为保证每个点位的准确性以及接下来给参赛队员传达的一致性，我们绘制手绘地图，用手机实施定位、拍照，作标记物等等。在大山里面，好多点位汽车到不了，我们就下车徒步，来回一趟最少5千米。

有一次因为事先探查的路段临时修路，不得已在开赛前一天启用备用路段，导致我们的保障布点也要做出相应调整。队友轨迹（网名）一个人承担了和组委会第 3 次进山看路设标的任务，返回市里已是凌晨 1 时半。比赛在凌晨 4 时半开跑，他来不及回家休息，直接到活动起终点待命。当我问他累不累的时候，他笑了笑说："我现在脑子里都是山里的地图线路，等把大家安排到各个点位后我就踏实了。"

2018 年，"龙百"越野跑线路由之前的晋源区转移到万柏林区和尖草坪区后，需要重新规划、定点。我们分成 3 个分队，3 条线路进行踩线。我和队友滔滔走最难的，手机没信号，汽车到不了，衣服在树枝上划得全是口子，脖子、脚踝上一道道的血印子。为了让运动员在比赛时顺利通过，我们在最危险的路段设立警示牌。有一处危险路段，需要特别指引和防护，雪姐及垄哥沟通商量多次，安排最有经验的后勤队员宋劲峰和鲍忠锋担此大任。这个地方没信号，没补给，没通联，保障时间最长，场所最艰苦，最枯燥，保障时长足足有 28 个小时，令人敬佩。

佟福利

2017 年的龙城 100 太原国际越野跑挑战赛，我报名做保障队员。当年我 60 岁，主要任务是负责拍照、纪录天龙队员的保障风采，同时还担任运动员赛事摄影任务。

我是一名糖尿病患者，已经退休。"龙百"从开始比赛到关门，通常需要二十七八个小时，一直不间断坚持这么长时间，于我而言，是一项挑战。老伴和孩子不放心，担心我坚持不下来。从 CP3 开始，我跟随运动员从 30 度陡坡爬行向上，用照相机镜头记录运动员矫健的身影。之后，又转战到 CP5、CP6，在做记录的同时，协助队友为运动员服务。下午 5 时，我又转移至 CP8 保障点。天渐渐黑了下来，运动员体力明显下降，受伤及体力不支的运动员越来越多。保障队员忙着给这些运动员做按摩、拉伸、喷药等

看到身边有需要帮助的人，就想尽自己一份微薄之力。

大同 赵凤枝

处置，我在旁边用相机拍下了感人的一幕又一幕。有一名运动员严重失温，出现短暂昏迷，保障队员立即用隔热毯进行身体包裹，这名失温的运动员渐渐恢复了知觉。

赛事进行到午夜，男子 100 千米第一名已经冲刺，2 个小时之后，女子 100 千米第一名也开始冲刺。按照组委会安排，坚持跑完 100 千米最后冲刺的运动员，都要用镜头记录下来。这时候已经是 9 日的黎明时分，我 20 多个小时没合眼，是最困、最难熬的时候。这时候，每间隔十几分钟或者 1 小时跑回来一名运动员，我一点也不敢休息，一直守在终点，总担心因为自己疏忽，漏拍好容易跑完全程的运动员。当时就这样硬挺着，实在困得不行就在原地跑上两圈，坚持完成最后一名运动员冲刺的拍摄任务。

后来又发生一个小插曲，我准备撤离时，有一名运动员需要送医院就医，我主动请缨，开车将他送到附近医院。回到家一看表，已连续工作 27 个小时，浑身像散了架一样疼。

李江

2018 年 10 月 20 日，参加了龙城 100 越野挑战赛的保障任务。

我早晨 3 时半从家开车出来，凌晨 5 时到达 CP5 时，天还是漆黑一片。CP5 点位的保障人员陆续到位，其中交城分队的队员，凌晨 2 时就出发了。雄哥跑友汇的成员负责这里的后勤服务，很快就搭建好保障点的凉棚，支起桌子，准备好食物。

上午 8 时，我完成 CP5 点位的拍摄工作后，来到相距大约 10 千米的 CP4 保障点，位置在广善寺门口。队员王建珍和宁慧雄在这里负责应急保障。中午 12 时，我到达 CP6 保障点，负责保障的是队友王伟和汤丽莉。这个位置特别偏僻，保障时间是 20 日早晨 9 时到晚上 11 时。CP7 被安排在村里一家酒店的大厅内，是本次越野赛条件最好的保障点。但 100 千米组的选手们跑到这里时，体力已接近极限，受伤概率很大，让担负保障任务的队员忙得不可开交。还好，从 CP1、CP2 和 CP3 3 个保障点转移过来的周亚美、张毅梅和郝小强等队友，他们在完成自己点位的保障任务后，赶到 CP7 增援。

下午 6 时，我前往 CP7 保障点。路况不好，只能徒步，没想到一走就是两小时，晚上 8 时才到达位于石窑寺的保障点。这里山路险峻，能见度极差，无线步话机的信号也收不到。选手们要从这里通过窄桥，穿越峡谷，然后一路往下前往西张村。宋劲峰和鲍忠锋两位队员在这里值守，他们架起探照灯，给黑暗中奔跑的选手以极大的心理安慰。他们这里是保障组最重要最辛苦的一个点位。

当我于晚上9时半再次返回CP7时，这里人声鼎沸，到处都是肌肉拉伤需要救助的选手。保障队员个个施展技艺，为运动员缓解伤痛。

凌晨1时半，按照比赛规则，CP7关门，保障任务结束，可以回家了。我提出要送周亚美回家，她说还有队友在最后的保障点CP8坚守，我们去找他们吧。她要转战第3个保障点，真是被这样的队友感动。于是我们一起直奔CP8保障点。这个位置正好在崛围山脚下，100千米组的选手要从这里爬上山，征服最后的15千米。在这里，我们见到了一直坚守在岗位上的李凯和萦怀姐。

凌晨3时，一位来自云南昆明的小伙子到达指引点，他已经极度疲劳。大家扶他坐下，给他拿来水喝，还端出饺子让他吃。他边吃边费力地说："冷，冷，太冷了。"我们判断他失温，赶紧给他披上隔热毯，扶他走进遮风的小屋内。此时他话都说不出来了，状况十分严重。我们劝他退赛，毕竟安全第一，生命最重要。他点头同意了。

在护送他回终点的路上，小伙子终于缓过来能说话了，第一句就说我的计步手表马上要到100千米了，停下车帮我照一张手表显示100千米的照片，留个纪念吧。看到他沮丧、失落而又遗憾的样子，我按照他的意思拍了照片，安慰他说："小伙子，你已经很棒了，明年再来龙城太原吧，相信你一定能够征服100千米，到时候我还给你拍照。"

赵国祥

时光如水，到2019年，参加龙城100越野赛保障已是第四个年头，遥想所经历的四届"龙百"，仿佛就在昨日，历历在目。有欢笑，有汗水，

浪花在撞击下常来不怠，生命在拼搏中彰显精彩。

晋城 王晋华

有通宵达旦紧急搜救，有兄弟欢聚把酒言欢。

记得 2016 年第一届龙城 100，我还是一名志愿者，带领志愿者团队负责 CP8 杜里坪补给点保障，需要连续工作 22 小时以上。

凌晨 1 时多，将近站点关门时间，突然从手台里传来组委会发出紧急搜索迷路运动员的指令，一名东北籍女选手在 CP8、CP9 路段，偏离赛道，严重迷路，需立即派人寻找。当时在站点负责医疗和紧急情况处置的人手不够，而可能出现迷路的区域范围比较大，地形复杂，赛前因降雨导致山地环境险峻。我是一名资深户外工作从业者，主动请缨，跟随救援队出队，负责线路指导和紧急搜救。山路湿滑，泥土松软，越野车几次滑陷，险些坠入山谷。凭借驾驶员王瑞林的高超技术和四驱越野车的超强抓地能力，几次都化险为夷，终于在搜索 1 个多小时后找到这名迷路的运动员。

在 2019 第四届"龙百"保障中，同样在凌晨 1 时多，一名失温运动员偏离赛段 1 千米后向组委会后台发送 SOS 求救信号。接到组委会的搜救指令后，我和队员周玮一同前往可能迷路位置进行搜索。在到达组委会预估的点位后，反复在周边寻找求助选手，都未发现其踪迹。当时山上已起风，凌晨 1 时多已进入一天中最冷的时段。据组委会反馈的信息，求助选手身着短袖短裤，并未携带保暖衣服，甚至没有赛事强制的应急神器——急救毯，如果继续置身于低温环境中，后果不堪设想。我和周玮非常着急，重新梳理地形和可能迷失的其他线路，判定选手可能已向狮子崖景区方向偏离。

这时，后方组委会已将求助选手手机号通过微信发了过来，如果与判定的迷失方位相符，求助选手手机应该很快就会有信号。果然，电话拨过去后，该求助选手手机有了信号，得知对方已出现轻微失温症状。沟通中，手机信号极不稳定，而且运动员对所处位置的描述含糊不清，无法准确定位。时间就是生命，我再次研判区域地形和道路情况，凭借多年户外经验，基本锁定运动员可能迷失的位置，应该就是先前判定的区域。在沿着设定区域道路搜索 20 分钟后，看到远处有微弱的头灯闪烁，我们赶紧深一脚浅一脚地跑了过去，找到了这名已经失温的运动员。他浑身颤抖，上下嘴唇不停地哆嗦，脸上已无血色。

我们立即对其进行应急处置，给他裹上保温毯，对核心部位进行体外复温操作，使他渐渐恢复了体温。我们把他带回保障点时，已是凌晨 2 时半了。夜里的风更大了，气温更低，还好搜救及时，否则后果不堪设想。

四年的"龙百"保障工作，天龙救援队的心得是：要有强大的组织领导能力；最好是成熟的队伍，队员之间比较熟悉，便于关照。

这种工作，非山西天龙救援队莫属！

第三章　贴心关爱

儿童
是祖国的未来
因为有了呵护
甘露
还有健康
就可以
快乐成长

泉眼无声惜细流，树荫照水爱晴柔。
小荷才露尖尖角，早有蜻蜓立上头。

——宋　杨万里　《小池》

小小减灾官

时 间 2019 年 11 月 8 日

地 点 太原市双西小学

摘 要 10 多年了，她心里的这个结始终无法打开，只要一闭眼，奶奶一团火球从屋里跑出来躺在地上打滚的一幕就在眼前浮现。

人 物 沈晋魁　史瑞鑫　郭文慧　武玉山　赵　荣
范成健　窦跃明　武　艳　吕王峰　刘紫英

逃生演练

天高云淡、凉爽宜人的秋天过去之后，冬天如期而至。

干燥缺水的太原市，长时间没有雨水降临，空气中总是弥漫着一股枯烈的味道，仿佛划根火柴就可以把天空点燃。

入冬后的头几天，太原市双西小学教导处副主任张晓静，脑子里总想着一件事：学校一到六年级共有 42 个班 2000 多名学生。学校除了开展正常教学之外，还要考虑给学生们开展减防灾、安全自救等相关科普教育，从小培养学生们的安全意识，学会在火灾、地震等自然灾害情况下快速逃离危险区域。

马上就要到全国消防日了，张晓静决定请山西天龙救援队的教官们，来学校为一年级小学生进行火灾逃生讲座，同时为六年级的大孩子进行高空绳索逃生演练。

11 月 9 日下午，山西天龙救援队的队员，身着红色队服，迈着整齐的步伐，走进了双西小学。让几名队员没想到的是，本来只是客串一把当引导员，带领孩子们进行逃生演练，结果却被"逼"上小学生讲台，当了一回老师。

原来，按照事先约定，"双西小学逃生疏散演练"由一名教官主讲，其他队员协助主讲教官，在"火灾"发生时带领孩子们有序逃生。但是，一年级共有 8 个班，都是当年新入校的学生，必须按照在上课时突遇火灾情况安全逃生进行讲座和演练，这就需要 8 名队员分别进入 8 个教室上台讲课，然后带领孩子们逃生。

活动现场，组织者郭文慧给队员们鼓劲打气，激励大家。沈晋魁做战前培训，告知大家注意事项，给队员吃定心丸。

赵荣、范成健、窦跃明等队员来到位于教学楼一层的一年级 1—8 班。班主任老师非常配合，已将 PPT 内容提前备份到了电脑中，偌大的黑板一侧，电子屏幕上已显示出当天要与孩子们分享的内容。孩子们瞪着大大的眼睛，一张张天真可爱的笑脸展现在队员们面前。队员们开始还有些紧张，当一

温暖他人，快乐自己，付诸行动，播撒爱心。

太原 杨军霞

362

声声稚气的"叔叔好、阿姨好"响起，瞬间就将队员们的心融化了，他们很快打成了一片。

这边教室，当队员范成健在台上指着一张图片问孩子们："你们知道这是什么吗？"

"知道，是灭火器！"孩子们争先恐后抢着回答。

隔壁教室，赵荣向孩子们提问："知道着火了怎么跑吗？"

"知道。"教室里呼啦啦举起好多只小手。

"能上来示范一下吗？"赵荣鼓励着。

一个小女孩儿上来示范，捂住嘴，猫着腰，贴着墙，慢慢往前走，非常标准的姿势。

武艳把孩子们领到楼道里，指着走廊内的消火栓、灭火器、防火门让孩子们识别。

教室里面，窦跃明连说带比画，风趣幽默的语言，逗得孩子们哈哈大笑。

当孩子们听说还要模拟火灾进行逃生演练时，一个比一个兴奋，急切地问队员："什么时候着火呀？""咋还不跑？"

正式演练开始了。教学楼发生"火灾"，火光冲天，烟雾弥漫，刺耳的警报声顿时响起。

队员们在班主任老师的配合下，两人一排，引领着这些孩子们沿每个教室门上张贴的火灾情况下的逃生路线，穿过走廊和防火门，有序"逃离"到操场上。"逃离"过程中，队员们让孩子们用手捂住嘴，弯着腰，尽可能快速离开。

8个一年级班的400多名学生，短短几分钟，"逃离"火灾现场，圆满完成了逃生演练。

演练开始前，当武艳听说要上台讲课，犯了愁。没有替补，她只好硬着头皮走进一年四班教室。她开朗的天性，活泼的性格，马上就和孩子们打成一片，带着孩子们在楼道里辨认实物，效果出奇得好。

让人没想到的是，武艳的心里隐藏着一个秘密，这个秘密与一场火灾有关。

那年武艳四五岁，和奶奶住在一处平房内。一天，家里的液化气罐突然着火，奶奶第一时间抱着武艳跑到院子里。看见火势越来越大，奶奶担心殃及邻居，返身又跑进已成火海的厨房，想把液化气罐拖出来。等奶奶第二次跑出来时，已经成了一团火球，躺在地上不停地打滚。武艳吓傻了，高声尖叫、哭喊。在之后的 10 多年，武艳心里这个结始终无法打开，只要一闭眼，奶奶一团火球从屋里跑出来躺在地上打滚的一幕就在眼前浮现。

"因为讲座内容是火灾，于我而言意味着痛苦回忆。我担心上台后勾起这段不堪往事，控制不住情绪把孩子们吓着。"武艳这样解释，"孩子们太可爱了，我提了几个问题，回答非常积极。当我问他们发生火灾怎么办时，有回答打 119 的，有回答跟着老师走，不能乱跑，不然就找不着班集体了。我还问他们消防栓里面的水袋怎么用，有孩子做了很好的回答。有一个孩子居然能回答上来干粉灭火器和泡沫灭火器在什么情况下使用。他们只是一年级的孩子啊，实在是太牛了。"

接下来是第二个项目，高空逃生示范体验。六年一班的 40 多名学生，在班主任老师赵鸿的带领下早早来到学校小花园旁边的一处演练场地。刚刚给一年级孩子们讲完课，引导他们"逃生"到安全地带的天龙救援队的队员们，又转战到了这块场地。沈晋魁、史瑞鑫两位教官已穿戴好安全带、头盔等装备，做好防护措施，开始给大年级的孩子示范如何利用绳索技术，从高层楼房下降逃生。孩子们围成一圈，认真听着。

沈晋魁教官耐心讲解，史瑞鑫教官认真做示范，如何打绳结，如何系安全带，如何拴绳扣。史教官演示从 3 米高空缓慢下降，边下降边讲解，怎么保持重心，怎么减力，怎么松绳索，怎么保持平衡，力求每一个细微环节都能让同学们搞明白。同学们围成一圈，跃跃欲试。当沈教官告诉学生们可以开始体验了，男女同学齐刷刷一下子举起好多只手，早就有些急不可待了。

下面是几位同学事后写下的感悟。

王韵涵　我在同学们羡慕的目光中兴奋地跑上平台。叔叔给我穿好安

帮助别人，提升自己，这个组织充满正能量。

大同　魏大女

全带，扣好安全绳，问我："动作要领记住了吗？"我回答："记住了。"叔叔说："不要紧张，按照动作要领一步一步来。"站在高高的平台上我还是有点紧张，腿不由自主地有点软，心里咚咚直跳。我一遍遍想着叔叔教的动作要领，紧张的心情稍稍平复了一些，慢慢坐下，身体往后倾，手牢牢抓紧绳子，脚蹬平台，慢慢往下滑动，最后平稳地落到了垫子上。同学们为我鼓起了掌。

王天瑞 在高空逃生体验环节，我上了平台，感觉好紧张。在救援队叔叔的帮助下，我穿戴好装备，并且把绳索放入锁扣。下降中，我用手紧紧抓住绳索，心怦怦跳，生怕出意外，直到落地心才放下来。虽然过程很紧张，但加深了我对逃生技能的认知和理解，提高了自救互救的技能，收获真大。

巧合的是，六年一班班主任老师赵鸿是天龙救援队的一名家属，爱人曾是天龙救援队搜救队的一名负责人。正是这个原因，赵老师平常就非常重视对孩子们进行安全教育。她说："恰逢全国119消防安全活动日来临之际，学校组织学生开展'做自己的减灾官'安全教育系列活动，增强学生消防安全意识和自救自护能力。活动中，孩子们兴趣浓厚，认真倾听教官对逃生演练技巧的详细讲解，并牢记示范动作要领，得到教官的好评。孩子们普遍认为这次活动意义深远，不仅让他们了解了消防安全知识，而且知道了在火灾来临时如何自救自护。"

在灾害面前，生命往往是脆弱的，特别是儿童，但成功的防灾减灾教育不仅可以自救，还能庇护亲人、朋友乃至更多的人。不仅在双西小学，太原市许多学校的学生，都曾听过天龙救援队队员们的防灾讲课。

2016年3月28日，在全国中小学生安全教育日这天，天龙队员走进沙河街小学，讲如何在楼道逃生，指导孩子们学习简单的救护方法，运送伤员。

2017年6月9日，山西天龙救援队8名队员为三晋小学3个年级6个班的学生讲解水灾自救相关知识。课堂上，小朋友们踊跃发言，积极互动，课堂气氛热烈。

2018 年 12 月 20 日，在金太阳小学，为 400 名师生讲解如何"做自己的安全官"。

2019 年 3 月 18 日下午，沈晋魁、史瑞鑫两位教官走进太原市第三实验小学，给孩子们做了主题为"珍爱生命，远离危险"防溺水知识安全讲座。

沈晋魁用简洁生动的语言，为孩子们讲述溺水的可怕性，教育学生必须在确保安全的前提下，由家长或监护人陪同才能进行游泳活动。不准在无家长带领的情况下私自下水游泳；不擅自与同学结伴游泳；不到无安全保障的水域游泳；单独一人在没有成年人监护下不准到水边玩耍；当发生同伴溺水危险事故时及时向附近大人求救，不得自行组织救助。同时还向学生传授一些自防自救知识，深化防溺水安全教育，提高自防自救能力。

孩子们是小小减灾官，而孩子们的家长是安全志愿者。2019 年 4 月 25 日，天龙救援队的队员走进校园进行了一次防踩踏安全教育，不同的是，这次听课的不是学生，而是双西小学一至六年级的 120 名学生家长。这次的主题是"家长安全志愿者防拥挤踩踏安全应急培训"，给家长普及安全知识，讲踩踏发生的原因，通过案例讲如何应对拥挤，预防踩踏。

当发现自己前面有人突然摔倒了，马上要停下脚步，同时大声呼救，告知后面的人不要向前靠近。

发现拥挤的人群向自己行走的方向来时，应立即避到一旁，不要逆着人流前进，不要慌乱，不要奔跑，避免摔倒。

如果鞋子被踩掉，不要贸然弯腰提鞋或系鞋带；进入球场、影院等公共场所，要提高安全防范意识，留心安全出口和紧急通道。

……

教室里座无虚席，家长们听得非常认真，不时做着笔记，重要章节还用手机拍下来。

培训中，孩子们的家长体会最深，一年一班的学生家长张兵说："曾经看过一个视频，日本发生地震之后，日本人表现出令人吃惊的沉稳，一

源于善念，行于善举，爱心使然，义无反顾。

祁县 史霄雷

切都是那么的井然有序，就是因为日本非常重视给民众普及防震、逃生避难知识。安全应急教育，不单单是学校和家长的事情，而是全社会的事情，应该加强整个社会的应急避险能力，当灾难发生时，快速反应、从容面对，赢得宝贵时间。"

二年三班的孟庆玲家长这样说："原来总以为，只要是教育方面的事情，都应该由学校来管，我们只负责孩子的生活起居就可以了。听了这个讲座我才意识到，家长的责任也非常大。尤其是这种安全防范、规避风险的科普教育，是不分年龄大小的，作为家长，也非常需要这样的讲座。我们先学习，回去之后再给孩子讲，今后遇到什么突发事件，就可以一起从容沉稳，积极应对，有效防范。"

截至 2020 年 12 月，山西天龙救援队开展的"儿童平安小课堂"，已通过山西公益伙伴联盟和近 200 名志愿者，为 100 多所学校的 9000 多名儿童提供安全教育，推广儿童参与安全教育模式，让更多儿童免受灾害和意外伤害影响。

开心壹乐园

时 间 2019 年 9—10 月

地 点 大同云州区 临汾曲沃县

摘 要 "哈哈哈……"操场上传来一阵阵欢笑声，原来是新来的体育老师带着孩子们玩老鹰捉小鸡的游戏。

人 物 庞 琳 秦丽英 胡 杰 王新飞 石 勇 武胜泉等

学生运动会

2018年4月16日，在开往成都的高铁上坐着一个人，他是山西天龙救援队曲沃分队的王新飞，前往四川原点公益慈善中心参加培训学习。

列车在飞驰，窗外的四川盆地快速在眼前闪过。冬天刚刚逝去，春天就以急匆匆的脚步赶来了。

王新飞是曲沃分队队长，他无心欣赏车窗外的早春景色，半年前的一次支分队长会议场面，就如昨天刚刚发生一般，历历在目。

会议由天龙救援队临汾支队队长郑建勇主持，内容只有一个，6个分队，哪个分队可以承接壹乐园游乐设施项目？郑建勇明确告知大家，该项目有三大难点，一是项目周期长；二是该项目需要当地教育部门和学校投入少量资金支持，还要确保项目学校的老师参加培训及开展相关活动；三是项目实施期间需要反复和厂家、施工单位、项目学校做有效沟通，要参与到货验收、进度上报、质量把关、工程验收等繁琐事情，工作量大。

当郑建勇把这几个即将遇到的困难摆在大家面前时，跃跃欲试地想拿到项目的几个分队长，有的在思考，有的在盘算，有的表情木然，有的摇头叹息。

"把这个项目给我们吧。"王新飞站了起来。

"刚才讲到的三点困难你想到没有？"郑建勇没有马上答应，反问了王新飞一句，"第一次承接该项目，要求多，流程繁琐，我们只能做好，不允许失败。"

"放心，曲沃分队保证完成任务。"王新飞当着所有分队长的面，做了保证。

郑建勇还不放心，又问了几个问题，在得到满意答复之后，同意曲沃分队上报项目申请。在场的参会人员为王新飞鼓起热烈掌声。

几天后，申报表上报审核。王新飞没有浪费时间，多次带领队员赴申报的8所学校，一所一所调查研究，一所一所落实情况，为项目顺利开展奠定扎实基础。

2018年初，项目获得在曲沃实施，王新飞作为承办人，和副队长石勇一起，于4月赶赴成都参加项目培训。

培训期间，他耐心听讲，认真领会，不明白就提问，晚上做笔记到深夜。他结识了许多来自全国各地的志愿者，一有时间就向人家求教，虚心学习。

学习归来，王新飞立即召开队员会议，将对接县教育局、赴学校摸底走访、物资分装运输、施工监督、月报填写、完工验收等一项项具体工作，分别落实到石勇、苏晓红、武胜泉、王冬生、杜宗林等队员头上，明确分工，各尽其责，同心协力。

当地教育局大开绿灯，安排一名股长直接负责。副队长石勇带领队员苏晓红、王冬冬等十余人，对照标准要求，到全县18所小学进行摸底走访，耗时一周时间，最后筛选出8所最适合安装条件的学校。

项目实施以后，队员武胜泉、志愿者赵金刚等人，每天守在现场，装卸施工物资，协调解决问题，为施工排忧解难。曲沃志愿者联合会刘琦在现场担起了后勤保障，为大家送水送饭。石勇、王冬冬为8所学校安装简介牌，负责拍照，每月按时上报。

在北董乡下裴小学，运动操场的地面不符合要求，水泥地面厚度没有达到25厘米，校长赵爱红四处筹措资金，找来施工队伍，按统一标准施工，满足了安装。

安装游乐设施时，义门学校校长秦东东，从开始安装到收尾结束，一直在现场跑前跑后，尽心尽责。

高显学校校长张改净，见施工师傅们顶着烈日，衣服都湿透了，自己花钱买西瓜请大家吃。

为方便干活，五庄学校校长王俊义，把安装师傅们的吃住安排得十分到位。

2018年6月29日，按照项目要求，8所学校的张改净、胡群风、钱淼等体育老师到沈阳参加培训，系统学习公益项目推广理念，重点学习体育科目设置、游戏拓展等相关内容。

从项目调研、申请、审批、立项、培训，到设备到货、安装施工、验收把关，王新飞带领队员奋战了整整一年零三个月，共为8所学校捐赠滑梯8套、秋千16套、独木桥8套、跷跷板8套、花盆32个、轮胎80个、

因为我们是一个团结的集体，任何困难险阻都能过去。

太原 王志强

蘑菇堆 8 个、防摔地垫 4800 箱、篮球 80 个、跳绳 320 根、乒乓球 8 桶、乒乓球拍 80 副、秒表 16 个、沙包 320 个、呼啦圈 320 个、足球 80 个、羽毛球 16 筒、羽毛球拍 40 副、排球 80 个。

2019 年 9 月 10 日，壹乐园游乐设施项目在曲沃县 8 所学校正式投入使用。

1 个月之后的 10 月 18 日，对于山西大同云州区西坪小学的教职员工和 1000 多名学生而言，是一个值得纪念的日子，壹乐园多功能运动场项目启动仪式在西坪小学举行。

这一天的天特别给力，碧蓝如洗，明亮如镜。太阳照射在人们身上，从外表到内心，全是暖洋洋的。

最开心的，当属操场上的那些孩子们，他们有了和城里孩子一样的体育设施和漂亮的运动操场。

和孩子们一样开心的还有一个人，来自山西天龙救援队大同支队的庞琳，是她具体负责并实施这个项目，从开始的申请立项、项目上报，到学校选择、计划审批、与设备厂家沟通等，她付出了许多心血。在启动仪式上，当她看到孩子们开心地在操场上蹦啊、跳啊、喊啊、乐啊，她的心里比蜜还甜，她脸上的笑容，比孩子们还灿烂。

在每年的温暖包发放过程中，队员们都要深入学校及学生家里进行走访调查，发现许多学校没有完善的运动场地，缺乏合适的体育器械，不能正常开展体育活动,影响孩子们健康成长。当得知壹基金开展的公益计划上，其中运动汇项目，就是通过为贫困地区农村小学建设游乐设施或多功能运动场、配备体育教学设备和器材、开发以儿童为中心的趣味体育游戏等活动时，他们积极进行沟通，同时调查走访符合项目推广要求的学校。

大同支队将任务安排到了秘书长庞琳身上。为了能让项目落地，为了能让孩子们在体育活动中发展潜能，得到更多的精神享受，庞琳利用业余时间，放弃休息，跑学校，跑教育局，经过反复斟酌对比，确定大同市云州区为项目申请县，昊天学校、西坪小学、许堡中心学校等 8 所乡村学校为项目实施学校，确定申请项目为"运动汇多功能运动场"。

4 月 8 日，大同市云州区科教局在《壹乐园项目协同申请书》上签字，两天后，大同支队作为项目执行机构，上报"壹乐园运动汇"项目申请，很快获得批准。云州区教育科技局专门下发《关于做好壹乐园运动汇项目在云州区实施工作的通知》的红头文件，要求各项目学校提高认识，积极配合项目顺利实施。

在执行过程中，各校对资料报送、物资接收、场地施工等责任到人，积极配合，使项目在云州区稳妥落地，快速推进。

7月12日至14日，队员秦丽英作为领队，带领云州区教育局和项目受益的8所学校的体育教师，参加了在山西太原举办的"运动汇体育教师基础培训"。8月初，进阶培训在四川绵阳开课，来自云州区峰峪中心校陈晓瑞、周士庄中心校王瑞琪、苏家寨小学陈建峰、倍加造小学刘月存老师参加了进阶培训，开拓了眼界和思路。

由于供货厂家、安装单位、项目学校及牵头部门等多方有效沟通，合作顺畅，加快了实施进度。安装过程中，庞琳、秦丽英、胡杰等人放心不下，一趟趟往这8所学校工地跑，协调解决安装中遇到的问题。在工地上，顾不上吃饭，吃个面包，喝瓶矿泉水对付一下。厂家知道这是公益项目，大家都是志愿者的时候，也被他们的行为感动，在确保质量的前提下，放弃休息时间，加快速度，每天工作10多个小时，在最短时间内完成了安装任务，一次验收合格。

云州区党留庄乡中学的陈佃举和张菊岚两位老师，在激动之余，分别写下了下面两段文字。

《"滚动"的篮球场》：今年九月，我们学校的操场一改容颜，裸露地面、水泥地面、沥青地面变成安全漂亮、功能齐全的运动场，这对学生们来说可真是件好事儿。下课了，操场上一片欢腾。这边有跳绳的、踢毽子的，那边有打篮球的、打羽毛球的。跳绳的同学中，张晓磊同学被绊倒了，一屁股坐到地上，调皮得竟然打起了滚，惹得旁边同学哈哈大笑起来。打篮球的人中，有的投到了"九霄云外"，于是又引起了一阵笑声……

做真实的自己，让心变得自由，是很美好的一件事。

大同 贺贵龙

《操场上的笑声》："哈哈哈……"操场上传来一阵阵欢笑声，原来是新来的体育老师带着孩子们玩老鹰捉小鸡的游戏。蓦然觉得今年的党留庄中小学的学生格外幸福。这学期不仅有了崭新而美丽的新操场，还有了专业的体育老师。孩子们在松软漂亮的篮球场地上奔跑游戏，再也不怕摔倒受伤了，难怪那么放松愉悦地欢笑。

3年来，山西天龙救援队作为壹乐园项目实施省级督导和协调机构，先后在隰县、曲沃、离石、大同等4市县区的28所学校安装运动、游乐设施28套，价值近300万元。

喜饮净化水

时间 2018—2019 年

地点 吕梁临县 运城临猗县 新绛县

摘要 长期饮用氟含量超标的水，孩子们的牙齿会出现斑点状的氟斑牙，严重者会造成骨质疏松，四肢无力。

人物 余洪涛 闫建生 樊永峰 王慧颖 赵静西 张凯博 常高蜂 常永生等

好喝的净化水

2018年开春的一天，山西吕梁。在临县县城周边的山洼、平地上，早春的桃花缀满枝头，柳树已抽芽，一片桃红柳绿的景色。

临县，位于黄河中游晋西黄土高原吕梁山西侧，隶属于山西吕梁市，是个黄河边上的县城。

由于受地质条件等诸多因素影响，这里的饮用水中氟含量长期超标。饮用这样的水，孩子们的牙齿会出现斑点状的氟斑牙，严重者会造成骨质疏松，四肢无力……

3月的一天，临县县城通往临泉镇、三交镇的路上，匆匆忙忙走着两个人，一个是吕梁市离石区青年志愿者协会会长闫建生，一个是临县志愿者协会会长樊永峰。他们行色匆匆，去同一个地方，为同一件事情——如何能让孩子们喝上干净、健康的水。

闫建生常年做公益，心有余而力不足的他常常为孩子们的喝水问题而苦恼、担忧。

2015年，壹基金净水计划全面升级，以项目县形式在全国推广实施。这一年，净水计划首次亮相山西，在霍州、忻州、灵石8所学校安装净水机8台，惠及学生2789人。到2017年，共在霍州、灵石、忻州、临猗、绛县、清徐6个市县的26所学校安装净水机28台，直接惠及儿童12686人。

闫建生、樊永峰此行在临县各个学校走访调研，就是要将符合条件的学校上报，为这些学校的孩子们争取净水计划项目，让孩子们喝上健康的饮用水。

"因为实施这个项目不仅要在前期对当地学校的水质进行化验，需要支付一定数额的水质检测费用，还要配合做一些比较繁琐的相关工作。那一段时间，我们跑教育部门，跑学校，向有关方面汇报，反复协调沟通，征得理解与配合。"闫建生介绍说。

2018年5月18日，在闫建生等人的积极争取下，山西天龙救援队大力推荐，净水计划吕梁项目首批20所学校顺利通过审批，净水计划项目落户吕梁市临县。

从这一天开始，净水计划项目紧锣密鼓步入快车道。县教育部门下文安排部署，团县委配合落实，吕梁市和临县志愿者协会组织志愿者按照具体要求和工作流程开始实施。

6月20日，志愿者刘思好、刘凤威等人赶赴临县临泉镇东峁学校、临县三交实验小学、临县第五中学校、临县丛罗峪九年制学校进行水样采集。21日，赵永兵、樊永峰来到临县前甘泉寄宿制学校、临县前麻峪村小学、临县城庄九年制学校、临县林家坪寄宿制小学进行水样采集。22日，刘凤威、刘思好来到临县柏树沟九年制学校、临县白文第一寄宿制小学等进行取水采样。

短短3天时间，他们顶着骄阳，中午顾不上吃饭，马不停蹄地奔波在全县各个乡镇的学校，保质保量完成第一批20所学校的水质采样工作。为防止水质变质，影响检测结果，樊永峰将采集回来的水样放在朋友的一家雪糕厂冷藏。

水样采集好了，但身为临县志愿者协会会长的樊永峰犯愁了。之前联系了当地及周边几家可以检测水质的单位，有的可以检测但无法出具报告，有的能检测也能出具报告，但不对外。如果不能及时检测并出具合法的检验报告，前期的付出将全部归零。那几天，樊永峰去离石，到汾阳，跑太原，动用所有个人关系，终于不负有心人，在省城太原找到一家符合要求的检测机构。

在等待检测结果的同时，与之相配套的在农村学校开展水与卫生健康知识小课堂等活动拉开了帷幕。

赵静西是一名志愿者，主要负责净水计划项目的策划、执行和培训，特别是培训志愿者老师。她要在前期收集整理与净水计划主题相关的课题资料、视频等，然后制作成PPT课件，发送给每个学校的志愿者老师，还要对登台讲课的志愿者老师进行现场培训，由志愿者老师深入到学校给孩子们讲课，让学生知道喝了生自来水会得病，懂得饮水卫生；引导学生认识水是生命之宝，每天不能少；知道科学饮水，合理饮水的道理。

那一段时间，每天天刚蒙蒙亮，志愿者们就出发了，去往各个项目学

跟着心里的方向行走，既然迈出就不退后。

祁县 闫立鹏

校开展儿童小课堂净水教育。有的学校地方偏远，路颠簸难行，好几次遇到山体滑坡，碎石挡住去路，他们就绕很远的山路赶过去。一次，在去一所学校的路上，因为施工路断了，施工人员听说他们是要去学校给孩子们讲课，二话不说，拿起铁锹等工具，迅速清理了土堆，让志愿者们过去。有的学校教学设备不全，准备的很多视频、课件无法播放，他们就在黑板上用粉笔给孩子们一笔一笔写下学习要点。为了赶路中午吃不上饭、晚上很晚回家是常事。

闫建生说："净水计划设备外观设计几乎每年都有改进，但硬件只是净水计划项目的基础，净水课堂才是倡导与改变的核心。常识普及，知识更新，意识提高，倡导儿童健康饮水，倡导公众关注安全饮水问题，这才是净水计划最初的理念。"

1个月后，水质检测报告出来了，氟含量超标。其中克虎镇武家庄村饮用水的含氟量达到3.0mg/L，而正常标准即便是农村也应该在1.2mg/L以下。

2018年8月底，首批20台机器送达各个学校，厂家的工程技术人员也到了。闫建生、樊永峰、赵静西、王慧颖等人再一次走遍全部20个项目学校，为尽快安装做了大量协调工作。

净水计划的每一台机器都有自己的机身标号和定位系统。机器上有4个出水按钮，全部为电子阀，轻轻一按，就能出水，而且高低搭配，可以满足不同身高段的孩子。机器设计也非常完美，水温调节在40—60℃之间，避免在使用中烫伤孩子们。机器内含6个净化滤芯，能接水直接饮用，出来的水质可以与市场上销售的纯净水媲美。

11月13日，净水计划临县第一期项目圆满完成，除20台净水机外，还为这20所学校的学生配发1万个爱心水杯。

在城庄九年制学校，一个一年级的小女孩在饮水机上接了一杯热水，然后用衣服包裹住。有志愿者觉得好奇，问她为什么要用衣服把水杯包住？孩子告诉大家，我从没喝过这么干净又甜的水，我要给奶奶带回去一杯，让奶奶也尝尝这甜甜的水。

孩子的一席话，让现场的人落泪了。

净水计划项目在吕梁临县成功实施后，在全省引起反响。就在吕梁第二批净水计划20所学校启动的同时，由山西天龙救援队运城支队承接的运城市临猗县和新绛县两县共计39所学校的净水计划项目也紧锣密鼓拉开帷幕。

从2019年5月5日到12日，新绛分队队长张凯博将23名队员分成5个小组，在新绛县境内77所小学和临猗境内74所小学进行实地走访，摸排调研，分别选点确定20所和19所学校成为净水计划项目学校，进入初次水检流程，对每个学校实地提取水质样品，交给水检机构进行检测。

然而，好事多磨。按照净水计划项目要求，需要进行两次水质检测，检测内容多达20项，共需资金30多万元，费用自行解决。

为了让项目落地，张凯博一次又一次向相关部门汇报、解释，引起高度重视，专门就净水计划检测立项，拨付专项资金，解决了检测费用问题。

2019年10月16日，临猗县20台净水设备全部安装完毕，启动仪式在临晋小学举行，现场还向11536名学生赠送了水杯。

11月11日，19台净水机捐赠暨启动仪式在新绛县王庄新城实验小学举行，现场为13373名学生配备了水杯。

余洪涛是山西天龙救援队项目部的一名队员，也是壹基金净水计划山西项目执行官。在项目实施过程中，他目睹了孩子们喝超标水的无奈，也亲历了项目落地需要协调和遇到的种种困难。当净水机安装启动之后，他也见证了孩子们喝上纯净、健康的饮用水之后脸上绽放的笑容。

他说："让越来越多的农村儿童都能够喝到足量的、健康的饮用水，山西天龙救援队在项目推广上，从未停下过脚步。净水计划，让家长们多了一分舒心，让孩子们多了一分安心。"

自从新绛和临猗的项目学校安装上净水机后，喝水成了校园里孩子们开心的话题，下课经常能看到学生打水的身影。

身为队员，收获无数感动，为自己点赞。

（大同　郭俊宝）

"我们喝的水好甜啊。"

"我现在越来越爱喝水啦。"

净水机里流淌出来的不仅仅是干净的水，更是为此付出努力的山西天龙救援队队员的心血和满满的爱。

儿童服务站

时间 2020 年 8 月

地点 吕梁丽景社区

摘要 饺子在沸水锅里上下翻滚，发出咕噜咕噜的声音，小朋友们早已等不及了，蹲在旁边等着品尝自己的劳动果实。

人物 闫建生　王慧颖　张英英　李江龙等

趣味课堂

2020 年 8 月 23 日下午。

窗外下着小雨，淅淅沥沥没有停歇的意思。一场秋雨一场寒，清新的空气中弥漫着丝丝寒意。

在吕梁市丽景儿童服务站内，却是一番热热闹闹的景象，一群小朋友在志愿者的引导下，正在忙着和面、擀皮、包饺子。

这是丽景儿童服务站暑期班的一场主题活动课——"饺子局"。通过引导小朋友参与包饺子全过程，让小朋友吃上自己动手包的饺子，既满足味蕾需求，又学到技能。

张英英、穆智滔、李嫣婧等几名志愿者从家中带来饺子馅料。好的馅料必须配上好的饺子皮，而好的饺子皮必然需要揉一个劲道的面团。志愿者手把手教，小朋友用心去学，天马行空的一波神操作，包出来的饺子可谓五花八门、千奇百怪，有的像月亮，有的像毛毛虫，有的像元宝。形状虽然难看了点，但孩子们脸上洋溢着笑容，一个个乐开了花。

吕梁丽景儿童服务站是壹基金 2019 年在山西落地的首个儿童服务站，由山西天龙救援队负责、吕梁市离石区青年志愿者协会具体项目实施。负责对接公益项目的天龙救援队副队长李明英介绍说："儿童服务站项目，是为 6—15 岁乡村留守儿童和城乡流动儿童搭建的社区服务平台，提供参与式课外游戏活动、安全卫生教育和社会心理支持等服务，保障儿童基本权利，助力儿童身心发展。"

留守儿童，是指父母双方或一方从农村流动到其他地区、孩子留在户籍所在地农村地区的儿童；流动儿童是指随务工父母到户籍所在地以外生活学习达半年以上的儿童。

2019 年夏天，闫建生等人带着儿童服务站项目，冒着酷暑，进行前期调研走访，了解到吕梁市离石区丽景社区，是典型的城乡接合部社区，辖区面积约 2.6 平方千米，社区居民 4880 户，辖区内有 3 所学校，教育资源相对完善，但没有儿童相关服务场所。

"如果在这里建立儿童服务站，可以定期举办常规活动、主题活动、特色活动等，能让周边所有儿童受益，促进儿童快乐健康成长。"身为志愿者协会会长的闫建生介绍了儿童服务站建站初衷。

　　莲花街道办事处丽景社区给予该项目大力支持，凤山底小学为儿童服务站提供了100多平方米的教室作为活动场所。

　　当周边的儿童家长得知即将启动的丽景儿童服务站就是给这些留守、流动儿童提供活动场所、组织各种活动时，非常高兴。一名孩子家长表示，由于是流动打工，家庭开支很大一部分用于房租和日常生活，没有多余的资金和能力给孩子安排课外补习和其他课余生活。

　　在充分调研基础上，丽景儿童服务站活动计划新鲜出炉：

　　常规活动有家庭作业陪伴辅导、越读越疯狂（阅读）、晚安故事（公众号）等；

　　主题活动有平安课堂、鼓超人（非洲鼓）、水与卫生健康课程、趣味运动汇等；

　　特色活动有书信陪伴（蒲公英计划）、亲子运动会（春游）、敬老院小义工、励志观影、父母课堂等，还结合母亲节、端午节及各大节日开展活动。

　　丽景儿童服务站站长王慧颖介绍说："当我们拥有了这个平台以后，可以让这些孩子在学习之余有一片属于自己的天地。在这里，孩子们可以有机会学习到他们渴求的画画、唱歌、跳舞；在这里，让孩子们感受到原来他们还可以看到更宽广的天地；在这里，孩子们可以尽情玩耍、尽情享受这里的所有，包括玩具、书籍等。希望孩子们收获阳光、爱意，能拥有一个健康、快乐、美好的童年。"

　　2020年的春天，因为新冠疫情突然来袭，原计划的一些线下活动无法开展，丽景儿童服务站的几位工作人员一合计，2月中旬，发起"停课不停学，畅想疫后生活"主题活动，用画笔表达对奋战在疫情一线医务人员的爱，用文字抒发为疫情防控做出贡献的工作人员的特殊情感。

　　8岁小朋友牛馨雨是一年级学生，通过自己的画笔勾勒出一个"防疫小卫士"。画面中，小卫士左手拿盾，右手拿刀，向可怕的病毒开战。

　　爱心你我他，天龙靠大家。

太原　郑宝安

李春燕小朋友画的白衣天使，握着双拳，头上燃着火焰，正在与病毒搏斗，上书"武汉加油"四个大字，表达对武汉的关怀和对白衣天使的牵挂。

有10位孩子用作文形式，表达对武汉的牵挂和美好祝愿。高子钧小朋友在作文中写道：如果我的父母是医务人员，要去武汉抗击疫情，我虽有不舍和担心，但我一定会大力支持他们，我会为拥有这样大爱和勇敢的父母骄傲、光荣，他们会成为我人生中的榜样。

樊甜甜写道：向钟南山院士致敬，向赴汤蹈火视死如归的英雄致敬。湖北加油，我们和你永远在一起。

时间进入3月份以后，桃花开了，春天来了。疫情尚未结束，依然无法组织线下活动，孩子们还是宅在家里。"三八节"快到了，为让孩子们知道这是伟大的妈妈们的节日，懂得感恩，懂得珍惜，儿童服务站的几名工作人员组织开展了"我和妈妈合个影"线上活动，要求附上讲给妈妈听的一句话。

一位叫高宇晨的小朋友的照片名字是"吻"。他在文字说明中写道：我爱妈妈，所以要用一个吻来告诉全世界。你看，妈妈脸上的笑意，不也正在述说这一份美好吗？三八节，我想对妈妈说一声，辛苦啦！

李江龙是一名自由职业者，主要从事非洲鼓教学，有自己的俱乐部和固定的学员。他也是一名长达10年的志愿者，经常参加各类爱心活动。得知儿童服务站需要给孩子们免费开设兴趣课，他主动找到闫建生，愿意教授孩子们非洲鼓。疫情期间，他就在线上上课，每周二和周五下午，录制视频图像，发布到微信群让孩子们在线下学习练习；小朋友将学习视频发到群里，李江龙老师一一更正动作，进行线上点评。

"参加非洲鼓学习的孩子一共有22个。本来应该是在现场进行教学，现场点评，纠正错误，但非常时期，只能采取线上方式，这样就加大了几倍的工作量。"李江龙介绍教学体会。

疫情期间，儿童服务站每周五晚上持续开展线上活动，蒲公英老师定期发布探险闯关活动——打开铁链。

5月10日，在家"宅"了好久的小营员们在线下第一次见面了。早在一星期前，工作人员就在微信群里发布了"给妈妈写一首小诗"的通知，开展"以爱之名，为爱加冕"母亲节主题活动。孩子们积极参与，以绘画和诗歌等不同形式表达对妈妈的爱。活动现场，学习非洲鼓的孩子们，还现场表演了他们的学习成果，伴随着美妙动听的音乐，小营员们用自己学习的舞蹈，为妈妈们献上了一段美妙的爱的舞曲。

5月中旬，为服务站儿童办理樊登书店免费借阅卡，让孩子们有书可读，拥有更广泛的世界。6月，垃圾分类线下活动，培养孩子们从小养成垃圾分类好习惯。

7、8月，伴随着孩子们的暑假来临，儿童服务站丰富多彩甚至有些眼花缭乱的暑期课堂也一个接一个隆重登场。

美工课堂：动起手，拿起笔，梦想就会从纸上跃然而出。

小记者课堂：我可以采访你吗？大记者与小记者的快乐时光。

口才课堂：一首《小老鼠玩电脑》贯穿整个课堂，从语言语调到肢体动作表演，锻炼小朋友们的表演能力和语言能力。

课业辅导：志愿者们认真为小朋友解决疑难，良好的学习氛围，孩子们安静下来的样子可真美。

播音主持课：体会一下手持话筒、站在众人面前的那种感受。

儿童影院：这里有你喜爱的影视作品，不妨来看看。

拉丁舞课堂：舞蹈是每一个女孩子的梦想，大胆释放你的梦想吧。

亲子课堂：高效的学习方法，生动有趣，让孩子们爱上学习，快乐学习。

非洲鼓课堂：老师领头击打，小朋友热情相随，非洲鼓课堂激情饱满，志愿者也参与其中。

团结主题活动：小朋友通过游戏中的团结协作，真正体会什么是团结，收获颇丰。

志愿者付出了很多，最快乐的要数这些流动儿童。由于总是跟着父母辗转许多地方，他们没有课外活动，缺少快乐童年，是儿童服务站让他们的业余生活变得丰富多彩。

加入梦想中的队伍，用满腔热血去奋斗。

大同 张志勇

张英英是一名在校大学生，利用暑假回家乡的时间做公益。她和几位大学生志愿者一道，辅导孩子作业，撰写公众号文字，每周还要设计有意义的小游戏和主题活动，让孩子们不仅收获快乐，还要学会一些美好的品质。

一次周末亲子活动结束后，大多数的孩子跟着爸爸妈妈走了。有一个叫小雨（化名）的孩子，还在兴奋地和志愿者一起聊天、玩闹。他妈妈叫他回家，小雨听到后立马蹲下来抱住志愿者的腿，恳求妈妈说："不，我不想回家，还要待在这里，和哥哥姐姐一起玩。"

张英英说："当时我很吃惊，对于小孩子来说，待在服务站和志愿者们一起，竟然要比回家诱惑大，说明孩子在这里收获了快乐，也和我们有了感情。"

郭欣怡是一个性格内向甚至有些自卑的小朋友，坐在服务站的角落里一声不吭，不太愿意与志愿者有视线接触。服务站有活动，欣怡的爸爸妈妈积极给孩子报名，希望孩子渐渐改变这种性格。几名志愿者精心准备互动活动，对欣怡给予特别关照，安排小朋友主动接近她。随着活动的开展，欣怡渐渐敢和一些十分活泼的孩子一起玩耍，课业辅导的时候也敢举手提问题，还交到了新朋友，和志愿者们亲密起来，脸上的表情一天比一天生动。欣怡的妈妈感激地说，现在欣怡就像变了个人。

　　身为丽景儿童服务站站长，王慧颖肩上的担子很重，从站点选址到站内设计，从儿童报名到志愿者招募，从活动设计到物资采购，从课程安排到分班排表，从资源对接到活动传播……站内外大事小事尽可能去亲力亲为，务求事事有回音，件件有着落。

　　说到孩子们在儿童服务站的收获，王慧颖说："孩子们学到技能是其次，眼界拓宽、见识增长、身心释放，特别是良好的体验和最大限度的尊重，应该是服务站孩子们最大的收获。"

　　2020 年 9 月，又有 10 个儿童服务站落户运城临猗，有上千名留守、流动儿童从中受益。我们相信，还会有更多的儿童服务站落户山西各地。

第四章　暖流涌动

孩子你还小
未来的世界很美好
不要怕
寒冷中有人送来了温暖
关爱有时会迟到
请放心
永远不会缺席

温暖包是一粒火种，温暖了孩子们的心，照亮了他们前行的路；温暖包是一座桥梁，将爱心企业、爱心人士、志愿者和受助儿童紧密地连接在一起；温暖包更是一个公益大平台，让每一颗爱心都有闪亮的机会和途径！

——笔者

温暖包来了

时 间　2013 年 12 月

地 点　神池县 临县 娄烦县

摘 要　救援队本是以救援为主，怎么又和温暖包
扯上了？细说起来，要追溯到在上海召开
的一次全国减灾博览会上。

人 物　天龙队员　志愿者　爱心人士

温暖包物品

你可曾知道

有那么一群孩子

他们无奈地留守在农村

岁月在他们的衣襟上

写满了贫穷和孤独

他们望眼欲穿

盼望着

盼望着

那是对亲人的思念

那是对温暖的祈盼

拭干你的眼泪

灿烂地微笑吧

你们的身后

是我们

关爱的目光

我们愿意

牵起那一双双小手

用一颗颗爱心

让这个冬天不再寒冷

　　这是一首普普通通的小诗，充满了浓浓的爱意和温暖，不多的文字里，融和了孤独、思念和祈盼的内容。这又不是一首普普通通的小诗，它折射的是牵手的微笑和关爱的暖流，是一个温暖延续的爱心公益活动。公益活动的主人公，是山西天龙救援队，是山西公益合作伙伴联盟的一群热心公益活动的伙伴，正是这些各行各业相聚于此的人们，将一个又一个饱含着爱意的温暖包，发放到那些需要帮助的孩子们手中，谱写出一曲曲感人的

做公益我不是最专业的，但我是最专心的。

祁县　刘小林

温暖之歌。

从 2013 年开始，山西天龙救援队连续 8 年接受壹基金委托，在山西境内发放温暖包。在长达 8 年时间里，合计募集、发放温暖包 12680 个，涉及 11 个地市 75 个县区，总价值 46.282 万元。

在常人看来，山西天龙救援队本是以救援为主，怎么又发放起温暖包了？这究竟是怎么一回事？

细说起来，要回到 2013 年 10 月，队长陆玫在上海参加全国减灾博览会时，得到一个信息，壹基金在全国范围实施温暖包救助计划，通过为困境儿童发放温暖包的方式，推动社会组织更好地回应困境儿童的应急生活和心理关怀需求。这一活动计划深深触动了陆玫，从那一刻起，她内心深藏已久的"公益"两个字，忽然间变得明朗起来。

自组建天龙救援队以来，每次有救援任务，风风火火，忙忙碌碌。完成救援任务，媒体采访，家属感谢。但作为领头人，陆玫思考的问题不仅仅是单纯救援这么简单，除了被动应急搜救，我们还能主动为社会做些什么？

壹基金灾害救助、儿童关怀与发展、公益支持与创新三大领域若干项重点实施内容，让陆玫茅塞顿开。温暖包计划，让天龙救援队找到了为社会做更多服务的切入点。

繁华大都会，未能留住陆玫一行人匆匆的脚步。展会结束后，他们即刻返回太原，开始主动与壹基金沟通申请。源于雅安、延安两次救援与壹基金良好的合作经历，壹基金负责人看到了山西天龙救援队承接温暖包的实力和信心，决定将 2013 年在山西试点发放 200 个温暖包的公益任务交给山西天龙救援队。从那年开始，山西天龙救援队从单打一的应急救援向社会公益拓展，受益面从单纯的户外人群，走进了少年儿童，覆盖面开始涉及社会各界。

温暖包，如同一条细细的红线，将壹基金和山西天龙救援队紧紧地牵在了一起。

温暖包，就像一条长长的纽带，将一些爱心企业、社会公益组织与山西天龙救援队紧紧连接在一起。

温暖包，好比一个小小的火炉，在三晋大地燃烧，照亮了孩子们一张张阳光灿烂的脸庞，温暖了一个又一个孩子的心。

在这里，有必要介绍一下壹基金。

2010年12月，深圳壹基金公益基金会在深圳注册成立，拥有独立从事公募活动的法律资格，成为中国第一家民间公募基金会。壹基金以"尽我所能，人人公益"为愿景，致力于搭建专业透明的壹基金公益平台，并着重就灾害救助、儿童关怀与发展、公益支持与创新三大领域在全国范围开展工作。

灾害救助计划：在自然灾害的灾前、灾中、灾后三个阶段开展防灾减灾、备灾救灾、安置重建三方面工作，进行持续的人道主义赈灾行动，使灾区儿童及弱势群体重获有保障、有尊严的生活；通过支持民间公益组织、学术机构开展项目，提升灾害应对与管理能力，推动行业发展，促进政策完善。

紧急救灾计划：建设属地化社会力量灾害应急机制，以当地社会力量为主，主要面向儿童及其他弱势群体开展生命救援和生活救助，推动社会组织参与灾害治理体系的建立。

灾后重建计划：配合各级政府部门，联合国内外领先的科研及灾后重建等领域的专业人士、机构，开展灾后重建工作，帮助灾区群众实现平稳过渡安置，重建家园。

温暖包计划：联合各省社会组织、志愿者、媒体、爱心企业和社会公众，搭建社会力量参与公益的平台，通过为困境儿童发放温暖包方式，推动社会组织更好地回应困境儿童的应急生活和心理关怀需求，帮助儿童有尊严地、安全地度过灾后阶段和冬天。

净水计划：以保障农村地区儿童的饮水安全、卫生环境和提升儿童卫生健康习惯为目标，通过为农村地区的项目学校提供净水设备、洗手台、卫生厕所等硬件,结合儿童卫生健康教育,提升农村地区儿童卫生健康意识，促进其养成良好的卫生健康习惯。

只要社会需要，我将义无反顾。

祁县 石帅

儿童平安计划：通过支持公益组织、民间救援队、企业员工等社会力量在学校和社区运用体验、参与及流动教学的教育方法，开展安全教育，提升儿童应对风险的能力。

海洋天堂计划：以自闭症、脑瘫、罕见病等特殊需要儿童为主要服务对象，搭建与支持特殊儿童服务机构、家长及病友组织、公众和企业联合行动网络，促进特殊需要儿童及其家庭享有有尊严、无障碍、有品质的社会生活。

儿童服务站：支持本地公益组织在乡村社区和城乡接合社区建立安全友好的儿童活动空间，为6—15岁乡村留守儿童和城乡流动儿童提供参与式课外游戏活动、安全卫生教育和社会心理支持等服务，搭建社区儿童服务平台，保障儿童基本权利，助力儿童身心发展。

壹乐园：通过为贫困地区的村小学建设游乐设施、多功能运动场，配备体育教学器材，对体育教师进行专业能力培训、体育课程与活动开发，提高农村学校的体育教育质量，帮助农村儿童在快乐中发展潜能。

联合公益计划：旨在联合同一议题领域的公益组织建立议题网络，支持网络运营发展和能力提升，开发并推广标准化公益项目，倡导公众参与政策改善，最终促进社会问题得到有效解决。

壹基金从2011年起开展"温暖孤儿行动"，对孤儿和事实孤儿进行温暖包发放。每个温暖包里面有手套、帽子、耳套、棉衣、围巾、雪地靴、冻疮膏、美术套装、袋鼠玩具等，价值365元，可以帮助这些孩子有尊严地、安全快乐地度过寒冬。

陆玫找到了山西天龙救援队开展公益活动的主攻方向，她感到释然，也因此陷入新的苦恼。

壹基金首次在山西发放200个温暖包，是在山西地区的一次试点活动，如果顺利发放，有了良好开端，将会为今后每年温暖包发放打下扎实基础，因此而受益的地区和孩子就会增多。

但是，仅凭一个民间组织，一无资金，二无场地，三无车辆，面临诸多困难，想做公益谈何容易。让陆玫感到庆幸的是，天龙救援队有一群热心公益事业的志愿者，他们有满腔热情，有一颗热心公益事业的火热的心。

为了让壹基金温暖包顺利发放到每一个孩子手中，让经受寒冷、生活困苦的孤儿、事实孤儿感到"壹家人"带去的温暖，山西天龙救援队积极寻找合作伙伴，联合更多的社会各界爱心人士和志愿者，联手完成温暖包在山西的调查摸底、数据上报、打包分装、长途运送、现场发放、家庭回访等一系列事宜，让爱心公益活动遵规合法，符合流程，经得起受助学校、儿童家长、社会各界及新闻媒体的监督评议。

2013 年冬季到来之时，山西正道和科技有限公司、山西岩涛网络有限公司、山西世信资产评估事务所、山西行者户外俱乐部等 7 家爱心企业，太原工业学院爱心帮扶圆梦队、山西兰色动力汽车改装俱乐部等多家单位和机构的志愿者，率先加入"让孩子温暖过冬""启动温暖包，爱在每一天"温暖包发放当中。

这些爱心企业和志愿者，有的主动参与调查摸底，有的出钱制作会场条幅，有的免费提供分包场地，有的出人分装募捐物资，有的提供现场运送车辆，还有的负责志愿者午饭。是温暖包这一爱心主题活动，让一群互不相识、有爱心的人聚在了一起。

按照壹基金温暖包受助条件，受助儿童必须是在 2000 年后出生的孤儿和事实孤儿。事实孤儿是指儿童的父母双方或一方仍然在世，但是无法、无力或不适合抚养儿童，包含父母双方同时出现以下情况之一，死亡、失踪、查找不到、服刑（两年以上刑期）、重病或重残、遗弃、不履行抚养责任。

为把有限的温暖包发放到最需要的儿童手中，山西天龙救援队调动本地志愿者、公益组织、政府部门、新闻媒体等各界力量，深入乡镇学校，走访调查，核实摸底，收集一手资料。经过与提供信息的各有关方面层层筛选、把关，最终确定 200 名受助儿童名单。

娄烦县天池店乡 10 岁的张煜文是一名五年级学生，父亲在太原打工，遭遇车祸，最终瘫痪，欠下无数外债，无力偿还。母亲扔下父子俩走了，全家的生活重担全部落在已无劳动能力的爷爷奶奶身上。

当好党和人民守夜人，交出时代合格答卷。

吉县 贾文昌

神池县太平庄中心校，共有学生200多人，大多是附近乡村的学龄儿童，其中有70余名孤儿及事实孤儿。这些孩子在思考问题、与人交流、日常行为等方面，与正常家庭的孩子相比，有很大不同，需要给予更多的温暖和关爱。太原工业学院爱心帮扶圆梦队，他们长期对这所学校的贫困儿童进行一对一、一对多帮扶。他们更了解学生的贫困情况，向天龙救援队上报了最准确的满足受助条件的儿童信息资料。

12月7日一大早，悬挂着"壹基金温暖包"标识、满载着63箱温暖包的车辆从太原出发，驶向200多千米之外的温暖包发放第一站——神池县。这一天，具有特别的意义，壹基金温暖包山西地区启动仪式在神池县太平庄中心校举行，也就是从这一天开始，拉开了壹基金温暖包在山西地区的发放帷幕。

这天，初冬的太阳格外火热，空气中弥漫着暖洋洋的味道。太平庄乡中心校的教职员工和早早赶来的几十名志愿者，已经把温暖包发放会场做了精心布置。学校内外，窗明几净，整洁有序。操场四周，彩旗飞舞。孩子们早早起床，梳洗干净，扬起一张张充满天真、稚气的脸，期盼着山西天龙救援队和志愿者的到来。他们已经从老师那里得知，今天，有人来给他们送冬季礼物。

中午1时，温暖包发放正式开始。志愿者们打开温暖包，向孩子们和附近赶来的村民展示里面的东西。温暖包针对儿童需求设计，满足儿童保暖、卫生及心理需求等，共有11件物品。生活物品包括棉衣、帽子、围巾、手套、棉袜、雪地靴、冻疮膏；学习用品包括书包、美术套装；心理物品包括壹基金减防灾儿童读本（含减防灾手绘日记、填图、反馈贺卡等）、毛绒玩具。

在活泼欢快的乐曲声中，来自太原工业学院、太原市高新技术开发区团委、山西天龙救援队、神池县及中心校的有关人员将受助的63名孩子分成9组，每组7人，每组由一名志愿者引导上台，依次领取。孩子们扑闪着大大的眼睛，排着队，小心翼翼地上前接过温暖包，紧紧抱在怀里。有好几个孩子个头小，抱不动箱子，志愿者就赶忙上前帮助，和孩子一起将装着温暖包的箱子抬下来。领到温暖包的孩子脸上露出开心的笑容，眼神里是满满的感激。

在会场旁边一间大教室里，传来一阵阵笑声。原来，孩子们领到温暖包以后，要穿戴起来做活动。看到一大包新东西，都是自己心仪的物品，孩子们紧紧抱着，舍不得拿出来穿。负责给孩子们换衣服的志愿者，帮助孩子们脱掉自己的旧衣服，将漂亮的上衣、靴子穿在身上，给他们戴上帽子、手套。换上新装的孩子们起初还有些不好意思，几分钟不到，一个个高兴地跑来跑去，脸上写满了快乐。有年龄小一些的孩子，拉着志愿者的手久久不愿意松开。

一个名叫杨启蕃的小朋友独自拿着温暖包有点茫然，一名志愿者蹲下对他说："姐姐帮你换衣服好不好？"他腼腆地低声说了句"好"。小启蕃脱掉自己的外套，拍了拍皲裂的小手，生怕把新衣服弄脏。志愿者帮孩子穿好衣服，换鞋的时候才发现，他居然穿着夏天的单鞋，小脚冰凉。当志愿者帮他穿上温暖包里的小棉靴时，他自言自语地说了句："好暖和啊。"听到小启蕃的话，几名志愿者的眼眶内瞬间噙满了泪水。

在接下来的互动运动会上，由志愿者和孩子们共同完成的项目，真正释放了孩子们活泼好动的天性。无敌风火轮、袋鼠跳、心心相印、小马过河、纸衣往返接力，这些都是给孩子们量身定做的互动游戏。参与的孩子们表现了不愿服输的个性，跌倒了爬起来，你追我赶，毫不示弱。

站在一旁的老师眼睛湿润了，他们太了解这些孩子了。因为爱的缺失，这些孩子大多寡言沉默，不愿与人交往，脸上流露出的是与他们年龄不相符的冷寂和默然，很少能看到他们开心地笑。但是今天，当孩子们穿上漂亮保暖的冬季衣服，领到了学习用品，还和志愿者一起做游戏，他们脸上绽放出的笑容，是发自内心的。

除温暖包之外，太原工业学院爱心帮扶圆梦队、山西兰色动力汽车改装俱乐部和行者户外等多家单位和机构的志愿者，还为孩子们送去其他学习、生活用品，同时有部分孩子得到了一对一资助。作为对口帮扶，太原工业学院爱心帮扶圆梦队的志愿者们，大学毕业，帮扶不停，毕业季的大学生将帮扶工作在现场进行交接，将接力棒交给低年级的学友。

天赋其责只为践行诺言，龙腾三晋彰显公益本色。

晋城 王琴琴

《山西晚报》记者张瑾全程采访了神池温暖包发放，并随天龙救援队员和志愿者对受助儿童进行了家访。他发表在2013年12月9日《山西晚报》题为《壹基金温暖包首次来到山西》的报道中，用《正愁孩子没棉衣过冬，这就给送来了》的标题，介绍了走访情况，报道中这样写道：

下午2时整，记者跟随天龙救援队队员、太平庄中心校老师等一行数人，前往5位受助学生家中家访。此时，孩子们都已穿上蓝色棉衣，戴上了可爱的毛线帽，手中还捧着憨态可掬的袋鼠玩偶。

王伟是5位受助者中年龄最大的孩子，今年13岁，在太平庄中心校读五年级。她性格外向，毫不惧生。无论谁和她攀谈，她都无所顾忌地大声说话，且不时大笑，引得众人也随着她变得开心起来。

王伟家住太平庄乡磁窑村。该村地处偏远，道路坑洼不平，交通十分不便。从太平庄中心校开车过去，需半个多小时车程。一路上，几乎看不到田地的踪影，野生沙棘在阳光下不停摇曳。

王伟的爷爷和父亲留守家中，母亲几年前离家，再未回来。因为爷爷和父亲身体不好，家中的20亩地只能由奶奶一人将就着打理。王伟爷爷耳背，说话时大声喊着方能听清。看着志愿者为孙女拿回的温暖包，他只知道憨憨地笑，眼神中流露着感激。王伟父亲目前有肝腹水的迹象，没钱看病，只能在家歇着。见到女儿身边簇拥的天龙救援队队员和志愿者们，他只是一再喃喃地说："娃的新棉衣真好看，你们都是好人，帮帮俺娃吧，帮帮俺娃吧，她爱念书，可俺没钱，连棉衣也给娃买不起。"

记者扭头问王伟："你真那么喜欢念书啊？"

王伟毫不迟疑地回答："嗯，我想像帮扶我的姐姐一样，到城里念大学，将来挣钱给爷爷奶奶买好吃的。"一句话说得好几个志愿者都流下眼泪。

对于几年前离家的母亲，王伟绝口不提。

受助儿童毕勇、毕宇兄妹家住太平庄乡杨家坡村。几年前，像王伟的母亲一样，兄妹俩的母亲也扔下年幼的儿女离家出走，从此不归。2012年7月，兄妹俩的父亲在车祸中离世，如今两人与年迈的爷爷奶奶共同生活。

毕勇奶奶今年61岁，脸色灰暗，精神不佳，腿脚尚算灵便。在门口看到孙子、孙女穿着崭新的棉衣，特别开心，摸摸这个，看看那个，说："正愁孩子没棉衣过冬，这就给送来了。"

　　毕勇爷爷今年 67 岁，已丧失劳动能力，走路时一拐一拐的，家里的地早荒了，4 口人的日子过得艰难。他说："幸亏两个孩子上学是免费的，否则不知如何让他们继续读书。"爷爷说话时，毕勇、毕宇沉默地站在一边，手中紧握着玩偶袋鼠，表情拘谨，完全没有这个年纪应有的天真快乐。毕勇奶奶说，眼下最担忧的，是他们老两口百年之后，谁来照顾关爱这对兄妹。老人的话让两位志愿者心酸不已，准备对两兄妹认捐，负担他们的生活费开支。

　　临县是 2013 年温暖包发放第二站。早在 11 月 26 日，队长陆玫邀请《山西晚报》、太原电视台《发现》栏目记者、公益伙伴魏老师一行 4 人，从太原出发，经过 2 个半小时的车程，到达临县玉坪乡，和吕梁地区的两名志愿者一道，对玉坪乡两所学校上报的壹基金温暖包项目受助孤儿信息进行随机抽查摸底，了解即将受助儿童的个人、家庭情况。

　　临县是山西较为贫困的地区之一，典型的黄土高原，境内沟壑纵横，土壤贫瘠，可耕地面积少。

　　他们走访的第一户是 11 岁的郭未若。女孩儿未若有一个云南籍的母亲，还有一个弟弟，一个妹妹。母亲撇下他们兄妹 3 人返回家乡后，从此再无音讯，父亲受刺激导致精神失常。孩子们与祖母相依为命，小小年纪的未若便承担起了母亲的角色。家里几乎没有什么家具，唯一一个破旧的老式立柜上，贴满了郭未若在学校获得的各种奖状。

　　杨楠、杨济是两兄弟，一个 11 岁，一个 9 岁。父亲死于车祸后，母亲离家出走，由年迈的奶奶照看。走访中，两个孩子衣衫不整，眼中充满胆怯。窗台上摆着一张父亲抱着杨楠、母亲抱着杨济的全家福照片。对于父亲母亲，杨楠、杨济二兄弟的记忆仅仅停留在这张全家福上，早已没有什么印象。空空的灶台，一贫如洗的家，让到访的几个人感到无比心酸。

　　在 12 月 14 日临县玉坪乡九年制学校温暖包发放仪式上，来自玉坪乡、

　　救助他人，传递爱心，热心公益，贵在坚持。

大同　栗静波

木瓜坪乡、安业乡3个乡镇的59名儿童领到了温暖包。

12月21日上午，娄烦县天池店乡第一寄宿小学，孩子们正在上课，教室里传来一阵阵清脆的读书声："我们是大地的一部分，大地也是我们的一部分。青草、绿叶、花朵是我们的姐妹，麋鹿、骏马、雄鹰是我们的兄弟……"

这里是2013年温暖包发放救助第三站。为了不影响孩子们上课，风尘仆仆从太原赶来的天龙救援队队员、爱心人士和志愿者，特意把脚步放轻放慢，将78箱标注着"壹基金温暖包"的箱子从车上卸下，在会场摆放整齐。这一细小的举动感动了现场没有课的教职员工，也一起上前搭把手帮助搬运。他们从心里感激这次捐赠活动，可以让山区贫困的孩子过个温暖的冬天。

下课了，捐赠活动简单却充满了浓浓的爱意，一股股暖流在寒冷的冬天里流淌。孩子们非常懂事，排着队依次入场、上台领取，一个个展露出天真灿烂的笑容。有个名叫王静静的小女孩，身材弱小，8岁了却比同龄人矮一头。一位爱心女士带着自己的女儿参加发放活动，母女俩一起帮她穿上崭新的衣服。静静用小手摸着自己衣服的一角，掩饰不住心中的喜悦。守在一旁的爷爷不停地说着"谢谢、谢谢"，静静也懂事地向爱心人士和志愿者说："谢谢、谢谢。"

有两个来自不同学校的小女孩儿，穿着一样的新衣服，拉钩成为好朋友，还在纸上写下两个人的名字和地址，相互交换，相约一起学习。是温暖包将两个农村孩子的心连在了一起。

当78个困难家庭的孩子穿上新棉衣，戴上新帽子后，志愿者们又开始带着他们做起了游戏。袋鼠跳、拔河……有趣的游戏消除了他们的拘谨，很快与青年志愿者们打成一片。

当天，孩子们除了收到由壹基金提供的温暖包之外，还收到两位爱心人士捐赠的字典和图书。

在随后的家访中，静静的爷爷告诉队员，孩子的爸爸腿部截肢已在医院住了七八个年头，妈妈则在她两岁的时候离开了家。静静爸爸前后医药费花去50多万元，现在家中负债累累。在他们这里，像静静这种状况的还有好几家，孩子多数由爷爷奶奶照顾，主要靠政府低保生活。

在温暖包开启的第一年，忻州神池县太平庄乡、烈堡乡、虎鼻乡、义井镇、大严备乡5个乡镇63名儿童，吕梁临县玉坪乡、木瓜坪乡、安业乡3个乡镇59名儿童，太原娄烦县娄烦镇、米峪镇乡、静游镇、天池店乡4个乡镇78名儿童受助，合计200人。

活动期间，来自省城《山西晚报》《三晋都市报》、黄河电视台、太原电视台等多家媒体报道了壹基金200个温暖包落户山西的新闻。

温暖包来了。

从它踏上山西这片土地开始，必将在寒冷的冬天，掀起一场关于爱的温暖风暴。

让这场爱的温暖风暴来得更猛烈些吧！

备注：为保护受助儿童隐私，本章节所有篇目中涉及的儿童姓名，均已化名处理。

有你更暖心

时 间 2014 年 12 月

地 点 阳曲县 平顺县 五台县 天镇县 石楼县 左权县 大宁县

摘 要 刘圆圆 14 岁，是一个漂亮的女孩儿，眼睛大大的，笑
起来甜甜的,但笑容背后却是一段十分坎坷的成长经历。

人 物 郭 祺 贺 平 梁鹏飞 张维维 王俊芳
刘 魏 李雅丽 贾 丽 南丽江 张毅梅等

大家一起合个影

一个充满爱的温暖包，在山西发放取得圆满成功。

媒体广泛报道，参与企业、爱心人士积极响应，志愿者倾情付出，受助县乡学校全力配合，由山西天龙救援队牵头的温暖包发放在山西境内获得极大反响。虽然只有为数不多的200个，但良好的开端，社会的积极反馈，受到壹基金方面赞许和认可，由此搭建起壹基金与山西地区持续合作的友谊平台。

无疑，山西天龙救援队在其中发挥了举足轻重的决定作用。

进入2014年，爱心帮扶工作持续拉开帷幕。温暖从未停止，爱心一直延续。从元月11日开始，山西天龙救援队组织哈弗军团山西大队、小店北营肉联社区、蒙牛集团志愿者共计40余人，对首次发放温暖包的神池县、临县、娄烦县3个县的受助儿童进行回访，了解发放效果。在娄烦县静游镇，对没能获得温暖包捐赠的28名贫困、留守儿童进行爱心资助，结成了"一对一"帮扶对子。

元月14日，他们又一同前往山西省临县兔坂乡和玉坪乡进行爱心手套发放与实地考察，为孩子们送去新春礼物，也为在当地开展公益活动奠定基础。兔坂乡曾发生重大洪水灾害，当地百姓的家园遭受严重损毁。在现场，爱心人士"一对一"资助了15名儿童的伙食费与书本费。

家住临县玉坪乡的刘圆圆，笑起来甜甜的，但在圆圆笑容背后是一份坎坷的成长经历。圆圆的母亲在她很小的时候离家出走，父亲一条腿不能正常运动，但为了维持生计，常年在外打工。圆圆由奶奶看护长大，从小就学会了洗衣做饭，操持家务。

今年上六年级的圆圆已经14岁了，是一个爱美的大女孩了。她说："我最喜欢温暖包里面的小袋鼠了，每天都会抱着它睡觉。"

圆圆向大家展示了她的作文，虽然只是小学六年级的学生，但在作文本里，有诗歌，有散文，最长的一篇已经1000多字了。每篇文章后面，老师都对她的作文给予肯定和赞赏。圆圆一笑就露出两个浅浅的酒窝，她说：

做公益，献爱心，去哪里？来天龙。

太原 郭轶群

"我要读很多很多的书，将来长大了当一名作家，写很多很多的文章。"

在玉坪乡，11岁的李佳愿就读于寄宿制小学。父亲入狱，母亲身体不好，依然外出在工地上干活，家中只有中风后半身不遂的奶奶和两间老窑洞。

当回访队员在李佳愿家见到他的时候，他穿着壹基金温暖包里的棉鞋。寄宿制小学条件有限，没有暖气的教室和室外一样寒冷。佳愿说："穿上温暖包的鞋，我冬天学习的时候就不再担心冻脚了。"当队员询问他衣服、鞋子都合适吗？虽然看着他穿的鞋子有点大，但佳愿却很懂事地说："都很合适，温暖包里的每一样东西我都喜欢。"

秦智娜也是11岁，家住玉坪乡。父母离异后，母亲走了，父亲和爷爷外出打工，她由年老体弱的奶奶照顾。老师说："智娜是一个很能干的小姑娘，她什么都会干，现在已经是她在照顾奶奶了。"

走到智娜的课桌旁，摊开的书上有铅笔画的痕迹。她的同学说："智娜是班里的画画天才，画的东西都特别好看。"队员们与智娜聊天的时候，她低着头，还有些不好意思。在队员们的一再要求下，她终于把自己的图画本拿出来给大家看，每一张画都画得很用心。她说："温暖包里我最喜欢画笔了，一直不舍得用。"在看完智娜的画后，队员们问她明年是不是还想要一套画笔，她说："我会节省用的，明年我可以要一个套尺吗？"

在回访一些受资助的困难家庭后，队员和志愿者们心里总是沉甸甸的。孩子们太苦了，他们迫切需要得到社会的关爱，如果只是从壹基金申请温暖包，数量显然不足。现场走访回来以后，陆玫带着自己的团队提早策划，提早行动，广泛发动，广泛倡议，将发放温暖包的公益重点，由单一向壹基金申请，扩展到申请和在山西境内由爱心企业、爱心人士自筹两种方式同时开展。

壹基金也在当年调整工作思路，在温暖包发放方面进行改进，采取一比一或一比一点五等多种配送方式，激励各地区动员当地社会力量，奉献爱心，使其成为一种"人人公益，尽我所能"的社会风尚。

国庆节前夕，山西天龙救援队以组织者身份，首次向社会各界爱心人士发出"捐赠一个温暖包，让孩子温暖过冬"的倡议书。

倡议书

亲爱的爱心人士：

大家好！

当您带着孩子去吃大餐、逛游乐场的时候；当您拿起相机，在这缤纷的世界记录下自己宝贝每一个幸福瞬间的时候；当您牵着孩子的小手，把他送进校门的时候，您是否知道，在你我身边，有那么一群弱小的孩子，已经开始为了生存而担负起太多家庭的重担。

这些孩子的爸爸妈妈，或许已经到了另一个世界，在天上俯瞰人间，为自己的孩子牵挂和流泪；或许在一个遥远的地方打工，相隔好久好久，才能通过电话问候一下孩子；或许，这些孩子的爸爸妈妈就在身边，却因重病缠身而自顾不暇。这些孩子，被我们叫作孤儿和事实孤儿。

天气一天天地凉了，每一个冬天都是这些孤儿的磨难。他们的小手会布满冻疮，握不住铅笔，他们的小脚会冻裂，每走一步，都钻心地疼……

都说孩子是天使，可他们的翅膀已经变得伤痕累累。

2013年，壹基金温暖包首次来到山西，包里装满了社会各界对受助儿童的关爱。2014年，爱心还要延续，温暖仍将继续。传递爱心，放送温暖，把全社会的关爱和善举，传递给你我他。

"让孩子温暖过冬"，是今年发送温暖包活动的主题。爱心，永远没有限额；善举，希望可以更多。今年，我们送出温暖的目标，是争取让1500个受助儿童温暖过冬。希望每一位有爱心的人士伸出援手，来帮助这些孩子度过寒冬。送人玫瑰，手留余香。您给予别人的是微薄的帮助，自己收获的是永久的快乐。一滴水微不足道，汇成一股清泉，就足以滋润干涸的心田。这个目标的实现，需要您的爱心参与。

希望更多的人加入这个爱的团队，让阳光、温暖、梦想和愿望，一一落在那些需要帮助的孩子们身上，点燃这些孩子们新的希望。

坚持公益，为社会贡献一分力量。

大同 武海龙

寒冬正在一步步向我们走来，我们已经感受到了那份袭来的凉意。"让孩子温暖过冬"主题活动，就是那个温暖的火把，不仅温暖受助孤儿，也将照亮我们自己。

"让孩子温暖过冬"活动组织方

2014 年 9 月 29 日

一石激起千层浪，倡议书在山西各地产生巨大效应。爱心企业由 7 家成倍增长到 38 家。11 月 15 日，壹基金温暖包山西公益伙伴联盟正式成立。

郭琪先生是一名爱心教育家，黄河少儿艺术团团长，曾担任中国艺术教育联盟主席，常年担任各电视台、电台的嘉宾评委、主持、大学客座教授等。由他创建的黄河少儿艺术团，多次登上中央电视台春节联欢晚会及省市大型晚会。

以"弘扬中华文化，打造卓越企业"为愿景的华商书院，是一家开放式的国学研修书院，华商书院山西校友会在致力于为山西优秀企业家提供最有价值的信息交流、资源共享、项目合作等商业平台的同时，不忘献出自己的一份爱心。

在"双十一"这天，当许多人在网上疯狂买买买的时候，黄河少儿艺术团和华商书院山西校友会两家爱心单位，把注意力放在了公益包上，一共捐出 277 个温暖包。

清华大学同学会山西分会在贺平、白玮晨、李红霞等人提议下，联合山西戴美克越野车俱乐部、1319 俱乐部、佳帝涂料、山西白氏健康信息咨询有限公司、山西红十字口腔医院、山西冶金技师学院、乔治管业等爱心企业和爱心人士进行温暖包认捐，短短一周时间，就完成 118 个温暖包 43070 元（另：其他善款 265 元）的认捐工作。

为了给 1500 个孩子送去冬天的温暖，山西省少工委在全省 20 个县展开受助儿童调查摸底，力争将温暖包发放到最需要的孩子手中，同时通过媒体宣传，在社会各界进行广泛发动和募集。

《山西晚报》是温暖包发放山西公益联盟合作伙伴，报社派出优秀记者，随同山西天龙救援队的队员和志愿者，利用两周多时间，驱车上千千米，登门走访一些地区的家庭。即便是出发前早有思想准备，但看到孩子们面临寒冷、孤独、无助的现状，还是让参与调查走访的人员心头一震。

吕梁市中阳县金罗村：小珲妮是被领养的孩子，衣食起居都是自己打理，偶尔能从养父那里得到几元钱，就是好几天的生活费。

吕梁市石楼县裴沟村：父母智障，祥辉和祥秀兄妹俩从小跟奶奶一起长大，穿别人的旧衣服。每天最幸福的时刻就是学校免费的课间餐时间，可以吃到一颗鸡蛋、一袋牛奶和一小块牛肉。8岁的哥哥祥辉喜欢画画，希望可以有很多画笔，7岁的妹妹祥秀喜欢唱歌，长大想当一名歌唱家。

忻州市东冶乡：燕云的父亲3年前意外死亡，家里有多病的母亲和3岁的弟弟。房子的玻璃早就碎了，母亲只好贴塑料布遮挡寒风。

与燕云同村的11岁的王一万，母亲生下他5天后死于产后高烧，一直由奶奶拉扯长大。父亲靠收破烂为生，常年外出。他和奶奶相依为命，小小年纪流露出忧郁的眼神，让到访者感到心痛。

太原市阳曲县黄寨：甜甜是一个12岁的漂亮小姑娘，从小被抱养。养母在她1岁时便离开了家。养父打工，收入极少。她一直有个愿望，就是能拥有一只大大的熊仔，能抱在怀中睡觉。

黄寨中社小学的晶晶，父母离异后，母亲出走，患有耳疾的父亲常年在外打工。她一直由姑姑抚养，由于缺失父爱母爱，非常胆小。从志愿者进屋，晶晶一直躲在角落里不敢出声，沉默寡言。她憧憬着能和爸爸妈妈一起生活。

客观真实、准确翔实的一手信息，使温暖包发放更加精准。

随着天气渐冷，2014年11月中旬，山西地区首批1000个温暖包运抵太原。22日上午，来自爱心企业、高校以及民间公益团体的数百名志愿者参与温暖包分装。

梁鹏飞先生将自己公司的一间厂房提供给志愿者进行温暖包分装，还

在纯粹的平台上和一群纯朴的人做纯真的事。

祁县 段霖

捐赠了 1700 本《新华字典》和 200 本《假如给我三天光明》等书籍给孩子们，成为山西地区首个温暖大使。

50 岁出头的张维维女士喜欢音乐、舞蹈和文学创作，出版的《趣味同音字》一书颇受好评。得知开展温暖包活动，她主动捐赠 1500 本供孩子们学习使用。

一起捐书的还有王俊芳女士，捐赠了 1500 本儿童读物《爱的教育》。她希望这本小小的书籍，让孩子们成为一个有勇气、充满活力、正直的人，成为一个敢于承担责任和义务的人。

山西经济管理干部学院学生会主席张燕芸，带着 40 多名大学生志愿者来到分装现场。她说："本来只有 20 个名额，大家异常踊跃，积极性非常高，一下子来了 40 个人，大大超出了预想。"来之前，他们专门组织了一次培训，对温暖包的分装流程、注意事项、着装要求等提前进行了讲解。

利星行集团太原之星奔驰 4S 店，在温暖包工作启动之后，反复在自己的店里播放温暖包宣传视频，激发客户的公益之心，很快募集到 100 个温暖包。还有的客户看到宣传片后，表示愿意资助一个孩子上学，直到大学毕业。

在分装现场，爱心人士代表孙志梅说："看到这么多人为了贫困地区的孩子忙碌，我深切感受到，做公益是一件十分快乐的事情。我也希望能有更多的人参与进来，让公益之花尽情绽放。"

现场有一个 5 岁的孩子，是跟着妈妈来的。他妈妈陈女士说："5 岁的孩子不清楚做公益是怎么回事。但我告诉他，你这样做可以帮助到其他小朋友，让他们有棉衣穿，有课外书读，冬天暖暖和和的。他听到这些以后特别高兴。我们从小就应该让孩子懂得，帮助别人、关心别人是一件开心的事。"

就在 22 日上午温暖包分装当天，来自省城太原的 8 家骑行团队 300 名骑行爱好者，分别在太原市长风街、学府公园、胜利桥东、中北大学、迎泽桥东、北大街解放路口、飞机场等位置集结，共同向太原东客站附近的汇大国际温暖包分装活动主会场骑行。这些由离退休人员、在校大学生、公务员、企业白领、私企老板等组成的骑行队伍，在省城街头以环城骑行方式，助力温暖包宣传。在闹市中出现数百名骑行人员，本就是一道靓丽的风景，他们打着"人人做公益，助力温暖包"的彩色旗帜，更是吸引了路人的目光。

1月30日，山西大部分地区进入了瑟瑟冬季。在头场降雪来临之际，温暖包发放与不期而至的寒冷进行时间赛跑。山西天龙救援队同时在阳曲、临县、岚县3个地方开始温暖包发放，245位儿童受助。山西公益伙伴联盟《山西晚报》的刘巍、李雅丽、贾丽、南丽江几位记者，全程见证和记录了温暖包发放全过程。

刘巍

阳曲大直峪、北留、柏井、城晋驿、中社、黄寨、北郑7所学校的101名学生，临县三交镇小学、白文镇两所寄宿制小学、南庄寄宿制小学的104名学生，岚县大蛇头中心小学、上明小学、东口子小学的40名学生，分别领到温暖包，里面装有棉衣、帽子、手套等12件指定物品以及爱心人士提供的《趣味同音字》《爱的教育》《新华字典》3本书。孩子们迫不及待地打开爱心礼物，美滋滋地穿上新衣新鞋，男孩子翻看图书，女孩子对袋鼠公仔爱不释手。每个孩子脸上都是满满的笑容，是那种发自内心的快乐，看着就让人格外开心，当然，也有那么一些感慨。

在发放仪式上，受助儿童还和志愿者叔叔、太原来的几十位小朋友一起做游戏，体验团队协作精神。发放结束后，记者和天龙救援队及志愿者进行了家访。

在加入公益大家庭和奉献爱心的感召下，有很多爱心伙伴们一路携手同行。黄河少儿艺术团、汇大国际、搜狐山西车友会等单位和组织，积极进行捐赠，热心提供车辆，大力参与志愿服务。

李雅丽

11月30日上午11时半，壹基金温暖包山西地区首批发放岚县分队的工作人员和志愿者70多人，经过3个多小时车程到达岚县大蛇头乡中心校。

大蛇头乡海拔2250多米，山风呼号，虽然大家赶到学校时日头已在

热爱户外，热爱绳索，热爱公益，尽微薄之力去帮助更多的人。

大同 孙振祥

中天，却仍然感到格外冷。由于时间已近中午，志愿者们先领着孩子们吃饭，顺便体验了一回现加热午餐。

张远（化名）读三年级，个子不高，是事实孤儿，就住在学校宿舍。记者拉着他冰冷的手来到学校餐厅，领了一份回锅肉加热餐。他取出说明书，一个字一个字地读加热步骤，根据说明热好了饭菜。吃了一部分后，他把剩下的打包带回了宿舍，他说："晚上热一热再吃。"

午饭后，记者随学校的梁老师及天龙救援队、车友会的志愿者对住在学校附近的受助学生进行家访。王朝和（化名）家的院墙是黄土夯的，院里杂草丛生，仅有的一间房子还是政府救助的。由于母亲生病，父亲在外打工，日子着实不好过。这个温暖包，有助他温暖过冬。

蓝色的抓绒衣，蓝色的雪地靴最先被孩子们穿在了身上，戴上蓝蓝的绒线帽，在纯净的天空下显得格外靓丽。一些孩子的爷爷奶奶也来到现场，看着小孙孙穿着新衣服做游戏，有人又赶紧让孩子换回了旧衣服，原来是想把这件漂亮的抓绒衣当作过年的新衣。梁老师说："有些孩子家庭很困难，衣服都是捡别人的穿，没有春夏秋冬之分。"

南丽江

寒风萧瑟，一大早，发放小分队从太原启程前往临县白文镇第二寄宿制小学，为这里的孩子们送去冬日里的温暖。

11时半发放仪式正式开始，经过几轮互动游戏之后，孩子们慢慢地不再拘束，开心地和志愿者们聊起天来。当志愿者们从车上卸温暖包时，孩子们也上前帮忙。"你们能搬动吗？""能！"孩子们的回答很坚定。可是看着他们瘦小的身体，仍然让人有些不放心。此时，天龙救援队的工作人员表示："让他们搬吧，这样会让他们觉得自己不是'不劳而获'。"

此次发放的温暖包中，还有太原之星奔驰4S店的员工给每个孩子写的一封信。人群中，一个小男孩打开信很认真地看着。"信上都写了什么啊？"记者问道。"这位阿姨说要我好好学习，相信自己。""那你想对阿姨说点什么呢？"小男孩很认真地想了半天说："谢谢！"

贾丽

本次活动，黄河少儿艺术团联合华商书院山西校友会共捐赠了277个温暖包。捐赠开始前，艺术团的小演员们陆续登台，表演精心准备的一系列节目：诗朗诵、多人快板、独唱……小观众们都看呆了，每一个节目结束都拼命鼓掌。太原青年路小学一年级4班的17个孩子也表演了《水晶操》，7岁左右的小不点儿们动作整齐、表情自如，赢得热烈的掌声。

活动现场，孩子最爱玩的是一个体现团队协作的游戏，101名阳曲县的受助儿童和来自太原市的小伙伴们10人一组，做起了绑腿赛跑。大家手挽手、肩并肩，喊着口号往前跑。老师说："希望游戏能让孩子们体会到团结就是力量。"

在阳曲北郑小学的温暖包发放活动结束后，孩子们一个个抱着温暖包准备回家，有几人却被老师留下来到会议室集合。三年级的李英杰听到自己被"点名"，有些不知所措。这个男孩不停地挠着头，回忆刚才是不是做错了什么事。但一进会议室，他脸上瞬间就乐开了花，原来会议室里已经坐了好几位同学，桌子上还堆着好多礼物。这些礼物都是《山西晚报》特意送给这几个孩子的。

1个月前，《山西晚报》记者团来这所学校采访了许多拟受助名单上的孩子，其中就有李英杰。当时记者问他有什么心愿，他说想要漫画书。当时表达过心愿的还有该校二年级的梁芳、五年级的温三茜、六年级的郭大泉和黄寨学校的李扬扬、李然然姐弟俩。孩子们的心愿，记者团的叔叔阿姨一直记挂在心里。

当时因为家里没人照顾，正面临转学问题的李扬扬、李然然姐弟俩在接受采访时，一个说想要变形金刚，一个说想要洋娃娃。拿到了梦寐以求的礼物，李扬扬乐得大笑。

山西的奥运冠军董栋一直是《山西晚报》公益事业的粉丝，他为孩子们捐了10个温暖包。得知奥运冠军也给同学们捐了温暖包，还鼓励大家好好学习，喜欢画画的梁芳特意画了一幅小朋友手拉手的画，要送给董栋大哥哥。梁芳还用心地剪了一颗粉色的心形贴在画上，上面写着："谢谢董栋大哥哥送我们的温暖包，我们为您加油！"梁芳因为身体有残疾，一直

初心不忘，热情不退，奉献不止，爱心不减。

吉县 党东明

很自卑，1个月前表达心愿时说想上美术培训班。这次活动，黄河少儿艺术团阳曲分团的张团长也带着艺术团的孩子们来"送温暖"。得知梁芳的心愿后，她当即表示欢迎梁芳来培训班学画画，学费全免。听到这个好消息，梁芳脸上露出了难得的笑容。（文中孩子均为化名）

2014年12月6日一大早，前往山西平顺县、五台县、武乡县和襄垣县的温暖包车辆出发了，为402名孤儿及事实孤儿送温暖包。华商书院、晋城银行、太原市高新区等多家志愿者爱心团队给予大力支持，一同前往。

平顺县受助儿童多，大多居住在山里，既远又分散，最远的孩子到达发放现场西沟小学要步行两个多小时。县里专门开会部署，安排所属12个乡统一行动，把受助的167个孩子接到县城发放地，亲身体验社会各界和爱心人士送出的温暖和关怀。一些家长不放心，特意跟着来到现场。当这些家长看到温暖包里面有崭新的棉衣、棉鞋、帽子、围巾、手套等过冬御寒物品，激动得落下了眼泪。有孩子发现温暖包里有一样奇怪的东西，问志愿者这是什么？志愿者回答说是冻疮膏，并手把手教孩子们怎么使用。

在志愿者的帮助下，孩子们一个个穿上了新衣服、新鞋子，戴上了新帽子、围巾。一位家长看着自己一身新装的孩子，仿佛不认识一般，一边围着孩子打量，一边开心地笑着说："怎么看都像是城里的娃儿。"在温暖包里，还有一样孩子们最喜爱的礼物，可爱的毛绒袋鼠。这个袋鼠玩具，寄托着所有爱心人士的希望，希望能在寒冷的日子里，陪伴守护着孩子们，成为他们最好的朋友。

温暖包发放，离不开志愿者的参与。从大清早到存放地分装，随车赶往发放地，发到孩子们手中后，还要帮着穿在身上一起做游戏，倾注了志愿者和爱心人士的心血。

一名姓吴的志愿者说："我们确实很累，但看到孩子们拿到温暖包之后脸上绽放出的笑容和满足，就觉得自己的付出值得。"

另一名爱心人士说："相信收到温暖包的孩子能体会到这份温暖，会记住今天这个日子，在自己生活遇到困难的时候，得到过爱心人士的帮助。"

在发放现场，一位上小学二年级的男孩子引起大家关注。这名孩子父亲残疾，母亲不幸离世，家庭十分困难。太原市高新区管委会一名姓高的女士，现场决定资助这位孩子完成学业。

当天的天气特别好，太阳照得人暖洋洋的。穿上新衣服的孩子和志愿者围成一圈做起了游戏。李志强是山西大学商务学院爱心驿站的志愿者，阳光、帅气，深受孩子们喜爱。他个子高，领着孩子跳兔子舞时，需要半蹲着蹦蹦跶跶，一会儿就累得满头大汗。老鹰捉小鸡是温暖包发放的保留节目，在广场上，一组又一组的孩子们被扮演老鹰的志愿者追得到处乱跑，逗得哈哈大笑。休息的时候，孩子们围着这个大哥哥问长问短。

来自山西财经大学志愿者团队的 10 名志愿者，参加了 12 月 13 日在天镇县南河堡中心学校的温暖包发放。他们的任务是在温暖包开始发放之前，带着孩子们来个热身游戏，把场子暖起来。3 个游戏，一个比一个精彩。先是常规的老鹰捉小鸡，几个回合下来，一个个小鸡就被老鹰从队伍中捉了出来。在跳大绳游戏中，孩子们即使累了也不示弱，争着当第一。最热闹的游戏是拔河比赛，孩子们组成两组，每一组的孩子都使出浑身解数，手脚并用，非常使劲地对抗着。围观的孩子比场上的孩子还着急，高声呐喊，为自己的队伍加油助威。游戏结束后，孩子们得到了充满生命力的绿色手套奖励。

"我们送去的是温暖，带回的是感动。温暖包是爱心的见证，温暖的不仅仅是孩子，还有整个社会的心。"志愿者张磊感慨地说。

2014 年发放温暖包的时候，张毅梅还是一名志愿者，她说："每次现场发放温暖包的时候，气氛都很热烈，看到孩子们一张张开心的笑脸，我感到很欣慰。在天镇温暖包现场，做老鹰抓小鸡游戏，队长陆玫带头当老母鸡，带着一群当小鸡的孩子们，四处躲避着由男队员装扮的老鹰，在操场上喊着，叫着，转着圈玩耍。那一刻的孩子是最无忧无虑的，最开心的。

"但是在做家访的时候，看到孩子们的父母残疾或多病，孩子们大多由爷爷奶奶照料的现状，我多次忍不住落泪，心里面酸酸的。这些家庭的孩子，天真灿烂的一面不见了，脸上的笑容不见了，变得沉默寡言，心事

提升自己，帮助别人。

大同　刘涛

重重，与他们还是孩子的年龄不符。在给孩子们拍照片时，有的孩子很配合，扬起笑脸让你拍，有的孩子不愿意，会跑开躲避镜头，或者用手遮住小脸，流露出害羞的表情。作为一名摄影者，我会尊重他们，拍照前会招手示意，征得同意。

"我遇到一个收到温暖包的 7 岁的小女孩儿，小脸蛋长得很漂亮，也很可爱。但我给她拍照时，她不拒绝，也不躲避，而是一脸的木然，望着远处，毫无表情。这一点深深触动了我，让我非常感慨，我们更应该关注这些孩子们的心理是否健康。"

每次参加完温暖包发放，张毅梅还养成一个习惯，把在现场给孩子们拍的照片，冲印好后邮寄回学校，让老师转交到孩子们手中。

12 月 20 日，对于吕梁市石楼县、中阳县和临县的 196 名孩子而言，是个快乐的日子，来自山西天龙救援队、金虎便利、山西经济管理干部学院、山西车友会等团体的爱心人士和志愿者，给孩子们送来了棉装和学习用具。

在石楼县裴沟乡，温暖包发放地址位于石楼中学礼堂，50 个受助孩子分别来自不同的 5 所小学。当 13 辆车组成的爱心车队经过 4 个小时的长途跋涉，驶进石楼中学时，等待多时的孩子们一下子沸腾了。

为了拉近志愿者和孩子们的距离，午饭时间，组织者安排爱心人士、志愿者和学校的孩子们一起吃午饭，两个馒头一碗烩菜。吃饭期间，孩子们好奇地问这问那，天真活泼，一点也不拘谨。领到温暖包后，孩子们换上蓝色棉服，和志愿者一起兴奋地做起了游戏。

来到现场的记者贾丽、李丽芳，她们两人身上还有一个任务，寻找一个名叫林丽芳的孩子。两个月前，记者去她家家访后的报道引起了很多人关注，一位不愿透露姓名的先生，通过天龙救援队给报社转来 1500 元钱，希望捐给林丽芳兄妹俩，帮助他们完成学业。这位先生还承诺，只要兄妹俩努力学习，他将一直资助他们到大学毕业。在游戏队列中，她们找到了林丽芳。她的父母都有智障，她和哥哥一直由奶奶照看，生活非常困难。两位记者通过校方，将善款交到了孩子奶奶手中。得知有好心人要一直捐助两个孙子读书，老太太老泪纵横，高兴地说："这下好了，这下好了。"

中阳县金锣镇林志红的学校离家比较远，她的父亲出门打工经常不在，她一个人住在一间土窑洞里，一箱方便面也要算计着吃1个月。之前家访时，她说希望有一辆自行车，这样上学就不会迟到了。一位爱心人士得知后寄来爱心款，委托购买一辆自行车送给志红。金锣小学校长受托，在县城买回一辆淡蓝色的自行车。这位爱心人士不愿透露自己的信息，只是留言说：希望现在的困难经历能成为孩子将来健康成长的财富。

据统计，2014年，太原市阳曲县，吕梁市岚县、中阳县、临县、石楼县，长治市武乡县、襄垣县、平顺县，忻州市忻府区、五台县、神池县、原平市，临汾市大宁县、曲沃县，晋中市左权县、灵石县，大同市天镇县、阳高县7个市18个县区，共发放温暖包1500个，共有26家志愿者团队近1500人参与了温暖包行动。

山西天龙救援队正在拓宽自己的公益范围，成功地向除救援和保障以外可持续发展的其他慈善领域转型。

爱 的 蓝 精 灵

时 间 2015 年 11—12 月

地 点 太原 吕梁 忻州 大同 阳泉 长治 临汾 晋城

摘 要 一位参加义卖的小朋友极力推荐着自己的小商品："这个存钱罐我平时保管得可好呢，和新的一样，只卖 5 元钱。"

人 物 韩雪梅 梁耀丰 托马斯 张兆云 张春霞 李若男 李 娜等

亲密伙伴

温暖包是一粒火种，温暖着孩子们的心，照亮了他们前行的路程。

温暖包是一座桥梁，连接着爱心企业、爱心人士和受助儿童，将源源不断的关怀送到孩子们身边。

温暖包更是一个公益大平台，让每一颗爱心都有闪亮的机会和途径。

2015年，壹基金温暖包山西项目组提出，要给山西受助地区的孩子募集2000个温暖包。

从2013年的200个，到2014年的1500个，再到2015年的2000个，这不单单是一个数字上的叠加，说明在山西有越来越多的爱心企业、爱心人士和社会各界的志愿者加入了这一行列，以公益为耀，以爱心为荣。山西也一跃成为壹基金温暖包捐赠大户，受益孩子覆盖范围越来越大。

2000个温暖包，就是2000个爱的蓝精灵。从前期走访摸底、数据上报，到募捐、派发、分装，然后精准发放到全省各地，这绝不是一件轻轻松松就容易做到的事情。

国庆节后，山西天龙救援队发出一则公告，将在2015年温暖包启动仪式上，开展一次公益义卖活动，向社会各界筹集义卖物品，包括家中日常用品、全新或九成新玩具、个人手工制品、奇趣创意类小型物品、闲置的具有义卖价值的商品等。义卖所得，全部用于购买温暖包。

10月25日，"爱在山西，温暖壹冬"2015年温暖包启动仪式在太原万达中心广场举行，吸引了众多爱心人士、爱心企业和广大市民、志愿者参加。启动仪式之后，义卖活动如期举行，千山万水公益基金会、蒲公英公益社、山西方舟自闭症康复研究院、山西爱心顺风车联盟、太原大红鹰美术培训学校等19家爱心团队纷纷响应，要么捐出物品参加义卖，要么直接捐助善款认购温暖包。

最热闹的要数孩子们的义卖现场，桌子上摆满了从家里拿来的东西，有心爱的玩具，有崭新的书包，有独特的小工艺品，还有孩子们的课外读

心若向阳，无畏风雨，奉献天龙，保卫安宁。

祁县 程亮

物和自己画的画。

"这个存钱罐我平时保管得可好呢，和新的一样，只卖5元钱。"一位参加义卖的小朋友极力推荐着自己的"小商品"，酷似一个卖货的"小行家"。一个感兴趣的买家愿意出1元钱，她稍稍犹豫了一下，点头表示可以成交。她左手把心爱的存钱罐交给买家，右手又高高地举起一辆电动小汽车说："这个小汽车也非常好，希望考虑一下。"她的妈妈说："看到招募启事，孩子这些天一有空就在家里翻箱倒柜精心准备她的'小商品'。今天她带来了自己小时候用的发卡、头花、毛绒玩具、存钱罐等20多件物品，已经卖掉十几件了。"

猫咪是个漂亮的小女孩，今年只有5岁。她穿着一件毛茸茸的白色上衣，怀里抱着和她一样高的一个毛茸茸的棕色玩具小熊，让人分不清哪个是玩具，哪个是孩子。猫咪不放过任何一个从自己身边走过的人，用期盼的眼神说着："这个小熊是新的，20元钱拿走吧。"几个现场的志愿者围着这个可爱的孩子，问她："20元钱你舍得卖吗？""舍得。"小女孩有些羞涩地说。一名志愿者说："姐姐出30元，你卖吗？"小女孩回头看了一眼身后的妈妈，妈妈冲她点了点头，她高兴地说："20元就可以了，谢谢姐姐。"

许多刚刚上幼儿园的小朋友稚气未脱，尽管手里不离零食，却可以像"小大人"一样独自卖东西。4岁的王子辰小姑娘，在爷爷奶奶和妈妈的陪伴下，也来到义卖现场。

"开展这项活动很有意义。'商品'都是孩子用过的文具、图书、玩具，还有自己做的手工艺品等。意义不在于价值多少，卖了多少，而是可以让孩子们在活动中锻炼面对社会的信心，激发他们的胆量，同时奉献一份爱心。"王爷爷对活动大加赞赏，并在现场掏出30元钱，从一位小朋友手中接过一把木剑，表示对孩子的支持。

山西龙星行汽车销售服务有限公司带来3件精致的汽车车模，可口可乐公关部经理为现场准备了夺人眼球的可口可乐百年弧形瓶，山西天龙救援队带来了3只微缩版的小袋鼠，都在现场拍出了不错的价格。天龙救援队的3只小袋鼠，最高一只拍出了500元的价格，最低的365元，恰好是一个温暖包的钱。

山西方舟星星的宝贝们，在老师和家长的帮助下，用小手制作出了一块块精美的手工香皂和一幅幅漂亮的画作，也在现场参与义卖。

义卖活动一共募捐善款 18674.6 元。现场得到山西龙星行汽车销售服务有限公司、可口可乐山西分公司、北京新水远景科技有限公司、太原自由贸易有限公司的爱心支持，定向捐赠灵丘、平定、左权、交城 4 个县500 个温暖包。

11 月 21 日，天空晴朗，万里无云。在瑟瑟寒风中，太原市滨河公园内，依然绽放着黄色的菊花和红色的串串红，点缀着汾河两岸的景致。上午 9 时，汾河公园跻汾桥西，聚集了众多喜欢跑步的人，参加由山西少工委和壹基金主办的"361°爱在三晋温暖跑"大型温暖包众筹跑活动。

为了 2000 个寒风中瑟瑟发抖的柔弱身体，为了 2000 双冰冷皲裂的小手，来自社会各界 150 支队伍的 600 名健行者，身体力行地推广公益理念，为困境中的儿童筹集善款，改善生活状况。温暖跑路线从跻汾桥西出发往北沿汾河公园行至南内环桥过桥后，沿东岸往南行走，最终返回跻汾桥西，总长 8.8 千米。

队伍中，一名年仅 10 岁的小女孩儿，小脸冻得红扑扑的，跑跑停停，停停跑跑，实在跑不动了就慢慢走。在她身后始终紧随一人，那是她的母亲，也是她的队友。母亲时不时鼓励几句，给女孩儿加油。到达终点后，小女孩和母亲紧紧拥抱在一起。小女孩气喘吁吁而又面带自豪地问妈妈："妈妈，我终于跑完全程，那些小朋友今年是不是就能穿上温暖的新衣服了？""是的，是的。孩子你好棒，你好棒！"

在奔跑的队伍里，还有许多爱心企业的负责人和一些机关团体的领导、工作人员，大家在行动中践行"尽我所能，人人公益"的理念。

北京新水源景科技股份有限公司成为山西天龙救援队公益合作伙伴后，定向捐赠 111 个温暖包，共计人民币 40515 元。公司还组织了 5 支队伍参加"爱在三晋温暖包"大型公益健行活动。

公益爱心，互助奉献，善行善果，有你有我。

侯马 李援宏

当天，公益健行活动共筹集善款 161402.99 元，可以购买 442 个温暖包。442 个温暖包，就是 442 张孩子们的笑脸，而受到鼓舞和温暖的，则远不止 442 个家庭。

2015 年 11 月 28 日的山西太原，气温已低至零下 8℃。这一天，天空晴朗，艳阳高照，是冬天太原难得的一个舒适天气。

早 8 时，在位于郊区的山西源宏雁商贸有限公司一间仓库，出现了一批忙碌的身影，他们是来自千山万水公益基金会、晋城银行睿睿微慈善、山西大学商务学院等机构、团体的一群志愿者，前来进行温暖包分装。

饱含着爱心企业、爱心人士、志愿者浓浓爱意的 2000 个温暖包，已从壹基金总部发到山西太原，临时存放在这间大型仓库内。100 箱一个单元的温暖包，摆放了整整 20 个单元。装满爱心物品的温暖包，单从体积上讲，长、宽、高各是 45 厘米、35 厘米、40 厘米，重约 6 千克。2000 个温暖包堆放在一起，体积庞大，一般小一点的仓库根本放不下。每年在温暖包发放时，有许多爱心企业主动要求合作，提供分装场地，献上一片爱心。

温暖包分装是一项十分繁琐却又要求非常细致的工作，不能有任何差错。梁耀丰、韩雪梅、田国裴、马雯婷等几名队员早早赶到现场，进行监督把关，防止出现差错。

韩雪梅介绍说："温暖包发放，最细致的工作就是分装。按照事先摸底统计上来的数字，数对数量就可以。但是每一个温暖包内装的衣服、棉鞋的号码是不一样的，要按照具体发放名单的大小号码一一对照装箱。像帽子、手套、围巾是均码，还有学习用品，这些东西只要不漏装或多装就可以。但是棉鞋和上衣，根据孩子们的身高就分为 130、140、150、160 和 170 五个不同号码，不能出现差错。如果装错，领到温暖包的孩子就会发生衣服和鞋子的尺码不合适等问题，给孩子们带来不便。

"每次分装，参加的人员不同，一些志愿者积极性和热情非常高涨，但缺乏细心，就发生过分装错误的现象。"

2015 年，募集到 2000 个温暖包，是这 3 年当中最多的一次。分装现场，吕梁支队、阳泉支队、临汾支队等一些队员也来到太原进行分装。从早晨 8 时开始，到晚上 8 时分装、清点完毕首批 539 个温暖包，整整用了 12 个小时。山西大学商务学院爱心驿站的 36 名老师和学生，一直坚持在现场，直到全部的温暖包分装完毕，码放整齐。

千山万水公益基金会听说温暖包中没有袜子，特意在分装前购买了 1800 双，连同蓝精灵动保团捐助的 200 双棉袜，一同在分装过程中，加进了温暖包中。

在分装现场，一个高鼻梁的老外引起大家关注。他叫托马斯，做国际贸易，是一位加拿大人，爱人张兆云女士是山西交城人。托马斯连续 2 年参加温暖包分装及发放工作，和年轻人一样，一趟趟搬运温暖包，跑前跑后。他通过爱人做翻译，表达了自己的心声："孩子是社会的未来，要爱护他们，帮助他们健康成长。我们的所作所为，能从小培养他们的爱心和公益意识，会影响他们的一生。"

12 月初，山西从南到北，都已进入寒冷的冬季，朔风呼号，万木凋零，大地萧瑟。12 日、13 日，拉开了 2015 年温暖包山西发放序幕。两天时间，全省发放温暖包 772 个，共有 95 支爱心团队，超过 2000 名志愿者一起用爱和热情，温暖了山西大地。

吕梁 山西公益伙伴联盟、吕梁离石区青年志愿者协会承担了吕梁地区当年 363 个温暖包的分装与发放。分装当天参与团队 6 支，共 63 名志愿者。兴县站的温暖包发放在兴县广场进行，为兴县 53 名事实孤儿送上温暖包。中阳站的温暖包发放在中阳县宁兴北校进行，为中阳县 70 名事实孤儿送上温暖包。

忻州 山西公益伙伴联盟、河曲志愿者协会与保德志愿者协会，协助天龙救援队忻州支队进行 360 个温暖包的分装与发放。分装当天参与团队 20 支，共 1000 名志愿者。分别有 63 个和 86 个温暖包送到了河曲县双语育英学校和保德县郭家滩中学。

大同 天龙救援队大同支队承担大同地区 427 个温暖包的分装与发放。分装当天参与团队 28 支，共 500 名志愿者。虽然发放当天是雨夹雪的天气，

学习救援技能，再把所学服务社会，是一件很有意义的事情。

大同 张海峰

但队员们还是冒雪给灵丘县平型关小学发放 134 个温暖包，给广灵县中学发放 29 个温暖包。

阳泉 天龙救援队阳泉支队负责阳泉地区 144 个温暖包的分装与发放。分装当天参与团队 11 支，共 200 名志愿者。队员们将 111 个温暖包送到阳泉市平定县东关小学。

长治 山西公益伙伴联盟、长治义工协会负责长治地区 73 个温暖包的分装与发放。分装当天参与团队 14 支，共 200 名志愿者。长治市启明星学校 11 个温暖包，屯留县北宋村小学 13 个温暖包，长子县民众福利院 9 个温暖包，平顺县北社乡 7 个温暖包，沁县 31 个温暖包。

临汾 山西公益伙伴联盟、临汾市多家志愿者组织负责临汾地区 97 个温暖包的分装与发放。分装当天参与团队 16 支，共 120 名志愿者。永和站温暖包发放在永和县城关小学进行，发放给 53 名受助孩子。

晋城 山西公益伙伴联盟、晋城市多家志愿者组织负责晋城 189 个温暖包的分装与发放。分装当天参与团队 11 支，共 200 名志愿者。在陵川县发放 189 个温暖包。

在山西天龙救援队的微信公众号里，小编梁耀丰给大家讲述了一个家访的故事：

一位老爷爷领着穿着捐赠的蓝色棉衣的孙女往家走，旁边是天龙救援队员张春霞和一名抱着温暖包的志愿者。老爷爷眼里闪着泪花，孩子脸上洋溢着笑容。

爷爷的大儿子去世后，大儿媳妇丢下患脑萎缩的女儿（受助孩子）离开了家。不长时间，二儿子的媳妇去世了，二儿子新找了一个媳妇后，丢下自己的女儿，带着女方选择了离开。爷爷的老伴刚刚做完心脏支架手术不久，一直躺在床上。家里非常简陋，生活拮据，没有积蓄。

他们的家就是在山体上直接掏出来的一口土窑洞，外面用单砖简单砌了一下。这样的土窑洞在村子里早已废弃，几乎没人居住。家里只有一台很旧的电视机以及屋中央的一盏灯，门旁边是小土炉子，虽然生着火，依旧很冷。院子的角落里堆满了捡来的可以换钱的废旧物品。

老爷爷今年 66 岁了，还在环卫队上班，虽已超龄，因情况特殊，单位照顾留用了他。他凭着每月做环卫工挣来的 1500 余元，加上闲暇时捡拾一些废旧物品换钱，养活一家 4 口人。

天龙救援队员孙峰那天也去这家进行了家访，他说："在这样一个不幸的家庭里，老人对孩子的不离不弃，让我非常感慨。女孩儿患有脑萎缩，行动不便，6 岁才会走路，爷爷就背上行动不便的孙女去上学。回头想想我们的孩子，很多时候他们不知苦难，不知感恩，不知珍惜，不知满足。"

对于这位受助的孩子，我们希望她今后无灾无难，向阳成长。

在 2015 年温暖包回访的时候，队员们认识了一个忻州市定襄县的孩子，名叫海泉。海泉的父母相继去世后，跟随有轻微智障的 64 岁的伯伯生活。海泉有一个 23 岁的姐姐，精神失常，经常对海泉动粗，还在家中点火，烧坏了很多东西。海泉和伯伯害怕姐姐，只要姐姐在家，他们就躲在村民家堆放柴火的破房子里过夜。零下 20 多℃的冬天，海泉和伯伯就这么相依为命。

12 月 20 日，温暖包在定襄县发放时，海泉领到了温暖包。队员们给海泉穿上暖和的棉衣，海泉笑得很开心。通过温暖包项目，海泉得到社会爱心人士的关注，他和伯伯的生活得到很大改善，有人还答应资助他完成学业。

在山西天龙救援队当年的年会上，海泉作为孩子代表来到年会现场。他的状况有很大改善，穿着一件干净暖和的羊毛衫，黝黑的脸上洋溢着幸福的微笑。

孩子们是天真的，是可爱的。作为祖国的未来，他们一样拥有自己的梦想，一样拥有美好的明天。

在温暖包发放互动过程中，天龙救援队队员和志愿者们，总会设计一个环节，由受助儿童在明信片上，写下自己的梦想。这是一张没有具体收件地址和收件人的明信片，但会统一收集到天龙救援队总队，登记归档，

初心不改，因爱而来，同担风雨，共享彩虹。

太原 龚雨佳

分门别类，记录在案。在未来的时光里，会有专人跟踪落实，尽可能实现孩子们的梦想。

以下就是一些孩子写在明信片上的梦想：

我想变成童话中的小公主，有穿不完的花裙子。

我想当一名厨师，把我的感谢做成一道道美味菜肴。

我的愿望是成为一名音乐家，谱写爱的乐章，演奏给更多的人听。

我想要一个芭比娃娃，给她们梳起和我一样的小辫子。

长大以后，我想帮助好多人，让他们也像今天的我一样开心。

我希望大家每天能开开心心的，不再有贫穷，不再有疾病。

我爱读书，我想要一套自己的书，也许未来我还会成为一名作家哦。

……

张春霞介绍说："在开展温暖包项目的几年时间里，我们越来越感觉到，虽然他们缺失了母爱、父爱，缺失了家庭的温暖和他们这个年龄段孩子应有的快乐，但他们不能缺失理想，缺失憧憬。一张小小的明信片，看似微不足道，但它可以让孩子们展开想象的翅膀，勾画出美好的未来。

"几年时间里，我们收集了几百张这样写满心愿和梦想的明信片，每年都要一张张仔细过目。对于近期能够实现的小目标，结合温暖包发放，给予具体落实。对于一些目标宏大的愿望，我们将明信片存档保留，给予积极关注和长期跟踪，尽可能为孩子们实现愿望提供便利和支持。"

壹基金温暖包项目，从最初只有200个，仅覆盖3个县市，发展到2014年19个县1500个温暖包、2015年29个县2000个温暖包，得到了山西社会各界爱心企业和爱心人士的大力支持，也离不开山西省内119个公益组织的3500余名志愿者。正是这些志愿者，兵分多路，同时行动，前往上千个村庄和学校，开展走访调查、登记核实、分装发放等工作，才使得温暖包工作顺利进行。他们的付出功不可没，有目共睹。

"90后"是带着"叛逆""非主流"等各类标签悄悄长大的一代。作为新生代力量，他们有年轻人的蓬勃朝气和创新精神，有良好教育环境熏陶下的正义感和社会责任感，在公益队伍里，他们已成为主力军，正在用自己的实际行动，默默地做着力所能及的事情，服务社会，传播正能量。

让我们听听这几位"90后"的述说，看看他们是怎么对待公益的。

小陌陌（中北大学跑友汇）："我以为筹集温暖包很简单，可惜我错了。当我将活动通过QQ、微信宣传给我的朋友、亲人，大部分人的回应——"骗子""被盗号了吧？"一盆盆冷水泼得我透心凉，第一次体会到做公益活动的人所经历的心酸。"

冯帅（吕梁市中阳县）："关爱儿童，关注弱势群体，关心孤儿成长，给他们温暖，让他们不再自卑与孤单。"

杨超（摄影志愿者）："有人问我当志愿者有什么感想，我觉得，孩子们的每一次微笑，都是我参加公益的原因。"

李智强（大学生团队志愿者）："在温暖包发放现场，摄影师抓拍到一张泛着暖暖爱意的照片：一位穿着崭新棉衣、戴着眼镜的受助儿童，正在努起小嘴亲我的脸颊。当时我和这名小朋友聊天，小朋友很健谈，一下子就拉近了我俩的距离。聊了一会儿，他说：'我能亲你一下吗？'我说：'当然可以。'于是这个小男孩就在我脸上亲了一下，我脸上绽放着微笑，享受着孩子给我的吻。这是爱的回报，传递出满满的爱意，照片感动了好多人。"

让我们再认识几家爱心企业和团队，他们为温暖包在山西发放付出了很多很多。

361°山西劲驰体育用品有限公司：2014年，他们率先捐助忻州市忻府区和原平市共124个温暖包，并全程参与温暖包分装及发放活动；赞助温暖包传播活动"荧光跑"礼品300件。2015年，捐助2万元，用于温暖包大型公益活动"爱在三晋温暖跑"执行费用；为支持天龙救援队装备合理分配、存储，捐赠6组储物货架。2016年到2018年，每年捐赠温暖包100个，2019年捐赠160个。

富力地产太原公司：2016年不仅提供温暖包分装场地，还赞助为期1

体会到了一名公益人的责任与义务，我愿意为社会奉献毕生精力。

大同　左宝全

个月的库房使用权。在他们眼中，慈善是一项爱心事业，是企业长期的责任和目标。

蓝精灵动保团：成立当年，就以志愿者团队身份参与了温暖包落户山西的发放工作，并一直坚持下来。温暖包项目开展了几年，动保团成员就参加了几年。也是唯一一家与天龙救援队作为公益伙伴联盟，合作长达8年的一个志愿者团队。在参加温暖包项目时，细心的动保团成员发现，温暖包里面没有棉袜，于是从2013年开始，每年都要捐赠300双棉袜，装入温暖包中，随同棉衣、棉鞋等一同发到孩子们手中。一年又一年，动保团捐赠棉袜的传统一直保留下来，已累计捐赠2000多双，深受孩子们喜爱。

李若男，网名"小李子"，是动保团一名主要成员，连续多年参加温暖包发放。她说："动保团成员都是一群年轻伙伴，不仅热爱生活，也热爱公益事业。第一次参加温暖包分装和发放后就一直坚持下来。如果问为什么要这样做，其实很简单，我们就是希望能够帮助到更多需要帮助的人。"

在天龙救援队的微信公众平台上，有一张图片特别耀眼：一个梳着马尾辫、个子高挑的漂亮女孩儿，身着橘红色短款羽绒服，黑色紧身裤，浑身散发着青春活力和朝气。这个漂亮女孩向后倾斜着身子，仰着头，吃力地抱着两个温暖包箱子，累得有些气喘吁吁。画面中，她依然露出灿烂的微笑，大步往前走。

这个女孩儿名叫李娜，是动保团的一名志愿者。温暖包发放，她几乎年年不缺席。在2018年壹基金总部对山西温暖包组织表彰名单中，李娜榜上有名。

"让我印象深刻的是在祁县参加温暖包的发放。那年冬天非常冷，在孩子们排队等待发放温暖包的时候，我注意到队伍旁边坐着一个只有一条腿的男孩，旁边放着他的双拐，他的眼神里是满满的羡慕和期待。

"要给孩子们穿新衣服了，这个男孩恰巧分配给了我。孩子在小时候被三轮车压断一条腿，虽然行动不方便，但学习认真刻苦，成绩一直保持班里中上游水平。同学们出去集合，我和他的奶奶共同扶着他靠在操场的乒乓球案上。他无法参加游戏活动，只能远远看着大家，眼神很无奈。

"我们要走的时候，他让奶奶叫住我，把温暖包里的袋鼠玩偶拿出来，要送给我。我推辞不要，但他坚持要送给我，那一刻，我的泪水一下子就

涌了出来。男孩见我流泪了，有些不知所措，像做错事一样看着我。我赶紧对他说：'我收下，我收下，谢谢你。'

"这件事情对我触动很大，这也许就是我们做公益的目的吧，传递爱心，温暖你我。"

蓝精灵动保团的发起人之一福哥，是一名"70后"。他说："温暖包项目不仅仅是一个救助公益项目，更是一个人性教育项目。通过这个具有影响力的平台，可以更好地宣传我们动保团的和谐理念。重要的一点，让社会了解动物保护工作者不仅爱动物，保护动物，对人类弱势群体的关爱和扶助也有着强烈的意愿。让更多人了解我们的救助理念是'能力与爱心匹配，爱心与责任共存'。"

让爱住我家

时间 2016—2020 年

地点 太原 祁县 离石 石楼 柳林

摘要 温暖包发放的日子，燕燕穿好新衣服后，突然哭了，问她为什么哭，她说高兴的。

人物 李明英 郭文慧 贾利红 刘建福 张 峰
张 琦 张永富等

带着孩子去家访

镜头一：

地点，祁县西王乔村，范家。73岁的爷爷是二级残疾，面部塌陷，右眼看不见，年轻时娶了一个智障女人，生下一儿一女，均有智力障碍。老人的儿子3岁时玩切草刀，右手被切去大半，定为二级残疾。后来智障老伴去世，女儿外嫁，有残疾的儿子娶了一个患精神疾病的女人，生下两个孩子。万幸的是，这两个孩子聪明正常，哥哥7岁，妹妹5岁，成为爷爷活着的希望。

同是二级残疾的父子二人，每天拖着病躯到田里辛勤劳作，一心为两个孩子的未来打拼。爷爷专门把孙子送到路途较远的东观上学，说附近的学校三天两头换老师，怕耽误了孩子。在家里靠窗户的那面墙上，挂着一块小黑板，上面写着几个拼音字母。木头门上有小男孩的涂鸦作品，墙上挂着孩子在学校获得的奖状。

这是一个特殊的家庭，这个家庭所有的希望和未来，就是两个可爱的孩子。

镜头二：

地点，祁县朴村，罗氏姐妹。姐妹两人自幼被父母抛弃，寄居在叔叔婶婶家，得不到关爱，眼神中流露出淡淡的忧伤。一次不幸的火灾，导致姐姐大面积重度烧伤，双臂残疾。两孩子学习积极上进，放学回来，完成作业后，还要抽时间帮助叔婶干农活儿。

为了让确实需要救助的孩子得到帮助，每年，山西天龙救援队的队员都要和爱心人士、志愿者一道，深入到各市、县、乡学校进行调查摸底，寻找生活贫困且真正需要资助的孩子，并从最初上报的几千个家庭中，一一实地走访落实，确定符合资助条件的孩子。当这些孩子的信息收集核实之后，队员们开动脑筋、想方设法募集更多的温暖包资金，让壹基金配送的数额加大，使更多的孩子得到救助。

每次参加救援任务，让我坚定我的选择没有错。

侯马 赵俊霞

于是，通过山西天龙救援队的微信公众号、网站平台、微博等多种新媒体，以及队员们的微信朋友圈、美篇、QQ 空间等各个渠道，发布采集到的这些孩子的家庭及生活状况、历年温暖包分发过程、现场与孩子们互动场景、义卖活动现场报道等，引起社会各界广泛重视和更多人的热情关注，号召越来越多的爱心人士、志愿者，特别是一些有实力、有爱心的企事业单位参与进来，不断壮大山西的爱心队伍。

天龙总队的梁耀丰、王丽、张峰、杨倩，大同支队的庞琳等队员或志愿者，白天上班工作，晚上加班写稿，休息日有温暖包活动时，拍照、采访、走访受助孩子家庭，回来后连夜排版制作公众号页面，常常通宵达旦。饿了，一碗泡面，困了，椅子上眯一会儿。山西天龙救援队的几大信息平台，运作得生动活泼、风生水起，点击量、关注度日益攀升。越来越多的人通过新媒体关注天龙救援队，积极募捐温暖包，将公益活动常态化。

与宣传造势相配合的，是天龙总队及各支分队的队员们，每年都要进行大量而细致的走访、调查、摸排和筛选工作。

天黑了，祁县分队队员贾利红，匆匆忙忙从工作的地方回到家中，随便吃了口饭后，开车出了门。她今天要和副队长张永富、队员王星宇一道，去位于 10 千米之外的祁县东关镇西王乔村走访。当地教育局、民政局建档贫困户资料显示，有一户姓范的人家，非常困难，也非常特殊，孩子需要温暖包资助。按照救助程序，她和队员们今天要去这家核实，看情况是否属实。

之前，祁县分队收集到 243 个孩子的信息，为了在较短时间完成走访、核实任务，队长刘建福将队员分成 8 个工作小组，利用节假日和晚上休息时间，进行走访。

队长刘建福介绍说："温暖包是爱心救助，越是这样，越来不得半点马虎。243 个孩子的信息需要核实，我们走访的工作量非常大，最终上报 109 个孩子备选。"

当贾利红他们 3 人晚上到了老范家时，眼前的景象让他们大吃一惊。作为一名年轻女性，看到两个活泼可爱的孩子，又看到孩子残疾的爷爷、父亲和智障的母亲，小贾的泪水一直在眼中打转，她怎么也想不到就在她生活工作的十多千米之外，同属一个行政区域的西王乔村，竟然还生活着如此特殊的人家。她忍着难闻的气味，想找一张能填写走访调查表格的桌子也没有，只好半蹲在地上，伏在范家一个冰凉的铁炉子上，在昏暗的灯光下，将情况如实记录在表格上。

张永富、王星宇、贾利红是最早一批走入老范家的救援队员，通过他们上报并发布文字、图片之后，老范家进入爱心人士的视线，开始得到越来越多人的关注。

武红燕，山西省作家协会会员。她跟随队员们一同走访西王乔村范家后，写下了走访实录：

屋子昏暗的灯光下，蓬头垢面的年轻妈妈，正和两个年幼的孩子吃饭。饭桌上摆着一大锅煮熟的方便面，还有冰冷的麻辣拌。

妈妈的眉眼很是耐看，是个漂亮女人，只是眼神迷离，一看就知道精神上有些问题。

两个小孩，尽管小脸和衣服都是脏乎乎的，但依然掩饰不住俊俏的长相，一双大眼睛黑葡萄一样闪烁着聪慧的光芒。

爷爷身体有残疾，但脑子好使。爸爸也是二级残疾。到孩子和爷爷住的房间，一股污气扑面而来，床上凌乱不堪，铺衬着几块污迹斑斑的布片。地上也乱堆着一些东西。

爷爷每天送孙子去镇里学校上学。可爱的孩子们是这个家的未来。

他家南房地面上绿油油的大白菜，堆满了大半个地面。使我对这个家庭的认识又加深了一层。虽然父子二人均是残疾人，但日日拖着病躯到田里辛勤耕耘，是很称职的农民。这样的家庭是有救的。

在2017年的温暖包筹备过程中，为宣传需要，山西天龙救援队计划拍摄一部困难家庭儿童小视频，队员郭文慧接受了这个任务，由山西三谛文化传媒有限公司负责拍摄和后期制作。

虽然事先有足够的心理准备，但摄制组一行走入汾阳小相村的燕燕家

感谢天龙这个大家庭，让我拥有了很多正能量。

大同 赵二小

时，看到的现状依然让所有人大吃一惊。

如果说那还能叫家的话，毫不夸张地讲，燕燕的家已经破旧到不能住人了。燕燕今年8岁，是个女孩儿，爸爸41岁，妈妈因为患有精神疾病，说不清到底多大。一面破旧而高大的柜子是这个家里最贵重的家具，旧衣服四处散落着，多是别人捐赠来的。一家三口唯一的经济来源是父亲给村里扫大街的补贴，对他们来说，填饱肚子已经是难事了，已无心无力收拾这个家。实际上，因为已是危房，仅有的一点遮风避雨的功能也几乎没有了。

平时开朗活泼的燕燕，一提起妈妈，她既是幸福的，同时也是悲伤的。幸福的是，她还有个妈妈，有同学连妈妈也没有；悲伤的是，她的妈妈患有精神疾病，情绪极不稳定，犯起病来没理由地打人。她说，别人家的妈妈不是这样的。

文慧和几位摄影师，拍摄了两天时间。让我们跟随视频镜头，听着燕燕爸爸的述说，来深入认识这一家人。

镜头：

学校里，学生们在操场上玩耍；上课铃声响起，孩子们鱼贯跑入教室，拿出课本，高声朗诵。一个大眼睛、扎马尾辫的女孩儿大胆举手，站起来领读："五星红旗，国歌声中……"

燕燕同期声：

我叫燕燕，今年8岁了。我的妈妈每天跟着我爸爸，形动（影）不离。

镜头：

下课了，燕燕的爸爸接她放学，旁边跟着她的妈妈，拿着燕燕的书包和水杯，走起路来晃晃悠悠；一家三口坐上了燕燕爸爸开的一辆三轮车，向家里驶去；街上是来来往往的人群。

镜头：

一轮红日升起，新的一天开始了。燕燕的爸爸早早起来，穿上橘色的环卫服，戴上帽子，准备出去打扫卫生了。

爸爸同期声：

我叫韩友发，小相村的。我妈我爸生下我，就是贫穷，一直也没有翻起来，到了我手里，更不好了。

镜头：

爸爸给燕燕拉好上衣拉锁，开着三轮车，把她送到了学校；座位旁边，坐着她的妈妈。看着燕燕进了校门，爸爸开始了一天的清扫大街工作。

爸爸同期声：

就因为这个她（老婆），治理不了，走到哪里都必须得带着，不然在家闹得不行。这是通过人们介绍来的，因为家庭困难，就收留了她。

镜头：

光线昏暗，家徒四壁。墙上贴着燕燕在学校获得的奖状，非常醒目。

爸爸同期声：

三间房子没有一间是好的，全部是漏的，现在房梁已经变形了，快折了，人不能住了。自己可想努力了，可实在是没法儿。娃娃还要接和送，没有人照看呀。

镜头：

一个依然十分破旧的院子，房屋内摆放着一个旧暖瓶。爸爸切菜、炒菜，做好了饭，一家三口坐在炕上吃。燕燕端着碗，将饭菜送到嘴里。

爸爸同期声：

现在住在大队帮助给安排的大队（旧址），老房子怕塌了压住人。

镜头：

妈妈站在地上，给燕燕背上书包，低下头亲了燕燕一口。燕燕脸上笑开了花。

爸爸同期声：

（她的）神经不受控制了。好的时候没问题，和正常人一样，有时候就成了两个人了。

镜头：

燕燕眼里含着泪水，十分委屈。

燕燕同期声：

不知道哪儿不对了，就打我了。

帮助别人，快乐自己。

吉县 张金凤

镜头：

燕燕趴在炕上做作业，墙上的奖状上写着"才艺宝宝"。爸爸妈妈坐在院子里，妈妈笑一阵，又捂住脸哭一阵。爸爸一脸的无奈。

爸爸同期声：

孩子小些了，还不甚理解。养在这样的家庭，大人有责任了。等稍微大些了就理解了。

镜头：

燕燕在家里学习，妈妈趴在窗户外面偷偷地看。学校里，燕燕在课堂上安静地读书。操场上，燕燕脸上绽放着笑容，洋溢着希望，快乐地奔跑着……

这个不到 5 分钟的小视频，在天龙救援队的微信公众号上发布以后，令人唏嘘不止的画面，父女俩揪心痛楚的画外音，引起社会各界广泛关注。

作为天龙救援队的一名队员，郭文慧感到自豪，但更多的是责任。说到燕燕，说到燕燕一家，还没开口，她的眼泪就在眼眶里打转。拍摄小视频，让她比其他队员和志愿者，更加了解燕燕，还有燕燕辛劳无奈的父亲，以及喜怒无常的母亲。

她说："第一次在学校见到燕燕妈妈，她远远地盯着我，怯怯地看着。我冲她真诚地笑了笑，她便笑着、看着我，害羞地用手捂住脸，像个孩子一样。拍摄两天一夜的相处中，我能明显感受到她对我的友善，而我也渐渐懂得她的大多数表情动作。拍摄完毕离开的时候，她拉着我的手不愿意让我走。

"12 月 2 日，我和队员们带着温暖包来到了汾阳，再次见到了这家人。志愿者帮燕燕穿好新衣服，孩子突然哭了，我问她为什么哭，她说，高兴。我心里面酸酸的，实在不知道用什么话来安慰她。之后，孩子从温暖包中拿出袋鼠玩具，用左手在袋鼠祝福卡上写下了'我爱你们'四个字。

"家访时，燕燕的妈妈见我们来了，很高兴，急着示意燕燕的爸爸看桌子下面。桌子下面有半袋大米，我立刻明白了，她是让丈夫给我们做饭，我和一起去的队友眼睛立刻就湿润了。当我们把特意给他们家带来的几件上衣和裤子交给她时，她不停地点头鞠躬。过了一会儿，她不知什么原因，大哭起来，哄也哄不住。我知道那是感动的、高兴的。"

张琦是山西三谛文化传媒有限公司负责人，也是这部小视频的总监制。他说："本来是要给别人做宣传的，没想到第一个心灵上受到触动的反而是自己。"

说起燕燕一家，天龙救援队的黄学易，在温暖包发放做家访时，对象就是燕燕。黄学易特意为燕燕一家拍了一张全家福，回太原后，小黄特意将照片冲印放大，装入一个相框。休息日，他亲自带着相框，跑了几十千米，来到燕燕家中，将这份爱送给了燕燕。当时，燕燕的父母都在家，尽管燕燕妈妈讲不了完整的话，但她一拿到照片，看到上面有自己，有孩子，嘴里发出"咿咿呀呀"的声音，开心得手舞足蹈。那一幕，对于年仅23岁的黄学易，永远无法忘怀。

这一年，这些地区的孩子领到了属于自己的温暖包。汾阳市110个，柳林县17个，阳泉市50个，武乡县26个，黎城县14个，新绛县150个，高平市150个，岚县50个，交口县37个，浑源县86个，祁县100个，长治县51个，寿阳县100个，侯马市54个，武乡县8个，平顺县29个。

2018年12月2日，以"ONE有暖力，每个人都有温暖他人的力量"为主题的壹基金温暖包山西地区启动仪式，在太原市阳光城环球金融中心举行。

活动现场，山西天龙救援队副队长李明英表示："温暖包犹如冬天里的一股暖流，在孩子们最需要的时候，送到了他们身边，温暖着他们。温暖包把爱心企业、爱心人士和受助儿童，紧密连接在一起，将温暖、关爱相互传递。"

山西黄河少儿艺术团、晋中银行太原分行、太原三晋饭庄有限公司等6家爱心企业，山西哈弗军团、普拉多等4家爱心车队，山西财经大学、山西工商学院、未来成长训练营等8家志愿者团队参加了当天的活动。

无论是天龙救援队吕梁支队，还是吕梁市志愿者协会，对于温暖包的

在救援和执勤时，看着队员们的不易和付出，我真心感动。

大同 贺新荣

募捐、发放工作，始终保持较高的认识和关注度，配合募捐温暖包热情高涨，措施得力，公益宣传非常到位。通过自行募捐和壹基金配发，2018 年筹集到了 642 个温暖包，是全省最多的一家。

当温暖包发放工作在省城太原启动后，吕梁紧随其后，稳步推进，先是分装，然后冒着严寒，开始一个县一个县地发放。

12 月 6 日，在岚县明觉社区中心举行温暖包发放仪式，12 名受助儿童领到温暖包。

12 月 9 日，队员们和志愿者来到交口县桃红坡镇大麦郊小学，为 30 名儿童发放了温暖包。

12 月 15 日，在石楼一中多媒体教室，当 83 名受助儿童领到温暖包时，大一些的孩子们欢快地跳起了舞蹈。

12 月 16 日，队员们和志愿者又来到柳林县李家湾乡慕家垣小学，为这里的 8 个小朋友送去温暖包。

12 月 23 日，在离石区世纪广场，为 62 名孩子送上温暖包；同一天，队员们又来到岚县民觉学校，为 67 个受助儿童送去了温暖包。

12 月 24 日，队员们和志愿者驱车 40 余千米，赶到柳林县慕家恒学校，将载有温暖与关爱的温暖包，送达出行困难的 8 名儿童手中。

12 月 29 日，在方山县峪口镇杜家会村，为当地 16 名受助儿童发放温暖包。之后，又在兴县体育场，为 270 名受助孩子送上冬日的温暖。

冬至，在祁县中学礼堂，100 个温暖包送到了孩子们手中。同一天，寿阳县南燕竹中心小学进行温暖包发放活动，100 名受助学生受益。

……

由于有了温暖包，每年的冬季，即便是寒流滚滚，却也到处都充满爱，因为这是一个爱的季节。

2016 年，在山西地区发放 2000 个温暖包。

2017 年，在山西地区 8 个市 26 个县发放 2000 个温暖包，有 46 家爱心企业参与捐款，126 个团队 3000 余名志愿者参与温暖包项目。

2018 年，共发放温暖包 1630 个，有 2100 名志愿者参与温暖包项目，涉及 5 个市 24 个县。

2019 年，共发放温暖包 1620 个，有 2300 名志愿者参与温暖包项目，涉及 7 个市 28 个县。

2020 年 11 月 28 日，"温暖山西儿童"大型亲子义卖活动拉开帷幕，所得善款 6897 元直接捐入温暖包项目。12 月 20 日，由李明英副队长带队，27 名队员携手公益伙伴联盟介休市伙伴、爱心企业晋中银行太原分行、东山车友会汽车服务有限公司等，将 150 个温暖包送到了介休北坛小学受助孩子手中。12 月 26 日到 27 日，队员们又来到文水县和岢岚县，冒着严寒，分别将 105 个和 100 个温暖包送到孩子们手中。爱心企业三晋饭庄对困境儿童的帮助尤为突出，每年都要捐赠 100 个温暖包，已连续坚持 8 年。当年共向全省 13 个市县发放温暖包 1230 个。

发放温暖包活动已经成为山西天龙救援队每年的主要工作之一，天龙救援队员通过自己的双手，把慈善机构和爱心人士的大爱送到了最需要的孩子们的手中。

叫一声"妈妈"

时间 2016—2018 年

地点 大同

摘要 姐姐回头看了妹妹一眼，鼓起勇气，把嘴巴伸到我的耳边，用只有我能听到的声音悄悄说："我和妹妹想叫你一声'妈妈'，可以吗？"

人物 吴雁忠　张保勇　林德彬　韩　宾　庞　琳
秦利英　刘　丽　王晓斌　曹　敏　范　霞等

温暖包分装现场

慈悲不是出于勉强，它是像甘露一样从天上降下尘世；它不但给幸福于受施的人，也同样给幸福于施与的人。

——英·莎士比亚

大同，位于山西省北部大同盆地中心、晋冀蒙三省区交界处，中国首批 24 个国家历史文化名城之一。大同古称云中、平城，曾是北魏首都，辽、金陪都，是历代兵家必争之地，有北方"锁钥"之称。大同也是中国最大的煤炭能源基地之一，素有"中国煤都"之誉。境内文物古迹众多，包括云冈石窟、恒山悬空寺、华严寺、善化寺、九龙壁等。

2015 年 7 月 18 日，山西天龙救援队大同支队援旗，当年就配合总队，动员当地爱心团队和数百名志愿者参与，完成了大同地区 427 个温暖包的发放任务。

短短几年时间，大同支队快速壮大起来，队员发展到 100 多人。而连续几年开展温暖包募捐、义卖、分装、发放、受助儿童家庭走访、联谊等一系列活动，不仅在寒冷的冬天涌起一股暖流，也将大同支队队员们的心，因为温暖包而紧紧地凝聚在一起。

日历翻到 2016 年夏季。一天下午，在位于大同市锦久辰工业园区一间办公室里，支队吴雁忠、张保勇、林德彬、韩宾、秦利英、庞琳几个队委正在开会，商讨当年温暖包活动如何开展。

吴雁忠作为队长，对温暖包有自己的理解，他说："从今年开始，我们将独立完成大同地区温暖包的信息采集、资金募捐、分装发放、后期家访等一系列工作，这是总队对我们极大的信任和支持，我们不仅要把这项工作做好，还要做出我们大同支队的特色。"

副队长林德彬发言说："我们要以温暖包为契机，不仅要让受助孩子们实实在在得到温暖，还要吸引更多的爱心人士加入进来，在社会上形成

公益是沃土，孕育着生命的力量；公益是灯塔，汇聚着心灵的脉动。

祁县 贾利红

人人公益的良好氛围。"

大同地区温暖包项目由秘书长庞琳负责。为了让温暖包活动既符合壹基金的捐赠意图，又调动社会各界爱心人士参与其中，还要通过温暖包培养众多志愿者特别是少年儿童的爱心理念，需要思考的问题就不仅仅是组织人员和车辆进行分装和发放那么简单了。

这件事情并没有难住庞琳，她多次上网浏览壹基金官方网站，学习其他地区募捐经验，与总队负责这项工作的人员交流探讨，沟通信息，互相启发，还和自己一些有爱心的好姐妹、好朋友商讨，聆听她们有何妙招。当队部召集队委开会时，庞琳胸有成竹，提出了一份详尽的温暖包募捐、发放策划方案，主要内容包括：举办爱心跳蚤市场义卖活动、万有暖力画太阳、募集爱心款亲子跑比赛、童话剧互动参与、明信片写出感激的话等，通过形式多样的活动，激发社会各界更多的爱心人士和爱心企业参与到温暖包募捐中来，让更多孩子受益。

超前的爱心理念，详尽的计划思路，具体的工作方案，很快让大同支队的几位负责人达成共识，并立即组织专人落实，开始实施。

7月2日，一个异常闷热的星期六，大同支队为孩子募捐冬季温暖包资金活动拉开序幕。一大早，金色水岸龙园的一个小广场忽然热闹起来，在一块"携手壹基金为贫困儿童与事实孤儿献爱心"宣传幕布前，一个"爱在大同，温暖壹冬"小型交易活动开张了。

来自大同市精英幼儿园的几十名小朋友，在这里进行一场意义非凡的义卖活动。他们带着自己心爱的玩具、礼物、学习用具、手工制品等，摆放在大朋友们帮助搭建的"柜台"上。老师们帮忙制作了"挥泪大甩卖，仅此一天""幸运小店""会员价""惊爆价"等招牌，吸引顾客上门。这些孩子还小，不知道义卖是什么意思，但家长和老师告诉他们："你的玩具卖出去了，积累起来的钱就可以为贫困地区的孩子购买棉鞋、帽子、手套和学习用具，就可以帮助到需要帮助的孩子，让他们暖暖和和地度过冬天。"听到这些话的孩子们，积极性特别高，男孩子卖力地高声叫卖着，女孩子不停地晃动着手中的物品引起顾客注意。

佳佳的一个大洋娃娃10元卖了，她开心地将钱交给了负责登记的天龙救援队员手中。

王强有一列长长的火车，是他自己最心爱的玩具，平时怕坏了，舍不得玩。妈妈告诉他要去义卖，他犹豫再三，还是把火车拿到活动现场。有顾客看上了，想20元低价买走，他心疼地低着头不说话，眼里噙着泪水。顾客给他加价5元，他想了想，愉快地以25元成交。

在活动现场，每购买一张原创中文版儿童音乐剧《猫》，就有5元钱捐献壹基金温暖包行动中，现场的爱心人士、志愿者纷纷献上自己的爱心。

在孩子们的人生路上，这应该是第一次物品交易，收获的却是满满的欢乐和浓浓的爱心。这次义卖全部款项，全部捐赠到了壹基金2016年温暖包活动中，为大同地区的孤儿送上冬天里的一份温暖。

温暖包发放，前期调查摸底工作非常重要。大同支队紧紧依靠天镇县、阳高县、新荣区3个县区教育局和志愿者团队，帮助收集信息，反复核实，力求上报受助名单准确无误。

在家访调查中，新荣区破鲁乡忠成小学二年级学生陈光明引起大家关注。这孩子2008年3月出生，母亲是外地人，生下光明不久就离开了家，光明从小没有得到过母亲的呵护。父亲神志不清，腿有残疾，自理都困难。父子俩相依为命，艰难度日。8岁的光明又瘦又小，比同龄孩子至少低一头。

许亮也是2008年出生，3岁时母亲就去世了，家里共有5口人。奶奶已经80多岁了，父亲60岁，姐姐25岁，智障。家里还有一个同住的姑姑，年龄不详，患精神疾病25年。

还有一些受助孩子的家庭，屋里屋外，堆满了杂物，令人无处落脚。

队员秦利英感慨地说："温暖包只能给孩子解决一个冬天的生活问题，一个学期的学习文具，也许能带来心灵上的一些慰藉，但却无力改变他们的生存环境。我们能做的就是，借助温暖包发放，让更多的人了解这些孩子的故事和他们的生存状态，唤起大家对孤儿和留守儿童更多的关注和关爱，让温暖包不只温暖孩子的身体，还要温暖他们的心灵。"

那天晚上回到家，大家都在思考一个问题，如何能从根本上改变这些

加入天龙，让我懂得了互帮互助，用爱去对待任何人任何事。

大同 王玮

孩子们的生存环境，这是一个涉及方方面面的复杂的系统扶贫工程。作为一名天龙队员，究竟能做些什么呢？

包括庞琳、秦利英在内的许多天龙队员，那一晚都失眠了。

12月11日，一个寒冷的冬日。对于大同大学附属小学五一班的几十名孩子们来说，这是一个特别有意义的日子。这一天，五一班的孩子们参加了为山区受助儿童分装温暖包暨"与爱同行，为爱奔跑"亲子跑活动。分装现场在大同西城墙清远门广场举行，孩子们早早和家长来到分装现场，非常认真地按照受助名单上衣服、鞋子的号码分装。有的小朋友负责小心翼翼地将棉衣、帽子、围巾、手套以及美术套装、袋鼠玩具、书包等放进温暖包内，有的小朋友负责一个个对应检查，防止出现差错，一旦发现号码不符或数量不对，立即纠正。戴着手套干活不利索，好几个孩子把手套脱了，不一会儿小手冻得通红。孩子们还将分装好的温暖包摆出一个大大的"心"字。

随后孩子和家长一起登上大同城墙，开始亲子跑。这次亲子跑活动是以家庭成员为单位，共有42组130余人参加。伴随着一声发令枪响，孩子们和自己的家长健步冲了出去。城墙上，"与爱同行，为爱奔跑"的彩旗迎风招展，孩子们和家长们奔跑在城墙上，好似一道流动的风景，传递着温暖，荡漾着爱心。

活动现场，爱心妈妈于桂梅和两个女儿李曼嘉、李翎嘉的故事感动了许多人。李曼嘉、李翎嘉是两名学生，在母亲良好教育下，养成了勤俭节约、助人为乐的好习惯。3个月前，姊妹俩拿出2万元压岁钱募捐购买了50个温暖包，共花费18250元，剩余的1750元又资助了天镇县和新荣区的3名特困生。还有一名不愿意透露姓名的爱心人士马先生，现场捐赠5000元人民币。

大同的冬天是寒冷的，但为了给孩子们送上一份温暖，是每一个参加活动的爱心人士、志愿者，抑或是经过的路人的良好愿望，大家以各种方式，尽自己的一点微薄之力。其实，这正是壹基金发放温暖包的初衷，就是带动更多的人献上自己的一份爱心。

12月18日这天，大地萧条，寒风瑟瑟，位于山西最北边的大同市天镇县，更是早早迎来了寒冷的冬天。与室外形成鲜明反差的是，天镇县南河堡中心校的教学楼里却是暖洋洋的，一场由伟玮工作室编排的舞台剧《绿野仙踪》正在这里演出。

《绿野仙踪》是一部童话故事，讲述一个名为多萝茜的小女孩，住在乡下，朋友很少，生活单调乏味。一天，她被一场龙卷风刮到一个很远很远的地方，迷失了回家的路。之后她陆续结识了没有脑子的稻草人、没有心脏的铁皮人和胆小的狮子。4个人结伴前行，开始了一段奇幻的旅程。

且不说《绿野仙踪》讲了什么故事，几个小演员独特而又夸张的造型，就深深地吸引了在场的观众，精彩的表演更是赢得阵阵掌声。演到高潮的时候，小演员和现场小观众一起互动，手拉着手，扮演着神话世界的各种人物和动物，一起迎接朝阳，一起嬉戏追逐，一起开心打闹，每个孩子的脸上洋溢着幸福。

室外，寒风刺骨，冰天雪地。室内，温暖如春，笑逐颜开。

这是大同支队精心策划、精心组织的一次温暖包发放现场演出活动。对于这些身处偏僻之地、家境贫寒的孩子而言，这种形式的表演他们闻所未闻。孩子们那笑脸，那眼神，无不流露出对节目的喜爱。在这个寒冬，演出仿佛是一股温暖的暖流，带来的不仅仅是幸福，更是一场精神世界的盛宴。

南河堡中心校受助的学生们，也集体为大家表演了手语舞蹈《感恩的心》。音乐声中，孩子们认真地用肢体语言表达自己的感激之情。受到气氛影响，孩子们对面的天龙救援队员、爱心团队的志愿者们，也一起跟着孩子们的节拍，起立并伸出双臂做起了动作。在那一刻，伴随着音乐，志愿者和受助孩子们的心紧紧连在了一起，浓浓情谊，心心相印。

对于这次深受孩子们欢迎的演出互动，负责秘书组及宣传工作的秘书长庞琳说："温暖包进入大同之后，受到了学校的热烈欢迎，也让那些受助的孩子得到了温暖。但如何能让温暖包的发放更加贴近这些孩子，让爱心从温暖身体延伸到各个领域，需要不断创新。"

不把公益事业当作作秀平台。

祁县 李晓明

温暖包发放开始了，孩子们发现每个温暖包的箱子上面，都贴有每一名受助儿童的名字。原来，队员们提前在每个温暖包的箱子上，贴上受助孩子的姓名、衣服号码、联系电话等信息，发放的时候，只要依照名册按号码发放即可，提高了发放效率，防止差错，保证每一名受助儿童都能领到合适的衣服、棉鞋、帽子。孩子们领到温暖包后，喃喃自语，从小到大第一次拥有这么齐全、这么温暖的东西。听到这些话的女队员们，眼里不由地噙满了泪水。

天龙队员和爱心人士为孩子们换上新衣服后，开始由孩子们填写明信片，他们要用最纯朴的语言表达自己内心的感受。

冯丽娟，一个机灵可爱的小丫头，家境贫寒，母亲离去，父亲多病，这些都没有压垮她，反而更促使她努力学习。她在明信片上写下了这样一段话："亲爱的大哥哥大姐姐，我非常感谢你们给我们带来了温暖，我一定会好好学习的。"当她对着志愿者的镜头甜甜地笑着的时候，那纯净的大眼睛，那满是感激的眼神，让每一个在场的人深信，这丫头一定能凭自己的努力，博得一个美好的未来。

李天智："感谢叔叔阿姨们，我长大后一定也要做和你们一样的人。"

高娜："我想说声谢谢，谢谢你们给我发这么多好的东西。"

吴浩："爸爸和爷爷打工，我和奶奶一起，谢谢你们给我的爱。"

王宇嘉："我长大后的愿望是当一名老师，教书育人。"

虽然在孩子们的明信片上，能看到有错别字，但这丝毫没有减弱他们感恩的心意，更无法阻止爱的种子萌发。一名小男孩写下了"我想有一个妈妈，让我每天都很快乐"的内容，让所有在场的队员和志愿者眼中含满泪水，心酸不已。因为不愿触及孩子的伤痛，给他换新衣服的天龙队员和爱心人士只能紧紧抱着孩子，尽量多地给他一些温暖。

一个名叫冯杰的孩子，两只小手黑乎乎的，他小心翼翼地拿出温暖包中的彩笔认真地在明信片上写着。小冯杰写了"感谢你们给我带来温暖，我一定要好好学习"之后放下了笔，低头思考了一会儿后，又拿起笔补写了"学会感恩"四个字。仅仅一瞬间，现场队员的眼泪止不住哗地流了下来，多么让人感动的孩子啊。

更触动人心灵的是一个叫李琳钰的小姑娘，小小的个子，手里拿着一根棒棒糖。她举起手中的棒棒糖，嘴里说着："阿姨，你吃棒棒糖，可甜了。"旁边名叫荷露的志愿者，上前将这个小姑娘紧紧抱在自己怀里，长时间不愿松开。

12月24日，塞外大同已是寒风刺骨，滴水成冰。严寒未能阻挡队员们给受助儿童送温暖的步伐，队员们奔赴阳高县南关小学，将95个温暖包送到了孩子们手中。据统计，2016年，大同支队共向阳高县、天镇县、新荣区发放温暖包436个，受助儿童涉及19个乡镇25所学校。

2017年。

温暖包犹如一粒扎根沃土的种子，每年都会带着关爱和希望如期而至。

进入10月份以后，与天龙救援队合作的志愿者团队，又开始紧锣密鼓地走访摸底。这一次，浑源县东坊城乡东尾毛村的赵涛柱进入队员视线。涛柱的父亲因过失伤人服刑，患有精神疾病的母亲无法照顾他和一个5岁的弟弟，只好到处流浪。4年前，村里的王阿姨将赵涛柱接到自己家里照顾，据王阿姨讲，进门第一天，孩子脏得不成样子，洗澡的黑水就倒了3大盆。

说起来，赵涛柱真是个苦命的孩子。之前在大同有一个资助人，是位40多岁的大姐姐。不幸的是，这位爱心大姐姐和丈夫一起出了车祸，丈夫离世，她受了重伤。不久，这位大姐姐患癌症去世了。

这样的孩子，首先进入了温暖包捐助名单。

一同前去东尾毛村做家访的，还有5名大同央视校园的小记者，最小的刚刚上二年级。他们的眼睛是最纯真的，他们的感触也是最深刻的。他们用手中稚嫩的笔，用并不通顺的语言，记录下了他们做家访的现场见闻和自己的感想。

《探 访》

窗外下着鹅毛大雪，远处大山披着厚厚的白色。进了院子，两条大狗不停地汪汪叫，好像是和我们打招呼。院里有两间破旧的平房，房间里炕

帮助别人，快乐自己，对的时间做对的事情。

大同 贾巍

上趴着一个男孩儿正在写作业，是个孤儿，一直由老奶奶抚养着。我把带来的水杯、文具盒还有书送给了他，他很开心地接受了。

虽然这些孤儿的生存环境很艰苦，但是他们都很活泼、天真、善良，勇于面对生活困难。我要向他们学习，不管遇到什么困难，都要积极面对。

张楚雨

《难忘的一件事》

在我的脑海中有很多星星，每一颗都是一件有趣的事情。其中有一颗最亮的星星闪着光芒，这颗星星的故事让我无法忘记。

我下乡采访这名孤儿，叫赵涛柱，很黑，很瘦。他住在一个老奶奶家里，妈妈跑了，爸爸走了，只剩下他。当时他还很小，不知道爸爸妈妈长什么样子，连自己的生日也不知道。老奶奶收养了他。我们和他玩了游戏，给他捐了衣服和学习用品。能帮助像他这样的孩子，我很开心，也很自豪。

李佳粽

12月3日，一场以"万有暖力"为主题的"壹家人温暖大同，第一届跳蚤市场义卖"活动在大同市百盛广场举行。

当天，在百盛广场，同时要进行温暖包分装。温暖包运达现场后，天龙队员和来自于中国公益网山西爱心联合会、同煤户外俱乐部、大同市青年志愿者协会、大同市户外运动协会等14家志愿者团队迅速就位，有序搬运，对即将发往大同市灵丘县、浑源县的200个温暖包进行分装。大同市童梦剧社的志愿者们将分装出来的温暖包，精心布置成高高的金字塔予以展示。

大同当天的气温是零下13℃，寒气逼人。但分装、义卖现场却是人声鼎沸，热闹非凡。菲尼克司酒庄倾情提供了高档红酒现场零元起价拍卖，还为孩子们精心准备了随手礼；孩子们摊位上摆出的义卖物品，都是自己从家里拿来的最珍爱的玩具，有和自己爸爸妈妈旅游时购买的纪念品，有爷爷奶奶送给自己的学习用品，最多的是女孩子们喜欢的毛茸茸的动物玩具。

公益网的志愿者搬来了酥梨进行义卖，当过往群众知道要将款项捐给温暖包时，明知道价格比市场上高，很快也一抢而光。一位阿姨拎着一袋足有 5 千克的酥梨说："大同天冷，平时不怎么吃梨，当我知道买梨也能献爱心，就毫不犹豫地买了一袋子。"

乐宝幼儿园的小朋友们上台拍卖自己的手工制作，是一件纸板绘制而成的可拆卸活动房屋，可以依据个人喜好，组合房屋的格局。看似简单的手工制作，配以颜料绘制的美丽图案，凝聚了孩子们好多天的心血。一位阿姨上台从孩子们手中买下了这件手工，献出了爱心。

哈尼路拍卖了一套高级画具，正在现场执勤的队员文竹大哥高价拍得，执勤、献爱心两不误。

现场准备了已由海宇画室前期装饰过的数十个白纸箱，由现场的孩子们在白色纸箱上画上各式各样的太阳。这一活动吸引了好多小朋友参加，孩子们用彩笔在纸箱上画上了火红的太阳。这些特别制作的温暖箱，装上了棉衣、帽子、美术套装、儿童读本等物品。一边是载歌载舞，画意正浓，一边是吆喝叫卖，此起彼伏。家长和孩子们忘记了寒冷，奉献着爱心。憨憨并有些笨拙的"小袋鼠"，也在台上扬起自己手中一个用蛋糕做成的房屋形状的糕点屋，高声吆喝，被早就相中的一位小美女高价拍走。

活动现场，星话筒的 7 名孩子朗诵的《我是中国人》，国际文化小使者朗诵的《沁园春·雪》，博得大家阵阵掌声。

当天，孩子们义卖所得 1405 元，还有许多爱心人士和公益团队献上的爱心款项，全部用于购买温暖包。

12 月 17 日，周日。

灵丘县的温暖包发放地点选在北洋小学。58 座的大巴车在进入学校地段时，因道路狭窄拐不到学校里面。这时候，所有参加发放的人员，一字排开，拉起长长的队伍，一箱接一箱地将温暖包从车上传递到教室。寒风中，身着红色服装的队员和志愿者们，还有不断加入进来的学校教职员工，如同一条长长纽带，通过你，通过我，通过我们的双手，将爱心稳稳传递开来。

大同支队此次给灵丘县的 114 名受助儿童带来温暖包，惠及全县 11 个

用血肉之躯，铸就新的长城，把爱心播撒，让世界充满真情。

吉县 张建林

乡镇 73 个自然村 47 所学校的事实孤儿。灵丘县新华书店还为每个孩子赠送一套精美的图书。

为把温暖包发放活动组织成受助孩子们的一个喜庆节日，童梦剧社公益团的小演员还给孩子们带来精彩的文艺节目。小演员和北洋小学的学生一起登台演出，有女孩子的舞蹈《喜洋洋》，有男孩子的少林武术，还有儿童剧等，精彩纷呈。互动游戏是温暖包发放的传统保留节目，小演员、北洋小学的学生、受助儿童围在一起，手拉手做起了快乐的游戏。女孩子开心地搂在了一起，男孩子玩起了摔跤比赛，还有小朋友互留联系方式，要从小做好朋友，互相承诺，交流学习感受。一些年轻的志愿者也加入互动队伍，和年幼的一些受助儿童玩起了丢沙包。刚开始还有些羞涩的受助孩子，这时候就像换了个人，变得活泼好动起来。

壹基金对于温暖包，一直有一个理念，要让孩子们在轻松愉悦的氛围中领到过冬物资而没有被施舍的感觉。大同支队通过精心策划和细致筹备，在当地政府的大力支持和志愿者团队的积极配合下，努力做到了这一点。

发放结束后，队员们走访了两个受助孩子的家庭。一个是城道坡幼儿园的马可巍、马可峨一家。由于父亲早逝，患有精神疾病的母亲失踪，两个孩子由年迈的爷爷奶奶抚养。爷爷常年患病，生活基本不能自理，重担落在了奶奶一人身上，也只能负责孩子的温饱。老大马可巍 7 岁，老二马可峨 6 岁，领到温暖包的兄弟俩人，一件一件将温暖包中的东西拿出来给奶奶看，脸上洋溢着幸福和满足。年迈的奶奶高兴地直点头。第二个家庭是支洼小学的支俊文。父亲身体不好，不能从事重体力劳动，母亲有精神障碍，无劳动能力。在这样的环境下，俊文缺少关爱，性格变得孤僻，低头看着领到的温暖包，不怎么和人说话。

看到这样的情景，走访队员和志愿者的心情久久不能平静。一个小小的温暖包，对于这样的家庭来说杯水车薪，但只要大家持续给予不间断的关爱，让更多的人加入进来，相信马可巍、马可峨和小俊文的脸上，一定能够绽放出喜悦的笑容。

在赴浑源县东辛庄学校发放温暖包时，队员们遇到这样一件事情：有一对双胞胎姐妹，妹妹领到了温暖包，姐姐因为发放数量不足，没有进入登记名单。在发放现场，拿到温暖包的妹妹非常开心，姐姐却流露出无助的表情和期待的眼神，一脸闷闷不乐的样子。队员们心里不是滋味，大家协商，愿意自发通过捐赠方式，帮助这个孩子。队员崔英和秦利英特意驱车到浑源县城为孩子购买了衣服、书包等生活学习用品，共计花费385元，全部由救援队员捐出。在购买过程中，商店老板得知情况后，还主动捐赠了4条裤子。

进入2018年冬季之后，在大同地区，有一段小视频通过各种渠道广泛流传。这是由伟玮影视公司拍摄制作的一段只有60秒的温暖包项目启动小视频。

画面中，大同平旺公园广场前，凛冽寒风中飘扬着各志愿者团队、爱心企业的十几面彩色旗帜。装温暖包衣物的彩绘纸箱摆成了两个巨大的心形，背后是一个圆圆的彩虹门。天龙救援队员、爱心人士和志愿者们在现场紧张忙碌着。有的从车上往下搬运温暖包，有的排着队依次按顺序将衣服、学习用品等分装到纸箱内，还有爱心人士在现场献上自己的一份爱心。小视频中，有需要救助儿童的现状，有获得温暖包之后孩子们开心的笑脸，有爱心义卖现场，有温暖包发放中志愿者与孩子们做游戏的镜头……触动人心的短短60秒镜头，配以动人心弦的音乐，感动了许许多多有爱心的人士和企业，激发了人们做公益的热情。

大同市青年志愿者协会、大同长城公益车队等爱心公益团队，一直以来与大同支队密切合作，积极公益。大同行者天下户外为天镇县、阳高县温暖包发放提供大巴车，全天服务于温暖包发放，不收一分钱。

刘丽是一位孩子的母亲，她既是大同支队的一名队员，又是大同行者天下户外群的群主。参加温暖包活动时，她既是天龙队员，又是志愿者团队的头儿，活动现场，跑来跑去，总能看到她活跃的身影。她说："第一次参加温暖包项目，对我触动非常大。作为一位母亲，看到一双双天真无邪的眼睛，看到一个个小脸、小手都生了冻疮的孩子，揪心、难过。24日，

未来的路很长，希望我们一起并肩同行。

大同 齐寰

在阳高县发放温暖包的时候,有个胆子稍大的小女孩,一手抱着小袋鼠布偶,一手拿起一瓶护手霜,小声地问我:'阿姨,这个是干什么用的?'我慢慢蹲下来,捧起她的小手,告诉她使用方法。等孩子离开后,我背过身去,眼泪止不住地流了下来。孩子的问话,触动了我内心最柔软的一面。后来又看到一个大眼睛的小姑娘,她穿着温暖包发放的新衣服,一直躲在角落里不说话。陪着小女孩的奶奶告诉志愿者,孩子爸爸因为一次意外没有了,孩子曾经和奶奶说,爸爸走了,把她的快乐也带走了……"

即便已过去一年多,采访中,刘丽还是好几次哽咽着说不出话来。

在给新荣区 12 所学校的 40 名孤儿发放温暖包时,刘丽和她的行者户外志愿者团队,亲手为孩子们制作了几十张爱心卡,上面写满了志愿者对孩子们的寄语。

"一个人要有自己的目标,只有在自己的目标中前进奋斗,才能体会达到目标时一路的心酸滋味。"

"孩子,加油,哥哥姐姐看好你!"

"付出不一定可以得到回报,但不努力一定不会改变自己。"

……

在阳高县温暖包发放现场,志愿者王晓斌拍到一张让好多人落泪的照片。照片里的小女孩,刚刚在志愿者的帮助下,换上了崭新的棉衣、棉鞋,脖子上围上了橘色的新围巾,背上背着新书包。她高兴地搂着满脸沧桑的父亲的脖子,露出腼腆的微笑。父亲脸上同样洋溢着笑容,眼睛却是红红的,噙满了泪水。

王晓斌介绍了这张照片的拍摄经过,他说:"我在现场负责拍照,也帮着受助孩子穿新衣服。快结束的时候,我身后传来低低的声音:'爹爹,我想你。'我回头一看,一个小女孩依偎在父亲的肩头,两眼含泪,父亲的眼眶也是湿润的。父亲用低低的声音安抚小女孩说:'别哭,别哭,爹爹更想你。你看他们对咱们多好,你在这里好福气呀。'

"这个孩子的妈妈因为家境贫寒而离家出走,父亲常年在外打工,小女孩和奶奶相依为命。打工的父亲不幸在一次事故中腰部致残,几乎丧失劳动力。有志愿者问孩子:'高兴吗?'孩子害羞地回答说:'高兴。'志愿者又问:'爱爸爸吗?'孩子不说话,幸福地望着父亲笑。志愿者又说,爱爸爸就抱抱爸爸吧。孩子开心地扑在了爸爸坚实的后背上，紧紧搂住了爸爸的脖子，孩子爸爸的眼睛马上就红了。"

他拍摄的照片后来被一名叫闫永明的油画家选中，以照片为基础，创作成油画，取名《温暖》。这幅油画，画家绘制了两个多月才完成，在大同市迎国庆书画摄影展中，作品感染了许许多多前来观展的人们。通过这幅作品，更多的人认识了温暖包，了解了温暖包。

2018年12月30日，是壹基金温暖包在大同地区的最后一场发放，在云州区宇新学校，为47名留守儿童带来温暖。发放现场，有一个拥抱游戏环节。

教学楼前，大同支队的10名队员，身着红色天龙队服，一字排开，队列中，还有一只由队员装扮的大袋鼠。对面是10名受助的孩子，刚刚领取了温暖包，穿上了崭新的蓝色棉衣裤，围上了漂亮的橘色围巾，头戴帽子。伴随着一声口令，对向站立的10名队员和10名孩子，开始统一向上张开双臂，迎接朝阳，然后旋转360度，接纳四方，最后弯腰鞠躬，表示感谢。在连续这样做了两组之后，孩子们绽放着笑脸，向队员跑去，队员则张开双臂，迎接扑向自己怀抱的孩子。当孩子扑入队员怀抱后，一些力气大的队员将孩子紧紧抱起，连续在地上转圈，那些孩子高兴地哈哈大笑，抱着队员久久不愿松开。游戏结束了，有好多孩子还黏在队员身上不愿意下来。

这只是一个普通的互动游戏，看似再简单不过的一个拥抱，对于那些孩子，也是陌生的。这样一个深情拥抱，传达的就是如父母一般的爱。

那天，从宇新学校回到家，队员范霞的心情很沉重。儿子放学回家了，她把儿子紧紧搂在怀中，长时间不愿意松开，搞得儿子莫名其妙。

范霞几乎是流着眼泪，中间停顿了好几次，才勉强把这个故事讲完整：

我是一名老师，每天的任务就是和孩子打交道。那天和我一起在宇新学校的，还有队员庞琳、秦利英、胡洁、武宏伟、曹敏、王玮、雷芳、范桂珍、吕向东、郭俊宝、孟安英、胡少军这些队员。我们先是把孩子们的旧衣服

传播正能量，一身风和雨，热心公益事，不求名与利。

侯马 韩双乐

脱下来，给他们换上崭新的棉衣。特别是给他们戴上漂亮的帽子和围巾后，孩子们一下子就像变了个人，自信、阳光、满面笑容。连孩子们自己也高兴地在地上转来转去，小心翼翼地，唯恐弄脏新衣服。这时候的孩子好听话，紧紧地跟在我们队员身后，拉着队员的手，一刻也不松开。

开始在教学楼前做游戏了，孩子们既害羞又高兴，激动的样子好可爱。当看到孩子们向我们跑过来时，我和队员们一道，张开双臂迎接他们。一位个子不高的小女孩扑到我怀中的那一刻，她的小手紧紧搂着我的脖子，我能感觉到她用了很大的力气，好像生怕我要忽然离开似的。我也紧紧把这个孩子抱在怀里，长时间不松开，让她感觉到自己也是一个被关爱的孩子。作为一位母亲，我被深深地感染了，抱着这个小女孩，就像抱着自己的孩子一样，内心说不出的酸楚。工作的缘故，我每天见到的是蜜罐里长大的孩子。而眼前的孩子，哪怕只是多抱了一小会儿，他们脸上流露出的也是极大的满足感。这个反差实在是太大了。

我尽量忍着，不让自己的眼泪落下来。可是我根本控住不住自己，当怀里的小女孩用自己的小手摩挲着我的脸颊时，我的泪水夺眶而出。再看看身旁几个队员，无论是男队员还是女队员，一个个的双眼都是红红的。

当天，参加拥抱游戏的还有一位叫赵悦的队员，说起那天的游戏活动，赵悦也是感慨万分："我今年50岁了，从事销售工作，走南闯北，阅历丰富。按理，这个年龄已经很少有事情能让自己动心了。可是在宇新学校和孩子们做拥抱游戏时，我发现自己并非想象得那么坚强。当面前的一个男孩扑到我的怀里时，开始还有些不太适应，但这个孩子明显让我感觉到爱的缺失，特别是父爱的缺失。他紧紧搂着我的肩头，仿佛我就是他的父亲，他的亲人。他拿头在我身上来回拱，这种久违的感觉，一下子让我想起女儿当年在我怀里乱拱的情景。想到自己的孩子，我的眼泪马上就涌到了眼眶。这个孩子抬眼看了我一下，我赶忙使劲把孩子揽在怀里，没让他看到我的眼泪落下来。我不知道这个父爱般的拥抱会给孩子带来什么，但这一刻，孩子的心应该是温暖的。"

在大同县发放温暖包时，支队秘书曹敏见到一对从小被遗弃的孤儿，大一点是姐姐，小一点是妹妹，身高基本差不多，读四年级。姐妹俩不知道自己的父母是谁，也不知道自己年龄多大，遭遗弃后被好心人送到了孤儿院。

两个小女孩脸蛋红扑扑的，眼睛大大的，个子高高的，非常招人喜爱。但两人话语不多，比较沉默，心事很重。轮孩子们上台表演节目了，画了演出妆的俩女孩在台上非常显眼，表演得十分认真、专注。

孩子们表演完节目后，这两个女孩站在台子边上，看到有家长把其他小孩领走，不知所措，眼睛在四处寻找什么。当曹敏和她俩的目光相遇的一刻，俩孩子眼睛中流露出那种无助的眼神，那种渴望爱的眼神，让曹敏一辈子也忘不了。曹敏说："当时我的心立刻就碎了，心里酸酸的。我赶紧跑过去，将两个孩子拥入怀中，拉起她俩的小手，放在自己脸上，不停摩擦着。两个孩子的眼神马上就变了，仰着头，冲我笑，虽然还有些羞涩，但是发自内心的微笑。她俩一会儿摸摸我的脸，一会儿拽拽我的头发，妹妹喜欢把头钻到我的怀里拱，姐姐则是抱着我的头轻轻摇。

"过了一会儿，我发现妹妹的情绪有些低落，轻声问她：'怎么了，不开心吗？'妹妹开始低着头不吭声。我又说：'想什么了，能告诉我吗？'妹妹这时候看了一眼姐姐，附在姐姐耳朵上说了句悄悄话。我鼓励她们，有什么想法，告诉阿姨。看到我一脸真诚，姐姐回头看了妹妹一眼，鼓起勇气，把嘴伸到我的耳边，用只有我能听到的声音悄悄说：'我和妹妹想叫你一声妈妈，可以吗？'

"当我听明白姐妹俩是想叫我一声妈妈的时候，我的眼泪再也忍不住了，边流着泪水边说：'可以，我就是你们的妈妈，我就是你们的妈妈。'两个孩子一听，高兴地一边一个，附在我的耳边轻声叫了起来：'妈妈、妈妈。'

"我把两个孩子紧紧搂在怀里，长时间不愿意松开。对于这两个孩子，这一声妈妈，这一个拥抱，正是她们缺失已久、期盼多年的奢望。"

在接下来的活动中，曹敏的这俩"闺女"一直黏在她的身后，曹敏走到哪里，她俩就跟到哪里，让曹敏感到一种久违了的缘分。照完合影照，

关心社会福利事业，关爱社会弱势群体。

祁县 马清燕

队员们就要离开了，俩孩子舍不得曹敏走，姐姐拉着她的一只手，妹妹拉着她的一只手，谁也不愿意先松开。那依依不舍、眼巴巴的表情，那种重又流露出的无助和无奈的眼神，让曹敏再次心酸不已。曹敏实在受不了这种煎熬，把头扭向别处，不敢对视她俩的眼睛，心里特别不是滋味儿。

沉默了一会儿，曹敏强忍着泪水说："听妈妈的话，努力学习，多读书，照顾好自己。有时间妈妈还会来看你们的。"

俩孩子眼里满是泪水，低着头，一言不发。过了一会儿，姐姐抬起头，低声说了句："妈妈，要常来看我们，别忘了我们。"妹妹则哭着说："妈妈别走，妈妈别走。"

曹敏再一次把俩孩子拥到怀里，泪水像断了线的珠子，滚落下来。一同在温暖包现场的几名女队员，看到这场面，一个个也哭成了泪人。

相遇王作家

时 间 2018 年 12 月

地 点 文水县

摘 要 一位身穿枣红旗袍的女士，拿着一个小本本，
不停地在老师、学生、天龙队员、志愿者、
孩子家长中穿梭，不停地询问、核实、记录，
生怕漏掉每一个重要细节。

人 物 王秀琴

采访受助儿童

家住文水县马西乡马西村的小学生赵涛，穿上温暖包里面的新棉衣、新棉鞋以后，带着天龙救援队的队员和志愿者到家里，随行的还有一位身穿枣红旗袍的阿姨。这位阿姨看上去亲切随和，说话的时候，声音轻轻的，柔柔的，特别有亲和力，但感觉气场很强大。

赵涛3个月大的时候母亲走了，再也没有回来过，但家里有爱，有笑声，是父亲带他们姐弟三人把日子过得像模像样。这位阿姨到赵涛家后，问了他和爸爸好多问题，问得好详细啊。赵涛长这么大，还是第一次遇到这种情况。这位阿姨和别人不一样，她是谁呢，到底是干什么的？

不仅赵涛不知道她是谁，连随同前往赵涛家做家访的几名队员，也只知道这是一名志愿者、爱心人士。其实，旗袍阿姨有一个作家的重要身份，她是中国作家协会会员、中国传记协会会员、中国报告文学学会会员、山西省作家协会会员，山西文学院签约作家，创作过小说、纪实文学、影视剧本等近400万字，主要长篇有《天地公心》《王文素传》《真水无香》《帝国的忧伤》《大清镖师》及《李渊起兵》《绝代群雄》等影视文学剧本。

她叫王秀琴，不仅是一位知名作家，也是一位出了名的爱心人士，不管是单位还是街办社区，或者是走在大街上，只要看到有什么公益项目、献爱心活动，她都会参与其中，尽自己的一点绵薄之力。

王秀琴平时在文水居住，温暖包落地山西的几年时间里，她一直默默关注着。一个作家的责任使然，让她意识到这是一个非常接地气的爱心项目，具有深刻意义。正当她积极收集温暖包相关资料，做采访写作准备时，接到了省作协配合宣传温暖包的通知。她放下手头一个非常重要的长篇写作任务，很快和负责联系此项工作的山西天龙救援队队员李建伟接上了头。于是，在2018年冬季温暖包文水县发放现场，在受助孩子家庭走访队伍里，在学校教室、操场、食堂、宿舍出现这样一个情景：一位穿枣红旗袍的女士，拿着一个小本本，不停地在老师、学生、天龙队员、志愿者、孩子家长中穿梭，不停地询问、核实、记录，生怕漏掉每一个重要细节。大家开始吃午饭了，她还在那里不停地埋头整理采访笔记。

2018年12月24日，《山西发展导报》《吕梁日报》和《今日文水》在同一天发表了作家王秀琴题为《公益星火 必能燎原》的文章，介绍山西天龙救援队文水县温暖包发放情况，用作家独特的眼光和细腻的文笔，让更多的人认识了壹基金，了解了温暖包。

公益星火 必能燎原
——山西天龙救援队文水分队发放温暖包侧记

2018 年 12 月 16 日上午，文水市政广场。

时令即将冬至，天寒地冻。

太阳由东方冉冉升起，光辉虽然清冷，却依然无私播撒人间。

山西天龙救援队联合多家公益组织，及其随行志愿者 200 余人，于 9 时多到达文水。他们刚一下车，就与早早迎候他们的天龙文水分队队员一起，卸装温暖包，整整齐齐放在广场主席台两侧。

壹基金温暖包，是一份别样的温暖和关爱。它由壹基金公益组织发起，针对偏远山区孤、残、单亲、特困儿童严酷的生活困境，注入社会各界捐赠，通过山西天龙救援队公益渠道与平台，发放给真正需要温暖和关爱的孩子们，好让他们安然度过寒冬。

寒风猎猎，但所有人的心滚烫着，被一种温暖温暖着，被一种感动感动着，被一种力量震撼着。

山西天龙救援队队员，身穿作训装，胸兜插无线对讲机，广场上，每个角落，无不闪过他们忙碌穿梭的身影。

分别来自文水城区、大城南、宜儿、马西、马村、乐村、上河头、北张、北徐等 41 个学校的 220 名孩子，由家长陪同，整齐排列在市政广场上。严寒中，孩子们翘首企盼，小脸儿冻得通红，有的清鼻涕都流出来了，但他们的小小心儿却热盼着……

梁日智，男，12 岁，马西乡牛家垣村小学六年级学生，学习成绩优异，父亲常年外出打工，母亲残疾，从小由爷爷奶奶抚养，家庭特殊贫困，是政府扶贫精准对象；

善心相依，公益为绳，快乐相伴，关爱世界。

太原 王斌

吕一灏，男，大城南小学五年级学生，出生时因大脑缺氧，致使双腿行走困难，父亲常年在外打工，母亲家庭妇女，在家照管两个孩子；

任晓梅，女，上河头小学二年级学生，兄弟姐妹四个，母亲在她3岁时，生下弟弟没几日，因心梗突然亡故，父亲孤身一人，支撑着整个家庭；

孙宝健，男，孝义镇马村小学五年级学生，母亲智障，无自理能力，父亲放羊为生，大爷常年卧床由父亲照顾；

刘豫，男，12岁，马西乡神堂村人，就读于马西小学六年级，父母神志不清，母亲尤其厉害，从小就由其姑姑抚养；

……

还是别列举了吧。

他们是全国单亲、特困、残障、爱失缺儿童的典型代表。

看着他们，叫人不由得想起列夫·托尔斯泰所言，幸福的家庭是相似的，不幸的家庭却是各有各的不幸。

痛苦令人心痛，直面痛苦，则需要强大的内心与巨大勇气，当然也需要外力支援，社会关爱，帮扶一把。

无疆的仁爱，没有忘记他们。

山西天龙救援队文水分队，为多争取一份关爱，多领一份温暖包，早在几个月前，他们就开始募筹活动。队员们走街串巷，见商家进商家，见店铺进店铺，捐多捐少，随个人便……他们募筹到近两万元，这个数额遥遥领先吕梁平川诸县。付出总有回报。此次温暖包，总队就拨给文水220份，以示对其工作的肯定与支持。

这样，就有220个贫困孩子，可以领收这份温暖和关爱。为了让更多人走近公益，加入公益，伸出爱心之手，他们精心策划，集思广益，四方奔走，于是，就有了此次壹基金温暖包隆重发放仪式；于是，就有了县有关领导倡导，公益组织团队主办，受助者学生和家长并到，千余名市民群众积极参与的这个盛大场面。

注重工作细节，决定了此次温暖包发放仪式的有序推进与圆满成功。

山西天龙救援队文水分队，宋刚、尧栋、振邦、亮亮、增荣、效毫、晓军、飞扬、佳儿、浩远等人，熬了多少通宵，为核实复调受助者情况，跑了多少路，他们也说不清，反正是方案推敲了又推敲，细节思谋了又思谋，整体上考虑了又考虑，总怕有思谋不到的地方，总怕有考虑不周之处，毕竟他们是才刚成立两年多的年轻分队。

活动仪式按"核实身份、儿童签字、领取物资"这样的流程展开，容易出乱出错处，就是温暖包型号与学生对号。他们早早将学生与温暖包编了号码，在志愿者帮助下，学生按尺码依次领取。年龄较小的孩子优先发放。对于家长代领或特殊情况的儿童，他们最后发放，以示特别关爱。在孩子签字时，难免会出现代领情况，按国家发放物资签收标准要求，若有特殊原因儿童无法亲自签字、由别人代领者，备注栏需要填写儿童姓名、代领人姓名、电话号码、身份证号码等信息。

温暖包发到手了。

一名孩子由一名志愿者陪伴。在志愿者帮助下，孩子们打开了久久热盼的温暖包，看看到底给他们带来了什么惊喜。

棉衣、棉靴、围巾、帽子、手套、袜子、护手霜、书包、美术套装、图画本、减灾教育笔记本、袋鼠公仔和收纳箱，价值365元。温暖包一方面满足了孩子们在身体保暖、防护冻疮方面的需求，另一方面通过提供减灾读本和彩笔套装，很大程度上满足了贫困儿童心理层面的需求。憨态可掬的袋鼠公仔更是孩子们的好伙伴，让他们心里不再空落落，温暖陪伴他们度过这个寒冬，可谓贴心、暖心、爱心满满。就像参加此次活动的一位县领导说："温暖包不仅温暖孩子们的身体，更是对他们精神的鼓舞。"

温暖包发到孩子手中，策划者们请沈晋魁、史瑞鑫等人，组织孩子们做智力游戏，让孩子们积极动脑、动手、动口，凭自己的聪明才智赢得属于自己的温暖包，帮助他们树立自信、自尊、自爱、自立、自强的人生理念与道德信仰；引导培养他们向上、向善、向前努力学习、永不言弃的时代审美观和社会价值观。在志愿者们的帮助监督下，孩子们认真细致填写了温暖包的卡片内容，使物资的完整度、儿童使用效果及儿童评价等及时反馈总队，有利于完善整个公益组织及其活动的各项机制流程，丰富策划者与组织者的经验。

"如果这个世界需要，我们将义无反顾""万有暖力""感恩有你""人间有爱"等热言暖语，不时在受助的孩子们、天龙救援队员、互动的志愿者、自发参加的群众中响起，真正感染着民众。相信会有更多人加入公益，以至"人人公益""因为我有爱,我能爱,所以我要奉献一点爱",正能量氛围感染着每一个人。

值得一提的是,相伴天龙六年的晋中银行、小贾爱心接力团、双西小学志愿者、海信电器等志愿者队伍,满脸阳光,自信满满,每次活动,他们都积极参加,从不缺席。真是应该感谢这些默默无闻的公益事业志愿者!

接下来是马不停蹄的家访。

我和文友小花,随队分别去了马西与牛家垣。

安小强,13岁,马西小学五年级学生,学习成绩中上,生下来70天,被母亲狠心扔下,被爷爷带大。爷爷现年近80岁,心脏肥大;父亲老实疙瘩,不识字,只能给人打零工,放羊。

马西一行,有天龙救援队队员,还有晋中银行的志愿者们,有幸与摄影师建伟兄同车,安小强小朋友坐在我们中间。身为人母,职为作家,我试图轻轻走近孩子的内心世界。

可简单的几句对话后,曾一度陷于沉默。

孩子缺少母爱,缺少关怀,在安小强小朋友心里,没有关于母亲的任何概念,更无从谈起体会到母爱是什么滋味。可惜,任何人无法填补这个令人心痛的空白。看着晾在案板上爷爷蒸的发黄花卷,想着祖孙三代在一席炕上滚了多年,我们除了默默祈祷,不停鼓励,还能做什么!

"阿姨希望再次见到你时,成绩再前进5名到10名,行不行?"

安小强默默点头。

这是最令人欣慰与看到的希望之处。

我也在默默地想,公益事业不断,我文字下流淌的爱就不断。(文中孩子均为化名)

王秀琴身为一名作家,她的长篇小说和影视作品,在山西乃至国内文坛有较大影响,占据一席之地。因朋友介绍,她了解并亲身参与温暖包公益项目全过程,为之撰文宣传。在王秀琴眼中,对于温暖包的理解和思考更加细腻,更加深刻,更加理性。

在对受助儿童家访中,孩子们家里连一本课外书都找不到,王秀琴心里很不是滋味。一些单位和志愿者,他们给孩子家庭送去米面油,王秀琴认为，同样是 500 元的东西，不如买成 500 元的书。那些孩子们太需要阅读了，太需要来自心灵深处的温暖与知识光芒的照耀。米面油只能给他们以"鱼"，而不能给他们以"渔"。如果让知识的光芒照进他们内心，说不定哪句话就能激励他们一辈子，就能温暖他们度过无数个寒夜。

所以，王秀琴眼中的温暖包，更看重精神方面的东西。在温暖包活动现场，气氛热烈、阳光、健康，受益孩子与志愿者一一组合，孩子们自己动手，通过一些简单劳动认识温暖包，并获得温暖包。王秀琴认为，这是对孩子最大的尊重，也是对他们最大的启发。温暖不仅是接受，而且是将来更大的给予。相反，一些物质的东西，或许会给那些贫困山区的大人一种印象：好像这就是温暖。其实是一种错解，或者是一种曲解。时间久了，不仅无益，而且有害。

在当前形势下，农村孩子中应该特别关注的还是精神世界。人，唯有自立、自强，才能真正走出贫困，走出圈囿他们的大山。

山西省目前还有许多家庭的孩子生活困难。从社会层面上思考，王秀琴说："物质与精神两样都不可少，但精神上更重要一些，人性上的温暖关怀更重要一些。幸福的家庭是相似的，不幸的家庭各有各的不幸。我见过的困境家庭，大都失却爱，失却母爱，这是最让人感到难过的事情，也是最让人感到无法替代的事情。

"温暖包这个公益项目，已经在社会上产生积极影响，我们都应积极参与。赠人玫瑰，手留余香。任何一个公民，都有责任，都应该伸出温暖双手，留下一点爱心，让那些身处困境的孩子多感受一些爱，多感受一些人间温情。这不仅是社会责任，更是起码素质。

给儿童以想象，给少年以理想，给成年人以励志、奋进与阳光，给老年人以慰藉、理解与关爱，永远给人以正能量，这是作家的天职，更是作家的良知！"

王秀琴寄语：公益不仅是行动，还有思想，更有境界与灵魂。希望吸引更多优秀人士参与公益事业，越做越宏大，越走越高远。

温暖众生相

时 间 2014—2020 年

地 点 太原 大同

摘 要 亦然主动穿起厚厚的、狭小的袋鼠玩偶服，萌萌的憨态可掬的样子在现场走来走去，和人们拍照，营造活跃气氛，不一会儿就大汗淋漓。

人 物 梁耀丰　庞　琳　李小权　张振山

温暖一家人

据壹基金官方网站统计，从 2011 年开始启动温暖包实施计划，到 2020 年冬季，壹基金在全国 25 个省（自治区、直辖市）为困境儿童发放 60 余万个温暖包，帮助儿童抵御严寒，温暖过冬。

在温暖包计划中，约有 8000 家公益组织动员了近 70 万人次志愿者一起参与，社会效应无可估量。

10 年时间里，曾经零散的爱心团队发展成为专业的公益机构，爱心在拓展，公益在延续；曾经受助过的孩子长大了，成长为志愿者团队的一员，助人为乐，回报社会；曾经事不关己的路人甲、乙、丙、丁，也渐渐成为关注困境儿童的长期支持者。人人做公益，爱心大联盟，越来越多的人投入温暖行动中，帮助孩子们克服困境，健康成长。

山西也不例外，温暖包发放 8 个年头，累计发放 12680 个，涌现出一大批优秀队员、爱心人士和志愿者。让我们听听他们对于温暖包，对于公益事业的理解。

丸子

在山西天龙救援队，队员们总会提到一个网名——丸子。在救援队的各类文档资料中，丸子的大名也赫赫在列。上山救援有她，公益活动有她，温暖包发放有她。无论是赴西藏吉隆救援，还是云南鲁甸救援现场，总能看到她的身影。查阅天龙救援队微信公众号，也大多是丸子在后期编辑、制作。救援现场报道、公益活动推介、温暖包募集、微信公众平台等，搞得生动活泼，有声有色。

丸子本名叫梁耀丰，毕业于山西工商学院。说起温暖包，她打开了话匣子。

"2013 年大学刚毕业，听说动保团要参加一个温暖包活动，想去但是名额满了。当时我的小伙伴马雯婷说正好缺一名志愿者摄影师，我就拿着我爸的卡片机去了。其实我当时一点摄影基础都没有，心里好虚。那一年山西地区发放了 200 个温暖包，我拿着一部卡片机穿梭在团队中，不亦乐乎。之后我正式加入天龙救援队，成为一名专职人员。"

第二年，她开始负责温暖包的传播工作，白天在外面发温暖包，拍摄照片，晚上回到家为了做一个满意的网页，总是熬夜到天亮。

　　从 2015 年开始，梁耀丰正式接手温暖包工作，申请项目、执行项目、传播项目、完结项目，一套程序下来，梁耀丰累并快乐着。那一年山西地区发放了 2000 个温暖包，从那一年的微信公众号就可以看出她有多忙。周一到周五协调志愿者团队、爱心人士做分装、发放准备，周六日带着人到县里、学校、乡村发放、走访、现场采访、拍照，晚上回到队部写稿件、整理照片、制作公众号，常常一熬一个通宵。当时梁耀丰最大的想法是，温暖包活动结束后，好好睡上三天三夜，然后去外面休个假，放松一下。

　　2016 年，温暖包来得比以往晚了一点，为了赶在天冷之前发下去，梁耀丰他们就要比往年更加忙碌。那年，梁耀丰发现一个定律，她的体重随着温暖包数量的增加呈递减状态。按说，这是多少女孩子求之不得的事情，于她而言，则不仅仅是体重的减轻，更多的是责任的加重。这一年山西地区发放了 2500 个温暖包。

　　她穿着一身红色天龙救援队队服，穿梭在孩子们身边，捕捉他们最开心的瞬间；在温暖包分装现场，她把最美的微笑展现在志愿者面前；在和孩子们做老鹰抓小鸡游戏时，她又是那只胖嘟嘟的"老母鸡"……别人问她叫什么名字，她说"我的名字叫红"。

　　说起从只是参与到具体负责温暖包发放，梁耀丰感触很多，她说："这几年，我自己的生活发生很大变化，朋友越来越多，和家人的沟通越来越强，从一个特别爱共情的人到现在的更加理智。

　　"温暖包对孩子意味着，他们有新衣服穿了，有新玩具了，可以温暖过冬了。但如果更深一层讲，社会中好多人开始关注他们，这是孩子的尊严。2014 年在吕梁中阳县发放温暖包，一名叫彩云的小朋友让我印象特别深刻。当天回到家，我就整理照片，熬夜做了一个网页，一晚上自己被感动得哭了好几次。

　　"每次发放温暖包，孩子们特别开心，做游戏的时候，一点都不陌生，手拉手笑得很灿烂。但是，当我们家访时，有的孩子就变了，一路上不说一句话，回到家以后会更加沉默。一次家访，那名受助的小女孩拉着我的手不愿意松开。每次遇到这样的情景，我的心里总是不好受。

　　"壹基金温暖包项目，每年都在改进，一年比一年做得好，孩子们找回了生活中缺失的那一份尊严。希望他们明白，生活上虽然还有许多不如意，但这个社会没有忘记他们，还有许许多多的人关心他们，爱着他们。"

在天龙救援队任职期间，她担任过文秘、内勤、战地记者、库管、项目主管、传播官、二级出纳等，无论干什么，都能做到无怨无悔，有声有色。2017年4月，因个人原因，梁耀丰离开了山西天龙救援队，和朋友在四川成都注册了"成都微扬社会服务中心"，通过开展乡村学校儿童素养教育项目（摄影、体育、安全陪伴等），助力儿童成长与发展，致力于更加系统专业地为社会服务。

"认真时专注得可怕，懒散时浑浑噩噩，是一个还在寻找自己存在价值的人。"梁耀丰这样评价自己。

庞琳

庞琳是一名政府部门的工作人员，业余时间喜欢户外活动，也和朋友们一起做公益，是山西天龙救援队大同支队最早的一批队员，负责秘书组和救援队的宣传工作。

儿子庞亦然是个爱好广泛的初中学生，担任班干部，是老师眼里的好帮手，同学眼中的热心人。亦然从小就跟着妈妈一起做公益，筹集善款、捐赠书籍、参与义卖、捡拾垃圾、义务植树等，一次也落不下。

大同支队承接温暖包项目时，庞琳就带着亦然参加。那时候亦然不太明白做公益是什么意思，但得知自己可以帮助到其他小朋友时，就捐出了自己所有的零花钱。温暖包在大同发放了5年，庞亦然参加了和温暖包相关的义卖、跑步、分装、发放、游戏、家访等所有活动。

做公益的妈妈是亦然最好的老师，不仅带他参加公益活动，也经常带着邻居和朋友的孩子一同参加。庞琳说："带亦然做公益，是想从小培养他的爱心和帮助别人的意识、能力，相信每个家长都有这样的想法。但选择活动伙伴非常重要，虽然现在做公益的机会很多，但做一个有意义的公益项目却很难得。温暖包活动捐献的是新衣服，在宣传和实施上都比普通捐助更有意义，而且还会得到壹基金颁发的证书，会给孩子们带来荣誉感。这个荣誉，可以影响他们今后的世界观、人生观、价值观，不夸张地讲，可以影响他们的一生。"

第一次参加温暖包活动时，庞亦然还是一个五年级的小学生，在农村看到的景象，让他刻骨铭心。他说："我去一个小姐姐家里，她的哥哥残疾，爸爸神志不清，屋子里黑乎乎的，几乎没什么东西。但这个小姐姐学习特别好，墙上贴满了各种奖状。我看到她的生活环境感到很难过，把自己心爱的台灯送给了她。那次回来后对我触动很大，这个姐姐家里那么穷，还能坚持学习，我条件这么好，如果不好好学习，实在没有道理。

"在温暖包发放现场，看到小朋友们穿的衣服一点也不暖和，脚上没有棉鞋，手都冻得裂了口子，我就特别难过。第二年参加温暖包时，我就把一年积攒的零花钱和参加义卖活动的钱都拿了出来，让妈妈帮我捐到了'99公益日'里，这样的爱心可以翻倍。"

在一次夏季举办的募集温暖包义卖活动现场，亦然主动穿上了袋鼠玩偶服，萌萌的样子在现场走来走去，和人们拍照，营造活跃气氛。别人以为这一定非常好玩，实际上，厚厚的道具服装，憋气的狭小空间，每走出一步看似憨态可掬，实则特别费力气，不一会儿就满头大汗，一点也不舒服。他说："短短半个小时的体验，把我累得够呛，但那些围观的人群主动和我这只袋鼠照相，看到他们很开心，我自己也非常开心。"

在亦然的带动下，他现在成了班里的爱心大使，带着班里的好多同学一起参与爱心活动。亦然说："帮助别人，快乐自己。温暖包对于受助区的孩子而言，意味着温暖。他们穿上温暖的衣服开心，我也很开心。希望温暖包能发到大同地区再偏远一点的山村里，希望能够帮助到更多的小朋友。"

庞琳带着儿子做公益，也看着孩子一天天成长，她心里无比开心。她说："温暖包对庞亦然来说，是他做过很多公益活动里面的一件。现在，帮助别人已经成为他的一种习惯。前年冬天，亦然知道有个给环卫工人送年货的活动后，自己主动和组织者联系沟通，参加了这个活动。我很开心，说明亦然已经在公益活动中得到成长，这正是我所希望的。"

庞琳很喜欢一句话，也常把这句话送给大家：赠人玫瑰，手有余香。她说："大人要给孩子做出榜样，要给孩子指引什么是公益之路，要懂得在公益道路上的选择和取舍。父母是孩子最好的老师，在公益的道路上，要互相鼓励，互相支持，坚持走下去。"

李小权

搜狐山西车友会与山西天龙救援队的关系可谓源远流长。那些年，还没有微信群、公众号，大家热衷于通过电脑上网站平台互相交流，一群热爱生活，喜欢驾驶又充满爱心的人士注册成立了搜狐山西车友会。李小权、燕国强、刘红琴、李勇、程强、武秀红等人出任版主，成为领头人。

据李小权回忆，成立之初，大家并没有经验，更没有什么明确思路，只是聚在一起以开心娱乐、自驾旅行为主，谈不上什么做公益。但有一点非常明确，车友会崇尚积极健康的生活方式，做对社会有意义的事情，通过自行组织或积极参与各种活动，丰富会员精神世界。很快，搜狐山西车友会的知名度迅速攀升，有车的，没车的，只要是喜欢自然、热爱生活、乐于助人的都可以申请加入。短短1年多时间，注册人数就突破5000人。线下不定期开展各种活动，线上网站平台发帖子互动，搜狐山西车友会成为那个年代最火的车友会，在搜狐全国车友会当中位居前列。热爱生活的共同理念，各种户外活动的积极参与，使得搜狐山西车友会的几位掌门人和山西天龙救援队的创始人陆玫等人结下了深情厚谊，成为互相信赖的朋友。

当陆玫致力于组建山西天龙救援队并于2013年开始向山西引进壹基金温暖包项目时，李小权带着他的搜狐山西车友会，连续7年分别给娄烦县步斗春小学、霍州北环路小学、五台县驼梁小学、繁峙县下浪涧中心小学等12所学校捐赠图书35000余册、字典2500余本，还有书包、水壶、文具等。

"2014年，天龙救援队募集到1500个温暖包，征集运送温暖包的车辆和分装人员。得知这一消息，我们主动与组织者联系，参与进来。到学校送书，帮助学校组建图书室我们不陌生，但加入温暖包项目，参与分装、运送、发放以及互动、家访等，我们还是第一次。"说起温暖包，李小权介绍说，"虽然没有经验，但我们有热心，有爱心，有活力。当我们将活动信息发布在车友会平台后，要求报名参加的人员非常踊跃，不得不选了又选。那一年是在岚县大蛇头小学发放，搜狐车友会一共出动13辆汽车，30多人，以志愿者身份参加了分装、运送及发放全过程。午餐时，我们给孩子们带去80份自加热米饭，孩子们第一次见到这种快餐，领到后非常高兴，但不会操作。志愿者就一个个手把手耐心教孩子们怎么打开包装，怎么放置水包，怎么进行加热。孩子们很好奇，红扑扑的脸上洋溢着满足和幸福。"

因为有了搜狐车友会与天龙救援队的第一次温暖包合作，也让负责搜狐车友会山西板块的几位版主对于公益有了全新认识。刘红琴是车友会的版主，网名荷香凝露，是一位爱心满满、柔情似水的女性。之前她带着大家捐书、为贫困地区学校建图书室，风风火火。在温暖包现场发放后的家访中，当她目睹如今还有孩子冬天没有棉衣穿、小手冻得满是裂口的时候，她心里特别不是滋味。她说："我是在农村长大的，那时候条件很差。记得一位名人说过一句话：我帮助你，是希望你有能力后去帮助别人，将爱传递下去。我们捐助12所学校建立图书室，目的就是鼓励孩子们养成读书的习惯，让孩子们知道，只要努力学习，好好读书，书中的世界就可以成为现实。"

在之后几年的温暖包活动中，搜狐山西车友会在李小权的带领下，不仅参加义卖活动，在闻汇大厦摆摊募集，参加迷你马拉松义跑募捐等，还动员身边的朋友、爱心人士募集资金，购买温暖包。而每年分装、运送、发放温暖包的志愿者团队中，总能看到搜狐山西车友会高高飘扬的会旗。

每次在温暖包分装、发放现场，总能看到一位异常活跃的黑脸大汉，他有一个气派的网名——坦克。人如其名，站在你的面前，壮实得如同一辆重型坦克。但壮实的外表下，却有着温柔的心肠。谁都想不到，在温暖包发放现场，第一个落泪的竟然是他。他感慨地说："在同一片祖国的蓝天下，还有孩子生活如此窘迫，我心里面受不了。特别是看到孩子们那双清澈、善良、无忧无虑，对未知世界充满无限向往的眼睛，让我想了很多很多。"

在搜狐车友会的团队中，温暖包对于个人影响最大的是霍朝阳。大学刚毕业参加工作的时候，他就资助过一位正在读初中的静乐县孩子。虽然每学期只有区区几十元钱，但也是他从自己微薄的收入中抠出来的。同样是在农村长大的生活经历，他深知贫穷的滋味和被帮助的渴望。因此，参加温暖包活动，他比谁都积极。事先摸排、资料收集、现场分装、开车运送，包括与孩子互动、家庭走访等，一次也不缺。

霍朝阳的女儿 2 岁时发现患有自闭症，夫妻俩带着跑北京、内蒙古、青岛等多地给孩子做康复训练。目前，霍朝阳受壹基金海洋天堂计划项目启发，准备成立一个偏向公益性质的自闭症儿童康复机构。他说："山西天龙救援队承接山西地区温暖包发放工作，让数以万计的孩子有尊严地度过寒冷的冬天，这一活动对我本人触动很大。结合自己家的实际情况，我和我爱人将拿出很大一部分精力，为更多类似的孩子尽早提供干预培训，给他们的家庭一些力所能及的帮助。如果能对这些孩子、这些孩子的家庭带来哪怕是一点点帮助，我们也会感到非常欣慰。"

在李小权他们的倾情打造之下，搜狐山西车友会发展成为一支充满爱心的公益团队，涌现出张红宾、赵建兴、张爱福、李大伟、窦蓉、任瑜、朱世平等许多爱心车友，大家各尽己能，热心公益，奉献爱心，收获感动，成为爱心公益队伍中的骨干。

山哥

山哥名叫张振山，是大同市高级技工学校团委的一名工作人员。业余时间，他组建了大同都市车友会爱心公益联盟，还担任大同市青年志愿者协会常务副理事长、大同市留守儿童救助协会顾问等职。2016、2017 连续两年被山西天龙救援队评为优秀志愿者。

熟悉张振山的人都亲切地叫他"山哥"。很多人知道，大同有个山哥和他的爱心组织。

他这样介绍自己："几年前偶然的一次出游，让我改变了自己的人生轨迹。那次到乡下，看到山区的乡亲们日子过得很艰难，吃的，穿的，用的，住的，都特别简陋，深深触动、刺激了我，开始发动和集聚那些爱心车友，为贫困家庭送去爱心，减轻他们的生活压力。"

张振山做公益，从此一发不可收拾。在他的带领下，公益团队日渐壮大，越来越多的爱心人士加入进来，团结一心，帮危助困。说到壹基金在山西发放温暖包，张振山十分激动，他说："因为这些年下乡比较多，接触到了大量需要资助的孩子。比如，天镇县南高崖寄宿学校，共有在校生 68 名，来自所属的 17 个小山村，他们不是单亲家庭就是父母身患疾病，生活极其艰难，急需社会各界给予关爱和生活物质上的支持。

"壹基金温暖包项目开展得非常及时，是从社会层面上关爱儿童的一个具体体现。特别是配捐活动，把社会力量吸引进来，动员更多的爱心人士和爱心企业关注贫困家庭和事实孤儿，让更多的孩子从中受益。"

当壹基金温暖包首次来到大同以后，张振山与承接温暖包发放的大同支队的几位负责人，一道研究探索新方式，一道下乡走访困难户，一道出谋划策造影响，一道大张旗鼓搞活动。无论是在温暖包分装现场，还是爱心跳蚤义卖市场，无论是去受助儿童家庭走访，还是在大同城墙上开展"与爱同行"亲子跑，都能看到这个壮实的北方汉子。在他健硕的身体内心深处，有一颗温暖、柔软的爱心。在他的积极参与之下，大同地区的温暖包组织发放、募集善款等各项工作，进行得风生水起，有声有色，社会反响异常强烈。

他说："温暖包活动在大同产生非常好的社会效应，各个爱心企业和爱心人士，以温暖包为契机，扩大捐赠范围，由单纯的捐赠温暖包发展到捐赠其他所需物品。比如天镇县南高崖寄宿学校，学生们不仅获得了温暖包，还有32名孩子获得每年600元的爱心资助。学校还多次获得爱心人士和企业捐助的办公桌椅、热水锅炉、学习用品、体育用品、崭新校服等，累计价值20多万元。我还联合爱心企业，为大同县倍加造镇西骆驼坊学校送去价值10万元的图书、电脑、体育器械等爱心物资，为平型关寄宿制学校的孩子们定做了新校服，并且资助了8名特困生。"

温暖包项目开展的几年时间里，在浑源、灵丘、广灵、大同县发放温暖包时，张振山向爱心人士孔亚楠筹到8000元捐赠款；在阳高、天镇县、新荣区发放温暖包时，向爱心人士筹得5000元温暖包费用；在云州区、云冈区发放温暖包时，向爱心人士筹到67个温暖包的款共计24455元；在"99公益活动一起捐"时段，张振山筹集到50个温暖包捐赠款18250元。5年时间里，他做工作募集到的温暖包一共有1000多个，筹集到的各类爱心物资折合人民币约4万元。

在公益道路上，张振山没有停下自己的脚步，不仅热心参与温暖包工作，还积极参加各类爱心活动。被评为"志愿者标兵""公益好人""爱心大使"等荣誉称号，他带领的志愿者团队被壹基金山西公益伙伴联盟多次授予"优秀公益合作伙伴"，在多场活动中被评为"最佳组织奖"和"长城卫士团队奖"。

　　面对荣誉，张振山说："用心点燃希望，用爱撒播人间，帮助别人，快乐自己。公益之路任重道远，尽管有这样那样的困难，我依然会坚定不移地走下去，尽我所能做好每一次公益活动，带动更多的爱心企业和爱心人士加入公益事业当中，去帮助更多需要帮助的人。"

释义温暖包

时 间 2020 年 12 月 30 日

地 点 天龙救援队队部

摘 要 温暖包是专门针对儿童需求设计的，里面有
手套、帽子、耳套、棉衣、围巾、雪地靴、
冻疮膏、美术套装、袋鼠玩具等，价值 365 元。

人 物 陆 玫

和受助儿童亲切交流

471

　　陆玫，山西天龙救援队队长，网名青莲。在天龙救援队，队员们习惯称她"456""陆队"或者"陆姐""玫姐"。有新队员叫她"领导"，她马上予以纠正，说自己是大家的服务员。她本人更喜欢最初来源于她的车牌尾号"456"这个称呼，简洁明了，广为人知。

　　如果陆玫走在街上，你只会认为这是一个灵秀、文雅、智慧的女性，好像和进大山解救受伤驴友、赴灾区帮助转运物资、到水域现场打捞溺水者等这些惊心动魄的事情八竿子打不着。当她身着一身天龙队员制服，以救援队队长身份，果断下达出征命令、拍板做出重大决策时，仿佛换了一个人。

　　她有果敢、刚强、率直的一面，也有温情、柔弱、委婉的一面。带人出征云南鲁甸地震救援，领兵赶赴河北井陉水灾现场，安排大型赛事活动安全保障，协调壹基金净水计划、运动汇项目，落实儿童壹乐园、平安小课堂、黄手环及垃圾分类等项目，让山西天龙救援队这支队伍名震山西，享誉华夏。特别是她倡导成立山西公益伙伴联盟，连续 8 年统筹壹基金温暖包在山西地区发放，使越来越多的爱心人士加入到公益事业上来，使越来越多需要救助的儿童受益，将天龙救援队由单纯的灾难救援拓展到社会公益领域。

　　温暖包项目，从最初的沟通引进，到之后全省大面积推广；从开始的只有 200 个，到最多时募集到 2500 个，其中凝聚了陆玫太多的心血。

　　关于温暖包，陆玫最有话语权。

　　一、温暖包从 2013 年落地山西，已有 8 个年头，请你整体介绍一下温暖包的来历和全省温暖包发放情况？

　　陆玫：说到温暖包，首先要提到深圳壹基金公益基金会。作为中国第一家民间公募基金，多年来，一直致力于关注处于困境中的儿童需求，改善他们在教育、卫生和营养方面的条件，营造健康成长环境。

　　在中国，洪涝、地震、凝冻等自然灾害频发，温暖包项目最初是针对受灾害影响儿童的应急状况下的生活和心理关怀需求而设计，通过为灾区困境儿童发放温暖包方式，推动社会组织更好地回应困境儿童需求，帮助儿童有尊严地、安全地度过灾后阶段和冬天。温暖包从基本生活保障和成长支持两方面对他们进行关爱，为他们送去温暖。2013 年温暖包项目推广到全国，受惠儿童从灾区困境儿童扩大到各类身处困境的儿童。

山西天龙救援队通过积极争取，从 2013 年开始，承接山西地区的温暖包项目，到 2020 年一共开展了 8 个年头，共覆盖山西省 11 个地市 75 个县区，惠及 12680 名身处困境的儿童。共有来自全省各地 220 个志愿者团体、250 余家爱心企业单位、15000 余人次参与了温暖包项目。

温暖包项目在山西产生了积极影响，已经成为山西困境儿童每年冬天翘首期盼的礼物，也是山西公益事业每年一度的盛大活动，影响深远。

二、温暖包，顾名思义是以送温暖为主，其中包含哪些东西？发放过程中，又增加了哪些爱心物品？

陆玫：温暖包是针对儿童需求设计的，其目的是让他们度过一个有尊严的冬季，包含满足儿童生活、卫生和心理支持的物品。每个温暖包里有手套、帽子、耳套、棉衣、围巾、雪地靴、冻疮膏、美术套装、袋鼠玩具等，价值 365 元。之后随着爱心人士和爱心企业的积极参与，在发放过程中，有时候会根据募捐情况，增加袜子和一些学习书籍等。有一年因为东西多，曾发生"撑爆"温暖包的事情。

由于温暖包发放在社会上产生了积极影响，许多爱心人士积极加入其中，有多名孩子不仅得到了温暖包，还得到了爱心人士的学习捐助。有的资助孩子们的生活费，有的捐助孩子们读书到高中毕业，等等。

三、温暖包是壹基金发起的公益项目，辐射全国各地，在受助儿童的选择上，遵循什么标准？有没有不符合受助条件也成为受助对象的？

陆玫：温暖包儿童受助标准是：事实孤儿、残障儿童、单亲儿童、贫困儿童。

事实孤儿是比较特殊的一个群体，指儿童的父母双方或一方仍然在世，但是无法、无力或不适合抚养儿童，包含父母双方同时出现以下情况之一：死亡、失踪、查找不到、服刑（两年以上刑期）、重病或重残、遗弃、不履行抚养责任。事实孤儿尚未纳入国家孤儿基本生活保障制度，生活仍然困难，需要基本生活费的支出。在这个群体中，90% 为父亲过世母亲嫁人的孩子，父母没有履行抚养责任。这类儿童，和失去父母双亲的孤儿相比，生活状况所差无几。

温暖包行动从基本生活保障和成长支持两个方面对他们进行帮助，孩子们不仅能够得到温暖包，同时在项目开展过程中，建立困境儿童服务机构网络平台，为他们提供成长资源支持，帮助他们提高自我评价，增强自信心，改善心理健康状况。

在发放过程中，我们严格把关，层层审核，没有发生过不属于受助范围的孩子领到温暖包的事情，但是出现过因为温暖包有限，同样家庭情况的孩子不能都领到温暖包的现象。遇到这种情况，我们会采取一些补救措施。每次进行温暖包发放时，还携带着一些爱心企业捐赠的物品，我们会给没有领到温暖包的孩子分发，做一些弥补。有时候连额外物品也没有的时候，我们的队员或志愿者会主动凑钱，在当地购买一些爱心物品，送给这些领不到温暖包的孩子。

发生这样的事情以后，我们也做过反思，一是我们的前期调查摸底一定要仔细、再仔细；二是竭尽全力做好筹款工作，让这类孩子都有机会得到温暖包；三是在发放过程中，要求参与的志愿者和爱心人士，尽可能多带一些额外的捐赠物品，避免遇到此类尴尬的情况，让孩子们心灵受到伤害。

四、温暖包项目涉及地区、乡镇、学校和孩子家庭等方方面面，它具体是怎样一个发放流程？

陆玫：温暖包项目发放流程包括：前期摸底—名单抽查—名单确认申报—到货—分装—发放—家访—回访。

前期摸底中有很多非常典型的儿童，如果不是因为温暖包项目，他们的情况不会被社会所关注。例如2015年，在某县有这样一个孩子，名字叫小全（化名），父亲因为抑郁症跳河自杀了，母亲精神有问题，因没有父亲照顾在街上捡垃圾吃病死了。姐姐离家出走后，小全就跟着伯父生活。伯父是弱智，自己的五保户津贴被村里人骗走了，村里分的地租给别人种了也不给他们交租金。家里的房子是根据新农村建设政策，村里给翻盖的。有一天姐姐回到家，因为找不到钱就把家放火烧了。平时小全上学住在学校，放假回来就住在别人家的柴火棚里。我们到小全家已经是 11 月初，外面滴水成冰，家里满地狼藉。13 岁的小全因为营养不良，身体只有城市 8 岁孩子那么大，眼睛里透露着无助和迷茫。

这是非常典型的事实孤儿，因为有亲属，政府福利院不能收。实际生活中没有得到过应有的照顾，过着十分凄惨的童年。

温暖包项目前期摸底信息来源主要依靠当地团委、扶贫办、教育局和所在地公益组织。每年 10 月份名单交回项目部进行初审，然后选择性抽查，确保名单真实有效。受助名单经核查无误后上报壹基金全国项目组。每年大约在 11 月，温暖包物资统一发到山西太原后，我们组织人员进行清点，然后再转运到各个地市县。

温暖包到货的时候还没有分装，只是按棉衣、帽子、手套等品种分类运输的，到达目的地后，需要先按每个孩子当时上报的衣服、鞋码尺寸等进行二次分装打包，将十几件物品装入标有温暖包字样的纸箱内。这个过程最繁琐，但是也最需要耐心细致，不能有任何差错，不然孩子们领到的衣服就会不合身，或者有短缺，影响和效果就会大打折扣。

每年在 11 月下旬和 12 月份，全省多地会同时开展温暖包发放，确保在元旦前所有受助儿童都能领到温暖包。对于受助儿童相对集中的县乡，我们会选择集中在某个学校统一发放、领取，举办一些互动游戏，让这些受助儿童在获得温暖包的同时，获得更多的快乐。对于受助儿童数量较少的，我们会安排队员和志愿者，送到所在学校。在发放温暖包的几年时间里，孩子们换上新衣服和队员们做游戏的时候，是最开心的。

发放当天，我们还有一个捐赠人代表进行家访的环节。捐赠人会随同我们的队员、志愿者一道，到受助孩子家中进行走访，进一步了解受助儿童的家庭情况和公益项目在当地落实情况，保证物资发放的公开透明和覆盖精准。

五、温暖包是由天龙救援队争取在山西落地实施，最初由壹基金赠送，之后又发展到配捐，这是怎么一回事？

陆玫：2013 年 10 月，山西天龙救援队得知壹基金温暖包计划之后，经多方协调努力，终于将温暖包项目争取在山西省落地实施。当年一共争取到 200 个温暖包，分别在神池、临县和娄烦县进行发放。在前期摸底和发放过程中，我们发现符合受助条件的儿童在山西非常多，不用说 200 个，2 万个都不够，而他们是很少被社会关注到的一个弱势群体。

山西不是壹基金温暖包项目重点帮扶省份，为了使更多身处困境的儿童能够领到温暖包，2014 年，天龙救援队积极动员山西本土社会各界爱心力量，为山西筹集到 1500 个温暖包，共惠及武乡、天镇、岚县等 19 个县的困境儿童。

2015 年，腾讯公益基金会发起了"99 公益日"活动，壹基金温暖包项目参与了腾讯平台的配捐活动。山西天龙救援队发起山西本土众筹，就有机会得到腾讯基金会和壹基金的配捐，本土众筹 1 个温暖包，壹基金配赠 1 个，腾讯配捐随机。于是 2015 年爱心人士利用微信捐款的方式进行众筹和壹基金配捐，共筹集了 2000 个温暖包，在石楼、方山、灵丘等 29 个县进行了发放。

2016 年夏天，河北发生特大洪涝灾害，山西阳泉地区也有受灾，除了在"99 公益日"众筹和配捐的 2000 个温暖包外，壹基金还另外向山西地区配发 500 个，定向发放到灾区。当年，2500 个温暖包在全省 23 个县进行了发放。

2017 年山西通过"99 公益日"众筹和配捐获得了 2000 个温暖包，在永和、浑源、兴县等 26 个县发放。

2018 年由于受山西整体经济形势影响，山西通过众筹和配捐分别获得了 1630 个温暖包，发放到了中阳、襄汾、阳高等 27 个县。

2019 年筹得 1620 个温暖包，发放到了浑源、灵丘、方山等 28 个县。

2020 年，虽然受疫情影响，温暖包的众筹、配捐工作依然正常进行。

无论壹基金还是腾讯公益，配捐目的很明确，就是要动员、鼓励和调动当地爱心人士和爱心企业，积极投身到温暖包公益事业上来，人人献上一份爱心。我们也十分高兴地看到，在山西本土，温暖包的影响越来越大，参与人数也越来越多。

六、2014 年，山西天龙救援队发起成立了山西公益伙伴联盟，是出于什么样的考虑成立这个联盟？发挥了哪些作用？

陆玫：基于在 2013 年温暖包项目组织发放的优秀表现，山西天龙救援队 2014 年申请到了壹基金联合救灾网络山西地区的协调机构，以温暖包合作伙伴机构为基础，成立了山西公益伙伴联盟，着手打造山西公益组织的枢纽平台。

山西公益伙伴联盟由山西天龙救援队、山西省千山万水基金会、蓝精灵动保团、吕梁市离石区志愿者协会、太原工业大学圆梦队、晋城银行"睿睿微慈善"等山西境内 19 家组织共同发起，成员包括社会组织、大学生社团、志愿者团体、企业基金会等。截至 2020 年底，合作伙伴增加到了 100 余家。

地处各地市的伙伴机构是温暖包确保在各项目县得以顺利执行的重要辅助力量，发挥了积极作用。这些志愿者团队承担了非常多的具体工作，主要包括前期在项目县对受助儿童摸底和资料收集整理工作，温暖包到货后的物资转运以及分装，发放地点的现场布置，邀请当地政府相关部门领导到场，受助儿童召集，发放现场秩序维持，游戏活动组织和前期器材准备，协调校方或教育局签收盖章，带领捐赠人代表去抽查家访等。如果没有这些团队的积极参与和认真负责，温暖包项目不可能在每个项目县得以顺利执行。

不仅如此，山西公益伙伴联盟成员单位同时也承接壹基金的其他公益项目在山西地区执行，比如净水计划（为农村小学安装净水机，让孩子们喝到放心干净的水）、壹乐园（为农村小学安装游乐设施，建造运动场和音乐教室，加强农村儿童感统训练，减少城乡差距）、儿童服务站（关注农村留守儿童心理健康）、平安小课堂（普及防灾避险自我保护知识）等。

七、温暖包发放以来，山西各地有很多爱心企业和爱心人士加入，他们有什么共同特点？对温暖包活动开展起到了哪些推动作用？

陆玫：2013 年到 2020 年，共有 250 余家爱心企业参与过温暖包项目，其中有十几家参与了很多年，这些人士和企业共同的特点就是充满爱心。

通过参与捐赠和发放温暖包活动，企业不仅履行了社会责任，也凝聚了员工团队精神，因此这个项目非常受欢迎。有些企业还另外捐赠一些图书、学习用品、玩具等，丰富了温暖包内容，带给孩子们更多的惊喜。这些爱心企业的志愿者在发放现场帮助受助儿童，穿新棉衣、新棉鞋，一起做游戏，深刻感受到一个小小的温暖包带给孩子精神面貌上的巨大改变。

壹基金的公益理念是"尽我所能，人人公益"，只要你有一颗爱心，只要你愿意为这些困境儿童做点事，都可以找到参与的机会，发挥自己的力量。温暖包365元一个，意义在于每天省1块钱，就能在寒冬腊月为一个孩子提供一个温暖包。每天省1块钱对于大多数人来说不是难事，然而积少成多就能办一件对困境儿童来说很重要的事情。有些经济条件好但特别忙碌的爱心人士，可以捐赠温暖包；对于在校或者刚毕业的大学生，经济能力有限但有时间，可以参与温暖包的分装和发放环节；你是有车一族，可以帮助运送温暖包；也许你做小生意有个门面，可以张贴海报，进行宣传推广，动员更多的人捐赠或者参与；很多摄影爱好者，报名成为影像志愿者，拍摄受助儿童领到温暖包时的开心喜悦；还有志愿者报名参与发放和家访环节……

前面我们提到的那个小全，当参与摸底的志愿者、爱心团队将小全的情况公布于众时，在当地引起极大反响。大家纷纷捐款捐物，帮助联系民政系统，最终特批按孤儿对待，每年有6500元生活补助拨到学校代管。小全可以长期住校，伯父的存折由村委会帮助要了回来，土地租金也有了着落。

所以我们说，爱心企业、志愿者团队的广泛参与，极大地推动了温暖包项目的落地实施。更加深层次的意义在于，通过温暖包发放，在困境儿童受益的同时，所有参与人员心灵上也得到了一次爱心洗礼和公益教育，具有重大的社会意义。

八、山西这些年发放温暖包最大的亮点在哪里？有哪些典型经验？存在什么问题和不足？

陆玫：最大的亮点有两个：第一是强有力的执行力。山西天龙救援队作为协调机构，各项目县的志愿者团队和救援队支分队互相配合，分工合作，每年都能在温暖包到达山西地区后的1个月内完成发放，确保了所有受助儿童在新年前都能领到温暖包，可以快快乐乐地过新年和春节。第二是增加了感恩环节。所有受助儿童在领到温暖包后要集体表演手语操《感恩的心》。长期以来中国公益界发生过很多"粗暴公益"事件，养成部分受助人"等、靠、要"的不良习惯，没有感恩，只觉得给的还不够。针对这些现状，我们及时做出调整，在开展运动会、表演节目的基础上，通过互动感恩环节，让受助儿童懂得感恩爱心人士，培养自立自强的良好心态，通过刻苦努力学习，回报社会。

山西地区温暖包项目存在的主要问题：一是资源动员不够，每年徘徊在2000个左右的数量，这与近几年山西本地经济发展态势有关，也和可动员社会力量基础薄弱有很大关系；二是项目宣传范围还不够广泛，策划推广形式内容也不够新颖多样，没有吸引到足够的社会公众关注；三是从整体来看，山西地区的志愿者团队数量有限，正规注册机构不多，有能力执行项目的更是凤毛麟角，急需从各个方面加强能力建设。

九、温暖包是一个全国性的项目，如果放在全国来看，山西温暖包发放目前处于一个什么状况？

陆玫：山西地区属于中等偏下水平，和西部省份相比，缺少国家和政府层面的各种优惠政策支持；和沿海地区相比，整体经济水平不够发达，公益事业起步相对较晚，还有很多有待提升的方面。

十、山西天龙救援队起步并知名于户外救援，如今又热衷于包括温暖包、净水计划、儿童壹乐园、垃圾分类、黄手环等公益项目，今后还有哪些打算？

陆玫：山西天龙救援队起步于户外救援和灾难救援，是全体队员历经10年用生命和血汗打造出来的一个极具公信力的公益品牌，在山西具有较高的知名度。

目前山西天龙救援队已成功转型为公益项目的支持性平台机构，不仅对接了很多全国性项目在山西地区落地执行，也孵化和帮助了很多本土公益组织和志愿者团队。今后的山西天龙救援队，必然是救援和公益两手抓，两手都要硬，全力打造成一个汇聚爱心的公益大平台，动员社会各界更多的爱心企业和爱心人士参与到公益项目中来，推动山西公益事业向更强更高的方向跃进。山西天龙救援队正逐步发展和奠定在山西地区公益机构中的核心地位。

后　记

一

总有人问我，救援收费吗？

我说，不收。

配备装备吗？

我说，不配。

参加活动给钱吗？

我说，不给。

三个问题过后，对方往往会投来一个十分复杂、异样的眼神，眼神背后充满疑虑、迷惑和不解。我能清晰地读出其中的疑问：这是一支什么样的队伍？一群什么样的人？究竟为了什么？

回答这个问题并不难。

这是一支民间救援队伍，由来自不同行业、不同身份、不同年龄、不同背景的志愿者组成。所有救援装备自己花钱购买，所有公益保障自己承担费用，所有常规训练业余时间完成。无论是灾难救援还是应急保障，没有任何报酬。

但是，当灾难来临的时刻，他们不惧危险，逆行而上，第一时间冲上去，无论地震、洪水、龙卷风，还是人员走失、坠崖、溺水，坚持行走在生死边缘，救人于危难之中。

当社会需要的时候，又会在小学课堂、社区街道、工厂学校、车站机场等各个场合看到他们的身影；他们又是温暖包、净水计划、平安课堂、儿童服务站、垃圾分类、黄手环等公益项目的推广者、执行人……

准确地说，他们就是一群志愿者，为了共同的"热爱公益、勇于担当、奉献社会"的目标走到一起，用强烈的责任感和使命感，用浓情和大爱，

480

让我们的家园处处充满友情、关爱和温馨。

二

山西天龙救援队每年春秋两季招募新队员，新队员须通过严格的 7 项培训考核，缺一不可。我两次缺项留级，拖拖拉拉于 2017 年成为正式队员，有了队服，先是黑色，后成为红色。"一抹红"是天龙救援队的形象称呼。

成为"卧底"之后，我参加山地绳索培训、水域驾驶冲锋舟训练；我进小学平安课堂当助教、赴体育赛事现场做保障；我到市县区学校发放冬季温暖包、参加各类团建活动；我安排采访、对接新闻媒体、审核公众号，还兼顾微博、抖音、快手等新媒体……零距离与队员融为一体之后，救援队精彩纷呈的感人故事逐一呈现在我的面前：有冒死施救的惊心动魄，有传递爱心的贴心温暖，有公益保障的无私付出，也有不被理解流下的无辜泪水。我渐渐走进队员们的内心深处，了解到他们的舍身守望、勇者无畏、暖心付出和大爱无疆。因为常常被感动，便有了为天龙救援队写一本书的想法，并从 2018 年下半年开始着手采访、收集素材并动笔写作。

这是一件苦差事，其中的辛苦只有自己知道。每当我遇到困难想放弃的时候，队员们将自身安危置之度外、行走在救人的生死边缘的感人事迹，还有那一桩桩一件件温暖无私的保障故事、项目实施等，不断激励着我克服困难，坚持把这件事情做下去。

先后有 150 多位有名有姓的队员走进书中，成为当之无愧的主角。我赞美的不仅仅是一支民间救援组织，不仅仅是一名名救援队员，我弘扬的是一种正气，一种精神，一种大爱，一种担当，一种责任。这恰恰是当前社会所需要的。

三

铁打的营盘流水的兵，这句话本来是说军营的，用在天龙救援队也很合适。

每年，在春秋两季，都有新队员招募入队；每年，也有一些队员选择离去，其中不乏精心培养的教官、中层管理人员和屡立战功的功臣队员。来来去去，各得其所。

　　对此，陆玫解释说："我把天龙救援队当作一所学校。如果走了的队员离开公益这个领域，人生就算是多了一份经历；如果还是从事公益，也算为这个社会培养了人才。对于天龙救援队来说，都是收获，都值得骄傲。"

　　其实，收获最多的，应该是我。

　　当然，还有感谢。一是感谢天龙救援队员的无私付出，因为有了你们，才有了《天龙救援》这本书。二是感谢为了这本书面世的方方面面的人士，因为有了你们的无私帮助，才使得这本书与读者见面。

　　唯愿世事美好，平安与你我相伴！

2021 年 11 月 30 日

图书在版编目（CIP）数据

天龙救援/武玉山著. — 太原：山西经济出版社，
2022.1

ISBN 978-7-5577-0957-0

Ⅰ．①天… Ⅱ．①武… Ⅲ．①报告文学－中国－当代
Ⅳ．①I25

中国版本图书馆CIP数据核字（2021）第278065号

天龙救援

著　　者：武玉山
出 版 人：张宝东
项目总监：李慧平
策　　划：王志雄
责任编辑：郭正卿
装帧设计：华胜文化

出 版 者：山西出版传媒集团·山西经济出版社
社　　址：太原市建设南路21号
邮　　编：030012
电　　话：0351—4922133（市场部）
　　　　　0351—4922085（总编室）
E－mail：scb@sxjjcb.com（市场部）
　　　　　zbs@sxjjcb.com（总编室）
网　　址：www.sxjjcb.com

经 销 者：山西出版传媒集团·山西经济出版社
承 印 者：山西雅美德印刷科技有限责任公司
开　　本：787mm×1092mm　　1/16
印　　张：31
字　　数：520千字
版　　次：2022年1月　第1版
印　　次：2022年1月　第1次印刷
书　　号：ISBN 978-7-5577-0957-0
定　　价：98.00元